KB232451

퇴계학맥의 지역적 전개

퇴계학맥의 지역적 전개

퇴계학맥의 지역적 전개

퇴계연구소 편

보고사

머리말

퇴계학(退溪學)에 대한 포괄적이고도 심도 있는 이해를 위해서는 퇴계는 물론 그의 제자들 사이에 이루어졌던 학문적 전승과 심화의 양상에 대해서도 연구가 필요하다. 퇴계학파가 영남학파의 일부인 것은 부인할 수 없는 사실이지만 퇴계 사후에 퇴계학맥은 영남뿐만 아니라 기호, 호남 지방으로까지 확장되었다. 『도산급문제현록(陶山及門諸賢錄)』에 소개된 급문제자만도 300명 이상이란 점에서 본다면 퇴계학맥을 특정 지역의 학적 집단으로 파악하는 것은 편협된 관점일 것이다. 더욱이 퇴계의 사상은 정치적으로 대립 관계에 있었던 서인·노론에 의하여 오히려 충실히 계승되었으며, 실학의 주체 세력이었던 기호남인(畿湖南人)과 호남사인(湖南士人)들 역시 퇴계의 학맥임은 주지의 사실이다.

결국 퇴계학맥은 우리 중세 문화의 골간을 형성했던 것이다. 이러한 연유로 퇴계에 대한 연구는 어느 분야에 못지않게 활발하게 진행되었지만 그 연구 역량은 퇴계와 일부 급문제자에게 편중되었다. 따라서 퇴계학맥을 종합적으로 고찰하기 위해서는 지역적으로 광범위하게 분포된 퇴계학맥의 전개 양상을 살펴야 할 것이다.

경북대학교 퇴계연구소는 1973년에 설립되어 지금까지 30여 차례의 학술대회를 개최하였으며 그동안 학술지 『퇴계학과 한국문화』를 35호까지 발간하였다. 그리고 1997년에는 국내외 퇴계학 연구 50년의 성과를 총결산하는 의미에서 『퇴계학연구논총』 전 10권을 간행하였으며, 뒤이어 퇴계학파라는 거대한 학문적 계보를 추적하여 그 학통을 분석 검토한 『퇴계문하 인물의 삶과 사상』을 간행하였다.

이어서 퇴계학파의 전국적인 분포를 검토하기 위하여 '퇴계학파(退溪學派)의 지역적 전개'라는 주제로 2000년부터 4년에 걸쳐 여섯 차례의 학술대회를 개최하였다. 이에 그 성과물을 엮어 한 권의 책으로 간행하게 된 것이다. 아무쪼록 이 책이 퇴계학파 연구에 하나의 단초가 되기를 기대하며 퇴계학파에 대한 지속적이고 심도있는 연구가 이어지기를 바라는 마음 간절하다.

마지막으로 이 책이 나오는데 도움이 되어준 집필진과 보고사 김흥국 사장께 감사를 드리는 바이며, 동학 제현들의 아낌없는 질정을 바라마지 않는다.

2004년 11월

경북대학교 퇴계연구소장

문학박사 박영호

차례

▶ 머리말 · 5

『도산급문제현록』의 집성과 간행 과정   9

월천 조목과 예안 지역의 퇴계학맥   33

학봉 김성일과 안동 지역의 퇴계학맥   61

서애 류성룡과 안동·상주 지역의 퇴계학맥   87

여헌 장현광과 선산 지역의 퇴계학맥   113

예천 지역의 퇴계학맥   143

우복 정경세와 상주 지역의 퇴계학맥   183

갈암 이현일과 영해 지역의 퇴계학맥   213

성재 금난수의 '학퇴계' 정신과 '주경함양' 공부   237

경당 장흥효의 사상과 문학   265

수암 유진과 『임진록』고   291

계암 김령의 삶과 문학   315

성주 지역의 퇴계학맥   371

퇴계학의 남전과 한주학파   401

금계 황준량 선생과 풍기 지역 퇴계학맥   425

귀암 이정과 사천·진주 지역의 퇴계학맥   441

황곡 이칭의 생애와 시세계 연구   467

밀양의 퇴계학맥   483

서울·경기 지역의 퇴계문인과 그 성격   507

성호 이익의 기자 인식   539

퇴계와 다산   563

퇴계와 다산의 심성론 비교   587

▶ 찾아보기 · 615

『도산급문제현록』의 집성과 간행 과정

1. 서론

퇴계학파 연구에 있어서 누구를 대상으로 할 것인가의 문제와 관련하여, 현재 가장 일반적으로 활용되고 있는 자료는 역시 퇴계문인록인 『도산급문제현록』(이하 본문에서는 『급문록』으로 줄임)이다. 또한 우리가 일상적으로 사용하는 퇴계학파라는 용어도 묵시적으로 『급문록』에 바탕을 두고 있다. 따라서 『급문록』은 퇴계학파의 범주를 정함에 있어 일차적인 기준이 되어 왔다. 그러나 『급문록』은 등재되어 있는 인물들의 급문사실에 대한 신뢰성, 그리고 그와 관련된 기술 내용의 적절성과 정확성 등을 둘러싼 시비가 간행 직후부터 끊이지 않았던 것이 또한 사실이다. 나아가 문인록 형식의 자료 자체에 대한 학계의 비판도 있었다.

그럼에도 불구하고 이와 관련하여 『급문록』에 대한 연구가 거의 이루어지지 않았으며, 『급문록』의 간행 과정과 정확한 시기조차 제대로 밝혀져 있지 않다. 이러한 문제는 단순히 문헌학적 고증상의 문제에 그치지 않고 퇴계학파의 '정체성' 문제로 이어진다. 그러므로 『급문록』을 객관적으로 검토, 평가하는 작업은 퇴계학파 연구에 있어서 중요한 과제라 할 수 있다.

필자는 이러한 관점에서, 우선 초고라 할 수 있는 이른바 사가본을 집성하여 『급문록』 초간본을 간행하는 과정, 이에 대한 비판이 제기되고 개간본을 간행하기까지의 과정과 개정된 내용, 그리고 『급문록』에 내포된 문제점 등을 『급문록영간시일기』 및 『도산급문제현록변정』을 중심으로 고찰하고자 한다. 본 논문은 어디까지나 퇴계학파 연구를 위한 하나의 기초 작업으로서 『급문록』의 형성 과정을 객관적으로 보여줌으로써 궁극적으로 퇴계학맥의 전개와 학통제자의 범주를 올바로 설정하는 데 목적이 있는 것이지, 『급문록』에 등재되어 있는 인물에 대한 평가나 그 간행을 둘러싸고 과거에 있었던 시비를 재론하려는 것이 아니다.

2. 『도산급문제현록』의 집성

『급문록』은 네 사람이 시차를 두고 작성한 초고에 의하여 성립되었다. 그 네 사람은 갈암 이현일의 제자 권두경과 퇴계 후손인 이수연, 이수항, 이야순이다. 이들이 초고를 정리하여 『급문록』이 성립되기까지의 과정을 「범례」에 근거하여 재구성하면 대개 다음과 같다. 퇴계문인록 작성에 처음 착수한 사람은 창설재 권두경(1654~1726)이었다. 그는 퇴계언행록을 정리하면서 얻게 된 급문제자에 관한 자료를 바탕으로 100여명에 달하는 문인록을 작성하였다.[1] 이 작업을 함에 있어서 가장 큰 어려움은 정치적으로 드러나지 않은 인물이나 지리적으로 멀리 있는 인물에 대한 고증상의 한계였다. 그는 이러한 사정에 관해 다음과 같이 말하였다.

> 대개 드러난 사람과 드러나지 않은 사람의 길이 다르고 멀리 있고 가까이 있는 지역이 다르다. 드러난 사람은 狀·誌 등 기록된 근거자료가 있지만 洛下와 湖中의 인사들은 멀어서 고증하기 어렵다. 드러난 사람도 이러하거니와 하물며 드러나지 않은 사람은 어떠하겠는가? 이런 까닭으로 高弟 십수 명을 제외하고는 세상에서 그 행적이나 급문사실을 알지 못하여 흠이 되기 일쑤였

---

[1] 그 명칭에 대해 『陶山及門諸賢錄』, 「凡例」에는 『溪門諸子錄』이라 하였지만, 權斗經 자신이 쓴 跋文 제목은 「及門諸子錄跋」이고, 李栽가 쓴 跋文 제목은 「跋陶山及門諸子錄」으로 서명 표기에 약간 차이가 있다. (『蒼雪齋集』 卷12, 『密菴集』 卷14).

다. 나는 이미 선생의 언행 출처에 관한 자료를 수집하여 通錄을 작성한 바 있는데, 다시 門下諸子의 행적의 대개를 밝혀서 『及門諸子錄』이라 하였다.[2]

이러한 문제점은 퇴계문인의 거주지가 전국에 걸쳐 있었기 때문에 더욱 심각하게 대두되었을 것이다. 권두경은 퇴계로부터 불과 150여년 후의 인물이지만, 그도 급문제현에 관한 완전한 파악 위에서 문인록을 작성한 것이 아니라는 얘기이다. 권두경과는 평생의 도반(道伴)이었던 밀암 이재(1657~1730)도 권두경이 작성한 문인록 초고가 완성된 것이 아니므로 박순, 조호익, 김낙춘 등을 추가하여 속편이 나와야 한다고 주장하였다.[3] 그리고 이러한 작업이 실제로 이루진 것은 퇴계의 6대손인 청벽 이수연(1693~1748)에 의해서였다. 이수연이 먼저 한 작업은 권두경이 작성한 문인록을 다시 고증하고 내용의 일관성을 유지하도록 정리하는 작업이었다.[4] 즉 이수연은 나름대로 다시 정리하는 동시에 60여명의 인사를 새로 추가함으로써 비로소 문인록의 체계를 갖추었고 이름을 『도산급문제현록』이라 하였다. 또 산후 이수항(1695~1768)이 다시 10여명을 추가하고, 『언행록』과 『문집』 가운데서 퇴계의 가르침, 주장, 왕복문자 그리고 문인들의 만, 제, 소 등을 붙였는데, 그 편집 형식은 퇴계가 편찬한 『이학통록』의 예에 따랐다.

원래 四家本이 있었는데 약간씩 상세하거나 간략하기도 하고 다르거나 같기도 하였지만, 山後本만이 『理學通錄』의 例에 따라 선생의 『言行錄』에 나오는 答問과 『文集』에 있는 書와 詩 그리고 諸賢이 당일에 지은 만사와 제문을 그 아래에 붙였다.[5]

---

2) "蓋顯晦路殊, 遠近地分. 其顯者固有狀誌記述之可據, 而洛下湖中, 遠而難徵. 顯者如此, 況其晦者, 以故高第十數公外, 世莫知其迹及門屛, 良爲欠典. 余旣蒐輯先生言行出處, 以爲通錄. 又考門下諸子行治之槪, 謂之及門諸子錄." (『蒼雪齋集』 권12, 「及門諸子錄跋」).

3) "惟朴思庵淳旣師事先生, 見嘗以一條淸氷之語, 見於其狀中, 則獨不宜見漏. 竊意公未及斷手者, 正在此等處也. ……幷芝山曺先生·百忍堂金公樂春事, 爲新增續錄. 此外如有合采入者, 且將隨得續編, 亦公之遺意也." (『密菴集』 卷14, 「跋陶山及門諸子錄」).

4) "陶山諸子錄前後作者, 詳略各異. 於是遂就而詳之, 使覽者有若夫子在座顔曾後先." (『靑壁集』 卷3, 「行略」, 季子世胤 撰).

즉 이수항이 추가한 문인의 수는 네 사람 가운데 가장 적었지만 문인록을 정리함에 있어서『이학통록』의 예를 적용함으로써 훗날 각각의 초고를 집성하여 하나의 문인록으로 만들 때 편집 기준이 되게 하였던 것이다. 그 후 퇴계의 9대손 광뢰 이야순(1755~1831)이 다시 수십 명을 추가함으로써 260여명이 되었다.[6]

이상을 사가본이라 하는데 1914년(갑인)에『급문록』초간본이 간행될 때 기본자료가 되었다. 그리고 갑인본 간행시에도 사가본에 포함되지 않은 40여명을 추가하고 아울러 도산서원에 소장하고 있던 제현의 만시 · 찰문을 실었으며 행적에 관해 부족한 부분은 실록 등에서 채록하여 보충하였다.

이상에서 약술한 바와 같이,「범례」의 내용을 보면 사가본은 각기 선행 초고 작성자가 정리해 둔 문인록에 새로 발굴된 문인 명단을 추가하거나 새로운 내용을 첨가하는 정도에 그친 것처럼 이해하기 쉽다. 그러나 관련 자료를 참고하면 실제로 사가본은 각기 독자적인 방식으로 기술되었을 뿐 아니라 그 내용에 있어서도 상당한 차이를 내포하고 있었던 것으로 보인다.[7] 따라서 사가본을 취합하여 하나의 문인록으로 집성하는 일은 당연히 시급하고도 중요한 과제였다. 그리고 이 일은 최종적으로 간행될 퇴계문인

---

5) "元來四家之本, 差有詳略異同, 而山後本, 獨依理學通錄例, 各以先生言行錄中答問及原集中書與詩, 又以諸賢當日挽祭附其下."(『陶山書院古文書Ⅰ』,「及門錄營刊時日記」, 단국대학교 퇴계학연구소, 1994, 166쪽. 5월 7일條).

6) 이와 관련하여 참고할만한 기록으로 四家本 가운데 가장 자료적 가치가 인정되는 이른바 靑壁本(필사본)에 서문 형식으로 첨부되어 있는 李晩淑의 기록이 있다. 이에 의하면, 蒼雪齋가 109명, 靑壁公이 52명, 山後公이 4인, 廣瀨公은 61인을 수집하였다고 한다. 이렇게 되면 총 220여명이 되고, 이 숫자는 지금까지 알려진 四家本 등재 총문인수 260여명과는 40여명의 차이가 난다. 이 부족분에 대해서, 柳致翊이 9인, 이만숙 자신이 35인을 수집하였다고 기록하였다. 이 말은 廣瀨本에는 90여명이 등재되어 있는데 그 가운데 61인은 廣瀨 李野淳이, 9인은 柳致翊이, 35인은 李晩淑이 수집했다는 것으로 해석할 수 있다. 지금까지 알려진 바와는 약간 차이가 있는데, 그 정확성 여부는 다시 확인해야겠지만 四家本 작성이 네 사람만으로 이루어진 것이 아니었다는 점은 확인할 수 있겠다.

7) "陶山及門諸賢錄, 始有蒼雪先生權公所纂輯, 而又有本家諸賢, 靑壁公, 山後齋, 廣瀨翁, 修輯各本, 藏在巾笥. 爲斯文未遑之事者久矣, 先父老尋常爲嘆."(같은 글) 그리고 앞의 註5번 내용도 참조하라.

록의 내용과 성격을 결정짓는 중요한 작업이었다.

  따라서 이 과정을 객관적으로 이해하는 것이 매우 중요하며 관련 자료의 확인이 절실하게 요청되는데, 현재로서 이 과정을 엿볼 수 있는 요긴한 자료가 바로 『급문록영간시일기』이다. 이는 최근까지 도산서원 광명실에 보관되어 있다가 한국국학진흥원에 옮겨와 있는 고문서 형태의 자료로서, 『급문록』 초고의 교감과 정리 과정을 잘 보여주고 있다. 이에 대한 이해를 바탕으로 사가본 가운데 현재 드러나 있는 청벽본(필사본)을 제외한 나머지 자료의 존재 여부를 확인하고 그 내용을 대조 분석하는 것이 차후의 과제일 것이다.

3. 『도산급문제현록』 초간본의 간행

  『급문록영간시일기』는 『급문록』 초간본이 간행되기 전 해인 1913(계축)년 4월 17일부터 6월 13일까지 간행사업의 발의에서부터 교감 과정, 이 작업에 주도적으로 참여한 인사들의 면면과 활동, 그리고 이 작업과 관련된 급문제자 후손들의 동향 등을 일기 형식으로 적어놓고 있다. 『일기』는 우선 『급문록』 간행의 발의 과정을 다음과 같이 서술하였다.

  『도산급문제현록』은 처음 창설 선생 권공이 편찬한 바 있는데, 다시 본가의 제현인 청벽공·산후공·광뢰옹이 각기 한 본씩 엮은 것이 있어 상자 속에 보관되어 있으니 (취합하여 하나로 만드는 일은) 사문의 시급한 사업이 된 지가 오랜지라 어른들이 언제나 탄식하여 왔다. 이에 연전에 李中植이 四家本을 취합하여 1冊으로 만들어 간행할 계획을 세웠다. 계축년(1913) 정월에 迂川의 李運淵(간재 후손)이 와서 제자록을 간행하는 일에 관해, 자기 고을에서 맡아서 간행할 뜻이 있음을 말하였다. 李中洙가 힐난하면서 말하기를, "이 일이 비록 시급한 일이기는 하나 다른 고을에서 함부로 간행할 일이 아니다. 운운" 하였다. 李運淵은 개탄하면서 돌아갔다. 李忠鎬가 李麟鎬·李斗鎬에게 "이웃

고을에서 이미 이 문제를 거론하였으니 일이 마땅히 간행할 수밖에 없게 되었다. 이 시점에서 發論하는 것이 어떠한가?" 하였다. 모두가 좋다고 하였다.[8]

이 예문을 통하여 사가본을 교감하여 하나의 문인록으로 간행하려는 계획을 세운 것은 1913년이었으며, 그러한 시도 자체는 그 전에도 퇴계 후손인 이중직에 의해 이루어졌음을 알 수 있다. 이러한 배경 위에서 그해(1913) 4월 17일에 종손인 이충호(1872~1951)가 도산서원 수석인 이중철(1848~1937)에게 간행을 위한 당회를 발의하였고, 4월 20일 농운정사에서 당회가 열렸다.[9] 그러나 이 날은 성원 미달로 산회되고 다시 24일에 모여서 비로소 소임을 분담하고 급문제현의 후승가에 통문을 발송하였다. 이 날 참여한 인사들이 『급문록』 간행을 주도하게 되는데, 그 면면과 분담 내역은 다음과 같다.[10]

「陶山諸子錄刊役時爬錄」

都都監	金基洛(幼學)
都監	李昺淵(幼學), 李中赫, 李燦和, 朴來鳳, 李晚鳳, 李中旭, 李中祐, 李晚始.
校正都監	李進和, 李晚煐(前校理), 李中稙(前參奉), 李中轍, 李中協(幼學), 琴岱基, 李康鎬(進士), 金輝瑢(幼學), 金魯憲, 李善求.
校正有司	李中均(進士), 李秉鎬(幼學).
寫本	李裕容(幼學), 金夏鎭, 李智淵, 金東植, 趙炳昱, 李中器.

---

8) "陶山及門諸賢錄, 始有蒼雪先生權公所纂輯, 而又有本家諸賢, 靑壁公, 山後齋, 廣瀨翁, 修輯各本, 藏在巾笥, 爲斯文未遑之事者久矣, 先父老尋常爲嘆. 迺於年前, 李中稙袞聚四家本爲一冊, 圖所以鋟行計矣. 癸丑正月日, 迁川李運淵(艮齋後承)來說諸子錄刊行事, 自其鄕有擔刊之意. 李中洙難之曰, 是雖未遑底事, 似非外鄕所擅刊云云, 李運淵慨嘆而去. 李忠鎬言于李麟鎬·李斗鎬曰, 自隣鄕旣發此論, 則事屬當刊, 及此發論如何. 僉曰甚善." (같은글)

9) 이 모임에는 李忠鎬 외에 서원 측에서 李中轍(首席), 李羲運·李用鎬(齋席), 李晚鳳(原任), 李中稙(參奉), 기타 會員 20餘人이 참석하였다. (『及門錄營刊時日記』, 4월 17일條).

10) 단국대학교 퇴계학연구소편, 『陶山書院古文書Ⅱ』, 1997, 229~232쪽.

板校都監	吳建永, 李中鐸, 李中實, 李晚璟, 李中參, 李學鎬.
監刻都監	金浩根, 權大永, 李中殼, 李中定, 李中逵, 李尙鎬.
監印都監	李中洙, 金魯博, 李中夔, 朴章煥, 金瑊燦, 李羲燦.
都辦	李春九, 李中奕, 李中燮, 李麟鎬, 李植淵(前參奉), 李斗鎬(幼學).
時到	李源求, 李中燮, 李用鎬, 李瀷淵, 李晚佐(前參奉), 李源甲(幼學), 李炳轍, 李羲震, 琴建基, 李源鳳.
直日	琴鏞夏, 李中業, 李中聃, 李述鎬, 李炳朝, 李中㸁, 李胤鎬, 李中基, 李性鎬.

그리고 본격적으로 문인록 초고의 교감에 들어간 것은 5월 6일 부터였으며, 6월 13일까지 계속되었다. 위의 「파록」에 따르면, 교감 작업을 주로 담당한 사람으로는 교정도감인 이진화, 이만규, 이중직, 이중철, 이중협, 금대기, 이강호, 김휘진, 김노현, 이선구와 교정유사인 이중균, 이병호였다.[11] 특히 이중협은 개인적으로 급문제현의 유적을 초록해 두고 있어서 급문사실에 관한 고증 문제가 제기될 때 중요한 역할을 하였음을『일기』는 보여주고 있다. 이로 미루어 당초 사가본에는 등재되어 있지 않았고 초간본을 간행하면서 새로 등재하였다고 하는 40여명의 문인들(후술하겠지만, 이들은 주로 권5 속록에 들어 있음)의 명단은 대개 이중협의 초록에서 나온 것이 아닌가 생각된다.[12]

다음으로 언급해야 할 것은 교감 과정에서는 구체적으로 어떤 논의가 있었으며, 또 급문제현의 후손들의 견해는 얼마나 반영되었는가 하는 점이다. 문인록 간행을 둘러싼 당시의 분위기는 결코 단순하지 않았다고 할 수 있

---

11)『일기』에도 李中均, 李善求, 李康鎬, 李中協, 李麟鎬, 李中喆, 李中轍, 琴坮基, 李忠鎬, 李中稙, 李斗鎬, 李用鎬, 李性鎬 등이 자주 등장하고 그들이 校正都監이나 校正有司와 일치하는 것으로 보아, 역시 이들이 교감 작업을 주도하였음을 알 수 있다.

12) 예를 들면 "請李中協所抄錄諸賢遺蹟, 略有攷證. (5월 25일條)；僉曰, 諸賢及門, 有或疑案, 則別錄何如. 李中協出私抄, 多有攷據, 抄定別錄.……李篁谷本無註脚, 而採取李中協抄錄. (6월 12일條)"과 같은 문장에서 이러한 판단이 가능하다.

다. 이 작업의 성격 자체가 그럴 수밖에 없는 것이었지만, 각 지역간의 견해 차이 뿐 아니라 교감을 맡은 실무진 내부에서도 견해가 분분하였음을 보여 준다.[13] 동시에 통문을 받은 제현의 후승자에서도 작업 기간 동안 직접 방문하거나 편지와 자료를 보내기도 하였다. 만약 선대와 관련된 내용이 누락되거나 소략할 경우에는 급문사실을 증명하는 편지(급문찰)를 가지고 방문하였으며, 주석에 들어갈 내용을 두고 장시간 논변을 하기도 하였다.[14]

따라서 교감 작업은 초고를 일일이 읽고 논변을 하면서 첨서, 개정, 산거하는 식으로 이루어졌고, 필요할 경우 광명실에 보관되어 있는 해당 문인의 문집을 가져오게 하여 「행장」이나 「연보」를 확인하기도 하였다. 또 지나치게 과장된 표현이나 '문벌이 미미하다.'는 식의 표현은 산거하였다. 그럼에도 불구하고 자료의 부족으로 인한 주석의 소략함을 한탄하였고, 이 교감 결과가 후에 정본이 된다는 생각에 서로 경계하면서 나름대로 최선을 다하였다고 적고 있다.[15]

교감을 완료한 후 마지막으로 한 일은 『급문록』의 전체 체제를 잡는 것이었는데, 『이학통록』의 예에 따라 조목(趙穆)의 「언행총록」과 기대승(奇大升)의 「묘갈명」 등을 편수(篇首)에 세운다는 것 등이 이때 정해졌다. 그 내용은 지금 우리가 보는 「범례」에 정리되어 있으며, 중요한 것을 들면 다음과 같다.

---

13) "蓋百年鄭重之擧, 苟欲竢衆難翕一之時, 則固無其期也, 薄暮罷會. 時各村議論持重者, 十居七八, 而宗君之意, 愈□□□□□求之意, 宗君叔父中寅氏之意, 亦然云. (4월 17일條) ; 李麟鎬, 自浮浦入來言, 浮浦議論, 亦無異同云云." (5월 11일條)

14) 『일기』에는 周村, 汾川, 金溪, 眞寶, 桃木, 沙村, 충청도魯城, 迂川, 浮浦에서 사람이 방문하였고, 鶴峯(金誠一)後孫, 春塘(吳守盈)嗣孫, 柏岩(金玏)後承, 高山(申滉)後承, 臨淵齋(裵三益)後孫, 晩翠堂(金士元)後承, 松庵(金沔)後孫이 방문한 것으로 되어 있다.

15) "校勘之際, 皆言, 此校後若正本, 則此校不可泛忽. 相告相戒, 刪之節之, 極務精察." (5월 19일條)

◦ 주석의 내용은 四家本의 原例에 의거하여 그대로 編印한다.

◦『理學通錄』이 朱門의 諸子錄이라면 이 책은 溪門의『理學通錄』으로서 전체적인 편집 체제는『理學通錄』의 例를 따른다.

◦ 연령순으로 배열한다. 四家本 가운데 蒼雪齋本(權斗經)은 李湛으로부터 시작하고 靑壁本(李守淵)은 鄭之雲으로부터 시작하는데, 鄭之雲이 李湛보다 연상이므로 靑壁本에 따른다.

◦ 舊本에는 연령순에 어긋나게 배열되어 있는 경우가 있지만 先輩들이 정한 것이므로 고치지 않는다.

◦ 첫머리에「序文」을 두는 것이 통례이지만, 선생문집과 언행록 간행시에「序文」을 쓰지 않았으므로 이 예에 따라 序文을 두지 않는다.

◦ 舊本에는 문인들의 輓詩・祭文 가운데 겨우 3분지1 밖에 入錄되지 않았다. 따라서 빠진 부분을 모두 이번에 入錄한다.

◦ 성명만 있는 경우도 그대로 싣는다.

◦ 선생의 子姪을 마지막에 배치한 것도 舊本에 따른다.

◦ 사실에 있어서 소략한 경우는 實錄 자료를 채록하여 보충한다.

◦ 權斗經本의「跋文」과 李守恒本의「凡例」가 있었지만 四家本 총합의 취지에 따라 싣지 않는다.

◦ 登門實蹟은『全書』, 輓・祭・錄, 諸賢의 手墨에서 취한다. 또한 이렇게 하고 나서 포함되지 못한 문인 약간 명은 지금 추가하여 續錄으로 한다.[16]

이렇게 해서 완성된『도산급문제현록』은 5권2책 혹은 5권4책으로 이듬해인 갑인년(1914)에 간행되었다.[17] 내용은 먼저 범례, 목록, 퇴계의「자명」, 기대승의「후서」, 조목의「언행총록」을 수록하였으며, 이어서 1권에서 5권까지 모두 309명의 문인에 대한 성명, 자, 호, 본관, 거주지, 생년, 퇴계와의 관계, 관력을 비롯한 인적사항 등을 기록하였다. 그리고 나서 퇴계와의 사제관계를 뒷받침하는 서・시・만・제・록 등 증빙자료를 제시하여 놓았

---

16)『陶山及門諸賢錄』,「凡例」.

17) 계명대학교 한문학연구회에서 영인한 판본이나 성균관대학교 대동문화연구원에서 영인한 판본이 이에 해당한다. 두 가지 판본은 모두 초간본 계열로서 그 내용에 있어서 거의 전부 일치하고 문인표기에 있어서 사소한 차이(卷4의 金允明은 성균관대본에는 金允欽으로 표기됨)가 발견되지만, 개간본과는 상당한 차이가 있다.

다. 이미 언급하였듯이 이야순이 마지막으로 정리한 문인록의 등재 인원은 260여명이었으므로 추가된 인원은 약 40명이라는 얘기인데, 이들은 교감 과정에서 새로 발굴된 인물들로서 속록(권5)으로 구분되어 있다.

이상은 『급문록』이 갖는 일반적 특징을 서술한 것이지만 개간본이 나오기 전에 간행된 판본들 간에도 약간씩 차이가 있어 정확히 어느 판본이 최초 간행본인가 하는 것은 서지학적 관점에서 세밀한 조사를 거친 후에 결론을 내릴 수 있을 것으로 본다. 다만 이들 초간본 계열은 나중에 간행된 개간본과는 상당한 내용상의 차이를 보이고 있다는 점은 쉽게 확인할 수 있다. 이러한 초간본과 개간본의 차이점을 분명히 해 줄 뿐만 아니라 개간의 배경을 어느 정도 알 수 있게 해 주는 것이 바로 『도산급문제현록변정』(이하 본문에서는 『변정록』으로 줄임)이다.

4. 『변정록』과 개간본의 간행

비록 『급문록』은 간행되었지만, 그 내용에 있어서는 초간본을 위한 교감 과정에서 드러났듯이 근원적으로 논란의 단서를 내포하고 있었다. 물론 이 점은 퇴계문인록에 한정되는 문제가 아니라 모든 문인록 형태의 자료에 공통적으로 존재하는 문제이다. 어쨌든 이로 인하여 초간본이 간행되자 마자 각지로부터 이의제기가 있었던 것이 분명하다. 주로 편지를 통하여 자신의 선대와 관련된 개인적인 의사표명이 대부분이었을 것으로 짐작되지만, 『변정록』은 풍산 지역을 중심으로 서애학맥에서 이루어진 본격적인 비판서였다는 점에 의미가 있다. 그리고 그 내용도 체제에서부터 등재된 문인 각각의 급문사실에 관한 고증, 기술 내용, 그리고 오탈자에 이르기까지 상세하게 검토 비판하고 있다.

당연히 이러한 작업은 한두 사람의 개인이 감당할 수 있는 일이 아니었으며, 당시 병산서원에 출입하던 유생들의 집단적 참여 하에 이루어진 작업이었다. 그러므로 이 작업에는 단순히 학문적인 문헌비판 차원을 넘어서 퇴계 학통 계승을 둘러싼 계파적 갈등이라는 측면에서 이른바 '병호시비'의 연장선에서 볼 수 있는 측면이 있다. 그러나 이 문제는 본고의 주된 논의 대상이 아니다.

『변정록』은 『급문록』을 비판하기 위한 목적으로 쓰여졌지만, 우리에게는 『급문록』의 개간 과정과 배경을 파악할 수 있는 요긴한 단서가 내포되어 있다는 점에서 주목의 대상이 된다. 다음의 언급이 그간의 사정을 말해주고 있다.

> 『급문록』의 초간본은 갑인년(1914)에 나왔지만 그 가운데 주석을 잘못 단 경우가 많았다. 그러므로 이때부터 변정이 이루어졌는데, 저들은 되는대로 깎아내고 보충하여 병진년(1916)에 개정을 하였다. 초간본과는 다르지만 편말에 "甲寅 五月日 陶山書院 刊行"이라고 11글자를 덧붙인 것은 '감추고 숨기려는'(掩諱) 의도이다. 따라서 이에 다시 追辨을 덧붙인다.[18]

이를 통하여 초간본이 나온 지 2년 후에 개간본이 나왔을 뿐만 아니라, 『급문록』 권5 말미에 "甲寅 五月日 陶山書院 刊行"이라고 각인되어 있는 판본이 사실은 병진년(1916)에 간행된 개간본임을 알 수 있다. 후술하겠지만 초간본과 개간본 사이에는 상당한 많은 차이점이 있는데, 문제의 11글자가 덧붙여져 있는 판본에서 거의 이 「추변」의 지적대로 실제로 수정이 되어 있는 것을 보면 이는 틀림없는 것으로 보인다. 또한 개간을 주도한 사람도 초간에 참여했던 인물이었다.[19] 아울러 위의 인용문은 이러한 개간본

---

18) "及門錄初刊在甲寅, 而錄中註誤處多. 故自此爲辨訂之擧, 則彼乃隨手刪補, 改定於丙辰. 與初本不同, 而篇末添書甲寅五月日陶山書院刊行十一字, 欲爲掩諱之計, 故玆復追辨於後." (『辨訂錄』, 「陶山及門錄改刊後追辨」).

19) 일제시대인 1922년(大正11)에도 도산서원에서 『급문록』을 간행하였는데, 여기에도 문제의 이 11글자의 문구가 그대로 있을 뿐만 아니라 편집 겸 발행자가 李忠鎬로 되어 있는 것을 보면 改刊을 주도한 사람도 초간 때와 거의 동일하였을 것으로 보인다.

이 나오게 된 배경에는『변정록』이 있었음을 암시하고 있다. 그렇다면『변
정록』은 언제 이루어졌으며, 개간본을 간행하는 데는 어떤 영향을 끼쳤을
까? 이 부분을 이해하는 데는 다음 언급이 참고가 된다.

> 그 (개간본의) 절차를 자세히 살펴보면, 우리의 辨訂에 나오는 語句를 표절
> 하여 임시로 꿰매고 덮어 가리려는 (彌縫掩覆) 계책으로 삼은 데 불과하다. 옛
> 사람이 "말을 조심하지 않으면 안됨이 이와 같다."고 하지 않았는가? 만약 追
> 改할 때 참고하여 고치고 또 고쳐 변정할 것이 없어지면 사문을 위해 다행이
> 아니겠는가?[20]

이 말로 미루어 보건대, 개간본이 나오기 전에『변정록』이 있었다는 얘
기이다. 그러나 이 개간본 이전의『변정록』이 목판으로 간행되었는지 필사
형태로 존재하고 있었는지는 확인할 수 없고, 필자가 참고한『변정록』은
개간본이 나온 병진년(1916) 이후에 간행된 5권 2책의 목판본이다.[21]

현재 국내 주요 대학도서관에 소장되어 있는『변정록』을 보면, 표지서명
즉 외제는『변정록』,『제현록』,『급문록변정』등으로 다양하지만, 서명의
기준이 되는 권수제(내제)는『도산급문제현록변정』으로 되어 있고, 판심에
는『도산급문록변정』으로 되어 있는 점은 공통적이다. 그러나 전체 5권 가
운데 제1권의 권수(卷首)에는 유독『도산급문제현록』으로 되어 있어 불완
전한 면이 있고, 필사본의 형태로 존재하는 경우도 있다.[22]

---

20) "細攷其節次, 則不過剽竊我辨訂中句語, 以爲彌縫掩覆之計. 古人所謂辭之不可以已者, 有
   如是耶. 若使追改之際, 參互攷證, 改之又改, 將無事於辨訂, 則寧不爲斯文之幸."(『辨訂錄』,
   「陶山及門錄改刊後追辨」).

21) 영남대학교 도서관 미산문고 소장본이다. 이 판본의 표지서명은『辨訂錄』이며「陶山及門錄
   改刊後追辨」이 있으므로 빨라도 병진년(1916) 이후에 간행되었다는 것은 알겠는데, 그 이상
   의 단서를 찾을 수 없었다. 그 후 계명대학교 도서관에 소장되어 있는『변정록』을 보게 되었
   는데, 표지서명이『及門錄辨訂』으로 영남대본과 다른 점을 제외하면 모두 동일하다. 중요한
   사실은 계명대본에는 '大正8年(1919) 屛山書院 刊行'이라는 서지사항이 분명하게 각인되어
   있다는 점이다. 이점은『변정록』이 병산서원에서 간행되었다는 사실과 그 구체적 연대를 분
   명하게 기록으로 밝혀 놓았다는 점에서 중요한 의의를 갖는다.

22) 경북대학교 도서관 연중당문고 소장본『陶山及門諸賢錄辨訂』이 있는데, 조선총독부조선사

『변정록』의 체제는『급문록』의 체제와 내용을 그대로 옮기되 문제가 되는 부분에 '변' 혹은 '근안'이란 표시와 함께 주를 달아 놓았으며, 편수에는 「도산급문제현록변정범례」가 있고 편말에는 「도산급문록개간후추변」이 있다. 「변정범례」에서는『변정록』을 간행하게 된 배경과『급문록』의 전반적인 문제점에 관해 말하고 있고, 「추변」에서는 위에서 언급한 바와 같이『급문록』의 간행과 관련된 사실과 개간본에서의 구체적인 수정 내용, 그리고 앞으로 더 수정해야 할 내용을 정리해 두었다. 우선 「추변」에 의하면 개간본에서 수정된 부분은 다음과 같이 정리된다.

- 권1 : 「범례」 가운데 "二十"에서의 '二'字는 개간본에는 六으로 고쳤다. 「목록」에서 고친 곳은 너무 많아서 다 기술할 수 없다. 「자명·후서」는 개간본에는 「언행총록」 다음에 있다. 「자명·후서」에서의 "陶叟"의 '叟'字는 개간본에서는 正字(叟)로 썼다. 「언행총록」은 개간본에는 「자명」 앞에 있다. "完養"의 '完'字는 개간본에는 '充'字로 되어 있다. "拱璧"의 '璧'字는 개간본에는 '壁'으로 되어 있다. 靜存齋 李湛에 관한 註에 "其可"의 '可'字는 개간본에는 산거되었다. 龜巖 李楨에 관한 註에서 小註 12字는 개간본에서 20字로 추가되었다. 恥齋 洪仁祐에 관한 註에서 "詮揀"의 '詮'字가 개간본에서는 '銓'으로 바뀌었다. 訥齋 金生溟에 관한 註에서 "司馬" 이하에는 개간본에서 19字가 추가되었고, "磨谷" 다음에는 '祠'字가 추가되었다. 詩 一絶이 산거된 대신 작은 동그라미 다음에 13字가 추가되었다. 時雨 洪渾에 관한 註에 "任眞"의 '眞'字는 개간본에서 '直'字로 바뀌었다. 雪月堂 金富倫에 관한 註에서 "容易"의 '易'字가 개간본에서 '已'字로 바뀌었다.

- 권2 : 東岡 南彦經에 관한 註에 "此諭"의 '此'字는 개간본에서는 '來'字로 되었다. 默齋 朴士熹에 관한 註에 詩 一絶이 개간본에 추가되었고 小註 39字가 산거되었다. 松巖 權好文에 관한 註에 "古人" 다음에 '云'字가 추가되었다. 文峯 鄭惟一에 관한 註에 "得非" 다음에 '有'字가 추가되었다. "使彼"

편수회 도서등록印이 찍혀 있으며 필사본을 영인한 것으로 보인다. 이 책은 篇首에 있는 「陶山及門諸賢錄辨訂凡例」 등 다른 부분은 영남대본과 같지만 권5 말미의 「陶山及門錄改刊後追辨」은 보이지 않는다. 따라서 이것은 필사하는 과정에서 누락했을 수도 있고, 어쩌면 정식으로 판각하기 이전에 있었던 필사본일 수도 있다.

다음에 '挾'字가 추가되었다. 栗谷 李珥에 관한 註에 "工夫" 다음에 '切'字가 추가되었고, "其理"의 '其'字는 窮으로 되었으며, "持敬"의 '持'字는 산거되었다. 南峯 金弘度에 관한 한 行은 개간본에서는 제2권 하편으로부터 (1권 하편으로) 옮겨 왔다.

◦ 권3 : 波谷 李誠中에 관한 註에 挽詩 한 수가 새로 추가되었고, 본래 있던 두 수의 挽詩는 그 순서가 바뀌었다. 蘆雲 李福弘에 관한 註에 "工曹參議"가 工議로 바뀌었다. 艮齋 李德弘에 관한 註에 "推之"의 '之'字는 '而'字로 바뀌었고, "仰笑"의 '仰'字는 '迎'으로 바뀌었다. 壺峯 宋言愼에 관한 註에 "實爲" 다음의 '虛'字는 疏로 바뀌었다. 丹厓 李敬中에 관한 註에 "東儒"의 '東'字는 羣으로 바뀌었다. 寒岡 鄭逑의 휘인 '逑'字가 개간본에는 正字로 쓰여졌다.

◦ 권4 : 勿庵 金隆에 관한 註에 "承旨" 다음에 4字가 추가되었다. 翠巖 琴義筍에 관한 註에 "友叔"의 '叔'字는 卿으로 바뀌었다. 潛齋 張謹에 관한 註에 "監司祉玄孫" 5字가 추가되었다. 魯村 鄭允良에 관한 註에 "五十八"을 六十六으로 고쳤다. 具贊福에 관한 註에 "階通政"을 官部將으로 바꾸었다. 趙容에 관한 註에 "之"字는 산거하고 "文正公" 3字를 넣었다. 重湖 尹卓然에 관한 註에 "漆原人" 다음에 21行을 추가하였다. 金守愚는 산거하고, 靑巒 金允欽을 밑에서 옮겨왔다. 南峯 金弘度에 관한 1行은 제1권 하편의 말미로 옮기고, 金彦琚를 넣었다. "金允欽" 3字는 산거하고 대신에 "金允明字守愚" 6字를 넣었다. "柳仲章"의 '柳'字는 '朴'으로 고쳤다.

◦ 권5 : 杏巖 李聞樑에 관한 註에서 "七十一"은 七十四로 고쳤다. 秋月軒 蔡應龍에 관한 註에서 "仁同"의 '同'字는 川으로 고쳤다. 下巖 金夢得에 관한 註에서 "得字" 다음에 15字를 추가하였다. 樗軒 朴民獻에 관한 註에 '希正' 2字를 추가하였다. 春軒 徐崦에 관한 註에 '鎭之' 2字를 추가하였다. 守慕 朴頓의 註에 "和叔" 다음에 43字를 추가하고, 또 祭文 6行을 추가하였다. 無患堂 朴大立에 관한 註에 '守伯' 2字를 추가하였다. 裵三近에 관한 註에 "唱和" 다음에 있는 '詩'字를 산거하였다. 편말에 "甲寅 五月日 陶山書院 刊行" 11字를 추가하였다.[23]

---

23) 『辨訂錄』, 「陶山及門錄改刊後追辨」.

이상에서 말한 내용은 실제로 개간본을 보면 거의 그대로 수정이 되어 있으나, 일부는 현재 우리가 보는 개간본과 다른 경우도 있다. 예를 들면 "「자명·후서」는 개간본에서는 「언행총록」 다음에 있다."거나 "「자명·후서」에서의 '㙜'자는 개간본에는 정자(叟)로 썼다."고 했지만, 실제로 확인해 보면 바뀌지 않았음을 알 수 있다. 또 "「범례」의 '二十'에서 二字는 개간본에서 六으로 고쳤다."고 하였는데, 실제로는 현재 확인할 수 있는 초간본 계열의 판본에 원래 六으로 되어 있음을 알 수 있다. 그러나 필자가 조사한 바에 의하면, 개간본만 해도 최소 2~3종이 있는 것으로 보아, 이 지적 자체가 잘못되었다기보다는 우리가 알지 못하는 또 다른 초간본이나 개간본 혹은 보각본의 존재 가능성을 의미하는 것으로 생각된다.

어쨌든 여러 의문점에도 불구하고 개간본에서는 대폭적인 수정이 이루어졌다고 할 수 있다. 그리고 이러한 수정에 대해서『변정록』은 '표절'이라는 표현을 쓸 정도로 개정 과정에서 중요한 역할을 했음을 주장하고 있다. 동시에 "다만 그 고친 곳이 자구와 같은 자질구레한 것에 불과하고 전체적인 체제에 있어서는 여전히 문란하다. 김홍도 부자의 순서가 뒤바뀐 것은 바로 잡았지만, 그 외 형제·옹서·숙질은 여전히 초간본과 마찬가지로 순서가 거꾸로 되어 있다. …… 또한 김언거는 본래 사가본에 없었고 새롭게 얻은 사람인데, 어째서 속록에 넣지 않고 함부로 원록에 넣었는가?"[24]라고 하여 마땅히 추가적인 개정이 이루어져야 함을 주장하였다.

『변정록』은 그 자체도 어떤 한 계파의 견해를 대변하고 있으므로 그 주장에 전적으로 의존해서는 안되지만, 그 안에 담고 있는 많은 새로운 사실들은 『급문록』을 보완하는 자료로 유용하게 활용해야 할 것이다. 덧붙여 언급해 두지 않을 수 없는 점은, 위에 인용한 「추변」의 내용 중에도 나타

---

24) "但其所改之處, 乃是字句零瑣之間, 至於宏綱大目, 依舊紊亂. 南峰之父子倒序, 雖曰釐正, 其他兄弟翁壻叔姪之倫, 一從初本之顚錯.……且金公彦琚, 旣不繫於四家之本, 實是今得之賢, 則何以不在於續錄之例, 而驀地添入於鑿空之板乎?" (같은 글)

나듯이 약간 지나치다 싶을 정도의 표현에 관한 것이다. 여기에는 퇴계 이후 계파간의 갈등이나 문인 선정과 관련하여 주관적인 관점이 개재되어 있다고 보아야 하겠는데, 본고에서는 그런 점을 부각시키기 보다는 다만 퇴계문인록에 대한 객관적 이해라는 점에 한정하여 논의하고자 하는 것이다.

5. 『도산급문제현록』에 대한 비판과 보완

이미 언급했듯이 과격한 언사에도 불구하고『변정록』을 도외시할 수 없는 이유는 그 변정 내용이『급문록』의 문제점을 상당히 정확하게 지적하였고 많은 부분에서 보완하고 있기 때문이다. 우선『변정록』은『급문록』이「범례」에서 내세운 기본적인 편집원칙에 대해 조목별로 비판하였는데, 요지를 정리하면 다음과 같다.

- 노선생의 후손들이 公議를 거치지 않고 함부로 미완성본인 四家本을 가지고 임의로 버리거나 취하고 함부로 뒤섞어서 사사롭게 간행하였다. 따라서 학문에 나아간 순서나 문하에서 화기애애하게 강론하던 흔적을 제대로 후세에 전할 수 없게 되었다.

- 이 本은 四家本의 원래 기록에 의거 편찬했다고 하였지만 실제로는 편찬 과정에서 임의로 취하거나 깎아낸 부분이 많아서 이미 원래 기록과는 다르게 되어 버렸다. 따라서 四家本의 원래 내용과 비교하여『급문록』의 오류를 밝혀야 하는데, 여기서 기준이 될 수 있는 것은 蒼雪齋本과 靑壁本이다. 이 두 가지 本은 본래 모습에 가깝고 기록한 내용도 번잡하지 않다.

- 이 本은 溪門의『이학통록』이라 하여 편집체제에 있어서도『이학통록』의 예를 따른다고 하였지만,『급문록』에 실린 문인들은 그야말로 급문제자로서『이학통록』에 실려 있는 元明代의 재전 삼전제자들과 같을 수 없다는 점에서『급문록』을『이학통록』과 같이 볼 수 없다. 나아가『급문록』은 노선생의 작위와 시호를 篇首에 세우지 않는 등 실제로 편집 체제에 있어서『이학통록』의 예를 따르지도 않았다.

◦ 이 本의 배열은 연치 순서에 따랐고 간혹 뒤바뀐 경우가 있어도 선배들이 정한 것이라 함부로 손대지 않는다 하였지만, 연치를 따지면서 賢人의 순서를 따지지 않는 것은 선생의 가르침에 비추어 크게 잘못된 것이다. 또 순서가 뒤바뀐 것을 선배들이 정했다 해서 손대지 않는 것은 선생의 가르침에는 허물이 되지 않는다 해도, 아들이 아비 보다 앞에 있고 동생이 형 보다 앞에 있는 것은 倫常의 도리에 어긋나는 것이다.

◦ 이 本에는 교정이 제대로 되지 않은 곳이 너무 많다. 성이나 이름이 바뀐 경우가 그 한 가지이다. 또 선생의 별호인 陶叟의 ‘叟’자를 속자로 쓴다든가, 나라의 묘호를 구분하지 않고 聯行直書하거나 벼슬에 관한 ‘除’ 혹은 ‘贈’字의 사용에 있어서 잘못이 많다는 것 등이다.

◦ 급문사실을 입증하는 자료로서 錄·詩·書·輓·祭 등을 실었는데, 이러한 글을 발췌함에 있어서 정작 학술적 가치가 있는 부분은 버리고 별로 중요치 않는 글을 자료로 삼았다. 또 잘못 깎아 내어 엉뚱한 문맥이 되거나 본래 의미를 버리기도 하였다.

◦ 『도산급문록』이라면 선생이 중심이 되는데, 이 本에는 ‘公’이라는 칭호를 사사문인과 사숙문인에게 구분하지 않고 사용하였다.

◦ 제현의 부형을 소개하면서 그 顯晦와 詳略에 있어서 구분이 없다. 또 관직이나 자호에 대한 호칭에 있어서도 불충분한 점이 있다.

◦ (총괄) 변정 작업은 하지 않을 수 없다. 『급문록』은 그 중요성이 실로 자별하지만, 예안에서 사사로이 간행한 판본[私刊之本]에는 문제가 많은 까닭에 그대로 후대에 전할 수 없다. 그러므로 이 판본 가운데 순서가 바뀐 경우와 기재 내용이 빠지거나 소략한 경우, 그리고 뒤섞여 있는 경우를 일일이 가려내어 밝히거나 고치고 보충하였다. 그 내용은 ‘謹按’이란 두 글자로 구별하여 후세 사람으로 하여금 취사하게 하였다.[25]

요컨대, ① 퇴계 후손들이 중심이 되어 공론을 거치지 않았다는 것, ② 사가본의 내용을 임의로 취하거나 깎아낸 결과 원래 내용과는 다르게 되었

---

25) 『辨訂錄』, 「陶山及門諸賢錄辨訂凡例」.

다는 것, ③『이학통록』의 체제를 따른다고 했지만『이학통록』과『급문록』
은 그 성격이 다르다는 것, ④ 배열 순서에 있어서 합리적인 원칙이 결여되
어 있다는 것, ⑤ 성이나 이름이 바뀌거나 정자가 아닌 속자를 쓰는 등 교
정상의 오류가 많다는 것, ⑥ 급문 사실에 대한 입증 자료로 각종 글을 발
췌함에 있어 중요한 학술적 가치가 있는 부분은 놓아두고 별로 중요치 않
은 글을 자료로 삼았다는 것, ⑦ 용어나 호칭 사용에 있어 정확성과 일관성
이 결여되어 있다는 것 등이다.

  이러한 전제 위에서『급문록』에 등재되어 있는 거의 모든 문인에 대하
여 변정을 하였다. '근안(謹按)'으로 표시되어 있는 변정 부분은 그 분량으
로도 결코 적은 것이 아니지만, 내용에 있어서도 짧은 시간에 쉽게 내놓을
수 있는 성격의 것들이 아니다. 대표적으로 중요한 몇 가지 예를 들어 본다
면, 다음과 같다.

  (1) 배열 순서에서 문제를 제기한 경우: 대표적으로 정지운(鄭之雲)이『급
문록』의 맨 처음에 올 수 있는가에 관해 의문을 제기하였다. 학문으로 보
아도 정지운이 주자 문하의 채서산(蔡西山)이나 황면재(黃勉齋)와 같을 수
없으며, 연치로 보아도 박운(朴雲, 퇴계보다 8세 연상)이나 정이청(鄭以淸, 퇴계
보다 3세 연상)보다 적다는 사실을 지적하였다. 그 외에도 김생명(金生溟), 서
해(徐嶰) 등 서치의 원칙에 맞지 않은 경우를 일일이 지적하여 놓고 있다.

  (2) 주석의 오류나 전거에 대한 확인이 철저치 못한 경우: 문위세(文緯世)
가 31세에 처음 퇴계를 배알하였는데도 13세에 선생에게 유문(遊門)하였다
고 한 것이나, 신호(申濩)가 출생한 것이 만력 신묘년이라면 1591년이 되는
데 어찌하여 급문제가가 될 수 있었는가 하는 것이나, 홍혼(洪渾)의 등과시
기에 관한 오류 등을 지적하였다. 그 외에도 이름, 자호 등을 새로 고증한
경우는 수없이 많은데, 특히 권4에 성만 있는 '조(曹)'의 경우, 이름을 희장
(希章)이라고 밝혀 두고 있다.

  (3) 편서의 상례에 어긋나는 경우: 김수일(金守一)은 향년이 56세인데 '조

졸(早卒)'이라고 한 것이나, 이연량(李衍樑)은 창설재본에는 들어있지 않지만 청벽본에는 들어 있으므로 이른바 '금득지현(今得之賢)'은 아닌데도 원록에 넣지 않고 속록에 넣은 것 등을 지적하였다. 또 '속록'이란 형식은 원록이 간행된 후 추가로 새로 편찬하는 경우에 쓰는 말인데『급문록』에서는 단지 새로 발굴하였다 해서 초간본이 간행되기도 전에 속록이라고 한 점을 지적 하였다. 나아가 속록에 포함된 인물은 "십수 인을 제외하고는 모두 벼슬아 치 가운데 뛰어난 인물이며 향리에 은거하는 유일(遺佚)인데, 진실로 급문 실적이 있다면 비록 사가본에 포함되지 않았다 해도 어찌 따로 구분하여 속록이라 할 수 있는가?"26) 하였다. 속록에 포함된 사람들은 교감 과정에서 추가된 경우인데, 이들의 공통점은 정치적으로 성공한 인물이라는 점에서 그 추가의 객관성에 대해 의문을 제기한 것이다.

  ⑷ 퇴계문인으로 보기 어려운 경우: 이점에 관해『변정록』은 상당히 적 극적으로 기술하고 있는데, 해당 인물에 대해서는 그 사유와 근거를 밝혀 두고 있다. 예를 들면, 송암 김면(松庵 金沔)에 대해 "번암 채제공(樊巖 蔡濟 恭)이 쓴「비명」에 '남명(南冥)을 스승으로 하고 한강(寒岡)을 붕우로 하였 다.'고 했으며 (퇴계에게) 급문했다는 사실에 대해서는 한 마디도 언급이 없 으니, 그렇다면 이 본 중에 '종선생학(從先生學)'이라는 네 글자는 어디에 근 거를 두고 한 말인가?"27)라는 식이다.『변정록』은 이러한 문제점이 사가본 의 내용을 임의로 취사한 결과라고 하여 사가본 본래의 내용을 확인할 것 을 주문하였다. 나아가 이렇게 볼 경우 창설재본과 청벽본이 비교적 공정 하고 신뢰할 만한 기준이 된다고 주장하였다.28)

---

26) "試就其錄中, 有如李鷺渚・尹竹窓・尹梧陰・沈巽菴・曹鼎谷・洪拙齋諸公, 俱以一代傑 然之才, 或爲淸朝藎臣, 或爲中興碩輔, 當世之倚毘何如, 後來之推重何如, 而餘外十數賢, 亦 莫非襟紳之翹楚, 林泉之遺佚也. 苟有及門之實蹟, 縱未及收取於四家之本, 烏可以是爲辭而 顯示, 界限之別名之, 以續錄矣乎?"(『辨訂錄』卷五, 續錄「謹按」).

27) "樊巖蔡文肅公濟恭, 撰碑銘曰, 以南冥爲師, 寒岡爲友, 而無一言言及及門事者, 然則此本 中, 從先生學四字, 攷據於何書耶?"(『辨訂錄』卷三, 金沔「謹按」).

28)『변정록』은 이 두 本에 공히 등재되지 않은 인물에 대해서는 "雪壁二錄幷不載"라고 표시해

이상에서 언급한 내용들 역시 근원적으로『변정록』편찬자의 주관적 관점을 벗어나기 어렵다. 예를 들면 김성일(金誠一) 부분에서「병명」의 전문을 실은 데 대한 비판, 유성룡(柳成龍) 부분에서 여강서원에 동배위(東配位)된 사실을 퇴계적전으로 해석하려는 관점 등 시종 급문제현 가운데 서애 유성룡의 '정통적 위치'를 옹호하는 입장을 견지하고 있는 점[29] 등이 그 증거가 된다.

그러나 이러한 문제점에도 불구하고『급문록』의 문제점을 객관적으로 이해하고 그 한계를 보완하는 데는 큰 도움이 된다고 본다. 마지막으로, 그렇다면『변정록』의 작성과 간행에 주도적으로 참여한 인사는 누구였는지 생각해 보지 않을 수 없다. 그러나『급문록』의 경우와는 달리, 현재 병산서

두고 있다. 따라서 현재로서는 이 두 本을 직접 볼 수 없지만, 두 本에 등재되었던 인물을 파악하는 것은 이 표시가 없는 인물만 따로 구분해 봄으로써 가능하다.

29) (『급문록』의 趙穆에 관한 註에 正祖 御製「題先正退溪簡帖後」를 실은 것에 대해) "지금의 군자들은 (정조 임금이 퇴계를) 공경한 뜻을 완전히 숨기고 임금의 글을 公에 관한 註에 편입시켰으니,……임금의 말 가운데 과연 한 마디라도 公에 대해 말한 것이 있는가?"『변정록』권2, 趙穆에 관한 謹按 부분. ; (『급문록』의 金誠一에 관한 註에「屛銘」전체를 실은 것에 대해) "이 本을 만든 사람은 오히려 전편을 여기에 편입시켜 마치 이 銘으로 溪門傳受의 旨訣로 삼은 듯이 하였으니 또한 속이는 것이 아닌가? 오호! 老선생(퇴계)께서 어찌 道統을 자임하여 제자에게 써 주었겠으며, 학봉은 또한 傳道를 자임하여 노선생께 전수받았다고 할 수 있겠는가?" ; (같은 곳에서 "西厓가 '執鞭하기를 求하였으나 이루지 못하였다.'고 칭송하였다." 는 부분에 대해) "執鞭 운운 한 것은 西翁이 이런 칭송을 한 적이 있는지는 알지 못하지만, 그 설은 敬堂 張興孝의 문집에서 처음 나온 것이며 老선생도 학봉을 위해 지은 詩에서 '내가 執鞭하지 못한 것을 恨한다.'고 한 적이 있으므로, 이런 말은 사우간에 보통으로 하는 칭찬의 말에 불과하다." 같은 책, 권3, 金誠一에 관한 謹按 부분. ; (『급문록』의 李德弘에 관한 서술 가운데 "서애가 그의 선견지명에 탄복하였다."는 표현에 대해) "『서애집』가운데……「연보」와「부록」에도 당시 사람의 칭송을 포괄적으로 언급하였을 뿐이다. 지금의 군자들이 어디에 근거하여 이런 말을 하는지 모르겠다. 당시 사람들이 (보통) 칭송하던 내용을 大賢으로 표현하는 것은 그 속임이 심하다." 같은 책, 李德弘에 관한 謹按 부분. ; (廬江書院 배향 시 愚伏 鄭經世가 유생의 문목에 답하여 "文廟의 座次에 따르면 그만이지 어찌 다른 말을 들을 필요가 있는가?"라고 했던 말을 인용하며) "대개 다른 서원과 구별하여 '공자가 자리에 앉고 안자와 증자가 제자리를 잡는' 뜻을 취하여 학문연원의 일대 축으로 삼고자 한 것이다. 註跋 가운데 마땅히 이러한 사실을 택하여 嫡傳이 (서애에게) 있음을 밝혀야 하는데, 지금은 입을 닫고 말하지 않으며 거두절미 '東配位' 석 자만을 썼으니, 文莊(정경세의 시호)공의 정론은 가리고 은폐하는 것이 될 뿐이고 기재 내용은 사실과 다름이 얼마인가?" (같은 책, 柳成龍에 관한 謹按 부분.)

원에는 일기를 비롯한 이와 관련된 어떤 형태의 자료도 남아있지 않다.[30]

다만 풍산 지역 유림사회의 동향을 살펴볼 때 나름대로 독자적인 퇴계문인록을 준비하고 있었음을 확인할 수 있다. 한 예가 바로 겸암 유운용(謙庵柳雲龍)의 10세손인 유도희(柳道禧 : 1828~1905)가 작성한 『도산문인록』이다. 이것은 지금 남아있지 않으므로 정확히 알 수 없지만, 이만인(李晩寅 : 1834~1897)이 작성한 서문의 내용으로 미루어 사가본 가운데 청벽본에 바탕을 둔 비교적 간략한 형태였던 것으로 보인다.[31] 비록 간략하지만 이러한 편집 방침은 『변정록』에서 창설재본과 청벽본이 비교적 믿을 만한 기준이 될 수 있다고 했던 사실과 통하는 점이 있다. 퇴계 후손인 이만인이 서문을 쓰고 "이 문인록이 후학들에게 공을 세운 바가 있다."고 한 것으로 보아 당시까지만 해도 양 지역 간에 이 문제가 심각하지 않았다고 할 수 있고, 동시에 서문을 쓴 연도가 1887년이므로 유도희는 그 이전에 이미 퇴계문인록을 작성하고 있었다는 얘기가 된다. 이러한 예를 통해 적어도 『변정록』의 내용이 『급문록』이 반간되고 난 후 한두 해 만에 갑작스레 준비된 것은 아니라는 점을 알 수 있다.

6. 결론

이상에서 필자는 『급문록영간시일기』와 『변정록』을 통하여 『급문록』의 집성과 간행 과정에 관하여 고찰하였다. 본 연구에서 다루지 못한 부분은 초간본류와 개간본류의 서지적 차이점에 대한 자세한 분석과 개간본 간행

---

30) 현재 생존해 있는 西厓 宗孫인 柳寧夏氏도 과거에 『변정록』 간행을 둘러싸고 陶山과 豊山 지역 간에 시비가 있었다는 사실만 들어서 알고 있을 뿐 작업에 참여한 인사 등 소상한 내용을 알고 있지 못할 뿐 아니라 이와 관련된 자료도 남아있지 않다고 증언한 바 있다.

31) "五友豊山柳文用道禧, 甫得靑壁公所編本, 更加節略, 只書生卒官位, 於造詣則取前輩信筆中, 精到簡當者數句語以實之."(李晩寅, 『龍山集』卷六, 「柳文用所編陶山門人錄序」).

이후에 있었던 일부 추변 부분에 대한 조사 작업이다. 서지학적 문제는 추후의 연구과제로 넘길 수밖에 없다. 또 현재 일부 지방에서 갑술추록(甲戌追錄)이라 하여 몇 사람이 추가되어 있는 판본이 발견되기도 한다. 이들 부분은 목판이 아닌 활자본으로 인쇄되어 목판본 뒤에 덧붙여져 있는 상태인데, 이 부분이 어떤 과정을 거쳐 추록되었는지 현재로서는 알 수 없다.

이상의 고찰을 정리하면, 사가본의 집성과 초간본의 교감 과정에 관한 고찰에서 확인하였고 『변정록』에서 구체적으로 지적하고 있는 바와 같이, 『급문록』은 급문제현에 대한 완전한 파악과 합의의 바탕 위에서 작성된 문인록이 아니라는 점이다. 그리고 체제와 편집상의 미비점, 오탈자와 용어·호칭 사용의 문제점, 부적절한 전거자료, 그리고 무엇보다도 문인 선정과 내용 기술에 있어서 특정 계열이나 학맥의 견해에 의존하고 있는 등의 문제점은 개간본에서도 여전히 남아있다.

물론 이를 비판한 『변정록』 역시 다른 한 편의 입장을 대변한다는 점에서, 전체적으로는 문인록 작성을 둘러싼 계파간의 주관적 관점에서 벗어나지 못했다고 보아야 하겠지만, 우리가 여기서 내릴 수 있는 결론은 퇴계학파 연구에 있어서 『급문록』에 대한 맹신을 경계해야 한다는 점이다. 『급문록』은 아직도 개정의 여지가 남아있는 불완전한 문인록으로서 누가 『급문록』에 들었고 누구는 들지 않았다는 식의 자세는 지양되어야 하겠으며, 이는 퇴계문인록 뿐 아니라 다른 문인록에서도 마찬가지일 것으로 생각된다.

전통사회에서는 간단한 배알, 질의뿐만 아니라 단순한 왕래, 출입, 서질까지도 사제관계의 범주에 넣었으며, 문인록 집필에 있어서는 특히 가문과 환력을 중시했다는 점에서, 학통의 전수라는 측면에서 본다면 근원적으로 오류의 가능성이 존재한다고 할 수 있다. 이러한 문제점은 궁극적으로 문인록에 등재되어 있는 309명의 인사들에 대한 개별연구, 『급문록』 자체에 대한 서지학적 연구, 그리고 그 간행과 관련하여 당시 안동·예안·풍산 등지의 유림사회에 대한 정치사회적 차원의 연구가 어느 정도 정리되고 난

다음에 해결될 수 있을 것이다. 우리는 형식적인 사제관계가 아닌 내용상의 학통계승이 어떻게 이루어졌는지에 주목해야 하며, 그와 더불어 지금까지 드러나지 않았던 인물이나 학맥에 대해서는 적극적으로 발굴 소개하는 개방적인 자세가 요구된다고 본다.

[한국국학진흥원 수석연구원 김종석]

월천 조목과 예안 지역의 퇴계학맥

1

퇴계 이황은 사환(仕宦)과 학문활동을 통하여 많은 관료(官僚)·명사(名士)들과 교유하였다. 뿐 아니라 그의 명성과 학덕(學德)을 사모하여 내학(來學)하거나 서신으로 문업(問業)한 수다(數多)한 유사(儒士)·사림들과의 강학·토론에 의해 사제의 연을 맺어왔다. 그래서 「도산급문제현록(陶山及門諸賢錄)」에 수록된 급문한 인물만으로도 309명을 헤아릴 정도이며, 그 지역별 분포에서도 퇴계의 출신지인 경상도는 물론 서울과 그 주위의 경기도 일원 및 충청·전라·강원·황해도에까지 미쳐 가히 전국적이라 할 만하다고 한다.[1]

뿐 아니라 퇴계의 문하에는 월천(月川) 조목(趙穆)·서애(西厓) 유성룡(柳成龍)·학봉(鶴峯) 김성일(金誠一)·약포(藥圃) 정탁(鄭琢)·한강(寒岡) 정구(鄭逑)·고봉(高峯) 기대승(奇大升)·금계(錦溪) 황준량(黃俊良) 등의 법통제자(法統弟子)와 이이(李珥)·성혼(成渾)·윤근수(尹根壽)·구봉령(具鳳齡)·권호문(權好文)·김우옹(金宇顒)·이정(李楨) 같은 문업(問業) 종유인(從遊人)의 면면(面面)에서 보듯이 세상에 이름이 널리 알려진 뛰어난 인물들이 많다.

퇴계문인내의 이러한 기라성같은 인물 가운데서 단연 퇴계의 의발(衣鉢)

---

1) 金鍾錫, 「『陶山及門諸賢錄』과 退溪 學統弟子의 범위」, 『한국의 철학』26, 경북대학교 퇴계연구소, 1998.

을 받은 적전(嫡傳)으로서의 지위를 차지한 인물이 바로 월천 조목이다. 이는 그가 퇴계문하의 선배항렬에 위치하기도 하려니와 퇴계 몰후(歿後) 도산서원(陶山書院)을 건립하여 사문(師門)의 향화(香火)를 받들고 이곳을 중심으로 활발한 강학활동을 벌려 사풍(士風)을 계승 확대시키는데 중심적인 역할을 수행한데다가, 퇴계사상의 정수만을 담아『주자대전(朱子大全)』같은 보전(寶典)으로 삼자는 안동 지역 문인들의 이론을 물리치고 선생의 편언척자(片言隻字)라도 모두 빠뜨리지 않는다는 전고수록(全稿收錄)에 따라 퇴계문집을 편집간행함으로써[2] 사문의 발전과 현창(顯彰)을 주도한데서 온 결과였다. 그리하여 월천은 전국에 걸쳐 수십 개소에 이르는 퇴계제향(退溪祭享)의 서원 중 수원(首院)의 위치를 차지하는 도산서원에 유일한 배식자(配食者)로서 종향(從享)되었고, 광해군대(光海君代) 대북정권(大北政權)과의 관련혐의로 인조이후 그 문인들이 일거에 쇠퇴하여 명맥조차 유지하기 어려운 지경에 처했음에도 불구하고 월천의 종향 자체는 동요가 없었던 것이다.

2

예천(醴泉)·영천(榮川) 등지를 전전하던 월천 집안은 월천의 부(父) 대춘(大椿)이 안동권씨 수익(受益)의 딸을 아내로 맞으면서 처가가 있는 예안 월천리(月川里)에 정착, 비로소 예안 사람이 되었다. 안동권씨는 안동일대에 상당한 경제적 기반을 가지고 내거(來居)해 오는 사족들의 정착에 큰 기여를 하였다고 말해지는 만큼[3] 예안 입향을 통해 월천집안도 생활의 안정을 갖게 되고 그 위에 학력을 바탕으로 다른 사족과 어울리게 되었을 것이다. 월천 역시 안동권씨 개세(盖世)의 여(女)를 취(娶)하였는데 권개세 집안은

---

2) 서정문,「退溪集의 初刊과 月川·西厓 시비」,『北岳史論』3, 국민대학교, 1992.
3) 이수건,「嶺南學派 諸家門의 사회경제적 기반」,『영남학파의 형성과 발전』, 1993.

권거약(權居約)→자겸(自謙)→철종(哲從)→주(輳)로 이어지며 퇴계문인들과 중첩된 혼인관계를 맺는 이 지역의 명문이었다. 뿐 아니라 월천의 누이들은 금희(琴熹)·권중기(權重器)·금난수(琴蘭秀) 등에게 시집갔는데 봉화금씨(奉化琴氏)가 예안 지역에 탄탄한 경제력을 바탕으로 퇴계가문과도 혼인을 트고 있는 대표적인 사족이었음은 잘 알려져 있다. 월천의 활동은 이러한 사회적 경제적 기반위에서 이루어졌던 것이다.[4]

월천은 15세 되던 중종(中宗) 33년, 마침 내간(內艱)을 맞아 향리에 머물던 퇴계를 처음으로 찾아뵙고 학업을 청하였다. 이때 퇴계는 38세로 아직까지는 학자로서의 면모보다는 관인적 자세를 갖고 있던 시기였다. 그러나 이때 맺은 사제의 연은 퇴계가 하세할 때까지 30년 넘게 계속되었으며 퇴계의 학문적 성취에 따라 월천 또한 성장함으로써 퇴계의 많은 문인들 가운데서 그 의발(衣鉢)을 전해 받은 으뜸가는 제자로서의 자리를 차지할 수 있게 해 주었다.

월천이 경서의 연구에 관심을 갖고 퇴계에게 질의하게 된 것은 27세 때부터였다고 하며 32세 때 「연평답문(延平答問)」을 읽고 논한 글을 퇴계에게 상서하였다하나, 32세 때에 두 번째로 상경하여 성균관에 유학하였던 것으로 보아 그때까지는 과거에 대한 의욕을 버리지 않았던 것으로 보인다. 도학(道學)에 관한 월천의 연구가 본격화한 것은 아마도 퇴계와 고봉(高峯)사이에 명종(明宗) 15년부터 비롯된 사단칠정론변(四端七情論辯)에 영향을 받았기 때문이 아닌가 한다. 그리하여 39세 때인 명종 17년 심경(心經)에 관한 질의가 처음 나온 이래 4~5년간 퇴계와 사이에 「인심도심정일집중도(人心道心精一執中圖)」라든가 『심경부주(心經附註)』·「대학장구(大學章句)」, 정복심(程復心)의 「심학도(心學圖)」 등에 대한 질의와 문의가 집중적으로 이루어지고 있다. 이때 이르러서는 단순히 퇴계에게 품질(稟質)하는데만 그치

---

4) 이하 月川의 생애와 학문에 대해서는 필자의 글 「月川 趙穆의 생애와 학문」(『한국의 철학』 24, 1996, 경북대학교 퇴계연구소)을 요약하였다.

지 않고, 예컨대 정민정(程敏政)의 『심경부주(心經附註)』에 대해 강한 비판과 문제점을 제시함으로써 결국 퇴계로 하여금 「심경후설(心經後說)」을 짓게 하였던 데서 보듯이 당당히 자신의 논리를 전개하였다. 이 시기에 이르러 월천은 도학자로서의 기반을 굳히고 이후 장수(藏修)와 독행(篤行)으로서 온축(蘊蓄)을 쌓아간 것으로 보인다.

과거를 하지 않은 월천은 은일(隱逸)로서 천거에 의해 몇 차례 외직을 받았고 늘그막에 종2품인 가선대부(嘉善大夫)로 공조참판(工曹參判)의 지위에까지 올랐다. 그러나 퇴계의 난진이퇴(難進易退)하는 입조(立朝)자세를 본받아 대개는 나아가지 않았고, 봉화(奉化)와 합천(陜川)의 수령직(守令職)은 한두 번 역임했지만 별다른 치적(治績)을 낸 것 같지는 않다. 그렇다고 민생의 적폐(積弊)를 구할 어떤 개혁론이나 국정운영을 새롭게 할 구상을 갖지도 않았다. 그는 제민(齊民)의 능리(能吏)나 치국(治國)의 경세가(經世家)가 아니었던 것이다. 그가 자신이 살던 시기의 사림정치(士林政治)속에서 담당하였던 구실은 산림적(山林的) 존재에 있었다.

산림(山林)은 도학(道學)의 상징이고 의리(義理)의 주인이며, 국가의 원기(元氣)라는 사림의 종사(宗師)로서, 위로는 임금으로부터 아래로는 초부애부(樵夫騃婦)에 이르기까지 모든 사람의 존경을 한 몸에 받는 인물이었다. 국가의 막중한 전례(典禮) 문제나 명분시비(名分是非)에 관한 산림의 말 한마디는 그대로 사림세력의 의리가 되고 부동의 국시(國是)로 정립되어 국정(國政)에 막대한 영향을 미쳤다.[5] 선조초 영의정 이준경(李浚慶)이나 신진사류의 대표이던 율곡(栗谷) 이이(李珥)가 제각기 퇴계와 우계(牛溪) 성혼(成渾)을 의리의 주인으로 삼아 정국을 운영하고자 한 것이라든가, 북인(北人)이 정인홍(鄭仁弘)을 산림(山林)으로 삼아 유성룡(柳成龍) 중심의 남인정권을 공격, 실각시킨 것이 그 예가 된다.

---

5) 李佑成, 「李朝 儒教政治와 山林의 존재」, 『韓國의 歷史像』.

월천의 산림적 위상은 임진왜란 중 강화론에 대한 배척을 통해 단적으로 드러난다. 동문(同門)의 유성룡이 영의정으로서 난국의 수습에 임하고 있는 것도 아랑곳하지 않고 강화론자를 진회(秦檜)에 비유하며 이륜(彝倫)을 무너뜨리는 패론(悖論)이라 맹척(猛斥)하여 사론(士論)의 향배를 부정적으로 이끌어 감으로써 남인(南人) 실각의 계기를 가져왔던 것이다.

3

월천은 저술하기를 즐기지 않아 많은 글을 남기지는 않았다고 한다. 그리고 그의 몰후 60년이 지나서야 나오게 된 문집마저도 서애(西厓)와의 갈등관계를 담은 내용 때문에 문인 김택룡(金澤龍)이 지은 「월천선생언행록(月川先生言行錄)」 등의 기록을 제외시켜 버려서 월천 학문과 사상의 전모(全貌)를 살필 수 있는 자료는 그리 많지 않다.6)

경학(經學)은 월천학문(月川學問)의 본령(本領)이니만치, 또 수십 년간 퇴계를 모시면서 문의하고 의견을 나누었을 터이므로 그 남긴 문자가 적지 않았겠지만 현재 전해지는 것은 「심경품질(心經稟質)」·「주서절요품질(朱書節要稟質)」·「상서의의(尙書疑義)」·「가례의의(家禮疑義)」의 정도이다. 그러나 이것은 월천의 저술이라기보다는 제목 그대로 사제간의 문답내용으로

---

6) 처음 필자는 「月川言行錄」을 보지 못한 상태였기에 이렇게 썼으나, 최근 월천 후손인 趙鎭極氏의 후의로 「月川先生言行草記」의 寫本(원본은 부산에 거주하는 宗孫이 보관하고 있다고 함)을 얻어 본 결과 월천의 甥姪인 琴僗이 지은 行狀과 약간의 출입은 있으나 대동소이함을 알게 되었다. 생각건대 金澤龍이 지은 것을 후일 금업이 다시 손질하여 행장으로 한 것이 아닌가 한다. 그래서 뒤에 문제가 된 西厓 등 同門과의 갈등관계 기록이 빠져 있다. 여기서 잠시 『月川集』간행을 보면 월천이 몰한지 2년째 되는 광해 즉위년 11월 달에 易東서원에서 그 문집 편찬이 시도되다가 外議로 인해 龍壽寺로 옮겼다고 하는데 金中淸·李莊이 이를 주관했다 한다.(한국사료총서 40, 『溪岩日錄』上, 40쪽, 광해 즉위년 11월 28일) 그러나 문집의 간행은 뒤로 미루어져 현종3년(1662) 許穆의 編次를 거쳐 현종7년에야 初刊되었다. 여기에는 문제된 鄭蘊이 지은 신도비문은 들어가 있으나 금업의 行狀과 그 원본인 金澤龍의 「월천선생언행록」은 수록되지 않았다.

되어 있어 월천 경학사상을 살피는데 한계를 준다.[7] 여기서는 행장(行狀)에 실린, 「심경부주(心經附註)」와 「심경(心經)」, 나정암(羅整菴)의 「곤지기(困知記)」에 대한 월천의 견해만을 소개하겠다.

본래 『심경』은 송(宋)의 진덕수(陳德秀)가 도학자들의 심성수양에 관한 격언을 모아 편집한 책인데 여기에 명(明)의 정민정(程敏政)이 그 주석서(註釋書)를 붙여 『심경부주』라 하였다. 이것이 전래되기는 중종말년경인데 이를 접한 퇴계는 크게 감탄하여 믿기를 신명(神明)과 같이하고 공경하기를 부모와 같이 했다고 한다. 따라서 퇴계문인들도 자연 심경을 많이 읽었으며 그에 대한 연구가 크게 성행하였다.[8] 월천이 『심경부주』에 관해 질의하기는 39세 때(明宗 17년)였으며 이후 4~5년간 집중적으로 질문과 논란을 전개하는데, 이때 월천의 『심경』에 대한 이해가 크게 깊어지게 되었다.

그런데 『심경』 및 그 「부주(附註)」에 대한 퇴계문인들의 반응은 퇴계와 약간 달랐던 것 같다. 금계(錦溪) 황준량(黃俊良)은 "진덕수(陳德秀)는 실상이 없고 범준(范浚)은 절실하지 못하며 황간(黃幹)의 소견은 더욱 떨어지고 정민정(程敏政)은 식견이 밝지 못한데다가 채택이 정밀치 못하다"[9]라고 비판했으며 월천 역시 『심경』을 읽기는 좋아했으나 「부주」의 기록에서 사서설(四書說)에 주자주(朱子註)를 오로지 하지 않고 타설을 붙인 것과 또 존덕성

---

7) 이 점은 윤천근, 「조목의 인간과 사상」(『安東文化研究』5, 1991) 147쪽에서 이미 지적되었다. 이 논문에서는 月川이 가장 중시한 경전을 「소학」과 「대학」이었다고 하고 따라서 그 학문의 특징은 '행위와 실천'의 경향성을 갖는데 있다고 하였다.(위의 글 145쪽) 한편 李完栽는 「月川 趙穆先生의 학문」(『退溪先生의 편지 – 師門手簡』, 국제 퇴계학회 경상북도 지부, 1990)에서 「心經稟質」, 「朱書節要稟質」, 「尙書疑義」, 「家禮疑義」, 「理學通錄跋」, 「荀彧論」을 분석하면 月川의 철학적 사고를 알 수 있다고 하였으나 막상 내용에서는 월천의 질문을 소개하는 선에서 그쳐 아쉬움을 준다. 퇴계와 월천 사이의 문답내용은 申龜鉉의 「退溪와 月川과의 관계」(『퇴계사상의 편지』, 국제퇴계학회경상북도지부, 1990)란 논문의 Ⅲ, 問答論辨(69~74쪽)에서도 다루어졌지만 역시 자료제시 이상 나아가지 못했다. 철학사상적 측면에서의 본격적 분석이 필요하다고 생각된다.

8) 『증보문헌비고』에 실린 9종의 心經에 관한 조선 유학자들의 저술중에 퇴계와 그 문인 李德弘・曹好益・李含亨・鄭逑 등의 것이 7종이나 된다.

9) 『錦溪先生文集』 卷7, 書 「上退溪先生問目」, 『心經』, 癸亥.

(尊德性)만 강조하고 도문학(道問學)을 가볍게 다루는데 의심을 가졌다가 진
건(陳建)의 『황명통기(皇明通紀)』에서 정민정(程敏政)의 인물됨에 대해 비판
을 가한 것을 읽고는 그가 명리를 완전히 벗어나지 못했고 선정(禪定)에 빠
져 있었다고 하여 비판적인 견해를 보였다.[10) 이에 퇴계는 『심경부주』에 대
한 자신의 견해를 밝히는 「심경후설」을 지었는데 여기서 월천의 견해를 받
아들여 주륙상이(朱陸相異)를 역설함으로써 황돈(皇墩)의 견해를 배척하였
다. 월천의 의심과 질의는 『심경』 자체에 대해서도 가하여졌다. 그것은 크
게 세 가지로 요약되는데 첫째 진서산(眞西山)이 「심경찬(心經贊)」에서 '미
(微)'자를 "이(理)의 무형(無形)"이라 이해한 것을 거부하고 "이(理)의 은미함"
을 말할 뿐 정자(程子)가 말하는 '현미무간(顯微無間)'의 '미(微)'와는 다르다
고 밝힌 것(退溪도 동조)이며, 둘째는 『심경』에 실린 정복심(程復心, 林隱)의
「심학도(心學圖)」에 대해 ① 양심(良心)과 본심(本心)을 분리해 놓았으나 양
자는 본래 일치한다고 함 ② 적자심(赤子心)·대인심(大人心)은 인심(人心)·
도심(道心)처럼 둘로 나누어 대비시킬 수는 없다고 함 ③ 「경도(敬圖)」에서
극복, 심재(心在) 다음에 구방심(求放心)을 두는데 선후가 바뀐 것임 ④ 계구
(戒懼)·조존(操存)보다 양심이 먼저 나와야 하며, 심사(心思)에 대해서도 양
심이 앞선다고 한 것으로, 주로 「심학도」의 개념배치에 대해 의심나는 점
을 지적하였다(이에 대해 퇴계는 정복심의 개념배치를 대체로 긍정하는 면에서 답
하였다).[11) 세 번째의 그것은 왕백(王柏, 魯齋)의 「인심도심도(人心道心圖)」에

---

10) 「心經稟質」에는 『皇明通紀』에서 篁墩을 비판한 글의 인용은 보이지 않는다. 그런데 금업이
   지은 行狀에는 月川의 『心經』에 관한 견해를 다음과 같이 적절히 요약해 놓았다. ; "好讀心
   經, 爲一生勤苦受用之地, 其於經傳有來諸儒之說, 信之如神明, 敬之如嚴師. ……而於篁墩,
   附註, 尤致意, 常怪其於四書之說, 不專用朱子本註, 而附以他說, 又以末章之論, 偏於尊德
   性, 而以道問學爲不足事, 先生且讀且疑, 而又讀皇明通紀, 見篁敦賣題勢利之誚, 著道一篇
   之說, 始知其爲人, 爲學於名利上未能擺脫得去, 而陷溺於江西禪寂之弊, 於是反復稟質於李
   先生." 여기서 말하는 『황명통기』에 수록된 篁墩 程敏政의 賣題勢利 道一篇의 三事란 과거
   시험제목을 팔아서 不正을 저지른 것(賣題), 勢利를 벗어나지 못한 일, 朱子와 陸象山이 初
   年에는 의견을 달리했다가 晩年에 의견을 같이했다는 朱陸早異晚同說을 말한다.
11) 이완재, 위의 논문, 42~45쪽.

대해 이를 수정하여 자신의 견해에 따른 「인심도심정일집중도(人心道心精一執中圖)」를 그린 것인데 이를 받아 본 퇴계는 월천의 설(說)을 참고하여 두 차례나 자신의 「인심도심도」를 작성하였다.[12]

위와 같이 『심경부주』와 『심경』에 대한 월천의 질의와 퇴계의 답변은 퇴계·고봉(高峯) 사이의 사칠론변(四七論辨)에서와 마찬가지로 단순한 문답에만 그치지 않고 사생간(師生間)에 학문토론을 통한 상호비익(相互神益)을 이룬 사례로 칭송되고 있다.

이외에도 월천은 퇴계의 『이학통록(理學通錄)』에 대한 발문(跋文)에서 나정암(羅整菴)의 곤지기(困知記)에 대해서 정주(程註)에 대한 이설(異說)을 내세워 양존음괴(陽尊陰壞)했다고 비판했으며, 진백사(陳白沙)나 왕양명(王陽明)의 선합(禪合)·양지설(良知說)이 족히 사도(斯道)를 그르치게 하고 후학을 병들게 한다고 하여 벽이단(僻異端)의 차원에서 비난해 마지않았다. 그리고 선현의 글에서 자신을 수양하는데 필요한 격언을 베껴내어 이를 모아 「곤지잡록(困知雜錄)」이라 이름하였다고 한다.

선조 년간 이이와 성혼사이에 인심도심론변(人心道心論辯)을 거쳐 율곡이 「인심도심도설」을 지어 임금께 올리면서 사단칠정(四端七情)이 모두 기발(氣發)이며 이(理)로 말미암지 않았다는 주장을 편데 대해서도 월천은 분연히 "망령되이 자기 주장을 내세워 주자의 이발기수 기발이승(理發氣隨 氣發理乘)의 정론(定論)을 동요시키려 하니 이야말로 복심(腹心)의 적이라"고 배척해 마지않았다고 한다.

한편 월천은 역학(易學)에도 상당한 조예가 있었던 것으로 보인다. 그것은 선조 27년 11월 경연(經筵)에서 주역(周易)강의를 담당할만한 유학자로 우의정 김응남에 의해 천거되어 특별히 소명이 내린 사실과 행장에 나오는 주역구결을 개표했다는 기록이 있음에서이다. 그러나 경연참여는 월천의

---

12) 申龜鉉, 「退溪와 月川과의 관계」, 『퇴계 선생의 편지』, 73쪽.

사양으로 이루어지지 않았고 현존문집에는 유감스럽게도 주역관계기록이 보이지 않아 그 실상은 알 수 없다.

이상이 대체로 월천의 경학에 관한 견해인바 한마디로 말해 퇴계 이상으로 주자를 받들며 주자설에 대한 비판이나 이설(異說)을 벽이단(僻異端)의 차원에서 극력 배척하는 성향을 보이는 것이었다.

월천의 이러한 정통주자학적 자세는 그의 정치론에서도 일관되게 드러나고 있다. 월천은 관직생활에 미련을 두지 않고 또 벼슬다운 벼슬을 하지 않았으므로 좀처럼 자신의 정치적 견해를 드러내지는 않았다. 그러나 선조(宣祖) 17년 영덕현령직(盈德縣令職)을 사양하면서 올린 「갑신 사직소(甲申辭職疏)」와 강화(講和)에 반대해 올린 「갑오 진정소(甲午 陳情疏)」 그리고 정탁(鄭琢)에게 보낸 한통의 편지 및 「삭·촉·낙 삼당시비론(朔·蜀·洛 三黨是非論)」을 통해 그 일면을 찾아볼 수 있다.

우선 선조 17년의 「갑신 사직소」[13]에서 그는 당시의 사회가 마치 한 몸에 달린 손과 발, 배와 등이 제각기 사람 구실을 하려하되 이를 관섭(管攝)하려는 노력이 없는 것과 같은 혼란된 사회로 단정하고는 자기로서는 안목이 없어 이에 대한 적절한 대책을 낼 수는 없으나 평소에 보고 느낀 소회로서 한두 가지 문제점을 제시한다고 하였다.

여기서 그는 호우겸병(豪右兼倂)과 간리농법(奸吏弄法)은 엄격히 단속해야 옳지만 너무 지나쳐 혹 횡이원사자(橫罹寃死者)가 있을지 모르므로 완화시킬 필요가 있다고 하였다. 이는 향촌사회에 대한 중앙이나 지방관의 지나친 통제를 완화시킬 것을 요구한 것으로 이해된다. 사림세력은 향촌사회를 사림중심으로 운영해 나가고자 했던 것이며, 월천의 위와 같은 건의는 향촌활동에 대한 보장을 요구하는 당시 향촌 사림의 여론을 대변하는 의미를 지녔다고 보아야 할 것이다. 두 번째 월천은 니탕개난(泥湯介亂)을 계기로

---

13) 『宣祖實錄』 권18, 17년 9월(日干支없음) 및 『月川先生文集』 권2, 疏.

42 퇴계학맥의 지역적 전개

왕이 국방력을 강화하고 군사를 양성하려는 정책을 취하려는데 대해 민심이 한 번 흩어지면 다시 수습할 수 없는 일이라 하여 민심안정을 우선하면서 민심과 관련된 내치(內治)를 튼튼히 하는 고본(固本)에 힘쓸 것을 주장하였다. 고본의 구체적인 내용으로는 임금이 성학(聖學)에 힘쓰고 현사(賢邪)를 분별하여 진퇴(進退)를 엄히 하며 언론을 보장하고 재정을 절약한다는 일반적인 왕도정치론(王道政治論)으로 시종하고 있어 별다른 견해는 보이지 않는다. 그러나 월천의 이 주장은 후일의 사림정치에서 표방되던 내수외양론(內修外攘論)[14]의 선구를 보인 것으로 주목되어야 할 것이다.

다음으로 월천이 살던 시기에 정치상으로 가장 크게 문제되었고 또 어떠한 형태로든 월천자신도 관련되지 않을 수 없었던 붕당문제(朋黨問題)에 대한 견해를 보기로 한다. 이와 관련해 월천은 두 편의 글을 남기고 있다. 하나는 「삭·촉·낙 삼당시비론」이고 다른 하나는 「답정자정서(答鄭子精(琢)書)」[15]이다. 여기서 월천은 붕(朋)이란 선류(善類)를 지칭하는 말이며 당(黨)은 악류(惡類)를 가리키는 말인 만큼 삭(朔)·촉(蜀)·낙(洛) 등 송대(宋代) 명인(名人)들의 분립을 당으로 지목하는 것은 합당하지 않다고 하였다. 그리고 이들의 분립은 출신지나 친소관계, 언론의 동이(同異)에서 비롯된 것으로 학도(學徒)와 같은 의미 이상은 없는 만큼 한대(漢代)의 환관(宦官), 당대(唐代)의 우승유(牛僧孺)·이종민(李宗憫)의 무리와 같이 이해(利害)를 위해 서로 결탁하고 성세(聲勢)에 의탁하는 당인(黨人)과는 전혀 다르다고 하였다. 그의 이 논설은 시기가 밝혀져 있지는 않으나 사림이 동인 서인으로 분열하던 초기가 아닌가 한다.

낙(洛)·촉(蜀)·삭(朔) 삼당(三黨)에 대한 상기 월천의 견해로 보건대 사림분열에 대해 월천은 일단 선류집단(善類集團)의 분기로 보고 당목(黨目)을 쓰는 데는 반대하며 그렇게 크게 문제되지는 않았을 것으로 낙관하였으리

---

14) 拙稿, 앞의 논문 「17세기 중엽 山林勢力의 國政運營論」 참조.
15) 『月川先生文集』 권6의 論및 권3의 書.

라 본다. 율곡이 사류의 분열을 난망(亂亡)의 요인으로 본 것(士林盛而和則其
國治 士林激而分則其國亂 士林敗而盡則其國亡)16)과는 상당히 다른 견해이다.
이는 율곡이 서인측의 입장에서 붕당론을 폈던 것과는 달리 조목은 명분을
쥐고 있던 동인측의 입장에서 사류분열자체를 크게 문제 삼지 않았던 것이
라고 할 수 있다.

그러나 월천의 이러한 견해는 선조16년의 이이(李珥)에 대한 탄핵에서
비롯된 계미삼찬(癸未三竄)문제로 동서인간에 대립과 상쟁이 본격화하자 달
라지게 된다. 즉 율곡이 내세운 조제진정론(調劑鎭定論)을 따르는 정탁(鄭琢)
에 대해 조제진정책(調劑鎭定策)이 끝내 간사함을 이기지 못하고 그것을 주
장하는 사람마저 소인(小人)으로 몰아가고 말 것이라 하여 사정(邪正)의 분
변(分辨)을 강하게 주장하였다. 이는 결국 초기에 사림분열을 낙관적으로
보던 데서 그 분쟁이 군자소인론(君子小人論)의 성격을 지니게 된 것으로
인식하여 철저한 분별을 주장하게 된 것이라고 할 것이다.

월천은 「순욱론(荀彧論)」이라고 하는 한편의 글을 남기고 있다. 여기서
그는 순욱(荀彧)이 발란반정(撥亂反正)을 위해 조조(曺操)의 모주(謀主)가 되
었으나 찬역(簒逆)을 꿈꾸는 조조의 뜻을 막으려다 그 핍박으로 죽음을 택
한 사실을 논하였다. 그는 일반의 견해와 달리 순욱이 죽은 것은 한나라를
위해서가 아니라 조조를 위해서라고 논단하고 군자냐 소인이냐는 평가는
그 기준이 행사(行事)보다는 심사(心事)에 있어야 한다는 점을 강조하였다.
이는 조선의 붕당정치에서 당인들의 인물평가가 바로 심사에 초점을 맞추
었던 것과 상통하며 행적(行蹟)을 주로 하여 시비를 절충할 수 있다고 보는
조정론(調停論) 내지 탕평파의 견해17)와는 상반된 것이었다.

---

16) 『栗谷全書』 권7, 「疏箚 5」, '辭大司諫兼洗滌東西疏(乙卯)'.
17) 拙稿, 「歸鹿趙顯命研究」(국민대학교 『韓國學論叢』8)의 II.蕩平說 참조.

4

　예안(禮安)과 안동(安東)은 퇴계와 그 선대의 거주지와 선영이 소재하는 출신지였다. 그런 만큼 이 지역 사림에게 퇴계의 존재는 절대적이었으며 따라서 전국적으로 약 300여명에 이른다는 퇴계의 급문(及門) 제자들 가운데 삼분의 일 정도가 이 지역에 분포하였다.[18]

　예안은 읍세(邑勢)가 안동에 비할 바는 못 되나 바로 퇴계의 향리이면서 그 평생의 근거지였음으로써 일찍부터 그 문하에 출입한 인물이 많았다. 퇴계가 생존해 있던 시기에 급문한 인물을 『도산급문제현록(陶山及門諸賢錄)』[19]에서 찾아 제시하면 아래와 같다.

李叔樑(1519~1592),	李元承(1518~1572),	琴　輔(1521~1584)
吳守盈(1521~1606),	金富仁(1512~1584),	金富弼(1516~1577)
金富信(1523~1566),	金富儀(1525~1582),	金富倫(1531~1598)
趙　穆(1524~1606),	琴應夾(1526~1596),	琴蘭秀(1530~1604)
朴士憙(1508~1588),	琴應壎(1540~1616),	李命弘(　?　)
李福弘(1537~1608),	李德弘(1541~1596),	琴　轍(1533~　?　)
李光承(1540~1604),	金澤龍(1547~1627),	金　埍(1538~1575)
金　圻(1547~1603),	琴義筍(1543~1591),	琴悌筍(1545~1591)
李國樑(1517~1554),	具贊福(　?　),	具贊祿(1519~1595)
權伯麟(1536~1587),	李士愿(1540~1591),	琴仰聖(1524~1603)
李　寅(1502~　?　),	李　完(1512~1596),	李　宣(　?　)
李　宰(　?　),	李　宓(1520~1545),	李　憑(1520~1591)
李　儁(1523~1583),	李　宷(1527~1588),	李　寯(1527~1592)
李　實(1534~1555),	李宗道(1535~1602),	李閱道(1538~1591)
李安道(1541~1584),	李　憲(1543~1578),	李純道(1554~1584)
李揆道(1557~　?　),	李詠道(1559~1637),	琴應石(1508~1582)

---

18) 퇴계급문제자의 거주지별 분포를 보면 전체 309명 중 예안이 57명, 안동46명, 합계 103명이 된다. 이외에 서울 49명, 榮川 12명, 예천 10명이고 나머지 51곳은 6~1명 정도(合 125명)이다.

19) 『도산급문제현록』은 18세기 초인 숙종 후반 權斗經에 의해 작성되기 시작하여 李守淵・李野淳 등의 追錄을 거쳐 1854년 5권 4책으로 간행되었다.

李閠樑(1516~1589),　李衍樑(　　?　　),　琴應商(　　?　　)
李士純(1552~　?　),　李元晦(1511~1587),　李　憲(　　?　　)
李仁福(1534~1615),　李　騫(1527~1592)

위의 명단에서 우선 주목되는 것은 다른 지역의 급문제자들에 비해 1510
년~1520년대 출생자가 많다는 사실이다. 물론 급문제현록에 나오는 명단
에는 이정(李楨 : 1512~1571)이나 황준량(黃俊良 : 1517~1563), 기대승(奇大升 :
1527~1572)과 같은 타 지역 출신자 가운데 이른 시기의 출생자들도 적지 않
다. 그러나 이들은 도학자로서 퇴계의 이름이 드러나는 1550년대 이후(퇴계
의 나이 50세) 급문하였다. 이에 비해 위의 예안 지역 인물들은 월천이 15세
부터 계문(溪門)에 출입하였던 예에서 보듯이 퇴계의 30대 후반 내지 40대
되던 시기부터 출입하였다. 따라서 예안에는 어느 지역보다도 조년급문인
(早年及門人)이 많아서 퇴계문인 중 대개 선배의 위치에 있었던 것이다.

　다음으로 눈에 띄는 사실은 한 집안의 인물들이 다수 포함되어 있다는
점이다. 외내(烏川)의 광산김씨(김부인 등의 富자 항렬과 金埃등 土邊 항렬, 7인),
분천(汾川)의 영천이씨(이숙량 등 樑자 항렬과 이덕홍 등 弘자 항렬, 이원승·이광
승 등 9인), 부포(浮浦)의 봉화금씨(금난수 등 10인), 상계(上溪)·하계(下溪)·
원촌(遠村)으로 된 도산(兎溪)과 온계(溫溪)에 거주하는 진성(眞城)이씨(이준 등
○변 항렬, 이안도 등 道자 항렬, 이인복·이원회 등 20인)가 그 예이다. 이들 만으
로도 46인이나 되어 예안의 퇴계급문제자 57인의 대부분(81%)을 차지한다.

　그리고 이들 집안들은 혼인으로 서로 얽혀 있었다. 뒤의 부록 진성이씨
와 봉화금씨에 나타난 대로 퇴계의 큰아들 이준이 금재(琴梓)의 딸(금응협·
응훈의 누이)을 아내로 맞았으며, 금난수와 횡성조씨(조목의 누이) 사이의 아
들 금개(琴恺)가 다시 그들 사이에서 난 이안도(李安道)가 낳은 딸을 부인으
로, 그리고 금개의 딸이 퇴계의 현손인 이명철(李命哲)의 부인으로 들어가
는 중첩혼인을 하고 있는 것이 그 예이다. 그런 예는 부록에 있는 광산김

씨·진성이씨·봉화금씨·영천이씨·횡성조씨의 다섯 집안 가계도(家系圖)
에서 더 많이 찾을 수 있다. 결국 예안 지역의 퇴계급문제자들은 대개 퇴계
집안이거나 그 집안과 상호 혼인으로 얽힌 집안의 인물이 대부분을 이루었
다 하겠다. 이들은 퇴계 생시는 물론 아래에서 서술되듯이 퇴계 사후 예안
지역의 퇴계학맥을 유지하는 주축을 형성하였다.

그런데 예안 지역의 퇴계학맥을 살피는 데에는 안동 지역 퇴계문인과의
관계를 고려하지 않을 수 없다. 안동은 대도호부(大都護府)로서 경상도 내의
경주·상주·진주와 함께 거읍(巨邑)의 하나였으며 일찍부터 사족세(士族
勢)가 번성하여 상경(上京) 종사자(從仕者)가 많은 곳이었다. 그러므로 16세
기 중반 이후 주자 성리학이 점차 확립되면서 도학자로서 퇴계의 이름이
높아지게 되자 안동 지역 사족 자제의 퇴계문하 출입이 잦아지게 되는 것
은 당연하였다.『도산급문제현록』에 수록된 안동 지역 문인들을 보면 퇴계
가 관직에서 물러나 향리에 은거하며 본격적인 학문에 침잠, 도학자(道學者)
로서 이름이 드러나는 50대 이후에 그 문하를 출입한 경우가 대부분이나[20]
본래 사족세(士族勢)가 성하였던 곳인데다가 문과를 통해 현달한 인물이 많
았던 만큼 문인집단의 위세가 대단하였다.

거기에다가 선조 이후 사림의 집권이 실현되어 오랜 숙원이던 도학정치
가 현실에 적용되면서 그 구현을 위한 이념과 방법을 구상하고 제시하였던
퇴계가 사림의 종장(宗匠)이며 동방의 주자로 존숭됨에 따라 안동 지역 퇴

---

20) 金鍾錫은「陶山及門諸賢錄과 退溪學統弟子의 범위」(『한국의 철학』26, 경북대학교 퇴계연
구소)에서『陶山及門諸賢錄』에 수록된 309명의 門人에 대하여 해당문인들의 개인문집에 기
술되어 있는 師承관계 기사와 기타 자료를 참고하여 퇴계학통제자를 최종적으로 42명으로 압
축해 놓았다. 여기에 근거해 안동 지역 퇴계문인을 摘記하면 다음과 같다. ; 金誠一(1538~
1593, 文科, 부제학)·金八元(1524~1569, 文科, 현감)·裵三益(1534~1588, 文科, 관찰사)·
柳成龍(1542~1607, 文科, 영의정)·柳雲龍(1539~1601, 蔭, 목사)·具鳳齡(1526~1586, 文
科, 대사헌)·權好文(1532~1587, 遺逸)·申暹(?)·柳仲淹(1538~1571)·鄭士誠(1545~1607,
遺逸, 현감)·鄭惟一(1533~1576, 文科, 吏判). 이상 모두 11인인데 김팔원과 구봉령을 제외
하고는 모두 퇴계의 50대 이후 급문제자이며 한두 명을 제외하고는 거의가 문과출신으로 顯
職을 역임한 것이 禮安門人과 대비된다.

계문인들은 점차 자신들을 퇴계의 정통적 계승자로 인정받고자 꾀하게 된다. 그것이 중앙정치 무대에서의 활동이나 향촌인 영남 내에서의 사회문화적 위상 확립에 절대적인 기반이 되기 때문이었다. 그들은 퇴계가 비록 예안 출신이기는 하나 그 선대(先代)가 안동에 살았고 그 선영(先塋)이 있다는 사실을 들어 안동이 퇴계의 향리이며 선정(先正)의 고장임을 은연중 드러내기도 하였다.

안동 지역 퇴계문인들의 이러한 움직임은 예안사림의 경계심과 퇴계학통 계승의 정통성을 둘러싼 눈에 보이지 않는 경쟁의식을 불러왔다. 사실 예안과 안동 두 지역 문인들에게서는, 예안문인이 안동에 비해 대개 선배의 위치에 서 있다는 연령상의 차이 이외에 퇴계학풍의 계승이란 면에서도 미묘한 차이를 드러내었다. 안동 지역이 거경(居敬)과 궁리(窮理)에 의한 수기(修己)는 물론 군주를 통한 경세(經世)를 위해 출사(出仕)에도 적극적이었던데 비해, 예안의 그것은 담경설학(談經說學)하며 천리독실(踐履篤實)하다는 위기지학(爲己之學) 위주여서 난진이퇴(難進易退)하며 군주보다는 향촌 단위의 사림에 의한 교화를 우선하는 성향을 보였다. 이는 그 문인들에게는 두 가지 측면으로 나뉘어 수용될 수밖에 없었을 만큼 퇴계의 학문과 행동의 폭이 넓었음을 말해주지만, 현실적으로는 두 지역사이에 동문(同門)으로서의 협력·상마(相磨)와 함께 보이지 않는 경쟁관계를 조성하게 하였다. 퇴계(退溪) 몰후(歿後) 선생을 기리고 학문을 계승한다는 면에서는 뜻을 같이 하면서도 마치 앞 다투듯이 예안의 도산서원과 안동의 여강서원(廬江書院)을 선후하여 세웠고,[21] 마침내 퇴계문집의 편찬 방침을 둘러싸고는 전고수록(全稿收錄)과 산절정선(刪節精選)이라는 이견(異見)을 표출,[22] 그 갈등을 세상에 알리게 되는 것이다.

예안(禮安)은 현세(縣勢)는 비록 크지 못하였다 하여도 그 안에 상당한 경

---

21) 김학수, 「여강서원과 영남학통」, 『조선시대의 사회와 사상』, 조선사회연구회, 1998.
22) 徐廷文, 「退溪集의 初刊과 月川·西厓 是非」, 『北岳史論』3.

제기반과 학문을 가진 유력한 사족가문(士族家門)을 적지 않게 포용하고 있었다. 온혜(溫惠)·도산(陶山)지역의 진성이씨(眞城李氏) 송재(松齋, 堣)·온계(溫溪, 瀣)·퇴계 가문은 말할 것도 없고 부포(浮浦)·오천(烏川)의 봉화금씨(奉化琴氏, 琴蘭秀·琴應夾 등), 오천의 광산김씨(光山金氏, 金富弼, 金富倫 등), 분천(汾川)의 영천이씨(永川李氏, 李文樑·李德弘 등), 온혜의 풍천임씨(豊川任氏, 任屹), 월천의 횡성조씨(橫城趙氏, 趙穆 등), 신평(新坪)의 의성김씨(義城金氏, 金澤龍), 지삼의(知三宜)의 단양우씨(丹陽禹氏) 및 고창오씨(高敞吳氏, 吳澐) 등이 명조(名祖)를 받들고 가문을 이루며 한 동리씩을 차지하고 있었다. 이런 가문들은 퇴계와 사승관계를 맺은 인물을 적어도 한두 명씩 가졌고 또 그것이 예안내의 명가(名家)로서의 지위유지에 바탕이 되었다. 작은 예안고을에 퇴계문인의 숫자가 많은 이유는 여기에 있다.

이런 예안의 퇴계문인을 대표하여 그 학풍을 이끄는 인물이 바로 월천이었다. 예안에는 월천이외에도 앞서 본 바와 같이 김부필(金富弼)·김부인(金富仁)·이문량(李文樑)·이중량(李仲樑) 등 월천보다 연장자와 금응협(琴應夾)·금난수(琴蘭秀)·김부의(金富儀)·김부륜(金富倫)·이충량(李忠樑) 같은 제배(儕輩), 이덕홍(李德弘)·금응훈(琴應壎)·김택룡(金澤龍)의 후배 등 계문(溪門)안의 명사들이 다수 있었지만 퇴계 몰후는 대개 월천을 종주(宗主)로 삼는데 의견을 같이 하였다. 위에서 말한 도산서원 건립과 전고수록(全稿收錄) 원칙 고수에 의한 퇴계문집의 편찬은 퇴계 적전(嫡傳)으로서의 월천 위상의 확립과 동시에 그 토대로서 예안내 계문(溪門)의 대표로서 월천의 지위를 다져가는 과정이기도 하였다. 이렇게 하여 예안내에 월천을 매개로 하는 퇴계학맥의 한줄기가 자리하게 된 것이다.

예안에 사족가문이 다수 분포하고 또 그들 구성원이 빠짐없이 퇴계와 일정한 연결을 갖고 있었던 만큼 퇴계의 적전으로서의 위치를 확보한 월천 문하에 그 대부분의 자손들이 출입하였을 것임은 짐작하기 어렵지 않다. 대부분이라고 한 것은 월천과 서애의 불화와 갈등이 표면화되면서 예안내의 일부사족, 예컨대 오천(烏川)의 광산김씨(光山金氏) 중의 김령(金坽)·김해(金垓)·김광계(金光繼) 등과 같이 월천에 비판적이면서 오히려 서애측에 근접한 인물들이 있기 때문이다.[23] 이들은 대개 문과를 거쳐 관로(官路)에 진출하였기에 서애의 처지를 이해하고 그 주장에 공감할 수 있었으며 그래서 서애를 통해 퇴계의 학문을 접하려 하였을 것이다. 그러므로 이들은 광해군대에 일어난 월천의 도산서원 종향론(從享論)에 유보적이거나 비판적인 자세를 보였었다.[24] 그러나 적어도 월천의 도산종향(陶山從享)이 실현된 광해군 말년까지 예안의 사림은 월천문인이 주류를 이루었고 이들을 중심으로 서애문인이 주도하는 안동유림에 맞서 왔음을 부정할 수 없다.

5

현재 예안내 월천 문인의 면면(面面)을 자세히 전해주는 자료는 많지 않다. 그것은 월천 문인 중의 일부가 광해군대 대북정권(大北政權)과 밀착되었다가 인조반정으로 죽임을 당하거나 죄적(罪籍)에 올랐기 때문이다. 특히 반정(反正) 후 조목(趙穆)의 생질(甥姪)인 금개(琴愷)·금업(琴愯)은 물론 그의 아들로 문과에 급제하였던 조석붕(趙錫朋)마저 처벌받고 월천의 종향(從享)을 강하게 밀어붙인 이른바 초두(草頭) 사형제(李莊·李苙·李慕·李蒔)가 이이첨(李爾瞻)·허균(許筠)의 당(黨)으로 몰려 처형당하거나 원찬(遠竄)되며[25] 나머지 북인(北人)과 연결되었다고 보는(반드시 月川門人이었다고는 볼

---

23) 李尚賢,「月川 趙穆의 陶山書院 從享論議」, 국민대학교 석사논문, 1998.
24) 月川從享論은 金坽의『溪巖日錄』에 보면 광해군 원년 都事 裵龍吉이 처음 그 의론을 내었다 하며 여러 차례의 논란을 거쳐 광해4년 2월 寒岡 鄭逑의 말에 따라 광해6년(1614) 9월 조정의 허락을 받아 결정보게 된다. 월천 종향을 처음부터 끝까지 주도한 자는 金中淸·金澤龍·李莊·裵龍吉·琴愯·朴守誼 등이고 조정에서 이를 지원한 자는 鄭仁弘·李爾瞻·許筠이었다. (『계암일록』 광해군 4년 2월 1일, 6년 9월 7일).
25)『연려실기술』권23. 인조 조 癸亥罪籍, 正刑秩, 圍籬安置秩 및 이수건,「17,18세기 안동지

수 없다) 손우(孫祐)·오윤(吳瀹)·서긍(徐兢) 등이 훼가출향(毁家黜鄕)됨으로
써[26], 월천에게도 간접적인 타격이 되었고, 또 월천문인이란 사실을 드러내
놓고 말하기 어려워지게 되었을 것이다. 월천문인의 처지가 이러하다면 그
학맥이 다음세대에 의해 계승되기를 기대하기는 어려울 것 같다. 그러므로
지금까지 파악한 월천의 학맥은 대개 그 급문제자(及門弟子)선에서 그치고
있다. 예안 지역내 월천문인이라고 파악된 인물의 명단을 보면 다음과 같다.

金澤龍(義城, 1547~1627),	琴　憬(奉化, 1553~1633)
琴　愷(奉化, 1562~1629),	李　茳(永川, 月川門人인 金中淸 門人)
金　坪(光山, 1563~1617),	李　苙(永川, 金中淸 사위)
金中淸(안동, 1566~1629),	* 朴守誼는 醴泉 거주

　월천의 학문과 퇴계의 적전(嫡傳)으로서의 위상을 보아 예안내의 그 문인
이 이렇게 영성하였다고 생각되지는 않는다. 세밀히 찾아보면 좀더 나올지
도 모르겠다. 더구나 김택룡(金澤龍)과 금경(琴憬)은 인조반정 당시 처벌대
상에 포함되지 않았기에 이들을 통해 그 다음세대 이후까지 월천학맥이 연
결되었을 가능성도 충분하다. 실제로 영조때 안동일대에 학문인으로 이름
나 있던 눌은(訥隱) 이광정(李光庭)이 월천문인인 구전(苟全) 김중청(金中淸)
의 행장을 지으면서 그 조부 이시암(李時馣)이 구전의 문인이고 자신이 그
외현손임을 밝히고 있는 것으로 보아 월천학맥이 김중청을 거쳐 영조 년간
까지 기맥(氣脈)의 일부나마 전해지고 있음을 확인할 수 있다. 그러나 역시
인조이후 월천은 동문(同門)의 서애(西厓)·학봉(鶴峯)·한강(寒岡)이 각기
상주(尙州)·안동(安東)·성주(星州) 및 기호지방을 근거로 한 퇴계학맥의
한 줄기를 펼치게 한 봉우리가 되었던데 비해 퇴계의 충실한 조술자(祖述
者)로써 그 당대에 그치는 지위에 머물렀다고 보는 것이 옳을 것 같다.

방 儒林의 정치 사회적 기능」,『영남학파의 형성과 전개』, 379쪽.
26)『溪巖日錄』3. 인조 원년 3월 28일, 4월 2·5·6일.

　그것은 무엇보다도 월천의 학통을 이은 문인 집단 자체가 위에서 언급했듯이 인조반정으로 와해되었기 때문이다. 거기에다가 월천과 서애 사이의 갈등 이후 퇴계 학통의 적전을 놓고 예안과 안동을 각기 근거로 한 양인의 문인 사이의 경쟁 관계에 의한 반목이 심했던 관계로 월천 문인들은 조정으로부터의 박해와 푸대접을 받은 외에도 위의 훼가출향 예에서 보듯이 향리에서조차 경원과 배척의 대상이 되어 소외되었던 것이다. 그렇다고 하여 인조 이후 월천계의 명맥이 완전히 소멸되었던 것은 아니다. 현종초 월천 문집의 간행 당시 동계(桐溪) 정온(鄭蘊)이 지은 신도비문의 “주화오국(主和誤國)” 네 글자의 삭제시비가 일어났을 때 월천 아들로 80세가 넘은 조석붕(趙錫朋)을 앞세워 몇 몇의 예안사람들이 안동일대 서애계의 삭제 요구에 끝까지 맞섰던 사례는, 많이 약해지기는 했지만 그래도 현종 때까지는 예안 지역에 일정한 세력을 유지하고 있었음을 알려준다.

　문제가 된 신도비문의 ‘주화오국’ 네 글자는 월천 사후 그 문인으로서, 김중청(金中淸) 및 이른바 초두 사형제, 금개 등과 함께 도산서원의 월천 종향논의를 주도하여 이를 실현시킴으로써 퇴계적전으로서 월천은 물론 서애·학봉 및 한강문인들에 대해 월천문인에게 퇴계의 도학적 정통성 계승자로서 상대적 우위를 갖게 하는데 앞장섰던, 조성당(操省堂) 김택룡(金澤龍)이 지은 「월천선생언행록(月川先生言行錄)」에 선조30년 월천이 서애에게 일본과의 화해론을 비난하는 ‘주화오국’의 네 글자를 쓴 편지를 수록해 놓았는데, 후일 인조18년 월천집안에서 그 외손 김확(金確)을 시켜 월천신도비문을 병자호란 시의 척화신으로 유명한 동계 정온에게 부탁하면서 이 언행록을 함께 보내었고, 이에 따라 동계가 월천신도비문의 끝에 ‘강화오국(講和誤國)’의 네 글자를 대서특필하고 “선생의 지업(志業)을 여기서 볼 수 있다”고 찬양한 사실을 말한다.

　“정기의(正其義)하되 불모기리(不謀其利)하며 명기도(明其道)하되 불계기공(不計其功)”한다는 춘추대의(春秋大義)는 인조반정과 병자호란을 거치면서

하나의 시대사조로서 이 시기 양반 사대부의 의식세계를 지배하였다 한
다.27) 이처럼 명분과 절의를 강조하는 사상적 풍토 위에서, 다른 사람도 아
닌 대명의리(大明義理)의 상징이다시피한 동계에 의해 '주화오국(主(講)和誤
國)'한 인물로 단정된다는 것은 서애 자신은 물론 그의 학통을 계승한 문도
들의 학파로서의 명분 자체에 심각한 타격을 가하는 것이었다. 인조18년에
지어진 신도비명은 효종 7년 세워졌지만28) 묘소 앞이라 일반의 주목을 받
는 일은 별로 없을 것이어서 크게 문제가 되지 않았었는데, 이제 문집에 부
록으로 수록되어 간행된다면 서애에 대해 월천과 동계가 주화오국이라 비
난했다는 사실이 세상에 널리 퍼지게 될 것은 불문가지였다. 그래서 월천
문집 간행이 추진되던 현종초 서애계의 문인집단은 봉화 삼계서원(三溪書
院)의 원장 김유(金愈)의 주도하에 상도(上道)의 열읍(列邑)에 통문을 내고
"월천은 거리에서 떠도는 소문을 잘못 들었고, 동계는 (김택룡이 함부로 쓴)
언행록을 잘못 믿고 주화오국이란 말을 쓴 것이니 후세 공론의 비판을 받
게 될 것이다. 그러므로 월천과 동계를 위해서라도 이 구절은 삭제되어야
한다."는 구실로 월천문집 간행 추진세력에게 삭제할 것을 강하게 요구하
였다. 그러나 누구인지 분명치 않으나(대개 월천의 아들인 조석붕을 비롯한 내
외손과 월천문인의 자손이라 짐작된다), 예안의 몇 몇 사람(禮安 若干人)들이 조
석붕을 시켜 답통(答通)을 보내면서 "억지로 끌어대어 갖다 붙였다"(附會穿
鑿)든가, "차마 바로 볼 수 없다"(不忍正視), "사문(斯文)의 불행"이라는 표현
에서 보듯이 심하게 반발하면서 그 요구를 거부하였다. 이에 서애계 쪽에
서는 사림을 모으고 다시 통문을 내어 변척코자 했으나, 사건의 시시비비
를 떠나 서애에게 주화오국이란 말이 공개적으로 논란된다는 것은 결코 바

---

27) 이수건, 「서애 유성룡의 학문과 학풍」, 『한국의 철학』23, 경북대학교 퇴계연구소, 9쪽.

28) 필자가 한국정신문화연구원의 권오영 교수와 2004년 5월 8일 직접 답사하여 읽었고, 다시
　　월천의 후손인 趙鎭極 씨에 의해 확인된 바에 의하면 동계가 지은 문제의 비문은 퇴계의 글
　　씨를 集字하여 효종 7년 세웠다(謹集退溪先生書 歲在乙未刻 丙申 月日立 距先生捐館五十
　　一年)고 陰記에 적혀있다.

람직하지 않다고 판단한 김유와 서애 손자인 유원지(柳元之)의 극력 저지로 파문은 더 이상 확대되지 않았다.[29]

위에서 본 월천 신도비의 주화오국 네 글자 삭제문제를 둘러싸고 벌어진 예안의 월천계와 안동의 서애계 사이의 갈등과 대립은 약해지기는 했지만 현종초까지는 그래도 월천 후손과 그 문인들이, 집권 서인과 협력관계에 있으면서 벼슬살이를 통해 영남내에 압도적 세력을 구축한 서애계에 완전 굴복할 정도로까지 무력하지는 않았음을 말해주고 있다.

참고로 덧붙이자면 이 주화오국 문제는 퇴계 – 학봉 김성일 – 경당(敬堂) 장흥효(張興孝) – 존재(存齋) 이휘일(李徽逸)·갈암(葛菴) 이현일(李玄逸)으로 연결되는 영남 내의 퇴계학파를 정립한 갈암 대를 지나 그 문인 창설재(蒼雪齋) 권두경(權斗經)이 안동 내의 여론을 대변해, 숙종 말경 예안 사림에게 선배(先輩)의 문자를 삭거하는 것이 곤란하다면 보주(補註)를 붙여 경위를 설명하자는 타협안을 통문으로 보내려 시도한 적이 있을 만큼[30] 숙종 말년 까지도 해결되지 않은 채 분란의 불씨를 가끔씩 되살리고 있었다. 현재 전 해지는 월천문집에 김택룡이 지은 「월천선생언행록」은 수록되어 있지 않 으나 문제의 월천 신도비명은 주화오국의 네 글자를 그대로 담은 채 실려 있다.

그러나 전체적으로 보아 예안 지역 퇴계의 학맥은 월천 이후 본줄기를 잃고 오로지 도산서원을 중심으로 하여 퇴계가문이나 예안 내에서 비월천 계(非月川系)를 대표하며 월천의 도산서원종향에 동의하지 않았던 김령(金垮)과 같은 광산김씨(光山金氏) 일부 가문을 통해 문중별로 전해오게 되는 추세임은 부인할 수 없다. 조선후기에 나온 읍지류의 인물조에 보이는 예 안 지역 인물들이 김총(金璁) 김휘세(金輝世) 김시찬(金是瓚)과 같은 광산김 씨 일족이나 이찬한(李燦漢 : 1610~1680, 문과 장령)·이급(李級 : 1721~1790, 문

---

29) 이상은·金應祖, 『鶴沙集』 권5 잡저, 「西厓柳先生辨誣錄」에 의거하였다.

30) 權斗經, 『蒼雪齋集』 권11, 「擬安東士林通禮安士友文」.

과 집의)·이동순(李同淳 : 1779~1860, 문과 참판)·이휘규(李彙圭, 1788~1854, 문과 승지)·이세태(李世泰 : 1698~1760, 문과 참의)·이가순(李家淳 : 1768~1844, 문과 교리)·이희순(李希淳 : 1789~1878, 문과 형판)·이만운(李晩運 : 1815~1886, 문과 병참)·이만도(李晩燾 : 1842~1910, 문과 응교) 등과 같은 진성이씨 퇴계·온계(溫溪)·송재(松齋) 후손 일색으로 되어있는 것이 이를 단적으로 말해준다. 위에서 본대로 숙종(肅宗)년간까지 그래도 안동사림(安東士林)에 길항(拮抗)해 오던 예안사림은 갈암(葛庵)·밀암(密菴) 부자(父子)에 의해 퇴계의 영남학풍이 안동을 중심으로 하여 학봉(鶴峯)→경당(敬堂)→존재(存齋)·갈암(葛庵)→밀암(密菴)→대산(大山)쪽으로 통일되면서 그 속에 용해되어 포함되었다고 생각한다.

[국민대학교 국사학과 교수 정만조]

〈부록〉禮安의 代表的인 士族 家門의 家系圖

1. 光山金氏 禮安派
2. 眞城李氏 : 李繼陽→李滉
3. 奉化琴氏 琴梓→琴應夾・應壎 // 琴蘭秀→琴憬
4. 橫城趙氏 : 趙穆
5. 永川李氏 : 李欽→李賢輔・賢佑→李德弘→李蒔

1. 光山金氏 禮安派

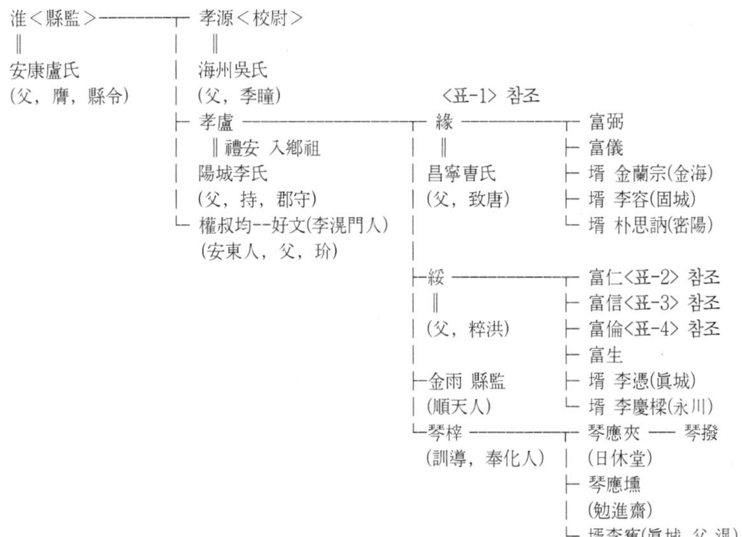

<표-1>

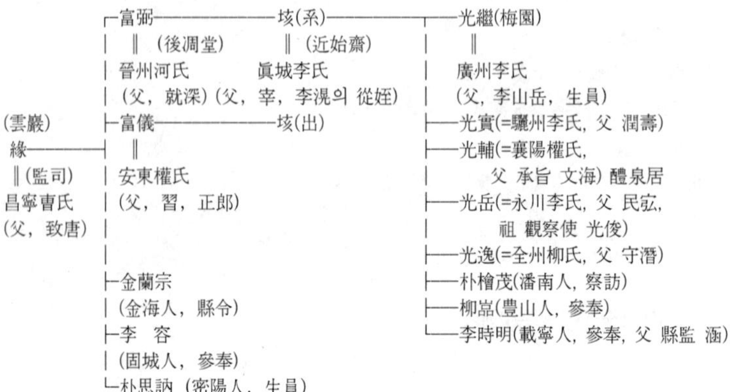

<표-2>

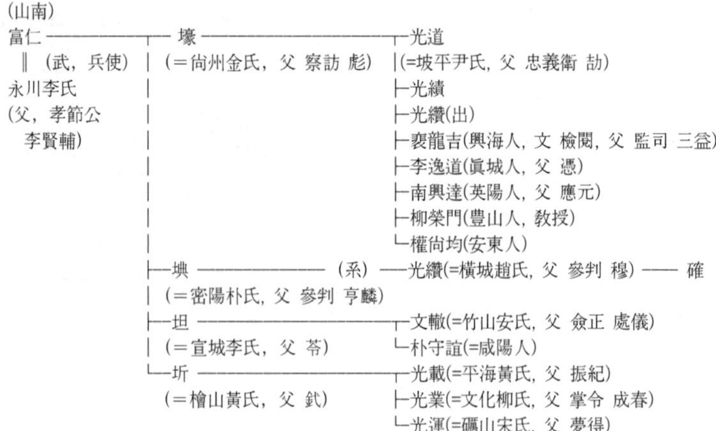

<표-3>

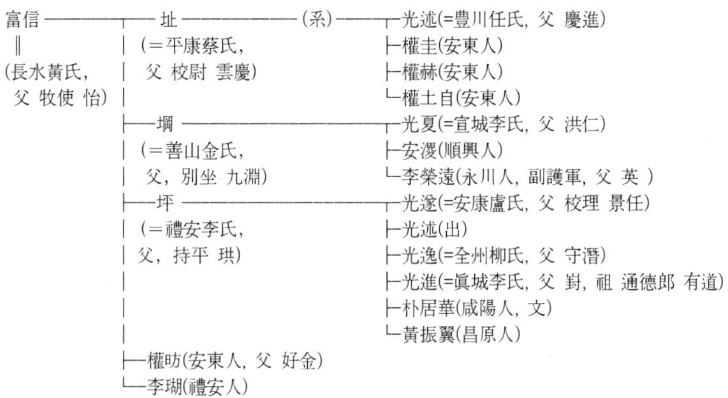

富信 ─────────┬─── 址 ──────────(系)────┬光述(=豊川任氏, 父 慶進)
 ‖   │ (＝平康蔡氏,   ├權圭(安東人)
(長水黃氏,   │ 父 校尉 雲慶)   ├權赫(安東人)
 父 牧使 怡) │   └權土自(安東人)
             ├─塥 ─────────────┬光夏(=宣城李氏, 父 洪仁)
             │ (＝善山金氏,   ├安溵(順興人)
             │ 父, 別坐 九淵)   └李榮遠(永川人, 副護軍, 父 英)
             ├─坪 ─────────────┬光逡(=安康盧氏, 父 校理 景任)
             │ (＝禮安李氏,   ├光述(出)
             │ 父, 持平 珙)   ├光逸(=全州柳氏, 父 守潛)
             │   ├光進(=眞城李氏, 父 對, 祖 通德郎 有道)
             │   ├朴居華(咸陽人, 文)
             │   └黃振翼(昌原人)
             ├權昉(安東人, 父 好金)
             └李瑚(禮安人)

富倫─────────┬─坽 ──────────────┬耀亨(=安東權氏, 父 參判 泰一, 外祖 金誠一)
 ‖   │ (＝南陽洪氏,   ├耀立(=陽川許氏, 父 博士 宰, 曾祖 文簡公 曄)
(密陽朴氏,   │ 父 正字 思濟)   ├輝斗(=晉州姜氏, 父 都事 胤祖)
 父 監察 純) │   └輝世(=義城金氏, 父 是楹)
(平山申氏,   ├崔民秀(和順人)
 父 護軍 壽民) ├全景迪(竺山人)
             └李燦(驪州人)

<표-4>

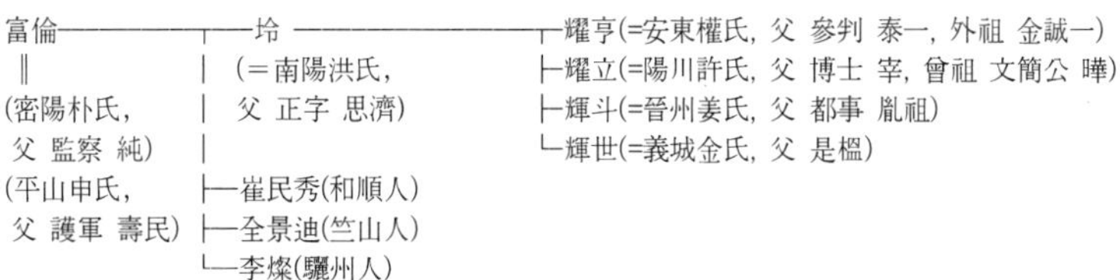

2. 眞城李氏(李繼陽→李滉)

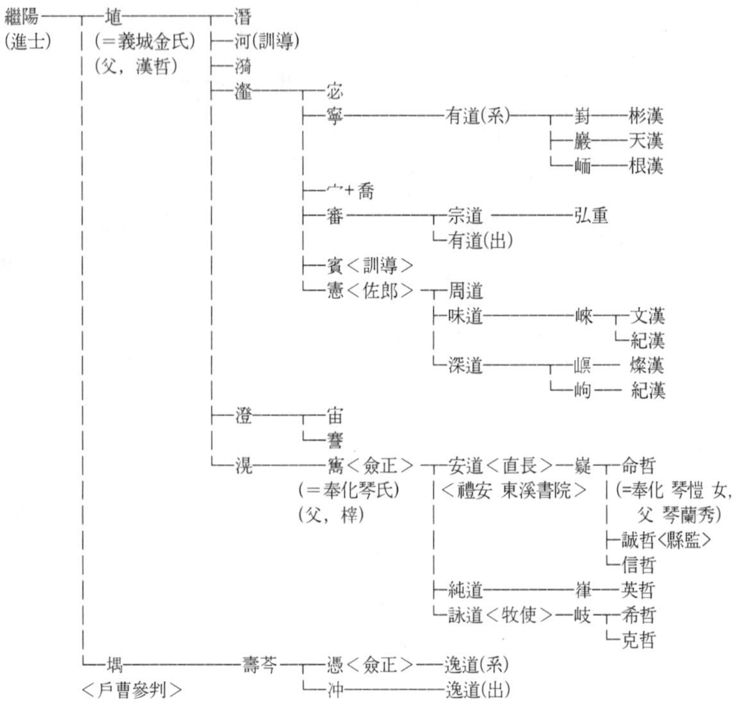

3. 奉化琴氏

※ 琴梓→琴應夾 · 應壎家

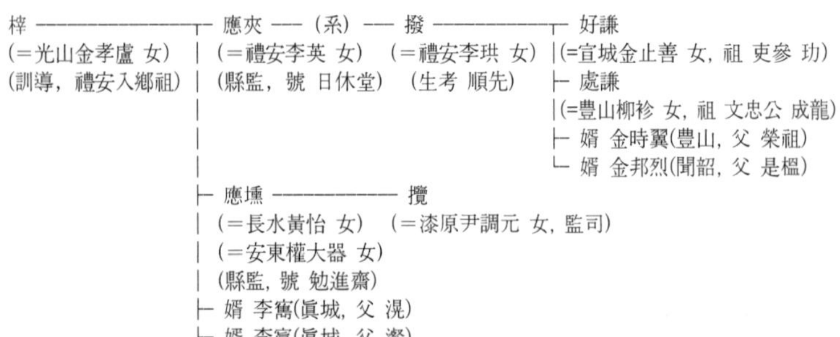

※ 琴蘭秀→琴憬

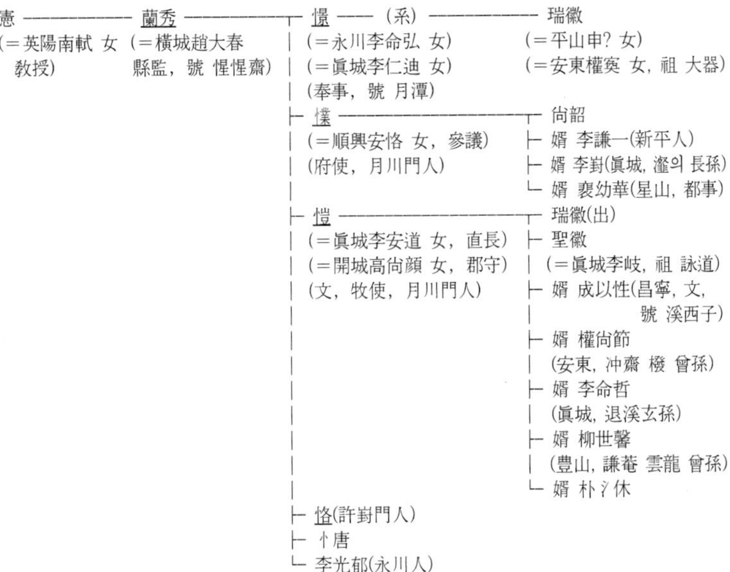

4. 橫城趙氏(趙穆)

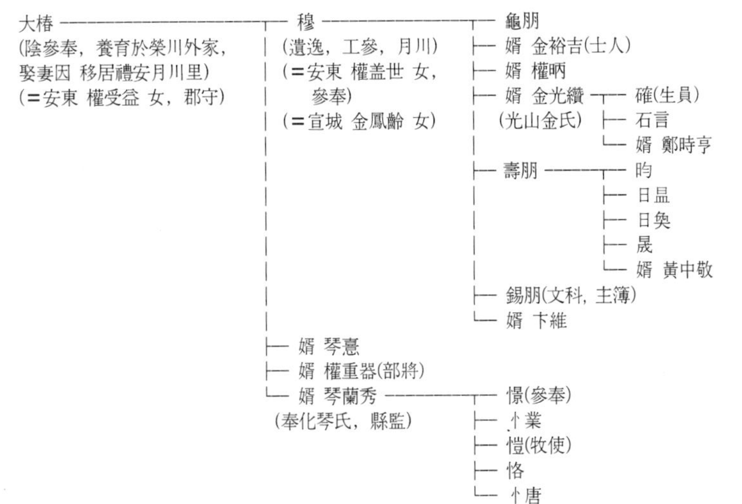

5. 永川李氏(李欽→李賢輔・賢佑→李德弘→李蒔)

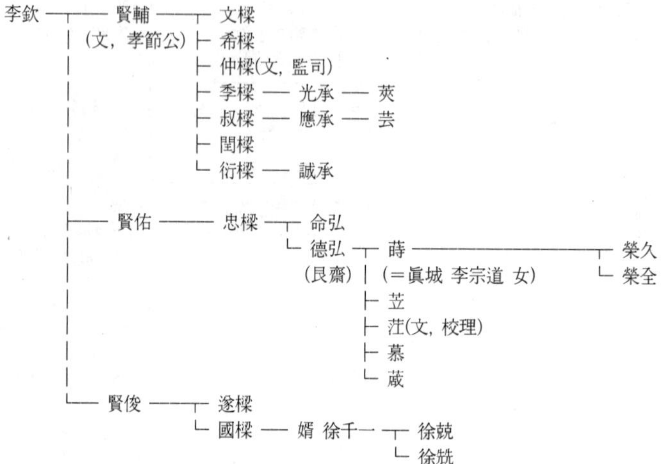

학봉 김성일과 안동 지역의 퇴계학맥

1. 머리말

퇴계학맥의 지역적 전개양상을 파악하는 것은 퇴계 이황의 학문과 사상을 이해하기 위한 기초적인 작업으로 깊이 있게 다루어야 할 과제이다. 특히 안동 지역에서의 퇴계학맥은 이 지역이 이황이 태어나고 강학(講學)을 했던 곳이기 때문에 그 어느 지역보다 복잡하고 다기하다. 특히 학봉 김성일학맥의 경우 조선 후기로 내려올수록 그 학문집단이 더욱 번창하여 세부 단위까지는 파악하기가 쉽지 않다.

김성일은 이황으로부터 성리학, 예학, 역사, 천문학 등에 대하여 가르침을 받았고 임진왜란 때는 구국활동에 적극 앞장섰다. 이미 이러한 김성일의 학문과 활동에 대해서는 여러 연구자에 의해 종합적인 연구가 이루어졌다.[1]

김성일의 학맥을 이은 인물은 주로 여강서원(廬江書院)과 임천서원(臨川書院), 고산정사(高山精舍), 만우정(晩愚亭) 등을 중심으로 그들의 학문적·사회적 입지를 확보하고 활동하였다. 조선 후기 이들은 영남전역이나 안동 지역의 유림활동에서 주도적 위치를 점하면서 때로는 학문연원 단위로, 때로는 문중 단위로 조직화하여 적극 대처해 나갔다. 즉 김성일학맥의 인물들은 유소(儒疏)나 척사운동, 의병운동을 거쳐 일제강점기에 전개된 독립운동에 주도적으로 참여하였다.

---

1) 『鶴峯의 學問과 救國活動』, 鶴峯金先生紀念事業會, 1993.

이 글에서는 퇴계학맥의 지역적 전개과정에서 이황문하에서의 김성일의 수학과정을 검토하고 그 학맥의 개략적인 학문 내용과 학적 계보를 살펴보고자 한다. 이러한 연구는 조선 후기 퇴계학맥이 전개한 여러 활동의 사상적 배경을 이해하는데 도움을 줄 것이고, 특히 안동 지역에서의 퇴계학맥의 전체적 구도를 이해하는데 필요한 작업이라고 생각한다.

2. 학봉의 퇴계문하에서의 수학

1) 생애와 가학

(1) 생애

김성일은 1538년 12월 6일 안동의 임하 내앞(川前)에서 태어났다. 1543년(6세)에 『효경』을 배웠다. 1555년(18세) 12월에 안동권씨(部將 德鳳의 딸)를 아내로 맞이하였다.

1563년 김성일은 누나(柳城의 부인)가 일찍 남편을 잃고 3년 상을 마치고는 음식을 먹지 않고 자진(自盡)하자, 생질 유복기(柳復起)·유복립(柳復立) 형제를 가르치면서 자기자식처럼 대하였다. 그리고 이들이 알뜰히 가업을 경영하게 도와주었다.

1580년(43세) 김성일은 아버지 김진의 상을 당하자, 상례와 장례는 『가례(家禮)』와 『의례(儀禮)』를 따라 치렀고, 두우(杜佑)의 『통전(通典)』과 구준(丘濬)의 『가례의절(家禮儀節)』 등을 참고하였다. 김성일은 아버지를 장사지내고 묘 옆에 여막을 짓고 시묘살이를 하였는데, 이 무렵 최현(崔晛) 등이 제자가 되기를 청하였다. 1581년(44세) 『상례고증(喪禮考證)』을 지었다.

1582년(45세) 7월에 김성일은 금계(金溪)로 이주하였다. 금계로 이주한 이유는 처가가 금계부근이고, 동문 권호문(權好文)의 주선이 있었기 때문인 것 같다. 이듬해 7월에 나주목사에 임명되어 8월에 부임하였다. 1584년(47세)

봄에 나주에 김굉필·정여창·조광조·이언적·이황을 모시는 대곡서원
(大谷書院)을 세워 학자들이 스승으로 삼을 바를 알게 했고, 여러 학생들과
경의(經義)를 강론하였다.

1585년(48세) 8월에 이황의 「성합십도(聖學十圖)」와 「계산잡영(溪山雜詠)」
을 간행하였다. 김성일의 이러한 노력은 이황의 학문적 핵심이 「성학십도」
에 있다는 것을 분명하게 파악하고 우선 「성학십도」를 간행하여 이황의 학
문의 핵심을 널리 알리려고 한 것이었다.

1586년(49세) 가을에 김성일은 『주자서절요(朱子書節要)』와 『퇴계자성록
(退溪自省錄)』을 발간하였다. 그는 이러한 문자가 책장 속에 비장되어 있어
후생들이 보지 못하는 것이 학계의 흠이라 하면서 『의례도(儀禮圖)』, 『향교
예집(鄕校禮輯)』과 함께 발간하였다. 이처럼 김성일은 『성학십도』와 『주자
서절요』 등을 발간함으로써 이황의 학문의 전파에 충실한 역할을 다하였다.

1587년(50세) 금계에 '석문정사(石門精舍)'를 지었다. 김성일은 권호문과
가장 가까운 거리에서 살았는데, 일찍이 산을 나누어 함께 살자는 '분산(分
山)의 약(約)'을 맺었다.[2] 이해 조목(趙穆)·유성룡(柳成龍) 등과 함께 『퇴계
문집』의 교정과 편차(編次)를 정하였다.[3] 그리고 겨울에 『봉선잡의(奉先雜
儀)』와 「길흉제규(吉凶諸規)』를 지었다.

1588년(51세) 『퇴계문집』의 교정본을 일일이 검토하고 교정이 미진한 곳
은 표시를 하여 선본(善本)을 만들어 나가 교정과 편집을 완성하였다.[4]

1591년(54세) 도연폭포(陶淵瀑布)의 남쪽 언덕에 옥병서재(玉屛書齋)를 세
웠다. 언덕은 장육(藏六)이라 칭하는데 선유정(仙遊亭) 북쪽에 위치하며 몽
학(蒙學)이 학습하는 장소로 삼았다. 1593년(56세) 4월 임진왜란 중에 진주

---

2) 김성일의 '석문정사'와 권호문의 '鳶魚軒'은 조선 후기에 김성일학맥의 유림이 모임을 갖는
장소로 자주 활용되었다.

3) 『鶴峯文集』 권4, 「書」, '與趙月川' 丁亥.

4) 『鶴峯文集』 권4, 「書」, '與趙月川', '答趙月川'.

(晉州)의 공관(公館)에서 작고하였다.

(2) 가정교육

김성일 집안의 안동거주는 7세조 김거두(金居斗)로부터 시작되었다. 그 뒤 김성일의 증조부 김만근(金萬謹)이 임하의 해주오씨(海州吳氏)에게 장가들어 내앞에 살게 되었다. 김성일의 아버지 김진(金璡)은 16세에 청송에 거주하는 맏고모부 권간(權幹)의 문하에 나아가 시례(詩禮)를 배웠다. 그는 뒷날 여러 아들이 출세하는 것을 보고는 말하기를 "너희들이 여기에 이른 까닭을 아는가? 진실로 스승이 나를 가르쳐준 부지런함이 아니었다면 너희들은 이미 군오(軍伍)에 편성되었을 것이다. 나는 임금과 스승과 아버지의 은혜를 갚지 못했으니 지하의 영령을 볼 수 없다. 너희들은 그것을 알아야 한다."5)라고 하였다.

이러한 사실로 보면 김성일 가문의 학문적 발전은 김진이 권간의 문하에 출입하면서 시작되었다. 김진은 교육에 대단한 열정을 가져 내앞 건너에 있는 부암(傅巖)곁에 서당을 짓고 학령(學令)을 만들어 수십 년간 자제 및 시골의 수재를 모아 엄격하게 교육하였다. 또한 만년에는 영양(英陽) 청기(靑杞)에 거주하면서 서당을 세워 그곳 주민들을 교육시키기도 하였다. 이러한 가학의 배경 위에서 김성일 형제가 이황의 문하에 출입함으로써 안동 뿐만 아니라 영남에서 명가(名家)로 부상하였다.

한편 김진은 자손들에게 가르치기를 "가문의 흥폐는 반드시 봉제사(奉祭祀)에 말미암으니 어찌 제사를 삼가하지 않고 능히 그 복을 누리는 자가 있겠는가?"라고 하여 제사를 매우 중시하였다. 이처럼 김성일은 집안에서 아버지가 경영하는 부암서당에서 공부하고, 또 봉제사에 철저한 아버지의 가정교육을 잘 받았다.

---

5) 『鶴峯文集』 권7, 「墓碣銘」, '先祖考秉節校尉府君墓碣銘' 乙亥.

2) 퇴계문하에서의 수학

김성일은 10대 후반에 동생 김복일(金復一)과 함께 소수서원(紹修書院)에서 글을 읽다가 탄식해 말하기를 "선비가 이 세상에 태어나 다만 과거공부를 힘쓰고 위기(爲己)의 학(學)을 알지 못하니 매우 부끄럽다. 퇴계 선생은 지금의 유종(儒宗)이니 어찌 가서 가르침을 구하지 않겠는가?"하고, 1556년(19세) 이황의 문하에 나아가 학업을 익히기 시작하였다. 김성일이 처음 이황을 배알할 때 이황의 좌우에는 도서가 놓여 있었고 향을 피우고 정좌(靜坐)하고 있었다.

1558년(21세) 6월에 김성일은 김복일과 함께 『서전(書傳)』을 읽었다. 김성일은 책과 양식(보리·쌀·나물뿌리)을 싸 가지고 이황의 문하에 나아가 학업을 익혔다. 이황은 두 형제의 학구열이 진실하고 돈독함을 가상히 여겨 기대와 인정을 하였다. 이 무렵 이황은 "김사순(金士純)이 도산(陶山)에 와서 머무르고 있는데 극열(極熱)을 무릅쓰고 산을 넘어와 왕래하면서 질의를 한다. 이 사람은 민첩하고 학문하기를 즐기니 그와 더불어 공부를 함께 하니 매우 유익함을 느끼겠다."고 하였다. 또한 이황은 김성일에 대해 "행실이 높고 학문이 정치하니 내 눈 속에 그에 비길 만한 인물을 보지 못하였다."고 하였다.

1557년 7월에 이황은 『역학계몽전의(易學啓蒙傳疑)』를 완성하였는데[6] 바로 이듬해 가을에 김성일은 우성전(禹性傳)과 이안도(李安道), 김부의(金富儀)·김부륜(金富倫)·금응훈(琴應壎) 등과 함께 이황의 문하에서 『역학계몽』을 익혔다. 이때 이황은 "김성일과 우성전이 뜻한 바가 매우 좋고 『역학계몽』의 공부에 전념하여 마음을 쓴 절실한 정성이 이와 같으니 무엇을 구하면 얻지 못하겠으며 무엇을 배운들 이루지 못하겠는가?"라고 하였다.[7]

---

6) 『退溪文集』, 「年譜」 권1, 丁巳條.

7) 『退溪續集』 권2, 「詩」, "溪上與金愼仲惇敍金士純琴壎之禹景善, 同讀啓蒙, 二絶示意, 兼示 安道孫兒";『鶴峯文集』, 「附錄」 권3, '言行錄'.

1558년 겨울에 김성일은 김명일(金明一)과 함께 이황에게 『심경(心經)』과 『대학(大學)』의 의심스러운 부분에 대해 질의하였고, 또 이듬해 11월에 『대학』과 「태극도설(太極圖說)」 등을 배웠다. 1562년(25세) 가을에 김성일은 『주자서절요(朱子書節要)』를 배웠다. 그리고 1564년(27세)에 역락서재(亦樂書齋)에서 동문들과 활발하게 학문토론을 하였다.[8]

1566년(29세) 이황은 김성일에게 요순(堯舜)이래 심학(心學)의 도통(道統)을 적은 「병명(屛銘)」을 써 주었다. 이해 김성일은 여러 형제와 함께 도연(陶淵)의 선유정(仙遊亭)에서 학업을 익혔다.

1569년(32세) 김성일은 이황에게 보낸 편지에서 '向裏用功, 振勵自新(내면으로 공부하여 진작하고 힘써 스스로 새롭게 됨)'의 8자(字)를 강조하였다. 이황은 이 8자가 좋으나 자기생각은 "경(敬)과 의(義)를 협지(夾持)하고 사(思)와 학(學)을 상자(相資)하는 것보다 더 요점은 없다."고 하였다.[9] 여기서 이황이 김성일에게 '경의(敬義)'와 '사학(思學)'을 강조한 점에 주목할 필요가 있다. 이황은 경과 의, 사와 학을 통하여 내면과 외면, 사색과 탐구를 함께 강조하는 학문태도를 제시하였다.

이황은 김성일에게 "사람이 마음을 굳게 가지기가 가장 어려우니 일찍이 스스로 징험하니 한걸음을 걸을 때 마음을 한걸음에 두기가 또한 어렵도다."라고 하였다. 이러한 이황의 가르침은 바로 한걸음에도 반드시 '경'을 생각해야 한다는 가르침으로, 이를 김성일이 장흥효에게 그대로 전수하였다.[10]

김성일은 후일 이황의 '교인(敎人)'에 대하여 다음과 같이 말하였다.

"후학을 가르치는데 싫어하지 않고 게으르지 않아 이들을 대접하기를 벗과 같이 하고 마침내 師道로서 자처하지 않았다. 선비가 먼 곳에서 와 質疑를 하면 그 얕고 깊음을 따라서 고하여 가르치니 반드시 立志로써 먼저하고 主敬과

---

8) 『退溪續集』 권2, 「詩」, 寄亦樂齋諸君文會 甲子 ○ 諸人搆茅舍於西麓, 名曰亦樂.

9) 『退溪文集』 권34, 「書」, '答金士純'.

10) 『退溪言行錄』, 「存省」, '金誠一錄'.

窮理공부를 힘쓰게 하여 순순히 이끌어 도와주어 계발되면 이에 그친다."[11]

이러한 이황의 '교인'에 대한 김성일의 설명은 당시 이황의 제자교육을 가장 잘 적시한 것이라 할 수 있다. 특히 입지·거경·궁리에 대한 가르침은 김성일학맥이 한말 김흥락(金興洛)에 이르기까지 지켜나갔던 것이다.

그러면 여기서 이황과 김성일의 학문토론의 일단을 살펴보자.

> 김성일 : 생각이 번잡하고 어지러운 까닭은 어째서입니까?
> 이황 : 무릇 사람은 理와 氣를 합해서 마음이 되니 理가 主가 되어 그 氣를 거느리면 마음이 고요하고 생각이 하나가 되어 저절로 한가로운 생각이 없게 된다. 理가 主가 되지 못하여 氣가 이긴 바가 되면 이 마음이 어지럽고 고착되어 지극한 경지에 이른 바가 없고 삿된 생각과 망령된 생각이 서로 이르고 거듭 이르러 바로 뒤집혀진 수레의 바퀴가 헛돌듯이 한 번 숨쉬는 순간에도 안정됨이 없을 것이다.
> 이황 : 사람들은 생각이 없지 아니할 수 없으니 다만 한가한 생각을 제거해야 할 뿐이다. 그 요령은 敬에 지나지 않을 뿐이니 敬하면 마음이 문득 하나로 되니 하나이면 생각이 스스로 고요해진다.[12]

위의 김성일과 이황의 답문(答問)에서 보면 이황의 김성일에 대한 교육내용의 대체를 파악할 수 있다. 즉 심(心)은 이(理)와 기(氣)를 합한 것이며 이가 주가 되어 기를 거느려야 마음이 고요하고 생각이 하나로 통일이 될 수 있다는 것이다. 또한 한가한 생각을 제거하는 방법으로는 오직 '경(敬)'이 있음을 지적하였다.

김성일은 『대학(大學)』을 읽다가 이기(理氣)에 대해 이황에게 질문하였다. 이에 이황은 "군(君)은 아직 「태극도설(太極圖說)」을 배우지 않았기 때문에 묻는 것 같다. 곧 지금 「태극도설」을 읽어라."라고 했다. 또 이황은 말하기를 "「태극도설」 가운데 '군자는 이것을 닦아 길(吉)하고 소인은 이것을 어기

---

11) 『退溪言行錄』, 「敎人」, '金誠一錄'.
12) 『鶴峯續集』 권5, 「雜著」, '退溪先生言行錄'.

어 흉(凶)하다.'라는 두 구절은 학자가 가장 신경을 써야할 곳이니 닦는 것
과 어기는 것은, 다만 공경하고 방사(放肆)하는 사이에 있다."고 하였다.[13]

김성일은 『역학계몽』을 배우면서 "이 글은 초학(初學)의 공부에 친절하
지 않는 것 같습니다."라고 하자 이황은 "만약 이 글에서 숙독(熟讀)하여 자
세히 오래 음미하면 실체가 드러날 것이니 무엇이 친절하지 않는가?"라고
하였다.[14] 이로써 보면 이황은『성리대전』의「태극도설」,「서명(西銘)」,「역
학계몽」등의 글을 성리학공부의 입문서로 제시하였다. 이러한 글을 통하
여 이황은 제자들과 이기론(理氣論)을 토론하였다.

김성일은 이황에게 이(理)자의 뜻에 대하여 질문하자 이황은 다음과 같
이 설명하였다.

> "만약 先儒의 '배를 만들어 물위에 가고 수레를 만들어 육지를 간다.'는 설
> 을 좇아 자세히 생각해보면 나머지는 다 추측할 수 있다. 무릇 배는 마땅히 물
> 위를 가고 수레는 마땅히 육지를 가야하니 이것은 理요, 배로써 육지를 가고
> 수레로써 물 위를 가는 것은 그 理가 아니다. 임금은 마땅히 어질어야 하고 신
> 하는 마땅히 공경해야 하며, 아비는 마땅히 자애로워야 하고 아들은 마땅히 효
> 도해야 하니 이것이 理요, 임금으로서 어질지 못하고 신하로서 공경하지 못하
> 고 아비로서 자애롭지 못하고 아들로서 효도하지 못하면 理가 아니다. 무릇
> 천하에 마땅히 행하여야할 바는 理요, 마땅히 행하여서는 안될 바는 理가 아
> 니다. 이로써 미루어보면 理의 實處를 알 수 있다."[15]

김성일은 이황에게 "솔개는 하늘에 날고 물고기는 연못에 뛴다(鳶飛戾天,
魚躍于淵)는 것과, 일이 있으면 기필은 하지 말고 잊지는 말고 조장(助長)하
지 말라(必有事焉, 而勿正, 心勿忘, 勿助長也)는 것이 뜻이 같다는 것은 어째
서입니까?"한데 이황은 "솔개가 날고 물고기가 뛴다는 것은 천지의 화육(化

---

13)『退溪言行錄』,「敎人」, '金誠一錄'.
14)『退溪言行錄』,「讀書」, '金誠一錄'.
15)『退溪言行錄』,「論理氣」, '金誠一錄'.

育)이 유행하여 상하에 밝게 나타나는 것이니 이 이(理)의 용(用)이 아님이 없는 것을 표현한 것이다. 그리고 하늘은 오직 무욕(無欲)한 때문에 이기(理氣)가 유행함에 자연히 일식(一息)의 그침도 없다. 사람 또한 반드시 일이 있을 때 기필하거나 생각을 버리거나 또 조장하는 병폐가 없다면 마음의 본체가 드러나며 그 묘용(妙用)이 밝게 행해져서 한 번 숨쉬는 사이의 간단(間斷)도 없다. 즉 그 마음의 모습이 천지의 조화와 발육의 본체와 같다."[16]는 것이라고 설명하였다.

김성일은 「성학십도」의 내용에 대해서도 정확하게 인식하고 이를 『퇴계언행록』에 기록하였다.[17] 이러한 김성일의 이황으로부터의 학문수업은 그 뒤 그를 이은 학맥에서 더욱 발전시켜 나간 것으로 이해된다.

김성일은 성리학뿐만 아니라 예학(禮學)에도 깊은 관심을 가졌다.[18] 그는 주로 당시 예를 실천하다가 발생하는 의례(疑禮)와 변례(變禮)에 대하여 이황에게 질의하였다. 그는 상례, 장례, 제례 등에 대하여 이황에게 세세한 부분의 문제까지 질의하여 행례(行禮)의 근거자료로 삼았다. 김성일의 문례(問禮)와 이황의 답은 그 뒤 안동 지역과 영남 지역의 행례와 예학의 발달에 크게 기여했다고 보아야 할 것이다.

한편 김성일은 역사서술과 포폄문제 등에 대하여 이황에게 질문하였다. 그는 역사기록을 맡은 춘추관(春秋館)의 분위기는 다만 당번 사관 1명에게 책임을 맡기고 다른 사람은 간여하는 바가 없으니 국사(國史)를 믿지 못하는 것이 또한 이 때문이고, 신진(新進)의 사관은 조정의 시비(是非)를 알지 못하고 그 기록하는 바의 것도 날씨의 흐림과 맑음, 조보(朝報)의 내용을 적

---

16) 『退溪言行錄』, 「論理氣」, '金誠一錄'.
17) 김성일은 「성학십도」에 대한 이황과 宣祖의 대화를 자세히 기록하고 있다(『退溪言行錄』, 「講辨」, '金誠一錄').
18) 김성일의 禮學에 대한 종합적인 분석과 검토는 李相殷의 「鶴峯先生의 學問思想의 傾向」과 金彦鍾의 「鶴峯先生의 禮學」에서 자세하게 다루고 있으므로 이를 참조하기 바람(『鶴峯의 學問과 救國活動』, 1993).

을 뿐이라고 하였다. 그는 사관이 쓴 일기가 정말로 조보와 같아 어느 누가 그 임무를 감당하지 못하겠는가라고 하면서 사관이 그 직분을 잃어버린 것이 이 지경에 이르렀으니 매우 한탄스러운 일이라고 하였다.[19] 그는 이러한 폐단을 개혁하고자하면 봉교(奉敎) 이하가 날마다 돌아가며 입번(入番)하게 하고 1명이 기록한 바를 8명이 일제히 한 곳에 모여 토론하여 확정지어 의심이 없는 연후에 시정기(時政記)에 넣는 것이 가하다고 주장하였다.[20]

한편 김성일은 연산군(燕山君)이 종사(宗社)에 죄를 얻어 스스로 하늘로부터 끊음을 당했으니 입후(立後)하는 것은 마땅하지 않다고 한 홍섬(洪暹)의 주장에 대하여 반박하였다. 김성일은 죄가 있어 폐하는 것은 의(義)이고, 후사(後嗣)가 없을 때 후사를 이어주는 것은 인(仁)이라고 하였다. 인(仁)과 의(義)가 다 극진한 후에 일이 마땅함을 얻게 되니 입후하는 것이 예(禮)가 아니라는 것을 보지 못했다고 하였다.[21]

김성일은 단종(端宗)문제에 관한 일은 더욱 통탄스럽다고 하면서 이황에게 어떻게 해야 가한 것이냐고 질문하였다.[22] 그는 1571년 단종복위(端宗復位)와 사육신(死六臣)의 복작(復爵)을 청하는 소를 올리고 단종을 폐한 세조(世祖)도 권도(權道)를 행한 것으로 보면서, 이제 국왕이 만세(萬世)의 대의(大義)를 써서 단종(端宗)을 복위시켜야 한다고 주장하였다. 그렇게 되면 은(恩)·의(義)가 병행하고 경(經)·권(權)이 어긋나지 않을 것이라 하였다.[23]

이러한 김성일의 역사인식은 그의 해박한 역사지식과 강건한 성품에서 비롯된 것이다. 그는 사관으로서 직필을 강조했고, 또 의심스러운 역사적 사실에 대해서는 이황과의 토론을 통하여 사실을 평가하고 서술하려고 하였다.[24]

---

19) 『鶴峯續集』 권4, 「書」, '上退溪先生'.
20) 『鶴峯續集』 권4, 「書」, '上退溪先生問目'.
21) 『鶴峯續集』 권5, 「雜著」, '書燕山奉祀議得下' 辛未.
22) 『鶴峯續集』 권4, 「書」, '上退溪先生'.
23) 『鶴峯續集』 권2, 「疏」, '請魯陵復位六臣復爵宗親敍用疏' 辛未.

3. 학봉의 제자교육과 그 학맥의 학문

1) 학봉의 제자교육

김성일의 제자교육에서 가장 주목해야할 집안과 학맥은 안동 무실(水谷)의 전주유씨 집안과 그 학맥이다. 이 전주유씨 집안은 그 입향 시조 유성(柳城)이 김진(金璡)의 사위가 되어 무실에 거주 하면서, 내 앞의 의성김씨와 '돌고개'를 사이에 두고 수백년간 혈연과 학연을 유지하면서 지내왔다. 이러한 두 집안이 학문적으로 가까워질 수 있었던 것은 특히 김성일이 임동의 납실에 살 때 무실을 지나다니면서 생질 유복기 형제에 대한 교육과 각별한 보살핌을 주었기 때문이었다.

> "復起 형제가 10세전에 부모를 잃고 외가에서 의지하여 길러졌다. 선생[김성일]이 어루만져 기르기를 매우 恩愛롭게 했다. 무릇 음식, 의복과 가르치는 일을 한결같이 자기자식처럼 대했다. 부모를 잃은 우리들이 이미 무실에 정착하고는 모든 일이 시작이어서 체계가 없었다. 선생이 더욱더 어엿비여겨 매번 납실에 왕래할 즈음에 비록 날이 어둡고 바쁠 때라도 반드시 직접 와서 먼저 안부를 묻고 다음으로 제사문제와 농작의 일을 물었다. 종을 엄히 戒飭하고 모든 것을 지도해주었으며, 또 몸을 계칙하고 학문을 부지런히 하라는 뜻으로 권면하고 계칙하였다. 우리들이 대강 문자를 분변하고 田業을 지키는 것은 추호도 모두 외삼촌의 힘이다."25)

한편 1581년 김성일의 44세 때 선산의 최현이 김성일의 문하에 입문하면서부터 안동뿐만 아니라 다른 지역의 사람들도 광범위하게 모여들었던 것 같다.

> 최현(종질 山立에게) : 이 나라에 살면서 賢人을 섬기는 것은 禮이다. 鶴峯선

---

24) 김성일의 史官論에 대해서는 姜周鎭의 「鶴峯先生과 道學政治」(『鶴峯의 學問과 救國活動』, 1993) 참조.

25) 『鶴峯文集』, 「附錄」 권3, '言行錄'.

생은 지금의 賢大夫이다. 같은 道에 살면서 뵙지 못한 것이 가히 부끄럽다.

白見龍 : 김모를 보고자 하는가? 그는 우리 同門友이다. 지금 안동 임하에 시
묘살이를 하고 있는데, 선비가 책보를 지고 간 자를 모두 거절하였다.

최현 : 어떻게 해야 합니까?

백현룡 : 다만 나의 뒤를 따라오너라.

그리하여 최현은 백현룡과 함께 임하에 이르러 김성일이 시묘하는 여막
(廬幕)에 절을 하고 문인이 되기를 청하였다.

최현 : 蒙學小生이 依歸할 바가 없어 선생님께 절을 하게 되었으니 가르침을
받기를 원합니다.

김성일 : 南州에 어진 선비가 많지 않는 것이 아니니 그대가 진실로 정성스럽
다면 뭐 스승이 없는 것이 근심이겠는가? 喪中은 講學하고 토론하는 때가
아니다.

최현 : 엄하여 감히 다시 청하지 못하겠습니다만, 원하건대 別齋에 있으면서
子弟를 따라 배우겠습니다.

김성일 : 어리석고 용렬한 무리는 益友가 되지 못하고 齋舍도 좁고 누추하여
멀리서 온 사람을 머무르게 하기 어려우니 어찌하겠는가?

金克一 : 저 사람이 비록 젊으나 옳은 마음으로 왔으니 짐짓 머무르게 하여 그
뜻에 답하는 것이 가하겠네.

이러한 과정을 거쳐 최현은 재사(齋舍)에 거처하면서 김성일 문하에서 학
습하였다.

김성일(최현에게) : 자질이 이미 아름다운데 앞길이 또한 머니 그대는 힘쓸지
어다.

최현 : 바탕이 둔하고 재주가 짧으니 썩은 나무는 새기지 못할까 바 두렵습니
다.

김성일 : 사람은 立志가 정성스럽지 못할까 바 근심해야지 어찌 재주가 부족
한 것을 근심해서 되겠는가? 재주가 있어도 小人이 되는데 면하지 못하고
재주가 없어도 君子가 되는 데 해롭지 않으니 학문이 爲己냐 爲人이냐에
달려 있을 따름이다.

김성일 : '자신을 속임이 없어야 한다(毋自欺).'는 세 글자는 모름지기 종신 때까지 가슴에 지녀야 하니 善을 행하고 惡을 버림에 하나라도 정성스럽지 못함이 있으면 모두 스스로 속이는 것이다.

최현 : 善惡은 어떻게 실제 볼 수 있습니까?

김성일 : 義利와 公私의 나뉨은 엄격하지 않을 수 없다. 털끝만큼의 은미한 차이도 천리나 멀어지니 학문을 하여 밝히는 데 있을 뿐이다.

최현 : 학문은 무엇을 먼저 해야 합니까?

김성일 : 훌륭하다! 질문이여. 학문은 章句와 文詞의 사이에 있지 않고 다만 日用事物上을 向하여 구해야 하니, 이른바 事上學이다. 그 근본은 忠信을 主로하고 孝悌를 앞세우는데 있으며 그 요점은 다만 放心을 수습하는데 있다. 물 뿌리고 비질하고 應對하는 것에서부터 齊家·治國·平天下에 이르기까지 그 節目의 차례와 공부의 先後가 손바닥을 보듯 쉬우니 순서를 따라 점점 나아가 實體를 깊이 살피는 데 있을 따름이다.[26]

위의 대화에서 보면 김성일은 '입지(立志)', '성의(誠意)', '효제충신(孝悌忠信)'을 교육의 주요내용으로 제시하고 있음을 알 수 있다. 특히 '무자기(毋自欺)'를 종신 때까지 가슴에 새겨야할 좌우명으로 제시하고 있는데, 이것은 그가 대학의 '8조목(八條目)' 중에서도 특히 '성의(誠意)'를 강조하고 있는 것이다. 그것은 바로 '의(意)'가 '선(善)과 악(惡)', '공(公)과 사(私)'의 갈림길로 파악했기 때문에 이 '의'를 정성스럽게 하는 것을 가장 중요하게 생각하고 가르쳤던 것 같다.

최현의 입문을 시작으로 김성일의 문하에는 배움을 청하는 선비들이 모여들었고 종일 강의하고 토론하였다.[27] 김성일의 교육은 '회인불권(誨人不倦)' 그 자체였다. 한 번은 강의중에 밥상이 들어오자 수업을 받던 제생(諸生)이 물러나기를 청하였는데 허락하지 않고 해가 중천에 떠서 파하였다고 한다. 하루는 김성일이 마루 위에 앉아 있었는데, 제자 장흥효가 뵙기 위하여 발이 닫는 대로 마음대로 걸어 올라가니 김성일이 꾸짖기를 제1보를 걸

---

26) 『鶴峯文集』, 「附錄」 권3, '言行錄'.
27) 『鶴峯文集』, 「附錄」 권3, '言行錄'.

을 때는 마음이 제1보의 위에 있고 제2보를 걸을 때는 마음이 제2보의 위에 있어야 가할 것이라 하였다.[28] 이러한 점에서 보면 장흥효는 이황을 통해서 전수된 김성일의 '경(敬)'공부를 다시 배웠다고 할 수 있다.

또한 김성일은 제자를 가르치다가『송사(宋史)』부필사계란전(富弼使契丹傳)에 이르러 세 번 반복하여 낭랑하게 읽고는 무릎을 치면서 탄식하기를 "너희들은 아는가? 부공(富公)이 단거(單車)로 예측불허의 오랑캐의 뜰로 들어가 의연하게 굴하지 않고 국례(國體)를 존중했으니 대장부가 변란을 만나서는 마땅히 이와 같아야 한다."[29]고 하였다. 그는 제자들에게 이러한 내용을 교육했을 뿐 아니라, 실제 일본에 가서도 외교에 있어 굴욕적인 모습을 보이지 않았고, 그 뒤 임진왜란을 당해서는 경상도 각 지역의 전투를 독려하면서 의연한 자세를 보여주었다.

김성일의 아들 김집(金潗)은 아버지에게『상서(尚書)』를 배웠다. 하루는 수업을 받는데, 김성일이 "앉아라. 내가 너에게 황극(皇極)·건극(建極)·민이(民彝)·오복(五福)에 대하여 말하겠다. '오직 황상제(皇上帝)가 하민(下民)에게 충(衷)을 내려주었다.'고 할 때의 '충(衷)'이 곧 '극(極)'이다. '하늘이 이 백성을 냄에 선지(先知)로 하여금 후지(後知)를 깨닫게 하고 선각(先覺)으로 하여금 후각(後覺)을 깨닫게 한다.'고 했으니 옛날의 성인은 백성의 선각자(先覺者)니 곧 '건극(建極)'이다. '임금과 스승을 세워 오륜(五倫)을 펴서 그 서민(庶民)에게 준다'했느니 '윤(倫)'이 곧 '민이(民彝)'이다. 그리고 서민이 애친경장(愛親敬長)을 알아 능히 이 마음이 있는 것을 보존하는 것이 곧 극(極)을 보존하는 것이다. 마땅히 수(壽)·부(富)·강녕(康寧)·유호덕(攸好德)·고종명(考終命)을 얻는 것, 이것을 오복(五福)이라고 말한다. 몸이 혹 수를 하지 못하나 이 마음이 수(壽)를 하고 집이 혹 부(富)하지 않더라도 이 마음이 실로 부(富)하면 비록 환란(患亂)이 있더라도 이 마음이 강녕(康寧)하며,

---

28)『敬堂集』권1,「錄」, '鶴峰西厓兩先生言行錄'.
29)『鶴峯文集』,「附錄」권3, '言行錄'.

쓰러지고 자빠지고 아무리 바쁠 때라도 도(道)에 떠나지 않는 것 이것이 '유호덕(攸好德)'이다. 혹 나라를 위하여 죽는 일이나 혹 '살신성인(殺身成仁)'도 '고종명(考終命)'이 된다. 오복을 논함에는 마땅히 사람의 일심(一心)을 논해야 하니 이 마음이 바르면 복이 아님이 없고 이 마음이 사특(邪慝)하면 화가 아닌 것이 없다."고 설명하였다.

김성일은 이러한 가르침을 몸소 실천하고 아들에게 가르쳤다. 특히 여기서 주목되는 것은 '고종명'에 대한 해석이다. 집안에서 편안히 천수를 누리고 죽는 것만이 '고종명'이 아니라 나라를 위하여 죽거나 '살신성인'도 '고종명'의 하나가 될 수 있다는 것이다.[30] 이러한 김성일의 가르침은 김성일의 학맥을 이은 학자들, 특히 장흥효, 이현일, 이상정, 유치명, 김도화, 김흥락 등에 이르기까지 철저하게 전해졌다고 할 수 있다.

2) 학봉학맥의 학문활동

이현일(李玄逸)은 이황의 이기설(理氣說)을 적극 옹호하고 이이(李珥)의 이기설을 조목조목 비판하였다. 그는 안동 임하의 금소(琴韶)에서 강학하여 많은 제자를 양성하였다.[31] 이현일의 아들 이재(李栽) 역시 금소에서 많은 학자를 양성하였다. 그는 『주서강록간보(朱書講錄刊補)』를 발간하여 『주자서절요』를 이해하는데 도움을 주었는데, 이러한 작업 역시 주희와 이황의 학문에 대한 다양한 연구에서 나온 결과였다.

이상정(李象靖)은 세칭 '소퇴계(小退溪)'로 이황의 학문을 가장 깊이 연구하여 발전시킨 인물이다. 이황의 이기설을 깊이 연구함은 물론이요, 『퇴계

---

30)『鶴峯文集』,「附錄」권3, '言行錄'.

31) 이현일의 문인의 지역분포를 보면 다음과 같다. 안동 72, 봉화 27, 영해·영양 각 19, 진주 17, 영주 13, 영천·의성 각 12, 서울·성주 각 11, 상주 10, 예천·칠곡 각 8, 밀양 6, 경주·대구 각 5, 거창·선산·순흥·원주·진보·함안 각 4, 고령·군위·산청 각 3, 용궁·창원·청도·충주·현풍 각 2, 기타 43명이다(『葛庵全集』,「錦陽及門錄」, 驪江出版社, 1986).

문집』의 편지를 선별하여『퇴계서절요(退溪書節要)』를 편찬하고, 「성학십도」
의 「경재잠도(敬齋箴圖)」를 연구하여『경재잠집설(敬齋箴集說)』을 펴냈고, 이
황이 김성일에게 써준 「병명」을 연구하여『병명발휘(屛銘發揮)』등을 저술
하였다.

　이상정의 문인인 유도원(柳道源)·이종수(李宗洙)·김종덕(金宗德)·유장
원(柳長源)·김굉(金㙆) 등도 이황과 이상정의 학문을 충실히 계승하여 그
학문을 전파하여 나갔다. 이러한 김성일학맥은 이황 이후의 학통을 통하여
전해온 주자학에 철저하면서『대학(大學)』·『중용(中庸)』·『심경(心經)』, 주
희의 「옥산강의(玉山講義)」와 「인설(仁說)」, 이상정의 성리설을 주로 강론하
였다. 이러한 과정을 통하여 이들은 이기심성론(理氣心性論)과 인의예지론
(仁義禮智論)을 사상적 기반으로 삼았고, 특히 그 학문은 ‘경(敬)’을 주로 하
였다.[32]

　안동 지역의 김성일학맥은 이상정을 거쳐 유치명에 이르러 학문활동이
더욱 두드러지게 나타났다. 유치엄(柳致儼)은 우리나라 성리학이 이황에 의
해 집성되었는데, 전집이 방대하여 갑자기 연구하기 어려워『퇴계서절요』
등이 편찬되었지만 아직도 넓은 바가 있어 요령을 얻기 어렵다고 하면서
『계훈집요(溪訓輯要)』를 지었다. 또한 그는 이상정의 『대산문집(大山文集)』
과『대산실기(大山實紀)』가 있는데 그 내용이 여기저기 흩어져 있어 쉽게
그 방법을 궁구하기 어렵다고 하면서『호학집성(湖學輯成)』을 편찬하였다.[33]

---

32) 그 실례로 1846년 9월 4일부터 13일까지 10일간 유치명을 중심으로 고산정사에서 강회를 열
　　었는데 이 고산정사에서 「옥산강의」의 강의를 통해 ‘인의예지’가 강론되었다는 것은 매우 주
　　목할 만한 일이다(『萬山遺稿』권4, 雜著, 高山講義). 한편 1856년 11월 호계서원에서는 김성
　　일학맥을 이은 柳致明·柳致皜·金健壽·李敦禹·李文稷 등 수백 명이 모여 강회를 열었
　　다. 이들은『심경』을 강회의 교재로 택했는데, 그것은 이황 이래 안동유림의『심경』에 대한
　　지대한 관심 때문이었다. 유치명·유치호·김건수 등과 유생들이 이 강회에서『심경』을 강독
　　하고 토론한 내용은 주로 心性理氣, 仁義禮智, 敬義, 義理 등이었다(『古文書集成』49-安東法
　　興 固城李氏篇,『虎溪講錄』, 한국정신문화연구원, 2000).
33)『肯庵文集』권18, 「行狀」, ‘萬山柳公行狀’.

　김건수는 1857년 유치명이 만우정(晚愚亭)을 건립하자 동문들을 모아 열흘동안 『퇴계문집』을 강독하였다. 그는 『퇴문계집』과 『대산문집』을 즐겨 보았는데 "이 두 책은 정주(程朱)의 제서(諸書)에 서로 표리(表裏)가 되니 진실로 여기에 종사하면 문로(門路)가 평탄하고 의리가 명백하여 저절로 향하는 바에 미혹되지 않을 것이다."라고 하였다.[34)]

　김도화는 유치명의 문하에서 『대학』과 『대학혹문(大學或問)』을 배웠는데, 유치명은 김도화에게 '경(敬)'에 대한 해석을 해주었다.[35)] 김도화는 『대학』·『중용』뿐만 아니라 「태극도설(太極圖說)」·「서명(西銘)」·「옥산강의(玉山講義)」에 대해서도 연구하여 의견을 피력하였다.

　김흥락은 1847년 유치명에게 올린 편지에서 효제(孝悌)와 공경(恭敬)이 모두 일상생활에서 항상 말하는 것이지만, 여기에 나아가 궁리하고 공부하는 것이 가장 참되고 절실한 것이라 하였다. 그는 공부를 함에 있어 대소(大小)와 정조(精粗), 강령(綱領)과 조목(條目)을 불문하고 일제히 '경(敬)'으로써 주를 삼아 힘써 나가겠다고 다짐하였다.[36)]

　1853년 김흥락은 『주자어류』·『주자서절요』를 읽었는데, 특히 『주자어류』의 「훈문인(訓門人)」의 글을 읽고 이듬해 「입학오도(入學五圖)」를 작성하였다.[37)] 이러한 인식 위에서 그는 입지(立志)·거경(居敬)·궁리(窮理)·역행(力行)·총도(總圖)의 5도를 작성하여 학문에 들어가는 지침을 제시하였다. 그러면서 특히 '거경'과 '궁리'는 하나라도 폐할 수 없으며 수레의 두 바퀴와 새의 두 날개와 같다고 하면서도 '거경'을 급선무로 생각하였다.[38)]

---

34) 『肯庵文集』 권17, 「行狀」, '成均進士止庵金公行狀'.
35) 『拓菴文集』 권9, 「雜著」, '記聞錄'. 김도화의 대표적 문인은 金紹洛, 柳鳳熙, 柳寅植, 宋基植 등이다. 『拓菴文集』, 「附錄」, '及門錄'에 실려 있는 김도화의 문인은 모두 322명이다.
36) 『西山文集』 권2, 「書」, '上定齋先生' 丁未.
37) 『西山文集』 권13, 「雜著」, '入學五圖'.
38) 『西山文集』 권6, 「書」, '答黃應護' 乙丑.

4. 퇴계 - 학봉학맥의 전개

1570년 이황이 작고한 후 10여 년간은 이황의 학통으로 보면 혼돈기였다. 그것은 이황의 의발(衣鉢)이 누구에게도 전해지지 않았기 때문이다.[39] 김성일은 이황의 사후 의발(衣鉢)을 전함이 없는 것에 대하여 많이 생각했던 것 같다. 그래서 「송이봉원안도하제남귀(送李逢原安道下第南歸)」라는 글에서도 "의발(衣鉢)이 지금까지 부탁이 없으니 그대를 천리(千里)나 보내면서 눈물이 종횡으로 흐르네."라고 하였다.[40] 그런데 1582년 김성일은 조목에게 대업(大業)을 힘써 연구하여 선생의 의발(衣鉢)의 전(傳)함이 끝내 돌아가는 바가 있게 되기를 원한다고 하였다.[41]

결국 조목이 도산서원 상덕사(尙德祠)에 배향됨으로써 사후 스승을 모시는 영광은 조목에게로 돌아갔다. 그것은 조목이 다른 동문에 비하여 나이로 보아 선배이고 이황과 고향이 같은 예안이고 이황 사후 『퇴계문집』을 주관하여 간행한데다, 후일 북인(北人)정권의 도움으로 상덕사에 배향되었던 것이다. 그러나 조목의 학맥은 안동 지역에서 뚜렷하게 그 학통이 계승되지 못하고 대신 김성일의 학맥이 안동 지역에서 가장 번창하였다. 그 이유는 김성일의 나주 목사 재임시절 이황의 여러 저서의 출간, 「병명」의 전수문제, 김성일학맥에서 이황의 학문을 충실히 계승하는 지속적인 학자의 출현이 이를 뒷받침하였다.

이황은 1566년 김성일의 나이 29세 때에 요·순·우·탕·문왕·무왕·주공·공자 이래 주희까지의 심학(心學)의 도통을 읊은 「병명(屛銘)」을 써주었다. 1612년 김용(金涌)은 이황이 일찍이 성현상전(聖賢相傳)의 심법(心法)을 서술하여 「병명」을 만들어 손수 깨끗하게 써서 김성일에게 주었으니

---

39) 『鶴峯續集』 권5, 「祭文」, '祭李直長逢原文' 甲申.
40) 『鶴峯續集』 권1, 「詩」, '送李逢原安道下第南歸'.
41) 『鶴峯文集』 권4, 「書」, '答趙月川' 壬午.

그 촉망과 기대가 다른 제자와는 달랐다는 것을 알 수 있다고 하였다.[42]

김성일의 문인으로는 신지제(申之悌)·황여일(黃汝一)·최현(崔晛)·정사신(鄭士信)·권위(權暐)·정전(鄭佺)·장흥효(張興孝)·김용(金涌, 김성일의 조카)·김집(金潗, 김성일의 아들)·권행가(權行可, 호는 梅湖, 진사 참봉, 권호문의 아들), 권단(權昍, 誠齋), 권욱(權旭, 梅堂, 생원, 진사), 권산립(權山立, 晩翠堂, 護軍) 등이 있다.[43] 그런데 김성일의 문인이 많지 않는 이유는 그가 출사하여 안동 지역에서 학문활동을 한 시기가 길지 않았고 임진왜란이 일어나 전장에서 전투를 지휘하는 상황에서 조용히 강학에만 힘쓸 겨를이 없었기 때문이다. 비록 그 당대에 제자를 많이 양성하지는 못했지만 김성일의 학맥은 조선 후기부터 한말까지 안동 지역뿐만 아니라 영남 지역에서 가장 번창한 학맥을 형성하였다. 특히 안동 지역에서는 무실의 전주유씨, 소호리의 한산이씨, 예안 하계의 진성이씨 등 세 집안이 김성일학맥의 철저한 핵심세력으로 활동하였다. 뿐만 아니라 김성일학맥 중 김용의 후손은 예안 상계까지 진출하여 그 지역적 범위를 넓혀가고 있었다. 이 김성일학맥은 다른 퇴계제자들의 학맥에 비해 매우 강한 혈연적, 지역적, 학문적 동질감을 갖고 있었다.

장흥효는 김성일과 같은 금계출신이다.[44] 그는 철저히 '경(敬)'에 힘쓴 학자로 역학(易學)에도 정통하였다고 한다. 그는 김성일 사후 유성룡의 문하에도 출입하였고 정구(鄭逑)에게도 배웠다. 그의 외손이 바로 이휘일·이현일이어서 자연 김성일의 학맥을 이어주는 주요한 위치를 점하게 되었다.

그런데 이현일 형제는 장흥효의 외손자였지만 당시 나이가 어렸기 때문에 이황학맥의 전개에서 보면 장흥효로부터 직접 학문을 전수받았다고 보

---

42) 『雲川文集』 권5, '言行錄'.
43) 鶴峯學脈의 傳統에 대해서는 李完栽의 종합적인 연구, 정리가 참조된다(李完栽, 「嶺南學派에 있어서 鶴峯先生의 位置」, 『鶴峯의 學問과 救國活動』, 1993).
44) 장흥효의 문인 221명의 간략정보는 『敬堂別集』, 「敬堂先生及門諸賢錄」에 제시되어 있다.

기는 어렵다. 오히려 아버지 이시명(李時明)을 통하여 이휘일·이현일 형제에게 이황-김성일-장흥효의 학맥이 전해졌다고 보아야 할 것이다. 현재 장흥효의 문인록인 '급문제현록(及門諸賢錄)'에는 모두 221명이 수록되어 있는데, 이휘일과 이현일의 이름은 여기에 올라 있지 않고 장흥효의 사위이고 이현일의 아버지인 이시명과 이시명의 장자 이상일만이 수록되어 있다.

한편 김성일학맥은 의성(신지제), 울진(황여일), 선산(최현) 등으로 전파되어 갔다. 그 일례로 선산의 최환(崔桓)이 김홍락(金興洛)의 행록(行錄)을 짓고 잇는데 이는 바로 최현이 김성일의 「언행록」을 지은 연장선상에서 이해할 필요가 있다.

이황의 학통이 김성일로 전해졌다는 것은 이현일에 의하여 다시 제기되기 시작하였다. 그는 이황의 학통에 있어서는 "老先生(퇴계)이 손수 요(堯)·순(舜)·우(禹)·탕(湯)·문왕(文王)·무왕(武王)·주공(周公)·공자(孔子)·안자(顔子)·증자(曾子)·자사(子思)·맹자(孟子)·주돈이(周敦頤)·정호(程顥)·정이(程頤)·주희(朱熹)의 서로 전한 심법(心法)의 요언지결(要言旨訣)을 써서 학봉 김문충공(金文忠公)에게 주었으니 그 은미한 뜻이 있는 바를 알 수 있다."고 하여 이황-김성일의 학맥이 심법을 전수한 것으로 이해하였다.[45]

이현일의 학통은 아들 이재에 의해 이상정으로 전수된다. 이현일이 안동의 임하 금소에서 강학했는데, 이재 역시 금소에서 강학했다.[46] 이현일·이재 부자가 안동 금소에서 강학한 것은 안동이 이황학문의 본산인데다 이현일의 외가가 안동 금계이고, 이재의 처가가 안동 임하였기 때문이었던 것 같다. 이현일에 의해 김성일학맥은 안동 지역을 벗어나 영남 전지역으로 확산되어 나갔다.

이상정은 이황의 수많은 제자 중에서 김성일이 그 학통을 이었다고 하였

---

45) 『葛庵文集』 권21, 「跋」, '書外大父敬堂張公遺集後'.
46) 이재의 문인 65명에 대한 간략정보는 『密庵全集』, '錦水門人錄'(驪江出版社, 1986)을 참조.

다. 이상정은 이황이 김성일에게 써 준 「제김사순병명(題金士純屛銘)」[47]의 의미를 해석하여 『병명발휘(屛銘發揮)』를 저술하여 이황의 학통은 김성일에게 전해졌다고 하였다.[48] 유치명도 이황 이후 학통에 대해서 이황이 「병명(屛銘)」을 지어 김성일에게 써 준 것이 은미(隱微)한 뜻이 있다고 하였다.[49] 이것 역시 이황의 학통이 김성일에게 전해졌다고 해석한 것이다.

그런데 이상정 사후 이상정의 문인들과 동생 이광정(李光靖)은 이상정을 이황의 적전으로 파악하였다. 이상정은 이황의 학문을 충실히 계승하였고, 『퇴계서절요』를 편찬하기도 하였다. 그리하여 이광정은 이상정의 행장에서 "비록 퇴계의 적전이라고 말할지라도 가(可)하다."라고 규정했던 것이다.[50]

한편 이상정의 학통은 유도원(柳道源)·이종수(李宗洙)·김종덕(金宗德)·유장원(柳長源)·조술도(趙述道)·정종로(鄭宗魯)·김굉(金㙆) 등이 이어 발전시켜 나갔다.[51] 특히 유도원은 『퇴계문집고증(退溪文集攷證)』을 지어 『퇴계문집』연구에 대한 길잡이를 제시하였고, 유장원은 『상변통고(常變通攷)』를 지어 상례(常禮)와 변례(變禮)를 종합하여 그동안 분분하던 예설을 집성하였다. 그런데 이상정의 학통은 유장원과 남한조(南漢朝)를 통하여 유치명에게 전해졌다. 유치명은 이상정으로부터 받은 이상정의 학문, 이른바 '호학(湖學)'을 더욱 천명하였다.

유치명의 우뚝한 제자로는 유치호(柳致皜)·유치임(柳致任)·김건수(金健壽)·이돈우(李敦禹)·이문직(李文稷)·유치엄(柳致儼)·유치유(柳致游)·권

---

47) 『退溪文集』 권44, 「箴銘」, '題金士純屛銘'.

48) 「屛銘」의 내용에 대해서는 李完栽의 자세한 분석이 있다(李完栽, 「嶺南學派에 있어서 鶴峯先生의 位置」, 『鶴峯의 學問과 救國活動』, 1993).

49) 『定齋文集』, 「附錄」 권4, '語錄'.

50) 『大山實紀』 권2, 「行狀」.

51) 이상정의 문인(총 274명)의 지역분포는 안동 94명, 의성 24명, 상주 11명, 예천 8명, 영주 7명, 순흥·선산 각 6명, 대구·단성·성주 각 5명, 영천·김천·성천 각 4명, 밀양 3명, 영해·창녕·칠곡·영양·서울·풍기·봉화·김해·군위·청도·합천 각 2명, 청송·고령·청양·경주·고성·거창·함안·홍해·진주 각 1명, 기타 57명이 수록되어 있다(『大山全書』 '高山及門錄', 驪江出版社, 1990).

연하(權璉夏)·유기호(柳基鎬)·이만각(李晚慤)·김도화(金道和)·김홍락(金興洛)·유필영(柳必永) 등을 들 수 있다.[52] 유치호는 1823년에 유치명의 문하에 입문하였고, 이상정의 현손인 이돈우는 1831년에 유치명이 고산정사에 학생을 선발할 때 입문하였다. 그리고 김성일의 종손 김홍락은 1845년에 입문하여 『논어(論語)』와 『가례(家禮)』를 배우고, 『대학혹문(大學或問)』과 사단칠정설(四端七情說)의 의심나는 부분에 대해 질문하였다. 김굉의 증손 김도화는 1849년에 입문하였고, 유필영(柳必永)은 1852년에 입문하여 『대학(大學)』을 배웠다.

우선 유치명의 문인 중에 주목해야 할 인물은 유치호이다. 유치호는 학통의식이 특히 강하여 이황이 김성일에게 써준 「병명」에 주목하였다. 임하의 동쪽 30리에 위치한 납실(猿谷)은 김성일의 별업(別業)이 있던 곳인데 김성일이 이곳에 살 때 이황으로부터 「병명」을 받았다. 유치호는 이 유서 깊은 김성일의 유허지에 중국의 '태극서원(太極書院)'을 본떠 '병명서원(屏銘書院)'을 세울 계획을 추진하였다. 그리하여 문중에 그러한 취지를 담은 글을 돌리고 유림과 수의(收議)하여 계(禊)를 만들고 기금을 모으기도 하였다.[53]

유치임(1805~1876)은 1864년 김성일을 모신 임천서원의 청액소(請額疏)를 올릴 때 소수를 맡았다. 1868년 서원훼철령이 내리고 1871년 정부에서 호계서원을 훼철하려고 하자 유치임은 바로 사우(士友)들과 함께 철거되는 화를 완화시키려는 운동을 전개하다가 구금되기도 하였다.[54]

---

52) 유치명의 문인록에는 550명의 문인이 올라 있다. 그중 전주유씨가 96명(안동 수곡·박곡·대평·삼산·고천 등 거주), 의성김씨가 61명(金璡 후손 37명, 안동 천전·금계·임하·지례·망천 등 거주, 金宇宏 후손 16명, 봉화 해저 거주), 안동권씨가 30명(權橃 후손 8명, 봉화 유곡 거주), 한산이씨가 13명(李弘祚 후손, 안동 소호 거주), 진성이씨가 13명(예안 하계·부포·의인 등 거주), 고성이씨가 10명(안동 법흥 거주), 재령이씨가 6명(마동, 영양 석포 등 거주), 영천이씨가 6명(의성 산운 거주)을 차지한다. 이들 문인의 거주지를 살펴보면 경상도·전라도·경기도·평안도 등 분포가 다양하나 지역적으로 경상도 안동의 동남부 지역에 집중되어 있다(『全州柳氏水谷派之文獻叢刊』 12, 安東水柳文獻刊行會, 1989).

53) 『東林集』 권11, 「附錄」, '行狀'.

54) 『肯庵文集』 권17, 「行狀」, '處士起軒柳公行狀'.

유치명의 제자 이돈우는 이상정의 현손으로 이상정 이후 안동 지역에서 누대 '병필(秉筆)'의 집안이었다. 그는 소호리를 중심으로 많은 제자를 길렀고 동문들과 때때로 『퇴계문집』·『대산문집』 등을 강론했다.

유치엄(1810~1876)은 이상정의 고제인 유범휴(柳範休)의 손자이자 이상정의 외증손이었다. 따라서 그는 전주유씨와 한산이씨의 가학을 잘 이을 수 있었다.[55] 1845년 가을 유치명이 『대산실기』를 편찬했는데 유치엄은 처음부터 끝까지 협찬하였다.

김건수는 1843년 유치명의 제자가 되었다. 1856년 호계서원에서 강회를 열었는데, 유치호(柳致皜)와 함께 강석(講席)을 주관하여 토론을 활발하게 전개하였다. 그리고 김홍락과 함께 기금을 내어 의장(義莊)을 설립하여 흉년에 기아에 대비하게 하였다.

유기호(1823~1886)는 1864년 임천서원의 사액을 청하는 일로 상소운동을 전개했는데 모든 일을 계획하고 추진하였다. 그는 또 1870년 겨울에 임천서원청액운동을 전개하다가 강원도의 김화에 유배되었다. 1881년 영남만인소(嶺南萬人疏)가 일어나고 이재선사건(李載先事件)이 일어나자 영유(嶺儒)의 우두머리로 지목되어 수배되었고, 1882년에는 3개월간 옥고를 치르고, 1885년에도 2개월간 옥고를 치렀다.[56]

한편 유치임·김건수·이돈우·유치호·이문직 등 유치명의 문인중의 선배들이 작고하고 19세기 말에는 김도화(金道和)와 김홍락(金興洛)이 많은 제자를 양성하여 김성일 학맥을 주도해 나가게 되었다. 김홍락은 김성일의 11대 종손으로 태어나 이상정과 유치명을 통하여 이황의 학통과 학문을 충실히 계승한 학자로 칭송되었다. 김홍락의 문인으로는 이상룡(李相龍)·이중업(李中業)·유연박(柳淵博) 등 안동출신이 주를 이루고 있으나 김동진(金東鎭)·노상직(盧相稷)·송준필(宋浚弼)·조긍섭(曺兢燮)·최정기(崔正基) 등

---

55) 『肯庵文集』 권18, 「行狀」, '萬山柳公行狀'.
56) 『西山文集』 권24, 「行狀」, '石隱處士柳公行狀'.

이 있어 안동을 벗어나 순흥·창녕·성주·진주 등 그 지역적 범위를 넓혀갔고 일부는 독립운동에 투신하기도 하였다. 김도화는 이상정→남한조→유치명의 학통을 이으면서, 정종로·남한조의 학통과도 연결되어 있었다. 김도화의 문하에서는 유봉희(柳鳳熙)·유인식(柳寅植) 등이 계몽운동과 독립운동에 투신하였다.

그런가 하면 김성일학맥은 일제강점기하에서도 유림들의 독립운동에 주도적인 역할을 하였다. 유필영·유연박 등이 파리장서에 서명하였고, 이상룡·유인식·김동삼 등이 이 김성일학맥에서 영향을 받아 활동한 인물들이다.

한편 김성일학맥은 조선 말기에는 이진상(李震相)이 유치명의 제자가 됨으로써 그 뒤 곽종석(郭鍾錫)-김황(金榥)으로 학맥이 전해졌다.[57] 한때 이진상의 '심즉리(心卽理)'설이 이황의 '심합이기(心合理氣)'설에 배치된다 하여 이진상의『이학종요(理學綜要)』가 상주에서 불태워지지도 하였으나 다시 이황의 학설을 발전시킨 것으로 이해되어져 이황-김성일학맥을 이은 것으로 이해되고 있다.

5. 맺는 말

김성일의 학문은 안으로는 가학인 아버지 김진의 가르침과 밖으로는 스승 이황의 깊은 학문적 영향에 의해 이루어졌다. 김진은 청송의 권간(權幹)의 문인이었다. 김진의 자제교육의 배경에는 권간을 통해 받은 교육의 영

---

57) 이진상의 대표적 문인은 郭種錫, 張錫英, 許愈, 金鎭祜, 尹冑夏, 李斗勳, 李承熙 등이다. 특히 곽종석의 문인은 현재 「俛門承敎錄」(『俛宇集』4, 亞細亞文化社, 1984)에 776명이 등재되어 있다. 곽종석의 우뚝한 제자로는 河龍濟, 張志淵, 河謙鎭(『晦峰集』下, 德谷師友淵源錄, 門人에 155명 등재), 李壄, 李寅梓, 李炳憲, 丁泰鎭, 金思鎭, 金昌淑, 金榥(『重齋文集附錄』14, 及門錄에 956명 등재), 崔益翰 등이 있다.

향이 매우 컸다. 바로 김진이 내앞 부암(傅巖)에 서당을 세우자 김성일이 그 서당에서 공부하고 그 뒤 이황의 문하에 출입하여 학문적으로 성공한 뒤 그 학맥은 안동 금계에서 꽃이 피어 시간이 지날수록 번창하였다.

그 구체적인 사실로 장흥효가 금계에서 많은 제자를 양성하여 김성일의 학문을 전하였다. 이어 장흥효의 외손자인 이현일이 안동의 임하 금소에서 강학하여 더욱 발전시켰다. 그 뒤 김성일 학맥은 안동의 남쪽으로는 일직의 소호리로 전파되어 나갔고, 동쪽으로는 임동의 한들로, 서북쪽으로는 예안 하계와 봉화 닭실에 이르기까지 그 범위를 확보하여 나갔다. 즉 소호리에서 이상정이, 한들에서 유치명이 강학을 통하여 그 학맥을 계승 발전시키고 있었다. 또한 예안 하계가 김성일학맥에 속함으로써 그 지역적 범위는 안동의 동서남북으로 확산되어 갔다.

또한 김성일학맥은 성주 한계의 이진상을 거쳐 곽종석을 경유하여 김황에 이르기까지 계승발전하여 나갔다. 따라서 이 학맥은 안동을 중심으로 경상도 전역을 망라하였다고 해도 지나친 말이 아니다.

이황-김성일의 학맥은 장흥효로부터 유치명에 이르기까지 거의 외손으로 학통이 이어져 내려왔다. 여기서 김흥락을 유치명의 학통을 이은 대표적인 유학자로 보면, 김성일부터 면면히 전해 오던 학문을 김흥락이 마무리한 셈이어서 강한 가학적 성격을 띤 것으로 이해할 수 있다.

그런데 조선 후기 안동 지역은 이황의 적전(嫡傳)이 누구인가에 많은 관심을 표명하였다. 그동안 김성일 학맥내에서 이황학통의 적전을 암시하는 소재로 이해되었던 「병명(屛銘)」은 구체적으로 김용(金涌)·최현(崔晛)·이현일(李玄逸) 등에 의해 이황에서 김성일로 그 학통이 전해지는 것으로 이해되기 시작했다. 그러다가 이상정(李象靖)에 의해 『병명발휘(屛銘發揮)』가 이루어지고, 이야순(李野淳)이 「병명도(屛銘圖)」를 그렸으며, 유치엄(柳致儼)은 「병명발휘도(屛銘發揮圖)」를 그려 학통의 전수를 더욱 확고하게 만들려고 하였다.

이러한 적전의식과 더불어 김성일학맥은 이황의 학문을 충실히 정리하여 발전시켰다. 이황의 학문에 대한 정리작업은 이미 김성일에 의해서 많이 이루어졌다. 그의 나주목사 재임시절 『성학십도』·『계산잡영』·『퇴계자성록』·『주자서절요』·『향교예집』·『의례도』 등이 간행되었던 것이다. 그 뒤 이현일이 이황의 이기론을 전적으로 지지옹호하면서 이이의 이기설을 조목조목 비판하였고, 그의 아들 이재는 『주서강록간보』를 간행하였다. 그리고 이상정은 『퇴계서절요』·『경재잡집설』 등을 간행했으니 이러한 일련의 작업은 모두 이황의 학문체계 속에서 나온 것이었다.

한편 김성일학맥은 조선 후기 이래 줄곧 유소나 척사운동, 의병운동, 독립운동에 주도적으로 참여하는 인사가 많이 나왔다. 물론 이러한 활동의 배경에는 이 학맥의 인물들이 이황의 성리학의 이기심성론(理氣心性論)이나 인의예지론(仁義禮智論), 성(誠)·경(敬) 등에 대한 철저한 학습과 체득을 통한 의식이 터전하고 있었겠지만, 보다 구체적으로는 김성일의 이황학문의 전수와 실천적 학문태도에 영향을 받지 않았나 싶다. 즉 김성일이 '고종명(考終命)'의 해석에서 '살신성인(殺身成仁)'을 그 범위에 넣기도 하고 나라를 위하여 헌신하는 것이 글을 읽은 선비의 길이라는 것을 자제들과 제자들에게 자세히 가르쳤기 때문이다. 그리고 그 가르침을 자신부터 몸소 실천했기 때문에 그 교육은 이 학맥에 더욱 생명력을 불어넣어 지속되었다고 생각된다.

[한국정신문화연구원 교수 권오영]

서애 류성룡과 안동·상주 지역의 퇴계학맥

1. 머리말

서애 류성룡(1542~1607)은 퇴계 이황(1501~1570)의 고족 제자로 학생이 뛰어났을 뿐만 아니라 미증유의 국난인 임진왜란을 극복하는데 중추적 역학을 하였다. 그는 퇴계의 학문과 사상을 계승한 후 이를 실천하는 한편 그것을 문도들에게 전하고자 상당한 노력을 기울이게 되었다.

주지하는 바와 같이 고려말에 전래된 성리학은 조선 건국의 명분인 동시에 국가 통치상의 기본 이념으로 정착하였다. 건국 초기에서 15세기 말까지는 조선 성리학의 중심을 훈구파(勳舊派)들이 장악했으나 16세기에 이르러 퇴계가 대두하면서 그 축이 사림파(士林派)로 기울어지게 되었다. 퇴계의 사상은 주자의 영향을 많이 받았으므로 그의 우주관은 이기이원론(理氣二元論)에 바탕을 두고 있다.[1] 이리하여 그는 주리론으로 기울어지게 되었으며, 그로 인하여 주자와 같은 마음을 이성적 측면이 이(理)와 감성적 측면인 기(氣)의 합으로 보았다. 이와 같이 퇴계가 주자의 입장에서 그의 이론을 출발하고 있지만 심성설(心性說) 같은 것은 나름대로 탐구하여 이룩한 독자적인 것이었다.[2]

이처럼 형성된 퇴계의 사상은 류성룡과 같은 그의 문도들에게 계승되어

---

1) 이병도, 『한국유학사략』, 아세아 문화사, 1986, 145쪽.
2) 최완기, 『한국 성리학의 맥』, 느티나무, 1989, 93쪽.

하나의 학맥을 이루면서 당시 조선왕조 전반에 커다란 영향을 끼치게 되었다. 이 논문은 이러한 시각에서 서애 류성룡이 어떻게 퇴계의 사상을 이어받아서, 그것을 그와 관련 깊은 안동과 상주 지방에서 그의 문도들에게 실시한 교육내용과 끼친 영향을 밝혀 보고자 시도한 작업이다. 이리하여 위의 지방에서 서애가 양성한 제자들 가운데 활약이 두드러진 인물들을 중심으로 그들의 활동을 추적함으로써 퇴계학맥의 전승양상에 대한 이해의 폭도 확대될 수 있을 것이다.

2. 서애의 생애

류성룡의 자는 이견(而見)이고 호는 서애로 그의 육대조부터 풍산(豊山)에 우거함으로써 안동(安東)에 정착하게 되었다. 원래의 본관은 문화로 생각되지만 전해오는 문헌이 없으므로 보존되어 오는 호적에 의하여 선대 조상들이 추정하고 있는 형편이다.[3]

서애는 1542년(중종37) 10월 1일 의성현 사촌리 외가에서 출생하여 1607년(선조40) 5월 6일에 별세하였으니 향년이 66세였다. 그의 부친 류중영은 황해도 관철사를 역임하였으며, 모친은 안동김씨로 안동에서 의성으로 이주한 재지사족의 후예였다. 그의 생애는 사환(仕宦)과정에 의하여 네 단계로 구분할 수 있으니 우선 첫째 수학시절은 출생에서부터 문과에 급제한 1566년까지이다. 그는 4살 때부터 독서를 시작하여 8세 때는 『맹자(孟子)』를 읽었다. 그 다음 『중용(中庸)』과 『대학(大學)』을 읽었는데, 수학시절 초기까지는 대체로 일정한 사문관계가 없이 주로 부친 등 가학 중심이었다.

그의 부친은 평소 퇴계의 도를 흠모하여 누차 이를 자제들에게 칭송하였으므로 자연히 그 영향을 받게 되었다. 서애의 문과 급제 이전의 기록은 그

---

3) 『서애전서』 권3, 세보.

렇게 많지 않으나 형인 운룡(雲龍)의 문집에 비교적 많이 남아 있다.[4] 19세 때는 관악산에 들어가 스스로 유학 경전을 공부하였으며 21세인 1562년에는 형과 같이 퇴계 선생을 찾아가『근사록』등을 배웠다. 이 시기에 학봉 김성일(金誠一)과 사귀면서 서로 칭찬하였으며, 그 이후 정치적 입장을 같이 하면서 상호 협조하게 되었다. 23세 때는 부친의 임지인 황해도 해주에 있는 신광사에서 독서하다가 그 이듬해는 그곳 문헌서원(文憲書院)으로 옮겨 책을 읽었다.

25세 때인 1566년 과거에 급제한 이후로는 주로 벼슬길에서 치국(治國)에 주력하였으므로 도학(道學)공부와는 일정한 거리를 두게 되었다. 그의 학문적 성향은 퇴계의 영향으로 성리학을 위주로 하였으나, 한 때는 양명학 관계의 서적도 읽었다. 그러나 그것이 불교와 관련이 큰 것을 알고는 곧 퇴계의 학설을 독신하였다.[5] 그는 비록 양명학을 비판하는 입장이었지만 그 장점은 인정하여 이를 수용하려는 자세를 취하였다.[6] 그의 신분관에서는 양명학의 영향을 찾아볼 수 있어 공리적인 측면이 엿보인다.

서애의 사상을 통찰한다면 한마디로 '체용겸전(體用兼全)'이라 할 수 있는데 이것은 본말을 겸하는 뜻이다. 그는 유교 경전인『대학』의 '격물치지'를 해석할 때도 이것을 구명(究明〈行〉)과 진리(眞理〈知〉)의 이원적 요소로 나누려고 하였다. 즉 만물의 이치를 구명하여 자기의 지식을 넓힌다는 뜻이다. 이때 근본인 지(知)는 체(體)요 그 지를 얻고자 하는 노력이 용(用)이 된다는 것이다.[7] 즉 그는 본과 말 어는 한 쪽만을 강조하지 않고 그것을 모두 겸할 것을 강조하고 있다.

서애는 문과 급제 후 승문원 권지부정자를 거쳐 예문관 검열에 천거되었

<ol start="4">
<li>『겸암집』권6, 연보 및 선부군행년기.</li>
<li>『서애집』, 연보, 28세 때인 1569년에 서장관으로 중국에 다녀왔다. 이때 그곳 太學生들과 학문을 토론하면서 서애는 陽明學이 禪學에서 나왔다고 주장하였다.</li>
<li>위의 책, 「발서」, '양명집후'.</li>
<li>송긍섭, 「서애선생의 기본사상」,『서애연구』1, 1978, 서애기념사업회.</li>
</ol>

다. 그 뒤 성균관 전적을 거쳐 공조 좌랑으로 특진했는데, 특진의 결정적 계기는 문소전의 의궤(儀軌)를 바로 잡았기 때문이다. 문제의 발단은 스승인 퇴계가 차자를 올림으로서 시작되었다. 그 내용의 핵심은 '인종(仁宗)의 신주(神主)를 별전인 연은전에 모시는 것은 예의에 어긋나므로 마땅히 문소전(文昭殿)에 모셔야 한다'는 것이다.[8] 그러나 퇴계의 이러한 주장은 받아들여지지 않았으므로 그 해 3월 병을 이유로 고향 안동 예안으로 돌아오고 말았다. 서애는 퇴계의 주장을 관철시키기 위하여 조정대신들의 반대를 무릅쓰고 적극적으로 상소하여 이를 바로 잡아 의례를 확립하였다.

1570년 퇴계 선생이 사망하자 그는 같은 퇴계 문도인 동향의 학봉 김성일과 의견을 같이 하면서 협력하게 되었으니 이때 그의 나이는 29세였다. 그 이듬해 병조(兵曹)좌랑을 거쳐 32세에는 이조좌랑이 되었으나 이해에 부친상을 당하여 관직에서 물러났다. 그 뒤 3년상을 무신 후 35세 때인 선조 9년에는 언관(言官)으로 발탁되어 사간원 헌납으로 다시 관직에 나갔다. 이해 인종의 비인 인성왕후(仁聖王后)가 죽자 대신(大臣)과 예관(禮官)들은 선조가 상복을 1년간 입도록 주청하였다.[9] 여기에 서애는 명분을 들어 다음과 같이 반대하였다.

"명종이 인종에 대하여 계통의 명분이 있으니, 전하께서는 마땅히 적손으로 아버지가 죽은 뒤에는 할머니를 위하여 承重服을 입는 관례에 따라야 한다"고 강력히 주청하였다.

그 결과 선조(宣祖)는 결국 3년복을 입게 되었던 것이다. 서애는 동서 분당이 생기자 이를 염려하여 동지들과 진정시키고자 노력하였으나 뜻대로 되지 않자 낙향하고 말았다. 그는 36세 이후에 이미 동인의 대변자로 자리잡고 있었는데, 그것은 아마도 그의 정치적 입장이 당시의 공론을 이끌어

---

8) 『선조실록』 권3, 선조 2년 2월 기묘.

9) 『서애집』, 연보, 36세.

가는 처지에 있었기 때문일 것이다. 2년 뒤인 38세 때는 유두수 등이 죄를 입고 파직되자 서애는 다시 벼슬에 올랐다.[10]

　서애가 상주 지역과 인연을 맺게 된 것은 그의 나이 39세 때의 일로 이 해에 그는 상주 목사(牧使)로 부임하게 되었다. 그것은 그가 유교사상에 투철하여 고향 안동에 홀로 거주하고 있는 늙은 어머니에 대한 효성때문이었다. 그는 노모의 봉양을 위하여 여러 번 사직을 청하였지만 왕이 허락하지 않아 뜻을 이루지 못하다가 이때 마침 안동과 가까운 상주 고을 목사 자리가 비게 되었다. 그러자 선조는 그를 좀 더 근거리에서 봉양할 수 있도록 그렇게 조치했던 것이다. 그가 상주 목사로 약 1년 가까이 근무하면서 시행한 정책은 다음 자료에서 파악할 수 있을 것이다.

　　　상주는 영남지방에서 큰 고을이므로 1년 동안 사용되는 경비가 매우 많이 거의 萬石에 이르렀다. 그는 관리들을 단속하고 염치를 기르며 근검절약을 실천한 결과 수백 석으로 줄이게 되었다. 이와 아울러 서애는 施政의 근본을 禮儀와 謙讓으로 삼아 매월 초하루와 보름에는 여러 校生들을 데리고 문묘의 先聖들을 배알하였다. 그 다음 鄕校의 명륜당에 앉아 여러 교생들과 講論을 하면서 깊이 있는 교육을 실시하였다. 이러한 노력으로 學政이 새롭게 되고 儒風이 크게 진작되었다.[11]

고 했는데 상주 지방의 그의 제자들은 이때에 인연을 맺고 길러졌다고 볼 수 있겠다. 그 이듬해 40세 때는 선조의 요청으로 다시 경직에 올라 홍문과 부제학에 제수되었다. 41세 때인 선조 15년에는 언관의 최고 지위인 사간원 대사간과 사헌부 대사헌에 임명되는 한편 승정원의 도승지에 올라 공론에 의한 정책 구현에 전력하였다.

　42세 때는 홍문관 부제학에 제수되었으며 이 해에 성리학자였던 회재

---

10) 『선조실록』 권13, 선조 12년 3월 경오.
11) 『서애집』, 연보, 39세(만력 8년 경진 봄).

이언적(1491~1553)이 저술한 구경연의 발문을 지었다. 그는 이 당시 벌써 동인(東人)을 이끌어 가는 위치에 놓여 있었으므로 반대편의 견제를 받아 자주 고향에 돌아오게 되었다. 이런 과정에서 자제들이나 주변의 청소년들을 가르칠 수 있는 기회를 갖게 되었을 것이다.

서애의 사환 과정상 사십대 후반의 시기는 대체로 정책 입안자의 위치에서 국정을 주도하는 형편에 있었다. 이를테면 47세 되는 1588년(선조21)에는 형조판서에 취임하였으며 그 이듬해는 병조판서와 예조판서를 거쳐 이조판서에 임명되었다. 49세에 이르러서는 의정부 우의정에 올라 이조판서를 겸하면서 정국을 주도하는 처지였지만, 공론을 형성할 뿐 실제로 정국은 서인에 의하여 이끌어졌다. 1591년(선조24)에는 50세로서 좌의정에 임명되어 왕의 특명으로 이조판서를 겸하였다. 이 무렵 일본의 정세가 더욱 심상치 않아 그에 대한 대응책이 요청되었다.

그리하여 서애는 종래의 진관법(鎭管法)을 복구하도록 건의하는 한편 장수가 될 만한 인재로 이순신(1545~1598)과 권율(1537~1599)을 천거했던 것이다. 그 이듬해인 1592년(선조25)에는 미증유의 국난인 임진왜란이 터졌다. 이때 그는 특명으로 병조판서를 겸임하면서 일체의 군사업무를 총괄하였다. 곧이어 영의정에 올라 전시체제를 주도하면서 임란 극복에 심혈을 경주한 결과 전황이 어느 정도 소강 국면에 접어들게 되었다. 그러나 그 뒤 당사국간의 이해 상충으로 서애가 56세 되는 1597년(선조 30)에 정유재란이 발발하였으며, 그 이듬해 북인들은 서애를 탄핵하여 영의정에서 물러났다. 이후 그는 정치적인 영향력을 상실하고 고향 안동으로 돌아와 은거하면서 후진 교육과 저술로 노후를 보냈다.

귀향한 그 다음해 서애는 58세가 되었는데 이후로 그는 주로 옥연서당(玉淵書堂)에 머물면서 활동하게 되었다. 특히 후진양성과 저술 그리고 독서로 소일하였음을 다음 사례에서도 확인할 수 있겠다.

· 성극당 金弘微(1557~1605)와 性理學에 대하여 서로 논의하였다.[12]

· 퇴계 李滉(1501~1570) 선생 문집의 年譜를 지었다.[13]

· 陽明集을 읽고 朱子學과 양명학의 차이점을 구명하였다.[14]

이것 이외에도 『징비록』과 『영모록』을 저술하는 한편 우복 정경세(鄭經世 : 1563~1633) 등과는 『주자서절요(朱子書節要)』와 같은 성리학 서적을 갖고 학문을 논의하였다. 이상과 같은 활동을 하다가 66세 때인 1607년(선조 40)에 별세하였으니 고향 안동으로 은거한 지 9년이란 세월이 흘렀다.

3. 서애와 퇴계의 관계

주지하는 바와 같이 서애와 퇴계는 고향인 안동에서 태어나 명성을 높인 인물이며 그들을 또한 사제 관계이기도 하였다. 즉 서애가 21세 때 형 겸암과 함께 도산으로 퇴계 선생을 찾아가 『근사록(近思錄)』과 같은 유학서적을 배웠다.[15] 이후 계속하여 퇴계의 문하에서 관계를 맺는 한편 지속적으로 문답하면서 큰 영향을 받았다. 그러면 지금부터 서애에게 영향을 많이 끼친 퇴계의 사상과 언행 가운데 중요한 것을 몇 가지 가려 살펴보고자 한다. 우선 퇴계 이황(1501~1570)은 조선왕조의 통치와 교화의 기본이념인 성리학에 심취하여 이를 체계화하였는데 크게 기여하였다. 그는 뚜렷한 스승이나 학파적 계승이 없는 가운데 가학(家學)을 중심으로 유학(儒學)을 공부하게 되었다. 6살에 독서를 시작한 퇴계는 12살에 숙부 이우(李堣, 1469~1517)로부터 『논어』를 배움으로써 유학공부를 본격적으로 시작하였다.[16] 그리하

---

12) 위의 책, 연보, 58세 10월.
13) 같은 책, 연보, 59세 3월.
14) 『서애집』, 연보, 63세 9월.
15) 위의 책, 연보, 21세 9월.

여 그 뒤『심경부주(心經附註)』와『성리대전(性理大全)』및『주자대전(朱子大全)』을 구하여 열심히 읽었으므로 그 이후에는 조선의 성리학을 정립할 수 있었던 것이다.

퇴계는『심경부주』와『성리대전』을 정독한 후에는 주자의 사상에 더욱 흥미를 가지고 주자의 글을 적극적으로 구해 읽고자 했으나, 기회를 얻지 못하다가 43세 때 중종의 명으로『주자대전』이 인쇄되어 반포되자, 그것을 구하여 두문불출하면서 읽었다고 한다.[17] 그는 체계적인 유학공부 방법을 제시하기도 했는데, 초학자는 먼저 계몽과 윤리의 실천을 위하여『소학(小學)』을 읽고『근사록』과『심경』을 숙독한 다음 어느 정도 익숙해지면 사서(四書)를 읽어야 된다는 것이다. 그래야만 성현(聖賢)의 말이 마디마다 맛이 있어서 장차 신상에 쓰일 곳이 있다고 주장하였다.[18]

이와 같이 성리학을 계통적으로 공부한 그는 그것을 체득하여 신봉하게 되었으므로, 성리학 이외의 학문에 대해서는 그것을 비판하였을 뿐만 아니라 부정하는 입장을 취하기도 했음을 다음 자료에서 볼 수 있겠다.

> 성리학이 倡道된 이래 그것을 배우려는 사람들은 매우 많으나 그 학문에 대한 기록은 많이 없어져 남아 있는 것이 적다. 宋史 본전과 朱子實紀 및 語類 大全 一統志 등이 있을 뿐이다. 道學의 중요성을 천명하고자 한다면 지금 바로 거짓된 학문을 금지하는 것이다. 孟子도 말한 바 있지만, 楊子나 墨子의 학문과 떨어질 수 있는 자가 참으로 성인의 무리이며 성리학을 존중하는 사람만이 성리학도라 할 수 있다.[19]

는 것으로 주자 성리학 이외의 잡학은 위학(僞學)이므로, 일정한 거리를 두고 도학(道學)인 주자학은 번성시키는 것이 참으로 천하의 공론이 되어야

---

16)『퇴계집』, 연보 권1, 12세.

17) 이해영,『안동시사』권2, 1999, 149쪽.

18) 정순목,『퇴계평전』, 지식산업사, 1987, 184쪽.

19)『퇴계집』, 속집, 권8,「서」, '이학통록서'.

한다고 그는 역설하였다.[20] 퇴계는 평소에 늘 자신이 하는 일에 정신을 집중하였으므로 언제나 일정한 성과를 얻을 수 있었는데, 특히 학문의 길에서는 중단이 없이 계속해야 좋은 결과를 초래한다고 강조하였다.[21]

그러므로 그는 노년에 이르러서도 어두운 새벽에 일어나 촛불을 밝히고 『심경(心經)』읽는 것을 일과로 삼아 숙독하고 있었다. 특히 마음 공부를 시작하여 철학적 사색을 하려는 젊은 제자들에게 이『심경』부터 정독하기를 권하곤 하였다. 그러므로 66세 때에 그는『심경후론(心經後論)』이라는 글을 지어 그때부터 조선왕조에서 간행하는『심경부주』에는 퇴계의 이 저술을 붙이게 되었으니 퇴계의 글 중에서도 가장 명문장으로 알려지고 있다.[22]

이와 같이 어렸을 때부터 시작된 학문적 열성은 자연히 유학에 대한 이해의 폭을 넓혀 부수적으로 그를 잇달아 과거에 합격하도록 하여, 27세 때는 진사시험에 1등을 했고 34세 때는 문과에 급제하게 되었다. 그리하여 승문원 권지부정자(權知副正字)로 그의 사환은 시작되었던 것이다.[23] 그러나 그의 속마음은 벼슬에 있지 않고 산천에 유유자적하면서 독서와 교육을 그리워하고 있었다. 퇴계의 연보에 의하면 그는 14세 때부터 책읽기를 좋아했으며 특히 이때 중국의 도연명(陶淵明)이 지은 시를 무척 사랑하여 그 작자까지도 사모하게 되었다는 것이다. 전원생활을 즐겼던 도연명을 좋아하게 된 이 생각은 그 뒤 그에게 큰 영향을 주어 요산요수하면서 시와 글을 짓게 하는 배경이 되었으니 그의 문집에 보이는 수많은 시와 글들이 이를 웅변하고 있다.

퇴계는 과거에 급제한 뒤 벼슬길에 올라 권지부정자를 시작으로 꾸준히 승진을 계속하여 홍문과 부수찬과 형조정랑을 거쳐 52세 때는 성균관 대사

---

20) 위의 책, 이락연원록 발.
21) 위의 책, 권8, 이비원소장 회암시후서에 "대체로 학문의 길에서는 하루라도 나아가지 않으면 반드시 하루정도 후퇴하게 되는 것이다."라고 힘주어 말하고 있다.
22) 최완기, 『한국성리학의 맥』, 느티나무, 1989, 89쪽.
23) 『퇴계집』, 연보, 권1, 27세 이후.

성이 되었다. 그리고 67세에는 교육과 외교행정의 책임자인 예조판서(禮曹判書)에 올랐으며 그 이듬해에는 의정부의 우찬성(右贊成)으로 승진하였다.[24] 이러한 과정에서 그는 여러 번 걸가환향(乞暇還鄕)을 반복하였는데[25] 그 이유는 대체로 칭병(稱病)이나 모부인(母夫人)을 모시는 문제였다. 이렇게 고향에 돌아와서는 어버이를 모시면서 산천에 유유자적하는 한편 제자들에 대한 교육에 더욱 힘을 기울였다. 그가 이와 같이 벼슬을 탐탐하게 생각하지 않고 자주 사직 상소를 올리고 귀향하는 진짜 원인은 아마도 위에서 거론한 도연명의 영향과 시대적 상황이 좋지 않아 고향에서 학문과 교육에 전념하고자 했기 때문일 것이다.

퇴계 이황이 살았던 시기는 훈구파와 사림파의 갈등이 격화되어 충돌이 잦았던 사화기(士禍期)에 해당된다. 특히 이 시기에 이르면 영남사림파의 정계 진출 또한 활발하여 퇴계를 비롯한 사대부들이 홍문관을 비롯한 언관직과 육조의 행정직에 진출하고 있었다. 이들 영남사림파의 척신정치(戚臣政治)에 대한 대응의식과 자세를 보면 퇴계의 경우는 대체로 온건하면서도 점진적인 입장을 취하였다고 볼 수 있다. 그것은 온건한 그의 성품과 가정환경 등의 영향도 있었겠지만, 당시의 현실에서 그의 이상을 펼 수 없다는 판단이 더 크게 작용하였을 것이다. 따라서 그는 명종의 잦은 부름을 사양하거나 마지못해 나아갔다가 곧 사직, 낙향하는 자세를 보이게 되었다.[26] 이러한 입장을 지닌 그는 가능하면 중앙의 관직을 벗어나는 한편 어머니 생전의 희망에 부응하려는 효심에서 지방 고을 수령(守令)을 자원하여 48세 때는 단양군수(丹陽郡守)로 부임하고 약 1년 뒤에는 풍기군수(豊基郡守)로 자리를 옮기게 되었다.[27] 군수 시절 그는 지방 교육과 교화에 주력하여 향

---

24) 위의 책, 연보, 해당 연령.

25) 『퇴계집』 권6에서 권8에 보이는 辭職을 요청하는 내용을 분석하면 疏가 3번 箚가 6번 辭狀과 啓辭가 모두 40여 번에 이르고 있다.

26) 이병휴, 『조선전기 사림파의 현실인식과 대응』, 일조각, 1999, 129~130쪽.

27) 『퇴계집』, 「연보」 권1, 48세 1월 및 10월.

교(鄕校) 기능을 활성화시켰다. 그리고 49세 때의 12월에는 우리들이 주지하는 바이지만 풍기 군수로서 백운동 서원에 편액과 서적하사를 요청하여 최초의 사액서원원인 소수서원이 생겨나게 하였다.[28]

퇴계의 상술한 바와 같은 사상과 행동은 바로 그의 문도들에게 영향을 주어 하나의 학맥을 생성하는데 커다란 배경이 되었으니, 지금부의 그의 고제(高弟) 가운데 두드러진 존재인 서애 류성룡의 경우를 고찰하기로 하겠다.

서애는 자라면서 가학(家學) 등을 통하여 퇴계 이황의 영향을 간접적으로 받기는 했지만, 그가 직접 퇴계를 찾아가 교육을 받은 것은 그의 나이 21세 때인 1562년(명종 17)이었다. 이때 서애는 그의 형인 겸암 류운룡(柳雲龍)과 함께 퇴계를 도산으로 찾아뵙고 여러 달을 거기에 머물면서 『근사록(近思錄)』 등 유학 서적을 배웠다. 퇴계는 서애를 보고 나서 하늘이 낳은 인재라 칭찬하면서 뒤에 반드시 대유(大儒)가 될 것이라고 예언하였다. 이 시기에 학봉 김성일과 교유하면서 서로 상대방을 칭찬하였는데 이후 환력(宦歷) 과정에서 정치적으로 같은 입장을 취하였다. 학봉이 일본에 부사로 다녀온 뒤 곤경에 처했을 때 적극 그를 변호하는 등 동반자의 관계를 유지하였다.[29]

이와 같이 그는 퇴계로부터 직접 혹은 간접으로 교육을 받았는데, 서로 멀리 떨어져 있을 때는 서신으로 연락을 계속하면서 의문 사항을 문답하고 있었다. 그리고 학봉의 경우에서 볼 수 있는 바와 같이 같은 퇴계의 제자들끼리는 서로 상부상조하면서 일정한 학맥을 유지하고 있었다. 서애가 퇴계로부터 받은 영향 가운데 중요한 몇 가지를 골라 서술해 본다면, 우선 성리학을 학문의 정통으로 삼고 이를 연구 실천했다는 점이다. 그도 젊은 시절 한 때 육왕학(陸王學)에 관심을 갖고 그들의 저술을 읽기도 했으나 그것이

---

28) 위의 책, 연보 권1, 49세 12월.
29) 『징비록』 권1, 김성일의 논죄문제.

불교에서 나온 것임을 깨닫고 곧 주자와 퇴계학설을 독신하여 이를 옹호하고자 노력하였다.[30] 당시 명나라 태학생들은 서애의 정연한 논리 전개에 탄복했으며, 그 가운데 학사 오경(吳京)은 그를 옥하관까지 전송했는데, 이때 서애는 퇴계의 「성학십도(聖學十圖)」를 보여 주면서 이를 설명하였다.

그 뒤 귀국하여 틈이 생길 때마다 자제들과 문도들에게 성리학 관계 서적을 정사 숙독하도록 권장했는데, 다음 기록에서도 그러한 사실을 확인할 수 있겠다.

> 四書는 배우고자 하는 사람들의 府庫와 같다. 만약 이와 같은 근본이 없다면 비록 다른 책들을 읽는다고 하더라도 도움이 되지 않는다. 그러니 이것을 깊이 생각하면서 숙독하여 외울 수 있도록 하여라.[31]

하고 그의 아들과 생질들에게 당부했던 것이다. 그리고 퇴계는 평소 유학 서적 중에서도『대학』과『소학』,『심학도설』 등을 매우 중시하여 이를 힘써 배우고 실천하도록 강조하였다.[32] 서애도 이 영향을 받았는지『대학』의 중요성을 강조하고 그것을 숙독한 후의 소감을 논리정연하게 서술하고 있다.[33]

다음으로 지적할 수 있는 것은 그의 사환과정 가운데 스승 퇴계와 같이 지방 군현의 수령을 자원했다는 사실이다. 앞에서도 이미 언급한 바 있지만, 퇴계는 모부인 박씨가 생전에 늘 지방 고을 수령되기를 기원했는데 그 뜻에 부응하기 위하여 단양 군수에 취임했던 것이다. 서애도 그 영향 때문인지 39세 때인 1580(선조 13) 중앙의 청요직(淸要職)인 홍문관 부제학 자리

---

30)『서애집』, 연보, 28세 때인 1569년 10월에 성절사 서장관으로 중국 燕京에 갔을 때 그곳 太學生들이 道學의 宗師가 王陽明과 陳白沙라고 하자, 서애는 양명학은 오로지 禪學에서 나왔다고 주장하면서 배격했다.

31)『서애집』, 본집, 권12, 서, 기, 자진 및 양생 등.

32)『퇴계집』 권7, 차, 소학제사, 대학경, 심학도설 등.

33)『서애집』 권2, 「시」, '독대학유감'.

를 버리고 지방 수령 자리인 상주 목사로 부임하였다.[34] 그 이유도 모부인 김씨를 가까운 거리에서 봉양하기 위해서였으므로 퇴계의 생각과 상통한다고 볼 수 있겠다. 이 당시 서애도 스승 퇴계와 같이 지방 수령으로서 향교를 중심으로 유학 진흥을 위하여 교육에 힘썼으며 상주 지방의 제자들은 이때에 형성되었던 것이다.

또 다른 하나는 사환 중에 비교적 자주 사직 상소를 올렸다는 사실이다. 물론 스승 퇴계와 같이 그렇게 빈번한 회수는 아니지만 꾸준히 사직을 요청한 것만은 엄연한 일이다.[35] 서애가 사직의 뜻을 밝힌 중요한 이유는 반대적인 붕당 인사들과의 대립 갈등이거나 그들의 모함으로 직무 수행이 곤란한 경우와, 조정의 기강을 확립하기 위한 필요성[36] 등에서 제기하는 일이 대부분이었다.

마지막으로 지적할 수 있는 것은 서애도 퇴계처럼 조용한 산천을 찾아 유유자적하면서 그곳에 서당을 지어 제자들 교육에 힘썼다는 사실이다. 그리하여 원지정사(遠志精舍)와 옥연서당(玉淵書堂) 등을 지어 풍류를 즐기면서 제자들 가르치기를 좋아했는데, 다음 자료에서 그와 같은 사정을 확인할 수 있겠다.

> 내가 이미 원지정사를 지었으나 한탄스러운 것은 그곳이 마을과 멀지 않아 시끄럽고 분주하다는 사실이다.… 그런데 이곳은 낙동강가 절벽에 위치하여 배가 아니면 통할 수 없고 인가가 멀어 그윽이 세상과 떨어져 지내기에 적당하다.[37]

고 하면서 그곳에 옥연서당 현판을 걸고 군자로서 도를 중시해 가면서 저

---

34) 위의 책, 권3, 「소」, '걸군편양소, 경진 정월'.
35) 위의 책, 권3, 「소」, '사 예조판서소'를 위시하여 사직의 뜻이 담긴 글이 많이 보인다.
36) 『선조실록』 권55, 27년 9월 경인.
37) 『서애집』, 본집, 권16, 「잡저 기」, '옥연서당기'.

술과 교육활동을 전개했던 것이다.

이상으로 서애가 스승 퇴계로부터 받은 영향을 몇 가지 사례를 통하여 고찰해 보았는데, 이것 이외에도 끼친 영향으로 그들의 문집을 통하여 많이 찾아볼 수가 있다. 그러므로 그는 늘 스승을 사모하여 동경하면서 사상과 학문을 계승하고자 노력했는데, 그것이 너무나 절실했던지 퇴계에 대한 꿈을 자주 꾸곤 하였다.[38] 이런 긴밀한 관계 때문인지 서애는 스승 퇴계를 기리는 활동에 빈번히 가담했을 뿐 아니라, 그의 학통과 사상을 그대로 자신의 제자들에게 계승시켜 주었던 것이다. 이에 관한 사실을 몇 가지 개관하여 보고자 한다. 우선 서애는 퇴계의 문집 편찬에 가담하여 연보를 지었는데, 당시 안동지방 선비들은 여러 가지 사정을 고려하여 서애를 찾아가 연보 작성을 요청하자 이를 수락함으로써 사론(士論)을 따랐던 것이다.[39]

다음에는 여강서운에 퇴계 선생의 위패를 모시는 봉안 제문을 작성하면서 퇴계의 학문상의 업적과 인품을 찬양하였다. 그는 특히 이 글에서 선생이 이룩한 성리학적 도학은 앞으로 쇠퇴하지 않고 영원토록 지속될 것이라고 주장하면서 스승을 기리는데 앞장서게 되었다.[40] 뿐만 아니라 퇴계의 서간문을 비롯한 글을 수집하여 보관하는 일에도 적극 가담하면서, 풀이나 나무가 근본이 되는 뿌리가 있어야 가지나 잎이 무성할 수 있는 것처럼 학문이라 기타 모든 일은 연원과 계통을 분명히 가져야 성장할 수 있다고 생각하였다.[41]

이와 같이 서애는 퇴계의 사상과 학통을 이어받아 이것을 현실에 구체화하면서 성장발전시키는데 노력하는 한편 그의 제자들에게 물려주는데도 게을리 하지 않았다. 그것은 서애가 정치 일선에서 경국을 이끌어 갈 때나 교

---

38) 위의 책, 권1, 시, 퇴도선생집중 유차 이백⋯시야 몽견 선생.
39) 위의 책, 연보 59세.
40) 위의 책, 본집 권19, 「제문」, '여강서원 퇴계선생봉안제문'.
41) 의의 책, 본집 권18, 발, 서, 이굉중 소장 퇴계 선생 서간첩후.

육 현장 활동을 전개할 때에도 차이가 없었지만 특히 제자들에게 교육적 의미를 지닐 때 보다 적극성을 가졌다. 그것은 그의 제자들에게 보낸 수많은 글에서 확인할 수 있는 것으로[42] 이러한 서애의 노력이 퇴계의 학맥을 이어 가는데 큰 바탕이 되었다고 생각한다. 서애는 퇴계의 학통을 올바르게 이어받아 많은 인재를 길렀는데 그의 문하에는 정경세, 이준, 허균, 이전, 김용조, 김봉조, 장흥효, 류진 등 명류 석학 등이 배출되었으며, 퇴계학맥의 일대 문호를 열었다는 지적[43]은 타당한 것으로 사료된다.

4. 안동과 상주의 서애 문도

서애의 문도는 얼마나 될까. 우선 그의 문집 부록편 가운데 「문현록(門賢錄)」에 실려 있는 문도 숫자를 조사하여 보면 118명이다. 이들은 대체로 그가 귀향하여 있을 때나, 혹은 벼슬하는 과정에서 틈틈이 인연을 맺고 가르침을 받은 자들이다. 그리하여 여기서는 교육할 시간이 비교적 많았던 그의 고향 안동과 지방 수령으로 근무하면서 유학교육진흥에 힘을 기울인 상주 지역에서 양성한 제자들을 중심으로 그들을 교육하는 양상과 그 내용을 고찰하고자 한다. 그리고 위의 양 지역 제자들 가운데 편의상, 비교적 역학이 두드러진 제자들을 골라 퇴계학맥 전승 모습을 추구하고자 하는데, 먼저 서애의 고향 안동 지역부터 구명하여 보겠다.

1) 안동의 문도

안동은 동쪽으로는 진보와 경계하고 서쪽에는 예천과 경계하며 남쪽은 의성, 북쪽으로는 영천과 경계하는데, 도성과는 514리 떨어져 있다.[44] 우리

---

42) 위의 책, 권 1, 「시」, '기 정내한 경임'도 그러한 사례 중의 하나이다.
43) 정순목, 앞의 책, 146~147쪽.

나라에 성리학을 최초로 전래한 안향(安珦, 1243~1306)도 당시 안동의 속현
이 순흥 지방 출신임은 주지하는 사실이다. 전통사회에 있어서 안동을 중
심으로 한 경상도 북부 지방은 태백산맥과 소백산맥이 동북서쪽을 가로막
고 인근에는 낙동강이 관류하여 외적의 침입이 적은 비교적 안정된 지방이
다. 이런 곳은 학문하기에 좋다고 인식되었는데, 조선후기의 실학자 이중환
(李重煥, 1690~?)은 다음과 같이 서술하였다.

> (경상)좌도는 백성이 가난하여 군색하게 살아도 문학하는 선비들이 많다 …
> 예안·안동·순흥·영천·예천 등의 고을은 二白의 남쪽에 위치하고 있는데
> 여기가 신이 알려준 복된 지역이다 … 예안은 퇴계 이황의 고향이며 안동은
> 서애 류성룡의 고향이다 … 이들 고을에 士大夫가 제일 많으며 모두 퇴계와
> 서애의 문하생의 자손들이다. 의리를 밝히고 도학을 중하게 여겨 외딴 마을 쇠
> 잔한 촌락에도 글 읽는 소리가 들리고 도덕과 性命을 말한다.[45]

라고 그러한 사정을 말하고 있다 이와 같은 안동을 중심으로 한 경상도 북
부지방의 문풍(文風)을 배경으로 서애는 퇴계로부터 유학을 제대로 익힐 수
있었으며, 그것을 토대로 틈틈이 문도들에게 교육을 베풀었던 것이다. 그럼
거의 문현록을 중심으로 안동지방 문인들 가운데 퇴계학맥을 제대로 이었
다고 생각되는, 몇 분을 골라 그들의 유학적 활동과 학문적 경향을 고찰하
여 보면 대체로 다음과 같다.

> · 張興孝(1564~?)는 태사 張吉의 후손으로 호를 敬堂이라 하였다. 어릴 때
> 부터 鶴峰을 통하여 내외의 분수를 알았고, 다시 西厓를 스승으로 섬겨 몸을
> 닦는 학습을 하였다. 그 뒤 鄭逑(1543~1620)와 張顯光(1554~1637) 등 유학자
> 들을 따라 공부에 힘써 학문이 넓어졌다. 천거로 창릉 參奉에 임명되었으나
> 부임하기 전에 죽었다. 그는 그의 문집에서 서애를 말하기를 "일찍이 퇴계문
> 하에서 수학하였으므로 학문의 淵源이 있고 유학의 正脈을 얻었다. 언덕은 높

---

44) 『여지도서』, 경상도 안동대도호부.
45) 『택리지』, 팔도총론 경상도.

고 업적은 무성하여 유학의 영수가 되었으며 後進들을 이끌어 몸소 가르쳤다.”라고 적어 놓고 있다. 여기에 더하여 그는 서애의 셋째 아들인 柳袗을 도학의 誠과 敬에 능통한 사람이라고 평가하였다. 경당은 평생동안 유학공부와 후진 양성에 노력하다가 처사로 생을 마감한 순수한 학자였다.[46]

· 金奉祖(1572~1630)는 그의 동생인 榮祖·應祖 등과 함께 서애에게 학문을 배운 학자로 호는 鶴湖이다. 그는 광해군 5년(1613) 문과에 급제한 뒤 典籍을 거쳐 제용감정을 역임하였다. 특히 그는 스승 서애에게 爲己學을을 열심히 배웠으며, 鄭仁弘 등이 退溪와 晦齋 등을 모함하자 격분하여 영남 유림대표로 정인홍 규탄에 앞장서서 퇴계 학통을 사수하였다. 그가 성균간 司藝로 근무할 때는 유생들의 기풍을 교정하기 위해서 小學을 적극 권장하도록 했는데, 이것은 유학의 실천윤리를 강조하기 위해서다. 그는 서승 서애를 기리는 제문에서 “나날이 心學을 새롭게 전하고 忠孝를 잇도록 하는 한편 異端을 배격하게 하여 퇴계의 학문과 사상을 계승하였다”고 하였다. 뿐만 아니라 서애가 상주지방에서 기론 제자인 李埈 등과도 친밀하게 지내 유대를 강화했던 것이다.[47]

· 裵龍吉(1556~1609)은 호가 琴易堂으로 관찰사 삼익의 아들이다. 문과에 급제한 뒤 한림을 거쳐 都事에 이르렀다. 그의 아버지도 역시 퇴계의 문인으로 성리학에 밝았으므로 가학의 바탕 위에서 서애의 가르침이 더하여 졌으므로 특히 忠義에 투철하였다. 임진왜란이 터지자 의병을 일으켜 큰 전과를 올리기도 했는데, 金垓와의 합동 전투는 널리 알려져 있다. 그는 정인홍이『南明集』발문에서 퇴계 선생을 헐뜯자 퇴계학맥을 고수하기 위하여 변설을 지어 크게 공격하였다. 그가『주자어류』를 상고하여 “喪을 듣고 成服하는데 앞뒤가 있다면 除服하는데도 마땅히 선후가 있어야 한다”고 주장하자 뒤에 西厓가 이를 듣고 글을 보내어 칭찬하기를 “근래 선비들 가운데 이러한 문자로 주장하는 것을 보지 못하였다”라고 격려하였다.[48]

· 金得研(1555~1636)은 호를 葛峰이라 하는데 선조 계묘년에 사마시에 뽑혔다. 그는 평소 經史에 관심이 많아 이를 열심히 배워 실현하고자 했는데, 임진왜란이 터지자 창의에 앞장서는 한편 군량관리에 공정을 기하였다. 당시 그의 성리학적 지식이 그대로 드러났는지 명나라 장수 양호는 그에게 시를 지어주면서 말하기를 “程朱의 학문에 종사하였구나”라고 알아보았던 것이다. 그도 서애의 기풍을 이어 받았는지 동료들과 더불어 낙동강 주변의 산수 경관이 좋

---

46)『경당집』,『증보문헌비고』,『여지도서』등에서 종합.

47)『학호집』,『광해군일기』,『국조문과방목』등에서 종합

48)『금역당집』,『국조문과방목』,『영남인물고』등에서 종합.

은 곳을 즐겨 찾으며 도의를 논하고 시를 읊었다. 그는 퇴계의 문인인 서애, 월천, 한강 등에게 두루 배운 탓인지 퇴계의 도산서원을 그리는 시 두 편을 지었다.[49]

· 權 紀(1546~1620)는 호가 龍彎으로 안동의 처사이다. 서애와 학봉 등의 문하에 들어가 성리학의 이론을 배웠다. 會試에 여러 번 낙방한 뒤 순수 성리학에 몰두하여 유학경전, 제자백가, 禮文, 지리 등에 두루 통달하였다. 그는 서애의 권유를 받아 안동의 향토지인『영가지』편찬에 착수하여 7년간의 노력 끝에 1608년 이를 완성하였다. 유학의 실천 윤리측면에도 힘을 기울여 충효의 구현에도 전력하였으며, 조선의 성리학을 집대성하는데 크게 기여한 퇴계 선생을 높이 생각하면서 숭배하였다.[50]

· 金允安(1560~1620)은 호가 東籬로 풍산현 구담에서 출생하여 광해군 임자년에 문과 급제후 부사를 지냈다. 그의 아버지 傳은 傳는 일찍 죽었고 어머니는 퇴계 선생 셋째형의 딸이다. 19세 때 하회에 일시 귀향하여 온 서애를 찾아가 학습한 뒤로는, 그가 귀향할 때마다 방문하면서 모르는 곳을 질문하며 사제간의 정을 쌓았다. 그는 겸암, 서애, 학봉, 한강 등 여러 스승을 두루 섬기며 학문을 심화시켰으나 그 가운데 서애를 가장 오래 섬기면서 배웠다. 임진왜란 때는 의병장 金垓를 따라 다니며 격문을 쓰는 등 진력하였다. 선조 때 퇴계를 비롯한 5현을 문묘에 종사하도록 요청했으나 실현되지 않자, 영남 유림들이 상소하는 일에 우두머리가 되었다. 대구부사 시절 정인홍의 힘을 믿고 날뛰는 자가 있어 이를 잡아 엄벌하였다. 상주의 우복 정경세와 더불어 서애학맥의 핵심적 인물로서 서애가 죽은 뒤 병산서원 제향 사업에 앞장섰던 것이다.[51]

· 鄭 佺(1569~1639)은 호를 松塢라 하였는데 현감 사성의 아들이다. 일찍이 서애와 학봉 등에게 배웠으며 1601년에는 사마시에 합격했으나, 광해군 때 정국의 혼란으로 문과는 포기하였다. 인조반정으로 서인이 집권하자 남인들도 다시 진출하게 되었는데, 이때 그도 學行으로 천거되어 의금부 都事에 임명되었으나 끝내 부임하지 않고 처사로 일과하였다. 그는 재야에 있으면서 성리학 연구에 주력하는 한편 제자들 양성에도 힘을 기울였다. 그의 아버지 사성은 퇴계의 문인이었으므로 가학에 있어서도 퇴계의 영향을 배제할 수 없었을 것으로, 9살 때 그는 이미 7언시에 능하였다.[52]

---

49)『갈봉진』,『서애집』문헌록.
50)『용만집』,『영가지』서문.
51)『동리집』,『국조문과방목』,『선조실록』등에서 종합.
52)『송오집』,『서애집』문헌록.

· 權益昌(1562~1645)은 호가 湖陽으로 일찍이 학봉과 서애 두 선생을 찾아 문하생이 되었다. 거기서 그는 正人君子論을 배우는 한편 사서오경, 소학, 근사록, 심경, 태극도설, 중용혹문, 대학혹문, 주서절요 등과 같은 성리학 관계 서적을 배우고 외웠다. 월천 조목이 그가 강설하는 것을 듣고 사람들에게 말하기를 "권익창이 易註를 모두 외우고 아울러 여러 가지 서책을 모두 통달하니 참으로 두렵구나"라고 하였다. 그는 한 번도 벼슬길에 소명을 받지 않고 순수 處士로서 일생을 학문과 교육에만 심혈을 기울여 퇴계 정신을 이어 나갔다.[53]

· 鄭士信(1558~1619)은 호를 梅窓이라 하는데 일찍이 서애 문하에서 유학을 깨우쳤다. 1582년에 문과에 급제한 후 감찰, 정언 등을 거쳐 임진왜란 때는 지평으로 있었다. 그는 왜란 때 강원도 지방에서 士兵들을 모아 왜적을 많이 살해하였는데, 전란이 끝나자 선산군수를 지낸 뒤 판결사가 되었다. 경연에서 경사를 진강할 때 논리정연하게 설명하여 왕도 해박한 지식에 놀라 자주 칭찬하였다. 그는 이이첨의 비방을 빈번히 받았는데 그것은 그의 실력이 그를 능가하여 질투의 대상이 되었기 때문이다.[54]

· 柳宗介(1558~1592)는 자를 季裕라고 하며 풍산인이다. 일찍이 서애와 월천의 문하에 들어가 의리와 성리학을 공부하였다. 1585년 문과에 급제한 다음 정언과 전적을 역임하였다. 임진왜란이 일어나자, 그는 喪中임에도 불구하고 의병 수백 명을 끌어모아 봉화 소천일대의 태백산맥일대를 무대로 큰 전과를 올리다 소천 전피현 전투에서 죽었다. 조정에서는 그의 충의를 기리기 위하여 정려를 세우고 예조참의를 추증하였다.[55]

· 李 珍(1555~1628)은 호가 磨巖으로 예안인이다. 그의 아버지는 希仁이었으나 숙부인 純仁에게 양자로 들어갔다. 일찍이 서애의 제자가 되어 유학공부에 힘을 쏟았으며, 서애의 상주 지역 제자인 정경세, 김홍미 등과도 친분이 두터워 교류가 잦았다. 그는 성리학의 이론뿐만 아니라 그 실천에도 주력하여 지방 사대부들의 존경을 받았다. 임진왜란 때는 화왕산 전투에 공이 있어 원종공훈에 책록되었으며 군자감 주부를 지냈다. 저서로는 임진왜란 견문록인『斷編』이 있고 시 몇 수가 전한다.[56]

---

53)『호양집』,『서애집』 문헌록,『월천집』 등에서 종합.
54)『매창집』,『선조실록』,『영남인물고』 등에서 종합.
55)『선조실록』,『국조인물지』,『국조문과방목』 등에서 종합.
56)『마암집』,『선조실록』 등에서 종합.

이상으로 서애의 안동 지역 제자들 가운데 나름대로 특색이 있는 사람들을 골라 그들의 수학 과정과 교육내용 그리고 사상과 사회적 역할 등을 살펴보았다. 이들은 대체로 서애를 통하여 퇴계사상을 체득하고 이것을 전승 전파하는데 일정한 역할을 수행하였다고 생각되며 다른 지역에 거주하는 스승의 제자들과도 유대를 맺고 퇴계의 학맥을 이어가기에 힘을 기울였다.

2) 상주의 문도

상주는 동쪽에는 의성 비안과 경계하고 남으로는 선산 및 금산과 경계하며 서쪽으로는 충청도 보은과 경계를 하고 북으로는 문경 및 함창과 경계하는데 도성으로부터는 477리 떨어져 있다.[57] 이곳은 본랜 사벌국(沙伐國)으로 조선후기 실학자 이중환은 다음과 같이 서술하였다.

> 상주는 조령 밑에 있는 하나의 큰 도회지로서 산이 웅장하고 들이 넓다. 북쪽으로 조령과 가까워 충청 경기도와 통하고 동쪽으로는 낙동강에 임하여 김해 동래와 통한다.… 이 지방에 부유한 자가 많고 이름난 선비와 높은 벼슬을 지낸 분도 많은데, 우복 정경세와 창석 이준 등이 모두 이 고을 사람이다.[58]

라고 했는데 이 지역의 서애 문도 발생 배경은 그가 노모 봉양을 위하여 고향과 가까운 이곳 수령으로 부임하면서 부터이다. 즉 서애 류성룡(柳成龍)은 만력 경진년(1580)에 이 고을 목사로 와서 유학 진흥 위주의 행정을 수행하였다. 이를테면 매월 초하룻날 향교(鄕校)에 도착하여 여러 교생들을 모아 놓고 유학의 기본 교육을 실시하는 한편 각 면에는 훈장을 두고 촌락의 자제들을 가르치게 하였다.[59] 이와 같이 상주 목사로 재직하면서 맺어진 사제관계는 그 뒤에도 계속적으로 교류하면서 이어졌는데, 지금부터 그

---

57) 『여지도서』, 경상도 상주목.
58) 『택리지』, 팔도총론, 경상도.
59) 『여지도서』, 경상도 상주목 명환.

러한 제자 가운데 두드러진 인물을 중심으로 알아보고자 한다.

· 鄭經世(1563~1633)는 호를 愚伏이라 하는데 어릴 때 서애에게 성리학을 수학한 뒤 17세기 전반에는 영남 출신 남인으로 퇴계학파를 대표하는 위치에 서게 되었다. 그의 학문은 서애로부터 나왔고 서애의 학문은 퇴계로부터 나왔으므로 서로 학맥으로 연결되어진 셈이다. 그는 이 같은 성리학적 바탕을 토대로 1586년 문과에 급제하여 여러 벼슬을 거치다가 임진왜란을 맞아 의병을 모집 큰 전과를 올렸다. 그 뒤 정언과 사간을 거쳐 1598년에는 경상도 감사가 되었다가 대사헌이 된 후 1629년에는 이조판서 겸 대제학에 올랐다. 이러한 과정에서도 그는 서애를 평생 스승으로 존경하면서 수시로 상서하여 의문을 푸는 한편 안동지방의 서애 문생들과도 우의를 다져 나갔는데 그러한 사실은 그의 문집 곳곳에서 확인할 수 있다. 그리고 그는 서애의 셋째 아들인 袗의 스승이 되었으므로 대를 이어가면서 사제관계를 맺은 셈이다. 뿐만 아니라 그는 율곡 李珥의 제자 및 재전제자들과도 일정한 교류를 하여 퇴계학을 더욱 확대 심화하는데 기여했던 것이다.[60]

· 李埈(1560~1635)은 호가 蒼石인데 친형 李𡏖과 같이 서애에게 유학을 배웠다. 1591년 문과에 급제한 뒤 교서관 정자가 되었다. 임진왜란이 일어나자 친구인 정경세와 같이 의병을 일으켜 상당한 전과를 올렸다. 그 뒤 경상도 도사를 거쳐 지평이 되었다. 광해군 때 채용감정을 거쳐 교리에 올랐으나 집권 당인 대북파의 횡포가 심해지자 사직하고 말았다. 정묘호란이 발생하자 다시 의병을 일으키는 한편 전라도로 가서 군량미를 많이 모은 공으로 첨지중추부사가 되었으며 곧 부제학에 올랐다. 그는 스승 서애가 반대파인 대북파들에게 몰리자 그 부당성을 임금께 호소하는 동시에 변호하는 일에 적극 앞장섰다. 평소 義와 禮를 중시했으며, 반대파인 정인홍 등이 상소하여 사숙하던 회재와 퇴계를 헐뜯자 그 부당성을 들어 거듭 상소하였다.[61]

· 全湜(1563~1642)은 호가 沙西로 서애에게 학문과 의리를 수학하였다. 임진왜란이 일어나자 의병을 일으켜 전과를 올린 위 찰방이 되었는데, 그 다음 문과에 응시하여 급제하였다. 그러나 광해군 집권 후 낙향하여 죽마고운인 우복, 창석과 더불어 山水를 즐기니 사람들은 商山三老라고 불렀다. 광해군 초기 대북파들이 정인홍을 높이어 맹주로 삼고 무리를 이룸에 사람들이 두려워

---

60) 『우복집』, 『인조실록』, 『국조인물고』 등에서 종합.
61) 『창석집』, 『인조실록』, 『국조인물고』 등에서 종합.

하였으나, 그는 조금도 굴하지 않고 어전에 나가 정당한 논리를 전개하였다. 그 뒤 인조반정으로 다시 예조정랑에 발탁되었으며, 곧이어 교리를 거쳐 1628년에 대사간에 올랐다. 병자호란 때 다시 의병을 모아 적을 방어코자 했으며 1642년에 대사헌이 되었으나 취임하지 않고 있다가 죽었다. [62]

· 金弘微(1557~1605)는 호를 省克堂이라 했는데 서애의 문하에서 도덕과 의리의 본체를 배웠다. 그 뒤 經史를 숙독하고 특히 성리학에 깊은 관심을 보였다. 1585년 문과에 급제한 뒤 부수찬을 거쳐 경상좌도 도사가 되었으나, 모친상을 당하여 이듬해 귀향하였다. 그 후에 이조정랑, 응교, 동부승지, 대사간 등에 취임하였으며, 1598년 형조참의를 거쳐 1604년 강릉부사에 임명되어 신병을 무릅쓰고 부임했으나 그 이듬해 병세가 악화되어 49세로 관아에서 죽었다. 그는 평소 서애와 성리학의 이론과 실천에 대하여 자주 논의하였으므로 더욱 관계가 깊었다.[63]

· 曹友仁(1561~1625)은 호가 梅湖인데 서애로부터 의리와 성리학의 이론에 대한 교육을 받았다. 그 뒤 문과에 급제하여 승문원 관원이 되었으나 반대파인 이이첨 등의 모함을 받아 투옥되기도 하였다. 그러나 인조반정으로 그들이 축출되자 다시 기용되어 우부승지에 오르게 되었다. 그는 퇴계의 학통을 지키기 위하여 평소 노력하였으며 이에 반대되는 자들에게는 극렬히 저항하였다. 그러므로 정인홍등에 핍박을 장기간 받아 자주 물러났던 것이다. 그는 유학경전을 근본으로 하면서 정주학에 대한 책들을 정독했는데, 틈틈이 그림 그리기와 글씨쓰기, 글짓기 등에 관심이 컸다. 평소 산수를 좋아하여 매호정사를 짓고 유유자적하였다.[64]

· 成 泳(1547~1623)은 호를 苔庭이라 하며 그의 동생인 聽竹 浹과 같이 서애에게 유학을 배웠다. 임진왜란 때 경기순찰사로서 군사 3천여 명을 이끌고 참전하여 전과를 올렸다. 그 뒤 호조참판을 거쳐 병조판서와 이조판서를 지냈으나, 광해군 때 집권세력인 대북파 정인홍 등의 모함을 받아 파직 당하였다. 그는 소신이 강하여 생각이 다른 사람들과는 타협을 거부함으로써 결국 귀양 가게 되었으며 마침내 배소에서 죽고 말았다.[65]

· 柳 袗(1582~1635)은 호가 修巖으로 서애의 셋째 아들인 동시에 제자로 되어 있다. 그는 아버지 서애로부터 가학적인 바탕에서 유학교육을 받아 진사

---

62) 『사서집』, 『인조실록』, 『국조인물고』 등에서 종합.
63) 『성극당집』, 『선조실록』, 『국조인물고』 등에서 종합.
64) 『매호집』, 『국조인물고』, 『영남인물고』 등에서 종합.
65) 『태정집』, 『청죽집』, 『광해군일기』 등에서 종합.

시험에 두각을 나타냈다. 그는 誠과 敬을 위주로 공부했는데 추천으로 현감과 지평이 되었다. 임진왜란이 끝나자 반대파의 모함으로 父가 낙향함에 그는 성리학 공부하는 방법을 배웠다. 서애는 늘 그의 학문적 자질을 보고 퇴계 선생 밑에서 직접 배우지 못했음을 한탄하곤 하였다. 그는 산수를 즐기는 한편 다른 스승인 상주에 사는 우복 선생과 학문적 교류의 편의성 등으로 37세 때 상주 낙동강 변에 있는 가사리로 이사하였다. 그리하여 안동과 상주에 거주하던 그의 학문상의 벗들은 낙동강 물길을 오가며, 두 고을 사대부들의 관계를 돈독히 하는 한편 공동 목표를 추구했던 것이다. 수암은 이곳 중동 가사리에 살면서 퇴계 정신을 구현하기 위하여, 이웃 선비들과 협동으로 중동 현에서 향약을 실시함으로서 상부상조하는 기풍을 진작할 수 있었다.[66]

·趙 翊(1556~1613)은 호를 可畦라 하는데 서애와 한강으로부터 성리학을 배웠다. 그것을 바탕으로 1588년에는 문과에 급제하였다. 그 다음 벼슬길에 들어서서 병조좌랑을 거쳐 光州 목사를 한 뒤 장령까지 올랐다. 그는 주자학을 공부한 탓인지 언행이 방정하고 강직했으며 문장력이 뛰어나 사람들의 호평을 받았다. 그의 문집인 『가휴집』에는 그가 임진왜란을 겪으면서 기록한 내용인 『진사일기』도 수록되어 있어 귀중한 자료로 평가된다.[67]

·高仁繼(1564~1647)는 호가 月峰으로 16세 때 서애에게 유학교육을 받은 뒤 1605년에는 진사시험에 합격하고 그 이듬해는 문과에 급제하였다. 그 뒤 벼슬길에 올라 박사를 역임하는 도중 대북파에 가담을 반대하다가 지방의 찰방으로 좌천되었다. 그러다가 인조반정으로 광해군 이 실각하면서 반대파가 몰락하자 다시 빛을 보아 형조정랑과 충청도사 등을 역임할 수 있었다. 이와 같은 그의 태도는 부당한 권력에 굴하지 않고 퇴계학의 학통을 지켜가려는 것으로 볼 수 있으니 그것은 스승들의 교육 영향으로 생각된다.[68]

·李 埈(1558~1648)은 호를 月澗이라 하는데 그의 동생 蒼石과 더불어 약관에 서애의 문하에서 성리학을 배웠다. 그 후 사마시에 합격하여 학행으로 천거를 받아 세마에 임명되었으나 사퇴하였다. 인조반정 후 대북파 실각으로 다시 지례현감에 발령되었지만 역시 사퇴하였다. 그는 창석과 함께 서애로부터 퇴계의 학설을 배운 이후 늘 이것을 연구 보급하는 한편 심신을 義와 理로 순화시켰다. 무신년에 영남 사대부들이 오현을 문묘에 종사하자고 상소할 때 그 우두머리가 되었다. 만년에는 상주 청리에 있는 시냇가 집을 짓고 성리학 서적

---

66) 『수암집』, 『여지도서』, 『서애집』 등에서 종합.
67) 『가휴집』, 『선조실록』, 『영남인물고』 등에서 종합.
68) 『월봉집』, 『국조인물고』, 『서애집』 등에서 종합.

을 읽으면서 산수를 즐기는 한편 향촌사회에 향약을 실시함으로서 유학사상을 보급하는데 노력하였다.[69]

이상으로 서애가 상주목사로 재직하면서 가르친 제자들 가운데 비교적 두드러진 이들을 골라 그들의 사상 경향과 퇴계학맥의 계승 양상을 고찰하여 보았다. 이들은 대체로 상주 향교를 중심으로 교육을 받았는데, 서애가 상주 지방 수령으로 재직하던 16세기는 성리학 사상이 향교를 통하여 전국적으로 보급된 시기이다. 향교의 교육적 기능이 당시 활발하였던 것은 서원의 건립이 아직 확산되지 않았던 때문으로 생각된다.[70] 지금까지 고찰한 서애의 안동과 상주 지방의 문도들을 알기 쉽게 표를 만들어 보면 다음과 같다.

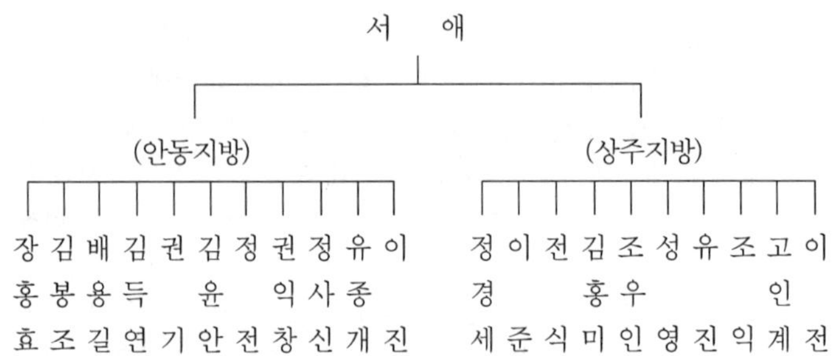

5. 맺음말

지금까지 「서애 류성룡과 안동·상주 지역의 퇴계학맥」이란 주제로 고찰하여 보았는데, 이제 이것을 요약 정리함으로서 마무리 하고자 한다. 서

---

69) 『월간집』, 『국조인물고』, 『여지도서』 등에서 종합.

70) 정구복, 「16세기 고문서를 통해서 본 향교의 제의와 학령」, 『조선시대사학보』 9집, 1999, 68쪽.

애는 아버지 류중영(柳仲郢)이 퇴계로부터 교육을 받은 바 있기 때문에 가학적 배경도, 성리학적 분위기 속에서 성장하였다고 볼 수 있다. 그런데 여기에 더하여 그 자신도 젊은 시절 직접 도산으로 퇴계 선생을 찾아가 그곳에 머물면서 『근사록』 등과 같은 성리학 서적으로 교육을 받았기 때문에 퇴계로부터 많은 영향을 받았던 것이다. 이를테면 사환 도중 자주 사직 상소를 올리고 귀향했다는 것과 산수를 즐기면서 학문을 좋아한 것 등이 서로 비슷하다. 더욱이 그들 어머니를 가까이서 모시거나 그 뜻을 따르기 위하여 중앙의 청요직을 버리고 지방 수령을 자원했다는 사실도 너무나 흡사하다. 이와 같이 퇴계 학통을 그대로 물려받은 서애가 그의 고향 안동과 이웃 고을 상주에서 제자들을 어떻게 양성했으며 그들은 어떻게 활동하여 퇴계학맥 이어갔는가를 다시 살펴보겠다.

주지하는 바와 같이 안동과 상주는 경상도 북부 지방에 소재하는 큰 고을로서 일찍부터 문풍(文風)이 진작된 군현이다. 이러한 전통을 토대로 서애는 고향 안동에서는 사환 도중 틈틈이 귀향했을 때나, 은퇴 후 비교적 시간이 많은 시기에는 원지정사나 옥연서당 등을 중심으로 안동 지역 제자들을 가르쳤던 것이다. 안동에서 기른 제자 가운데 비교적 두드러진 사람은 경당 장흥효, 학호 김봉조, 용만 권기, 갈봉 김득연, 금역당 배용길, 매창 정사신, 동리 김윤안, 호양 권익창, 마암 이진, 송오 정전 등을 꼽을 수 있겠다.

그리고 상주 지역에서는 서애가 당시 지방 수령의 위치에서 향교를 중심으로 직접 교육을 담당하거나 이를 독려하여 유풍(儒風)을 떨치게 했던 것이다. 상주에서 사제관계를 맺은 사람 가운데 비교적 뛰어난 사람을 들자면 우복 정경세, 창석 이준, 사서 전식, 성극당 김홍미, 매호 조우인, 태정 성영, 수암 유진, 가휴 조익, 월봉 고인계, 월간 이전 등이다.

서애는 이들을 퇴계 이황으로부터 교육받은 정통 성리학 이론과 실천 방법으로 다시 가르쳤으므로 이들 대부분은 퇴계를 사숙하여 재전제자들 가운데 중요한 위치를 차지하게 되었다. 그리하여 서애의 양 지방 제자들은 동류(同類)의식을 갖고 낙동강을 오르내리면서 두 지역 사림(士林)간의 유대를 강화하는 한편 공동목표 달성을 위해 서로 긴밀히 협조했던 것이다.[71] 그 결과 안동, 상주 두 지역은 당시 영남의 60여개 고을 중에서 가장 성리학이 활발히 보급되어 이름난 사족(士族)들이 크게 늘어나 향안(鄕案)에 등재된 사람들도 제일 숫자가 많게 되었다.[72]

특히 위의 두 지역 서애 제자들은 퇴계와 서애에 대하여 비판적인 대북파 인사들에 강하게 저항하는 동시에, 회재와 퇴계 그리고 서애의 학문과 사상을 기리고 확대하는 일에 더욱 적극적이었다. 그런데 여기에 첨가하여 말할 것은 서애의 수제자인 우복 정경세는 율곡 이이학파에 속하는 동춘당 송준길을 사위로 맞이함으로서 두 학파간의 대립을 어느 정도 완화하는데 일정한 역할을 수행했다고 생각된다.

[안동대학교 사학과 교수 김호종]

---

71) 5현 문묘종사소청이나 병산서원에 서애의 위패 봉안 사업 및 대북파인 정인홍 일파에 대한 공격 등에 자주 협조하였을 뿐만 아니라, 문집 편찬에 있어서 문장 교류도 활발하였다.
72) 『우복집』 권15, 「서」, '상주향안록서'.

여헌 장현광과 선산 지역의 퇴계학맥

1. 머리말

여헌 장현광(張顯光)[1554(명종9)~1637(인조15)]은 조상들이 누대로 살아온 본관지인 인동에서 태어났다. 20대조인 고려 상장군 금용이래 인동에 세거하였는데, 그의 고조대에 성주로 이거하였다가 아버지대에 다시 인동으로 돌아왔다. 그의 가문은 그다지 현달한 편은 아니었고, 더구나 그의 고조대부터는 관직에 나아간 인물을 배출하지 못하였다.[1] 그의 어머니는 성산이씨 참봉 팽석의 딸이었다.[2]

그는 8세에 아버지를 여읜 후, 9세에 선산에 있던 자형 노수함에게 수학하였고, 14세에는 문중의 장순에게 수학한 바 있었으나 이후 더 이상 스승을 찾아 전전하지 않고 독력으로 학문을 닦았다고 한다. 그러다가 26세에 한강 정구의 질녀를 부인으로 맞아들이면서 처삼촌인 한강과 더욱 돈독한 관계를 맺게 되었다.

그는 이미 23세의 나이에 재행으로 조정의 천망(薦望)에 든 바 있었고, 38세부터 전옥서 참봉을 비롯한 몇몇 관직에 임명되었으나 나아가지 않았

---

1) 8대조 安世가 고려말에 府尹에 이르렀고, 7대조 仲陽이 金海府使를 지냈으나 조선왕조가 개창되면서 출사하지 않았으며, 6대조 脩는 강직한 성품으로 세종대학교 司憲府 掌令을 지낸 바 있다.

2) 『旅軒全書』, 「年譜」(仁同張氏南山派宗親會, 1983) 참고. 이하 별다른 전거가 제시되지 않은 약력도 이에 의거한 것임.

다. 다만 선조 28년 42세에 보은현감에 임명되어 수개월 근무한 것과 선조 35년 49세에 공조좌랑으로 『주역』 교정에 잠시 참여한 것, 그리고 50세에 의성현령으로 수개월 근무한 것이 그의 실제 관직생활의 전부였다. 더구나 광해군이 즉위하여 대북세력이 득세한 상황에서는 일체 출사하지 않았다.

여헌이 중앙정계로부터 주목받은 것은 인조대였다. 반정에 의해 정권을 장악한 서인들은 자당의 명망있는 인사들을 불러 올렸고, 광해군대에 자신들과 함께 정권의 중심에서 밀려나 있었던 남인들을 등용하였는가 하면, 특히 유림을 영도하는 위치에 있던 산림[3]들의 징소를 통하여 정권의 기반 확대를 도모하고자 하였다.[4] 서인 집권층의 처지에서 볼 때 여헌은 그 목적을 충족시켜 줄 수 있는 최적의 조건을 갖춘 대상자였다. 그는 남인의 본거지인 영남의 유림을 대표하는 존재로 부각되어 있었기 때문이다. 누차에 걸친 징소를 거듭 사양하던 여헌은 마침내 조정에 출사함으로서 인조 정권의 정당성에 힘을 실어주게 되었다. 이에 영의정이었던 남인 이원익은 "장현광이 산야(山野) 사람으로서 이제 또한 왔으니, 백성들의 향배는 진실로 알 수 없으나, 사류의 마음이 굳게 맺어진 것은 이미 알 수 있습니다."[5]라고 하여 그 의미를 크게 평가한 바 있다.

여헌은 사계 김장생과 함께 인조대의 대표적 산림으로 극진한 대우를 받았다. 그러나 그는 대개 새로운 관직에 임명되면 가끔 사은차 다녀갔을 뿐이었다. 인조 원년에 지평과 사업에 임명되었고, 이듬해에 장령·집의를

---

3) 산림이란 말은 '山谷林下'에서 隱逸者 생활을 하는 사람을 지칭하는 것으로 처음에는 대체로 시골에서 강학하고 있는 學者들을 산림이라고 하였다. 그러나 점차 국가로부터 징소를 받아 관직의 제수 등 온갖 특대를 향유한 특정 인사를 특별히 '山林'이라 호칭하게 되었다. 이에 대해서는 禹仁秀, 『朝鮮後期 山林勢力研究』(一潮閣, 1999)를 참고하라.

4) 이는 광해군대의 집권 大北이 산림 鄭仁弘을 내세워 자신들이 하고자 한 바를 이루었던 사실을 모방하려 한 것이었다.(『梅泉野錄』上, 12쪽, 國史編纂委員會刊) 실제 공신들은 반정직후 회맹의 자리에서 두 가지 밀약을 맺었는데, 國婚을 놓치지 말 것과 山林을 崇用하자는 것이 그것이었다.(『黨議通略』, 仁祖朝).

5) 『仁祖實錄』5, 2년 3월 기미.

거쳐 정3품 당상관인 공조·이조참의에 특배되었으며, 4년에는 형조참판을 거쳐 대사헌에 올랐다. 그 후 수차에 걸쳐 대사헌에 임명되었으며, 공조판서를 거쳐 13년에는 우참찬에 이르렀다. 당시 그에 대한 일반적 대우도 파격적이어서 의복이나 식품뿐 아니라 내의의 간병과 약물을 하사받기도 하였으며, 상경시와 하향시에는 역마를 이용하는 배려를 받기도 하였다.

그의 사회적 위상은 정묘호란이 일어났을 때 잘 드러났다. 당시 조정에서는 장현광·정경세를 경상도호소사(慶尙道號召使), 김장생을 양호호소사(兩湖號召使)에 각각 임명하여,[6] 그들로 하여금 의병을 조직·통솔하고 군량·군기 등을 수집하는 책임자로 삼았다. 이는 급박한 당시 상황에서 나라의 세를 회복할 수 있는 곳은 삼남 지방 밖에 없다는 인식하에 그들의 힘을 빌어 난국을 타개하려는 계책이었던 것이다. 정묘호란이 단기간에 그치고 강화가 성립됨으로서 그들의 좀 더 구체화된 활동상은 볼 수 없지만, 여헌이 구심점이 되어 영남의 의병을 규합하고 군량·군기를 수합하는 체계가 단시일에 수립될 수 있었던 것은 영남 지역에서의 그의 영향력을 보여주는 좋은 사례이다.[7]

그는 성품이 관후(寬厚)하고 도량이 넓고 덕기(德氣)가 맑았다고 한다.[8] 그리하여 인조는 옛 사람의 풍도가 있다고 하였으며,[9] 우복 정경세는 옛 대신의 풍도가 있다고 하였다.[10] 그는 사람에 대하여 속마음으로는 진실로 허여함이 적었으나 겉으로는 과격한 말을 하지 않았으며, 언제나 사람을

6) 『仁祖實錄』15, 5년 정월 정해.

7) 당시 장현광이 구성한 幕府의 구체적인 진용이나 활동상에 대해서는 문헌에 자세한 기록이 남아있지 않다. 다만 문인들의 이력 속에서 산견되고 있는데, 이를 토대로 호소사 장현광 막부에 포진된 그의 제자들과 그들의 직임을 보면 다음과 같다. 朴敏이 慶尙右道義兵大將, 李民宬이 慶尙左道義兵大將, 金寧·李民宲이 從事官, 申適道·趙遵道·蔣文益·金䅘가 義兵將, 그 외 裵尙龍이 격문을 초하고 軍政을 참결하였고, 李之華가 餉軍을 주관하였다고 한다.

8) 『仁祖實錄』2, 원년 7월 병진.

9) 『仁祖實錄』30, 12년 10월 기해, 『同書』35, 15년 9월 경진.

10) 『旅軒續集』9, 景遠錄(金慶長).

취할 적에 먼저 그 사람의 크고 중요한 부분을 살펴보고 하찮은 병통과 작은 실수는 묻지 않았기 때문에,[11] 혹 세상 사람들로부터 규각(圭角)을 드러내지 않고 두루뭉수리하다는 평을 듣기도 하였다.[12] 그는 병자호란이 일어난 이듬해인 1637년(인조15) 영천 입암에서 세상을 떠났다.[13]

요컨대 그는 전 생애를 거의 향촌에 머물러 있으면서 인동을 비롯한 주변지역을 주 활동무대로 하여 학문연구와 저작활동,[14] 그리고 문인양성에 전력을 바친 학덕을 겸비한 산림이었다. 본고에서는 특히 그의 문인양성이라는 점에 주목하여 다음과 같은 세 가지 점을 다루고자 하였다. 첫째, 여헌이 누구의 학통을 계승하였는가라는 점이다. 위로 퇴계와의 관계를 살펴보고, 가까이 한강과의 관계를 살펴보고자 한다. 둘째, 그의 강학활동은 어떠하였나는 점이다. 문인들의 기록을 중심으로 강학의 장소와 교수법 등을 살펴보겠다. 셋째, 그의 학맥을 이은 문인들에 대한 분석이다. 여기에는 주로 그의 문인록이 이용되었다. 결국 본고에서 살피고자 하는 바는 여헌이 누구의 학통을 계승하여, 어떠한 강학활동을 하다가 누구에게 학통을 물려주었나 하는 점인 것이다.

본고에서 선산이라 함은 옛 인동현 지역까지를 포괄하는 의미로 사용하였고, 오늘날의 구미시 전역에 해당된다. 다만 제목에서 구미를 내세우지 않고 선산을 내세운 것은 여헌의 시대에는 선산이 더 대표성이 있는 지명이었기 때문이다. 물론 여헌이 태어난 곳은 정확하게는 선산이 아니고 인접한 인동이었으나 선산이 가지는 전통성과 대표성을 감안하여 선산이라

---

11) 『旅軒續集』9, 敬慕錄(金烋).

12) 『旅軒續集』9, 就正錄(趙任道).

13) 그는 효종 5년에 議政府 左贊成에 追贈되었고, 이어 동왕 8년에는 영의정에 추증되면서 文康이라는 諡號를 받았다.

14) 그가 평생에 남긴 저술은 다음과 같다. 18세에 『宇宙要括帖』을 지은 이래, 46세에 『婚儀』, 55세부터 찬술하기 시작했던 『易學圖說』, 62세에 『冠儀』, 68세에 『經緯說』, 75세에 『晩學要會』, 78세에 『宇宙說』과 『答童問』, 79세에 『太極說』 등의 저술들을 남겼다. 그 외에도 『圖書發揮』·『易卦摠說』 등의 저술이 있었다.

하였음을 밝혀둔다.[15] 그리고 본고에서는 굳이 선산 지역에만 국한시키지 않고 그 인근 지역 즉 성주, 의성, 영천 지역까지를 포함하여 다루었다. 왜냐하면 여헌과 그의 문인의 실체를 온전하게 파악하기 위해서는 여헌의 주된 활동 무대였고, 또 그의 문인들이 집중되어 있던 이들 지역이 마땅히 포함되어야 하기 때문이었다.

2. 여헌의 학통 문제

많은 연구자들이 사상사적으로 여헌에 접근하면서 퇴계와 다른 점이나 그만의 독특한 점을 내세워 그 차별성을 부각시키기 위해 노력하고 있다. 이는 독창성과 특이성을 소중하게 생각하는 학문의 속성상 당연한 경향이라고 할 수 있다. 하지만 여기서는 퇴계와의 동질성을 찾는 데 노력하여야 할 것 같으며, 퇴계학파라는 큰 범주 내에서 여헌이 차지하는 위치를 구명하는 데 초점이 맞추어져야겠다.

이와 관련하여 여헌의 문인 중의 일부는 여헌의 이기설이 퇴계의 그것과 궁극적으로는 다르지 않다고 생각한 점은[16] 시사하는 점이 많다. 그리고 여헌의 독특함으로 많이 거론되는 상수학에 대해서도 여헌 자신이 "나는 젊었을 때에 자못 상수학에 뜻을 두어 헛되이 마음과 힘을 허비하였다. 근래에 다시 생각해보니 유익함이 없어서 돌아올 줄 몰랐다는 후회가 있었다. 그리하여 다시 사서와 정자·주자의 책을 취하여 읽어보니 친절함을 느껴 정신이 절로 배가하였다."[17]라고 토로한 사실로 미루어 여헌의 전체 사상

---

15) 인동현은 1604년(선조 37) 도호부로 승격되었으며, 1895년(고종 32)에는 인동군으로 되었다가 1914년에 칠곡군에 편입되었다. 그 후 1978년에 인동면이 구미읍과 통합되어 구미시로 승격되었고, 1995년에는 구미시가 선산군까지를 아우르는 시군통합이 있었다.
16)『旅軒續集』9, 聞見錄(申圾).
17)『旅軒續集』10, 景遠錄(李緭).

에서 상수학이 가지는 의미를 달리 생각할 필요가 있다고 본다.

그의 학통과 관련하여 그의 문인들은 한결같이 여헌이 퇴계의 학맥을 이어 받고 있음을 자랑스럽게 강조하고 있다. 문인 한덕급은 여헌이 회재와 퇴계의 학맥을 이었다고 하였고[18], 문인 홍흔은 여헌이 퇴계의 바른 맥을 이었다고 강조한 바 있다.[19] 여헌 자신도 퇴계를 계승하였음을 밝힌 바 있다. 그는 정몽주를 모신 영천의 임고서원의 홍문당 상량문 말미에서 "포은 선생이 우리를 열어 도와주실 것이니, 퇴계 선생이 어찌 우리들을 속이시 겠는가"라고 하여 포은에서 퇴계로 이어지는 학맥을 자신들이 계승하고 있음을 드러내고 있는 것이다.[20]

여헌은 평소 퇴계를 높이 평가하였다. 그는 퇴계를 회재와 비교하여서는 "회재는 학문이 평이하고 성실하여 대의를 통투(通透)하였으며, 퇴계는 학문이 정(精)하고 순수하여 문로(門路)가 바르고 커서 배우는 자가 의거할 바가 있어 배우기가 쉽다."[21]라고 평한 바 있다. 그리고 퇴계를 남명과 비교하여서는 남명은 '고풍(高風)'으로, 퇴계는 '정맥(正脈)'으로 평가함으로써 퇴계를 더 높이 평가하는 입장을 분명히 하였고,[22] 이로 말미암아 남명의 문도 중에 섭섭함을 표하는 이가 있었을 정도였다.

이와 같은 점을 볼 때 여헌이 퇴계의 학맥을 계승하였음은 확실하다고 하겠다. 다만 여헌은 퇴계로부터 직접 학문을 전수받지는 못하였다. 그는 퇴계의 제자들과는 동시대를 살았기 때문에 퇴계를 계승한 다른 문파와의 관계를 통하여 그의 위치를 가늠할 필요가 있겠다. 퇴계 학통을 계승하여 뚜렷한 족적을 남긴 것은 월천 조목, 학봉 김성일, 서애 류성룡, 한강 정구 등 4대 문파였다. 그 중 여헌은 한강과 함께 경상도의 중간지역에 위치해

---

18) 『旅軒續集』10, 「祭文」(門人 韓德及).
19) 『旅軒續集』10, 「祭文」(門人 洪昕).
20) 『旅軒集』10, 「臨皐興文堂 上樑文」.
21) 『旅軒續集』9, 「記聞錄」(張慶遇).
22) 『旅軒續集』9, 「就正錄」(趙任道).

있으면서, 특히 인동·선산을 비롯하여 성주, 의성, 영천 지역에 비교적 강한 영향력을 끼치고 있었다.

4대문파 중에서 서애 계열과의 관계가 비교적 돈독하였던 듯하다. 서애의 형 겸암 류운룡은 일찍이 인동현의 수령으로 재임시 야은 길재를 모시는 오산서원을 건립할 때 모든 일을 여헌과 상의하여 처리함으로써 여헌만을 홀로 학자로 예우한 바 있었다.[23] 그리고 서애 류성룡은 경연석상에서 여러 번 여헌을 천거한 바 있었으며, 아들 류진을 여헌에게 보내 수학케 할 정도로 존중하였다. 서애의 수제자 우복 정경세도 조정에서 여헌을 극구 칭찬한 바 있다. 그리고 한강과는 처삼촌과 질서의 관계로 밀착되어 있었으니, 그 돈독한 관계에 대해서는 중언을 요하지 않을 것이다.

이로써 볼 때 퇴계의 4대 문파 중 특히 서애와 한강 쪽과 밀접하면서도 친밀한 관계를 유지하였음을 알 수 있다. 월천이나 학봉 쪽과 특별한 관계를 보여주는 기사는 별로 없는 것 같다. 다만 여헌이 영남호소사로 활동할 때 안동 지역 유림의 일부가 그 지역 의병장 차임과 관련하여 여헌에 대해 못마땅함을 지적한 기록이 있는 것으로 보아 예안·안동 지역 퇴계학파의 시선이 그렇게 우호적이지 않았음을 짐작케 해준다.[24]

여헌의 학통을 다루는 자리에서 그냥 지나칠 수 없는 것이 소위 '한려시비'라 하여 널리 알려진 여헌과 한강의 관계에 대한 문제이다. 여헌은 한강의 질서로서 11세 연하였다. 그런데 여헌을 한강의 문인으로 볼 수 있는가라는 문제로 두 집안 후손들 사이에 시비가 일어났고, 여기에 양쪽을 지지하는 유림이 가세하여 시비가 확대된 것이었다. 두 분을 두고 일어난 시비에 대해 여기서 그 해묵은 논쟁을 재연할 필요는 없을 것 같고 다만 양쪽의 논리를 간략히 정리하여 보는 데 그치도록 하겠다.[25]

---

23) 『旅軒續集』10, 「趨庭錄」(張應一).
24) 『溪巖日錄』 인조 5년 1월 28일~2월 18일.
　　李樹健, 「旅軒 張顯光의 政治社會思想」, 『嶠南史學』6, 1994, 74쪽.

첫째, 여헌이 한강의 만시와 제문을 쓰면서 문인이라 하지 않고 질서(姪壻)라고 자칭한 사실에 대한 해석의 차이이다. 여헌은 한강의 질서였지만 친사위와 진배가 없었고, 이 점은 여헌도 인정한 바 있다. 문인으로 보는 쪽은 여헌이 한강을 이미 장인으로 여겼다는 것은 곧 어버이로 모시는 것이기에 사제관계를 굳이 따질 필요조차 없다는 논리였다. 이에 대해 문인으로 보지 않는 쪽에서는 문인이라 하지 않고 질서라고 적시한 점을 강조하는 것이다.

둘째, 여헌이 한강의 문하에 출입한 사실에 대한 해석의 차이이다. 문인으로 보는 쪽에서는 기간의 길고 짧음에 관계없이 문하에 출입하였다는 사실 자체가 문인 판별에 중요한 잣대가 된다는 것이었다. 이에 비해 문인으로 보지 않는 쪽에서는 이미 장성한 뒤에 종유하였을 뿐, 직접 책을 펴고 장기간 배운 바가 없다는 사실을 강조하고 있다.

셋째, 한강의 죽음에 임해 여헌이 입은 상복에 대한 견해 차이이다. 문인으로 보는 측에서는 처삼촌에 대해 상복을 입는 법이 없음을 감안할 때 여헌이 상복을 입은 이상 그것은 스승에 대한 상복을 입은 것으로 볼 수 있다는 것이다. 이에 비해 반대측에서는 여헌이 한강의 문인들과는 다른 상복을 입었다는 사실에 주목하는 것이다.

넷째, 한강을 위해 쓴 만시와 행장 등에서 여헌은 한강이 공맹의 도통을 퇴계를 통해 계승했음을 밝힌 바 있는데, 이를 어떻게 볼 것인가라는 점이다. 문인으로 보는 쪽에서는 이 사실은 결국 여헌이 한강의 도통을 계승하고 있음을 간접적으로 시사한다고 보았다. 그러나 반대쪽에서는 여헌의 도통은 퇴계에 바로 연결시킬 수 있다고 보는 것이다.

다섯째, 두 사람의 관계에 대한 타인들의 평가를 보는 시각의 차이이다.

---

25) 이하 양쪽 논리의 정리는 1978년 영인된 『寒岡全書』에 부록으로 실려있는 『檜淵及門諸賢錄』과 이에 근거하여 한려시비의 전말을 정리한 權延雄 교수의 논고 「『檜淵及門諸賢錄』 小考」(『한국의 철학』13, 1985)를 참고하여 필자가 가감한 것이다.

먼저 조선왕조실록에는 여헌과 한강의 관계에 대한 언급이 두 번 나오는데, 하나는 인조실록의 사신의 언급으로 "여헌은 한강 정구에게서 수학하였다"고 명시하고 있는 기사이고, 또 다른 하나는 송준길이 효종에게 진언하는 가운데 "정구는 곧 장현광의 스승인데, 한강이 그의 호입니다"라고 한 부분이다. 문인으로 보는 쪽에서는 물론 이를 주요 논거로 들고 있다. 문인 이도장도 여헌이 퇴계와 한강에서 영향을 받았다고 한 바 있으며,[26] 후일 정조도 여헌에게 내리는 제문에서 "연원이 유래가 있으니 도산의 퇴계였네. 이에 한강에 이르러 도가 합하고 뜻이 같았도다."[27]라고 하여 여헌이 퇴계에서 한강으로 이어지는 학맥을 계승하였음을 밝히고 있다. 한편 여헌의 문인 김경장은 회고하기를 "선생은 덕기(德氣)가 천연적으로 이루어져서 일찍이 스승으로부터 전수받은 계통이 없었으나 사문의 의발을 자연 사양할 수 없었다. 그리하여 한 세대의 유현들이 추앙하여 인정하고 공경하여 복종하지 않는 이가 없었다."[28]고 하여 여헌이 특정한 스승으로부터 전수받지 않았음을 언급하고 있다.

이상에서 보듯이 결국 논의의 초점은 문인에 대한 개념 정의로 모아진다. 즉 어느 범주까지를 문인으로 볼 수 있느냐에 따라 판가름이 날 문제인 것이다. 넓은 의미의 문인 개념을 적용한다면, 여헌을 한강의 문인으로 보는데 큰 무리는 없지 않은가 한다.

후대의 이 논쟁과는 별도로 여기서는 당대의 두 사람이 서로 존중하고 소중하게 여긴 돈독한 사이였음을 강조하는 것으로 이 부분은 마무리짓기로 하겠다.

먼저 한강은 젊은 시절의 여헌의 학문을 높이 평가하고 재질을 아껴서 성주목사 허잠에게 "장현광이 학문을 구하고 도에 뜻을 두며 덕성이 성숙

---

26) 『洛村集』2, 「祭旅軒張先生文」.
27) 『旅軒續集』10, 「正宗朝賜祭文」.
28) 『旅軒續集』9, 「景遠錄」(金慶長).

되고 있으니, 다음 날에 우리들의 사표가 될 것이라"고 하며 기대하였다.[29] 1607년 봄에 뱃놀이를 하는 자리에서 망우당 곽재우가 웃으면서 한강에게 말하기를 "나의 소견에는 여헌이 한강보다 낫다"라고 하였고, 이에 대해 한강이 답하기를 "영공의 소견이 옳습니다. 옳습니다."하였다 하니, 주변의 선배들이 여헌에게 건 기대와 여헌에 대한 한강의 인색하지 않은 넉넉함을 알 수 있다.[30] 또한 한강은 평상시 질서인 여헌을 호칭할 때, 이름이나 자를 쓰지 않고 반드시 여헌이라고 호를 부르면서 소중하게 생각하는 뜻을 보였다고 한다.[31]

여헌도 자신이 쓴 한강의 제문에서 생전에 한강이 자신을 친자식과 조카처럼 대해 주었음과 직접 경전을 펴고 배우지는 못하였지만, 적셔주고 보태준 은혜가 매우 컸음을 술회한 바 있다.[32]

3. 여헌의 강학 활동

여헌이 중앙정계에서 높은 위상을 가지게 된 바탕은 많은 문도들을 길러 낸 그의 강학 활동이었다고 해도 지나친 표현이 아닐 것이다. 그는 거의 평생을 향촌에 머물러 있으면서 전 생애에 걸쳐 강학 활동을 하였다. 심지어 수령으로 짧은 관직생활을 할 때에도 그는 고을의 자제들을 모아서 강학을 할 정도로 열심이었다. 더구나 그는 학문적으로 완숙기라 할 55세~69세까지의 시기를 광해군대에 보냄으로써 향촌에 칩거한 그가 할 수 있는 일은 강학활동 뿐이었다. 그의 저술이 이 시기에 집중하고 있는 것도 학문의 완숙기에 이르러서 나타난 자연스런 현상이기도 하겠지만 당시의 정치적 상

---

29) 『旅軒全書』, 「年譜」 27세조.
30) 『旅軒續集』9, 「就正錄」(趙任道).
31) 『旅軒續集』9, 「敬慕錄」(金烋).
32) 『旅軒集』11, 「祭寒岡鄭先生文」.

황과도 무관하지 않았을 것이다.

그가 문인들을 만나 사제의 인연을 맺게 된 데는 몇 가지 경우가 있었다.

첫째, 근처에 사는 문인들이 여헌의 집이나 강학소에서 배운 경우이다. 근처에 사는 장씨 문중 내의 자제들이나 인근에 사는 문인들의 경우가 여기에 해당된다. 그 중에는 인동 수령의 자제도 있었는데, 여이재의 경우가 그 예이다.[33]

둘째, 멀리 떨어진 곳에서 찾아와 장기간 머물면서 배운 경우이다. 간혹 집을 근처에 짓고 머물면서 배운 경우도 있다. 예컨대 류진의 경우 아버지 류성룡의 명으로 인동에 와서 머물면서 『논어』를 배운 바 있다.[34]

셋째, 여헌이 본거지인 인동을 떠나 근처의 다른 특정 지역에 장기간 머물 때 찾아와 배운 경우이다. 신달도·열도 형제가 선산의 월파촌에 머무는 여헌을 찾아와 10여일을 머물며, 이기와 예에 대해 배운 사실이[35] 여기에 해당되는 예이다. 영천의 입암에 머물 때도 그 근처의 많은 사류들이 모여든 바 있다.

넷째, 수령 등 관직에 재임할 당시 가르침을 받아 사제의 인연을 맺은 경우이다. 신열도의 경우 여헌이 의성현령으로 재임시에 향교에서 수업을 받음으로 인연을 맺었으며,[36] 이민성도 역시 여헌이 의성현령으로 재직시 빙계서원에서 주역을 배운 바 있다.[37]

이러한 강학 형태의 구분은 비단 여헌에게 국한되는 것이 아니라, 당시 일반적인 현상이었을 것이다. 그들은 한 번 사제의 인연을 맺은 후 지속적으로 방문하거나, 서신을 교환하면서 더욱 돈독한 관계를 유지하였다.

다음으로는 여헌이 주로 강학한 장소에 대해 알아보기로 하자. 그의 주

---

33) 『旅軒續集』10, 「門人 呂爾載 祭文」.

34) 『旅軒續集』9, 「就正錄」(趙任道).

35) 『旅軒續集』9, 「拜門錄」(申悅道).

36) 위와 같음.

37) 『敬亭集』14, 「年譜」, 34세조.

된 강학의 장소는 인동의 모원당(慕遠堂)과 부지암정사(不知巖精舍), 선산의 원회당(遠懷堂), 영천 입암의 만활당(萬活堂)이었다.

먼저 인동의 모원당은 선조 39년 그의 나이 53세 때 남산의 옛 집터에 문인 장경우가 문중 사람들의 협력을 얻어 새로 지은 것으로 방과 대청이 각각 두 칸의 규모였다.[38] 이 역사에는 인동현감 류운룡이 기와를 보내주는 등 관심을 보였다고 한다.[39] 부지암정사는 낙동강변에 세운 강당으로, 광해군 2년 문인 장경우가 향사(鄕士)들과 함께 힘을 합쳐지었다.[40] 여헌은 이곳이 집과도 가까운 거리였기 때문에 자주 이용하였으며, 때때로 제자 6·7명과 강안에 올라가 한가롭게 바람쐬고, 시를 읊는 흥취를 즐겼다.[41]

원회당은 선산의 월파촌에 세운 정자인데, 선조 38년 그의 나이 52세 때 그의 생질이자 문인인 노경임이 주동이 되어 지어 준 것이었다.[42] 그리고 만활당은 영천의 입암[43]에 세운 정자로, 선조 39년 문인 정사상·사진 형제가 지어준 것이었다.[44] 특히 여헌은 입암의 산수와 이곳에 거처하는 벗들을 사랑하여 즐겨 이곳을 찾았으며, 인생의 마지막을 마무리하는 장소로 택한 곳도 이곳이었다.

그는 이상의 강학소를 주로 오고 가면서 학문 연구와 강론에 힘썼던 것이다. 그런데 이들 건물들은 그의 나이 50대에 문인들의 도움으로 지어진 점에 주목할 필요가 있다. 문인들의 협조와 도움으로 강학당이 세워지는 것은 그 당시 내세울만한 아름다운 풍습이었던 듯하다. 한강 정구의 경우

---

38)『旅軒全書』,「年譜」, 53세조.

39)『旅軒集』9,「慕遠堂記」.

40)『旅軒全書』,「年譜」, 57세조. 여헌의 사후 이곳은 효종 5년에 그를 주향하는 不知巖書院으로 되었다가 숙종 2년에 東洛書院으로 사액되었다.

41)『旅軒續集』10,「趨庭錄」(張應一).

42)『旅軒全書』,「年譜」, 52세조.

43) 이때 입암은 월경지 형태로 영천에 속해 있었다. 현재 행정구역상으로는 포항시 죽장면에 속해있다.

44)『旅軒全書』,「年譜」, 53세조.

평소 산수를 좋아하여 뜻이 맞는 곳을 만나면 서재를 지어 머물고 쉬는 장소로 삼은 것이 서너 곳이 넘었는데, 이 역시 모두 그의 문도들이 마련한 것이었다고 한다.[45]

그 외 자신의 정자가 아닌 곳에서도 강학은 이루어졌다. 임진왜란 중 청송에 피난해 있을 시, 그곳의 사물요(四勿寮)에 머물러 있으면서 학생들에게 『주역』을 강한 바 있는 것은[46] 다른 사람의 강학소를 이용한 경우라고 하겠다. 광해군 13년에 의성의 빙계서원에서 이민성 등 그 지역 사류들에게 강의를 베푼 것이나,[47] 1620년 인동의 오산서원에서 몇 달 동안 『대학』을 가르친 것은[48] 인근의 서원을 이용한 예가 되겠다.

혹 다른 곳으로 이동 중에 잠시 머무는 곳에서도 인근 지역에 사는 문인들을 만나는 기회로 이용되었고, 이는 자연스럽게 강학으로 연결되었다. 영천 입암으로 가는 노정에 통과하는 의성지역의 구지나 빙계가 그러한 예였다. 1629년 7월 입암에서 인동으로 돌아가는 중 의성 빙계 부근을 통과할 때, 근처에 사는 신열도가 마중 나가 맞이한 바 있다.[49] 그리고 1637년 2월 여헌이 입암으로 가는 도중 구지에 여러 날 머물렀는데, 역시 신열도가 여기로 와서 모시고 입암까지 수행한 바 있다.[50]

여헌이 강학처로 삼았던 곳의 일부는 후일 문인들에 의해 서원으로 발전되면서 향사되었고, 그 외 강학의 인연이 있었던 곳이나 지역의 서원에도 제향되었다. 인조년간에 인동의 오산서원에 배향된 것을 필두로 하여, 선산의 금오서원, 영천의 임고서원, 성주의 천곡서원 등에 배향되었다. 그리고 효종년간에는 인동의 부지암서원, 영천의 입암서원에 주향되었고, 나아가

---

45) 『旅軒集』13, 「寒岡鄭先生行狀」.
46) 『旅軒續集』9, 「言行日錄略」(趙遵道).
47) 『敬亭集』14, 「年譜」, 52세조.
48) 『旅軒續集』9, 「景遠錄」(金慶長).
49) 『旅軒續集』9, 「拜門錄」(申悅道).
50) 위와 같음.

의성의 빙계서원, 청송의 송학서원 등에도 배향되었다. 숙종 2년 부지암서
원은 동락서원으로 사액되었다.

그러면 여헌이 평소 문인들을 가르치던 교수법은 어떠하였는가. 이 문제
는 주로 제자들이 남긴 회고록을 중심으로 살펴볼 수 있다. 여헌의 경우 17
명의 제자들이 취정록(就正錄), 배문록(拜門錄), 문견록(聞見錄), 기문록(記聞
錄), 경모록(敬慕錄), 언행일록(言行日錄), 경원록(景遠錄), 추정록(趨庭錄) 등
다양한 이름을 붙여 회고록을 남기고 있다. 이를 통해 파악된 여헌의 교수
법은 다음과 같이 정리될 수 있다.

첫째, 뜻을 크고 견고하게 세워라. 배우는 자는 모름지기 먼저 뜻을 크게
확립하여야지 만이 외물에 정신을 빼앗기지 않고 또 부정한 학설에 미혹되
지 않고 오로지 학문에 정진할 수 있다고 하였다.[51] 초학자의 경우 공부를
하는 둥 마는 둥 하다가 결국 진전을 보지 못하는 것은 처음에 뜻을 견고
하게 세우지 않았기 때문이라며, 그 점을 가장 경계하였다.[52]

둘째, 자신의 단계에 맞추어 기본에 충실하라. 애당초 몸을 닦는 큰 방법
과 덕에 들어가는 규모는 사서와 『소학』에서 벗어나지 않으니, 이들에 대
해 먼저 충실히 공부하라고 하였다.[53] 자신의 수준과 등급을 뛰어넘어 특
별하고 기이한 것을 선호하는 자세를 경계한 것이다. 여헌은 『심경』의 경
우, 결코 몽학(蒙學)의 선비가 읽기에 쉽지 않은 데도 불구하고 세상 사람들
은 고원한 것을 좋아하여 『심경』이나 『근사록』이 아니면 남에게 묻기를
부끄러워하면서 오직 남의 이목에 별다르게 보이려고만 애쓰는 세태를 개
탄하였다.[54]

---

51) 『旅軒續集』9, 「就正錄」(趙任道).

52) 『旅軒續集』9, 「記聞錄」(張慶遇).

53) 『旅軒續集』9, 「就正錄」(趙任道).

54) 그렇다고 하여 여헌이 『심경』과 『근사록』을 소홀히 생각한 것은 아니었다. 그는 이 책들을
    학문하는 방향을 제시해주는 指南이라고 여겨 배우는 자는 익숙히 읽기를 사서와 같이 여겨
    야 한다고 하였다. 『旅軒續集』10, 「景遠錄」(李䌫).

이러한 여헌의 강조는 다른 제자들의 회고록에도 많이 보인다. 여헌이 문하의 여러 제자들에게 말하기를 “제군들은 강학할 적에 되도록 높고 먼 것을 탐구하려 하니, 이는 절대로 묻기를 간절히 하고 생각을 가까이 하는 것이 아니다. 가령 소견이 있더라도 끝내 실제로 얻는 것이 아니니, 등급을 건너뛰어서는 안된다.”라고 한 것이 그것이다.[55] 학문을 하는 자의 수준에 맞추어 한 단계 한 단계 착실히 쌓아가야 함을 강조하였던 것이다.

또 문인 장경우가 『태극도설』을 읽을 것을 청하자, 여헌은 그것을 근세에 배우는 자들의 큰 병통으로 지적하였다. 그는 배우는 자는 모름지기『소학』과 사서와 정자·주자 등이 지은 책을 먼저 읽어야 할 것을 강조하였다. 『소학』은 사람을 만드는 틀이요, 『대학』은 덕에 들어가는 문과 길이니, 익숙히 읽지 않으면 안된다고도 하였다. 이어 배우는 자는 모름지기 아래로 인간의 일을 배워야 하니, 아래로 인간의 일을 배우는 것이 끝나면 자연 위로 천리를 통달하게 된다고 하면서 단계를 뛰어넘는 것을 경계하였다.[56]

『춘추』를 배울 것을 청하는 손자 장학에게 여헌은 “『춘추』는 천하를 다스리는 대경대법(大經大法)이니, 배우는 자의 입장에 있어 진실로 강구해야 할 것이다. 그러나 일상생활하는 데에 간절하지 않고, 또 성인이 기록할 것은 기록하고 삭제할 것은 삭제한 은미한 권도를 쉽게 엿보아 헤아릴 수 없다”고 하며, 그에게『심경』을 가르친 것도 같은 예이다.[57]

셋째, 지(知)와 행(行)을 일치시켜라. 실천이 중요하다. 여헌은 평소『대학』을 가르치다가 평천하장(平天下章)에 이르면 학문하는 법은 지와 행 두 글자뿐이라고 하면서 누누이 강조하였다고 한다.[58] 그리하여 유가의 책을 읽을 적에는 단지 입으로 말하고 귀로 듣는 자료로만 삼으려고 해서는 안된

---

55) 『旅軒續集』9, 「記聞錄」(張乃範).
56) 『旅軒續集』9, 「記聞錄」(張慶遇).
57) 『旅軒續集』10, 「景遠錄」(張㬦).
58) 『旅軒續集』9, 「記聞錄」(張慶遇), 『旅軒續集』9, 「景遠錄」(金慶長).

다고 하면서 실천을 강조하기도 하였다.[59] 여헌이 일찍이 제자들에게 이르기를 "제군들은 학문하는 방법을 아는가? 학문은 많이 듣는 것을 귀중하게 여기나 한갓 듣기만 하는 것은 실천하는 것만 못하며, 배움은 실천을 귀중하게 여기나 그 실제는 반드시 궁리에서 말미암는다."[60]라고 하여 지와 행의 일치를 학문의 궁극적인 목표로 강조하였다.

조임도가 일찍이 여쭙기를 "선생께서 도의 경지에 들어가신 차례와 학문하신 요점을 들려주시기 원하옵니다"하니, 여헌이 대답하기를, "학문한다 학문한다 하지만 입으로 말하고 귀로 듣는 것을 말하겠는가. 세상의 유자들은 왕왕 지엽만을 일삼고 근본을 힘쓰지 아니하여, 혹은 문자에만 힘을 쓰고 혹은 언어에만 매달려서 지식은 혹 여유있게 있으나 행실이 도리어 미치지 못하며, 강구하는 것은 자세히 하나 실천하는 것은 소략하다. 그리하여 마음과 입이 서로 응하지 못하고 말과 행실이 서로 돌아보지 못하여, 시작과 끝이 서로 어긋나고 안과 밖이 현격히 차이가 난다. 그리하여 필경 그 사람과 학문이 전혀 서로 비슷하지 않으니, 이는 매우 한심스러운 일이다."[61]라고 한 것도 같은 의미에서 실천을 강조한 것이다.

넷째, 배우는 자에게 가장 절실한 것은 성실이다. 여헌은 초학자들에게 지와 행을 강조한 데 이어 다음으로는 성(誠)과 경(敬)을 존양하는 공부로 삼을 것을 권하였다.[62] 여헌은 『대학』을 가르치다가 성의장(誠意章)에 이르면 늘 감탄하여 말하기를 "지극하다. 성(誠)의 뜻이여."라고 하면서 제자들에게 강조하곤 하였다.[63] 재주만 믿고 착실히 공부하지 않는 불성실한 공부 태도를 경계한 것이다.[64] 또 학문을 배우는 자는 '성독(誠篤)' 두 글자를

---

59) 『旅軒續集』9,「記聞錄」(朴吉應).

60) 『旅軒續集』9,「景遠錄」(金慶長).

61) 『旅軒續集』9,「就正錄」(趙任道).

62) 『旅軒續集』10,「景遠錄」(張㶕).

63) 위와 같음.

64) 『旅軒續集』10,「趨庭錄」(張應一).

마땅히 표준으로 삼아야 한다고 하기도 하였다.[65]

『중용』을 가르칠 때 '불성무물(不誠無物)' 즉 성실하지 않으면 사물이 없다는 구절에 이르면, 여헌은 세 번 반복하고 감탄하며 말하기를 "성실하지 않으면 하늘과 땅도 오히려 물건을 이루지 못하는데, 하물며 사람에 있어서랴. 하물며 배우는 자에 있어서랴."하면서 성실함을 강조하였다.[66] 그리하여 여헌은 공부하는 데 있어 가장 절실한 것을 묻는 제자 최린에게 말하기를 "아래로 사람의 일을 배우는 것으로부터 위로 천리를 통달함에 이르기까지 모두 성이란 한 글자에서 벗어나지 않으니, 성실하게 한다면 어찌 힘이 부족함을 걱정하겠는가. '천리 끝까지 바라보고자 다시 한 층을 올라가노라'란 말이 도를 아는 말인 듯하니 깊이 음미해야 할 것이다."라고 하기도 하였다.[67]

다섯째, 경서는 작은 세주까지 정밀하게 숙독하여 자세히 이해하라. 여헌은 평소『논어』를 가르침에 있어 그 집주(集註)까지 아울러 정밀하고 익숙하게 읽기를 강조하였다.[68] 문인 박길응이 여헌 앞에서 논어를 읽는데, 여헌이 소주(小註)를 읽게 하므로 길응이 대답하기를 "대주(大註)도 오히려 많다고 싫어하는데 소주를 어느 겨를에 읽겠습니까"하니, 여헌이 빙긋이 웃으면서 말하기를 "소주를 이미 책에 기록하였으니, 이는 옛사람들이 후인들로 하여금 읽게 하고자 한 것이다."하면서 정밀하게 공부할 것을 강조하였다.[69] 책을 읽는 것이 단순히 글줄을 찾고 글자를 세는 데 그칠 뿐이고 자세히 이해를 하지 못한다면, 비록 만권의 책을 읽더라도 전혀 유익함이 없을 것이라며, 그러한 것을 '상자만 사고 구슬은 돌려준다.'라는 말로 비유하여 제자들을 경계하였다.[70]

---

65) 『旅軒續集』9, 「就正錄」(趙任道).

66) 『旅軒續集』9, 「記聞錄」(張慶遇), 『旅軒續集』10, 「景遠錄」(權對).

67) 『旅軒續集』9, 「景遠錄」(崔韃).

68) 『旅軒續集』9, 「就正錄」(趙任道).

69) 『旅軒續集』9, 「記聞錄」(朴吉應).

여섯째, 눈높이에 맞추어 쉽게 이해시킨다. 여헌은 평소 강의를 함에 있어 학생의 눈높이에 맞추어 쉬운 예를 들어가면서 이해시키는 교수법을 주로 사용하였다. 그는 상대방의 학식과 재기(才器)에 따라 마치 의사가 환자의 증세에 맞게 약을 쓰듯이 가르쳐주었던 것이다.[71] 더러는 적절한 속담을 곁들여서 자세하게 타이르고 풀어주었기 때문에 힘들여 말하지 않아도 사람들이 쉽게 의심이 풀리면서 이해가 되었다고 한다.[72] 또한 강의 중 깨닫지 못하는 자가 있으면 반복하여 가르쳐 주었으며, 질문하는 자가 있으면 즉시 대답해주었다.[73] 여헌이 이렇게 쉽게 가르칠 수 있었던 것은 그가 완벽하게 이치를 깨달았기 때문일 것이다. 그는 만년에 특히 『주역』을 즐겨 읽었는데, 이를 제자들에게 해설하여 가르칠 때는 반드시 이치로부터 미루어 가되, 수(數)는 언급하지 않았으며, 한 효(爻)와 한 효사(爻辭)를 두루 꿰뚫고 모두 통달하여 손바닥 위에 놓고 보듯이 쉽게 설명하였다고 한다.[74]

일곱째, 칭찬을 많이 하라. 여헌은 평소 사람 중에 선하지 못한 행실이 있음을 보면 곧 눈을 감고 입을 다물었으나, 사람 중에 한 가지라도 선행이 있는 것을 보면 기뻐하는 기색이 얼굴에 나타나 사람들을 향해 번번이 말하였다고 하니, 이로써 제자들을 선행으로 이끌었음을 알 수 있다.[75] 사람을 취할 때에도 하찮은 병통과 작은 실수는 제쳐두고 항상 그 사람의 크고 중요한 부분을 살펴 긍정적인 면을 부각시켜 권장하였던 것이다.[76]

위와 같은 여헌의 강학시 모습을 통해 그의 교수법의 특징을 살펴보았다. 그의 교수법이 당시의 다른 학자들의 그것과 크게 다르지 않았을 것으

---

70) 『旅軒續集』10, 「趨庭錄」(張應一).
71) 『旅軒續集』10, 「景遠錄」(權對).
72) 위와 같음.
73) 『旅軒續集』9, 「拜門錄」(申悅道).
74) 『旅軒續集』9, 「景遠錄」(金慶長).
75) 위와 같음.
76) 『旅軒續集』9, 「敬慕錄」(金烋).

로 판단되나, 그런 가운데서도 그만의 독특한 특징을 잘 나타내주고 있다
고 하겠다.

4. 여헌의 문인들

여헌은 퇴계와 한강으로부터 물려받은 학통을 그의 문인들에게 전수해
주었다. 따라서 그의 문인들은 그를 통해 퇴계학맥을 계승한 이들인 셈이
다. 여기서는 여헌 문인들의 일반적인 특성을 개괄한 다음, 특히 여헌의 문
인들이 집중되어 있는 선산·인동지역을 비롯하여 인근의 성주, 영천, 의
성지역의 구체적인 문인들의 상황을 살펴보고자 한다.

앞장에서 살펴본 바와 같이 여러 가지 방법과 과정을 거쳐 많은 사람들
이 그의 문하를 거쳐갔다. 높은 학문과 덕망으로 인해 여헌에게는 많은 문
도들이 모여들었고, 그런 가운데 그들 사이에는 자연스럽게 사제 관계가
성립될 수 있었다. 그가 향촌에 은거해 있으면서 배출한 제자들을 문인록
을 통해 보면 약 170여명 정도이다.[77] 그 중 문과 급제자가 29명에 이르렀
고, 당상관 이상의 관직에 올랐던 자는 14명이었다.

거주지를 확인할 수 있는 문인들의 지역적 분포 상황을 보면,[78] 성주가
가장 많아 17명이고, 다음으로 인동 13명, 의성 12명, 영천 11명, 선산 10
명, 경주 8명, 칠곡·함양 각 6명, 대구·함안 각 4명, 안동·진주·청송
각 3명으로 나타나 있다. 그 외에도 하양·밀양·합천·산청 등지에 각 2
명, 현풍·영해·신녕·예안·상주·창녕·청도·의홍·창원·경산 등지

---

77) 『旅軒先生及門錄』(嶺南大學校 도서관 소장본) 참조.

78) 문인들의 지역적인 분포 상황은 『旅軒先生及門錄』의 각 문인에 대한 서술의 말미에 기재되
   어 있는 후손들의 거주지를 대상으로 한 것이다. 이 문인록이 간행된 것이 1919년이기 때문에
   300여년 정도 시간상의 차이가 있어 후손들의 거주지가 곧 바로 장현광 문인들의 생존시 거
   주지와 일치하는 것은 아니나 이 당시 사회가 상당히 폐쇄적이었던 점을 감안하면 대세 파악
   에는 큰 지장이 없을 것이다.

에 각 1명이 확인된다. 이를 통해 볼 때 그의 문인들은 그가 은거해 있던 인동과 그 인근지역에 밀집되어 있었으며, 나머지도 경상도 일대에 거의 분포되어 있었음을 알 수 있다.

문인들에게서 나타나는 특징을 몇 가지 지적한다면, 먼저 부자 또는 형제가 모두 출입한 경우가 많았다는 점이다. 부자간에 모두 급문한 경우로는 장내범-경우, 손우남-해, 권봉-진민, 이민환-정상·정기, 김수-하량 등의 예가 있다. 형제가 같이 급문한 경우도 많아서 정사상-사진, 권집-도, 이민성-민환, 신적도-달도-열도, 이도창-도장 형제 등이 대표적인 예이다. 위와 같은 경우에는 중첩된 인연으로 인해 사제 관계가 더욱 돈독하였을 것이다.

다음으로 지적할 수 있는 특징은 한강의 문하에 함께 출입한 문인들이 많다는 점이다. 장내범·정사상·김녕·이언영·노경임·권집·류시번·배상룡·정사물·권도·김사총·조준도·김효가·정극후·정수민·송시영·서사선·김광계·김광악·박진경·류진·최급·김수·배상호·이도창·장문익·최린·장응일·이주·이도장 등 30명 이상이다. 인접한 지역에 두 대학자가 강학을 하고 있었기 때문에 두 문하에 동시에 드나든 것은 오히려 당연한 것이었다. 또한 배상룡과 같이 비록 직접 경전을 잡고 직접 여헌에게서 배우지는 못했으나, 평상시 친근하게 대하고 계발해주는 은혜를 입어 문인으로 자처하기도 한 데서[79] 알 수 있듯이 한강의 사후 상당수는 여헌으로 옮겨가 사제의 의리를 이어갔기 때문이었다.

여헌은 거주지였던 인동을 중심으로 하여 그와 가까운 선산, 성주, 의성, 영천 등지를 주로 많이 왕래하였다. 따라서 문인들도 이 지역에 집중되어 있었는데, 지역적으로 볼 때 경상도의 중부지역에 해당되었다. 따라서 그는 성주의 한강 정구와 더불어 경상도의 중부지역을 중심으로 하여 퇴계의 학

---

79) 『旅軒續集』10, 「門人 裵尙龍 祭文」.

맥을 확대시킨 역할을 수행하였다고 할 수 있겠다. 이는 학봉 김성일이 안동의 동부 지역 일대에 영향력을 가졌고, 서애 류성룡이 안동의 서부 지역 일대와 상주 지역에, 월천 조목이 안동의 북부지역에 영향을 끼친 것과 대비될 수 있겠다.[80]

사후 그의 학맥의 한 갈래는 인동의 장씨 문중을 중심으로 가학으로 승계되어 갔고, 또 한 갈래는 미수 허목을 통하여 근기지역으로 넘어갔다고 할 수 있다. 그러나 이 정도는 그의 생전의 번성함에 비하면 높은 수준이라 할 수 없다. 더구나 본거지인 경상도 지역에서 문세가 현저하게 뻗어나가지 못한 것은 아쉬운 일이 아닐 수 없다.[81]

여기에는 여러 가지 원인이 있겠다. 먼저 다른 문파나 문중의 경쟁의식에서 비롯된 갈등과 견제를 지적할 수 있다. 사실 영남 지역의 사류들은 인조대 이후 거의 중앙정계에 출사하지 못하고 향촌에 머물러 있었기 때문에 학파와 문중 간의 경쟁과 갈등이 다른 곳으로 분출되지 못하고 내부에서 더욱 증폭되어 간 감이 있는 것이다. 또한 그의 문인들 중 그를 계승할 만한 인재가 드문 상황에서 출중했던 이들이 여헌에 앞서 사망한 것도 한 원인이 되었을 것이다. 그가 특히 사랑하고 아끼면서 기대하였던 정사진이 1616년에, 노경임이 1620년에, 이민성이 1629년에, 신달도가 1631년에, 류진이 1635년에 각각 여헌에 앞서 떠나갔던 것이다.

---

80) 李樹健, 「旅軒 張顯光의 政治社會思想」, 『嶠南史學』6, 1994, 76쪽.

81) 그의 영향권 내에 있었던 지역의 많은 사류들이 숙종대학교 이후에는 학봉의 적전인 갈암 이현일의 문하에 출입하게 되었다. 예컨대 영천 지역의 鄭好仁의 후손들 중 鄭碩祐·碩達·萬陽·葵陽·來陽·東陽·重祿·重器, 의성지역의 이민성·민환 형제의 후손 중에 李重熙·秀馨·秀㙫·秀時·秀逢 등과 신적도·달도 형제의 후손 중 申德涵·濂·正模 등이 갈암의 문하에 출입한 이들로 나타난다.(『葛庵全書』, 附錄, 「錦陽及門錄」 참고) 아울러 여헌의 문인이었던 정극후의 행장과 신달도의 묘갈명을 그 후손들의 부탁으로 갈암이 찬하고 있는 것도 이 지역 사류들의 갈암과의 관계를 이해하는 데 도움을 준다.(『雙峰集』5, 부록, 「行狀」. 『晩悟集』10, 부록, 「墓碣銘」).

1) 선산 · 인동지역의 문인

먼저 가학으로 여헌의 학맥을 이어간 장씨 일족을 들 수 있다. 장내범 - 장경우 - 장매 · 장학 등 3대가 문인으로 포함되어있는 경우를 위시하여 장내도, 장내정, 장덕원 등이 눈에 띄는데, 대표적인 존재는 역시 장경우와 아들 장응일을 들 수 있겠다.

장경우(1581~1656)는 아버지의 영향으로 어려서부터 여헌의 문하에 출입하였다. 그는 여헌에게 남산아래 옛 터에 모원당을 지어주었으며, 부지암정사의 건립에도 앞장섰던 핵심 문인이었다. 한강이 반대파의 모해로 관직을 삭탈당하자 경상도내 유생들을 규합하여 함께 변무소를 올리기도 하였고, 1621년에는 이이첨을 참수할 것을 주장하는 상소를 올리기도 하는 등 이 지역의 유력한 학자였다. 여헌의 사후에는 『여헌문집』 간행을 주선하는 등 여헌의 추숭사업에 전력을 기울였다. 여헌을 주향한 동락서원에 근대에 들어와 배향됨으로써 여헌을 실질적으로 승계한 것으로 인정받았다고 할 수 있다.

장응일(1599~1676)은 여헌의 종제 현도의 아들로서 여헌에게 입양되었다. 1629년(인조 7) 문과에 급제하여 부제학에 이르렀다. 1649년 장령으로 재임시 집의 송준길과 함께 훈신 김자점의 탐욕과 방자함을 탄핵한 데서 알 수 있듯이 성격이 청렴강직하였다.

다음으로 선산 지역에는 여헌의 생질인 노경임, 사위인 박진경과 그의 아들 황 · 협 · 률 형제, 그리고 김녕, 김경장 등이 포진되어 있었다.

노경임(1569~1620)은 여헌이 어려서 수학한 바 있던 자형 노수함의 아들인 관계로 자라면서 여헌의 문하에 종유하였다. 나중에 류운룡의 사위가 되었다. 1591년 문과에 급제하여 벼슬길에 나아갔다가 임진왜란을 당하여 고향에 돌아와 의병을 모집하여 왜군에 대항하였다. 그리고 체찰사 이원익의 종사관이 되어 삼남지방을 순찰하면서 일을 잘 처리하여 신임을 받았다.

36세 때는 여헌을 위하여 선산 월파촌에 원회당이라는 강학처를 짓는 데 앞장섰다. 노경임이 풍기군수로 부임하자, 여헌은 수령으로서 지켜할 것들을 적은 편지를 보내 격려하기도 하였다.[82] 이에 앞서 스승인 여헌의 심부름으로 래암 정인홍을 만나보고 돌아와 대단히 간사한 인물이라고 말했던 일이 뒷날 정인홍에게 알려져서 성주목사에서 파직되었다. 그 후 낙동강변에 정자를 짓고 학문에 전념하다가 52세의 나이로 여헌에 앞서 사망함으로써 여헌에게 회한을 남겼다.[83]

김녕(1567~1650)은 한강의 문하에서 수업하다가 25세 때 인동의 여헌을 찾아가 인연을 맺었다. 1612년 문과에 급제하여 벼슬길에 나아갔으나 이듬해 인목대비를 폐하자는 논의가 일어나자 관직을 버리고 고향을 돌아왔다. 인조반정 뒤에 다시 등용되어 예안현감을 역임하였다. 정묘호란이 일어났을 때는 호소사에 임명된 여헌의 종사관이 되었으며, 병자호란 때도 의병을 일으킨 바 있다.

김경장(1597~1653)은 어려서부터 여헌의 문하에서 수학하였는데, 광해군의 난정을 꺼려서 문과 응시를 포기하고 학문에 전념하였다. 24세에는 인동의 상덕사에서 여헌을 배알하고 몇 달 간 머물면서『대학』을 배웠다. 여헌의 절친한 친구인 권극립의 사위로서 1637년 입암으로 들어간 여헌을 따라 들어가 마지막을 모셨다. 여헌의 사후『여헌문집』편찬에 힘을 보태었다.

그 외 이 지역의 문인으로 김수-하량 부자, 김양-하정 부자, 신우덕, 박윤무, 이선술, 이철강, 신한, 김공 등이 있었다.

2) 성주 지역의 문인

성주는 장현광의 고조이래 아버지대까지 살았던 곳이고, 그들의 일부 묘

---

82)『旅軒集』4,「書」, '與盧甥豊基'.
83)『旅軒集』11,「祭盧甥景任文」,「又祭盧甥小祥文」.

소가 위치한 곳이며, 그리고 처삼촌인 한강 정구의 거주지이기도 하여 자주 왕래하였던 곳이었다. 이러한 까닭에 성주에는 그의 문인들이 많이 분포되어 있었다. 이 지역 문인의 대다수는 한강의 제자들이기도 해서 문인 수에 있어서는 많은 비중을 차지하고 있으나 여헌의 독자적인 영향력은 다른 지역에 비해 떨어지는 느낌이다. 장이유와 여효증 등 성주 지역의 문인들이 앞장을 서서 성주의 천곡서원에 여헌을 배향하였다.

이언영(1568~1639)은 한강과 여헌의 양 문하를 출입하였는데, 1603년 문과에 급제하여 벼슬길에 나아갔는데, 정언으로 재직시 영창대군 죽음의 억울함을 주장한 정온을 변호하다가 파직당한 후 '어머니가 없는 나라에서는 벼슬을 하고 싶지 않다'며 출사하지 않았다. 인조반정후 인조의 특별한 부름을 받아 승지에 이르렀다.

배상룡(1574~1655)은 어려서 한강의 문하에 출입하였고, 한강이 죽은 후 한강을 섬기던 예로 여헌을 섬겼다. 여헌의 두 번째 부인 송씨가 그에게는 종이모가 되니, 여헌은 그의 종이모부인 인연도 있었다. 비록 여헌에게서 경전을 펴고 직접 수학하지는 못했으나, 평소 온화하고 친근하게 대하면서 계발해주는 은덕을 입었다고 술회한 바 있다. 정묘호란이 일어났을 때, 호소사에 임명된 여헌의 명으로 격문을 초하였으며, 막부에서 군정(軍政)을 참결하였다.

이지화(1588~1666)는 1613년 문과에 급제하여 벼슬길에 나아갔는데, 정언으로 재직시 이이첨을 탄핵하다가 파직되어 고향으로 돌아왔다. 인조반정후 다시 등용되어 주로 외직에 기용되었다. 정묘호란이 일어났을 때, 호소사로 임명된 여헌의 막부에서 군량을 조달하는 일을 맡아보았으며, 병자호란 때도 의병을 일으킨 바 있다.

그 외 문인으로 배상호, 김효가, 송시영, 송시진, 최급, 최진형, 최진화, 최린, 장이유, 여효증, 여효주, 송세융, 도한국, 이주, 이류 등 다수가 있었다.

3) 영천 지역의 문인

영천은 여헌이 자주 왕래하였던 곳으로 많은 인연이 있던 곳이었다. 특히 영천 입암에 자주 갔었는데, 그가 이곳의 산수를 사랑함도 있었지만 좋은 친구들과 문인들이 있었기 때문이었다. 임진왜란 때 피난차 이곳을 들린 이후 거의 매년 이곳을 방문하였다고 한다. 여헌은 말년에 자신의 생을 정리하는 곳으로 이곳을 택하였을 정도로 각별한 애정을 가졌던 곳이다.

이곳에서 학문을 함께 강마한 영천의 선비들로 권극립, 손우남, 정사상·사진 형제가 있다. 권극립은 친구 사이였고, 손우남과 정사상, 정사진은 문인으로 자처하였다. 정사진 형제는 여헌을 위하여 입암에 강당을 지어주기도 하였다. 이들과의 인연은 자식대로 이어져 여헌에게서 수학한 이가 많았다. 권극립의 아들 봉, 손자 상민·호민·진민, 사위 김경장, 사위 정안번의 아들 호인 등이 그들이다. 손우남의 아들 해와 항도 아버지에 이어 여헌에게서 수학하였다.

여헌의 사후 강학의 장소에는 입암서원이 건립되어 여헌이 주향으로 향사되고, 그리고 위의 4인이 배향되었다. 또한 여헌이 정몽주를 모신 임고서원에 배향되는 이유도 입암에서 비롯된 영천과의 인연에서 찾을 수 있다. 임고서원은 손우남, 정사진, 그리고 정호인 등 여헌과 밀접한 연결을 가졌던 이들이 깊이 관계하던 서원이었던 것이다.[84]

영천 지역의 대표적인 문인으로는 정사상·사진 형제와 정사물·극후 형제를 들 수 있다. 정사진(1567~1616)은 어려서부터 여헌과 인연을 맺었는데, 임진왜란 때 여헌이 청송·봉화 등지로 피난할 때 동행하면서 어려움에 처한 여헌을 도왔다. 임난 후에는 입암으로 들어가 바위 바로 옆에 일제당을 지어 복거하면서 가끔 찾아오는 여헌을 머물게 하였다. 몇 년 뒤에는 여헌

---

84) 임진왜란 때 불탄 임고서원을 1602년(선조35)에 다른 장소로 이건하여 지을 때, 營造를 담당한 이들이 鄭世雅, 鄭湛, 孫宇男, 鄭四震 등이었던 데서 그들의 영향력을 짐작할 수 있다. 정세아는 정호인의 조부이다.

을 위하여 마주보이는 곳에 만활당을 지어주었다. 뿐만 아니라 그는 평소에도 인동에 머무는 여헌에게 각종 해산물을 비롯하여 암소와 신을 보내주기도 하였고, 종을 보내주기도 하였다. 이렇게 그는 여헌을 가까이에서 극진하게 모셨으나 50세의 나이로 앞서 죽음으로써 여헌을 안타깝게 하였다.

정사물(1574~1649)도 동생 극후와 함께 일찍이 문하를 출입하였는데, 여헌이 그의 자를 역안(亦顏)으로 지어주었다. 이들이 인동의 남산으로 여헌을 찾아 공부를 배울 때, 여헌은 다른 문인들에게는 잘 보여주지 않던 『우주요괄첩』과 『역학도설』을 보여줄 정도로 총애하였다. 이들은 임진왜란과 정묘호란 때 의병으로 활약하였고, 벼슬에는 큰 뜻이 없어 형제가 함께 학문을 강론하고 후학을 양성하는 일에 전념하였다.

정호인(1597~1655)은 입암에 있는 외가인 권극립의 집에서 태어났다. 23세에 입암에 머물던 여헌을 찾아 공부하면서 정식 사제의 연을 맺었다. 문장과 재주 뛰어났고, 31세에 문과에 급제하여 벼슬길에 나아가 진주목사에 이르렀다. 여헌이 마지막으로 입암을 찾았을 때도 함께 하였으며, 여헌이 사망하자 호상을 맡아 일을 잘 처리하였다. 그 후 입암에 여헌의 영당 건립을 추진하여 후일 서원으로 발전하는 기틀을 닦았고, 허물어진 일제당을 중건하는 일을 맡기도 하였다.

4) 의성지역의 문인

의성은 여헌이 수령으로 근무한 인연이 있던 지역이다. 수령으로 재임시의 강학활동에서 처음 맺어진 사제의 인연이 지속된 곳이다. 더구나 의성은 여헌이 영천의 입암을 오갈 때 늘 통과해야 되는 위치에 있었기 때문에 자주 발길이 자주 닿던 곳이었다. 이민성·민환 형제와 신적도·달도·열도 형제와의 인연이 그 대표적 예이다. 그 외 이 지역의 문인으로는 민환의 아들인 이정상·정기 형제, 신지제의 동생 지경과 아들 홍망 등이 있다.

이민성(1570~1629)・민환(1573~1649) 형제는 어려서부터 재주가 뛰어나 경사(經史)와 제자백가서(諸子百家書)에 두루 통달하였으며, 효성과 우애가 있어 재덕을 겸비한 인물들이었다. 28세를 전후하여 형제가 연이어 문과에 급제하여 벼슬길에 나아갔다. 이민성은 34세 때 의성현령으로 부임한 여헌을 빙계서원으로 모시고 주역을 강하였다. 폐모론이 일어나자 그 부당함을 주장하다가 이이첨의 모함을 받아 삭직된 뒤 고향에 칩거하였다. 인조반정 후 장령으로 복직하여 좌승지에 이르렀다. 이민환은 강홍립의 막하로 출전하였다가 청의 포로가 되었는데, 항복 권유를 끝까지 물리치고 17개월 동안의 포로생활을 한 바 있다. 정묘호란이 일어났을 때, 이민성은 경상좌도 의병대장으로, 민환은 종사관으로 각각 활약하였다. 2년 뒤에는 여헌이 입암에서 인동으로 돌아가는 길에 빙계서원에 들리자 이민성은 유생들을 이끌고 가서 강론을 청하였으며, 인하여 빙계서원 원규를 정하였다고 한다. 의성의 장대서원에 배향되었다.

신적도(1574~?)・달도(1576~1631)・열도(1589~1647) 형제는 1603년 여헌이 의성군수로 부임하였을 때, 향교에서 수업을 받는 등 사제의 인연을 맺었다. 광해군 시절에는 관직에 나아가기를 단념한 신달도와 열도는 수시로 인동의 남산과 부지암정사, 또는 선산의 월파촌 등 여헌이 머무는 곳을 찾아 짧게는 이틀에서 길게는 10여일을 머물면서 『심경』이나 『근사록』의 의심스러운 부분에 대한 질문을 하거나, 이기론이나 사단칠정설, 그리고 각종 예설에 대한 강론을 하였다. 인조 초년에 형제가 나란히 문과에 급제한 후 서울에서 관직생활을 할 때도 여헌이 서울에 올라오면 매일 방문하여 함께 담론하여 밤을 지새우기도 하였다. 관직 생활을 하는 도중에도 서울과 고향을 오가는 시간을 이용하여 자주 여헌을 찾아뵙고 소식을 전하는 등 빈번히 접촉하면서 가르침을 받았다. 정묘호란이 일어났을 때 신적도는 호소사에 임명된 여헌에 의해 의병대장에 차임되었으며, 신달도는 적극적으로 척화론을 주장하기도 하였다. 그 후 신열도는 여헌의 권유로 의성의 읍지

인 『문소지』를 편찬하였으며, 말년에 입암으로 들어가는 여헌을 의성에서
부터 수행하여 수십 일을 함께 지내는 등 여헌의 깊은 신망을 받았다.

5. 맺음말

　이상에서 여헌이 누구로부터 학통을 이어받아서, 어떻게 가르쳤으며, 누
구에게 학통을 전하였는가 하는 세 가지 점을 중심으로 하여 살펴보았다.
간략히 요약하여 맺으면 다음과 같다.

　여헌은 인조대의 대표적 산림으로 극진한 대우를 받았지만, 전 생애를
거의 향촌에 머물면서 학문연구와 저작활동, 그리고 특히 문인양성에 전력
을 바친 학덕을 겸비한 인물이었다. 그는 퇴계로부터 직접 학문을 전수받
지는 못하였지만 퇴계학파라는 큰 줄기 속에 위치지울 수 있다. 그와 퇴계
학파와의 관련에는 퇴계의 우수한 제자 중의 한 명인 한강과의 인연을 빼
놓을 수가 없다. 여헌이 11살 연상인 처삼촌 한강에 대하여 문인이라고 자
칭한 명확한 증거를 찾기는 어려우나, 여러 가지 정황으로 미루어 넓은 의
미의 문인으로 파악해도 큰 무리가 없을 듯하다.

　다음으로는 그의 강학활동을 살펴보았는데, 그는 큰 학자답게 많은 강학
처를 가지고 있었다. 본거지인 인동에 모원당과 부지암정사, 인근인 선산에
원회당, 그리고 영천 입암에 만활당 등 여러 곳에 자신의 강학소를 소유하
고 있었다. 위 강학소는 그의 나이 50대에 문인들이 지어주었던 것이다. 그
는 위 강학소를 중심으로 하고, 더러는 다른 장소에서 문인들을 가르치면
서 학문에 전념하였다. 그에게 수학한 문인들은 실로 다양한 방법으로 그
와 사제의 인연을 맺었다. 가까운 근처에서 왕래한 경우도 있었고, 멀리 떨
어진 곳에서 집 주변에 장기간 체류하면서 배운 경우도 있었다. 그리고 앞
에서 든 선산이나 영천의 강학소에서 사제의 인연을 맺은 경우도 있었으며,

더러는 지방 수령으로 재직시나 다른 지역으로 이동하던 중 잠시 머무는 곳에서 인연을 맺은 경우도 있었다.

그러한 문인들에게 평소 여헌은 다음과 같은 점을 강조하면서 가르쳤다. 첫째, 뜻을 크고 견고하게 세워라. 배우는 자는 모름지기 먼저 뜻을 크게 확립하여야 만이 다른 데에 정신을 빼앗기지 않고 오로지 학문에 정진할 수 있는 것이다. 둘째, 자신의 단계에 맞추어 기본에 충실하라. 자신의 수준이나 등급을 뛰어넘어 특별하고 기이한 것을 선호하지 말고, 자신의 수준에 맞추어 한 단계 한 단계 착실히 쌓아가라. 셋째, 지와 행을 일치시켜라. 유교의 경전은 단지 입으로 말하고 귀로 듣는 자료로만 삼으려고 해서는 안되고, 배운 것을 실천하는 것이 중요하다. 넷째, 배우는 자에게 가장 절실한 것은 성실이다. '성독(誠篤)' 두 글자를 마땅히 표준으로 삼아 착실히 공부해야 한다. 다섯째, 경서는 작은 세주까지 정밀하게 숙독하여 자세히 이해하라. 위의 점들을 평소 강조하면서 여헌은 제자들의 눈높이에 맞추어 쉽게 이해시키는 교수법을 견지하였고, 잘못한 점을 일일이 나무라기보다는 잘한 점을 들어 칭찬해주는 방법을 주로 활용하여 가르쳤다.

마지막으로 그가 전해준 학통과 문인들의 상황을 살펴보았다. 그의 학통의 한 갈래는 비록 허목을 통해 근기지역으로 넘어갔다고는 하나, 경상도 지역에서는 장경우를 통해 문중을 중심으로 한 가학으로 계승된 데 머물렀다. 이는 그의 생전의 번성함과 비교하면 대단히 위축된 모습으로 특히 경상도 지역에서 그의 학맥이 뻗어가지 못한 것은 아쉬운 점이라 하겠다.

그의 문인록에는 약 170여명의 문인들이 정리되어 있는데, 그 중 문과 급제자가 29명에 이르렀고, 당상관 이상의 관직에 올랐던 자가 14명이었다. 문인 중에는 부자 또는 형제가 모두 출입한 경우가 많았으며, 한강의 문하에 함께 출입한 문인들도 30여명 이상 되었다. 지역적으로는 경상도 일대에 거의 분포되어 있는 가운데, 특히 인동·선산, 성주, 의성, 영천 등 경상도의 중부지역에 집중되어 있었다.

이 지역들은 여헌과 특별한 인연이 있었던 지역이기도 하였다. 인동·선산 지역은 그의 고향으로 주거주지였다. 장경우·장응일·노경임·박진경·김녕·김경장 등이 대표적 문인들이었다. 성주는 그의 조상의 묘가 있던 지역이자 한강 정구가 머물던 곳이었기에 자주 출입하였던 지역이었다. 대표적인 문인들로 이언영·배상룡·이지화·여효증 등을 들 수 있다. 영천의 입암은 그가 즐기던 아름다운 산수와 아끼던 사우문인들이 머물던 지역으로 그가 생의 마지막을 정리할 때 택했던 장소이기도 하였다. 손우남, 정사상·사진 형제, 정사물·극후 형제, 정호인 등이 있었다. 마지막으로 의성은 영천에 오고 갈 때 늘 거쳐가던 곳으로 그가 수령으로 근무한 인연이 있던 지역이었다. 이민성·민환 형제, 신적도·달도·열도 형제를 대표적 문인으로 들 수 있다.

여헌이 위 지역의 서원들에 주로 향사된 것은 우연이 아니었던 것이다. 결국 여헌은 왕성한 강학 활동으로 문인들을 양성함으로써 퇴계의 학맥을 이들 지역에 확대시킨 역할을 수행하였다고 하겠다.

[울산과학대학 관광통역과 교수 우인수]

예천 지역의 퇴계학맥

1. 머리말

본고는 퇴계학파의 지역적 전개 양상을 파악하는 작업의 일환으로, 그 중 특히 예천군 지역에 존재했던 퇴계학맥의 구체적 실상과 그 특징을 구명하려는 목적에서 집필하였다.

예천은 예천읍을 중심으로 하여 감천면 개포면 상리면 보문면 용궁면 용문면 유천면 지보면 풍양면 하리면 호명면 등 12개 행정구역으로 편성되어 있다. 이와 같은 행정구역은 조선시대 당시의 상황과 약간 차이가 있다.[1] 그러나 예천이라고 할 때 통념상 떠올리는 대상이 바로 현재의 행정구역임을 감안하여, 본고는 현 예천군 지역 전체를 논의의 범위로 삼는다.

예천은 퇴계의 학문적 근거지였던 예안(禮安)과 지리적으로 대단히 가깝다. 그래서 퇴계의 학문적 영향력이 가장 강하고도 직접적으로 작용할 수 있는 곳이며, 도산을 왕래하며 공부하기에도 지리적으로 가장 유리한 곳 중의 하나이다. 따라서 다른 어떤 지역보다 퇴계문인이 많이 자리잡고 있었을 것으로 추측되는데, 아직 아무도 그 구체적 실상을 밝힌 적이 없다.

본고는 이런 현실을 감안하여, 우선 예천이 퇴계문인의 전체적 분포에

---

1) 동국여지승람을 검토해 보면, 감천면 지역은 甘泉縣으로 安東大都護府의 屬縣이었고, 龍宮縣은 예천과 상관없는 독립 縣이었으며, 현재 의성군 다인면 지역인 多仁縣은 예천군의 속현이었고, 서쪽으로 문경군 동로면 지역이 예천군에 속하여, 전체적으로 주변의 안동 의성 용궁 문경과 犬牙相制의 형국을 이루고 있었던 것이 조선시대 당시 예천의 모습이었음을 알 수 있다.

있어서 어떤 비중을 차지하고 있는지 개략적으로 살펴보고, 이 지역 급문
제자(及門弟子)의 구체적 실상을 파악 소개한 뒤, 그 집단적 특징과 후대적
계승문제를 차례로 검증하고자 한다.

2. 문인의 지역적 분포와 예천

퇴계의 문인록은 창설재(蒼雪齋) 권두경(權斗經 : 1654~1726)이 처음『계문
제자록(溪門弟子錄)』을 작성한 이래, 청벽(靑壁) 이수연(李守淵 : 1693~1748)
산후(山後) 이수항(李守恒 : 1695~1768) 광뢰(廣瀨) 이야순(李野淳 : 1755~1831)
이 지속적으로 수정 보완하였고, 1914년 도산서원에서 이상의 사가본(四家
本)을 다시 종합 보완하여 갑인본(甲寅本)『도산급문제현록(陶山及門諸賢錄)』
으로 간행한 바 있다. 그리고 지난 1997년 권오봉(權五鳳)이『도산급문제현
록(陶山及門諸賢錄)』에 수록된 309명의 간단한 인적 사항을 가나다 순서로
정리하여 도표로 제시하였고[2], 1998년 김종석이 이를 다시 수정 보완하여
<퇴계문인 사승관계도표(退溪門人 師承關係圖表)>를 발표하기도 하였다.[3] 따
라서 이 분야 연구로는 김종석의 연구가 가장 최근의 것이라 할 수 있겠는
데, 이를 근거로 먼저 퇴계문인 309명의 지역적 분포를 큰 지역 단위별로
정리해서 제시해 보면 다음과 같다.

---

2) 權五鳳,『退溪書集成』1책,「陶山弟子便覽」, 포항공과대학 출판부, 1997.
3) 김종석,「『陶山及門諸賢錄』과 退溪 學統弟子의 범위」,『한국의 철학』26, 경북대학교 퇴계
  연구소, 1998.

《표1》 退溪門人의 全國的 分布 狀況[4]

지역	門人
영남지역	3.李楨 4.朴雲 5.崔應龍 6.盧守愼 14.黃俊良 15.朴承任 16.張壽禧 17.金生溟 18.權東輔 19.黃應奎 20.李叔樑 22.李元承 23.金彦璣 24.吳健 25.琴輔 26.吳守盈 27.金克一 28.孫英濟 30.權大器 32.朴承倫 33.金宇宏 34.裵紳 35.金富仁 36.金富弼 37.金富信 38.金富儀 39.金富倫 41.趙穆 42.金八元 43.金樂春 46.鄭以清 48.具鳳齡 50.鄭琢 51.琴應夾 55.金守一 56.南夢鰲 57.朴愼 58.琴蘭秀 59.閔應祺 61.朴士熹 63.權好文 64.鄭惟一 65.李中立 66.權宣 67.金明一 68.裵三益 69.權文海 78.金誠一 79.柳仲淹 80.鄭崑壽 81.柳雲龍 83.金士元 84.權春蘭 85.金功 86.金宇顒 87.琴應壎 88.吳澐 91.金沔 93.金復一 94.李命弘 95.李福弘 96.李德弘 97.柳成龍 98.申滉 99.申演 106.金箕報 108.南致利 109.鄭逑 110.曹光益 111.曹好益 113.鄭士誠 117.李愈 118.李憙 119.琴轑 120.李應 122.李光承 127.金澤龍 131.金得可 132.邊永清 133.金堈 134.金圻 136.朴濟 138.金隆 139.宋福基 143.權宇 144.朴蕡 146.白見龍 149.琴義筍 150.琴悌筍 151.張謹 153.南弼文 154.高應陟 156.李淳 160.李國樑 161.金壽愷 162.金壽恢 164.文命凱 165.安霽 166.琴鳳瑞 167.孫興禮 168.孫興慶 173.鄭允良 174.盧遂 175.金應生 176.具贊福 177.具贊祿 178.朴邃一 179.全纘 181.申暹 182.朴櫚 184.權景龍 185.權東美 189.周博 196.金澳 197.權伯麟 198.郭瀚 204.安克誠 209.李好閔 214.李士愿 222.李光友 228.朴世賢 232.全慶昌 236.黃耆老 238.琴仰聖 239.李俌 241.李文奎 242.李庭檜 243.李逢春 244.李庭柏 245.李亨男 246.李寅 247.李完 248.李宏 249.李宣 250.李宰 251.李宓 252.李憑 253.李寯 254.李審 255.李宲 256.李寊 257.李沖 258.李宗道 259.李閎道 260.李安道 261.李憲 262.李純道 263.李揆道 264.李詠道 265.裵漸 266.琴應石 267.許士廉 269.申元綠 270.李閏樑 271.金廷憲 273.林芸 275.李衍樑 276.琴應商 277.李令承 280.金得礪 281.蔡應龍 282.徐仁元 285.宋鉉 286.黃遂良 287.金夢龜 288.辛弘祚 293.李士純 294.康崙 295.兪大脩 297.徐嶸 300.姜翰 301.權敏義 302.裵三近 303.權嘻 304.李元晦 305.李希程 306.李憲 307.李仁福 308.李騫 309.李善道 (총 180명)
서울경기	1.鄭之雲 2.李湛 7.洪仁祐 8.韓脩 9.申沃 10.韓胤明 12.李咸亨 13.許忠吉 21.金德龍 29.朴淳 31.洪渾 40.朴濟 44.金德鵾 47.鄭芝衍 49.金就礪 71.成渾 72.李珥 73.李應進 74.尹根壽 75.許曄 76.金命元 77.徐嶸 82.李誠中 100.禹性傳 101.宋言愼 102.金孝元 103.朴漸 107.李敬中 112.金悌甲 114.金睟 115.李養中 116.趙振 121.李國弼 126.南彦紀 129.沈喜壽 135.柳根 137.洪迪 141.許筬 142.許筠 145.金泰廷 147.成洛 155.金希禹 157.李達 159.呂世潤 163.趙擎 180.崔德秀 183.金烒 195.尹卓然 199.金忠男 203.崔聘齡 208.趙忠男 240.曺建 278.李陽元 283.尹斗壽 284.沈義謙 292.尹暾 (총 56명)
호남	52.朴光前(寶城) 53.奇大升(光州) 70.文緯世(長興) 89.卞成溫(湖南) 90.卞成振(湖南) 123.尹剛中(海南) 124.尹欽中(海南) 125.尹端中(海南) 130.梁子徵(昌平) 223.金允明(順天) 291.曺大中(和順) (총 11명)
충청	54.南彦經(忠州) 92.洪可臣(湖西) 105.李堯臣(牙山) 140.申湜(淸州) 296.朴民獻(忠州) (총 5명)
강원	62.崔雲遇(江陵) 104.丁胤禧(原州) (총 2명)

---

4) 번호는 도산급문제현록의 수록 차례를 표시함. 徐嶸처럼 한 사람에 대하여 두 지역이 동시에 기록된 것은 앞 지역을 따라 처리하였음. 이후 동일.

출신지 불분명	11.柳希春 45.具思孟 60.閔應祿 128.李容 148.洪胖 152.南漢 158.李天機 169.李光軒 170.申灜 171.申濩 172.洪仁祉 186.申濈 187.金啓 188.崔顒 190.林苎 191.曺駿龍 192.姜文佑 193.權春桂 194.趙容京 200.蔡承先 201.朴寬 202.朴枝華 205.尹興宗 206.金成璧 207.李純仁 210.金玄度 211.金守愚 212.卞成輅 213.辛乃沃 215.金弘度 216.權洙 217.李善承 218.李克承 219.洪益昌 220.洪亨叔 221.郭守仁 224.朴敬章 225.朴仲章 226.李大潤 227.金伯起 229.李惕若 230.金希仲 231.朴允誠 233.柳淇 234.權士立 235.蔡致遠 237.朴應烈 268.許千壽 272.李宗仁 274.任霈臣 279.權義叔 289.洪聖民 290.金夢得 298.朴頓 299.朴大立 (총 55명)

위의 표를 보면 퇴계문인 전체 309명 중 영남 지역 인물이 180명, 서울·경기 지역 인물이 48명, 호남지역 인물이 11명, 충청도와 강원도 지역 인물이 각각 5명과 2명, 기타 출신지가 불분명한 인물이 약 55명 정도임을 알 수 있다. 그리고 출신지가 불분명한 인물을 제외한 나머지 254명만을 기준으로 정리해 보면, 영남 지역 인물이 약 71%, 서울·경기 지역 인물이 약 22%, 호남지역 인물이 약 4%, 기타 충청 강원 지역 인물이 합쳐서 약 3% 정도로 나타난다.

이 통계수치는 약간의 오류 가능성을 내포하고 있다. 서해(徐嶰)처럼 서울에서 안동으로 이주한 사람을 어디로 귀속시킬 것인가 하는 문제에 대하여 이견이 있을 수 있고, 신내옥(辛乃沃)처럼 출신지가 명백한(예천 감천) 사람이 출신지 불분명으로 처리된 예가 간혹 발견되기 때문이다. 그러나 이것은 부분적 착오에 불과하며, 전체적 분포 상황을 파악하는데 큰 영향을 끼칠 정도로 심각한 것은 아니다. 따라서 우리는 이 표를 통해, 퇴계문인의 전국적 분포에 있어서, 영남 지역이 얼마나 중요한 자리에 있었는지를 실증적으로 확인해 볼 수 있다.

《표2》 嶺南地域 退溪門人의 地域別 分布 狀況[5]

지역	문인
예안 지역	17.金生溟 20.李叔樑 22.李元承 25.琴輔 26.吳守盈 35.金富仁 36.金富弼 37.金富信 38.金富儀 39.金富倫 41.趙穆 51.琴應夾 58.琴蘭秀 61.朴士熹 87.琴應壎 94.李命弘 95.李福弘 96.李德弘 119.琴轞 122.李光承 127.金澤龍 133.金㙱 134.金圻 149.琴義筍 150.琴悌筍 160.李國樑 176.具贊福 177.具贊祿 197.權伯麟 214.李士愿 238.琴仰聖 246.李寅 247.李完 249.李宣 250.李宰 251.李宓 252.李憑 253.李寯 254.李寷 255.李寯 256.李寊 258.李宗道259.李閎道 260.李安道 261.李憲 262.李純道 263.李揆道 264.李詠道 266.琴應石 270.李聞樑 275.李衍樑 276.琴應商 293.李士純 304.李元晦 306.李憲 307.李仁福 308.李騫 (총 57명)
안동 지역	18.權東輔 23.金彦璣 27.金克一 30.權大器 42.金八元 43.金樂春 46.鄭以淸 48.具鳳齡 50.鄭琢, 55.金守一 63.權好文 64.鄭惟一 66.權宣 67.金明一 68.裵三益 78.金誠一 79.柳仲淹 81.柳雲龍 84.權春蘭 93.金復一 97.柳成龍 106.金箕報 108.南致利 113.鄭士誠 131.金得可 132.邊永淸 143.權宇 165.安霽 166.琴鳳瑞 167.孫興禮 181.申遑 185.權東美 196.金澯 241.李文奎 242.李庭檜 243.李逢春 244.李庭柏 245.李亨男 280.金得礪 294.康崙 297.徐崦 300.姜翰 301.權敏義 302.裵三近 303.權嘻 305.李希程 (총46명)
영주-풍기	15.朴承任 16.張壽禧 32.朴承倫 56.南夢鰲 59.閔應祺 85.金玏 88.吳澐 138.金隆 151.張謹 164.文命凱 168.孫興慶 182.朴欉(이상 영주 12명) 14.黃俊良, 19.黃應奎 198.郭澣, 286.黃遂良(이상 풍기 4명) (총16명)
예천-용궁	69.權文海 117.李愈 118.李憙 120.李應 139.宋福基 144.朴蕓 248.李宏 257.李沖 277.李令承 288.辛弘祚(이상 예천 10명) 65.李中立(龍宮 安東) 179.全纘 204.安克誠(이상 용궁 3명) (총 13명)
성주 지역	33.金宇宏 80.鄭崑壽 86.金宇顒 109.鄭逑 156.李淳 285.宋鉉 (총 6명)
영천-신령	282.徐仁元 111.曹好益 173.鄭允良 175.金應生 174.盧遂(이상 영천 총5명) 287.金夢龜(新寧) (총 6명)
선산 지역	4.朴雲 5.崔應龍 154.高應陟 178.朴遂一 236.黃耆老 (총 5명)
대구-현풍	232.全慶昌 281.蔡應龍(이상 대구2명) 34.裵紳, 161.金壽愷, 162.金壽恢(이상 현풍 3명) (총 5명)
기타 지역	83.金士元 136.朴濟 269.申元綠(이상 의성 3명) 146.白見龍 228.朴世賢 309.李善道(이상 영해 3명) 28.孫英濟 57.朴愼, 153.南弼文(이상 밀양 3명) 尙州(6.盧守愼) 高靈(91.金沔) 靑松(98.申滈) 安德(99.申演) 咸昌(184.權景龍) 軍威(209.李好閔) 順興(265.裵漸) 奉化(271.金廷憲) 杞溪(295.兪大脩) 泗川(3.李楨) 山陰(24.吳健) 昌原(110.曹光益) 漆原(189.周博) 山淸(222.李光友) 咸安(239.李侗) 宜寧(267.許士廉) 安義(273.林芸) (총 26명)

위의 ≪표 2≫는 영남 지역 퇴계문인 약 180명이 자체 내에서는 대체로
어떤 분포를 보여주고 있는지 점검하기 위해 이를 다시 세부 지역 단위별
로 분류해 본 것이다. 이를 보면 밀양(3) 사천(1) 산음(1) 창원(1) 등 경상남
도 인물 약 11명을 제외한 나머지 170여명이 모두 경상북도 인물이고, 경
상북도 지역에서는 예안 지역이 57명으로 가장 많고, 안동 지역이 46명으
로 그 다음이며, 영주-풍기 16명, 예천-용궁 13명, 성주와 영천-신령이
각 6명, 선산과 대구-현풍이 각 5명, 나머지는 모두 3명 이하라는 사실을
알 수 있다.

영남 지역 자체 내에서의 이런 세부 지역별 분포 상황은, 예천-용궁지
역에 대한 필자의 검토 결과, 정확성에 다소 문제가 있을 듯하였다. 예컨데
예천-용궁 지역 인물로 분류한 안극성(安克成)은 증조부 때부터 안극성 자
신에 이르기까지의 산소가 모두 경기도 시흥에 있는 것으로 보아 경기도
인물이 분명한 듯하다. 그리고 예안 인물로 파악했던 이완(李完) 이종도(李
宗道) 이복(李宓) 이열도(李閱道) 이규도(李揆道) 등 5명은 실재 예천 용문면
과 호명면 지역에 거주하였고, 안동으로 파악했던 정탁(鄭琢) 김복일(金復一)
과 영주-풍기 지역으로 파악했던 장근(張謹)도 모두 당대에 예천으로 移住
하였다. 김팔원(金八元)과 신내옥(辛乃沃)은 그 근거지가 원래 안동의 속현
(屬縣)인 감천현이었으나, 현재는 이곳이 예천군에 편입되어 있으므로, 예천
인물로 볼만하였다. 따라서 이런 조사 결과를 반영한다면, 위의 통계수치는
예안 52명, 안동 43명, 예천-용궁 22명, 영주-풍기 15명으로 재조정되어
야 할 것이다.[6]

어떻든 영남 지역 퇴계문인의 분포는 경상좌우도 중 좌도 지역이 전체의
약 94%를 차지할 만큼 압도적이었고, 좌도지역 가운데서도 퇴계의 근거지
였던 예안과 안동이 그 절반 이상을 차지할 만큼 비중이 높았으며, 예안과

---

6) 자세한 근거는 본고 제3장 "醴泉地域 退溪門人의 現況"에 기술된 해당 인물 조항 참고.

안동을 벗어난 지역 중에서는 예천이 수적으로 가장 많은 인물을 포괄하고
있음을 알 수 있다. 따라서 적어도 퇴계문인의 수적 분포에 있어서는 예천
이 다른 어떤 지역보다도 비중이 높은 퇴계학맥의 핵심 근거지라 할 수 있
으며, 『도산급문제현록』에 수록되지 않은 사람 가운데 송유경(宋遺慶)과 그
의 두 아들 송여능(宋汝能) 송여옥(宋汝玉)이 모두 예천에 거주한 퇴계문인
으로 밝혀진 바 있어서[7], 이런 사실을 거듭 확인할 수 있다.

3. 예천 지역 퇴계문인의 현황

예천에 거주한 퇴계문인은 위의 표2에서 예천 용궁지역 인물로 분류한
13명 중 안극성을 제외한[8] 12명, 다른 지역 인물로 분류한 사람 중 예천
지역으로 재조정할 필요가 있는 사람 10명, 기타 『도산급문제현록』에 수록
되지 않은 인물 3명 등 약 25명 정도를 거론할 수 있다. 여기서는 『도산급
문제현록』과 기타 현존하는 각종 자료를 종합하여 이 25명의 간단한 인적
사항과 급문사실 및 저술 현황을 간략하게 검토해 보고자 한다.[9]

---

7) 權五鳳, 앞의 책, 「陶山弟子便覽」2. 「後篇」, 1997.

8) 안극성의 증조부는 회양부사 安該, 조부는 현감 安尊義, 아버지는 의성현감 安瀚이다. 안극
  성은 安瀚의 세 아들 중 맏아들인데, 안한이 의성현감으로 있을 때 이곳에 와서 퇴계문하에
  입문하였다. 도산급문제현록에는 이런 출신 관계가 전혀 언급되지 않았고, 권오봉이 『퇴계서
  집성』 1833쪽 주석에서, 居龍宮이라 하였던 데는, 무엇에 근거한 것인지 분명하지 않다. 아버
  지가 의성현감으로 있을 당시에 일시 이 지역에 寓居한 것은 분명한 것으로 보이나, 현재 그
  유적이 전혀 남아있지 않고, 용궁 월오리에 남아 있는 순흥안씨 유적은 안극성과 전혀 상관
  없는 제2파 집안의 것(안극성은 제3파)이며, 증조부부터 안극성 자신에 이르기까지의 묘소가
  모두 시흥에 있는 것으로 보아 경기도 인물이 분명한 듯하다. 이런 내용은 용궁면 월오리에
  거주하는 안기식 선생의 자문을 참고하였다.

9) 예천 지역 퇴계문인의 자세한 현황을 파악하는데 전 예천 대창고등학교 교장 鄭良秀 선생께
  서 많은 자문과 안내를 해 주었다.

1) 예천읍 지역의 문인

① 정탁(급문록50) ; 예천군 예천읍 고평동[10]

정탁(1526~1605)의 자는 자정(子精), 호는 약포(藥圃), 처음 호는 매암(梅巖), 본관은 청주(淸州)이다. 『도산급문제현록』에는 안동에 거주하다가 후에 예천으로 옮겨 살았다고 하였다. 그러나 애초부터 외가인 예천 용문면 하금곡(下金谷) 유전(柳田 : 버들밭)에서 출생하여 자랐고, 9세 때 어머니 상(喪)을 당한 뒤, 11세부터 아버지를 따라 일시 안동 가구촌(佳丘村)에서 거주하였으나, 20세 이후 다시 아버지를 따라 외가 곳인 용문면 금당실에 거주하였다. 23세 때는 예천읍 고평동에 거주하던 관물당(觀物堂) 반충(潘冲)[11]의 딸과 혼인하였고, 30대에 벼슬을 시작하여 줄곧 서울에 거처하다가, 벼슬에서 물러난 뒤에는 처가 곳인 고평동에 완전히 정착하였던 것이다. 그래서 부모 산소를 비롯하여 그와 관련된 일체의 유적이 예천에 있는데, 이런 점을 감안할 때 정탁은 예천 인물로 봄이 마땅하다.

정탁은 17세(1542) 때 퇴계문하에 처음 들어가 심학(心學)의 요지를 배웠고, 27세(1552) 때 생원시, 33세(1559) 때 문과(文科)에 급제하였으며, 이후 교서관정자(34세) 진주교수(36세) 성균관전적(40세) 홍문관수찬 교리(42세) 이조정랑(49세) 도승지(51세) 대사헌(56세) 이조판서(63세) 우의정(70세) 등 중앙 요직을 두루 역임하였다. 치사(致仕) 후 고평동에 정착한 뒤에는 고평동계약문(高坪洞契約文)을 만들어 향촌 교화에 관심을 표하였고, 고평동 건너편에 읍호정(挹湖亭)을 짓고 왕래하기도 하였으며, 이곳에서 세상을 떠난 뒤에는 영의정에 추증되고, 정간(貞簡)이란 시호를 받았다. 숙종26년(1700) 그

---

10) 이 부분은 약포 종손 鄭完鎭 선생의 자문을 받았다.

11) 巨濟人 觀物堂 潘冲은 원래 예천군 용문면 上金谷에 살던 烏原道察訪 潘濡의 5대손이고, 咸昌縣監 潘混의 고손자인데, 고조부 潘混 당시에 용문면 上金谷에서 예천읍 高士坪(고평동)으로 옮겨 세거하였다. 이런 사정이 양양지에 기록되어 있다. 潘冲은 나중에 그가 修養 自適하던 예천군 용궁면 德溪里 達溪마을로 이사하였다. 그래서 현재는 觀物堂과 사당인 忠孝祠가 모두 용궁 덕계리에 있다. 묘소는 예천군 보문면 신월리 獨貞山에 있고, 묘갈명이 있다.

의 장구지소(杖屨之所)에 도정서원(道正書院)을 건립하여 위패를 봉안하였는데, 현재도 남아 있다.

1760년 5대손 황해도관찰사 정옥(鄭玉)이 왕명에 따라 원고를 수습하여 문집 7권을 목판으로 간행하였고, 1818년 후손 정광익(鄭光翊) 등이 속집(續集) 4권을 간행하였으며, 현재 약포집(藥圃集) 전체 11권 6책이 전해지고 있다. 퇴계가 그에게 직접 보낸 편지가 16통이나 있고[12], 다른 사람의 편지 가운데도 그에 대한 언급이 간헐적으로 발견되며[13], 예천읍 고평동과 그 건너편인 호명면 황지리에 그의 신도비(神道碑)와 정충사(靖忠祠) 읍호정(挹湖亭) 도정서원(道正書院) 등의 유적이 보존되어 있다.

② 송복기(급문록139) ; 예천군 예천읍 고평동[14]

송복기(宋福基 : 1541~1605)의 자는 덕구(德久), 호는 매포(梅圃), 본관은 야성(冶城)이다. 야성군(冶城君) 송길창(宋吉昌)의 후손으로 형조참의 송의(宋儀)와 안동권씨 사이에서 태어났다. 영주에 살면서 처음에 소고(嘯皐) 박승임(朴承任)에게 배우고, 나중에 선생의 문하에 입문하였는데, 이때 퇴계가 수재(秀才)라고 칭찬하면서 손수 극기명(克己銘), 구방심재명(求放心齋銘) 등을 쓴 뒤 소지(小識)를 지어 주었다.[15] 예천읍 고평동에 거주하던 퇴계의 생질 습독(習讀) 신홍조(辛弘祚)[16]의 무남독녀에게 장가들어, 영주에서 처가 곳인

---

12) 答鄭子精(퇴계 63세 ; 1563, 『퇴계서집성』, 1701쪽), 答鄭子精(63세 ; 1563, 1702쪽), 答鄭子精(63세 ; 1563, 1703쪽), 答鄭子精(64세 ; 1564, 1942쪽), 答鄭子精(64세 ; 1564, 1942쪽), 答鄭子精(65세 ; 1565, 2262쪽), 與鄭子精(65세 ; 1565, 2652쪽), 與鄭子精(65세 ; 1565, 2654), 答鄭子精(65세 ; 1565, 2655쪽), 答鄭子精(65세 ; 1565, 2656쪽), 答鄭子精(65세 ; 1565, 2656), 答鄭子精(65세 ; 1565, 2657쪽), 與鄭子精(69세 ; 1569, 3569쪽), 答鄭子精(69세 ; 1569, 3569쪽), 答鄭子精(70세 ; 1570, 3889쪽), 答鄭子精(70세 ; 1570, 3896쪽) 등 16편이다.
13) 答鄭直哉(퇴계 57세 ; 1557, 『퇴계서집성』, 701쪽), 與鄭直哉(58세 ; 1558, 810쪽) 등이 있다.
14) 이 부분은 예천읍 고평동의 梅圃 종손 宋大翼 선생의 자문을 받았다.
15) 퇴계가 그에게 써 준 글은 이를 포함하여 畵屛題八絶 등 32폭에 이르렀다고 하는데, 이 중 16폭이 현재 종가에 전해오고 있다. 실물은 확인하지 못하였다.
16) 寧越辛氏 典法判書 毗의 후손이다. 퇴계가 쓴 辛達廷의 묘갈명 즉 「寧越辛公墓碣銘」(퇴계

예천 고평동으로 이주하여 살았다. 그래서 동포정(東浦亭)[17] 광천사(廣川祠)[18] 옥천서원(玉川書院)[19] 등 그와 관련된 일체의 유적이 예천에 있고, 묘소도 여기에 있으며[20], 오늘날까지 그의 집안에서 신홍조를 외손봉사하고 있다.

선조9년(1576, 36세) 사마시에 급제한 뒤 성균관 유생들의 추천으로 소촌 도찰방(召村道察訪)에 임명되었고, 1592년(52세) 처가 고을인 예천 가수령(假守令)을 역임한 바 있으며, 여타 행적은 자세하지 않다. 문집 2권이 있었다고 하나 현재 전해지지 않고, 학사 김응조(金應祖)가 쓴 묘갈명(墓碣銘)이 남아 있지만 대단히 소략하다. 퇴계가 종손자 이열도(李閱道)와 그에게 동시에 보낸 편지 1통이 남아 있고[21], 다른 사람에게 보낸 편지 중 그의 이름이 언급된 것이 4통 있다.

③ 장근(급문록151) ; 예천군 예천읍 동본2동[22]

장근(張謹 : 1544~1619)의 자는 이신(而信), 호는 잠재(潛齋), 본관은 단양이다. 고조부 긍암(兢庵) 장지(張祉)는 강원감사였고, 증조부 장덕강(張德康)은 제주목사였으며, 조부 장용관(張用寬)은 한림(翰林), 아버지 장명량(張明良)은 장사랑(將仕郎)을 지냈다.[23] 『도산급문제현록』에 "영천(榮川, 지금의 영주)에 살았다"라고 하였으나, 김윤석(金胤錫)이 지은 「덕만정기(德滿亭記)」[24]에는 "원래 호서(湖西)지방에서 생장하였는데, 퇴계의 명성을 듣고 공부하기 위

집 권47, 문집총간 30책 539쪽)을 보면 이들의 가계가 毗-裾-唐系-元佑-偭-帶犀-寶重(伊沙里入鄕祖)-守-達廷-壽童으로 표기되어 있으며, 신홍조는 達廷의 族姪로 기록되어 있다.

17) 송복기 당시에 건축한 것으로, 예천읍 고평동에 있었으나, 현재는 남아있지 않다.

18) 廣川書院이라 표기한 예도 있다. 예천읍 우계리 어리촌에 있었으나, 현재는 폐지하고 없다.

19) 원래 보문면 옥천에 있었으나, 현재는 감천면 덕율에 있다.

20) 현 예천군 동쪽 보문면 신월리 瓮正山에 있다.

21) 與宋秀才閱道兼寄(퇴계 70세 ; 1570, 『퇴계서집성』, 3768쪽).

22) 이 부분은 정량수선생(전 대창고등학교 교장)의 안내로 德滿亭을 답사하여 조사하였다.

23) 예천읍 동본2동 德滿亭 경내에 있는 金憲洙의 潛齋張先生神道碑銘幷序에 근거하였다.

24) 德滿亭은 단양장씨 문중에서 潛齋 張謹을 위해 1942년 재건한 정면4 측면1.5칸의 정자인데, 여기에 金胤錫이 지은 德滿亭記가 현판으로 걸려 있다.

해 종손 장진(張溍)과 함께 영주에 와 살았으며, 아버지 상을 당하여 묘소를 예천군 동본동 양장산(羊腸山) 아래 덕만원(德滿原)에 모신 뒤, 추모하는 마음에 차마 이곳을 떠나지 못하고 이곳에 세거(世居)하게 되었다"25)라는 요지의 내용이 기록되어 있다. 현재 예천읍 동본동에 덕만정(德滿亭)이 남아 있고, 그 경내에 후대에 세운 것이긴 하지만 신도비(神道碑)가 세워져 있으며, 이 일대에 단양장씨들이 세거하고 있는 것으로 보아, 영주에서 예천 동본동 지역으로 이주한 예천 인물로 보아 무리가 없을 것으로 판단된다.

『도산급문제현록』에 "선생의 문하에 유학하였다. 선생이 이굉중(李宏仲)에게 답한 편지에 '성의장(誠意章)에 있는 두 개의 독(獨)자는 오늘날 사람이 진씨(陳氏)의 설을 잘못 보고 신(身)과 심(心)의 구분을 두었는데, 나 또한 지난날 그 설을 따랐으나, 근래에 바야흐로 그렇지 않음을 깨달았으니, 지금 보여준 장씨의 설이 옳다네'라고 하였다. 졸년이 76세이다. 선생에게 드린 제문이 있다"라는 정도의 기록이 수록되어 있다. 퇴계의 편지 가운데도 이와 관련하여 상당히 심도 있는 토론을 한 것으로 추측되는 내용을 일부 발견할 수 있다.26) 문집은 남아 있는 것이 없고, 다만 예천 동본동에 덕만정과 그 기문(記文) 및 신도비가 있어서 참고할 수 있다.

④ 신홍조(급문록288) ; 예천군 예천읍 고평동27)

신홍조(辛弘祚 : 생몰연 미상)의 자는 이경(而慶), 호는 이계(伊溪), 본관은 영월(寧越)이다. 퇴계의 자형(姉兄) 참봉(參奉) 신담(辛聃)의 아들이고, 퇴계의

---

25) 金胤錫, 德滿亭記, "始公生長於湖西---切於求師就道, 聞老先生講學東南, 爲斯文宗師, 與從孫鹿堂公溍, 寓居于嶺底之榮川, 蓋以去陶山不遠而門賢多在其鄕, 便於麗澤矣.---及丁先公憂, 襄奉于德滿原, 居墓三年, 哀毀逾制, 又不忍遠離墳塋, 就塋下居焉. 爲日夕瞻慕之地."
26) 答李宏仲問目(『퇴계서집성』, 2624쪽)에 대학 誠意章 愼獨의 獨자 해석에 대해 탁월한 견해를 제시하여 퇴계의 만년 정론과 부합함으로써 인정을 받았다는 내용이 있고, 答李宏仲問目(『퇴계서집성』, 2629쪽)에도 四端七情의 理發 氣發 문제에 대하여 의견을 제시한 사실을 언급하였다.
27) 이 부분은 예천군 개포면 伊泗里 신상훈 선생의 자문과 대구 찬솔인쇄기획 辛吉煥 사장의 도움을 받았다.

생질이며, 매포(梅圃) 송복기(宋福基)의 장인이기도 하다. 조모 거제반씨(巨濟潘氏)가 이 지방에 살던 반유(潘濡)의 딸이고, 조부 찰방(察訪) 신보장(辛寶章)의 산소가 이 지방에 있는 것으로 보아[28], 조부 때 함창에서 처가 곳인 이곳으로 옮겨와 세거하였던 것으로 보인다.[29] 퇴계가 신담(辛聃)과 그에게 보낸 편지를 통하여 낙동강 가 고평동에 살았음을 확인할 수 있다.[30]

『도산급문제현록』에 "퇴계의 생질이다. 습독(習讀)의 벼슬을 지냈다. 선생을 위해 쓴 제문이 있다"라는 지극히 간단한 기록만 있고, 구체적 급문 사실은 기록되어 있지 않다. 후손이 없어서 사위 송복기 집안에서 외손봉사하고 있다. 문집도 없고, 다른 기록도 없으며, 다만 퇴계가 만년에 그에게 보낸 편지 3통[31]과 다른 편지 중 그가 언급된 예를[32] 몇 군데 찾아볼 수 있다.

2) 호명면 지역의 문인

① 이유(급문록117), 이희(급문록118), 이응(급문록120)
  : 예천군 호명면 송곡리 사곡[33]

이유(李愈 : 1521~1593)의 자는 자흠(子欽), 호는 매촌(梅村), 본관은 연안(延安)이다. 입향조 이광(李珖)의 장자(長子)로, 이광이 경기도 용인에서 예천군

---

28) 寧越辛氏玉溪公(辛達廷)派譜 36쪽에 "예천군 동쪽 瓮井山 戊坐에 있다"라고 하였다.

29) 辛寶章의 형 辛寶重과 아들 雙槐軒 辛守 및 손자 玉溪 辛達廷도 모두 예천으로 移居하여 伊沙里에 살았고 산소도 모두 이곳에 있는데, 그렇다면 온 집안이 이곳으로 이주해 온 셈이다. 寧越辛氏玉溪公派譜와 퇴계가 쓴 辛達廷의 「寧越辛公墓碣銘」(퇴계집 권47, 문집총간 30책 539쪽)이 있어서 참고할 수 있고, 辛守의 雙槐軒文集이 있다고 하나 확인하지 못하였다.

30) 『퇴계서집성』, 36쪽, 與辛弘祚(퇴계 45세 ; 1545년)의 '間關水路 連雨江漲'이란 표현이 낙동강 가에 살았음을 암시하고, 答申詣仲(퇴계 70세 ; 1570, 집성 3772)이란 편지의 "伴書來 知高次坪及衙中皆無事 深喜"라는 표현 및 그 주석을 통해 퇴계의 姉氏요 신홍조의 어머니인 李氏가 고차평 즉 고평에 살았음을 알 수 있다.

31) 與辛弘祚(퇴계 45세 ; 1545, 『퇴계서집성』, 36쪽), 與辛弘祚(70세 ; 1570, 3773쪽), 與辛弘祚(70세, 3773쪽).

32) 寄子寯(퇴계 48세 ; 1548, 『퇴계서집성』, 94쪽), 與宋汝能兄弟(70세 ; 1570, 3770쪽) 答申詣仲(70세 ; 1570, 3772쪽).

33) 이 부분은 延安李氏 別坐公派 宗孫 李義璇 선생의 자문을 받았다.

호명면 송곡리로 입향한 뒤 이곳에 세거하였다.[34] 『도산급문제현록』에 "일찍 진사에 급제하였고[35], 첨정(僉正, 이희) 인의(引義, 이응) 두 아우와 함께 선생의 문하에 유학하였다. 4고을 수령을 역임함에 모두 치적(治績)이 있었다. 임진년(1592) 용궁 고을 수령으로 있었는데, 공이 위급한 상황에 임무를 맡아 많은 적군을 목베고 사로잡았다. 또 예천에서 의병장이 되어 적을 토벌하다가 마침내 적의 칼날에 목숨을 거두니, 관찰사 김수(金晬)가 나라를 위해 충성을 다하였음(盡誠爲國)을 들어 포상을 요청하였다"라는 요지의 기록이 있는데, 이것이 현존하는 유일한 기록이다. 직계 자손도 없고, 유적도 남아 있는 것이 없다.

이희(李熹 : 1532~1592)의 자는 자수(子修), 호는 율리(栗里)로, 매촌(梅村) 이유(李愈)의 아우이다. 1532년에 태어나 퇴계문하에 유학하였다. 『도산급문제현록』에 "별과(別科)에 급제하여 교리(校理)를 지냈다.[36] 행실과 정의(情誼)가 돈독하고 두터웠으며, 지조와 절개가 굳세고 확고하였다. 임란 때 봉상시첨정(奉常寺僉正)으로 행재소(行在所)로 달려갔는데, 삭령(朔寧)에 이르러 갖가지 욕을 보면서도 굽히지 않다가 끝내 해(害)를 입었다. 선생에 대한 제문이 있다."라는 요지의 기록이 있다. 예천군지를 통해 김복일(金復一)과 함께 용문의 능천서당(能川書堂)을 창건하였다는 사실을 알 수 있고[37], 퇴계가 보낸 "여이자수(與李子修)", "답이자수(答李子修)" 등 편지 5통이 있다.[38] 다른 기록이나 문집은 전혀 발견할 수 없으며, 현재 유적도 없고, 직

---

34) 李珖의 예천 입향 연유는 분명하지 않다. 그러나 그가 당시 서울에서 예천(현재의 문경군 化藏)에 落南해 있던 延福君 張末孫의 손서(둘째아들 張仲羽의 사위)가 되었고, 연복군의 산소를 예천군 호명면에 들인 뒤 張仲羽가 이곳에 세거하였으며, 李愈 李熹 李應 등이 모두 張仲羽의 외손자가 됨을 감안하면 이 역시 혼반관계가 작용하였던 것이 아닌가 짐작된다.

35) 양양지에는 "선조15년(1582, 62세) 생원시에 합격하였고, 門蔭으로 戶曹佐郞에 이르렀다"고 하였다.

36) 양양지에는 "명종16년(1561, 30세) 진사에 급제하였고, 선조7년(1574, 43세) 별시 문과에 급제하여 奉常寺僉正을 지냈다"라고 하였다.

37) 能川書堂의 건립 사실과 양양지에 "上金谷에 살았다"라고 한 기사를 참고하면 그가 중년 이후에 용문면 상금곡에 이거하였을 가능성이 큰 것으로 판단된다.

계 후손도 없다.

이응(李應 : 1536~1597)의 자는 자기(子期), 호는 눌헌(訥軒)으로, 매촌(梅村)과 율리(栗里)의 아우이다. 일찍이 생원에 합격하였고, 도산에서 수업하였으며, 벼슬은 통례원인의(通禮院引儀)를 지냈다. 만년에 안동 도수곡(桃樹谷) 절강(浙江)마을에 무릉정(武陵亭)을 짓고 제현(諸賢)들과 경학에 힘썼다고 하는데, 산소가 안동 임동면 마동에 있는 것으로 보아 혹 이 부근에 우거(寓居)한 것이 아닌가 생각된다. 그러나 경상감사 근곡(芹谷) 이관징(李觀徵)이 세워준 사곡사(沙谷祠)란 사당이 원 거주지인 호명면 송곡동에 있고, 무릉정도 이 마을로 이건(移建)하였으며[39], 현재 종손이 이곳에 거주하고 있으므로 호명면 인물로 볼만하다. 문집은 남아 있는 것이 없고[40], 퇴계와 왕래한 편지도 없으며, 다른 편지 가운데 그가 언급된 예를 일부 발견할 수 있다.[41]

② 이굉(급문록248)과 이열도(급문록259)
  ; 예천군 호명면 백송동 행소리마을[42]

이굉(李宏 : 1515~1573) 의 자는 대용(大容), 본관은 진성(眞城)이다. 퇴계의 중형 이하(李河)의 아들이며[43], 이완(李完)의 아우이다. 아버지 이하가 예천군 용문면 금당실 함양박씨 박화(朴華)의 딸에게 장가를 들어 예천에 移住하면서 예천에서 생활하기 시작하였고, 이굉 당시에 안동김씨 부장(部長)

---

38) 주로 퇴계 만년에 보낸 「與李子修」(『퇴계서집성』, 2643쪽), 「與李子修」(3168쪽), 「答李子修」(3170쪽), 「答李子修」(3170쪽), 「答李子修」(3171쪽) 등이다.

39) 후손 李昇基가 1906년 현재 자리에 재건하였음. 건물 내에 경상감사 芹谷 李觀徵의 기문과 都事 柳道成의 중수기 등 다수의 현판이 있다.

40) 도산급문제현록에 "金鶴峯 黃海月 李蒙齋 등과 주고 받은 작품이 남아 있다. 학행과 문자에 대해서는 襄陽誌에 자세히 실려 있다"고 하였으나 확인하지 못하였다.

41) 答兒子寯(『퇴계서집성』, 349쪽), 寄寯(351쪽), 答閔筮卿(1657쪽) 등이다.

42) 이 부분은 예천군 호명면 白松洞 遇巖 종손 李창로 선생의 자문과 그가 제공한 仙夢臺略誌에 근거하였다.

43) 퇴계 부친 李埴이 義城金氏 正郎 金漢哲의 딸과 春川朴氏 司正 朴緇의 딸에게 장가를 들었는데, 공은 前娶 金氏의 소생이다.

김수량(金遂良)의 딸에게 장가를 든 뒤 다시 용문면 금당실에서 호명면 백송동으로 거처를 옮겼다.[44] 음관(蔭官)으로 기린도찰방(麒麟道察訪)을 지냈고, 여기에서 우암(遇巖) 이열도(李閱道)를 출생하였다.『도산급문제현록』에는 급문 사실에 대한 구체적인 언급이 없고 "1515년에 태어나 예천으로 옮겨 살았고, 관직은 찰방(察訪)을 지냈다"라는 소략한 기사만 수록되어 있다. 문집도 남아 있는 것이 없고, 다만 퇴계가 그에게 보낸 편지 2통[45]과 다른 편지 중 그에 대한 언급이 있는 부분[46]을 일부 발견할 수 있다.

이열도(李閱道 : 1538~1591)의 자는 정가(靜可), 호는 우암(遇巖)이고, 굉(宏)의 아들이면서 퇴계의 종손자이다.『도산급문제현록』에 그의 거주에 대한 언급은 없고, 다만 "선몽대(仙夢臺)[47]를 지었을 때 퇴계가 손수 편액을 쓰고 시를 지어 보냈다"라는 정도의 간단한 기사가 수록되어 있다. 그러나 유도헌(柳道獻)이 지은 묘갈명(墓碣銘)과 후손 이범교(李範敎)가 지은 유사(遺事)를 참고해 보면[48] 그가 예천군 호명면 백송동 행소리마을에서 자랐던 사정과 대략적인 이력을 알 수 있다. 15세 전후에 이미 육경과 사서의 깊은 뜻을 깨우쳐 퇴계의 사랑을 받았고, 36세(1573) 때 아버지 상을 당하였으며, 39세(1576) 때 별시(別試) 병과(丙科)에 합격한 뒤 승문원정자(承文院正字) 박사(44세) 사헌부감찰 예조정랑(45세) 고령군수(48세) 형조정랑(50세) 등을 역임한 뒤, 벼슬에서 물러나 선몽대(仙夢臺)에서 거주하다가 54세에 병으로 세상을 떠났다.[49]

---

44) 현재 안동김씨 祭宮이 이곳에 있는 것으로 보아 역시 처가 곳으로 이사해 온 것이 아닌가 생각되지만 구체적 사실을 확인하지는 못하였다. 산소는 호명면 백송동 卵山에 있다.

45) 寄宏姪鷹男(퇴계 55세 ; 1555,『퇴계서집성』, 513쪽), 答完宏宰(68세 ; 1568, 3125쪽).

46) 上四兄(퇴계 50세 ; 1550,『퇴계서집성』, 172쪽), 答安道孫(61세 ; 1561, 1301쪽), 答安道孫(61세 ; 1561, 1301쪽).

47) 호명면 白松洞 행소리마을 乃城川邊에 있는 정자. 李閱道가 1563년 건립하였다. 퇴계 친필 仙夢臺란 글씨와 퇴계의 原韻, 遇巖 李閱道 藥圃 鄭琢 西厓 柳成龍 鶴峯 金誠一의 차운시가 題額되어 있다.

48) 眞城李氏 白松派宗中에서 간행한『仙夢臺略誌』(보경문화사, 1994)에 수록되어 있다.

유고(遺稿)가 있었으나 1924년 장서각(藏書閣)에 불이 나서 모두 소실되었다. 집안에서 편찬한 선몽대략지(仙夢臺略誌)에 퇴계의 선몽대시(仙夢臺詩)에 차운한 시 2편과 유사(遺事) 묘갈명(墓碣銘) 및 퇴계, 약포, 서애, 학봉, 한음 등이 선몽대를 두고 지은 시가 수록되어 있고[50], 퇴계가 그에게 보낸 편지 1통[51]과 다른 사람에게 보낸 편지 중 그를 언급한 것이 몇 통 있어서[52] 참고할 수 있다.

③ 이복(급문록251) ; 예천군 호명면 종산동 고산

이복(李宓 : 1520~1545)의 자는 자앙(子昻)이며, 퇴계의 넷째 형 정민공(貞愍公) 이해(李瀣)의 여섯 아들 중 맏아들이다. 『도산급문제현록』에는 그가 이해의 아들이란 사실만 기록하고 거주지에 대해서는 언급하지 않아서, 기존연구에서는 아버지 이해가 예안에 살았음을 감안하여 예안 인물로 처리하였다. 그러나 퇴계의 제문을 보면 "너는 양양(襄陽 : 예천의 옛 이름)으로 장가들어 일찍이 거기서 살았다. 이제 너의 널을 양양으로 가지고 돌아가 장사지내려는 것이 네 처의 애절한 소원이다"라고 하여, 그가 일찍부터 처가 곳인 예천에 거주하였음을 분명히 명시하였다. 그리고 현재 묘소가 예천군 호명면 사월에 있고, 후손이 없어서 조카 이미도(李味道)[53]와 송재공(松齋公)의 셋째 손자 이충(李冲)이 시양(侍養)을 위해 이곳 사월에 옮겨 살았던 사실을 감안하면, 예천 인물로 봄이 타당할 것으로 생각된다.

그는 타고난 바탕이 빼어나고 아름다웠으며, 재주가 남보다 월등히 빼어났다. 선생에게서 학업을 배웠는데, 선생이 크게 칭찬하고 인정하여 시를

---

49) 묘소는 호명면 백송동 卯山 先塋에 있다.

50) 이 외에 양양지에 1609년 曺友仁이 지은 遺事가 수록되어 있어서 참고할 수 있다.

51) 「與宋秀才閱道兼寄」(퇴계 70세 ; 1570, 『퇴계서집성』, 3768쪽).

52) 「答金士純」(퇴계 62세 ; 1562, 『퇴계서집성』, 1475쪽), 「答閔箎卿」(63세 ; 1563, 1657쪽), 「答甯姪」(66세 ; 1566, 2394쪽), 「答李公幹」(67세 ; 1567, 2896쪽) 등 4통이다.

53) 李宓의 여섯째 동생 憲의 3형제 중 둘째이다.

지어주어 격려하기를 "조카여 남보다 다른 남자가 되려거든, 다른 사람들에게 한 발치라도 양보해서는 안된다"[54]라고 하였다. 을사년에(1545) 아버지를 따라 연경(燕京)에 갔는데, 황학루(黃鶴樓)에 올라 시를 지었다. 돌아오다가 통주(通州)에 이르러 세상을 떠나니, 나이가 겨우 26세였다. 퇴계가 지은 제문이『도산급문제현록』에 수록되어 있고, 여타 문집이나 기록은 전혀 없으며, 다만 퇴계가 아들 준(寯)에게 보낸 편지 가운데 그에 관해 언급한 예를 부분적으로 발견할 수 있을 뿐이다.[55]

④ 이충(급문록257)과 이규도(급문록263)
  ; 예천군 호명면 종산동 고미마을[56]

이충(李沖 : 생몰연 미상)의 자는 사거(思擧), 호는 고암(古庵)이다. 퇴계의 숙부 송재공(松齋公)의 셋째 손자이고, 만취헌(晩翠軒) 이빙(1520~1591)의 아우이다. 처음 퇴계 조카 이복이 예천군 호명면 내신(못뒤)으로 장가를 들어 처가 곳에 와 살았는데, 이때 이복이 자식이 없었으므로, 퇴계의 종손자인 이미도와 종질인 이충이 종숙질간에 시양손(侍養孫)으로 옮겨와 살게 되었다.

도산급문제현록에 "타고난 성품이 순직하고 진실하여 남들과 잘 사귀었다. 1536년에 형과 함께 선생에게 수학하였다"라는 간단한 기록이 수록되어 있고, 퇴계가 그에게 직접 보낸 편지 5통[57]과 다른 사람에게 보낸 편지 중 그가 언급된 예를 일부 발견할 수 있다.[58] 그러나 자세한 이력은 알 수 없고, 문집도 남아 있는 것이 없으며, 다른 기록도 전혀 찾아 볼 수 없다.[59]

---

54) "阿咸要作奇男子 莫爲他人讓一頭."
55) 答寯(퇴계 40세 ; 1540, 집성7쪽), 答寯(41세 ; 1541, 10쪽), 寄寯(42세 ; 1542, 12쪽).
56) 이 부분은 호명면 宗山洞 古美마을 李흥식 선생의 자문을 받았다.
57) 「與沖姪」(퇴계 65세 ; 1565,『퇴계서집성』, 2386쪽), 「答沖姪」(67세 ; 1567, 3005쪽), 「與沖姪」(68세 ; 1568, 3327쪽), 「與沖姪」(68세 ; 1568, 3327쪽), 「答沖姪」(69세 ; 1569, 3629쪽).
58) 「與李大成」(퇴계 52세 ; 1552,『퇴계서집성』, 231쪽), 「答安孝思」(66세 ; 1566, 2555쪽), 「答琴士任」(68세 ; 1568, 3022쪽), 「與朴子悅」(68세 ; 1568, 3087쪽).
59) 권오봉의『퇴계서집성』231쪽에 "초취부인 李克溫女에게서는 자식이 없고 재취부인 禮安金

세거지였던 호명면 종산동 고미마을에 그를 기리기 위해 세운 영천암(靈泉庵)이 있었다고 하나 현재는 남아 있지 않고, 후손들이 그를 위해 세운 고암재사(古庵齋舍)와 산소가 마을 서쪽 언덕에 있다.

이규도(李撲道 : 1557~?)는 이충의 아들이고, 퇴계의 재종손이다. 『도산급문제현록』에 "자는 의백(宜伯)이고 이충의 아들이다. 참의(參議)에 추증되었다"라는 간단한 사실만 기록되어 있는데, 이 때문에 기존연구에서는 예안 사람으로 처리하였다. 그러나 이충이 이복의 시양손으로 예천군 호명면에 이거(移居)한 이래 이 지역에 세거하였고, 지금도 그 후손들이 종산동 고미마을에 살고 있으므로 예천 인물로 처리해야 마땅하다. 문집도 없고, 퇴계가 보낸 편지도 없으며, 다른 편지 가운데도 그를 언급한 예가 없어서 구체적 이력을 확인하기 어렵다.

⑤ 이영승(급문록 277) ; 예천군 호명면 황지리 소망곡

이영승(李令承 : 1527~1605)의 자는 언술(彦述), 호는 동암(東巖)이고, 관향은 영천(永川)이다. 효절공(孝節公) 이현보(李賢輔)의 손자이고[60] 퇴계 숙부 송재공의 손서(孫壻)이며, 이빙·이충 형제와 처남 남매간이기도 하다[61] 외가와 처가가 있는 예천 호명에 살았는데, 한서암(寒棲庵)에서 선생을 배알하고 학문에 관하여 질문하였다. 『도산급문제현록』에 "타고난 성품이 남달라서 12세에 『대학(大學)』「치국장(治國章)」의 뜻을 물으니, 효절공이 기이하게 여기고 사랑하였다. '몇 칸의 집이 낙동강 가에 있어, 고요하게 수양

氏璘女에게서 3남2녀를 낳았다"라는 주석이 있어서 보충이 된다.

60) 농암 이현보의 6남1녀 중 제4남인 李仲樑이 예천 潘士洞의 딸 潘氏와 혼인하여 1남을 두었는데 그가 바로 이령승이다. 퇴계가 지은 농암 행장과 洪暹이 지은 농암비명에 이런 사실이 기록되어 있다. 이중량의 묘소가 호명면 황지리 소망실에 있는 것으로 보아 아버지 대에 이곳으로 移居한 것으로 생각된다.

61) 松齋公의 아들 李壽苓은 憑·潔·冲 3남과 2녀를 두었는데, 두 딸은 각각 李令承과 蔡雲慶에게 시집갔다. 퇴계가 지은 「叔父戶曹參判府君墓碣識」(『퇴계집』 권46)에 이런 사실이 기록되어 있다.

하는 한가로움 가운데 원기가 솟아나네. 책상 위에 있는 서책은 진실로 즐
거움이요, 부지런히 종일토록 학문 얘기 이어지네'라는 시가 남아 있다. 약
포 정탁, 매포 송복기와 도의교(道義交)를 맺었으며, 『심경(心經)』, 『근사록
(近思錄)』등의 책을 열심히 공부하였다. 관직은 부장(部將)을 지냈으며, 졸년
은 79세이다"라는 간단한 기록이 수록되어 있다. 이 외에 다른 기록은 없고,
문집도 남아 있지 않으며, 퇴계가 보낸 편지도 전혀 발견되지 않는다. 다만
퇴계가 조카 이완(李完)에게 보낸 편지에 그에 대한 간단한 언급이 있다.[62]

3) 용문면 지역의 문인

① 권문해(급문록69) ; 예천군 용문면 죽림리[63]

권문해(權文海 : 1534~1591)의 자는 호원(灝元), 호는 초간(草澗), 본관은 예
천이다. 선대부터 대대로 용문면 저곡동(渚谷洞)에 거주하다가 권문해의 고
조부인 권유손(權幼孫, 權孟孫의 아우) 당시에 금당곡(金塘谷) 유전(柳田)으로
이거(移居)하였으며, 조부 권오상(權五常)이 강진 유배지에서 풀려난 뒤 잠
시 화협(花峽) 도촌(陶村)에 거주하다가, 마침내 금당곡과 가까운 죽림(竹林)
에 새로 터를 잡아 현재까지 세거(世居)하고 있다.[64]

권문해는 6세(중종34년)부터 가학을 수학하였고, 23세(명종11년) 때 처음
한서암(寒棲庵)으로 퇴계를 배알하여 김성일, 유성룡, 김우옹과 동문수학하
였다. 27세(명종15년) 때 별시(別試)에 합격한 뒤 권지성균관학유(權知成均館

---

62) 『答完姪』(퇴계 70세 ; 1570, 『퇴계서집성』, 3795쪽).

63) 이 부분은 草澗 종손 權榮基 선생의 자문을 받았다.

64) 예천권씨 집안은 고려시대부터 이 지역에 세거해 온 예천 3대 土姓의 하나이다. 원래는 昕氏
였는데, 昕氏의 시조인 昕迪臣의 6대손 昕蘆 당시에 고려 忠穆王의 이름을 避諱하여 權씨로
바꾸었다. 세계는 대략 權蘆-君保-誼, 익, 詳-詳의 아들 孟孫, 幼孫(대대로 살아오던 용문면
渚谷洞에서 金塘谷 柳田으로 移居)-幼孫의 아들 良, 善(李季甸의 사위)-善의 아들 五行, 五
紀, 五福, 五倫, 五常(五常이 금당실 柳田에서 竹林洞으로 옮김)-五常 아들 祉, 조, -祉의 아
들 文海, 文淵, 望海-문해 아들 鼈-應鐸-進漢-顯相 으로 연결된다. 이런 사정이 예천권씨
청년회에서 발간한 醴泉權氏考(대보사)에 자세하게 수록되어 있다.

學諭)로 벼슬을 시작하여 형조좌랑 공조정랑 영주군수 안동부사 공주목사 대구부사 사헌부집의 승정원동부승지, 좌부승지 등을 역임하였다. 1591년 (선조24년) 서울 집에서 세상을 떠난 뒤 예천군 용문면 용문산 언덕에 장례하였다. 이조판서에 추증되고, 봉산서원(鳳山書院)에 배향되었다.

1798년(정조22) 7세손 권진락(權進洛)이 그의 대표적 저술인『대동운부군옥(大東韻府群玉)』20권을 처음으로 간행한 바 있고, 1812년 후손 권도상(權道相)과 외손 황용한(黃龍漢)이 각종 시문을 수습하여 다시 문집4권과 부록 1권 도합 5권 3책을 간행한 바 있다. 용문면에 종가와 초간정사(草澗精舍)가 현존하고 있고, 퇴계뿐만 아니라 다른 사람들과 왕복한 서간(書簡)도 전혀 발견되지 않는 점이 특이하다.

② 김복일(급문록93) : 예천군 용문면 구계리

김복일(金復一 : 1541~1591)의 자는 계순(季純), 호는 남악(南嶽)이며, 김진(金璡)의 5형제 중 막내이다. 안동 임하면 천전리(川前里) 집에서 태어났으며,『도산급문제현록』에도 "안동에 살았다"라고 하였다. 그러나 예천 용문면에 거주하는 예천권씨 참의(參議) 권지(權祉)의 딸에게 장가들어 역시 퇴계문인인 권문해와 처남 남매간의 인연이 있었고, 정재(定齋) 유치명(柳致命)이 지은 묘갈문(墓碣文)에 "중년에 예천 금곡(琴谷)에 살면서 학교를 세워 후배들을 가르치자 풍속이 유학으로 고상하게 되었다"[65]라고 하였으며, 급문록 뒷부분에도 "일찍이 예천에 살면서 여러 선비들에게 권유하여 정산서원(鼎山書院)을 세웠다"라고 언급한 것으로 보아, 중년 이후 예천 용문 지역으로 이주한 것이 분명한 듯하다.[66] 그래서 그 자신과 전취(前娶) 예천권씨

---

[65]『義城金氏聯芳世稿』,「南嶽先生逸稿」, 附錄, '墓碣銘幷序', "中歲居醴之琴谷 議立黨庠以訓後輩 俗以儒雅" 이것은 용문면 德進洞에 能川書堂을 세웠던 일을 두고 한 표현으로 판단된다.

[66] 양양지에도 "進士 權五常(權祉의 부친)의 손녀에게 장가들어 안동에서 竹林里로 와서 살았다"라고 하여 이 사실을 구체적으로 적시한 바 있다.

및 후취(後娶) 안동권씨[67]의 묘소가 모두 예천 제동(堤洞)에 있고, 현재도 용문면 구계리에 종가가 있는데, 이런 점을 감안하면 예천 인물로 보아야 마땅할 법하다.

김복일은 약관의 나이에 형 학봉 김성일과 함께 퇴계를 뵙고 인심(人心)과 도심(道心)의 차이와 선기옥형(璇璣玉衡)의 제도에 대하여 질문하였고, 물러나서는 형제가 서로 익히고 토론하기를 그치지 아니하니, 퇴계가 그 정성스러움과 독실함을 가상히 여겼다. 26세(1564) 때 사마시에 합격하였고, 30세(1570) 때 문과에 급제하여, 성균관학유(成均館學諭, 1575) 전적(典籍, 1579) 형조좌랑(刑曹佐郎, 1580) 호조정랑(戶曹正郎, 1583) 강원도 도사(都事, 1584) 울산군수(1587) 창원부사 경주교수 성균관사성, 풍기군수(1590) 등을 역임하였다. 선조24년 51세로 세상을 떠나니, 예천군 북쪽 용문산에 장사 지냈고, 봉산사(鳳山祠)에 제향되었다.

9대손 김용보(金龍普)가 편찬한 『연방세고(聯芳世稿)』에 시 8제, 서간 2통, 제문 1편, 묘갈 4편, 잡저 2편 및 부록을 함께 엮은 『남악선생일고(南嶽先生逸稿)』 한 권이 있고, 퇴계가 다른 사람에게 보낸 편지 가운데 그를 언급한 것이 1편 발견되며[68], 눌헌 이응과 함께 건립했다는 능천서당(能川書堂)은 남아 있지 않다.

③ 박운(급문록144) ; 예천군 용문면 상금곡리[69]

박운(朴蕓 : 1535~1595)의 자는 언수(彦秀), 호는 병백당(病柏堂), 본관은 함양(咸陽)이다. 박종린(朴從鱗)의 셋째 아들로, 박종린이 현감(縣監) 문숙손(文叔孫)의 손서가 되어 상주군 함창읍 배목에서 예천군 용문면 금당실로 입향

---

67) 후취 안동권씨는 현감 權審言의 딸이다

68) 「答金景純」(퇴계 65세 ; 1565, 『퇴계서집성』, 2020쪽)에 김복일이 가끔 퇴계를 찾아와 강론하였음을 언급한 대목이 있다.

69) 이 부분은 病柏堂 종손 박나영 선생의 자문을 받았으며, 이때 묘소에 墓碣이 현전하고 있다는 전문을 들었지만 확인하지는 못하였다.

한 후 줄곧 이곳에 세거하였다.[70] 권문해의 둘째 부인이 바로 박운의 질녀 이다.

『도산급문제현록』에 "자품이 엄하고 굳세며 조행(操行)이 견고하고 확실 하였다. 사마시에 합격하였고, 일찍이 선생의 문하에 유학하였다. 성품이 번잡하거나 시끄러운 것을 좋아하지 않았다. 집안에 있을 때는 효성이 돈 독하고 지극했으며, 상제(喪祭)에 그 슬픔과 공경을 다하니, 선생이 칭찬하 였다. 후에 월천 조목에게서 졸업(卒業)하였다. 이조참판에 증직(贈職)되었 다"라는 기록이 있다.

이 이외에 그와 관련된 다른 기록은 찾아보기 어렵고, 문집도 남아 있는 것이 없다. 퇴계가 준 편지도 전혀 없고, 다른 사람의 편지 가운데 그가 언 급된 예도 발견할 수 없다. 다만 용문면에 이들과 관련된 추원재(追遠齋)[71] 감로루(感露樓)[72] 영사정(永思亭)[73] 병백당유계소(病栢堂儒契所)[74] 등의 유적 이 현존한다.

④ 이완(급문록247)과 이종도(급문록258)

이완(李完 : 1512~1596)의 자는 자고(子固)이고, 호는 기암(企菴)이다. 퇴계 의 중형 이하(李河)의 맏아들이고, 퇴계의 조카이며, 용문에서 호명으로 이 거한 이굉의 친형이다.『도산급문제현록』에는 그의 거주에 대해서 전혀 언 급하지 않았으나, 아버지 이하가 용문면 금당실 함양박씨 박화의 딸에게

---

70) 朴從鱗은 朴忠佐의 후손이고, 병조참판 朴訥의 5형제 중 막내이다. 원래 그의 兄 대사헌 朴 洪鱗(1482~1535)이 權甲孫의 사위가 되어 처음 용문면 能內로 이사와서 살았는데, 그가 금 당실로 이주한 것도 이와 관련이 있는 듯하다. 이런 사실이 襄陽誌의 朴洪鱗, 朴從鱗 조항에 기록되어 있다.

71) 1700년에 건조한 박종린의 講道之所로 용문면 상금곡동 금당실에 있다.

72) 박종린의 후손이 세운 정자로 용문면 院流洞 허리골에 있다. 현판은 淸風子 鄭允穆의 친필 이다.

73) 박종린의 덕을 기리기 위해 1940년 후손이 건축. 용문면 상금곡동 북촌마을에 있다.

74) 朴蕡을 기리기 위해 유림에서 1800년대에 건립. 용문면 상금곡리에 있다.

장가를 들어 예천으로 이주한 사실을 확인할 수 있고[75], 양양지(襄陽誌)에 그가 "용문면 상금곡(上金谷)에 거주하였다"라고 명기한 것으로 보아 용문면 인물이 분명한 것으로 보인다.[76]

『도산급문제현록』에 "구두(句讀)를 익힐 때부터 선생에게서 학업을 배웠다. 경전의 가르침을 따르고 익혔고, 문사와 필법이 화려하고 풍부하고 민첩하고 미묘하니, 선생이 일찍이 칭찬하기를 '가업(家業)을 이을 희망이 있는 사람은 완(完)이다'라고 하고, 손수 성리서(性理書) 한 질을 주어 격려하였다. 만년에 석교(石橋)에 작은 정자를 지었는데, 선생이 손수 요산정(樂山亭)이라고 명명하고 편액을 써 주었다. 사마시에 합격하고 영천교관(永川敎官)이 되어 선비들을 이끌고 유학을 진작시킨 공로가 있다. 월천 조목과 함께 이산서원에서 성학십도(聖學十圖)를 강의하였고, 85세를 일기로 세상을 떠나자, 마곡사(磨谷祠)에 배향하였다"라는 요지의 내용이 기록되어 있다. 문집은 남아 있는 것이 없고, 다른 기록도 발견하지 못하였다. 그러나 퇴계가 보낸 편지는 대단히 많은데[77], 이를 보면 퇴계의 여러 조카들 가운데서

---

75) 李閎道가 지은 '祖考宣務郎醴泉訓導府君墓碣識'에 "公諱河---成化壬寅 生於禮安之溫溪里第 --公娶咸陽朴華之女 寓居襄陽郡北金塘里 晩爲其郡訓導"라고 한 기록에서 이런 사실을 확인할 수 있다.

76) 퇴계의 與完姪(퇴계 38세 ; 1538, 『퇴계서집성』, 3쪽)에도 그의 용문 거주를 시사하는 기록이 있다.

77) 與完姪(퇴계 38세 ; 1538, 『퇴계서집성』, 3쪽), 答完姪(42세 ; 1542, 11쪽), 答完姪(43세 ; 1543, 15쪽), 答完姪(43세 ; 1543, 16쪽), 答完姪(43세 ; 1543, 17쪽), 答完姪(47세 ; 1547, 67쪽), 答完姪(48세 ; 1548, 82쪽), 答完姪(48세 ; 1548, 83쪽), 答完姪(49세 ; 1549, 156쪽), 答完姪(49세 ; 1549, 159쪽), 答完姪(49세 ; 1549, 161쪽), 答完姪(54세 ; 1554, 384쪽), 答完姪(56세 ; 1556, 565쪽), 與完姪(64세 ; 1564, 1840쪽), 答完姪(64세 ; 1564, 1842쪽), 與完姪(64세 ; 1564, 1842쪽), 答完姪(64세 ; 1564, 1844쪽), 答完姪(64세 ; 1564, 1844쪽), 與完姪(64 ; 1564, 1845쪽), 答完姪(65세 ; 1565, 2101쪽), 答完姪(65세 ; 1565, 2101쪽), 答完姪(67세 ; 1567, 2865쪽), 答完姪(67세 ; 1567, 2866쪽), 答完姪(67세 ; 1567, 2866쪽), 答完姪(67세 ; 1567, 2867쪽), 答完姪(67세 ; 1567, 2867쪽), 答完姪(68세 ; 1568, 3123쪽), 答完姪(68세 ; 1568, 3124쪽), 答完姪(68세 ; 1568, 3125쪽), 答完姪(68세 ; 1568, 3125쪽), 答完姪(69세 ; 1569, 3499쪽), 答完姪(69세 ; 1569, 3510쪽), 與完姪(69세 ; 1569, 3510쪽), 答完姪(70세 ; 1570, 3794쪽), 答完姪(70세 ; 1570, 3795쪽), 答完姪(70세 ; 1570, 3796쪽), 答完姪(70세 ; 1570, 4106쪽) 등 37통의 편지가 있다.

도 퇴계가 집안 일을 가장 자주 상의한 측근 인물이었음을 알 수 있다.

이종도(李宗道 : 1535~1602)의 자는 사원(士元)이고 호는 지간(芝澗)이며, 이완의 아들이고, 퇴계의 종손자이다. 그 역시 도산급문제현록에 거주지가 명확하게 언급되지 않아서 예안 인물로 파악해 왔는데, 아버지 이완 당시에 용문면 금당실로 이거한 사실이 확인되고, 양양지에 "진사시에 합격하였고, 용문면 상금곡에 살았다"라고 기록한 것으로 보아 용문면 인물로 파악할 수 있다.

도산급문제현록에 "어린 나이에 선생께 나아가서 강구하기를 게을리 하지 않았다. 퇴계 사후 동문들과 역동서원(易東書院)에서 선생의 문집을 수집하였고, 사마시에 합격하였으며, 임진왜란 때 의병부장(義兵副將)을 맡았다. 졸년은 68세이다"라는 요지의 글과 시 1수가 수록되어 있다. 이 외에는 문집도 남아 있지 않고, 퇴계와 왕래한 편지도 없으며, 다른 편지 가운데서도 언급된 예를 찾기 어렵다.

3) 기타 지역의 문인

① 이중립(급문록65) ; 예천군 지보면 대죽리[78]

이중립(李中立 : 1533~1571)의 자는 강중(强仲), 호는 구계(龜溪), 본관은 경주(慶州)이다.[79] 제정(霽亭) 이달충(李達衷)의 10대손으로, 조부 부호군(副護軍) 이선동(李善童)이 서울에서 용궁현(龍宮縣) 대죽리(현 예천군 지보면)로 와 살면서 이 지역에 세거하게 되었다.[80] 어모장군(禦侮將軍) 이해(李亥)와 예천

---

78) 이 부분은 李中立의 종손 삼촌 李職 선생의 자문과 그에게서 제공받은 龜溪先生文集에 많은 도움을 받았다. 龍宮 大竹里는 현재의 지보면으로, 퇴계의 3兄 忠順衛 李漪가 외손봉사 때문에 移居하던 곳이기도 하다(권오봉, 『퇴계서집성』, 15쪽 주석 참고).

79) 도산급문제현록에는 자를 剛仲 본관은 月城이라고 하였다.

80) 金應祖가 지은 그의 동생 省吾堂(혹은 櫟峯) 李介立의 行狀에는 그의 증조부 大護軍 李珚 당시에 이곳으로 落南하였다고 하였고, 이 글이 양양지에도 실려 있다. 문중에 省吾堂集이 있다.

권씨 사이의 장남으로 태어나[81] 용궁에 살다가, 나중에 안동 일직현(一直縣) 귀미촌(龜尾邨)에 우거(寓居)하였다.

서울에서 일직현(一直縣)에 내려와 살던 함재(涵齋) 서해(1537~1559)와 함께 퇴계에게 수업하였고, 1558년(26세) 진사시(進士試)에 장원하였으며, 이후 성균관에서 장의(掌議)로 약 10여 년간 활동하였다. 1568년(36세) 부친상을 당하여 내려온 뒤 상을 마치고 병을 얻어 1571년 39세로 세상을 떠났다. 용궁 대죽리 가가산(현재 예천군 지보면 암천) 선영에 안장하였다.

1952년 13대손 이재동(李宰東)이 시 38편, 편지 1편, 잡저 6편, 제문 1편, 뢰문(誄文) 1편과 각종 전적에 기록되어 있는 사적(事蹟)을 채집하여 『구계선생문집(龜溪先生文集)』 2권 1책을 간행한 바 있고, 호명면 황지동 논실에 그의 유업을 기리기 위해 건립한 구계정(龜溪亭)[82]이 있다. 1564년 우성전(禹性傳)과 함께 퇴계를 방문하여 유숙하였다는 간접적 기록을 퇴계 편지 가운데서 발견할 수 있다.[83]

② 전찬(급문록179) ; 예천군 용궁면 축산동[84]

전찬(全纘 : 1546~1612)의 자는 경선(景先), 호는 사우당(四友堂), 본관은 축산(竺山)인데, 대대로 용궁에 살았다.[85] 『도산급문제현록』에 "명종1년(1546)

---

81) 3형제 중 장남이며, 두 동생은 成立, 季立이다. 이 중 省吾堂 李季立이 많은 글을 남겼다. 이 개립은 鶴峯의 문인으로, 형 李中立이 세상을 떠난 뒤 喪期를 마칠 때까지 과거를 보지 않았고, 조카 남매들 혼사를 모두 맡아서 하였다. 외삼촌 權國老를 봉양하기 위해 어머니를 모시고 용문면 下金谷에 와서도 살았고, 甘泉面 眞藏(현재의 진평)에도 寓居하였으며, 80세로 세상을 떠난 뒤 영주군 石宗山(장수면)에 장사를 지냈다. 양양지에 金應祖가 지은 行狀이 수록되어 있어서 참고할 수 있다.

82) 정면 3칸 측면 1.5칸의 정자로, 1962년 그의 유업을 기리기 위해 후손들이 건립하였다.

83) 퇴계가 西厓 부친 柳仲郢에게 보낸 「答柳希范」이란 편지에 "適禹上舍性傳與李上舍中立來訪留宿"(『퇴계서집성』, 1826쪽)이란 기록이 있다.

84) 이 부분은 예천 용궁면 전재도 선생의 자문을 받았다.

85) 全纘의 世系는 문헌이 전혀 남아 있지 않아서 사실을 확인할 수 없다. 그러나 동국여지승람 龍宮縣 조항에 용궁의 원래 이름이 竺山이고, 전찬이 퇴계에게서 받아 題目을 붙였다는 淸遠亭이 고려말 조선초기의 문신인 全元發의 舊居라고 한 것으로 보아, 그는 고려시대부터 이

태어나 일찍이 시로 세상에 알려졌다. 선생의 문하에 올라 『심경(心經)』, 『근사록(近思錄)』 등의 책을 배웠으며, 친자(親炙)하기를 열심히 하니, 선생께서 항상 칭찬하기를 '어진 이를 좋아하고 착한 일 하기를 즐기는 것이 천성에서 나왔다'라고 하였다. 청원정(淸遠亭)에 제목을 붙인 것이나 영련당(暎蓮堂)의 화답한 시편과 편액의 글씨는 모두 퇴계에게서 받은 것이다. 학문과 행실로써 참봉에 천수(薦授)되었지만 나아가지 않았다. 뒤에 공조정랑에 추증되었으며, 67세에 세상을 떠났다"라고 하였고, 영련당운(暎蓮堂韻) 2편을 급문록에 동시에 수록하였다. 그러나 현재는 문집도 없고, 유적도 전혀 남아 있지 않으며, 주손도 없다. 퇴계가 보낸 편지도 전혀 없고, 다른 사람에게 보낸 편지 가운데 퇴계와 시를 주고받았던 사정을 짐작할 수 있는 부분이[86] 발견될 따름이다.

③ 김팔원(급문록42) ; 예천군 감천면 미석2동[87]

김팔원(金八元 : 1524~1569)의 자는 순거(舜擧), 호는 지산(芝山), 본관은 강릉이다. 8대조 영동정(令同正) 김인철(金仁轍)이 안동에 입향한 이래 안동에 세거(世居)하였고, 선영(先塋)도 안동 영호루(暎湖樓) 근처에 있으며, 『도산급문제현록』에도 그가 '안동에 살았다'라고 기록하였다. 그러나 아버지가 상배(喪配)하고[88] 예천군 감천면 미석2동 안동권씨에게 다시 장가든 뒤 이곳

지역에 대대로 世居해 온 全元發의 후손일 것으로 판단된다. 淸遠亭은 省火川 東岸에 있는데, 石壁 상에 篆書로 淸遠亭이란 세 글자를 새겨놓았다(여지승람). 菊坡 全元發(?~세종3년 ; 1421)은 典法摠郎 忠敬의 증손, 判圖摠郎 大年의 손, 鷹揚軍 珪의 아들이다. 고려말 원나라 문과에 장원급제하여 병부상서 태사사를 지냈고, 조선 태조 때 竺山府院君에 봉해졌다. 서예에 뛰어났고, 용궁 蘇川書院에 배향되었으며, '法住寺慈淨國尊普明塔碑'가 대표적인 작품이다. 아들 司僕判事 侚이 있고, 손자 强 謹 敬이 모두 장원급제하여 淸宦으로 현달하였다.

86) 「答申詣仲」(暹, 퇴계 70세 ; 1570, 『퇴계서집성』, 3772) "全君亭韻, 曾亦見之, 老病無興, 尙未應副, 恨恨."

87) 이 부분은 예천군 보문면 독양리에 거주하는 芝山 종손 金東華 선생의 자문과 그가 제공한 『國譯芝山先生文集』에 힘입은 것이다.

88) 처음 안동시 와룡면 주하동(두루)의 영춘이씨에게 장가를 들어 김팔원을 낳았다.

으로 이거(移居)한 듯한데, 이 때문에 조부 내외와 부모의 산소가 모두 감천면 미석동에 있고, 그가 시상을 떠올리던 독서대(讀書臺) 유적이 현재까지 이곳에 남아 있으며, 만년에 계모 봉양을 위해 용궁현감으로 부임한 뒤 이곳에 상주하기도 하였다. 감천면 지역은 안동의 속현(屬縣)이었으나 현재는 예천군 지역이므로 예천 인물로 취급할만하다.

김팔원은 태어난 지 7개월 만에 생모가 세상을 떠나 외가인 안동 와룡면 주동 영춘이씨 이자운(李自芸)의 집에서 살다가 백운동서원으로 주세붕을 찾아 가 수업하였고, 다시 퇴계가 풍기군수로 왔을 때 문하에 올라 왕래하면서 의심나는 것을 질문하였으며, 월천 백담 같은 이들과 도의(道義)로 서로 이끌었다. 32세(1555) 때 생원 진사 시험에 다 합격하였고, 같은 해에 문과에 급제하였으며, 35세(1558) 때 아버지 상을 만났다. 39세(1562) 때 학록(學錄)으로 벼슬을 시작하여 박사(40세) 전적(40세) 예조좌랑(41세) 등을 역임하였고, 42세(1565) 때 용궁현감으로 내려온 뒤, 계모 상에 정성을 다하다가 몸을 상하여 다시 회복하지 못하고 46세로 세상을 떠났다.

1776년경 후손들이 글을 모아 문집 3책을 엮었으나 8대손 김도복(金道復)이 채제공(蔡濟恭)에게 묘지명(墓誌銘)을 받으러 가져갔다가 상실하였다.[89] 1826년 김종한(金宗漢) 등이 남은 글을 다시 수습하여 2권으로 간행하였고, 1995년 문중에서 이 책을 번역 영인하여 배포한 바 있다. 현재 문집 속에는 부(賦) 5편, 시 110제, 서간 2통, 찬(贊) 식(識) 설(說) 제문(祭文) 각1편, 고산(孤山) 이유장(李惟樟)이 지은 행장(行狀), 이현일(李玄逸)이 지은 묘갈명, 채제공이 지은 묘지명 및 사우(師友)들이 남긴 약간의 글이 수록되어 있다. 퇴계가 보낸 편지 2통이 있고[90], 예천군 보문면 독양동에 그를 제향하기 위해 건립한 지산별묘(芝山別廟)가 있다.

---

89) 金是瓚, ‘芝山先生文集序’, “平日所著述 不爲不多 後人零替甚 僅僅收拾以藏棄者爲三冊五十年前 八世孫道復 齋往受誌于樊巖蔡相國 仍不返也 嚮之三冊 不知飄落何處”
90) ‘答金舜擧’(퇴계 62세 ; 1562, 『퇴계서집성』, 1476쪽), ‘答金舜擧’(63세 ; 1563, 1638쪽).

④ 신내옥(급문록213) ; 예천군 감천면 미석동[91]

신내옥(辛乃玉 : 생몰연 미상)의 자는 계이(啓而), 호는 일죽재(一竹齋) 양정재(養正齋) 둔암(遯庵), 본관은 영월(寧越)이다. 『도산급문제현록』에 그의 출신에 대한 언급이 없다. 그러나 권욱연(權頊淵)이 지은 묘갈명에 "퇴계가 암서헌(巖棲軒)에서 강론할 때 급문(及門)하였으며, 마침내 안동 낙양촌(예천군 감천면 미석동)으로 온 식구를 거느리고 이사하였다"[92]라는 사실이 기재되어 있고, 그 후손들이 이 지역에 살고 있으며, 그와 관련된 낙양정사(洛陽精舍)[93] 묘소[94] 등이 모두 이 지역에 있는 것으로 보아 예천 출신이 분명하다.

그는 고려 중엽 정의공(貞懿公) 신경(辛鏡)의 후손으로, 충숙왕 때 신온(辛蘊)이 영월 땅에 봉해지면서 관향이 되었다. 증조부는 훈도(訓導) 신자순(辛自順)이고, 조부는 사직(司直) 신세전(辛世筌)이며, 아버지는 첨지(僉知) 신중곤(辛仲坤)이다. 어머니는 광주김씨이고, 부인 영양남씨는 충순위(忠順衛) 남구수(南龜壽)의 딸이다. 사마시에 합격하고 對策이 급제답안으로 뽑혔는데, 어떤 재상이 거부하여 낙제하였다. 그 뒤 다시는 응시하지 않았으며, 문위세(文緯世) 윤강중(尹剛中)과 명옥대(鳴玉臺)에서 노닐었다. 71세로 세상을 떠난 뒤 좌승지에 추증되었다.

12대손 신주봉(辛柱鳳)과 13대손 신승희(辛承禧)가 그의 시문 10여편과 송암(松巖)이 창화한 시 140편 및 학봉의 절구 1수를 찾아 유사(遺事)1권을 엮었다 하나 확인하지 못하였다. 퇴계가 준 편지도 없고, 다른 사람의 편지 가운데도 그를 언급한 예를 발견할 수 없으며, 다만 권욱연(權頊淵)이 지은 묘갈명이 있어서[95] 그와 관련된 대강의 사정을 살펴 볼 수 있을 뿐이다.

---

91) 이 부분은 예천군 감천면 신보성 선생의 자문을 받았다.

92) 權頊淵, ‘墓碣銘幷序’, "退陶李子之講道巖棲也. 一竹齋先生, 心誠若水火之於燥濕, 千里負笈 旣又拔宅從之于永嘉之洛陽村."

93) 洛陽精舍는 一竹辛乃玉 秋厓辛弘立 竹厓辛義立 등 3인의 유덕을 기리기 위해 1982년 감천면 美石洞 568번지에 건립한 정면 3칸 측면 1.5칸 목조 팔작지붕의 건물이다.

94) 신내옥의 묘소는 예천군 북쪽 鷹院 卯坐 언덕에 있다.

⑤ 송유경, 송여능, 송여옥

송유경(宋遺慶)과 그의 두 아들 송여능(宋汝能) 송여옥(宋汝沃) 3부자는『도
산급문제현록』에 수록되어 있지 않다. 그런데 권오봉이『도산제자편람』후
편에 퇴계의 급문제자로 새롭게 발굴하여 수록한 뒤, 송유경에 대해서는
"퇴계 선생의 가인(姻婿)이며 처신을 배웠다"라고 하였고, 송여능에 대해서
는 "예천에 살았고, 교육용 지필묵 받고 '의(疑)'의 제술(製述)을 배웠다"라
고 하였으며, 송여옥에 대해서는 "예천에 살았고, 형 여능과 함께 배웠다"
라고 하였다.

이런 언급이 어디에 근거한 것인지는 분명하지 않다. 그러나 우암(遇巖)
이열도(李閱道)가 지은 조부 이하의 묘갈명에 "이하의 후손은 3남 3녀이다.
완(完)은 진사(進士)이고, 굉(宏)은 찰방(察訪)이고, 성(宬)은 유사(儒士)이다.
맏딸은 참봉 권윤변(權胤卞)에게 시집갔고, 둘째 딸은 송유경(宋遺慶)에게
시집갔으며, 셋째 딸은 권의숙(權義叔)에게 시집갔다"[96]라고 하여 송유경이
퇴계의 중형 이하의 둘째 사위임을 분명히 확인할 수 있다. 그리고 퇴계의
60대 이후 편지 가운데 이들 3부자에게 보낸 편지가 여러 통 남아 있는
것[97]으로 보아 퇴계의 만년 시절에 급문하였을 가능성이 있다. 그러나 이
들의 생몰연대와 거주지 및 급문사실에 대해서는 아직까지 자세하게 파악
하지 못하였다.

---

95)『퇴계학연구』18, 국제퇴계학회 경상북도지부, 349~355쪽.

96) 李閱道, '祖考宣務郎醴泉訓導府君墓碣識', "後有三男三女, 曰完進士, 曰宏察訪, 曰宬儒士,
女長適參奉權胤卞, 次宋遺慶 次權義叔."

97) 퇴계가 송유경에게 보낸 편지는 答宋遺慶(퇴계 62세 ; 1562,『퇴계서집성』, 1486쪽), 答宋遺
慶(64세 ; 1564, 1830쪽), 答宋遺慶(67세 ; 1567, 2840쪽) 등이 있고, 송여능에게 보낸 편지는
答宋汝能(70세 ; 1570, 3769쪽), 答宋汝能(70세 ; 1570, 3769쪽) 등이 있으며, 송여능과 송여
옥 형제에게 같이 보낸 편지로 答宋汝能兄弟(70세 ; 1570, 3770쪽), 答宋汝能兄弟(70세 ;
1570, 3770쪽) 등이 있다.

4. 문인집단의 주요 특징

앞에서는 검토한 예천 지역 퇴계문인 약 25명의 간단한 이력과 급문 사실 및 이들이 남긴 글의 개략적 상항을 총괄적으로 종합해 보면 몇 가지 중요한 특징을 발견할 수 있다.

1) 토착민보다 이주민이 압도적으로 우세하였다

우선 예천에 대대로 세거(世居)해 온 토착민[98]보다 조부나 부친 혹은 자기 당대에 이 지역으로 이주해 온 이주민이 압도적으로 많다는 사실이다. 전체 문인 25인 중 권문해는 예천권씨 권섬(權暹)의 후손으로 고려시대부터 줄곧 예천군 용문면 지역에 세거하였고, 전찬도 축산부원군(竺山府院君) 전원발(全元發)의 후손으로 고려시대부터 용궁면 축산 지역에 세거하였다. 그러나 나머지 사람은 모두 다른 지역에서 이주해 왔는데, 그 실상을 간단히 도표로 정리해서 제시하면 다음과 같다.

《표3》 移住門人의 時期別 移住 現況

世居	權文海 全纘
祖父 移居	辛弘祚 李宗道 李閱道 李中立
父親 移居	李愈, 李熹 李應 李宏 李揆道 朴蕢 李完 李令承
當代 移居	李冲 李宓 宋福基 張謹 鄭琢 金復一 金八元 辛乃玉

위의 표를 보면 이 지역 퇴계문인 전체 25인 중, 권문해와 전찬 및 아직 정확한 거주지를 파악하지 못한 송유경 3부자(父子)를 제외한, 나머지 20인

---

98) 동국여지승람 예천군 조항을 보면 이 지역의 대표적인 토성으로 林氏 尹氏, 權氏 許氏, 李氏 黃氏 등을 소개하였고, 대표적 인물로 고려시대에는 예천임씨의 林宗庇, 林椿, 林支漢, 林惟正을 소개하였고, 조선시대에는 예천권씨 權孟孫과 예천윤씨 尹祥 및 趙庸을 소개하였다. 그러니까 예천 지역에서는 林氏, 尹氏, 權氏가 3대 土姓이라고 할만하다.

이 모두 조부나 부친 혹은 자기 당대에 다른 지역에서 예천으로 이주해 왔으며, 그 중에서도 아버지 혹은 자기 당대에 이곳으로 와서 그 당시로서는 아직 뿌리를 내리기 이전의 상황이었음을 확인할 수 있다.

2) 예천 주변 지역에서 퇴계의 친인척들이 많이 이주하였다

예천 지역으로 이주한 사람의 면면을 자세히 검토해 보면 이들이 대부분 원래 예천과 경계를 맞대고 있는 인근 지방 즉 예안, 안동, 영주, 함창 등지의 사람이었음을 알 수 있다. 물론 매촌 이유 3형제와 이중립은 서울·경기 지역에서 이주하였고, 신내옥(辛乃玉)은 영월에서 이주하였으며, 장근은 호서지역에서 영주를 거쳐 예천으로 이주하는 등 비교적 먼 곳에서 온 예가 없지 않다. 그러나 나머지 사람은 모두 예안, 안동, 영주, 함창 등지에서 이주하였다.

《표4》移住門人의 地域別 移住 現況 및 關係

예안 지역에서 移居	李完(퇴계조카) 李宗道(퇴계종손자) 李宏(퇴계조카) 李闓道(퇴계종손자) 李宓(퇴계조카) 李冲(퇴계종조카) 李揆道(퇴계재종손) 李令承(퇴계의 종질서) *8명
안동 지역에서 移居	鄭琢(안동-예천읍) 金復一(안동-용문) 金八元(안동-감천) *3명
영주·함창서 移居	辛弘祚(퇴계생질, 함창-예천읍) 宋福基(퇴계생질의 胥, 영주-예천읍) 朴蕡(함창-용문) 張謹(湖西-영주-예천읍) *4명
서울·경기서 移居	李愈, 李熹 李應(용인-호명 사곡) 李中立(서울-지보) *4명
기타지역에서 移居	辛乃玉(영월-감천) *1명

특히 예안에서 이주한 사람들은 한결같이 모두가 퇴계의 친인척이었다. 이완과 이종도는 퇴계의 둘째 형 이하의 아들과 손자로 이하를 따라 예천 용문에 와 살았고, 이굉과 이열도 역시 이하의 아들과 손자로 이하를 따라 예천 용문에 와 살다가 호명면 백송동으로 이거(移居)하였다. 이복은 퇴계의 넷째 형 이해의 맏아들로 처가 곳을 따라 호명면에 와 살았고, 이충은

퇴계의 숙부 이우의 셋째 손자로 퇴계 종손자인 이미도와 함께 이복의 시양손으로 호명면에 와 살았으며, 이규도는 이충의 아들이고 퇴계의 재종손이다. 이영승은 효절공 이현보의 손자로, 퇴계 숙부 송재공(松齋公) 이우(李堣)의 손서(孫壻)이고 이충과는 처남 남매간이기도 하다.

이 이외에 함창에서 이주한 신홍조는 퇴계의 생질이고, 송복기는 신홍조의 무남독녀에게 장가들어 영주에서 이주하였으며, 이주 여부를 확인할 수는 없지만, 송유경은 퇴계의 질서(姪壻)였고, 송여능과 송여옥은 바로 그 친아들이다. 그러니까 예안에서 이거한 퇴계문인 8명은 조카3명, 질서1명, 종조카1명, 종질서1명, 질서 사위1명, 종손자2명, 재종손자1명 등 모두 퇴계와 대단히 가까운 친인척이었고, 함창에서 이주한 신홍조와 영주에서 이주한 송복기 및 예천에 거주한 송유경 3부자도 모두 생질이거나 생질의 사위 혹은 자식으로 가까운 인척인 셈이다. 그리고 서울에서 지보면 대죽리로 낙남(落南)한 이중립의 경우, 그곳이 바로 퇴계의 셋째형 이의가 진성이씨 대죽파(大竹派) 입향조(入鄕祖)가 되어 세거한 곳이고, 외가가 바로 퇴계의 둘째형 이하가 거주하던 용문이었음을 감안하면, 다른 사람의 경우에도 퇴계 집안과 일정한 연비관계가 존재했을 개연성이 있다.

3) 이거(移居)에 혼맥(婚脈)이 크게 작용하였고,
지역적으로 호명·용문·예천읍에 편중되었다

예천 지역 퇴계문인 25인 중 다른 지역에서 이주해온 사실이 분명한 20명의 고향과 혼맥 및 실재 거주지를 검토해 보면 이들의 이거에 혼맥이 가장 중요하게 작용하였고, 지역적으로 호명면·용문면·예천읍 지역에 특히 편중되어 있음을 알 수 있다.[99]

---

99) 퇴계와의 친인척 관계가 확인되지 않는 경우는 도산급문제현록의 수록 순서를 따라 정리하였고, 처가 혹은 외가의 주소가 불분명한 장근과 신내옥은 제일 뒤로 돌렸다.

《표5》 이주문인의 혼맥과 거주지 현황

	이름	고향	처(외)가 관계	거주지
퇴계친인척	李完	예안	(외)醴泉 龍門面 金塘谷 咸陽朴氏 朴華의 딸	醴泉郡 龍門面 金塘谷
	李宗道	예안	李完 아들, 아버지 따라 龍門에 거주	醴泉郡 龍門面 金塘谷
	李宏	예안	(외)醴泉 龍門面 金塘谷 咸陽朴氏 朴華의 딸 (처)醴泉 虎鳴面 白松洞(?) 安東金氏 金遂良의 딸	醴泉郡 虎鳴面 白松洞
	李閎道	예안	李宏 아들, 아버지 따라 虎鳴에 거주	醴泉郡 虎鳴面 白松洞
	李宓	예안	(처)醴泉 虎鳴面 沙月	醴泉郡 虎鳴面 松谷洞
	李冲	예안	李宓의 侍養孫으로 虎鳴面 沙月로 移住	醴泉郡 虎鳴面 宗山洞
	李揆道	예안	李冲의 아들, 아버지 따라 虎鳴에 거주	醴泉郡 虎鳴面 宗山洞
	李令承	예안	(처)醴泉 虎鳴面 沙月. 李冲의 매부 (외)醴泉 醴泉邑 高坪洞, 潘士洞의 딸	醴泉郡 虎鳴面 黃池洞
	辛弘祚	함창	(외)어머니(퇴계의 누님)가 醴泉邑 高坪洞 居住	醴泉郡 醴泉邑 高坪洞
	宋福基	영주	(처)醴泉郡 醴泉邑 高坪洞 寧越辛氏 辛弘祚의 딸	醴泉郡 醴泉邑 高坪洞
인척관계불분명	金八元	안동	(외)繼母가 醴泉郡 甘泉面 美石2洞 안동권씨의 딸	醴泉郡 甘泉面 美石洞
	鄭琢	안동	(처)醴泉郡 醴泉邑 高坪洞 巨濟潘氏 潘冲의 딸	醴泉郡 醴泉邑 高坪洞
	李中立	서울	(외)醴泉郡 龍門面 醴泉權氏 權禮의 딸 (처)英陽南氏 延(亻변)의 딸	醴泉郡 知保面 大竹里
	金復一	안동	(처)醴泉郡 龍門面 竹林洞 權祉의 딸	醴泉郡 龍門面 龜溪洞
	朴蕓	함창	(외)醴泉郡 龍門面 上金谷洞 文叔孫의 손녀	醴泉郡 龍門面 上金谷
	李愈	용인	(외)醴泉郡 虎鳴面 張仲羽(張末孫의 第2子) 딸	醴泉郡 虎鳴面 松谷里
	李熹	용인	(외)醴泉郡 虎鳴面 張仲羽(張末孫의 第2子) 딸	醴泉郡 虎鳴面 松谷里
	李應	용인	(외)醴泉郡 虎鳴面 張仲羽(張末孫의 第2子) 딸	醴泉郡 虎鳴面 松谷里
	張謹	호서	불분명	醴泉郡 醴泉邑 東本洞
	辛乃沃	영월	(처)英陽南氏 南龜壽의 딸	醴泉郡 甘川面 美石洞

위의 표에 잘 나타나 있는 것처럼, 예천 지역으로 이주한 퇴계문인 20명 중 장근과 신내옥을 제외한 18명의 처가 혹은 외가를 파악할 수 있는데, 이 18명 중 이중립만 실재 거주지가 혼인 관계상의 연고지와 관련이 없고, 나머지 17명은 모두 이와 깊이 관련되어 있음을 알 수 있다. 이완은 아버지 이하가 용문으로 장가들어 자신의 아들 이종도와 함께 용문에 살게 되었고, 이굉 역시 아버지 이하의 처가 곳인 용문에 살다가 호명으로 장가들어 그

아들 이열도와 함께 호명에 정착하였으며, 이복이 호명으로 장가들어 그곳
에 정착하자 그의 제종 동생인 이충이 시양손(侍養孫)으로 이곳에 따라와
그 아들 이규도와 함께 살게 되었다. 기타 정탁, 김복일, 이령승, 송복기 등
은 모두 당대에 처가 곳을 따라 정착하였고, 김팔원, 신홍조, 박운, 이유, 이
희, 이응 등은 아버지가 처가 지방에 정착함에 따라 외가 곳으로 옮겨와 살
게 되었던 것이다.

그리고 이들이 이주한 장소가 모두 호명면·용문면·예천읍 지역이란
점도 흥미롭다. 퇴계의 친족 중 이굉, 이열도, 이복, 이충, 이규도는 모두 호
명면에, 이완과 이종도는 용문면에 정착하였고, 인척 중 이령승은 호명면
에, 신홍조 송복기는 예천읍에 정착하였다. 기타 인물 중에서도 이유, 이희,
이응은 호명면에, 김복일과 박운은 용문면에, 정탁과 장근은 예천읍에 정착
하였고, 이 지역을 벗어난 인물은 감천면에 정착한 김팔원과 신내옥, 지보
면에 정착한 이중립 등 3명뿐이다. 그러니까 전체 이주문인 20명 중 호명
면이 10명, 용문면이 4명, 예천읍이 3명 도합 17명이 예천의 12개 행정구
역 중 이 3지역에 집중적으로 이주했던 셈이다.

이들이 왜 호명면 용문면 및 예천읍 지역에 집중적으로 이주했는지는 분
명하지는 않다. 호명면 지역은 낙동강 내성천 연안으로 넓은 들과 강변의
경관이 좋고, 정탁, 신홍조, 송복기 등이 거주했던 고평동도 예천읍에서는
많이 떨어져 있으면서 오히려 이 호명면과 지리적 유사성이 큰 곳이며, 강
을 건너면 바로 안동 예안으로 통할 수 있는 곳이다. 용문면은 권문해가(權
文海家)의 근거지이기도 하지만, 우리나라 10승지 중의 하나로 널리 알려진
곳이면서 동시에 영주 예안과의 교통이 편리했던 곳이다. 따라서 이들의
이주에는 혼인관계와 함께 지정학적 여건과 예안 주변과의 교통 사정 등이
동시에 작용했을 것으로 생각된다.

4) 퇴계학과 관련한 학문적 업적이 탁월한 사람이 거의 없다

예천 지역의 퇴계문인이 수적으로는 예안 안동을 제외한 다른 어떤 지역
과도 비교할 수 없을 만큼 많았음을 앞에서 이미 지적한 바 있다. 그러나
실재 학문적 업적에 있어서는 그에 상응하는 성과를 거두지 못한 것으로
생각된다. 이 점은 우선 이들이 남긴 문집의 규모와 내용을 검토해 보면 단
적으로 드러나는데, 그 현황을 간단히 제시하면 다음과 같다.

《표6》醴泉地域 退溪門人의 文集 - 著述 現況

문집-저서 5권 이상	權文海(草澗先生文集5권, 大東韻府群玉20권), 鄭琢(藥圃集11권)
문집-저서 4권 이하	金八元(芝山集2권) 李中立(龜溪集2권) 金復一(南嶽先生逸稿1권)
문집-저서 전혀 없음	여타 20명 모두가 여기에 해당함

예천 지역 퇴계문인 25명 중 문집을 1권이라도 남긴 사람은 권문해, 정
탁, 김팔원, 이중립, 김복일 등 5명에 불과하다. 이 중 김팔원, 이중립, 김복
일 등 세 사람의 문집은 모두 수백 년 뒤 후손들이 해당 인물의 글뿐만 아
니라 다른 사람의 글 가운데 관련되는 것을 두루 수집하여 편찬했는데, 그
럼에도 불구하고 전체 규모가 한두 권에 불과하고, 또 그 속에서 퇴계의 학
문적 이론과 깊이 연계된 어떤 학술적인 글도 발견하기 어려우며, 약간의
시와 서간문 제문 묘갈 행장 및 관련 사적(事跡)의 보충적 채록이 대부분을
차지하고 있다.[100]

---

100) 김복일의 『南嶽先生逸稿』 권1은 9대손 金龍普가 편찬한 『聯芳世稿』에 들어 있는데, 詩 8
題, 서간 2통, 제문 1편, 묘갈 4편, 잡저 2편 및 부록이 있다. 김팔원의 『芝山先生文集』 권2은
1776년 3책으로 편찬했다 하나 바로 상실하였고, 1826년 金宗漢 등이 다시 수습하여 2권으
로 간행하였는데, 賦 5편, 시 110題, 서간 2통, 贊, 識, 說, 祭文 각1편, 行狀·墓碣銘·墓誌
銘 및 師友들의 글이 수록되어 있다. 이중립의 『龜溪先生文集』 권2은 1952년 13대손 李宰東
이 처음 간행하였는데, 詩 38편, 서간 1통, 잡저 6편, 제문 1편, 誄文 1편과 다른 책에 있는 관
련 事蹟이 채록되었다.

이런 사정은 퇴계와의 왕복서한(往復書翰)을 조사해 볼 때도 마찬가지로 드러난다. 주지하다시피 퇴계의 왕복서한은 그가 문인들과 학문적으로 토론한 내용을 단적으로 반영하고 있는 가장 중요한 직접 자료이며, 퇴계학을 학문적으로 계승한 중요 문인들의 경우 이런 서한을 다수 남기고 있는 것이 일반적이다. 정유일(176), 조목(150), 기대승(95), 황준량(88) 등은 퇴계에게서 100통 내외의 서한을 받았고, 이덕홍(48), 금난수(42), 우성전(39), 김부필(38), 류운룡(32), 권호문(30), 김성일(29) 등도 모두 30에서 50통 전후의 서한을 받은 바 있다.[101] 그러나 예천 지역 퇴계문인 가운데는 퇴계의 편지를 아예 1통도 받지 못한 사람이 절반 이상이다.

《표7》 醴泉地域 退溪門人의 往復書翰 現況[102]

全無	간접언급도 없음	李愈 李撲道 權文海 朴蕢 辛乃沃 李宗道
	간접언급은 있음	李令承1 金復一1 李中立1 全纉1 張謹2 李應3 李宓3
往復書翰 1-5통 정도		李閱道1(언4) 宋福基1(언4) 李宏2(언3) 金八元2 宋汝玉2 辛弘祚3 宋遺慶3 宋汝能4
往復書翰 5통 이상		李熹5 李冲5(언4) 鄭琢16(언2) 李完37

위의 표에 잘 나타나는 바와 같이 예천 지역 퇴계문인 가운데는 아예 단 한차례도 서한을 받지 못한 사람이 전체 25명 중 13명이나 되고, 받은 사람 가운데도 5통 미만을 받은 이가 대부분이며, 5통 이상 받은 사람은 이희, 이충, 정탁, 이완 등 4명에 불과하다. 이 중 정탁과 이완은 비교적 많은 서한을 받아서 주목할만한데, 그 내용이 진지한 학문적 토론 보다 일상적

---

101) 權五鳳, 『退溪書集成』 책1, 「陶山弟子便覽」, 403~429쪽 참고. 물론 서한의 왕복 회수가 학문적 계승의 충실도와 정비례한다고 할 수는 없다. 퇴계의 유력한 문인 가운데 유성룡은 4통, 鄭逑는 6통을 받는데 그친 반면 퇴계의 맏손자 李安道는 119통을 받았던 예가 그런 것이다. 중요한 것은 서한의 왕복 회수가 아니라 그 속에 담겨진 내용이라고 할 것이다.

102) 이름 뒤에 표기한 숫자는 퇴계에게서 받은 서한의 수를 가리키고, (언)으로 표기한 것은 다른 사람 편지 가운데 간략하게 이름이나 관련 사실이 언급된 回數를 가리킨다.

안부나 부탁이었다는 점에서는 마찬가지다. 조카 이완에게 보낸 편지는 집안 일에 대한 심부름성의 부탁과 안부가 주를 이루었고, 정탁에게 보낸 편지도 관리로서 경계할 사항에 대한 충고, 선물에 대한 감사와 안부, 기타 시를 지어 주거나 토론한 것들뿐이다.[103]

이처럼 예천 지역 퇴계문인은 수적으로는 다른 어떤 지역보다 중요한 비중을 차지하고 있지만 그 학문적 성과에 있어서는 그만한 큰 결실을 거두지 못하였다. 문인의 수는 25명이나 되지만, 문집이나 저서를 전혀 발견할 수 없는 사람이 20명이고, 퇴계와의 왕복서한조차 한 편 없는 사람이 반 이상이었으며, 문집이나 서한을 남긴 경우에도 대체로 그 규모가 빈약하고 내용이 퇴계의 철학적 탐색과는 거리가 먼 일상적인 방향으로 귀결되었다.

5. 결론 - 후대적 계승 문제

앞에서 본고는 예천이 퇴계문인의 전국적 분포에 있어서 차지하는 비중과 급문제자(及門弟子)의 구체적 실상 및 그 집단적 특징을 간략하게 살펴보았다. 그 결과 예천의 퇴계제자가 적어도 외형상의 수에 있어서는 예안 안동 지역을 제외한 다른 어떤 지역보다 비중이 크고 또 중요한 자리를 차지하고 있음을 실증적으로 확인할 수 있었다. 그러면서 동시에 이 지역이 외형상의 중요성에 비해서는 상대적으로 그 학문적 성과가 적음을 지적하였다. 이 지역의 퇴계문인은 오래 동안 지역에 세거해 온 토착민 보다 이웃 예안 안동 등지에서 주로 혼인관계를 매개로 이거해 온 이주민, 특히 퇴계

---

103) 答鄭子精(집성1701), 答鄭子精(집성2262), 答鄭子精(집성2656), 答鄭子精(집성1703), 與鄭子精(집성3569), 答鄭子精(집성3569), 答鄭子精(집성3896) 등은 관리로서의 출처나 경계할 사항에 대한 충고가 주 내용이고, 答鄭子精(집성1702), 答鄭子精(집성1942), 與鄭子精(집성2654), 答鄭子精(집성2655), 答鄭子精(집성2656), 答鄭子精(집성3889) 등은 선물에 대한 감사 표시나 안부 방문 문제가 주 내용이며, 答鄭子精(집성1942), 與鄭子精(집성2652), 答鄭子精(집성2657) 등은 화답시를 지어주거나 작시법을 토론한 것이다.

의 친인척이 가장 중요한 구성원이었고, 문집이나 저술이 없는 사람이 대부분이었으며, 왕복서한 조차 한 편 없는 사람이 반 이상을 차지할 정도였다.

이런 가운데 가장 부각되는 제자는 문집 11권과 왕복서한 16통을 남긴 정탁, 문집 5권과『대동운부군옥(大東韻府群玉)』20권을 남긴 권문해, 왕복서한 37통을 남긴 이완 등이었다. 그러나 이 세 사람도 퇴계학의 학문적 전개란 관점에서는 모두 분명한 한계가 있었다. 우선 이완(李完)은 퇴계의 조카로 많은 왕복서한이 있었지만, 그 내용이 대부분 집안 일에 국한되었을 뿐만 아니라, 남아 있는 문집이 전혀 없다는 한계가 있었다. 권문해는『대동운부군옥』이란 탁월한 저술을 남겼지만, 그것이 퇴계학의 핵심 영역인 철학적 저술이 아니라 역사사전 혹은 백과사전으로 평가되는 것이고[104], 문집에서도 퇴계의 철학적 논리를 계승하거나 발전시키는 잡저류(雜著類)의 글을 발견할 수 없으며, 퇴계와의 사이에 왕복한 서한도 전혀 발견할 수 없다는 점이 특이하다.

정탁은 문집과 왕복서한의 규모가 비교적 크고, 문집 속에 잡저(雜著) 항목이 따로 있으며, 황여일, 황섬 같은 문인이 있어서[105] 그 학문적 계승관계를 주목해 볼 가치가 있다. 그러나 실상 잡저(雜著) 내용을 살펴보면 임란 당시의 피난행록(避難行錄)과 용만견문록(龍灣見聞錄)이 거의 대부분을 차지하였고, 본격적인 철학적 논설은 찾아볼 수 없으며, 문집의 다른 부분에서도 약간의 시와 정치가로서의 소(疏)·차(箚)·계(啓)·헌의(獻議) 및 서(序)·발(跋)·기문(記文) 등 평범한 일상적 문장을 발견할 수 있을 뿐이다. 퇴계가 보낸 서한의 내용도 앞에서 지적한 대로 관리로서 경계할 사항이나 진퇴문제, 선물을 보내 준데 대한 감사와 안부, 시에 대한 약간의 토론과

---

104) 申奭鎬, ‘大東韻府群玉影印序’.

105) 黃汝一은 정탁의 손서로, 그가 지은 정탁의 行狀(『藥圃集』, 「續集」 권4)과 祭文(『藥圃集』, 「續集」 권4)에서 자신이 門人임을 명기하였고, 黃暹도 輓詞(『藥圃集』 권7)에서 門人이라고 명기하였다.

화답시(和答詩)가 전부였다.

이처럼 예천 지역 퇴계문인은 예안 안동 지역에서 이주해 온 인물, 특히 퇴계의 친-인척들이 주류를 차지하고 있으면서 특별한 저술이나 학설을 남기지 않은 경우가 대부분이어서 기본적으로 예안-안동 지역으로의 귀속성이 강하였다. 게다가 비교적 뚜렷한 업적을 남긴 정탁 권문해 같은 사람조차도 독자적인 학맥을 형성하여 전개시킬 수 있을 만큼 정통적이고 충분한 철학적 업적을 축적하지 못한 한계가 있었다. 그래서 이 이후 전개된 이 지역의 퇴계학맥은 거의 대부분 이웃 안동과 상주 지역으로 흡수 편입되는 경향을 보여준다.

권문해의 문집 서문을 상주의 입재(立齋) 정종로(鄭宗魯)가, 묘갈(墓碣)을 봉화의 창설재(蒼雪齋) 권두경(權斗經)이, 「봉산서원상향축문(鳳山書院常享祝文)」을 안동의 소산(小山) 이광정(李光靖)이 짓고, 정탁(鄭琢)의 행장을 외손서이면서 안동 김수일의 사위인 황여일(黃汝一)이, 묘표후서(墓表後敍)를 안동의 이상정(李象靖)이 지었던 사실이 이를 단적으로 증명한다. 그리고 정탁의 아들 청풍자(淸風子) 정윤목(鄭允穆)이 성주의 한강(寒岡) 정구(鄭逑) 문인으로 편입되고, 최초로 퇴계의 편지를 따로 편집해서『이자서절요(李子書節要)』라는 중요한 저술을 남긴 익재(益齋) 정혼(鄭焜)[106]과 그 아버지 정영방(鄭榮邦)이 안동과 상주의 김성일-류복기와 류성룡-정경세 학맥에 편입되었던 것도 모두 이런 맥락에서 이해할 수 있다.

본고는 예천 지역의 퇴계학맥을 이 지역에서 활동한 직전제자(直傳弟子)를 중심으로 개략적으로 검토한 것에 불과하다. 따라서 이 지역 문인 중 비교적 많은 문집과 저서를 남긴 약포 정탁과 초간 권문해 및 익재 정혼 등

---

106) 益齋 鄭焜(1602~1557)이 편찬한 李子書節要는 그의 9대손 鄭建模 당시에 와서 비로소 刻板 印刷하여 大山 李象靖이 편찬한 退溪書節要 보다 출간 연도가 약간 뒤진다. 그러나 그 처음 편찬 시기로 본다면 退溪書節要 보다 훨씬 앞서는 최초의 것으로 학술적으로 주목할만한 가치가 있다고 생각된다.

의 학문적 성과와 학파적 역할에 대해서는 앞으로 좀더 정치하고 본격적인 개별 연구가 필요할 것으로 생각된다.

[경북대학교 한문학과 교수 황위주]

우복 정경세와 상주 지역의 퇴계학맥

1. 머리말 : '상주', 그리고 '지역'·'학맥'에 대한 논의

이 글에서 논의할 것은 「우복 정경세와 상주 지역의 퇴계학맥」이다. 다시 말하면, 「퇴계학을 계승하는 우복이 상주 지역에 거처 함으로 인해 형성된 학맥」에 대해 연구하는 것이다. 이것은 좁은 의미로는 상주 지역에서 이뤄진 「우복의 학맥」을 연구하는 것이지만, 넓은 의미에서는, 우복이 퇴계학의 계승자이므로, 상주 지역에 「퇴계의 학맥」이 어떠하였는가를 살펴보는 것이다.

이러한 학맥은 인위적으로 형성된 것이라기보다는 '지리적'이며 그런 의미에서 '자연적'이다. 그것도 '지역'의 학맥, '지방'의 사상적인 계보를 더듬는 것으로서, 조선시대 성리학의 저변화와 그 전체적인 지도(地圖)를 그려내는 좋은 계기를 마련할 것으로 생각한다. 물론 여기서 말하는 상주라는 지역의 학맥과 학문적 풍토가 곧 '불변하는 어떤' 상주 지역의 특색(地域色) 즉 본질적인 것을 보증하고 확정짓는 것은 아니라는 점을 밝혀둔다. 왜냐하면 한 지역의 학맥과 학문적 풍토는 '이론적 교류'와 '학술적 상호소통'이라는 면에서 폐쇄적·고정적이 아니라 개방적·가변적인 것으로 보아야 마땅하기 때문이다.

『여지도서(輿地圖書)』의 「경상도 상주」 조목에는, 「상주는 동으로는 (의성의) 비안(比安), 남으로는 선산(善山) 및 금산(金山), 서로는 충청도 보은(報

恩)과, 북으로는 함창(咸昌)과 경계한다. 서울(京)로부터 거리가 477리이다」[1] 라고 되어 있다. 그리고 이중환(李重煥 : 1690~1752)은 『택리지(擇里志)』의 「팔도총론」 중 「경상도」에서,

> 남쪽은 咸昌 들이고 함창 남쪽은 尙州이다. 상주의 한 명칭은 洛陽이며, 嶺[鳥嶺=새재] 밑에 잇는 하나의 큰 도회지로서 산이 웅장하고 들이 넓다. 북쪽으로 조령과 가까워서 충청도·경기도와 통하고, 동쪽으로는 낙동강에 임해서 金海·東萊와 통한다. 말이 나르고 배가 실어 나르며 남쪽과 북쪽의 수로와 육로가 모여드는데, 이것은 무역하기에 편리한 까닭이다. 이 지방에 부유한 자가 많고 또 이름난 선비와 높은 벼슬을 지낸 사람도 많다. 愚伏 鄭經世(1563~1633)와 蒼石 李埈(1560~1635)이 모두 이 고을 사람이다. 상주 서쪽은 火嶺이고 화령 서쪽은 충청도 報恩 땅인데, 화령은 蘇齋 盧守愼(1515~1590)의 고향이며, 동쪽에 있는 仁洞은 旅軒 張顯光(1554~1637)의 고향이다. 남쪽에 있는 善山은 산천이 상주보다 더욱 청명하고 수려하다. 그래서 속담에 '조선 인재의 반은 영남에 있고, 영남 인재의 반은 이 한 선산[一善]에 있다'고 한다.

---

1) "東地比安界七十七里, 南至善山界三十九里, 金山界四十七里, 西至忠淸道報恩界七十里, 北至咸昌界二十九里, 距京四百七十七里."(국사편찬위원회 편, 『輿地圖書』下, 探究堂, 1973, 427쪽.)

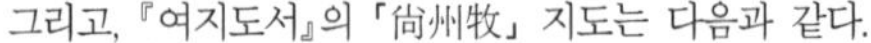

그리고, 『여지도서』의 「尙州牧」 지도는 다음과 같다.

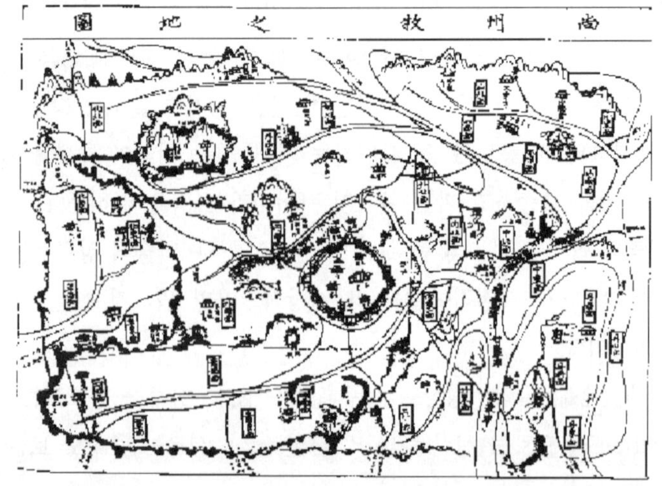

그러니까 예전에는 문학하는 선비가 많았다.[2]

라고 언급하였다. 이처럼, 이 글에서 다루고자 하는 우복 정경세는 그야말로 상주 지역을 대표하는 학자이다.

우복은 동아시아의 신유학자(新儒學者. Neo-Confucian)=성리학자(性理學者)의 대부분이 그렇듯이, 그의 학문적 바탕은 기본적으로 「정주학(程朱學)」이라 할 것이다. 그리고 그는, 가까이는 서애(西厓) 유성룡(柳成龍 : 1542~1607)에게서 배워서 서애의 학문에 맥락이 닿고, 또한 「퇴계의 학문을 서애를 거쳐 자신이 계승하고 있음을 자각·자임」[3]하고 있었듯이, 「퇴계학」에도 맥락이 닿는 것은 당연하다. 그만큼 그의 사상은 중충적이고 다원적 구조로 형성이 되어 있다. 그런 의미에서는 '지역색'이라는 것은 그 지역의 출생과 주거라고 하는 어떤 '지리적' 제약성이 한 사상가의 학문 내용에 얼마만큼 직접적으로는 영향을 끼칠 수 있을까 하는 것은 신중하게 검토되어야 할 문제이다. 다만, 학맥상의 '중심'에 해당하는 논의들이 지역이라는 이른바 '주변'으로 이동하였을 때에, 그것도 어떤 '특정 인물'과 그를 둘러싼 관련 인물들에 의해서, 과연 무엇이 어떤 식으로 수행되는가를 문제삼을 경우, 윤곽적으로 현저하게 제시된 어떤 '특색' 혹은 '특징'은 '지역적 전개의 색채=지역색'으로서 규정되어도 좋을 것이다. 다만 그것은 본질화(실체화)할 수 없는 가변적인 것이며 폐쇄적이라기보다는 개방적 성격의 것으로서 이해해야 할 것[4]이다.

---

2) "南則爲咸昌野, 咸昌之南爲尙州, 尙州一名洛陽, 嶺下一大都會也, 山雄野濶, 而北近鳥嶺, 通忠淸京畿, 東臨洛東通金海東萊, 馬運船載, 而南北水陸走集, 便於貿遷故也, 地多富厚者, 又多名儒顯官, 鄭愚伏經世·李蒼石埈, 皆是州人, 州西則火嶺, 嶺西則忠淸報恩地, 火嶺爲盧蘇齋守愼之鄕, 東則仁洞, 爲旅軒張顯光之鄕, 南則善山, 山川比尙州尤淸明穎秀, 故諺曰朝鮮人才半在嶺南, 嶺南人才半在一善, 故舊多文學之士."[번역은, 李重換, 「擇里志」, 『韓國의 思想 大全集』24, 鄭然倬 옮김, (同和出版公社, 1985, 重版), 192쪽 참조. 단, 원문과 대조하여 부분적으로 수정하고 보완하였음.]

3) 都珖淳, 「정경세(鄭經世)의 인물과 학문 사상」, 東方學會 편, 『嶺南學派의 硏究』, (경상북도, 1998), 463쪽.

그러나 사실 여기서 특질이라는 것도, 지역에서 학맥의 계승에 초점을 맞추어서 볼 때, 평면적인 학문적 흐름으로서 이해하기 힘든 부분이 있다. 그것은 지역의 학맥이 단순히 어떤 '중심'에서 그에 수반하는 '주변'으로 라는 이해의 도식이어서는 안 된다는 말이다. 다른 말로 표현하면, '중심에 해당하는 어떤 학문'을 '지(地. ground)'라고 한다면 '그 지역적 전개'는 그것(地) 위에 만들어진 '도(圖. figure)'이며, 그 다음의 전개는 이것[圖]을 토대로 하므로 그 다음의 계승자로서는 이 도가 바로 지가 되고 그 계승자들이 만들어 가는 학문과 사상은 또 다른 의미와 논리를 지닌 도가 된다고 볼 수 있다.[5] 그렇다면 「학맥의 본원=중심」, 「학맥의 전개=주변」이라는 이른바 이분법적인 분별의 방식은 지양되어야 한다고 본다. 다시 말하면 단순히 「중심」에서 「주변」(혹은 지역)으로 라는 도식적 이해보다는 중심의 생산, 재생산의 반복이 오히려 적절하다는 것이다. 이처럼 생산, 재생산을 반복하면서 본래 지와 도와는 다른 새로운 의미와 문맥의 무수한 지와 도가 생성되어 나오는 것이다. 이러한 각각의 지도들은 모두 주변이 아니라 하나의 '중심'

---

4) 이에 대한 본인의 생각은 서울과 지방의 문제에서 이미 개략적으로 언급한 적이 있다.[최재목, 「매일시론: 지금 우리에게 '서울'은 희망인가?」, 『매일신문』(2000년 9월 22일자)을 참조 바람].

5) 이것을 도표로 예시하면 다음과 같다.

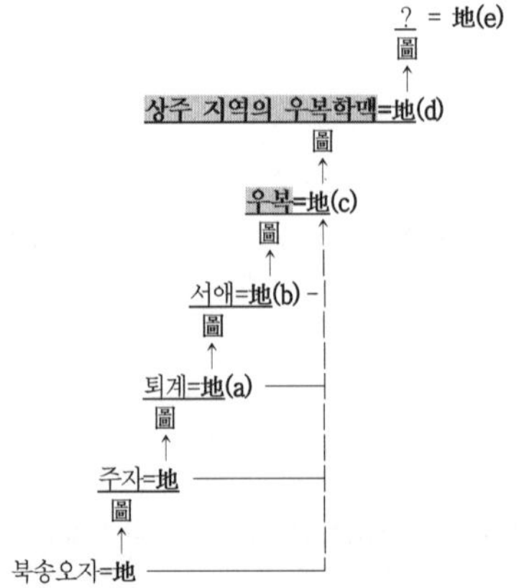

으로서 이해되어야 한다. 따라서 학맥의 전개도 중심 대 주변 혹은 상부에서 하부로라는 평면적 단선적인 이해의 방식이 아니라 '종횡적(縱橫的) 소통'과 '중층적(重層的) 구축'으로 이해하는 것이 중요하다. 동아시아의 신유학자의 대부분이 그렇듯이, 우복 정경세의 학문은 멀리는 「주자학(朱子學)」에 근본을 두고 가까이는 서애(西厓)에게서 배워 「서애학(西厓學)」에 맥락이 닿고 또한 멀리는 퇴계를 사숙(私淑)하여 「퇴계학」에도 맥락이 닿고 있다. 또한 그의 사상 내부를 들여다보면, 그의 예론(禮論)에서 보듯이, 당시 국내외와 '고금(古今)'의 이론을 두루 살피면서 자신의 사상적 내용을 만들어 가는 특징을 지닌다.

이렇듯 한 사상의 지역적 전개 속에 들어 있는 '수용 – 전면적 혹은 부분적 · 선택적 – ', '굴절', '토착화', '변용', '왜곡', '비판' 등의 다양한 현상들은 그 각각의 새로운 지도를 만들어 가는 주체적인 노력의 산물이었다고 할 수 있다. 우복 정경세에 의해 펼쳐지는 상주 지역의 퇴계학맥도 이런 차원에서 다시 논의할 수 있으리라 생각된다.

아래에서는 이러한 문제의식을 토대로 하여 「우복 정경세와 상주 지역의 퇴계학맥」을 살펴보게 될 것이다.

다만, 이 논문에서 사용되는 관직명은 현대의 관직명으로 일일이 바꾸는 것이 정상이나 시간관계상 우선 그냥 쓰기로 하며, 인물에 관한 일반적인 기술과 생몰 연대 등은 종래의 정리된 문헌[6])을 참조하였음을 밝혀둔다. 그리고 우복의 자료는 성균관대학교 대동문화연구소에서 간행한 『우복집(愚伏集)』이 있으나, 이후 「한국문집총간(韓國文集叢刊)」 · 68로 간행된 영인본 『우복집』을 저본으로 한다.

---

6) 정신문화연구원 편, 『민족문화대백과사전』을 주로 참조하고, 기타 참고문헌에 밝힌 여러 사전류도 폭넓게 참조하였다.

2. 우복 학문계통의 형성

1) 우복과 서애의 관련성

퇴계의 훌륭한 제자이자 임진왜란 때 국난극복의 중추적 역할을 담당했던 서애 유성룡이 상주에 목사(牧使)로 부임하는 것은 상주가 퇴계학의 보루가 되는 전기를 마련하는 큰 의의를 갖는다. 당시 남인(南人)이었던 그는 39세 때 조선전기 61번째의 상주 목사로서 1580년(선조13년) 윤5월에 부임하여, 40세 되는 1581년 1월에 선조의 요청으로 홍문관 부제학에 취임하는 탓으로[7] 이임하기까지 8개월의 재임 기간 동안(아래의 표 참조)[8] 상주에서 유학(儒學) 진흥 위주의 행정을 하면서 많은 제자들을 배출하였다.

서애의 尙州 牧民官 관련 내용

순서	성명	취임 시기	나이	직위	이임시기	재임(년)	이임 사유
61	柳成龍	1580년(宣祖13) 윤5월	38	牧使	1581년 1월	0.08	京職(弘文館 부제학)

그가 이곳 수령으로서 부임한 것은 그의 노모를 봉양하기 위하여 고향 의성현과 가까운 곳이었기 때문이다. 그는 매월 초하룻날 향교에 도착하여 여러 교생들을 모아놓고 유학의 기본 교육을 실시하는 한편, 각 면에는 훈장을 두고 촌락의 자제들을 가르치게 하였다 한다.[9] 상주에서 맺어진 서애의 사제관계는 그 뒤에도 계속적으로 교류하는 형태로 이어졌다. 서애의 학맥은 상주의 우복 정경세에게 계승되어 예학(禮學)을 일으켰다. 이 우복

---

7) 『西厓集』 권3(한국문집총간52), 66쪽, 「乞郡曳養疏 庚辰正月」 참조.

8) 이에 대한 분석은 韓基汶, 「尙州牧民官行績篇: II 地方制度와 牧民官」, 『尙州 咸昌 牧民官』, (상주시·상주산업대학교 상주문화연구소), 53~55쪽을 참조바람[표는 이 연구의 일부를 수정한 것임].

9) 국사편찬위원회 편, 『興地圖書』下, 435쪽, 「慶尙道 尙州牧 名宦」: "萬曆庚辰爲牧使, 以興學爲主, 月朔到鄕校, 會諸生行揖讓之禮, 各面置訓長以敎家."

의 학맥은 서애의 아들 수암(修巖) 유진(柳袗)과 서애의 손자 졸재(拙齋) 유원지(柳元之)로 이어졌다. 이렇게 자리잡은 상주의 학맥은 다시 서애의 7대손 강고(江皐) 유심춘(柳尋春)을 거쳐 한말에 이르러 서애의 9대손 계당(溪堂) 유주목(柳疇睦)으로 이어졌다.[10] 이처럼 상주에서 비중 있는 유학자들이 번성한 이 시기를 상주 지역의 「학문 융성기」[11]라 부를만하다.

서애의 가학[12] 외에 학맥을 잇는 두드러진 인물은, 종래의 연구에 따르면[13], 사서(沙西) 김식(金湜 : 1563~1642), 성극당(省克堂) 김홍징(金弘徵 : 1557~1605), 매호(梅湖) 조우인(曹友仁:1561~1625), 월간(月澗) 이전(李㙉:1558~1648), 창석(蒼石) 이준(李埈 : 1560~1635), 가휴(可畦) 조익(趙翊 : 1556~1613), 월봉(月峰) 고인계(高仁繼 : 1564~1647), 도천(道川) 황시간(黃時幹), 남계(南溪) 강응철(康應哲), 허재(虛齋) 손윤업(孫亂業) 등이다. 이들은 당대에 이미 경향 각지에 그 이름이 잘 알려져 있었다. 물론 이들 중 대부분은 우복과 교류가 있거나, 또한 조우인(曹友仁)처럼 우복 학맥에 넣어야 할 사람도 있다.

서애의 학맥을 잇는 우복을, 서애 가문 내의 학맥과 연결시켜 파악하면 기본적으로 다음과 같다.

---

10) 琴章泰, 『退溪學派와 理철학의 전개』, 서울대학교 출판부, 2000, 5~6쪽 참조.

11) 金基卓, 「尙州牧民官行績篇: 敎育分野」, 『尙州 咸昌 牧民官』, 184쪽 참조.

12) 서애 이후 계당에 이르는 家學의 주요 맥락은 다음과 같다(豊山柳氏世譜刊行所 편, 『豊山柳氏世譜』, 回想社, 1965, 참조).

```
成龍-褘[요절]
      袽[요절] - 元之(拙齋)*- 先河 - 後常 - 聖和 - 澐 - 宗春 - 相祚 - 進翼
      [illegible]checkmark[요절]
      袗(修巖) - 千之(漁隱)- ┌挺河[요절]
                            └命河-後謙-聖魯-潑-尋春(江皐)-厚祚(洛坡)-疇穆(溪堂)
```

     * 拙齋는 아버지(袽)가 요절하자 修巖에게서 수학함.

13) 서애 유성룡의 상주 학맥에 대해서는 김호종, 「서애 유성룡과 안동·상주 지역의 퇴계학맥」, 『경북대학교 퇴계연구소 제17차 학술대회 발표논문집: 퇴계학맥의 지역적 전개』(경북대학교 퇴계연구소, 2000.5.19.)에서 이미 다루었으므로, 공동 연구상의 중복을 피하기 위해서 여기서 상론은 하지 않기로 한다.

李滉 → **柳成龍** → <u>鄭經世</u> → 柳袗 → 柳元之 → … → … → 柳尋春 → 柳疇睦
              ↓
         沙西 金滉
         省克堂 金弘徵
         梅湖 曺友仁
         月澗 李㙉
         蒼石 李埈
         可畦 趙翊
         月峰 高仁繼
         道川 黃時幹
         南溪 康應哲
         虛齋 孫䎘業

2) 우복의 교유 인물, 그리고 당색

우복과 교유했던 사람들로서 두드러진 인물은 다음과 같다. 백사(白沙) 이항복(李恒福), 한음(漢陰) 이덕형(李德馨), 오리(梧里) 이원익(李元翼), 여헌(旅軒) 장현광(張顯光), 한강(寒岡) 정구(鄭逑), 사계(沙溪) 김장생(金長生), 만취(晩翠) 오억령(吳億齡), 일송(一松) 심희수(沈喜壽), 악재(樂齋) 서사원(徐思遠), 월간(月澗) 이전(李㙉), 창석(蒼石) 이준(李埈), 졸재(拙齋) 신식(申湜), 소암(疎庵) 임숙영(任叔英), 동리(東籬) 김윤안(金允安), 구암(久庵) 한백겸(韓百謙), 유천(柳川) 한준겸(韓浚謙), 매호(梅湖) 조우인(曺友仁), 지봉(芝峯) 이수광(李睟光), 상촌(象村) 신흠(申欽), 월사(月沙) 이정귀(李廷龜), 현주(玄洲) 조찬한(趙纘韓), 석담(石潭) 이윤우(李潤雨), 송호(宋湖) 조정립(趙正立) 등이다. 그리고 이전(李㙉), 이준(李埈) 형제와는 서애 문하의 동문이다.[14]

그는 사우(師友) 관계에서 보면 남인이던 서애의 문인이라서 그를 남인 계열의 틀을 벗어날 수 없었다고 단정하기 쉽다. 그러나 위의 교유 인물에

---

14) 우복의 교유에 대해서는 李簾衡, 「愚伏의 生涯」, 『愚伏鄭經世先生硏究』, 우복선생기념사업회 편, 태학사, 1996, 260~263쪽 참조.

서 보듯이 서인 계열의 이항복, 김장생, 신흠, 이정귀 등과도 교유하였음을 알 수 있다. 더욱이 그는 서인 송준길을 사위로 삼았다. 이런 까닭에 그는 남인 계열이긴 하지만 '당색(黨色)에 얽매이지 않은 초당적 입장'에서 국정에 임했던 것으로 평가받고, 따라서 남인들로부터는 물론 서인계 학자들로부터도 존경을 받았던 것으로 보여진다.[15]

3. 우복의 가계, 생애, 사상

1) 가계

정경세는 자호(自號)가 우복(愚伏)이고 자(字)가 경임(景任)이며 본관은 진양(晉陽)이다. 우복 정경세의 9대조 정택(鄭澤)은 고려말에 상주판관을 지냈고, 그의 아들 중 한사람, 즉 정의생(鄭義生)을 현재의 상주군 공성면 초전리에 머물러 살게 한 것이 인연이 되어 대대로 상주에 거주하였다. 우복이 상주서 배출된 것도 이런 연유에서이다. 고조부 정번(鄭蕃)은 수의부위를 지냈고, 증조부는 정계함(鄭繼咸)은 좌승지에 추증되었다. 조부 정은성(鄭銀成)은 이조판서를 증직(贈職)하였는데, 유아(儒雅)로 소문이 났었다. 부친 정여관(鄭汝寬)은 좌찬성을 증직하였다. 모친은 합천이씨로 강양군(江陽君) 요(瑤)의 후예인 이가(李軻)의 딸이다.[16]

---

15) 李章熙, 「愚伏 鄭經世 硏究」, 『愚伏鄭經世先生硏究』, 315쪽과 319쪽, 그리고 李佑成, 「愚伏集 總敍」, 같은 책, 20~21쪽 참조.

16) 『愚伏集』(한국문집총간 68), 「別集」 권10, '行狀', 570쪽 상단 참조.

「진양정씨(晉陽鄭氏) 어사공파(御史公派) 세계도(世系圖)」[17]

澤 → 義生   → 孝翁 → 傑 → 克恭 → 蕃 → 繼咸 → 銀成 → 汝寬 →
經世 → ① 杺(심) → 道應 → 錫僑 → 胄源 → 仁模 → 宗魯 → …
       ② 欅(학)
       ③ 櫟(력)
       ④ 長女 ← 盧錫命
       ⑤ 次女 ← 宋浚吉(西人)

2) 생애[18]

우복은 명종(明宗) 18년(1563)에 상주(尙州) 상율(上栗)[현재의 상주군 청리면(靑里面) 율리(栗里)]에서 출생하였다. 그는 어릴 때부터 남다른 기질이 있어 7세에 『사략(史略)』을 읽고 8세에 『소학(小學)』을 배웠는데, 불과 절반도 배우기 전에 문리가 통하여 그 나머지 글은 스스로 해독하였다 한다. 1578년(선조 11) 경상도 향시(鄕試)에 응시하여 생원과 진사의 초시에 합격하였고, 1580년 유성룡의 제자가 되어 학문에 진력하였다.

1582년 회시(會試)에서 진사에 뽑히고 1586년 알성문과(謁聖文科)에 을과(乙科)로 급제하여 승문원부정자에 임명되었다. 1588년 예문관검열 겸 춘추관기사관이 되었다가 곧 통사랑대교로 승진되었다. 1596년 이조좌랑에 시강원문학을 겸하였으며, 한때 잠시 영남어사의 특명을 받아 어왜진영(禦倭鎭營)의 각처를 순시하고 돌아와 홍문관교리에 경연시독관·춘추관기주관을 겸임하였으며, 곧이어 이조정랑·시강원문학을 겸하였다. 정랑의직에 있을 때에 인사행정이 공정하여 현사(賢邪)를 엄선하여 임용 또는 퇴출하였으며, 특정인에게 경중을 둔 일이 없었다. 1598년 2월에 승정원우승지로, 3월에는 좌승지로 승진되었고, 4월에는 경상감사로 나갔다. 경상감사 재임

---

17) 愚伏先生記念事業會編, 『晉陽鄭氏族譜·乾』, 大譜社, 1993, 참조.
18) 한국정신문화연구원 편, 『한국민족문화대백과사전』을 참조하여 정리함.

시에는 영남일대가 임진왜란의 여독으로 민력(民力)이 탕갈되고 인심이 각박한 것을 잘 다스려 도민을 너그럽게 무마하면서 양곡을 적기에 잘 공급하여주고, 민풍(民風)의 교화에 힘써 도내가 점차로 안정을 가져오게 되었다. 1600년 영해부사가 되어 이 고을 풍습이 싸움을 잘하고, 남을 모략하는 투서가 심함을 근절시켜 민풍을 일신시켰다. 그해 겨울에 관직을 버리고 고향에 돌아왔다. 그 사이에 몇 번의 소명을 받았으나 잠시 상경하였다가 다시 귀향하였다. 당시는 당쟁의 풍랑으로 정계는 자못 시끄러웠다. 우복은 이때를 기하여 관직을 사양하고 고향에 돌아와 학문연구에 전념하였으며, 마을에 존애원(存愛院)을 설치하여 사람들의 병을 무료로 진료하였다.

  우복은 도학(道學)의 전수가 정몽주(鄭夢周)에서 창시하여 이황(李滉)에서 집성하였으며, 김굉필(金宏弼)·정여창(鄭汝昌)·이언적(李彦迪) 같은 여러 현인이 나와 정학(正學)을 강명(講明)하여 이들 모두 수백리 안에서 큰 활약을 하였고, 상주는 또한 영남의 상부에 위치하고 있기 때문에 이곳에 서원을 세워야 함을 역설하고 유생을 설득하여 도남서원(道南書院)을 창건하였다. 그는 이곳에 오현(五賢)을 종사(從祀)하여 후학으로 하여금 도학의 정통이 여기에 있음을 알게 하였다. 1607년 대구 부사로 나가 치적을 올렸고, 이듬해 선조가 죽고 광해군이 즉위하면서 교서를 내려 우복에게 구언(求言)하였는데, 그는 이에 만언소(萬言疏)를 올려 사치의 풍습을 경계하고 인물의 전형을 공정하게 하며 학문에 힘쓸 것을 강조하였다. 1609년(광해군1) 봄에 동지사로 명나라에 가서 그 다음해에 돌아오면서 병부(兵部)에 글을 올려 화약(火藥)의 매입을 예년의 갑절로 교섭하여 그 수입에 진력하였으므로, 특지(特旨)로 가선대부(嘉善大夫)의 칭호를 내렸다. 그해 4월에 성균관대사성이 되었고, 10월에 외직을 원하여 나주목사에 배명되어 12월 부임하는 날 다시 전라감사에 영전되어 그 뒤 도정(道政)에 전념하다가 이듬해 8월에 정인홍(鄭仁弘) 일당의 사간원 탄핵으로 해직되었다. 1623년 인조반정(仁祖反正)으로 정국이 일변되자 3월에 홍문관부제학이 제수되었다.

194 퇴계학맥의 지역적 전개

이후 우복은 대사헌·승정원도 승지·의정부참찬·형조판서·예조판서·이조판서·대제학 등의 관직을 거치면서 공도(公道)를 확장하고 요행을 억제하며, 인재를 널리 취하고 사론(士論)을 조화하여 국정에 심력을 기울이다가 인조(仁祖) 11년(1633)에 71세를 일기로 상주군(尙州郡) 시벌면(沙伐面) 매호리(梅湖里)에서 서거하였다. 그 해에 의정부 좌찬승에 추증되었다. 1660년에는 문숙(文肅)의 시호가 내렸는데, 후에 유생들이 상소하여 문장(文莊)으로 고쳐 받았다.

상주의 「우산서원(愚山書院)」을 비롯하여, 경산의 「고산서원(孤山書院)」, 대구의 「연경서원(研經書院)」, 강릉의 「퇴곡서원(退谷書院)」 등에서 향사(享祀)되고 있다.

3) 사상의 주요 방향

이미 밝혔듯이, 우복은 서애의 수제자이며 퇴계학 재전(再傳)의 대표적 학자이다. 우복은 18세 되던 해(宣祖 13년, 1580년. 庚辰) 윤 5월, 상주 목사로 부임한 서애(당시 39세)의 문하에서 수학함으로써 사제간의 인연을 맺게 됨으로써, 그의 일생에서 커다란 학문적 전기를 마련한다.

우복의 학문은 멀리는 「주자학」에 근본을 두고 가까이는 서애(西厓)에게서 배워 「서애학」에 맥락이 닿고, 또한 좀더 거슬러 올라 「퇴계 선생은 동방의 주자이고 동방의 학문은 퇴계에 이르러 비로소 집대성되었다」[19]고 평가하듯이, 「퇴계학」에 맥락이 닿는다. 그는 「퇴계의 학문을 서애를 거쳐 자신이 계승하고 있음을 자각·자임」[20]하였던 인물이었으며, 또한 그는 퇴계학파로서 그 학문적 전통을 전하는데 충실하였던 것으로 보인다.[21]

---

19) 鄭經世, 『愚伏集』, 한국문집총간68, 544쪽, 「별집」 권8, 「附錄: 言行錄」: 先生嘗曰, 退溪先生是東方朱子, 東方之學, 至退溪而始集成.

20) 都珖淳, 「정경세(鄭經世)의 인물과 학문 사상」, 東方學會 편, 『嶺南學派의 研究』, (경상북도, 1998), 463쪽.

이렇듯 그의 사상은 북송의 다섯 선생(五子)에서 연원한 주자와, 그리고 주자에 뿌리를 둔 퇴계, 퇴계에 바탕한 서애가 공유하고 있던 「신유학(新儒學. Neo-Confucianism)」 즉 「성리학」의 학문이해에 바탕을 둔 것은 말할 것도 없다.

흔히 지적되듯이, 성리학은 두 측면에서 고려할 수 있다. 그 하나는 「이(理)」의 논의이고 다른 하나는 「예(禮)」의 논의이다. 동아시아 사회에서 전자는 성리학의 철학체계에서 핵심을 이루며 발전 혹은 변용해 갔고, 후자는 사회규범의 방향으로 진폭(振幅)을 넓히며 심화되어갔다. 우복은 이 「리」와 「례」의 「양면을 다 지닌 학자」[22]였다. 물론 성리학자들의 예 의식은 성명의리(性命義理) 즉 「성리(性理)」의 학에 기반을 두고, 그 이념을 수행하는 하나의 방식이었다. 후자는 전자와 밀접한 관계를 갖지 않을 수 없다. 리와 예의 밀접한 관련 혹은 리에서 예로의 방향설정은 「원리(principle)」에서 「실천(practice)」과 「수행(discipline)」으로 라는 것을 의미하기도 한다. 이러한 특질은, 8세가 된 그의 아들을 위해 일상 생활의 예절을 알기 쉽게 간추린 『양정편(養正篇)』에서도 잘 드러나 있다.

어쨌든, 우복은 우리나라 17세기의 대표적 예학자 중의 하나이다. 주로 『예기(禮記)』에서 중요한 예의 문제를 스스로 제기하여 해답하는 형식으로 꾸민 『사문록(思問錄)』의 저술과 경연(經筵)에서 예의(禮儀)에 대한 뛰어난 해설을 통해[23] 우복은 당시 예의 재인식과 연구, 실천으로 예학의 수준을 높이는데 기여하였다. 결과적으로 이것은 한강(寒岡) 정구(鄭逑 : 1543~1629), 사계(沙溪) 김장생(金長生 : 1548~1631), 현석(玄石) 박세채(朴世采 : 1631~1695)

---

21) 예컨대, 1604년 10월에 서애는 퇴계학의 주요 텍스트였던 『朱子書節要』를 우복에게 전하고 나서 3년 후 세상을 떠났는데, 우복은 그것을 소중히 간직하였다가 7년 후인 1611년 全羅監司 재임 중에 錦山에서 간행하여 전국에 보급시켰다. 이것은 그 좋은 예가 될 것이다.

22) 柳正東, 「愚伏의 儒學」, 『愚伏鄭經世先生研究』, 30쪽 참조.

23) 睦萬中·沈奎魯 편, 「尙州(一)」[蔡弘遠 外, 『嶺南人物考』, 姜周鎭 편역(探求堂, 1967)의 第四卷], 241쪽에는, "悚庵 任學士 權英이 항상 말하기를 『經筵官』으로서 古今에 통한 이는 愚伏 鄭經世이다."라고 있다.

의 업적과 더불어 17~18세기를 「예학시대」로 특징지우는데 크게 공헌하였던 인물이다.[24] 그의 사상은 『우복집(愚伏集)』에 수록되어 있다.

4. 우복학의 계승자들 : 상주 지역의 퇴계학맥의 광경

1) 우복 학맥의 선별에 대한 논의

이미 논한 대로 서애의 학맥을 잇는 우복을 「서애의 가계」 속에 위치시켜 그 학맥을 파악하면 다음과 같다.

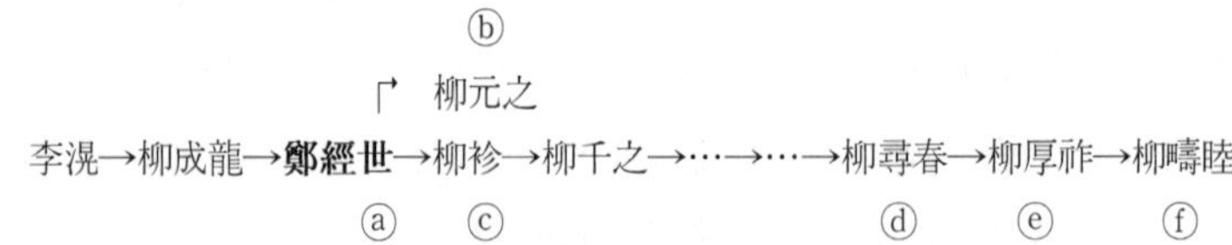

그리고 우복의 가계에서 볼 때 학맥을 이룰 만한 주요 인물은 다음과 같다.

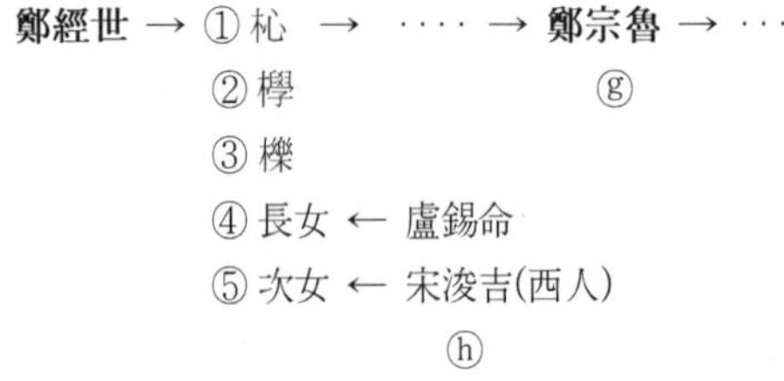

그렇다면 「퇴계학을 계승하는 우복이 상주 지역에 거처함으로써 형성된 학맥」으로 검토해야 할 인물은 ⓐ에서 ⓖ까지이다. ⓐ에서 ⓖ까지의 가운데서 특히 유씨(柳氏) 가문의 인물들은 서애 학맥으로 볼 수 있는 여지도

---

24) 尹絲淳, 「愚伏(鄭經世)의 性理學 思想」, 『愚伏鄭經世先生硏究』, 47쪽 참조.

없지 않다. 그리고 우복의 학맥을 서애의 학맥, 넓게는 퇴계 그리고 영남의 학맥이라는 차원에서 다양하게 생각할 여지가 항상 열려 있으므로 우복 그 자체에만 관련시키거나 또 위치지워 그 순도(純度)·순수성을 따지는 것은 문제가 있다. 다만, 우복이 퇴계나 서애의 학문을 「지(地)」로 하여 사상적 「그림=도(圖)」를 만들었고, 또한 그가 그린 하나의 사상적 지도를 **의식하면서**(「**地**」로 여기며) 「도」를 그려간 그룹을 여기서는 포괄적으로 「우복학맥」으로 간주해도 큰 문제가 없을 것으로 본다.

계당(溪堂) 유주목(柳疇穆)은 그의 조부 강고(江皐) 유심춘(柳尋春)의 행장을 편집(撰)하면서 그의 학통에 대하여 다음과 같이 말하고 있다.

> 생각건대 우리 文忠公 [西厓]은 퇴계 이황 선생에게 배웠다. 그리고 修巖 [柳袗 : 서애의 아들]·漁隱[柳千之 : 수암의 큰 아들, 서애의 손자]이 두텁게 문하생을 내고 후손을 많이 남겼다. 수암은 또 우복 정선생을 좇아 배웠다. 정선생의 학문은 나의 문충공에게서 얻었기에 세간에서는 퇴계 再傳의 嫡者라고 일컫는다. 돌아가신 아버지[府君. 洛坡 柳厚祚임. 후조의 아버지 江皐 柳尋春은 27세 때 立齋 鄭宗魯. [우복의 6대손]의 문하에 들어감]는 입재선생을 '우복 어르신네의 후손이자 우리 가(학)의 연원이다'라고 생각하시어, 마침내 이분[우복]에게 가서 따르셨다.25)

즉, 계당에 따르면, 서애 가문과 우복 가문의 교류로 만들어진 학맥은 아래의 표와 같으며 이것은 위에서 우리가 논의한 「우복학맥」 선별 작업의 타당성을 뒷받침하기에 충분하다. 특히 계당은 그의 아버지 낙파 유후조가 입재 정종로를 『우복 어르신네의 후손이자 우리 가(학)의 연원이다』라고 생각하였고, 마침내 낙파가 우복의 문하생이 되었다는 것을 명시함으로써 '수암'에서 '계당' 자신에 이르는 학맥이 가학과 중첩되면서 더욱이 우복학에

---

25) "蓋我文忠公, 學於退陶李先生, 而修巖漁隱, 篤生門庭, 垂裕後昆, 修巖, 又從愚伏鄭先生學, 鄭先生之學得於吾文忠公, 世稱陶山再傳之嫡者也, 府君以爲立齋先生, 愚爺之孫而吾家淵源也, 遂往從之."(柳疇睦, 「王考江皐府君家狀」, 『溪堂集』, 亞細亞文化社, 1984, 337쪽.)

속함을 의식하고 그것을 드러내 보이고 있는 것이다.

퇴계(황) → 서애(성룡)→수암(진)→어은(천지)→강고(심춘)→낙파(후조)→계당(주목)
    ↓   ↗   ↑
    우복(경세)   →   입재(종로)

김도기(金道基)가 『우복집(愚伏集)』 등을 기초로 정리한 정신문화연구원 편의 『한국민족문화대백과사전』 「정경세」 항목에서, 우복의 문하에서 배출된 사람으로서 「(1)全克恒ⓘ (2) 全明龍ⓙ, (3) 申碩蕃ⓚ, (4) 姜震龍ⓛ, (5) 黃紐ⓜ, (6) 洪鎬ⓝ 등」이 있다고 말하고 있다.[26] 그런데 우복의 후학은 여기서 그치지 않고 좀 더 검토될 여지가 있다. 다시 말하면 우복이 세상을 떠나자 스승을 위해서 문인(門人)·문생(門生)·문하(門下)[27]에 해당하는 사람들이 쓴 「제문(祭文)」이 『우복집(愚伏集)』 권17에 실려 있는데, 여기에는 다음과 같이 위에서 든 이름들 이외의 사람들도 많이 들어 있음을 알 수 있다.

> **유진(柳袗), 송준길(宋浚吉)**, 김응조(金應祖), **홍호(洪鎬)**, 조희인(曺希仁), 이원규(李元圭)·광규(光圭), 조광벽(趙光璧), 이일규(李一圭)·덕규(德圭)·신규(身圭), 황덕유(黃德柔), 신즙(申楫), 정영방(鄭榮邦), **유원지(柳元之)**, 김추임(金秋任), 김기(金基)·기(墍)·보(堡)·승(塍) 등, 강교년(康喬年)[28]
>
> (강조는 기출 인물)

---

26) 한국정신문화연구원, 『한국민족문화대백과사전』19, 699쪽.

27) 일반적으로 ① 「門人」은 직접 가르침을 받은 제자. 弟子, 門下, 門徒, 門生, 門下生, 門弟子, 또는 再傳의 弟子를 말하기도 한다. 여기서는 우복보다 나이가 적으며 직접 그에게 교유하며 배운 사람들 같다. 그리고 ② 「門生」은 보통 門人, 門下生과 같은 뜻으로 쓰이나, 여기서는 문하이면서 집안에 속하면서 가르침을 받은 사람인 것 같다. ③ 「門下」는 門下生의 생략형으로 앞의 門人 혹은 門生과 거의 같은 뜻으로 쓰인다. 다만, 여기서는 문인과 구별하여 직접 가르침을 받은 제자(=門人)의 자제나 그에 해당하는 사람들인 것 같다. 다만, **보다 세부적인 것은 개별 인물들을 조사 검토하고 나서 밝혀져야 하겠으나, 「門人」·「門生」·「門下」는 제문을 쓰는 사람들이 단순히 편의적으로 사용하였을 것으로 추측되기도 한다.**

28) 이를 도표화하면 다음과 같다.

이 가운데서 지금 그 대략이나마 파악할 수 있는 인물은 이원규(李元圭)
ⓞ, 조광벽(趙光璧), (李一圭)ⓟ, 황덕유(黃德柔)ⓠ, 신즙(申楫)ⓡ, 김추임(金秋
任)ⓢ이다. 그리고 우복의 사위인 송준길(宋浚吉)ⓗ도 그(우복)의 학문을 이
어받는 사람 중의 하나로 간주할 수는 있다. 그러나 학문 계열의 차이나 상
주 지역이 아닌 관계로 생략한다.

또한, 영남 지역의 인물을 수록한『영남인물고(嶺南人物考)』의 「상주(尙
州)」편[29]을 보면, 우복에게 학문을 직접 배운 사람으로서는, 김정견(金廷堅)
ⓣ, 조희인(曺希仁)ⓤ, 조우신(趙又新)ⓥ, 홍호(洪鎬)[ⓜ], 전극항(全克恒)[ⓘ],
김추임(金秋任)[ⓢ] 강용양(康用良)ⓦ이 있고, 그 외 우복과 강론하고 서로
학문을 연마한 인물로서 조광벽(趙光璧)ⓧ이 나온다. 그리고 우복의 손자인
정도응(鄭道應)ⓨ도 소개되어 있다. 이들 모두 우복의 학맥으로 간주하고
소개를 하고자 한다.

따라서 우복의 학맥은, (1) ⓐ에서 ⓖ까지를 기본으로 하고, (2) 기타로

순서	관계	성명	수록처 및 쪽수	비고 (*는 旣出)
1	門人	柳袗	『愚伏集』(한국문집총간·68)「別集」卷十七(이하 같음), 605-606	*
2	(사위)	宋浚吉	606-607	*
3	門生	金應祖	607	
4	門人	洪鎬	607	*
5	門人	曺希仁	607-608	
6	門人	李元圭·光圭	608-609	
7	門人	趙光璧	609	
8	門人	李一圭·德圭·身圭	609-610	
9	門下	黃德柔	610	
10	門人	申楫	610-611	
11	門人	鄭榮邦	611	
12	門人	柳元之	611-612	*
13	門下	金秋任	612	
14	門人	金基·堅·堡·塍 등	612	
15	門下	康喬年	612-613	

29) 睦萬中·沈奎魯 편, 「尙州(一)」[蔡弘遠 外,『嶺南人物考』, 姜周鎭 편역], 191-259쪽을 참조.

서 ⓘ~ⓝ을 다루어야 할 것이다. 다만, (2)의 ⓘ~ⓝ 가운데에서 인적사항이 불분명한 ⓙ전명룡(全明龍)과 ⓛ강진룡(姜震龍)은 생략하기로 한다. 마지막으로 (3) ⓞ에서 ⓢ까지, 그리고 (4) ⓣ에서 ⓨ까지의 22인을 들 수 있다.

위의 논의를 종합하여 「우복학맥」을 도표화하면 다음과 같다. ( )표는 시간과 조사의 어려움에 따라 이 글에서는 임시적으로 생략하였으나 차후 검토가 필요한 인물을 의미한다.

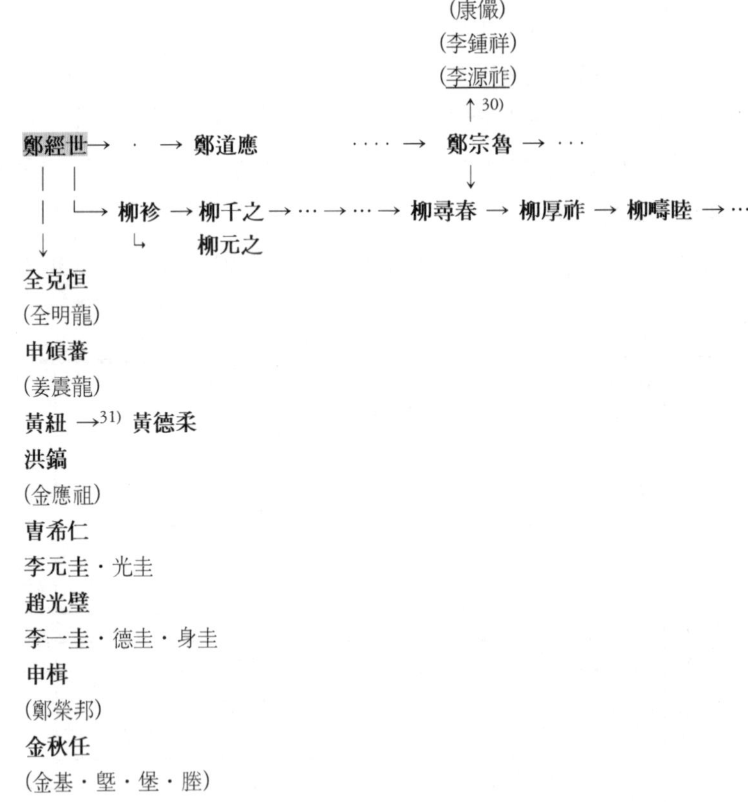

---

30) 이에 대해서는 「입재(立齋) 정종로(鄭宗魯)」 부분을 참조 바람.
31) 「상주의 우복학맥」 중 「기타의 계승자들」 ③ 「황유」를 참조 바람.

(康喬年)
金廷堅
趙又新
康用良

2) 상주의 우복 학맥

(1) 가학의 계승자

① **무참(無參) 정도응(鄭道應** : 1618~1667) : 광해 10년에 나서 현종 8년에 죽었다. 자는 봉휘(鳳輝), 호는 무참(無參), 본관은 진양(晉陽), 우복의 손자이다. 선조에 유일로 천거되어 교관(敎官), 사부(師傅)를 거쳐 참의에 이르렀다. 18세에 할아버지 우복의 상을 당하자 모든 예절을 주자가례(朱子家禮)에 따랐다. 소대명신행적(昭代名臣行蹟), 소대수어(昭代粹語)와 약간의 유집(遺集)이 전한다.[32]

② **입재(立齋) 정종로(鄭宗魯** : 1738~1816) : 영조 14년에 태어나서 순조 16년에 죽었다. 우복의 6대손이다. 본관은 진주(晉州)이다. 자는 사앙(士仰), 호는 입재(立齋)·무적옹(無適翁)이다. 함창(咸昌 : 지금의 문경군 영순면)의 외가에서 태어났으며, 9세 때 외가에서 본가인 상주로 돌아왔다. 어릴 때는 가학을 전수받았다. 중년에는 대산(大山) 이상정(李象靖 : 1711~1781)의 문하에 나가서 영남학파의 학통을 계승하게 된다. 벼슬길에 나가려 하지 않고 성리학 연구에 전념하였으나 학문과 지조 있는 행실로 여러 번 관직에 천거되었다. 52세 때는 광릉참봉(光陵參奉)에 제수되었다. 정조가 재상 채제공(蔡濟恭)에게 그의 인품을 물었을 때 채제공은 그를 "경학과 문장이 융성하여 영남 제1의 인물이라"고 칭송하였다. 이에 의금부도사로 특진되었다. 59세 때 사포서별제(司圃署別提), 60세 때는 강령현감·함창현감이 제수되었다. 벼슬을 사직하고 고향에 돌아간 뒤에도 사헌부지평과 장령 등의 직함

---

32) 睦萬中·沈奎魯 편, 「尙州(一)」[蔡弘遠 外, 『嶺南人物考』, 姜周鎭 편역], 258쪽 참조.

이 내려오기도 하였다. 그는 평생을 성리학 연구와 강학, 저술에 힘썼다. 그의 문하에는 서애의 7대손인 강고(江皐) 유심춘(柳尋春 : 1762~1834. 27세 때 입재 문하에 다님)과 응와(凝窩) 이원조(李源祚 : 1792~1872), 정헌(定軒) 이종상(李鍾祥 : 1799~1870) 강엄(康儼 : ?~?) 등이 있다. 사후에 우산서원(愚山書院)에 배향되었다. 저술로는 문집[『立齋集』]과 『소대명신언행록(昭大名臣言行錄)』 등이 있다.[33]

(2) 서애 가문 내의 계승자들

① **수암(修巖) 유진(柳袗** : 1582~1635) : 선조 15년에 태어나 인조 13년에 죽었다. 본관은 풍산(豊山). 자는 계화(季華), 호는 수암(修巖). 서애의 셋째 아들이다. 임진왜란 뒤 아버지 서애에게 글을 배우고 광해군 2년(1610년) 사마시에 합격하였으나 1612년 해서지방에서 김직재(金直哉)의 무옥(誣獄)이 일어났을 때에 무고를 당하여 5개월간의 옥고를 치렀다. 1616년 유일(遺逸)로 천거되어 세자익위사세마(世子翊衛司洗馬)에 제수되었으나 사양하였다. 그는 그의 다른 스승인 우복과 학문적 교류의 편의성 등으로 37세 때 (1619)에 상주 낙동강변의 가사리로 이사하였다. 인조1년(1623년) 인조반정 뒤 다시 학행으로 천거되어 봉화현감이 되었다. 수령으로 있으면서 전묘(田畝)와 부세(賦稅)를 바로 잡았다. 이듬해 형조정랑이 되었는데 오랫동안 해결하지 못한 원옥(冤獄)을 해결하여 판서 이서(李曙)의 경탄을 샀다. 1627년 청도군수가 되었다가 이듬해에 수포장인(收布匠人)에 대한 보고에 허위가 있다하여 파직 당하였다. 1634년 지평으로 있을 때 장령 강학년(姜鶴年)이 당시 서인정권의 정책을 크게 비판하여 심한 논란이 일어났는데 이때 그를 두둔하여 대간들로부터 공격을 받았다. 고관대직을 역임하지 않았지만 세

---

33) 『한국민족문화대백과사전(20)』, 32쪽과 『儒敎大事典』, 1374쪽. 기타, 『立齋集』과 玄相胤, 『朝鮮儒學史』, (민중서관, 1949), 劉明鐘, 「立齋 鄭宗魯의 太極動靜說」, 『朝鮮後期性理學』, (이문출판사, 1985)을 참조할 것.

신(世臣)의 후예답게 깨끗하고 성실하게 생애를 보냈다. 이조참판에 추증되었으며, 안동 병산서원(屏山書院)에 제향되었다. 저서로는 문집(『修巖集』)이 있다.[34]

② 졸재(拙齋) 유원지(柳元之 : 1598~1678): 선조 31년에 태어나 숙종 4년에 죽었다. 초명은 경현(景顯). 자는 장경(長卿), 호는 졸재(拙齋), 서애의 손자. 아버지 유여(柳袽)와 어머니 남양(南陽)홍씨(洪氏) 사이에 독자로서 하회에서 태어났다. 아버지의 형제는 네 명이었는데 모두 일찍 세상을 떠났다.[35] 아버지 유여는 졸재가 8세 되던 해 28세의 나이로 세상을 여의었다. 또 10세 때 할아버지 서애가 세상을 떠났다. 유여의 동생(졸재의 삼촌)인 수암(修巖) 유진(柳袗)만이 우복 정경세 문하에 수학하여 학문을 성취해 가학을 이었는데[36], 졸재는 어려서 서애와 수암의 문하에서 공부하였고, 또한 우복에게서도 배웠다. 일찍이 황간(黃澗)과 진안(鎭安) 등지의 현감(縣監)을 역임하였다. 1636년(인조 14) 병자호란 때에는 안동지방의 의병장 이홍조(李弘祚)와 함께 활약하였다. 학문에 열중하여 사서오경과 제자백가에 능하였으며, 특히 성리(性理)·이기(理氣)·상수(象數)·천문·지리·예설 등에 통달하였다. 안동의 화천서원(花川書院)에 봉향되었다. 저서로는 문집(『拙齋集』)이 있다.[37]

③ 어은(漁隱) 유천지(柳千之 : 1616~1689): 광해 8년에 태어나서 숙종 15년에 죽었다. 진(袗)의 아들. 호는 어은(漁隱). 일찍부터 명망이 높아서 천거되어 유일(遺逸)로 지평과 장령을 지냈다. 세 고을을 맡아 지냈으며 모두 거

---

34) 『한국민족문화대백과사전』17, 123쪽과 『儒敎大事典』, 1115~1116쪽 참조. 기타, 『修巖集』, 『光海君日記』, 『仁祖實錄』, 『嶺南人物考』를 참조할 것.

35) 이에 대해서는 琴章泰, 『退溪學派와 理철학의 전개』, 129쪽과 豊山柳氏世譜刊行所 편, 『豊山柳氏世譜』를 참조할 것.

36) 가계의 내막에 대해서는 주(12)를 참조 바람.

37) 『한국민족문화대백과사전』17, 96쪽과 『儒敎大事典』, 1107쪽 참조. 기타, 『拙齋集』, 『嶺南人物考』를 참조 바람.

사비(去思碑)가 있다.[38]

④ **강고(江皐) 유심춘(柳尋春** : 1762~1834) : 영조38년에 태어나 순조34년
에 죽었다. 자는 상원(象遠)이고, 호는 강고(江皐)이다. 서애의 7대손, 즉 수
암 유진의 6대손이며 낙파(洛坡) 유후조(柳厚祚 : 1798~1876)의 아버지이다.
그는 열 살 때 외사촌인 조목수(趙沐洙), 조학수(趙學洙)에게 글을 배우고,
27세 때에 정종로 문하에 다녔다. 학행으로 천거되어 세자익위사익찬(世子
翊衛司翊贊)을 거쳐 익위(翊衛)가 되었다. 1800년(정조24) 경연을 열어야 된
다고 상소하였다. 1830년(순조 30) 왕의 하교로 3대가 과거에 급제한 것을
치하하고 돈녕부(敦寧府)의 도정에 임명하였고, 1854년(철종 4) 아들 후조(厚
祚)가 급제하였으므로 다시 통정대부에 올랐다. 평소에 『주자대전(朱子大全)』
을 탐독하여 성리학에 조예가 깊었으며 시문에도 능하였다. 1847년에 전북
장수 도암서원(道巖書院)에 배향되었다. 저서로는 문집(『江皐集』) 있고 『검
설(儉說)』, 『호군지법(犒軍之法)』, 『농서(農書)』, 『주서차의(朱書箚疑)』 등이
있다.[39]

⑤ **낙파(洛坡) 유후조(柳厚祚** : 1798~1876): 정종 22년에 태어나 고종 12
년에 죽었다. 자는 재가(載可), 호는 낙파(洛坡) 또는 낙초(洛樵), 매산(梅山)·
영매(嶺梅)이다. 청백리 유심춘의 아들이다. 1858년(철종 9) 정시문과에 급제
한 뒤 부사·부호군을 지내고, 1864년(고종 1)에 이조참판, 이듬해 공조판
서를 지냈으며, 흥선대원군(興宣大院君)의 남인계 인사 중용책에 따라 1866
년 우의정에 이르렀다. 같은 해 주청사(奏請使)로 청나라에 다녀와 그곳 서
양인들의 동정을 알렸다. 병인양요 때에는 상주에 살던 아들 주목(疇睦)에
게 의병을 일으키게 하였다. 1867년 좌의정에 오르고 1872년 판중추부사

---

38) 이에 대해서는 다음을 참조. ; 豊山柳氏世譜刊行所 편, 『豊山柳氏世譜』, 韓國人文科學院編
  輯部 편, 『韓國歷代邑誌17·商山誌』(韓國人文科學院, 1991), 상주군문화공보실 편, 『상주의
  얼』(장왕출판사, 1985), 406쪽.
39) 『한국민족문화대백과사전』17, 76쪽 참조. 기타, 『正祖實錄』, 『國朝人物考』를 참조 바람.

로 퇴관하고 봉조하(奉朝賀)가 되었다. 시호는 문헌(文憲)이다.[40]

⑥ **계당(溪堂) 유주목(柳疇睦** : 1813~1872): 호는 계당(溪堂), 유일(遺逸)로 벼슬이 도사에 이르고 많은 제자를 길러냈다.[41] 문집으로 『계당집(溪堂集)』 이 있다.[42] 현재까지 계당에 대한 연구가 많지 않다. 그러나 지역사의 연구 에 주요한 인물로 생각된다.[43]

(3) 기타의 계승자들

① **규천(虯川) 전극항(全克恒** : 1591~1636): 선조 24년에 태어나 인조 14 년에 죽었다. 자는 덕문(德文), 호는 규천(虯川). 서애와 여헌(旅軒) 장현광(張 顯光 : 1554~1637)의 문인인 사서(沙西) 전식(全湜 : 1563~1642)의 아들이다. 이 준의 문하생이기도 하다. 광해 4년 진사가 되고 인조 2년 문과에 올라 한림 (翰林)을 거쳐 정랑(正郎)에 이르고 병자호란에 절사(節死)하였다. 도승지를 추증하고 상주 충열사(忠烈祠)에 배향하였다.[44]

② **백원(百源) 신석번(申碩蕃** : 1596~1675): 선조29년에 태어나 숙종 1년 에 죽었다. 본관은 평산(平山). 자는 중연(仲衍), 호는 백원(百源), 선무랑 신 근(申謹)의 아들. 인조11년(1633년) 사마시에 합격. 1641년에 왕자사부, 1644 년에 경기전참봉(慶基殿參奉)을 역임하고 효종 때 유일(遺逸)로서 천거를 받 아 형조좌랑에 임명되었으나 부임하지 않았다. 현종 때에도 사복시주부·공조정랑·상운도찰방(尙雲道察訪)·종부시주부 등에 임명되었으나 모두 사

---

40) 『한국민족문화대백과사전』17, 176쪽 참조. 기타, 『高宗實錄』, 『日省錄』, 『國朝榜目』, 『溪堂 集』을 참조 바람.

41) 계당의 제자에 대해서는 『溪堂集』의 「溪堂先生文集附錄: 及門錄」(914~922쪽)을 참조 바람.

42) 계당에 대해서는 『溪堂集』, 韓國人文科學院編輯部 편, 『韓國歷代邑誌17·商山誌』, (韓國 人文科學院, 1991), 豊山柳氏世譜刊行所 편, 『豊山柳氏世譜』, (回想社, 1965), 상주군문화 공보실 편, 『상주의 얼』을 참조.

43) 이러한 지적은 李佑成, 「溪堂集 解題」, 『溪堂集』, 8쪽을 참조 바람.

44) 상주군문화공보실 편, 『상주의 얼』, 103~104쪽 참조. 그리고 睦萬中·沈奎魯 편, 「尙州(一)」 [蔡弘遠 外, 『嶺南人物考』, 姜周鎭 편역], 247~248쪽 참조.

양하고 헌종9년(1668년) 이후로 진선(進善)·장령·사업(司業)의 벼슬에도 부임하지 않았고 숙종 즉위년 다시 장령에 임명되었으나 나이 79세로 병까지 들었으므로 역시 사퇴하였다. 이듬해 당상관에 올랐으나 교지가 도착하기 전에 죽었다. 송시열(宋時烈), 송준길(宋浚吉) 등을 흠모하였으며 문장에 능하고 경전에 밝았다. 이조참의에 추증되었다. 저서로는『백원문집(百源文集)』이 있다.[45]

③ **반간(槃澗) 황유(黃紐**:1578~1626) : 선조11년에 태어나 인조 4년에 죽었다. 본관은 장수(長水). 자는 회보(會甫). 호는 반간(槃澗), 현감 황준원(黃俊元)의 아들이다. 광해군4년(1612년) 생원이 되고 이듬해 증광문과에 을과로 급제하여 1616년 승정원주서가 되었다. 1625년(인조3년) 지평이 되고 이어 경성판관을 역임하였다. 어릴 때부터 뜻이 높고 재능이 뛰어났으며 관직생활 중에는 거취를 분명히 하였다.[46]

④ **무주(無住) 홍호(洪鎬**:1586~1646): 선조19년에 태어나 인조24년에 죽었다. 본관은 부계(缶溪), 자는 숙경(叔京), 호는 무주(無住)·동락(東洛). 대제학 귀달(貴達)의 후손으로 무반인 홍덕손(洪德孫)의 아들이다. 나이 20세에 유성룡을 만났으며 그때 그에게 크게 칭찬을 받은 적이 있다. 선조39년(1606년) 식년문과에 병과로 급제하여 승문원에 들어갔다. 광해군이 즉위하자 권력을 쥐고 있던 이이첨(李爾瞻)의 아들 이대엽(李大燁)을 승무원에 등용하자는 시론이 있었으나 이를 극구 반대하였다. 광해군4년(1612년) 권지(權知), 이듬해 전적을 거쳐 박사에 이르렀다. 그 뒤 외직으로 안동부제독으로 자청하여 나갔으며, 인조 즉위년(1623년)에 병조정랑이 되었다. 이듬해 이괄(李适)의 난이 일어나 우복이 호소사(號召使)가 되자 그의 종사관으로 난의 진압에 공헌하였다. 그러나 그는 인목대비의 서궁 유폐와 폐모에 반대하다가 인조반정 후 아들과 함께 자살한 박승종(朴承宗)의 적몰사(籍沒事)

---

45) 이에 대해서는『百源文集』과『仁祖實錄』,『孝宗實錄』,『顯宗實錄』,『肅宗實錄』참조.
46)『光海君日記』,『仁祖實錄』,『國朝榜目』,『號譜』,『大山集』참조.

에 공정한 견해의 상소를 올렸는데, 거기서 훈신들의 미움을 사 영변판관으로 좌천되었다. 그 뒤 1628년 예조좌랑, 1630년 사예(司藝), 이어 종부사정(宗簿寺正)과 장령·승지·공조참의·홍해군수 등을 거치고 1636년 병조호란 때에는 용병술로 포수를 지휘한 바 있다. 1640년 예조참의·동부승지, 1643년 우부승지 등을 거치고 1645년 대사간이 되었다. 인품이 깨끗하고 영욕과 이해타산이 없어서 강한 자로 평을 받았으며, 문신이면서도 용병에 관하여 지식이 많아, 국책에 반영시키려고 노력하였다. 저서로는 『무주일고(無住逸稿)』가 있다.[47]

⑤ **서곡(鉏谷) 이원규(李元圭** : ?~?): 창석(蒼石) 이준(李埈 : 1560~1635)의 아들이며 대규(大圭)의 아우이다. 호는 서곡(鉏谷)이다. 문과에 급제하였고, 천거로 승정원 주서(注書)가 되고 봉상사정(奉常寺正)에 이르렀다. 성질이 강직하고 학문과 행실이 세상에 높이 알려졌다.[48] 광규(光圭)는 원규의 아우인 것 같다.

⑥ **북계(北溪) 조광벽(趙光璧** : 1566~1642): 명종 21년에 태어나 인조 20년에 죽었다. 자는 여완(汝完), 호는 북계(北溪), 본관은 풍양(豊壤)이다. 선조 병인(丙寅)[49]에 진사가 되고 행의(行誼)로서 천거되어 참봉(參奉)을 거쳐 찰방(察訪)에 이르렀다. 서애를 사사하였고 우복과 창석과 더불어 강론하였고 서로 연마하였으며, 임진란 때 21세의 나이로 우복과 같이 창의(倡義)하였다. 상주 연악서원(淵嶽書院)에 배향되었다.[50]

⑦ **국원(菊園) 김정견(金廷堅** : 1576~1645) : 선조 9년에 태어나 인조 23년에 죽었다. 자는 훈경(勳卿), 호는 국원(菊園), 본관은 의성(義城)이다. 광해 4년에 생원이 되었다. 일찍이 정한강(鄭寒岡)의 문하에 출입하여 위기(爲己)

---

47) 『無住逸稿』, 『光海君日記』, 『仁祖實錄』, 『國朝榜目』, 『國朝人物考』, 『嶺南人物考』 참조.
48) 상주군문화공보실 편, 『상주의 얼』, 411쪽.
49) 시기가 불명확함.
50) 睦萬中·沈奎魯 편, 「尙州(一)」[蔡弘遠 外, 『嶺南人物考』, 姜周鎭 편역], 243쪽 참조.

의 학문(學文)을 들어서 얻었(得聞)고, 만년에는 우복을 좇아 교유하였다. 상주 낙암사(洛巖祠)에 배향되었다.[51]

⑧ 묵계(默溪) 조희인(曹希仁 : 1578~1660) : 선조 11년에 나서 현종 원년에 죽었다. 자는 여선(汝善), 호는 묵계(默溪), 본관은 창녕(昌寧)이다. 광해 8년에 진사가 되고 인조 5년에 문과에 올라 벼슬이 상례(相禮)에 이르렀다. 일찍이 우복에게 수업하여 득력(得力)이 가장 많았다. 광해 4년에 역옥(逆獄)이 크게 일어나 우복이 무고(誣告)를 입어 체포·계류되었다. 그때에 옥사(獄事)가 지극히 엄중하여 비록 지극히 가까운 사람이라도 화를 두려워하여 감히 가까이 하지 못하는데 시종 그만이 옥문밖에 돌고 있었다.[52]

⑨ 백담(白潭) 조우신(趙又新 : 1583~?): 선조 16년에 태어났다. 자는 여집(汝緝), 호는 백담(白潭), 본관은 한양(漢陽)이다. 광해 5년 진사가 되고 인조 22년 추천으로 참봉(參奉)을 제수하였다. 인조 26년 문과에 올라 정자(正字)가 되었다. 우복과 창석 문하에 출입하여 경학(經學)과 예서(禮書)를 질문하여 얻은 바가 많았다.[53]

⑩ 외운(臥雲) 강용양(姜用良 : 1608~?): 선조 41년에 태어났다. 자는 경우(慶遇), 호는 외운(臥雲), 본관은 재령(載寧)이다. 우복과 월간(月澗)·창석의 문하에 드나들었다. 상주 연악서원(淵嶽書院)에 배향되었다.[54]

⑪ 이일규(李一圭 : ?~?): 월간(月澗) 이전(李㙉 : 1558/明宗13~1648/仁祖 26)의 아들. 벼슬이 사축(司畜)으로 있을 때 정묘호란이 일어났다. 상주에서 의병을 모으는 유사가 되었다.[55] 덕규(德圭)와 신규(身圭)는 일규의 아우인 것 같다.

⑫ 불환정(不換亭) 황덕유(黃德柔 : ?~?): 반간(槃澗) 황유(黃紐)의 아들. 호

---

51) 睦萬中·沈奎魯 편, 「尙州(一)」[蔡弘遠 外, 『嶺南人物考』, 姜周鎭 편역], 245쪽 참조.
52) 睦萬中·沈奎魯 편, 「尙州(一)」[蔡弘遠 外, 『嶺南人物考』, 姜周鎭 편역], 245~246쪽 참조.
53) 睦萬中·沈奎魯 편, 「尙州(一)」[蔡弘遠 外, 『嶺南人物考』, 姜周鎭 편역], 246쪽 참조.
54) 睦萬中·沈奎魯 편, 「尙州(一)」[蔡弘遠 外, 『嶺南人物考』, 姜周鎭 편역], 255~256쪽 참조.
55) 상주군문화공보실 편, 『상주의 얼』, 411쪽.

는 불환정(不換亭). 음사(蔭仕)로 군수에 이르러 치적이 많음. 병자호란 때 남한 산성에 호종하였다. 원종공신(原從功臣)이 되었다.[56]

⑬ **신즙(申楫** : ?~?) : 본관은 평산이며 1606년(선조 39) 문과에 급제하였고 벼슬이 부사에 이르렀다.[57]

⑭ **외서암(畏棲庵) 김추임(金秋任** : 1592~1654): 선조 25년에 태어나 효종 5년에 죽었다. 자는 만열(萬悅)이고 호는 외서암(畏棲庵)이다. 본관은 의성이다. 부제학 우굉(宇宏)의 증손이다. 광해 8년에 진사가 되고 천거되어 참봉이 되었으나 나아가지 아니하였다. 광해군의 정치가 문란하자 과거 보기를 포기하고 학문에 전념하였다. 생활이 법도에 맞아서 향리에 법도가 잡혔다 한다.[58]

5. 맺음말

지금까지 우리는 상주 지역에서 전개한 우복의 학맥을 살펴보았다. 이러한 우복 학맥은 조선시대 신유학이 영남 지역에서 꽃 피었던, 그러나 숨어 있던, 사상적 「지도」의 발견이었다. 하지만 이러한 지도는 완벽한 것이 아니었고, 오히려 완벽한 어떤 모습을 재구성하는 길로 나아가는 데 필요한 하나의 꼭지 · 단서를 제공한 것에 불과했다고 말해야 옳을 것이다. 왜냐하면 위에서 파악한 20여 인물 그 자체에 대해서, 그리고 그 이외의 관련된 인물에 대해서도 더욱 더 깊이 있고 폭 넓게 맥락을 짚어보며 그 사상사적인 의의를 찾아내야 그 전모를 밝혔다고 할 수 있는데, 여기서는 그렇지 못하였기 때문이다. 특히 학통 계승의 진위 여부는 연구자의 「주관적인 판단」

---

56) 상주군문화공보실 편, 『상주의 얼』, 425쪽 참조.
57) 상주군문화공보실 편, 『상주의 얼』, 436쪽 참조.
58) 상주군문화공보실 편, 『상주의 얼』, 390~391쪽 참조.

이 개입되어 「성급한 판가름」을 내릴 측면이 있기에, 그것을 가려내는 데에는 적어도 많은 사료를 참조·분석하면서 이뤄져야 한다.[59] 그리고 이를 위해서는 그러기 위해서는, 이 발표에서 충실하게 다루지 못한, 관련 인물들이 남긴 「문집」에 대한 충실한 검토가 우선되어야 할 것이다.

이렇게 우리가 지역사, 지방사의 의미를 재인식해 가는 것은 지방이 가진 「내재적 변화의 중시」이고, 중앙(혹은 중심)에 대해 「지역연구의 중시: 공간적 차별화/기층사회의 중시」라고 말할 수 있다.[60] 앞으로 상주 지역에 있어서 우복 학맥의 검토는 「가학의 계승자」와 「서애 가문 내의 계승자」, 그리고 「기타의 계승자」 사이에 보다 상세한 관련성이 논의됨으로써 깊어져 가야 한다. 그리고 이런 미시적인 작업을 통해서 그들의 생애와 사회적 활동, 사상 등이 재구성되어야 한다.

앞으로 많은 과제가 남아 있겠지만, 퇴계학이 상주 지역에서 어떤 방식으로 수용·정착·토착화 해 갔는가 하는 것을 밝히는 작업은 한국의 신유학이 중국의 「신유학」 전개와 또 다른 양상과 국면을 보여주었다고 하는, 이른바 그 다양성과 독자성을 확인할 수 있는 생생한 증거가 될 것이라 생각한다.

[영남대학교 인문학부 교수 최재목]

---

59) 이에 대해서는 김종석, 「『陶山及門諸賢錄』과 退溪 學統 弟子의 범위」, 『한국의 철학』제26집(경북대학교 퇴계연구소, 1998.12.31)이 좋은 참고가 될 것 같다.

60) 이 점에서 서구=중심에 서서 중국=주변을 바라보고자 했던 종래의 서구중심의 중국연구를 비판하고, 「중국중심의 역사를 향하여!」를 외치는 폴 A. 코언의 입장은 우리 전통사회의 지방(및 지역) 연구에도 하나의 좋은 지침을 제시하고 있다. 이에 대해서는 폴 A. 코언, 『미국의 중국 근대사 연구』, 장의식 외 옮김(고려원, 1995)를 참조할 것.

참고문헌

『朝鮮王朝實錄』.
柳成龍, 『西厓集』(한국문집총간52).
鄭經世, 『愚伏集』(한국문집총간68).
豊山柳氏世譜刊行所 편, 『豊山柳氏世譜』, 回想社, 1965.
鄭經世, 『愚伏集』, 成均館大學校, 1977.
柳疇睦, 『溪堂集』, 亞細亞文化社, 1984.
愚伏先生記念事業會編, 『晉陽鄭氏族譜・乾』, 大譜社, 1993.

蔡弘遠 外, 『嶺南人物考』, 姜周鎭 편역, 探求堂, 1967.
國會圖書館, 『國朝傍目』, 서울대학교출판부, 1971.
국사편찬위원회 편, 『輿地圖書』下, 探究堂, 1973.
서울대학교 도서관 편, 『國朝人物考』上・中・下, 서울대학교 출판부, 1978.
李熙大 편저, 『退溪門人錄』, 1983.
張志淵, 『朝鮮儒敎淵源』(上篇), 柳正東 譯, 삼성미술문화재단, 1984.
李重換, 「擇里志」, 『韓國의 思想 大全集』24, 鄭然倬 옮김, 同和出版公社, 1985(重版).
韓國人文科學院編輯部 편, 『韓國歷代邑誌17・商山誌』, 韓國人文科學院, 1991.
愚伏先生記念事業會編, 『晉陽鄭氏族譜(乾・坤)』, 대구: 大譜社, 1993.

유교사전편찬위원회, 『儒敎大事典』, 박영사, 1990.
한국정신문화연구원 편, 『한국민족문화대백과사전』, 웅진출판사, 1993(3쇄).
李熙昇 외 5인 편, 『韓國人名大事典』, 신구문화사, 1995.
柳洪烈 책임감수, 『韓國史大事典』, 고려출판사, 1996.
한국정신문화연구원, 『한국인물대사전』, 중앙M&B, 1999.

玄相胤, 『朝鮮儒學史』, 민중서관, 1949.
琴章泰・高光植, 『儒學近百年』, 博英社, 1984.
劉明鐘, 『朝鮮後期性理學』, 이문출판사, 1985.
상주군문화공보실 편, 『상주의 얼』, 장왕출판사, 1985.

매일신문사,『嶺南學脈』, 영인본(비매품).
李樹健,『嶺南學派의 形成과 展開』, 一潮閣, 1995.
폴 A. 코언,『미국의 중국 근대사 연구』, 장의식 외 옮김, 고려원, 1995.
우복선생기념사업회 편,『愚伏鄭經世先生硏究』, 태학사, 1996.
상주산업대학교 상주문화연구소 편,『尙州 咸昌 牧民官』, 한신문화인쇄사, 1997.
東方學會 편,『嶺南學派의 硏究』, 경상북도, 1998.
김교빈 외,『조선유학의 학파들』, 예문서원, 1998.
李樹健,『嶺南學派의 形成과 展開』, 一潮閣, 1995.
琴章泰,『退溪學派와 理철학의 전개』, 서울대학교출판부, 2000.

김종석,「『陶山及門諸賢錄』과 退溪 學統 弟子의 범위」,『한국의 철학』 제26집, 경북
         대학교 퇴계연구소, 1998.
김호종,「서애 유성룡과 안동·상주 지역의 퇴계학맥」,『경북대학교 퇴계연구소 제17
         차 학술대회 발표논문집: 퇴계학맥의 지역적 전개』, 경북대학교 퇴계연구소,
         2000.
최재목,「매일시론: 지금 우리에게 '서울'은 희망인가?」,『매일신문』, 2000.

갈암 이현일과 영해 지역의 퇴계학맥

1. 머리말

> 창 앞의 네 그루 매화나무
> 황혼 녘 달을 향해 피었네
> 꽃 아래서 술을 마시려 하였더니
> 오랑캐들이 성을 에워쌓다네[1]

17세기의 조선은 임진·병자 양란의 후유증으로 사회의 구조가 변화하던 시기였다. 말하자면 10살 된 소년 이현일(李玄逸)이 청나라의 침입에 분개해야만 했던 시기였다. 갈암 이현일의 스승의 스승이라고 할 수 있는 학봉 김성일(鶴峯 金誠一 : 1538~1593)은 임진왜란 당시 진주(晉州)에서 순국하였다. 이 같은 한두 가지 역사적 사실만으로도 갈암이 당시 조선의 시대적 고뇌에서 멀리 떨어져 있을 수 없으리라는 전제는 충분하다.

한편 갈암의 유학사적 학통은 퇴계에 근원하고 있다. 한국유학사의 전개에 있어 퇴계 이황(李滉 : 1501~1570)의 비중은 아무리 강조해도 지나치지 않을 정도로 큰 것이 사실이다.[2]

---

1) 「詠牕前梅」, 『葛庵集』 권1, "牕前四梅樹 開向黃昏月 欲飮花下酒 奴賊圍城闕." 이현일이 10살 때 병자호란으로 남한산성이 포위당했다는 소식을 듣고 쓴 시라고 한다. 이 글에서의 『葛庵集』은 『한국문집총간』(민족문화추진회 간행) 127·128권에 실려 있는 것을 위주로 하였다.

2) 퇴계를 정점으로 한 퇴계학파에 대한 역사적 평가는 다음과 같은 언급이 적절하다고 생각된다. "조선왕조 사림정치와 유학사에 있어서 정치·사회적으로나 학문적·사상적으로나 크게 기여한 바 있다. 그들은 사림정치의 정착을 위해 포석을 놓고 그 위에 한국성리학이 발전할

  그런데 퇴계사상(南冥 曺植의 사상을 포함하여)에 대하여 다음과 같은 지적
이 있다.

  양현(퇴계·남명)의 사상과 학문적 저술과 經世學 및 문학작품을 살펴 볼
때 모화사상에 매몰되어 자국의 역사와 문화에 대한 관심은 희박한 반면, 言必
稱堯舜三代와 孔孟程朱라 하면서 중국 중심의 세계관에서 자국을 '小中華'로
자처하여 학문과 문학의 세계에도 그것의 모방과 반추에 시종했던 것이다. 퇴
계와 남명은 왜 "舜은 어떤 사람이며 나는 어떤 사람인가"라는 顔子의 爲學자
세를 갖지 못하고, 전자는 程朱學에 너무 의존하면서 陸王學이 당시 사림사회
에 발을 붙이지 못하게 단호히 배격했던 것이며, 후자는 知行合一과 실천을
강조하면서도 '程朱後 不必著述'이란 태도를 견지하였는가?
  왜 그들은 중국의 經史와 詩文에 대해서는 博覽强記하면서도 자국의 역사
와 문화에 대해서는 그렇게도 관심을 적게 가졌을까? 왜 그들은 『朱書節要』
·『宋季元明理學通錄』과 같은 해박한 지식과 유창한 필치로서 혼신의 정력
을 쏟았는데 반해 그러한 학문적 저술에서 자국의 역사적 전통과 문화적 유산
에 대해서는 그렇게도 철저하게 배제하였을까?
  이상적인 유교정치나 賢哲君主論을 내세우기 위해서는 중국의 요순삼대와
공맹정주를 引證해야 하지만 거기에 앞서 먼저 자국의 처지와 현실, 자신이
일상 밝고 사는 국토, 늘 보고 느낄 수 있는 산천, 또한 조정에서, 관청에서,
향촌에서 현실의 부조리와 민생의 고통, 농촌의 피폐상을 목격하면서도 왜 그
것에 대한 구체적인 정책 제시나 대안 개진은 그렇게도 적었는가?
  실학자의 저술에는 道와 器, 綱과 目이 竝擧되고 자국의 문헌과 先賢들의
所說을 적극 引證한데 반해 退溪와 南冥의 疏箚에는 器보다는 道, 目보다는
綱을 제시함과 동시에 문헌적 전거도 시종 중국 쪽 일변도였으므로 그러한 의
식이 후대학자들로 하여금 이른바 편협한 斥邪衛正 쪽에 서게 했던 것이다.
  퇴계와 남명의 사상과 학문자세 및 현실대응은 조선후기 경상좌·우도 사
람에게 많은 영향을 끼쳤다. 퇴계의 出處에 있어 難進易退的 出仕觀과 지나
친 謹拙·審愼 자세는 뒷날 退溪學派로 하여금 계속 재야세력으로 밀리게 되

수 있는 기반을 구축함과 동시에 난숙한 유교문화를 꽃 피우게 하는데 주도적인 기능을 수행
하였다고 할 수 있다. 그리고 퇴계의 문집(文集)과 저술은 임진왜란 후 일본으로 반출되어 에
도시대 유학사상의 주류인 기몬학파 및 구마모토학파에 깊은 영향을 끼치기도 하였다." (李樹
健, 「退溪와 南冥의 역사적 위상」, 경북대退溪연구소 제16차 학술대회. 1999.)

는 退嬰性과 消極性을 견지하여 끝내 在地士族으로 만족하게 하는 전통을 남겼다고 볼 수 있다.[3]

퇴계와 퇴계학파에 대한 위와 같은 지적은 퇴계학파의 전통에 근원한 갈암의 사상을 접근하는 데에도 중요한 시사를 준다.

따라서 '현실'과 '전통'이라는 두 개의 프리즘은 갈암 이현일을 중심으로 한 영해 지역의 퇴계학맥을 살피는 중심 기능을 할 것이다. 또한 그 분석 결과는 '퇴계학의 17세기적 재현'이라고 할 수 있는 갈암 성리학의 역사적 의미를 설명해줄 것으로 기대한다.

2. 갈암과 영해의 퇴계학맥

『신증동국여지승람』에 의하면 영해를 「영해도호부(寧海都護府)」라 하여 다음과 같이 적었다.

> 동쪽은 해안까지 7리, 남쪽은 盈德縣 경계까지 22리, 서쪽은 眞寶縣 경계까지 80리, 禮安縣 경계까지 1백25리, 북쪽은 강원도 평해군 경계까지 30리이다. 서울과의 거리는 7백7리이다.
> 본래 고구려의 于尸郡이다. 신라 景德王이 有隣으로 고치었고, 고려초에 禮州로 고치며, 顯宗은 防禦使를 두었다. 高宗이 衛社功臣 朴松庇의 고향이라고 하여 승격시켜 德原小都護府로 하고, 뒤에 올려서 禮州牧으로 하였으며, 忠宣王 2년(1310)에 汰諸牧을 고쳐 영해부로 하였으며, 本朝에서는 태조 6년(1397)에 처음으로 鎭을 두고, 兵馬使로써 府使를 겸임하게 하였으며, 태종 13년(1413)에 통례에 따라 고쳐서 도호부로 하였다.[4]

영해부는 근대에 이르러 1895년 영덕현과 함께 다같이 군이 되었다가,

---

3) 앞의 글.
4) 「영해도호부」, 국역 『신증동국여지승람』III(신증동국여지승람 제24권), 민족문화추진회, 1989, 441쪽.

영해군은 1914년 영덕군에 통폐합되었다.

영해 지역의 퇴계학맥은 안동 지역의 학봉 김성일을 통하여 재령이씨(載寧李氏) 영해파(寧海派)로서 갈암 이현일의 부친인 이시명(李時明)과 갈암 형제, 그리고 갈암의 아들인 밀암 이재(密庵 李栽 : 1677~1730)로 그 흐름이 이어졌다. 말하자면 영해 지역의 퇴계학맥의 중심은 갈암에 있다고 할 수 있다.

1) 갈암의 생애[5]

> 덧없는 인간 세상
> 어느덧 팔 십 년이 흘렀네
> 평생토록 한 일이 무엇이더냐
> 하늘에 부끄럽지 않고자 하였을 뿐[6]

이현일의 본관은 재령(載寧)이며 자는 익승(翼昇), 호는 갈암(葛庵) 외에 남악(南嶽)이 있다. 갈암은 인조 5년인 1627년 영해부 인량리(仁良里)에서 태어나 숙종 30년인 1704년 만년의 정착지였던 안동 임하현(臨河縣) 금양(錦陽)에서 돌아갔다.

갈암은 영해 입향조인 현령 이애(李璦)의 현손이다. 이애는 세조·성종 연간의 서울 명환(名宦)이었던 이맹현(李孟賢)의 여섯 째 아들로서 16세기초 숙부 이중현(李仲賢)의 임지를 따라와 영해부의 대성(大姓) 진보백씨(眞寶白氏)에게 장가들어 영해에 정착하게 되었다고 한다.

무과를 거쳐 함창·무안·울진 현령 및 경주 판관을 역임한 이애는 서

---

5) 갈암의 생애에 대하여는, 李東歡 교수가 『국역 갈암집』, 「해제」(민족문화추진회, 1999. 12)에서 갈암의 생애를 5시기로 나누어 정리한 글이 좋은 참고가 된다.

6) 「病中書懷」, 『갈암집』 권1, "草草人間世 居然八十年 生平何所事 要不愧皇天." 이 시는 갈암이 운명하기 두어 달 전인 8월에 쓴 것이라 한다. 우리말 옮김은 이동환 교수의 번역을 빌렸다.

울 집으로 돌아가려다가 그대로 영해에 정착하였다. 번화한 서울의 안목과 감각 그리고 의식에 정통하고 있었던 이애의 집안은 영해 지역의 명가(名家)로 성장했다. 이애의 아들 이은보(李殷輔)를 거쳐, 손자 이함(李涵)은 문과에 오르고 5남 2녀로 집안이 번성하였으며 영해와 안동·예안의 사족 명문과 혼인을 맺어 사회적 입지가 상승했다. 그는 학봉 김성일 형제와도 인척간이었다. 이함은 아호가 운악(雲嶽)으로 만권서루(萬卷書樓)를 두었던 것으로 알려져 있다. 이함의 셋째아들이 바로 갈암의 부친인 석계(石溪) 이시명(李時明 : 1590~1674)이다. 이시명은 전취로는 예안의 광산김씨(光山金氏) 근시재(近始齋) 김해(金垓)의 사위가 되었고, 후취로는 안동의 안동장씨(安東張氏) 경당 장흥효(敬堂 張興孝 : 1564~1633)의 사위가 되었다. 이시명은 정부인장씨(貞夫人 張氏 : 1598~1680)[7] 사이에서 휘일(徽逸)·현일(玄逸)·숭일(嵩逸)·정일(靖逸)·융일(隆逸)·운일(雲逸) 등을 얻었다.

갈암의 부친인 이시명은 참봉을 지내기도 하였으나 초야에 묻혀 학문을 애호한 선비로 알려져 있다. 갈암의 모친인 정부인 장씨는 경북 안동 금계리(金鷄里)에서 태어나 경북 영양 석보촌(石保村)에서 타계하였다. 정부인 장씨는 경당 장흥효의 무남독녀로 19세에 이시명에게 시집오기 전까지 『소학』과 『19사』 그리고 강절 소옹(康節 邵雍 : 1011~1077)의 상수역 (象數易)까지 익혔다고 한다.[8] 갈암의 학문과 사상의 형성에는 장부인 장씨의 영향이 적지 않은 역할을 하였다. 정부인 장씨는 자녀들을 교육할 때 늘 "너희들이 비록 글 잘한다는 소리가 들린다 해도 나는 귀하게 생각하지 않는다. 다만 착한 행동 하나를 했다는 소리가 들리면 아주 즐거워하여 잊어버리지 않을 것이다"라고 했다. 정부인 장씨에 관하여는 시문과 행실기[9]가 남아 있어

---

7) 갈암의 모친 장씨에게는 만년에 갈암이 山林으로 불림을 받아 이조판서를 지냈으므로 법전에 따라 '貞夫人'의 품계가 내려졌다. 이후로 '貞夫人장씨'라고 불리게 되었다.

8) 「先妣 贈貞夫人張氏行實記」, 『葛庵集』 권27.

9) 『貞夫人安東張氏實記』(간행년도 미상, 1904년 중간, 1책, 석판본, 규장각소장)이 그것이다. 이 책은 정부인 장씨의 시문과 行實記 그리고 집안의 가보인 寶帖의 跋을 엮은 것이다. 1904

그 학문과 덕행을 엿볼 수 있다.[10]

갈암의 생애에서 학문과 관련한 것을 중심으로 정리해 보면 다음과 같다.

1635년(9세) 『十九史略』을 공부

1638년(12세) 『小學』을 공부, 천지를 나타내는 방원도(方圓圖)를 그림.

1639년(13세) 『논어』를 공부.

1640년(14세) 『孫吳兵法』, 『武經』, 『將鑑』 등의 책을 읽음.

1644년(18세) 務安 朴氏 朴毅長의 손녀를 부인으로 맞음. 「自警箴」 5편(戒怠惰, 戒戲玩, 戒不傳, 戒言動, 戒矜大)을 짓다.

1646년(20세) 부친의 뜻에 따라 서울로 가서 과거에 응시하여 소과에 합격하였으나 試題가 時諱를 범했다는 이유로 罷榜되었다.

1648년(22세) 會試에 낙방하면서 과거를 단념하였다. 『周易本義』 연구에 몰두. 榮州로 가서 旅軒 張顯光(1554~1637)의 문인으로 당시 영남 사림의 지도자였던 鶴沙 金應祖(1587~1667)를 만남.

1652년(26세) 중형 存齋 이휘일(1619~1672)과 함께 『洪範衍義』 편찬 계획을 세움.

1653년(27세) 병자호란 이후 부친을 따라 英陽顯 首比로 가서 葛庵草堂을 짓고 거주.

1666년(40세) 영남유림들을 대신해 服制 시비에 관한 辯大王大妃爲先王服制疏를 지음.

1668년(42) 부친의 뜻에 따라 서울에서 과거를 보고, 돌아오는 길에 경기도 포천에 들러 京畿 南人의 원로인 龍洲 趙絅(1586~1669)을 방문함.

1672년(46세) 부인 박씨의 상을 당함.

1674년(48세) 부친상을 당함.

1677년(51세) 明儒로 인정받아 掌樂院 主簿로 벼슬길에 오름. 이때 許穆(1585~1682)은 왕에게, "근일에 이현일을 보니 참 유학자입니다. 역학에 더욱 조예가 깊다고 하니 장래의 경연에 이 사람이 없어서는 안 될 것입니다"라고 하였다.

년 9대손인 李壽炳이 쓴 발문에 의하면 이 책은 현손인 冷泉公 李猷遠이 편찬하였고 이때에 중간하였다고 하였다.

10) 1999년 11월 문화관광부는 "조선중기 시문과 서·화에 능할 뿐만 아니라 자녀교육에 귀감을 보임으로써 후세 위대한 어머니상으로 추앙 받았다"는 배경 아래 이 달의 문화인물로 정부인 장씨를 선정한 바 있다.

1679년(53세) 『御製舟水圖說發揮』를 지어 임금께 올림.

1686년(60세) 『洪範衍義』 완성.

1688년(62세) 「栗谷李氏論四端七情書辯」을 씀.

1689년(63세) 사헌부 장령, 이조 참의, 성균관 좨주, 예조 참판, 사헌부 대사헌을 거침.

1690년(64세) 이조참판을 지냄.

1693년(67세) 이조판서에 오름.

1694년(68세) 숙종 20년에 과거 仁顯王后와 관련된 상소가 문제되어 함경도 洪原으로 유배되었다가 다시 鍾城으로 移配되어 圍籬安置되어 종성에서 3년간을 지냄.

1695년(69세) 유배중 『愁州管窺錄』을 씀.

1697년(71세) 광양으로 이배됨.

1698년(72세) 섬진강 葛隱里로 옮겨감.

이때의 일과 관련하여 갈암은, "내가 예전에 칡으로 띠풀을 엮어서 草庵을 만들고 이어 갈옹이라 自號하였는데, 유배되어 남쪽으로 내려오니 우거하는 마을 이름이 또 葛隱이었다. 내가 내심 괴이쩍어, '인간 만사는 모두 미리 정해지는 것인가 보다'라고 생각하였다. 마침 權同人 天章이 찾아왔기에 내가 짧은 글로 이 사실을 기록해 주길 청했더니, 천장이 드디어 '寂寥 운운'하는 몇 줄의 글과 칠언 절구 한 수를 지어 주기에 그 시에 차운하여 그 뜻에 답하였다"라고 하여 다음과 같은 시를 한 수 남겼다.

띠 이엉으로 칡으로 묶어 우연히 지은 초암 이름
훈업이라 어찌 위남을 사모한 적이 있었으랴[11]
쓸쓸한 신세 지금은 몸이 도리어 누가 되니
어찌 뇌우가 상담에서 일기[12]를 바랄 수 있으랴[13]

---

11) 훈업이라……있었으랴 : 위남은 唐나라 李克用이 반란군 黃巢와 하루 세 번 싸워 세 번 다 승리했던 곳이다. 여기서 갈암은 '이극용의 훈업 따윈 안중에도 없고 더 원대한 포부를 지녔었다'고 술회하고 있는 것이다. 葛庵이란 호 자체가 蜀漢의 諸葛亮을 지향하는 뜻을 담고 있는 것으로 보이거니와 갈암의 시에는 제갈량을 흠모했음을 알 수 있는 시가 여러 번 보인다. (『국역 갈암집』1, 101쪽의 주359 인용)

12) 雷雨가 湘潭에서 일기 : 竄逐된 죄인의 사면을 뜻한다. 『주역』 解卦 象傳에 "뇌우가 일어나는 것이 解이니 군자가 이를 본받아 허물과 죄를 관대히 용서한다."하였다. 뇌우는 우레와 비이다. 湘潭은 楚나라 충신 屈原이 찬축되어 거닐다가 빠져 죽은 곳이다. (『국역 갈암집』1, 101쪽, 주361, 인용)

1700년(74세) 3월 고향에 돌아와 선산에 성묘한 뒤 4월 안동 임하현의 琴詔驛에 우거함.
1704년(78세) 타계

2) 영해 지역의 퇴계학맥

퇴계의 직전 제자 가운데 대표적 인물의 하나가 학봉 김성일이다. 학봉은 비록 당대에는 하나의 학맥을 형성할 여유가 없었으나 학봉의 직전 제자인 경당 장흥효의 학문이 갈암 형제로 이어지면서 안동부의 임하현과 일직현이 영해 지역과 연계되어 퇴계학맥의 커다란 봉우리를 형성하게 되었다.

말하자면 영해 지역의 퇴계학맥이 형성된 것은 학봉의 학문을 경당 장흥효가 연결하면서 가능하게 된 것이다.[14] 또한 그 연결의 결정적 촉매 역할을 한 것은 경당의 무남 독녀인 정부인 장씨였다. 곧 정부인 장씨가 석계 이시명과 혼인을 맺으면서 석계는 자연스럽게 경당의 학문과 접할 수 있게 되었고, 그 자제들인 갈암 형제들은 모친과 외조부인 경당을 통하여 학봉의 학문을 전수 받을 수 있었던 것이다.

실제로 갈암 형제들은 자신들의 외조부인 경당이 학봉의 학문을 이어 받았음을 말하고 있다. 존재 이휘일은 자신이 쓴 「경당선생행장」에서,

> 학봉 김선생을 스승으로 섬겨 학문하는 방법을 배웠는데 한결같이 이치를 밝히고 몸을 닦는 것으로써 요체를 삼았다. 그리하여 마침내 과거공부를 포기하고, 『소학』과 『근사록』을 존신하고, 여러 경전에 널리 통하였으며, 정밀하게 사색하고 힘써 실천했으며 분연히 일어나 과감하게 求道로써 자신의 임무로 삼았다. 김선생이 자주 이르기를 "이 아이는 학문하는데 定力이 있으니 훗날에 크게 성취함이 있을 것이다. 나는 후생 가운데 이 사람을 얻었노라"고 하였다. 김선생이 몰한 후에 다시 서애 유선생을 좇아 공부하여 그 조예가 더욱 깊었다.[15]

---

13) 『갈암집』 권1, "苦芋束葛偶名庵, 勳業何曾慕渭南, 牢落如今身反累, 豈望雷雨起湘潭?"
14) 퇴계학파 속에서 학봉의 학문이 어떻게 계승 발전하게 되었는가는 李完栽, 「嶺南學派에 있어서 鶴峯先生의 位置」, 『鶴峯의 學問과 救國活動』, 鶴峯金先生記念事業會, 1993, 참조.

라고 하였다. 갈암은 자신이 쓴 글에서,

> 우리 외조부 경당공은 어릴 적부터 학봉 문하에서 쇄소로써 받들며 직접 친절한 가르침을 받았다.[16]

이처럼 퇴계의 학문이 학봉과 경당을 거쳐 영해 지역의 갈암 형제로 이어져간 것은 사실이다. 그러나 퇴계학맥의 영해 지역 전승을 퇴계→학봉→경당→갈암으로 보는 것은 무리라는 지적이 있다.[17] 왜냐하면 경당이 타계한 것이1633년인데 이때 갈암은 6세에 지나지 않았기 때문에 갈암은 그의 형인 존재 이휘일을 통해 경당의 학문을 접할 수 있었다는 것이다. 따라서 퇴계의 학문의 영해 지역 전승은 퇴계→학봉→경당→존재→갈암으로 보는 것이 타당하다는 것이다. 경당이 타계할 당시 존재의 나이는 13세였고, 실재로 갈암도 존재 이휘일이 경당에게 학문을 배운 사실을 분명하게 적고 있다.

> 일찍이 금계리에 가서 경당선생에게서 수신과 飭行의 요체와 무극 태극의 설을 들었다. 돌아온 후에 장선생이 또 편지를 내어『대학』의 격물치지 성의 정심의 방법과『맹자』의 收心養性의 뜻을 일러왔다. 이에 혼연히 나아갈 바를 알고 날로 易經과 性理의 書를 가지고 문을 닫고 공부하였는데 남들이 혹 비웃어도 중단하지 않았다.[18]

경당의 학문에서 눈에 띄는 대목의 하나는 서애(西厓) 유성룡(柳成龍 : 1542~1607)과 대화 중에 "허(虛)와 실(實)은 대립하나 이(理)는 대(對)가 없으므로 허를 이라 할 수 없을 것입니다"[19]라는 것이다. 비록 짧은 내용이지만

---

15)「敬堂先生行狀」,『存齋集』권6.

16)「書外大父敬堂張公遺集後」,『葛庵集』권21.

17) 李完栽, 앞의 글.

18)「先兄將仕郞 慶基殿參奉存齋先生行狀」,『葛庵集』권26.

19)「敬堂先生行狀」,『存栽集』권6.

경당의 성리학의 주리적(主理的) 특성을 보여주는 단면이라 할 수 있다.

한편 퇴계학의 영해 지역 전승에서 존재 이휘일의 역할을 무시할 수는 없지만, 퇴계학을 사상적 측면에서 크게 일으킨 것은 갈암이다. 이러한 면에서 퇴계학문의 영해 지역 전승을 퇴계→학봉→경당→갈암으로 보는 것도 크게 잘못된 것은 아니라고 할 수 있다. 또한 갈암 이후의 퇴계학 전승은 갈암으로부터 말미암는다고 할 때 갈암이 퇴계학의 영해 지역 전승의 중심점에 놓여지게 되는 것이다.

영해 지역에서의 퇴계학맥은 갈암 문하에서 수많은 제자들이 배출됨으로서 다시 각 지역으로 분파 되어 나갔다.[20] 그런데 퇴계→학봉→경당→(존재)→갈암으로 이어진 퇴계학맥의 큰 줄기는 갈암 이후에, 갈암→밀암 이재→대산 이상정(大山 李象靖)→손재 남한조(損齋 南漢朝)→정재 유치명(定齋 柳致明)→서산 김흥락(西山 金興洛)으로 연결되었다.[21] 대산은 밀암의 외손으로서 안동출신이며 정재 유치명, 서산 김흥락도 안동 출신이다. 이렇게 볼 때 안동 지역의 퇴계→학봉으로부터 영해 지역의 갈암으로 이어졌던 퇴계학맥은 갈암과 밀암부자 이후로는 그 맥이 다시 안동 지역으로 회귀되었다고 할 수 있다.

어쨌든 갈암으로부터 발원한 영해 지역에서의 퇴계학맥은 실질적으로는 그의 셋째 아들 밀암 이재(密菴 李栽 : 1657~1730)로 이어졌다고 보아야 할 것이다. 밀암은 총명하여 어려서부터 부친 갈암은 물론 조부 이시명과 조모 정부인 장씨의 칭찬과 기대를 한 몸에 받았다.

---

20) 지역적으로 분파 된 갈암의 문인은 영남일원을 중심으로 각 처에 걸쳐 있다. 이를 지역분포로 정리하면 안동 72인, 봉화 27인, 영해·영양 각 19인, 진주 17인, 영주 13인, 영천·의성 각 12인, 서울·성주 각 11인, 상주 10인, 예천·칠곡 각 8인, 밀양 6인, 경주·대구 각 5인, 거창·선산·순흥·원주·진보·함안 각 4인, 고령·군위·산청 각 3인, 용궁·창원·청도·충주·현풍 각 2인, 기타 43인이다(『葛庵全集』錦陽及門錄, 驪江出版社, 1986. 權五榮, 「鶴峯 金誠一과 安東地域의 退溪學派」, 『退溪學派의 地域的 展開』, 慶北大 退溪硏究所 제17차 學術大會 발표논문집, 2000. 5, 재인용).

21) 李完栽, 앞의 글.

밀암이 13세 되던 설날 아침에 자경잠(自警箴)을 짓자 정부인 장씨는 시를 읊어 이를 칭찬하였다.

> 새해에 스스로 경계하는 글을 지으니
> 너의 뜻이 벌써 오늘날 사람 같지 않구나
> 동자가 벌써 학문을 향해 나아가니
> 가히 儒者의 참됨을 이루리라

그러나 밀암이 38세 때 부친 갈암이 귀양길에 올랐다. 그 후 8년 동안 부친이 홍성, 종성, 광양으로 옮겨 다닐 때마다 밀암은 따라 다니며 늘 옆에서 모셨다.[22] 인생에서 한창 왕성하게 활동할 나이에 밀암은 곤경에 빠진 부친을 위해 자신의 생활을 회생하였다. 그리고는 48세 때는 부친상을, 49세 때는 부인상을 당하였다. 이어 51세 때는 넷째, 다섯째 아들을 잃었으며 52세 때는 맏아들을 잃는 비운을 당하였다.

> 조선에 이상한 사람 바닷가에서 태어났으니
> 성은 이요, 이름은 재, 자는 幼材일새
> 뜻은 있으나 재주 없고, 또 때를 못 만났으니
> 바위틈에 초라함이 정말로 마땅하네
> 빛나리로다 내가 차고 있는 것 앞 어른들을 쫓아 갈거나
> 즐기리로다 나의 즐거움 또 무엇을 구할 것인가

위의 시는 밀암이 56세 때 자신의 삶과 희망을 적은 것이다. 밀암의 일생이 비록 화려하고 순탄하였다고 할 수 없지만 학문의 열정은 언제나 식을 줄 몰랐다. 밀암은 당대에 영남의 저명한 성리학자들이었던 병와 이형상(瓶窩 李衡祥 : 1653~1733), 창설재(蒼雪齋) 권두경(權斗經 : 1654~1726), 식산 이만부(息山 李萬敷 : 1664~1732), 청대 권상일(淸臺 權相一 : 1679~1760) 등과

---

22) 밀암은 부친의 유배길을 따라 다니며 많은 것을 기록하여 책으로 엮어냈는데 그것이 『창구객일록(蒼狗客日錄)』이다.

사귀면서 학문세계를 넓혀갔다. 식산과 창설재는 갈암의 제자였다. 특히 창설재 권두경은 퇴계의 문인록인『도산급문제현록(陶山及門諸賢錄)』의 최초 작성자로 알려져 있으며[23] 밀암도 이 문인록 작성에 일조를 하였다. 밀암의 성리설은 퇴계의 이발설(理發說)과 이기호발설(理氣互發說)을 그대로 계승하였다.

밀암 이후로 영해출신의 유학자로 주목할 만한 인물로는 청백리로 이름난 남구명(南九明)의 손자인 활산 남용만(活山 南龍萬 : 1709~1784)이다. 활산 남용만은 종조부 남제명(南濟明)으로부터 학문을 배웠는데 남제명은 갈암의 문도였다. 말하자면 활산은 갈암의 재전 제자인 셈이다. 남구만은 경주에 거처하면서 활약하였는데 당시 영남에서는 "북지대산 남지활산(北地大山 南地活山)"이란 말이 있었다. 이것은 안동의 대산 이상정과 경주의 활산 남용만을 두고 한 말이다. 남용만은 75년의 생애를 평생 초야에 묻혀 학문 활동에만 전력하였다 그는 경학에 뛰어났을 뿐만 아니라 경세치용의 학문에도 지대한 관심을 가졌다. 실학적 학풍을 지녔던 18세기의 뛰어난 문신 이계 홍양호(耳溪 洪良浩 : 1724~1802)가 경주 부윤으로 왔을 때 남용만의 학덕을 익히 듣고 있던 터라 남용만을 찾아가 만났다. 홍양호는 남용만의 학덕에 크게 느낀 바 있어 경주 활산 남쪽에 덕계초당(德溪草堂)을 지어주어 남용만의 학문이 인근에 널리 퍼지게 하였다. 남용만은 성리학뿐만이 아니라 불교에도 남다른 조예를 이루고 새로이 일기 시작한 18세기의 실학적 학풍에도 관심을 기울였다.

---

23)『陶山及門諸賢錄』의 간행과정에 대하여는, 김종석의 「『陶山及門諸賢錄』의 集成과 刊行에 관하여」(퇴계연구소, 17차 학술대회 발표논문집, 2000년 5월) 참조.

3. 갈암의 사상

1) 성리학적 특징

(1) 퇴계학의 부흥

갈암의 성리학 논리체계는 실상 퇴계의 것을 그대로 이어 받았다고 하여도 과언이 아니다.[24] 갈암이 주리(主理)적 입장에서 이(理)와 기(氣)의 엄격한 분별을 요구한 것은, 퇴계가 이·기의 '불리성(不離性)'보다는 '부잡성(不雜性)'의 입장에 치중한 논리를 전개한 것[25]과 다를 바 없다. 또한 갈암이 사단과 칠정의 분개가 현상적 측면만이 아닌 그 '소종래'에서부터 다르다고 한 것은 퇴계의 '호발설'에서 나타났던 사고방식[26]을 계승한 것이라고 할 수 있다.

갈암의 퇴계학 계승과 관련하여 빼놓을 수 없는 학설은 '이유동정설(理有動靜說)'이다.[27] 그는 주자와 황간의 설을 인용하여 퇴계와 같이 이(理)에 동정이 있음을 주장한다.

갈암은 이(理)의 '허무공적'성을 부정하고 만화의 근원성을 강조한다. 이것은 그가 이(理)의 속성에 절대성과 함께 실제적 능동성을 부여하고자 하였던 의도로 보여 진다. 그렇게 함으로써 인간행위의 도덕적 실천은 당위를 넘어서 필연의 과정이라는 측면을 부각시킬 수 있는 근거를 마련하고자

---

24) 갈암의 퇴계학 계승과 관련하여 "퇴계에 대한 갈암의 존모는 마치 신을 대하는 것 같았다"는 지적(李丙燾, 『韓國儒學史』, 亞細亞文化社, 1987, 288쪽)은 시사하는 바가 있다. 이러한 지적은 갈암의 퇴계학에 대한 자세가 합리적 학문 이해의 단계를 넘어서 신념의 차원에 있었다는 의미로 받아들일 수 있다. 또한 이것은 앞 절에서 언급한 바와 같이 갈암이 조선성리학의 정통론을 재흥하여 퇴계학을 정통으로 보고 여기에서 벗어나는 성리설은 이단으로까지 간주하고자 하였던 학문 자세와도 상관관계가 있다고 보여 진다.

25) 퇴계의 이같은 입장에 관하여는, 채무송, 앞의 글, 58~60쪽 참조.

26) 퇴계의 사단·칠정의 分對는 〈所主〉 혹은 〈所重〉에서가 아니라 〈所從來〉라는 근원에서부터 그것이 가능하다고 본 것이며, 이 점에서 퇴계의 입장을 〈互發說〉이라고 말한다는 지적(李東熙, 「朱子學의 哲學的 性格과 그 展開樣相에 관한 研究」, 成均館大學校 박사학위논문, 1989, 163쪽)은 갈암의 사칠론의 성격을 이해하는 데에도 도움이 된다.

27) 갈암의 理有動靜說에 관한 언급은, 갈암집, 권18, 16우-17좌에 보인다.

한 것이라 할 수 있다. 그는 칠정과 인심은 인욕에 근거하며 사단과 도심은 천리에 근원 한다고 한다.[28] 천리에 근원한 사단과 도심의 '자발성', '능동성', '실천성'을 도출하기 위해서는 이(理)의 속성이 '허무공적'해서는 안 되며 만화(萬化)의 근원이 되어야 함은 지극히 당연한 것이다. 갈암 성리학의 이러한 면은 도덕적 인간행위의 필연성을 강조하고자 하였던 퇴계의 '이동설'과 '호발성' 이론의 출발동기[29]와 다름이 없다고 하겠다.

갈암은 퇴계설의 추종을 통하여 퇴계학을 부흥시키는 데 지대한 역할을 하였다. 그는 현실의 인간적 삶 속에서 도덕적 인간의 실현에 그 철학의 지향점을 설정해 놓았다고 할 수 있다. 갈암은 성리학의 도덕적 인간 구현이라는 궁극적 목표의 '실천'을 위한 '길'에 있어서 오직 '퇴계'라는 '외길'만을 인정하고 다른 길은 부정하였던 것이다.

(2) 퇴계학의 정통성 모색

갈암 학맥에서 '퇴계문인록'이 처음으로 작성되었다는 사실은 우연적인 것은 아니다. 그것은 갈암이 퇴계학에 대한 부흥과 퇴계학 정통성을 추구하였다는 것을 반증하는 것이다.

한편 갈암 성리학의 진수는 주로 60이후의 저술에서 나타났다. 이른바 62세 때의 「율곡이씨논사단칠정서변」과 69세 때의 「수주관규록」이 그것이다.[30] 갈암은 율곡의 사단칠정론을 비판하고 퇴계설을 옹호하였다.

---

28) 『葛庵集』 권11. 12우-좌, 答李粹彦別紙.

29) 퇴계의 '理動說'이 가치론적 입장에서 理氣를 해석하였고, '互發說'의 의도가 人欲으로부터 天理의 우월성 확보에 놓여져 있다는 분석(李東熙, 앞의 글, 161~163쪽)이 이를 말해준다.

30) 갈암 年譜에 의하면, 「栗谷李氏論四端七情書辯」(이하 '栗谷四七書辯'이라 약칭한다)은 갈암이 62세 때인 숙종 14년 8월에 완성된 것으로 되어 있다. 「愁州管窺錄」은 갈암이 69세 때인 숙종 21년 겨울에 완성되었다고 적고 있다. 「수주관규록」의 내용은 주로 朱子(朱熹, 1130~1200) 이후 여러 유학자들의 설에 대한 주자설과의 부합성 여부를 논한 것이다. '율곡사칠서변'은 율곡이 성혼(牛溪 成渾, 1535~1598)에게 답서한 사칠론변을 19개조로 나누어 재론한 것이다.

갈암은 사단과 칠정의 엄격한 분별을 말하였다. 곧 칠정은 성(性)의 욕(欲)이지만 형기(形氣)에 접촉하여 대상과 맺어져 생겨나는 것이고, 사단은 기를 타고 발동하는 것이지만 인의예지(仁義禮智)의 성이 직출(直出)하는 것이다. 그러므로 사단과 칠정은 그 출발점(所從來)에 있어서 주(主)로 하는 바가 달라서 각각 스스로 그 근본이 된다는 것이다.[31] 이렇게 갈암이 사단과 칠정을 엄격하게 분별하는 것은 다름 아닌 주자설에 근거를 두고 있다. 그것은 '사단은 이가 발한 것이고, 칠정한 기가 발한 것(四端是理之發, 七情是氣之發)'[32]이라는 것이다. 여기에는 퇴계의 사단이발기수(四端理發氣隨), 칠정기발이승(七情氣發理承)[33]도 중요한 논거가 되고 있음은 물론이다.

갈암 성리학에서는 사단과 칠정의 분개, 이기의 분별, '주리'의 입장에 이어 인심과 도심의 분별에 따른 인심·도심의 이원설, 그리고 사단은 도심(道心)이며 칠정은 인심(人心)이라는 논리[34]를 전개하였다는 것은 재론의 여지가 없는 것 같다. 그런데 갈암의 이러한 성리학에는 몇 가지 주목할 점이 있다.

첫째는, 갈암의 성리학 논리 속에는 이원론적 관점이 강하게 작용하고 있다는 점이다. 그는 사단과 칠정의 분개를 주장하면서 양자는 그 '소종래

---

31) 『葛庵集』 권18, '율곡사칠서변', 2장 오른편(이하 2-좌, 우로 표시). 한편 한국문집총간의 『葛庵集』 영인본(권127~128, 민족문화추진회, 1994) 권두에 실려 있는 설명에 따르면 『葛庵集』 초간본이 나온 것은 1910년이다. 그것은 도중에 경상도 관찰사 金會淵의 狀啓에 다라 毀板火書되었고, 현존본은 1909년에 중간한 목판본으로 국립중앙도서관에 소장되어 있다고 한다.

32) 이 구절은 『朱子語類』 권53에 나타나 있다. 특히 이 부분은 그 기록의 신빙성 여부로 인하여 조선성리학계의 논란이 되었다. 곧 각자의 입장 차이에 따라 신뢰와 의심을 표명하였다. 퇴계가 이 기록의 신빙성을 표명한 대표적인 인물이라면, 율곡은 기록에 의문을 제기한 대표적 인물이다. (蔡茂松, 「退栗性理學의 比較研究」, 成均館大學校, 博士學位論文, 1971, 28쪽 참조)

33) 退溪의 四端七情論은 理氣互發說이며 그 주장에 있어서는 理氣不相雜을 강조하여 理의 醇然性을 드러내고자 하였던 사실을 널리 알려진 바이다. (李完栽, 「理氣互發說의 儒家傳統思想的 照明」, 『退溪學報』 제20집, 퇴계학연구원, 1978, 196~199쪽 참조)

34) 갈암은, "喜怒는 人心이며, 惻隱·羞惡·辭遜·是非는 道心이다"는 말을 근거로 삼아 주자도 사담·칠정을 인심·도심에 분속시켜 상대적으로 말하였다고 주장하였다 (『葛庵集』 권18, 2-좌, 율곡사칠서변).

(所從來)’에서부터 다르다고 하였다. 또한 이·기(理·氣)는 결코 다르다는
것을 강조한 점, 인심·도심의 근원이 다르다는 이원설(二源說) 등은 모두
이원론적 관점으로 일관되어 있다고 할 수 있다.

다음으로는 갈암이 주자학에 철저하고자 하였다는 점이다. 조선성리학자
들 대부분이 주자학의 범위 내에서 논리를 전개한 것은 사실이다. 그러나
갈암의 경우에는 자의적인 해석을 가급적 용납하지 않고 주자가 언급한 내
용과의 부합 여부에서 준거를 찾고자 하였다는 점이다.[35] 갈암의 주자학
지향은 엄밀성의 단계를 지나 주자학 정통론의 입장을 재흥(revival)하고 있
다는 점에서 주목을 끈다. 곧 그의 율곡 이론에 대한 비판은 ‘성리학의 철
학적 논변의 단계에서 나아가 도학(道學)의 벽이단론적 단계에까지 이르고
있다’[36]는 사실이다.

퇴계는 주자학 정통론의 확립과 유학 내에서의 이단(양명학) 배척에 노력
하여 그 후 조선유학사의 흐름에 결정적 영향을 끼쳤다. 갈암이 퇴계의 학
풍을 받았음은 주자학 정통론의 입장을 견지하는 데에서도 확인된다. 그런
데 퇴계가 같은 유학 내에서의 정통과 이단문제를 제기한 반면에, 갈암은
한 걸음 더 나아가 같은 성리학 혹은 같은 주자학 내에서의 정통과 이단의
문제를 들고 나왔다고 할 수 있다. 그는 주자 그리고 퇴계를 주자학(성리학)
의 정통으로 인식하고 있었던 것이다. 그는 성리학 이론이라고 하더라도
주자와 퇴계의 본 뜻에서 이탈되는 주장은 이단으로까지 간주하고자 하였
던 것으로 보인다.[37] 이처럼 그의 성리학에는 주자학 정통주의(좁은 의미에

---

35) 갈암은 주자와 퇴계의 학설에서 이론적 근거를 찾았음은 기존 연구에서도 이미 언급된 사실
  이다. 이를테면 금장태, 앞의 글(234쪽)에서는 이 점을 “그가 율곡의 사칠론을 비판하면서 논
  리적 분석에 주력하기보다는 程子·朱子와 퇴계의 언설을 이끌어 오는 데 치중하고 있음을
  보게 된다”라고 지적한 바 있다.
36) 금장태, 앞의 글 234쪽. 여기에서는 갈암이, 맹자가 楊朱와 墨翟을 변척 했던 것이나 송대 주
  자학자가 소동파의 학(蘇學)·육상산의 학(陵學)·禪學에 대해 변척 하였던 입장과 동일하게
  율곡을 비판할 수 있다고 주장한 것(『葛庵集』 권12, 26좌-28좌, 「答申明仲」)을 예로 들고 있다.
37) 『葛庵集』 권12, 27우, 答申明仲, “若失朱子退溪之本旨, 則雖謂之離正而入於邪, 不爲過矣”

서는 조선유학의 정통을 퇴계로 인정하고, 퇴계설에서 벗어나는 것은 이단으로까지 부정하고자 하는 입장) 주의가 강하게 작용하고 있다. 이 같이 '주자 →퇴계'로 이어지는 조선유학의 정통성 인식은 갈암 성리학의 제일 큰 특징으로 보여 진다.

2) 경세론적 특징

갈암의 경세학 나아가서 영남학파의 경세학을 이해하기 위한 필독서로 평가받는[38] 저술이 다름 아닌 『홍범연의(洪範衍義)』이다. 갈암 연보, 효종 3년(壬辰), 26세 조에 의하면 그는 『홍범연의』의 찬집(纂集)을 그의 형 이휘일(存齋 李徽逸: 1619~1672)과 의논하여 그 조목을 대략 정하였다고 적고 있다. 이러한 사실은 그가 젊어서부터 정치·경제 등 사회현실에 지극한 관심이 있었다는 것을 보여주는 것이다. 또한 이것은 사회현실 문제의 해결책 모색이 『서경』 「주서」에 나오는 <홍범>에서 찾음으로써, 고전적인 선진유학 정신의 부활이라는 측면에서 시사하는 바가 적지 않다.

(1) 경세론의 이론적 배경

갈암 경세론의 이론적 배경을 보여주는 짤막한 자료로 이수광(芝峯 李晬光: 1563~1628)의 '도(道)'론[39]에 대한 비판의 글이 있다. 원래 이수광의 '도'

이 편지 글은 1699년에 쓰여 진 것으로 되어 있다. 이 해는 갈암의 나이 73세로 2월에 放歸田里된 때이다. 그렇다면 이 편지 글은 2월 이후에 쓰여 진 것으로 보인다). 이처럼 갈암은 말년에 이르러 더욱 더 주자학과 퇴계학을 중심으로 조선유학의 정통성 확립을 고집한 것으로 보여 진다.

38) 宋贊植, 「洪範 衍義 解題」, 『韓國學論叢』 5집, 國民大, 韓國學研究所, 1982, 85쪽(이 글은 그대로 『洪範衍義』, 1982년, 경문사 영인본의 해제로 실려 있다). 이 글에서는 갈암뿐만이 아니라 『洪範衍義』의 編纂過程과 內容을 상세히 적어 놓았다. 따라서 본 고에서는 『洪範衍義』에 대한 소개와 분석은 생략하기로 한다.

39) 여기에서 언급되는 이수광의 '道'론은 그의 저서 「采薪雜錄」(『芝峯集』 권24)에 담겨져 있다. 그는 이 글에서 '實用'적 관점에서 학문의 최종적 목표인 道의 성취를 주장하였다.

론에 대한 비판은 갈암이 처음은 아니다. 이수광과 같은 해에 태어나 활약한 성리학자 정경세(愚伏 鄭經世 : 1563~1633)에 의해 지봉의 '도'론이 비판된 바 있다.[40]

우복은 지봉의 견해와 달리 정통 성리학자의 학문관과 진리관을 견지하고 있었다. 특히 우복은 진리나 학문에는 당위적 법칙이 매개되어야 한다고 주장하였다. 그는 당위적 법칙이 배제된 지봉의 관점은 장자나 불교의 견해와 동일한 것으로서 유가(儒家)의 설로 볼 수 없다는 입장이다.

갈암은 우복의 견해에 동의를 표시하면서도 우복의 주장에 불만족한 부분이 있다고 생각하였다. 그는 지봉의 학설을 장자와 불교의 영향이라고 못 박았다. 그는 진리나 학문에 당위적 법칙이 매개되어야 한다는 우복의 주장을 일단 수용하였다. 그러면서도 그는 진리란 '인간의 행위를 기다린 뒤'에 성립되는 것이 아님을 역설하였다. 그가 우복의 견해에 만족하지 못한 것도 바로 이 점 때문이다. 그는 진리의 성립여부에 인간의 개인적인 행동이나 판단[思]은 전혀 영향을 줄 수 없다는 입장을 명백히 하였다.

따라서 갈암이 생각하는 진리란 인간의 경험을 초월하여 선험적으로 있는 것이라 말 할 수 있다. 따라서 갈암의 경세론에서는 새로운 이론의 창출이라는 측면이 나타날 가능성보다는 이미 주어진 틀(과거로부터 형성된 모델)의 현실적 투영이라는 형태로 나타날 가능성을 예상할 수 있다. 실제로 그가 사회적 현실과 실천 문제에 관심을 가지면서도[41] 그 해결 방법론으로 의지한 것이 고전적 경세론 이라고 할 수 있는 「홍범」이었던 것은 당연한 귀결이라 할 수 있다.

---

40) 愚伏 鄭經世에 의한 李睟光의 '道'론 비판은 '道'론에만 한정된 것이 아니라 「采薪雜錄」 전반에 걸쳐서 이루어진 것이다. 곧 鄭經世는 「李芝峯采薪錄辨疑」「再辨」「三辨」(『愚伏集』 권14) 등 세 번의 변론을 통하여 李睟光의 학문관 전반에 대해 비판을 하였다.

41) 갈암은 조정에 있을 때 '施務 6조'의 개진이나 鄕約法과 選士法의 시행을 요청하는 등 정치·사회 문제에 적지 않은 관심을 기울였다.

(2) 경세론의 전개

갈암이 20대 젊어서부터 경세론에 관심이 있었음은 『홍범연의』의 저술이 시작된 시기에 의해서도 충분히 이해될 수 있다. 그의 경세론에 관한 관심은 중년을 거쳐 만년에 이르러서도 끊이지 아니하였다고 할 수 있다. 곧 그가 40대 초반인 1668년경에 제시한 정치론[42]이나 60대인 1691년에 쓴 「진 군덕시무육조소(進 君德時務六條疏)」[43] 등은 그의 정치론을 잘 보여 주는 것이다. 또한 그의 나이 60대인 1688년 쓴 것으로 알려진 「홍범연의서」나 「둔암유공수록서(遁庵柳公隨錄序)」 등에도 갈암의 경세관이 잘 피력되어 있다.

갈암은 「정설」에서 "왕은 백성을 하늘로 여기고 백성은 먹는 것을 하늘로 여긴다"[44]라고 함으로써 정치에 있어 민생에 대한 중요성을 충분히 인식하고 있었다. 여기에서 그는 "사창의 조례는 주자전서에 갖추어져 있다"[45]라고 함으로써 그의 경세관에 대한 인식이 성리학적 세계관에 기반하고 있음을 보여 준다. 「진 군덕시무육조소」에서 제시된 시무에 관한 여섯 가지 조목은, '진덕(進德)'·'입지(立志)'·'변통(變通)'·'택임(擇任)'·'육재(育材)'·'석시(惜時)' 등이다. 여기에서도 갈암은 그의 주장의 논거로써 유교 경전과 함께 특히 정자와 주자의 말을 자주 인용함으로써 정통 주자학자의 면모를 그대로 보여주고 있다. 변통을 말하면서도 그 논거는 여전히 『주역』, 『시경』과 정자, 주자의 말이었다.

그러나 「둔암유공수록서」에 보이듯이 갈암은 당시 사대부들이 경세유용

---

42) 『葛庵集』別集, 卷3, 雜著에 「政說」이라는 제목의 글로 실려 있다. 여기에 따르면 이 글은 갈암이 1668년 경 백성들의 고통을 직접 눈으로 보고 정치방법론(治道)을 여덟 가지 조목으로 나누었다고 한다. 그런데 지금은 다만 '論廣儲蓄', '論正經界', '論定軍制' 등 세 조목만이 전한다.

43) 『葛庵集』 권4.

44) "王者以民爲天, 民以食爲天."

45) 앞의 글, <論廣儲蓄>, "其社倉條例, 具在朱子全書."

의 학문이 있음을 알지 못함[46]을 날카롭게 지적하였다. 이어서 그는 당시 학문경향의 폐단에 대해, "학문을 하는 자들도 언어와 경문만 모으고 외워 과거시험에 관련된 이익만을 취할 줄 알며 조정에서 벼슬하는 자는 현실에 안주하고 옛 것을 지키며 간략하고 비루하여 낡은 습관을 버리지 못한다"[47]라고 신랄하게 비판하였다. 이것으로 볼 때 갈암이 당시 지식사회가 처한 문제점을 분명하게 파악하고 있었으며 동시에 사회의 현실문제에 깊은 관심을 지니고 있었음은 의심할 수 없을 것이다. 이것은 갈암이 17세기 당시 조선사회의 부조리한 현실에 대한 개혁을 요구하는 시대정신을 일정하게 반영하고 있는 것으로 보아도 무리가 없을 것이다.

그런데 갈암의 경세론이 의지하고 있는 논거는 유교 고전이며 선진 유학 정신이었다. 그의 경세론은 최종적으로 『홍범연의』에 집적되어 있다. 그는 유교의 고전인 『서경』 「홍범」에 대하여, "홍범의 글은 천지 사이의 사물을 포괄하고 다 채워 실지로 수신하여 예의에 맞게 실행하고 귀신을 섬기며 사람을 다스려 변화가 이치에 맞고 재물을 이루니, 대경대법이 있는 곳이다"[48]라는 인식을 가지고 있었다. 또한 그는 『홍범연의』를 완성함에 '경문에 근본 하여 그 기강을 세우고 있음'[49]을 분명히 밝히고 있어, 그의 경세론의 총결산[50]인 『홍범연의』의 이론적 근거가 『서경』 「홍범」의 글임에는

---

46) 『葛庵集』 권20, 「遁庵柳公隨錄序」, "自是以來世益下 士大夫不得知有經世有用之學."

47) 앞의 글, "遊於學者, 徒知綴緝言語, 誦讀經文, 取決科之利, 仕於朝者, 不過安常守故, 簡陋因循, 爲目前之計."

48) 『葛庵集』 권20, 「洪範衍義序」, "洪範之書, 包括盡盈天地間物事, 實修身踐形, 事神治人, 變理財成, 大經大法之所在."

49) 「洪範衍義序」, "以就此篇, 蓋本之經文以立其綱."

50) 갈암은 「洪範衍義序」를 종결하면서, "是則欲爲修己治人之學者, 亦將慨然有感於斯, 而八條設敎之意, 或庶乎其想像彷彿於數千百載之下矣."라고 하였으니 『洪範衍義』가 修己治人이라는 선진유가의 경세론을 새롭게 재건한 것임을 은근히 자부하였음을 알 수 있다. 또 하나 여기에서 흥미로운 것은 갈암이 그의 경세론을 선진유학의 모토인 '修己治人'으로 언명하였다는 점이다. 이것은 조선실학의 집대성자로 평가받는 茶山 丁若鏞(1762~1836)이 그의 실학 사상을 스스로 '修己治人之學'이라고 역설한 점을 상기할 때 그 정신적 맥락에 있어서는 상호 일정한 연관성을 부여할 수도 있을 것이다.

의심의 여지가 없을 것이다.

이로써 볼 때 갈암은 비록 성리학 이론에 있어서는 정통유학자로서의 면모를 새롭게 세우는데 노력을 하였지만, 경세론에 있어서는 성리학보다는 선진유학의 실천유학 정신에 기울어 있었다고 할 수 있을 것이다. 말하자면 경세론에 있어서만큼은 그는 17세기 조선 성리학자들이 지닌 비경세적인 사회인식의 타파를 시도하였으며 그 방법론은 선진유학 정신의 재건에 두었다고 말할 수 있을 것이다.

4. 맺음말

17세기의 조선유학계는 여전히 성리학이 주류를 이루고 있었지만 그 이전 시기와는 달리 상대적으로 성리학적 세계관과 가치관이 동요되기 시작한 것도 사실이다. 그 직접적 이유로는 임진·병자의 양대 전란 이후 조선 내부의 정치·사회·경제적 변동에 기인한 의식의 변화가 초래한 면이 가장 크다고 할 수 있다.

그와 더불어 양명학과 서학의 유입에 따른 사상계 내부의 갈등도 무시할 수는 없었다. 퇴계학맥을 이어간 갈암이 살았던 17세기는 전통적인 성리학자들에게 세계관과 가치관의 재정립에 대한 중대한 물음을 던지고 있었던 것이다.

이 시기에 전통의 고수라는 입장에서 이 대응에 가장 앞장섰던 인물이 다름 아닌 영해 지역출신으로 퇴계학맥을 계승한 갈암이었다. 그것은 그가 적극적으로 주자학 정통주의와 퇴계학 부흥을 모색하였다는 점에서 설명될 수 있을 것으로 생각된다. 갈암이 주자학 나아가서 퇴계학의 정통주의를 모색한 것은, 순수한 사상사적 관점으로 이해한다면, 당시 이단사설(異端邪說)로 받아 들여졌던 양명학이나 서학의 영향과 주자학 권위에의 도전에 따른 전통유학의 동요와 갈등을 바로 잡아야 한다는 소명의식의 발로로 받아들일 수도 있다. 이와 같은 연유에서 그는 정통주의를 고수할 수밖에 없었을 것이다. 또한 갈암은 성리학 가운데에서도 그의 지역적 학문 배경을 이루어 온 퇴계학에 의존하여 그 정통성의 '뿌리'를 분명히 할 필요가 있었던 것이다.

그럼에도 불구하고 갈암은 경세론에 있어서는 공맹(孔孟) 선진유학의 경세정신을 재건하고자 하였던 것이다. 갈암의 성리학에는 주자학이나 선진유학 이외의 다른 사상의 흔적은 찾아보기 힘들다. 말하자면 그의 성리학에서는 양명학이나 서학의 영향은 찾아보기 힘들다. 또한 전통적 사상인 불교나 도가의 흔적도 찾아보기가 쉽지 않은 것으로 보인다. 사실 이러한 점은 정통론을 고집하는 그의 성리학적 특징으로 볼 때 당연한 결과일 것이다. 아니 오히려 갈암은 주자와 퇴계 그리고 공맹사상에 철저하고자 혼신의 노력을 다하였던 것이다. 그것은 전통적인 퇴계학의 주리론에 입각한 도덕 이상론의 계승이라고 할 수 있다. 이러한 점에 있어서 영해 지역을 중심으로 한 갈암의 퇴계학은 '퇴계학의 17세기적 재현'이라고 할 수 있다.

이후의 갈암 성리학 계승자들도 갈암의 이러한 특징을 이어갔다고 할 수 있다. 곧 18세기의 밀암 이재와 대산 이상정 그리고 19세기의 정재 유치명에 이르기까지 퇴계－갈암 성리학의 특징은 큰 변화 없이 계승되어 갔던 것이다.

끝으로 영해 지역에서의 퇴계학맥의 전개에서 앞으로 새롭게 주목해 보아야 할 점을 지적해본다면 갈암의 모친인 정부인 장씨의 위상이라고 말할 수 있다.[51] 갈암을 중심으로 한 영해 지역의 퇴계학맥은 사실 정부인 장씨의 존재를 무시할 수 없기 때문이다 따라서 영해 지역의 퇴계학맥의 전

---

51) 퇴계학맥의 전승에 있어서 정부인 장씨의 위상에 대하여 주목한 논문으로는 李完栽, 「退溪學脈과 貞夫人 張氏」(『貞夫人 安東張氏의 삶과 학예』, 貞夫人 安東張氏 추모학술대회 발표논문집, 1999. 11)가 있다.

승은 〈퇴계→학봉→경당→석계 이시명 · 정부인 장씨→갈암→밀암〉 이라
고 보는 것[52]을 고려해 볼 만하다. 이러한 관점은 좀 더 연구를 진전시켜보
아야 하겠지만 조선유학의 지평을 넓혀간다는 측면에서도 흥미로운 주제가
될 수 있을 것이다.

[대구한의대학교 국제어문학부 교수 박홍식]

---

52) 정부인 장씨와 관련하여 영해 지역에서의 퇴계학맥의 전승에 대한 이러한 관점은 금장태,
「「퇴계학맥과 정부인 장씨」에 대한 논평'의 글에서 제시된 바 있다.

성재 금난수의 '학퇴계' 정신과 '주경함양' 공부

1. 머리말

성재(惺齋) 금난수(琴蘭秀)는 월천(月川) 조목(趙穆)과 함께 이른 시기부터 퇴계 이황의 문하에 나아가 퇴계를 스승으로 모셨던 고족제자(高足弟子) 가운데 한 사람이다. 그러나 종래 퇴계학파 안에서 그의 위치와 비중은 그다지 높게 평가받지 못해 왔다. 오늘날 역시 그에 대한 연구는 전무한 실정이다. 이처럼 학계에서 조명을 받지 못하고 있는 까닭은 무엇일까? '퇴계'라는 우뚝한 인물을 스승으로 모셨기 때문에 스승의 그늘에 가려진 측면도 적지는 않을 것이다. 그러나 무엇보다도 성재의 학문과 사상을 고찰할 수 있는 자료가 부족하다는 점을 주된 원인으로 꼽지 않을 수 없다. 조선시대 유교적 전통에서는 위대한 인물의 업적을 논할 때 '삼불후(三不朽)' 가운데 '입덕(立德)'을 가장 높이 치고 '입공(立功)'을 그 다음으로 하였으며, '입언(立言)'을 맨 마지막에 두었다. 그러나 오늘날에 와서는 지난날 아무리 덕이 높은 성덕군자(成德君子)였고, 또 공이 많았던 사람이라 하더라도, 저술이 없으면 연구가 거의 이루어지지 않는다. 이것은 예와 지금의 학문관이 다른 데서 기인하는 것이라고는 하지만, 근대 학문이 지닌 한계 가운데 하나라고 하면 잘못된 것은 아닐까.

본고에서는 '독신사문(篤信師門)'의 정신으로 퇴계의 학문과 사상을 후세에 널리 전파하는 데 힘썼으며, 또 행의(行誼)로 이름이 높았던 성재 금난수의 학문과 사상에 대해 고찰하고자 한다. 그의 생애가 '학퇴계(學退溪)의 정신'으로 일관되었던 만큼 그에 초점을 맞추어 논의를 전개하고자 한다. 다만 논의에 앞서 먼저 고백해 둘 것이 있다. 그것은 다름 아니라 연구 자료의 부족으로 심도 있는 논의를 펴지 못했다는 점이다. 주지하는 바와 같이 『성재집』에는 성재의 학문과 사상을 살필 수 있는 자료가 매우 적다. 편지 글이 십 수편 있고 잡저(雜著)가 약간 편 있기는 하지만, 대부분 학술적인 내용과는 거리가 있다. 따라서 상대적으로 풍부한 시편(詩篇)을 중심으로 편언척구(片言隻句)를 모아 '연주(聯珠)의 공(功)'을 이루어야 했다. 그렇게 하고서도 부족한 것은 『퇴계전서』를 통해 간접적으로 고찰하는 방법을 병행해야만 하였다. 이것은 『논어』를 통해 공문제자(孔門弟子)의 학행(學行)을 엿볼 수 있는 것과 같은 사리이다. 이 점 독자 제현의 양해를 구한다.

성재의 연구 자료로는 문집이 있고 이밖에 필사본 '성재일기(惺齋日記)'가 있다고 한다.[1] 그런데 『일기』의 경우 아직 학계에 공개되지 않고 있기 때문에 본고를 작성함에 있어 주요 자료로 이용하지 못한 것을 아쉽게 생각하고 후고(後攷)를 기약한다. 본고에서는 '도산급문제현집(陶山及門諸賢集)' 제1권(아세아문화사 영인, 1982)에 실린 '성재집(惺齋集)'을 저본으로 하였음을 밝혀 둔다.

2. 성재의 생애와 저술

금난수(1530~1604)의 자는 문원(聞遠)이요 호는 성재(惺齋)이다. 본관이 봉화(奉化)로 고려 때의 명신 영렬공(英烈公) 금의(琴儀 : 1153~1230)의 후손이며 첨지공(僉知公) 금헌(琴憲 : 자는 憲之)의 아들이다.[2] 중종 15년 경상도 예안

---

1) 금난수의 胄孫이 소장하는 것으로 알려져 있다.
2) 이하는 『연보』에 의한다.

현(禮安縣)에서 태어나 선조 32년에 75세를 일기로 세상을 떠났다. 그의 선조들은 본시 봉화에 세거(世居)하였는데, 고조부 숙(淑)의 대에 이르러 예안의 부포(浮浦)로 옮겨 살게 되었다고 한다. 예안은 조선 유학의 거봉인 퇴계 이황의 고향이기도 하다.

성재는 12세에 학문의 길에 들어 처음 청계(靑溪) 김진(金璡)에게 수학하였다. 청계는 학봉(鶴峯) 김성일(金誠一)의 부친이다. 따라서 자연스럽게 김극일(金克一)·김수일(金守一)·김성일 형제들과 일찍부터 교유하게 되었다. 18세(1547)부터는 청량산 보현암(普賢庵)에 들어가 본격적으로 수업(修業)하는 것을 시작으로, 여러 산사를 왕래하면서 학업에 정진하였다. 청량산 상선암(上仙庵)과 연대사(蓮臺寺)·현묘사(玄妙寺)·안중암(安中庵)·만월암(滿月庵) 등은 그가 수학하던 곳이다. 특히 보현암의 경우 그가 18세부터 35세까지 20년 가깝게 왕래하면서 12, 3년 정도 공부한 곳으로서,[3] 그는 특별히 「보현암벽상서전후입산기(普賢庵壁上書前後入山記)」를 지어 『문집』에 남기기도 하였다.

성재는 퇴계의 부급제자(負笈弟子) 가운데 월천 조목(1524~1606)과 함께 퇴계의 훈도(薰陶)를 가장 일찍부터 받은 선진(先進) 가운데 한 사람이다.[4] 그는 성관(成冠)한 뒤 같은 고을 출신 선배인 조목과 교유하기 시작하였고, 이어 21세(1550) 때에는 조목의 권유로 퇴계의 문하에 나아가 제자례를 올리게 된다. 조목은 동문이면서 사사롭게는 성재의 처남이 된다. 성재의 부인 횡성조씨(橫城趙氏)는 조목의 누이 동생이었다. 양현의 이러한 관계는 조목이 성재에게 바친 만사(挽詞)에서 "물 너머 사시던 님 이제는 세상을 격(隔)하셨네. 형제의 정의(情誼) 돈독하였거니와 하물며 동문임에랴"[5]라고 한

---

3) 『惺齋集』 권3, 「普賢菴壁上書前後入山記」 "蓋丁未以後, 至今甲子, 幾二十年, 往來于玆山者, 十有二三焉"(영인본 535쪽).

4) 『성재집』 권4, 「跋文」. "先祖服事陶山, 陶薰最久"(566쪽).

5) 『성재집』 권4, 「挽詞」. "隔水人今隔世魂, 弟兄情誼況同門"(556쪽).

데서도 엿볼 수 있다.

퇴계문하에서 서애(西厓) 유성룡(柳成龍)과 학봉 김성일이 병칭되는 경우가 많듯이, 월(月)·성(惺) 양현 역시 곧잘 함께 일컬어지곤 한다. 이는 양현의 관계가 퍽 돈독하였을 뿐만 아니라, 학문 성향 역시 비슷하였기 때문일 것이다. 퇴계의 편지글 중에는 '여조사경·금문원(與趙士敬琴聞遠)'이라고 하여 두 사람 앞으로 보낸 것이 여러 통 있으며, 또 조목에게 보낸 서한에서는 "지금 금난수가 무슨 학문을 하고 있으며 안부는 어떠한지?"라고 묻는 경우가 많았다.

성재는 비교적 늦은 나이인 32세 때(1561) 비로소 사마시(司馬試) 생원과(生員科)에 급제하였다. 그는 퇴계문하에 나아갈 때부터 거업(擧業)에 대한 생각을 사절(謝絶)하였으나, 집안이 가난한데다가 늙은 어버이의 기대를 저버릴 수 없어서 부득이 과거에 응하였다. 이처럼 과업(科業)이 본의는 아니었기 때문에, 소성(小成)으로 만족하고 이후 대과(大科)에 대한 뜻을 버렸던 것으로 짐작된다. 선조 10년(1579), 50세 때 유일(遺逸)로 제릉참봉(齊陵參奉)에 천거되어 임명된 이래, 집경전(集慶殿) 참봉, 경릉(敬陵) 참봉, 장흥고(長興庫) 직장(直長), 장예원(掌隷院) 사평(司評) 등을 지냈다. 임진왜란 때에는 향리에서 근시재(近始齋) 김해(金垓)와 함께 의려(義旅)를 규합하였으며, 정유재란 때 역시 의병을 일으키고 군량미 조달에 힘썼다. 주경(主敬) 함양공부가 현실에 즉해서 의리사상으로 발현되어 나왔음을 알 수 있다.

67세(1596) 때 성주판관(星州判官)에 제수되었으나 나아가지 않았으며, 70세 되던 해(1599) 3월 재향(梓鄕)인 봉화현감에 제수 되자 마지막으로 봉사할 기회라 생각하고 부임하였다. 그러나 65세 이상은 외직에 보임(補任)할 수 없는 것이 당시 국법이었다. 따라서 대간(臺諫)들이 가만히 있을 리 없었으니, 그해 8월 사헌부(司憲府)의 탄핵을 받아 마침내 체직(遞職)되고 말았다.[6] 사후 1605년(선조 38년)에는 왜란 당시 의병을 일으킨 공으로 선무원종공신(宣武原從功臣)에 책록되고 통정대부(通政大夫) 승정원 좌승지 겸 경연참찬관(經筵參贊官)에 추증되었다.

성재의 학자적 면모는 이론보다는 실천의 측면에 있다고 할 것이다. 그는 성리학을 자신의 중심 학문으로 하면서도 이기심성론(理氣心性論)에 대해서는 거의 문자를 남기지 않았다. 그것은 무엇 때문일까? 일찍이 남명(南冥) 조식(曹植)이 천리(踐履)에 힘쓰면서 '정주이후(程朱以後) 불필저술(不必著述)'이라 하였듯이 성재 역시 '퇴계 이후에는 꼭 저술할 것은 없다'라는 생각을 가졌기 때문은 아닐까? 남명 조식은 다음과 같이 말한 바 있다.

> 송나라 때 群賢이 講明해 놓은 것이 갖추어지고 극진해서, 물을 담아도 새지 않는 그릇처럼 빈틈이 없다. 후세의 학자들은 그것에 힘을 쓰는 것이 느슨한가, 맹렬한가에 달려 있을 뿐이다.[7]

> 한·당 때의 유학자들은 도덕의 행실이 대강 있기는 하였지만, 도덕의 학문을 강구하지 않았다. 濂洛의 제현이 나온 이후로, 저술과 輯解에 階梯와 路脈이 해와 별처럼 밝아, 初學小生들도 책을 펴면 이치가 환하게 드러난다. 비록 고명한 스승이 귀를 당겨 일러준다 하더라도 전현들의 가르침보다 조금도 더하지 못할 것이다.[8]

그리하여 마침내 "정주(程朱) 이후에는 꼭 저술할 필요는 없다"고 하기에 이르렀던 것이다. 그러나 이것은 뒷날 남명의 학문과 사상을 연구하는 데 큰 장애가 되었다. 성재 역시 그러한 측면이 적지 않다고 본다.

오늘에 전하는 『성재문집』 4권 1책은 1909년에 10대손 정기(鼎基)가 유문(遺文)을 수습하여 엮은 것이다. 성재가 세상을 떠난 지 3백년 만에 상재(上梓)된 것이다. 동계정사(東溪精舍)의 실화(失火)에다 병화(兵火)와 두식(蠹

---

6) 『宣祖實錄』 33년 8월 12일 壬午條 및 同 8월 27일 丁酉條 참조.

7) 『南冥集』 권2, 19a 「答仁伯書」 "宋時群賢, 講明備盡, 盛水不漏. 後之學者, 只在用力之緩猛而已."

8) 『南冥集』 권2, 19b~20a 「奉謝金進士肅夫」 "漢唐諸儒, 粗有道德之行, 而未講道德之學. 濂洛諸賢以後, 著述輯解, 階梯路脉, 昭如日星, 初學小生, 開卷洞見. 雖明師提耳, 萬不能略加於前賢指南."

蝕)을 겪으면서 당시까지 전해진 것을 모두 망라하기는 했으나 실로 초라
한 형색을 면치 못하고 있다. 구성과 내용을 보면 권1에 시 109수, 권2에
서(書) 18편과 잡저 10편, 권3에 기(記) 3편, 명(銘) 2편, 제문 2편과 연보로
되어 있으며 권4는 부록이다. 후손들에 의하면, 원래는 상당한 분량의 저술
이 있었으나, 전체 분량 가운데 10분의 1, 2 정도만 수습된 것이라고 한
다.9) 그러나 본원함양(本源涵養)과 약례(約禮)를 중시하는 성재의 학문 성향
으로 미루어 볼 때, 그가 저술에 힘써 많은 논저를 남겼을 것 같지는 않고,
또 설령 지금 남아 있는 것보다 훨씬 풍부한 저술을 이룩했다고 하더라도,
과연 이론적으로 볼 만한 내용이 얼마나 되었을지는 의문이다.

성재의 10세손 정기는 선조의 저술과 관련하여 다음과 같이 말하였다.

> 지금 다행히 전하여 考據할 수 있는 것은 역시 정밀한 의리[精義]에 관계된
> 것이다. 理氣를 辨析하여 도에 들어가는 關鍵을 보이고, 향약을 講明하고 닦
> 아서 化民成俗의 規度를 드리웠으며, 글을 읽음에 장소의 鬧靜에 대한 경계가
> 있고 先人을 尙論함에 出處의 의리를 밝혔으니, 모두 다 스승으로부터 전해
> 받은 것을 발휘한 것이다. 그리고 스승의 문집을 통해서 고거할 수 있는 이외
> 에도 曲暢傍證할 수 있는 것이 있으니, 그 전하지 않은 것이 더욱 슬프다.10)

그런데, "선조의 덕을 일컬어 후세에 밝게 드러내려는 것이 효자·효손
의 심정"11)일 것이나, 아쉽게도 위의 말을 증명하는 것이 문제로 남는다.
후손들 사이에서 성재가 저술에 힘썼는가의 여부를 두고 주장이 다르고 보
면 더욱 그렇다.

성재의 8대손 서술(書述)은 성재가 저술을 많이 남기지 않은 것에 대하여

---

9) 『성재집』 권4, 「跋文」 "火于篋, 逸于燹, 所傳只有一二."(566쪽).

10) 『성재집』, 「跋文」 "今幸傳而可攷者, 亦精義之所關也. 辨析理氣而示入道之關鍵, 講修鄉約
而垂化俗之規度. 讀書而有鬧靜之戒, 尙論而明出處之義, 皆足以發揮師傳. 而師集考據之外,
有可以曲暢傍證, 則其所不傳, 尤可慨也."(566쪽).

11) 『禮記』, 「祭統」 "銘者自名也. 以稱其先祖之德, 而明著之後世, 此孝子孝孫之心也."

다음과 같이 변호하였다.

> 퇴계문하의 諸子는 實에 힘써 저술을 일삼지 않았다. 생각건대 선생께서는
> 이를 따르고 이를 믿어, 퇴계 선생의 말씀을 외우고 선생의 행동을 따르는 것
> 으로써 자기의 학문으로 삼았다. 이런 까닭에 퇴계 선생의 고향에서 태어나 선
> 생의 門墻에 가까이 있으면서 親炙가 가장 오래된 이로 月川 이외에 문집을
> 간행한 일이 별로 없다.[12]

또한 향산(響山) 이만도(李晚燾 : 1842~1910)는 『성재집』 발문에서 다음과
같이 말한 바 있다.

> 선생께서는 陶山夫子의 고향에서 태어나시어 이른 나이에 及門하였다. 무
> 릇 妙道의 精義를 발명함이 『도산전서』에 함께 보이니, 이것은 마치 『논어』에
> 공자 문인들의 문답을 싣고 있어, 그 인품의 높고 낮음과 학문의 깊고 얕음을
> 살펴서 알 수 있음과 같다. 그런 까닭에 처음부터 별도로 책을 편집코자 하지
> 않음으로써 남긴 글이 많이 흩어졌다.(……) 글이란 어찌 많기만을 바랄 것인
> 가. 꼭 많을 것은 없다.[13]

『논어』, 「자한」편에 나오는 '君子多乎哉, 不多也'라 한 것과 「자로」편
의 '雖多奚爲'를 이끌어 '以少是貴'(요점만을 들어 서술하는 것)함을 강조하고
있는 것이 안타깝다. 물론 말이란 본시 설명을 할 때는 길게 늘어놓지만 결
론은 언제나 간단하고 명료한 법이다. 한 마디의 말이지만 체용(體用)이 해
비(該備)된 경우도 있고, 반면에 여러 말을 했지만 단지 일단(一端)을 말하는
데 그친 경우도 있다.[14] 그런 점에서 다음과 같은 이만도의 말은 일단 수긍

---

12) 『성재집』 권4, 「遺事」 "溪門諸子務實, 不事著述. 惟先生是從是信; 誦先生之言, 服先生之
   行, 以爲己學. 是以生先生之鄕, 密邇門墻, 親炙最久者, 月川以外, 別無刊行文集焉."(551쪽).

13) 『성재집』, 「跋文」 "先生生於陶山夫子之鄕, 早年登門. 凡妙道精義之發, 俱見於陶山全書,
   如論語之載孔門人問答, 其人品高下, 學問淺深, 可按而知也. 以故初不欲別立編集, 而遺文
   多放. (……) 文豈多乎哉? 不多也."(565쪽).

14) 『栗谷全書』 권19, 12b 「聖學輯要」 "聖賢之說, 或橫或竪, 有一言而該盡體用者, 有累言而
   只論一端者."

할 수 있기는 하다.

　　이제 이 문집을 가지고 師門[퇴계]의 전서와 비교하여 살펴보니, 상호 발명
하여 羽翼한 것이 적지 않으나, 아쉽게도 일찍부터 스스로 수습하지 않아서,
그저 全鼎의 一臠을 맛볼 뿐이다. 비록 그러하나 曲禮가 3천 가지로되 한 마
디로 말한다면 ‘毋不敬’일 것이요, 『尙書』 50편은 ‘欽’이라는 한 글자로 開卷
第一義로 삼을 것이다. 후세 사람들이 이것이 ‘성성재’라고 써 주게 된 것임을
안다면, 책 펴기를 기다리지 않고도 이미 欽·敬의 의미를 우러르게 되어, 그
것을 스승으로 삼고 본받게 될 것이다.[15]

　그러나 척암(拓菴) 김도화(金道和 : 1825~1912)가 말한 바와 같이 “비록 편
언반구(片言半句)라도 묘도(妙道)의 정의(精義)를 발명한 것 아님이 없다”[16]
고 한 것은, 구안지사(具眼之士)의 안목이 아니고서는 얼른 알아차리기 어렵
다. 이는 변권(弁卷)의 글에서 흔히 볼 수 있는 의례적인 수사(修辭)에 가깝
다고 보는 편이 옳을 성싶다.

　성재의 학술과 사상을 살피는 데 있어, 후인들의 기술 역시 크게 도움이
되지는 못한 것 같다. 서경(西坰) 유근(柳根)이 찬한 「묘갈명(墓碣銘)」은 간
략한데다가 알맹이가 없으며, 후손들의 기록은 공정성에 의문이 있다. 아무
래도 성재의 연구에는 난점이 많다고 할 것이다.

3. 위기지학과 ‘학퇴계’ 정신

　문집을 통해서 엿볼 수 있는 성재의 면모는 탈속(脫俗)한 기상을 타고났

---

15)『성재집』 권4, 李晩燾撰 「跋」 “今以此書, 參互師門全書, 其相發明而羽翼者不少. 惜乎! 不
　早自收拾, 而徒味全鼎之一臠也. 雖然, 曲禮三千, 一言蔽之曰毋不敬, 尙書五十篇, 欽之一
　字, 爲開卷第一義. 後之人知此爲惺惺齋書, 則不待開卷, 已仰欽敬之義, 而有以師法之矣.”
　(565쪽).
16)『성재집』, 「序文」 “嗚呼! 先生遺唾之得於航頭者, 雖片言半句, 莫非妙道精義之發耳.”(507
　쪽).

다는 점과 시종 위기지학(爲己之學)에 힘썼다는 점에서 돋보인다. 그는 남에게 인정받기 위한 학문이 아닌, 자기 자신을 위한 학문을 추구하였다. 『논어』「선진(先進)」편을 보면, 증점(曾點)이 공자에게 자기의 뜻을 피력하면서

> 늦봄에 봄옷이 이루어지거든 관자(冠者) 5~6명, 동자 6~7명과 함께 기수(沂水)에서 목욕하고 무우(舞雩)에서 바람을 쐬고 시를 읊으면서 돌아오겠습니다.

고 하자, 공자가 위연(喟然)히 감탄하면서 "나는 증점을 허여 한다"(吾與點也)고 한 대목이 있다.[17] 이에 대해 주자(朱子)는 "증점이 자기의 뜻을 말함에 있어 현재 처한 위치에 나아가 그 일상생활의 떳떳함을 즐기는 데 지나지 않았고, 처음부터 자기를 버리고 남을 위하려는 뜻이 없었다"고 풀이하였다. 성재의 기상과 지취(志趣)는 이로부터 적지 않은 영향을 받은 것 같다.

성재는 25세(1554) 이전에 이미 선비의 출처진퇴(出處進退)에 대한 생각이 정리되어 있었던 것 같다. 이른 시기라고 할 수 있는 이때 동계(東溪)에 성성재(惺惺齋)를 짓고 독서장수지소(讀書藏修之所)로 삼았던 것은 이를 뒷받침한다. 퇴계는 같은 해 서한을 통해 다음과 같이 성재를 면려(勉勵)한 바 있다.

> 京外로 榜이 발표되자 합격, 불합격을 놓고 사람들을 놀라게 하여, 물결이나 구름처럼 들끓고 있습니다. 本道의 방에는 그대의 이름이 없으니 비록 나로서도 한스럽게 생각하지 않을 수 없습니다. 그런데 이제 보내주신 서신을 보니 이에 대한 한 마디의 언급이 없고, <u>산간에다 茅屋을 짓고 바야흐로 舊業을 닦으면서 다른 사람들의 맛보지 못한 바를 맛보고 있다 하니</u>, 이는 남들은 이상하게 여기고 욕할는지 모르지만, 나는 마음속으로 더욱 사랑스럽고 가상하게 생각합니다. 이 뜻은 오래도록 더욱 굳게 하여 남의 말에 흔들리거나 빼앗기지 말아야 됩니다. 이 일은 곤궁하더라도 변하지 말고 外慕에 옮겨지거나 무너지지 말아야 할 것입니다.[18]

---

17) 『논어』,「先進」 "點曰 :「莫春者, 春服旣成, 冠者五六人, 童子六七人, 浴乎沂, 風乎舞雩, 詠而歸」夫子喟然嘆曰 :「吾與點也」."

성재의 출처 진퇴관 형성에는 스승 퇴계의 영향이 지대하였을 것으로 짐작되는데, 위에서 성재의 이른바 "結茅山間, 味衆人之所不味"야말로 학문하는 기쁨 바로 그것이라 하겠다.

한편, 성재는 일찍이 남명의 출처를 놓고 퇴계에게 질문하기도 하였다. 이에 대해 퇴계는 다음과 같이 말한 바 있다.

> 南冥[曺植]과 一齋[李恒]는 사람됨을 한 마디로 단정하기가 쉽지 않습니다. 예로부터 處士가 세상에 나가면 으레 말이 많은 법입니다. 지금의 시끄러운 것을 어찌 괴이하게 여길 것이 있겠습니까? 그러나 그 사람들도 각기 스스로 그러한 말을 듣게 하였으니, 참으로 조심해야 할 일입니다.[19]

> 남명과 일재가 무슨 말을 했기에 임금께 登對한 말을 가리켜 이러쿵저러쿵 하는지요? 申公 力行의 대답보다는 그래도 나을 것 같은데, 사람들이 불만스럽게 여기는 곳이 많습니다. 처사가 세상에 나오면 예로부터 말이 많은 법이니, 또한 무엇을 괴이하게 여길 것이겠습니까?[20]

위에서 '지금의 시끄러운 것'이란 무엇을 말하는 것일까? 또 '등대지언(登對之言)'이란 어떠한 내용일까? 자세히 알 수는 없지만, 다음의 자료에는 언뜻 짐작이 될 만한 대목이 보인다.

> 조식과 이항은 평소 이름만 듣고 있었을 뿐 서로 안면이 없었다. 처음으로 서울에서 만나자 이내 서로 '너' '나'를 하였다. 조식은 언제나 말할 때 꼭 이항을 조롱하여 "너는 도적에 비한다면 크게 뛰어난 도적이지만, 나는 너의 供招

---

18) 『陶山全書』 권52, 「答琴聞遠」 "京外榜出, 得失驚人, 波沸雲騰. 而本道榜內無賢名, 雖我不能不爲之恨焉. 今見來書, 無一語及之, 而結茅山間, 方修舊業, 味衆人之所不味. 此乃人所怪罵, 而吾心益以愛向焉. 此志久當益堅, 勿爲人言所搖奪. 此事窮且不改, 勿爲外慕所遷壞可也"(제3권, 107쪽).

19) 『도산전서』 권52, 「答琴聞遠」 "南冥一齋, 爲人未易以一語斷了. 自古處士出世, 例多議論, 今之紛紛, 何足怪哉? 然亦各其人有以取之, 眞可戒懼耳"(제3권, 114~115쪽).

20) 『도산전서』 권32, 「答趙士敬」 "南冥一齋, 有何言論, 指其登對之言而云云乎? 似猶勝於申公力行之對, 而人多不滿處. 士之出, 自古多言, 亦何怪哉?"(제2권, 284쪽).

에 의해 따라 나온 사람이다"고 하였고, 이항은 반드시 느릿느릿하게 "네 말이 너무 지나치다"고 하였다. 이항 등이 四條, 六條로 피선된 뒤 玉堂의 論箚에서 조식까지 아울러 나오게 했기 때문에 그의 말이 이러했던 것이다.[21]

남명이 某人에게 말하기를 "지난해 내가 임금의 부름을 받아 서울에 갔을 때 李恒을 그의 여관으로 찾아갔다. 이항이 내게 '景浩[퇴계의 자]가 문장으로부터 들어갔으니 그 학문은 잘못된 것이다'고 하였다. 나는 곧 그 말을 받아 '경호의 학문은 그대나 내가 알 수 없습니다. 공은 활쏘는 법을 말할 뿐이요 나는 그저 경서를 강론하는 법을 논할 뿐이니, 어찌 경호의 학문이 깊고 얕음을 함께 논할 수 있겠습니까?'라고 했다. 그러자 그 자리에 꽉 차 있던 이항의 제자들은 내 말을 좋지 않게 여기고 모두 불평하는 기색이었다"고 했다.[22]

명종 21년, 조식에 이어 성운(成運)·이항·임훈(林薰)·김범(金範)·한수(韓脩)·남언경(南彦經) 등이 유일(遺逸)로 천거되어 이들에게 6품직이 내려지자,[23] 이를 두고 말이 많았던 것 같다. 특히 유일로 천거된 사람들 사이에서 다른 학자의 인격과 학문을 인정하지 않고 내려깎으려는 태도를 보인 것도 사람들의 입에 올랐던 듯하다.

퇴계는 남명의 학문에 대해서는 높이 평가하지 않았지만, 그의 탈속한 기상과 준결(峻潔)한 지행(志行)에 대해서는 칭도(稱道)해마지 않았다. 성재가 31세(1560) 때 남유(南遊)의 길에 올라 단성(丹城)에서 세모(歲暮)를 당하여 시를 부쳐 왔을 때 퇴계는 방장산인(方丈山人 : 남명 조식)을 찾아보라는 내용의 시 한 수를 지어 보낸 바 있다.[24] 성재는 이 당부대로 그 이듬해 4월

---

21) 『명종실록』 권33, 21년 10월 21일 戊寅條 ; 『대동야승』 권57, 李濟臣, 『淸江先生鯀鯖瑣語』 참조.

22) 『退溪先生言行錄』 권1, 19b-20a <成德>條 "南冥與某言曰, 「往年承召赴京, 余訪李恒之于寓邸, 恒之謂余曰, 景浩由文章而入, 其學問誤矣. 余應曰, 其學問, 公與吾之所不得以知者. 公但論弓角而已, 吾但論講經而已, 何可與論景浩學問之淺深邪? 恒之滿座門徒, 不喜吾言, 多有不平之色矣」 蓋一齋初習武, 讀大學, 乃覺悟, 盡棄其業而讀書修行. 南冥先生, 占文科初試, 講誦經書, 後入頭流, 隱居行義. 南冥歷擧其前所業, 皆欽服先生之學問如此"(李國弼).

23) 『明宗實錄』 권33, 21년 6월 21일 庚辰條.

24) 『도산전서』 권3, 「琴聞遠自丹城書來却寄一絶」 "歲暮難堪憶故人, 平安書到雪溪濱. 南行莫

뇌룡정(雷龍亭)으로 남명을 찾아뵙고 가르침을 받았다. 「남정(南征)」이라는 시의 소서(小序)에서는 일찍이 남명의 행의(行義)를 들은 적이 있노라고 하면서, "두류산의 노선백(老仙伯)이 사람들의 경모심을 자아낸다"[25]고 술회하고 있다. 그가 남명의 탈속한 기상과 행의(行義)를 우러르고, 또 남명을 '선백'이라 한 점, 그리고 남명과 자신을 천연(天淵)에 비하면서 남명의 은륜을 배우겠노라[學隱淪]고 한 점[26] 등은 성재의 출처진퇴관 형성과 관련하여 남명의 영향을 짐작케 한다.

『논어』「옹야(雍也)」에서 '지자요수(知者樂水), 인자요산(仁者樂山)'이라 하였듯이 성재는 산수를 무척 좋아하였다. 천성이 나무 심기를 좋아하여 집 위의 산과 동계의 원평(院坪)에 창송(蒼松)을 심어 울연히 숲을 이루었다고 하며,[27] 또 61세 이후로 향리에 있으면서 역동(易東) 우탁(禹倬)의 관수대(觀水臺)와 그 부근에 소나무를 심기 시작하였는데, 그 솔이 5리에 걸쳐 창취울연(蒼翠蔚然)하였으므로, 이를 '사평송(司評松)'이라고 하였다 한다.[28] 이뿐만 아니라 그는 각지의 승지(勝地)를 돌아다니면서 심목(心目)을 넓히는 것을 무척 좋아하였다. 그의 자연 사랑은 실로 남달랐던 것 같다.

예안의 고산(孤山)은 성재가 장수(藏修)하던 곳이다. 대세(川沙村) 북쪽 10리쯤에 있다. 이곳에는 날골[日洞]과 달소[月明潭]가 있어 경승(景勝)을 자랑하였는데, 우연하게도 이름이 서로 댓구를 이루어 더욱 운치가 있었다. 그는 날골의 산수를 매우 사랑하였으며, 35세 때(1564)에는 마침내 그곳에 일동정사(日洞精舍)를 짓고 장수지소(藏修之所)이자 소요장구지소(逍遙杖屨之所)

負酬心事, 方丈山中訪隱淪"(제1권, 104쪽).

25)『성재집』권1, 「南征」"頭流老仙伯, 令人起景慕"(515쪽).

26)『성재집』권1, 「丹城客中 伏次退溪先生寄詩一絶」"奔走風波患失人, 安閒不似退溪濱. 何當遊歷還歸早? 更向天淵學隱淪"(515쪽).

27)『성재집』권4, 「墓碣銘」"性好種樹, 於屋上山及東溪院坪, 植以蒼松, 鬱然成林"(550쪽).

28)『성재집』권4, 「遺事」"庚寅棄官家居, 就村前江岸, 自易東之觀水臺, 手植松, 連亘五里, 蒼翠蔚然, 名曰司評松"(553쪽).

로 삼았던 것이다. '고산주인(孤山主人)'이라는 성재의 별호는 이로 말미암아 생겨난 것이다. 성재의 4남인 금각(琴恪)이 지은 「일동산수기(日洞山水記)」[29]와 고산의 별업(別業)에 대한 수많은 제영(題詠)을 보면 고산이 얼마나 승지(勝地)였는가를 짐작할 수 있다.

그러나, 성재는 35세(1564) 때 자신의 학문 역정을 되돌아보면서 "사람이 본원을 함양하는 것은 공부하는 것이 어떠한가에 달려 있을 뿐 처한 곳이 시끄러운가 조용한가에 달려 있지 않다, 뒷날 입산하는 자들은 나의 경우를 통해 경계할지어다"라고 하였다.[30] 퇴계 역시 그 이듬해(1565) 조목에게 보낸 편지에서 성재의 안부를 물으면서 질책에 가까운 말을 하기도 하였다.

> 滉이 근일 조목에게 보낸 편지에서 "족하[금난수를 가리킴]는 어디에 있으며 무슨 공부를 하는가"라고 묻고, 또 "만약 글을 읽지 않는다면 고산이 비록 좋다 한들 무슨 보탬이 되겠는가"라고도 했습니다.[31]

누구보다도 자연을 사랑했던 퇴계였지만, 학문이나 인격 수양과 관련이 없는 자연 사랑을 '완물상지(玩物喪志)'한 것으로 생각하였다. 그러기에 젊은 제자에게 준엄한 꾸짖음을 잊지 않았던 것이다.

퇴계는 천성이 염퇴(恬退)를 좋아하였다. 그러면서도 제자인 성재에게는 과거를 폐하지 말 것을 당부하곤 했다.

> 國俗에 초야의 이름 없는 사람은 가다가다 자기 몸 하나도 부지할 수 없는 우려가 있습니다. 더구나 어버이 마음으로 자제들에게 바라는 바는 오직 立身

---

29) 『성재집』 권4, 所收(564~565쪽).

30) 『성재집』 권3, 「普賢菴壁上書前後入山記」 "人之所養, 在用功之如何, 不係於所處之鬧静也. 後之入山者, 於余戒之哉"(536쪽).

31) 『도산전서』 권52, 「答琴聞遠」 "滉近與趙士敬書, 問 :「足下何在, 作何工夫?」且云 :「若不讀書, 孤山雖好, 何益?」"(제3권, 112쪽).
　　『도산전서』 권31, 「答趙士敬」 "聞遠讀書否? 不讀書, 孤山雖好, 何益於事?"(제2권, 265쪽).

揚名하는 데 있으니, 말세에 과거 보는 일을 어찌 그만둘 수 있겠습니까? 그래서 程朱 문하에서도 과거에 응시하지 않은 사람이 드물었고, 스승 역시 禁斷하지 않았던 것입니다. 이러한 뜻을 깊이 헤아려서 과거 공부도 겸해야 할 것입니다.[32]

즉, 과거 공부에 찌들어서는 안 되겠지만 집안이 가난하고 어버이께서 늙으신 만큼 부득이 과업(科業)을 병행할 수밖에 없다는 것이 퇴계의 생각이었다. 이 당부를 몸에 새긴 그는 32세 때 사마시(司馬試)에 급제한 뒤로 소성(小成)으로 만족하고 위기지학(爲己之學)에 전념하였던 것이다.

성재는 한 때 궁박한 살림살이에다가 자신에 대한 심한 자책(自責), 그리고 학문에 대한 회의가 겹친 나머지, 학업을 등한히 한 적이 있었던 것 같다. 이때 퇴계는 그에게 준엄한 질책을 내리는 한편, '회인불권(誨人不倦)'의 자세로 순순연(循循然)하게 학해(學海)로 이끌었다. 1553년 성재 24세 때 보낸 편지에서는 다음과 같은 대목이 있다.

> 지난 겨울 편지 한 통을 보낸 뒤에 회답이 없어서 혹시 유실되지 않았는지, 아니면 족하가 곤궁한 귀신[窮鬼]에게 희롱 당하여 마음먹은 학업을 버리려고 내 편지를 보고서도 모른 척한 것인가 생각했습니다.[33]

'궁귀(窮鬼)'라는 표현에서, 가난이야말로 학문하는 데 최대의 적이라고 하는 퇴계의 생각을 엿볼 수 있다. 또 조목에게 보낸 편지에서는 다음과 같이 말하기도 했다.

> 듣건대 금문원이 학업을 게을리 하다가 폐하였다고 하는데, 나로 하여금 슬

---

32) 『도산전서』 권52, 「答琴聞遠」 "但於此有一焉. 國俗草澤無名之人, 往往有不能庇身之虞. 況親心所望於子弟者, 專在立養, 末世科名, 安可廢哉? 是故, 程朱門下, 鮮不應擧, 而師席亦不禁斷. 此意亦不可不熟慮, 而兼有攻業也"(제3권, 107쪽).

33) 『도산전서』 권52, 「答琴聞遠」 "去冬一書後, 未見來報. 恐書或浮沈, 復恐足下未免遂爲窮鬼所嬲, 嚷壞其志業, 雖見吾書, 不以省錄也"(제3권, 105쪽).

퍼서 어쩔 줄 모르게 합니다. 이 사람은 당초 몹시 좋은 사람이었으나, 어쩌다가 이처럼 되었는지 모르겠소이다. 생각하건대 궁박한 가운데 살다 보니 자기도 모르는 사이에 세속에 길들여지고 골몰하게 되어 그런 것 같습니다. 그렇지만 이 역시 의지가 돈독하지 못한 까닭입니다. 진실로 뜻이 정성스럽고 돈독하다면 하나의 '窮'자가 어찌 뜻을 빼앗을 수 있겠습니까? (……) 매우 두려워할 만한 일이외다.34)

　　琴生이 남의 비방을 입은 모양인데 무슨 일인지 모른단 말입니까? 근자에 오래도록 보지 못하다가 지난번 山澤間에서 만난 적이 있는데, 한 나절 동안 앉아서 이야기하면서도 단지 蘇東坡의 시 몇 구절에 대해 물을 뿐이었습니다. 매양 이 사람이 장차 「遂初賦」35)를 찾지 않을까 두려워하였더니, 이제 서신을 받고 보니 더욱 걱정이 됩니다. 저 사람이 만약 자신을 모멸하고 자신을 파괴함이 이와 같을진대, 비록 현자가 가까이 있다 하더라도 오히려 구제할 길이 없거늘, 하물며 나 같은 사람임에랴. 그러나 갑자기 서로 도외시할 수는 없을 것입니다.36)

이것은 일찍이 공자가 낮잠을 자는 재여(宰予)에게 "썩은 나무에는 조각할 수 없고, 분토(糞土)로 쌓은 담장은 흙손질할 수가 없다. 내 재여에 대하여 꾸짖을 것이 있겠는가"37)라고 하여 깊이 꾸짖은 것을 방불하게 한다. 그러나 이러한 심책(深責)은 제자에 대한 지극한 사랑 아니고서는 있을 수 없을 것이다.

성재에 대한 퇴계의 자상한 가르침은 별세하던 그 해(1570)까지 계속된다. 다음의 편지글은 퇴계가 성재에게 마지막으로 보낸 것이다. 사실상 고

---

34) 『도산전서』 권31, 「答趙士敬」 "聞聞遠懶廢學業, 令人悼心失圖. 此人當初甚好, 不知何故如此. 想緣窮裏營生, 不知不覺, 馴致汨沒而然. 然此亦志不篤之故, 苟志之誠篤, 一窮字, 豈能奪之? (……) 此吾輩之至戒甚可懼也"(제2권, 247쪽).

35) 중국 晉나라 때 孫綽이 지은 글(『晉書』 권56, 「孫綽傳」). '遂初'란 벼슬살이를 그만두고 在野에 묻혀 살고자 하는 初志를 이룬다는 말.

36) 『도산전서』 권31, 「答趙士敬」 "琴生被謗, 未知何等事耶. 近久不見, 頃嘗遇於山澤間. 坐語移晷, 只問坡詩數句而已. 每恐此人將不尋遂初賦矣, 今承所喩, 益以爲憂. 彼若自侮自壞如此, 則雖有賢者與處, 尙無救拔之路, 況如滉者耶? 然不敢遽相外也"(제2권, 247~248쪽).

37) 『논어』, 「公冶長」 "宰予晝寢, 子曰, 朽木不可雕也, 糞土之墙, 不可杇也, 於予與, 何誅?"

결(告訣)의 성격을 지닌 것이기도 하다.

> 편지 속에서 전일에 학문을 못하게 된 연유와 근일에 발을 잘못 내딛었다는 한탄은 모두가 꾸밈없는 중심에서 나온 말일 것입니다. 가상하고 가상합니다. 다만 이런 줄만 알고 깊이 생각하고 애써 고쳐서 만년의 효과를 거두지 않는다면, 그 일시적인 개탄과 자책이 비록 통절하다 한들 무슨 도움이 되겠습니까?
> 대저 그대의 자품은 한편으로는 비록 밝으나 한편으로는 실로 어두우며, 또 부끄러운 줄도 알고 자신을 함부로 하지도 않으나 아직 시속의 소견과 名利의 테두리에서 벗어나지 못했으니, 이것이 학문이 진취되지 아니하고 후회가 많게 된 까닭입니다. 우리들이 이미 학문으로써 자임하고, 또 세간으로부터 이런 명칭을 듣게 되니 마땅히 십분 노력하여 진실로 「學記」에 말한 바와 같이 '고개 숙여 부지런히 하여 죽은 뒤에야 그만둘 생각'을 해야만 그 본래의 뜻을 저버리지 않고 남에게 비웃음을 사지 않을 것입니다.[38]

삶의 마지막 순간까지 제자에게 주마가편(走馬加鞭)할 것을 규계(規戒)하는 스승! '誨人不倦, 斃而後已'란 이런 경우를 두고 한 말인가 한다. 우리는 여기서 20년 사제(師弟) 관계가 참으로 돈독하였음과 간단치 않았음을 짐작케 된다.

성재는 한 평생 '학퇴계(學退溪)' 정신으로 일관된 삶을 살았다. 그는 스승인 퇴계를 존모하고 신복(信服)하면서 사설선양(師說宣揚)을 자기의 임무로 삼았다. 스승이 세상을 떠난 뒤에도 퇴계문집을 간행하는 일, 도산서원을 창건하는 일 등 실로 스승과 관계된 모든 일을 동문인 조목과 함께 가장 앞장서서 추진하고 이끌어 나갔다. 이 점에 있어서 그의 공은 도산서원 상덕사(尚德祠)에 배향되어 있는 월천 조목에 버금갈 정도라고 할 수 있을 것이다.

성재는 퇴계의 교화에 깊이 젖어 있는 예안현에서 향촌 사회의 미풍(美風)과 후속(厚俗)을 지키는 일에도 각별히 노력하였다. 일찍이 퇴계가 정한

---

38) 『도산전서』 권52, 「答琴聞遠」(제3권, 116쪽) 참조.

'온계동약(溫溪洞約)'을 손수 정사(淨寫)하여 거기에 약간 조를 추가하여 이로써 예안의 향민들을 반복효유(反覆曉諭)하였다. 봉화현감으로 있을 때에는 퇴계의 향약에 대해 "우리 일향일리(一鄕一里)에서만 시행할 것이 아니라 일국의 향리에 전포(傳布)하여 준수 시행함이 옳을 것이다"고 하면서, 부임하는 즉시 퇴계의 향약을 가지고 풍속을 돈화(敦化)하는 등 '화민성속(化民成俗)'에 힘썼다.

한편, 「독화담집서(讀花潭集序)」를 보면, 퇴계의 변설(辨說)을 이끌어 서경덕의 학설이 잘못되었음을 강조하고 있어 눈길을 끈다.

> (……) 대개 선생께서는 화담의 학문을 깊이 알았기 때문에, 변설이 이와 같은 것이다. 그런데도 從遊諸公이 한결같이 尊信하여 더러는 화담을 일러 '실로 張子·邵子 등 제현을 겸했다' 하고, 더러는 '화담의 공이 橫渠의 아래에 있지 않다'고 하기도 한다. 오늘날 그 실상을 알지 못하니 어찌 靡然히 따르지 않을 수 있겠는가?[39]

그러나 이와 같이 학술적으로 중요한 변설문자에서도 '일준사설(一遵師說)'이요 자득지견(自得之見)이 보이지 않음은 유감이라 할 것이다.

성재는 퇴계의 시호를 의정(議定)함에 있어, 고제(古制)에는 두 글자의 시호가 없다고 하면서, 한 글자의 시호를 내려야 한다고 주장하였다. 이에 관한 논의는 「퇴계선생역명사의(退溪先生易名私議)」(1574, 45세)에 실려 있는데, 그는 이 글에서 "문(文)·무(武)·주공(周公)과 같은 대성(大聖)은 성덕(盛德)으로 치자면 두 글자로도 다 나타내지 못한다. 그럼에도 불구하고 굳이 한 글자로 한 것은 뜻이 있다"고 한 뒤, 문(文)·원(元)·정(正) 세 글자를 제시하면서 "퇴계의 도덕은 주자 이후 오직 한 사람이니 '문'이라는 한 글자를 버리고 무슨 글자로써 할 것인가"라고 주장하였다.

성재는 도산서원의 창건에 있어서도 중요한 역할을 하였다. 그가 기술한

---

39) 『성재집』 권2, 「讀花潭集序」(531쪽) 참조.

「도산서당영건기사(陶山書堂營建記事)」는 간략하기는 하지만, 도산서당을 창건할 당시의 원형을 그대로 살필 수 있는 기록으로서 중요한 가치가 있다. 이 기록은 도산서당이 도산서원으로 확대 영건되기까지의 사실을 담은 것으로서, 퇴계의 직전고제(直傳高弟)의 한 사람이 직접 보고 들은 것을 기록하였다는 데서 신빙성이 높으며, 따라서 원형을 복원하는 데 있어서도 도움이 된다고 하겠다.[40]

이 기사를 보면, 도산서당을 영건함에 있어 조목과 그의 역할이 지대하였음을 알 수 있다. 그리고 일반인의 예상과 달리 도산서당이 「옥사도자(屋舍圖子)」(오늘날의 청사진)에 의거하여 지어졌으며, 또 승려인 법련(法蓮)과 정일(淨一)이 도편수로서 서당을 창건하였다는 사실은, 조선시대 건축사를 살피는 데 있어서도 간과할 수 없는 점이다.

4. 본원함양과 주경공부

퇴계 학문의 배경을 이루는 것으로『심경(心經)』과『성리대전(性理大全)』,『주자대전(朱子大全)』을 들 수 있다.[41]『심경』이 함양(涵養) 쪽에 큰 영향을 끼쳤다면,『성리대전』과『주자대전』은 궁리(窮理) 쪽에 밑바탕이 되었다고 할 수 있다. 성재는 퇴계의 영향을 받아『심경』과 주자서(朱子書)를 중시하여 평생토록 송독(誦讀)하였으며 종신지계(終身之計)로 삼았다 한다. 그의 학문의 출발점으로서 노경(老境)에 이르도록 전심(專心)한 것이 바로『심경』과 주자서였던 것이다.[42] 그러나 성재의 학문은『심경』을 바탕으로 한 함양 쪽에 비중을 두었다고 해야 될 것 같다. 일찍이 퇴계는『심경』을 '신명

---

40) 영남대학교 민족문화연구소(외),『陶山書院實測調査報告書』, 경상북도, 1991 참조.

41) 李相殷,『退溪의 生涯와 學問』(서울 : 瑞文堂, 1973), 118쪽.

42)『성재집』권4,「遺事」"仰質師門, 心經朱書, 先生之所發端於初, 而專心於晩暮者. 受而誦讀, 爲終身家計"(554쪽).

(神明)과 같이 믿고 엄부(嚴父)와 같이 존경하였다'고 하거니와, 성재에게도
『심경』을 읽을 것을 권유하면서, "만약 마음을 가라앉히고 『심경』 공부를
쌓아 간다면 도에 들어가는 문이 여기에서 벗어나지 않을 것이다"[43]고 하
였다. 이때 성재의 나이 24세(1553)였다. 퇴계는 이후로도 누차 『심경』을
표장(表章)하곤 하였다.

성재는 『심경』을 매우 존숭하였고, 종신토록 『심경』을 손에서 놓지 않
았던 것 같다. 그의 학문적 득력처(得力處)는 『심경』이라 해도 지나친 말은
아닐 것이다. 성재는 24세 때 『심경』과 관련하여 다음과 같이 시를 퇴계에
게 올렸다.[44]

西山一部倡斯文　　西山眞氏가 『심경』 한 책으로 유학을 창도하니
敬義相須養本源　　경·의가 서로 짝이 되어 본원을 함양하네.
四子遺書共終始　　四書와 유서는 함께 終始를 이루나니
何須別路更求門　　어찌 딴 길에서 入道의 문을 찾을 것인가?

聖遠千秋文自文　　성인과는 멀지만 천추에 글은 그대로요
幸從溪路遡眞源　　다행히 퇴계의 길을 따라 참 근원 遡求했네.
窓明几淨書宜讀　　창 밝고 책상이 깨끗하여 글 읽을 만하니
分付山雲鎖洞門　　산 구름에게 洞門을 닫아걸라고 분부나 할까.

또 퇴계가 세상을 떠난 뒤에도 스승의 「심경후론(心經後論)」(1566)을 읽
고 24세 때 올린 시의 운을 빌어 이절(二絶)의 시를 올린 바 있다.[45]

一部相傳未喪文　　『심경』 한 책 전해와 유학이 없어지지 않았네.
玉淵秋月澹寒源　　옥연에 가을 달 비치니 맑은 근원 담박하기도 하다.
吾家早有南車訓　　우리 유가에 일찍부터 指南의 가르침이 있거니

---

43) 『도산전서』 권52, 「答琴聞遠」 "心經苟能潛心積功, 入道之門, 不外於此"(제3권, 106쪽).
44) 『성재집』 권1, 「讀心經書二絶上退溪先生」(512쪽).
45) 『성재집』 권1, 「讀先師心經後論更用前韻二絶」 참조(523쪽).

途轍何曾各異門	途轍[道理]에 어찌 문을 각기 달리 한단 말인가.
舜禹相傳到孔文	순·우가 서로 전하여 孔文에 이르렀으니
洋洋洙泗接流源	양양한 洙泗가 원류에 접하였구나.
始知妙契同群聖	묘계할 때 群聖과 같게 됨을 비로소 안다면
主一關頭覓路門	主一의 關頭에서 길을 찾을 지어다.

이로써 볼 때, 『심경』에 대한 성재의 생각은 젊어서부터 만년에 이르기까지 시종 변하지 않았을 것으로 짐작된다. 위에서 '지남(指南)의 가르침'[46]이란 '경(敬)'을 말하며, '주일(主一)'이란 경공부(敬工夫)로서의 '주일무적(主一無適)'[47]을 말한다.

성재는 25세 때 이미 예안현 부포(孚浦)의 동재(東溪)에 서재를 짓고 장수지소(藏修之所)로 삼았다. 이에 퇴계는 서재의 이름을 '성성재(惺惺齋)'라 명명하고 칠언 두 수를 주어 성재의 학문을 면려하였다.[48] '성재'라는 그의 호는 이렇게 해서 탄생한 것이다.

東溪深闢小齋新	동계 깊숙한 곳에 작은 서재 열어 새로운데
苔徑柴門逈絶塵	이끼 낀 길, 사립문이 紅塵을 멀리했네.
爲問主人何事業	묻나니, 주인께서는 무엇을 업으로 하시는고.
寸膠功力自珍身	촌교의 공력[49]일지라도 스스로 자신을 진중하시라.
河南門下謝先生	하남의 二程 문하에 사선생이 계셨으니
百聖心傳一語明	여러 성인의 心傳을 말 한 마디로 밝혔다네.
妙用深源都在熟	묘용과 심원이 모두 무르익을 양이면

---

46) 『心經附註』〈程敏政序〉 "朱子亦曰 :「程先生有功于後學, 最是敬之一字. 敬者, 聖學始終之要也. 蓋是經所訓, 不出敬之一言」故其語約而義精, 其功簡而致博. 誠所謂障川之柱, 指南之車, 燭幽之鑑"(景文社 영인본, 5쪽).

47) 『心經附註』 권1, 13b "程子曰, 主一之謂敬, 無適之謂一"(景文社 영인본, 14쪽).

48) 『도산전서』 권2, 「琴聞遠東溪惺惺齋二首」 참조(제1권, 80쪽).

49) 아교가 아무리 투명하다고 해도 黃河의 흐린 물을 맑게 할 수 없다는 말. 『抱朴子』, 「嘉遯」 "寸膠不能治黃河之濁".

瑞巖狋狋不須評　　서암승[50]이니 돌피니 평할 것 없다네.

『도산전서』에는 위의 두 수 밖에 없으나『성재집』에는 다음의 두 수가
더 실려 있다.

易贊坤爻敬義功　　주역에서 곤괘의 敬義 공부 贊하였고
揭名堂室紫陽翁　　명당실에 걸은 이는 紫陽翁[朱子]이라네.
若知動靜皆爲一　　動과 靜이 모두 하나가 됨을 안다면
始信濂溪太極同　　비로소 周子의 太極論과 같음[51]을 알리라.

精一心傳敬是要　　惟精惟一 심법은 敬이 요점이라
儘惺惺地自昭昭　　성성한 바탕을 다하면 절로 昭然하리라.
但加日用工夫在　　단지 일용 공부에 가할지니
莫學芒芒去揠苗　　芒芒[52]한 宋人을 닮지 말아 揠苗를 없앨지어다.

퇴계는 이 시에서 심학의 연원이 장구(長久)함을 밝히고, 심법의 요점이
'주경'에 있으며, 주경하는 방법이 '상성성(常惺惺)'에 있다는 점을 강조하였
다. 그리고 성재에게 종신토록 주경공부에 힘써 성현의 전심지요(傳心之要)
를 체득할 것을 당부하였다.

성재는 평소 치심지학(治心之學)에 많은 공력을 쌓았던 것 같다. 그는 심

---

50) 北宋 때의 高僧인 듯. 서암승이 매일 조석으로 自問하기를 "主人翁(心을 지칭-筆者註)이 惺
　　惺한가"라 하고, 自答하되 "惺惺하다네"라고 하였다 한다.『주자어류』권12, 제15칙 "且如瑞
　　巖和尙每日間, 常自問 :「主人翁惺惺否?」又自答曰 :「惺惺」"『心經附註』권1, 15b(景文社
　　영인본, 15쪽)에도 실려 있다.

51)『心經附註』권1, 12b "觀夫二者(敬義-筆者註)之功, 一動一靜, 交相爲用. 又有合乎周子太
　　極之論, 然後知天下之理幽明鉅細遠近淺深, 無不貫乎一者"(景文社 영인본, 14쪽).
　　【참고】 <合乎周子太極에 대한 心經釋疑의 註> "마음은 사람에게 있어서 태극이다. 靜함에
　　敬이 서서 體가 되고 動함에 義가 서서 用이 되는데, 마치 태극의 動靜이 서로 그 뿌리가 되
　　는 것과 같기 때문에 이르는 것이다"(心是人之太極也. 其靜也敬立而爲體, 其動也義立而爲
　　用. 猶太極之動靜, 互爲其根故云).

52) 無知한 모습, 아무런 생각이 없는 상태를 말한다. '惺惺'과는 반대가 된다.『孟子』,「公孫丑
　　上」"心有事焉而勿正, 心勿忘, 勿助長也, 無若宋人然. 宋人有閔其苗之不長而揠之者, 芒芒
　　然歸"; 朱註 "芒芒, 無知之貌."

학과 관련하여 '함양공부'의 중요성을 다음과 같이 강조한 바 있다.

> 저 물결이 출렁거려 파도가 세차게 일면 순식간에 못의 물이 흐려진다. 그러나 이것이 어찌 물의 본성이랴? 장마철의 흙탕물도 흐린 것이 걷히면 개이는 법, 이것은 물의 본체가 맑기 때문이다. 이런 까닭에 군자는 본원을 함양하는 것을 귀하게 여기는 법이다. 觀瀾軒[퇴계]의 가르침에 "깊은 못가에 임한 듯 날마다 성찰하라"하였고, 옛 사람(朱子)이 心法을 전하되 "달이 寒水에 비치네"라고 하였다.[53]

이것은 서애(西厓) 유성룡(柳成龍)이 세운 옥연정(玉淵亭)에 부친 명(銘)의 일절(一節)이다. '명'이니만큼 사상적인 내용을 충분히 담기는 어려웠겠지만, 이를 통해서도 그가 함양공부를 중시했음을 짐작할 수 있겠다.

치심공부에 대한 논의는 퇴계와의 서신을 통해 많이 이루어졌다. 비록 오늘에 전하는 문자는 몹시 적지만, 다음에 소개하는 퇴계의 친절정녕(親切丁寧)한 서신을 통해서도 그 일단을 읽을 수 있을 것 같다.

> (그대가) 마음이 한없이 내달리고 飛揚한다고 하였는데, 나도 바로 이 병통으로 인해 늙도록 성취가 없습니다. 어찌 감히 그대를 위해 무엇을 도모할 수 있겠습니까. (……) 모름지기 생각을 너그럽게 가지고 優游涵泳하여, 惺惺主人[마음]이 항상 照管을 잃지 않아야 합니다. 이 방법은 조금 簡約합니다만, 주자가 이른바 "마음이 발하기 전에는 尋覓[助長]해서는 안 되고 이미 知覺한 뒤에는 安排를 할 수 없습니다. 오직 평일에 '莊敬涵養'하는 것으로써 본령공부를 삼으라!"고 한 일절이 더욱 간절한 깨우침이 됩니다.[54]

위에서 퇴계가 말한 '莊敬涵養 本領工夫'[55]는 『심경』에 나오는 말로서,

---

53) 『성재집』 권3, 「柳而見玉淵亭銘」 "如彼風盪, 波濤激起, 造次淵渾, 而豈水性? 潦水霧霽, 本體之澄. 是以君子, 所貴涵養. 觀瀾遺訓, 臨淵日省, 古人傳心, 月照寒水"(538~539쪽).

54) 『도산전서』 권52, 「答琴聞遠」 "至於心之馳騖飛揚, 僕自正坐此患, 以至老而無成, 何敢爲君謀之? …… 須寬著意思, 優游涵泳, 而惺惺主人, 常不失照管. 此法差爲簡約, 而朱子所謂:「未發之前, 不可尋覓, 已覺之後, 不容安排, 惟平日莊敬涵養爲本領工夫」一節, 尤爲警切"(제3권, 106쪽).

성재가 학문적 준적(準的)으로 삼아야 할 바를 지시한 것이라 하겠다.

성재의 '주경함양(主敬涵養)'은 상성성법(常惺惺法)에 바탕을 두었던 것 같다. '상성성'은 송유(宋儒) 사양좌(謝良佐 : 1050~1101), 즉 상채사씨(上蔡謝氏)가 법문(法門)으로 삼았던 것인데, 이는 '주경함양'의 방법으로 중시되어 왔다. 사양좌는 이정(二程) 문하의 삼군자(三君子) 가운데 한 사람으로서 유작(游酢 : 1053~1123), 양시(楊時 : 1053~1135)와 함께 일컬어지는 인물이다. 그는 비록 후학들로부터 선학(禪學)의 기미(氣味)가 있다는 지적을 받기는 하지만,[56] '확실공부(確實功夫)'로써 일컬어지고 있다.[57] 그 '확실공부'란 무엇일까? 그것은 다름 아닌 '경'이요 '상성성'이라고 할 수 있다. 사양좌는 경에 대하여 다음과 같이 말하였다.

> '경'은 늘 정신이 깨어 있도록 하는 방법이다.[58]

'상성성법'이란 항상 이 마음을 불러 일으켜 혼혼(昏昏)하지 않은 상태에 있게 하는 것이다. 다시 말해서 마음을 늘 깨어 있도록 하여[喚醒此心], 그 상태에서 허다한 도리를 조관(照管)하려는 방법이다.[59] '조관'이란 사물을 조찰(照察)하고 관섭(管攝 : 管轄統攝)한다는 뜻이다.[60]

상성성법은 성재에게 있어서 단전적결(單傳的訣)이라 할 수 있다. 이로써 미루어 볼 때, 성재의 학문에 대해 "평생 공부가 오로지 주경에 있었다"[61]고 한 것이라든지, "선생의 일용존양(日用存養)이 상성(常惺)의 법에서 벗어

---

55) 『心經附註』 권1, 37a "朱子曰, 未發之前, 不可尋覓, 已覺之後, 不容安排. 但平日莊敬涵養之功至, 而無人欲之私以亂之"(景文社 영인본, 26쪽).
56) 『朱子語類』 권101, 「程子門人」 〈總論〉 "伊川之門謝上蔡, 自禪門來, 其說亦有差".
    上 同 "游楊謝三君子, 初皆學禪, 後來餘習猶在. 故學之者多流於禪".
57) 『주자어류』 권101, 〈程子門人-謝顯道〉 "上蔡語, 雖不能無過. 然都是確實做功夫來".
58) 『上蔡語錄』 "敬是常惺惺法".
59) 『心經附註』 권1, 16a "朱子曰, 吾儒喚醒此心, 欲他照管許多道理"(景文社 영인본, 16쪽).
60) 『心經釋疑』 권1, 6b 참조.
61) 『성재집』 권4, 「院宇移建時告由文」 "平生用功, 專在主敬"(556쪽).

나지 않는다"[62]고 한 것은 성재 학문의 대요를 잘 파악한 것으로 생각된다. 또 이만도(李晩燾)가 퇴계와 성재의 관계를 정자(程子) 문하의 상채사씨(사양좌)에 비유한 것[63]은 문집의 서·발에서 흔히 볼 수 있는 의례적인 수사(修辭)가 아니라 할 것이다.

5. 맺음말

일찍이 맹자는 "나의 소원은 공자를 배우는 것이다"[64]고 하였거니와, 성재는 평생토록 스승인 퇴계의 학문을 사법(師法)으로 하였다. 그는 일찍이 계문(溪門)에 들어가 친자(親炙)함이 오래 되었으며, 마침내 이른바 '승당도오(升堂覩奧)'의 경지에 이르렀다. 성재의 학문은 선사(先師)의 가르침을 독실하게 믿고 따르는 것이었으니, 이는 '학퇴계' 정신으로 일관된 그의 학문 역정이 잘 보여주고 있다. 이런 점에서 서경(西坰) 유근(柳根 : 1549~1627)이 성재의 학문 세계를 '봉이주선(奉以周旋), 망혹실추(罔或失墜)'[65]라고 표현한 것은 적절한 바 있다.

성재는 탈속한 기풍을 타고난데다가 퇴계의 염퇴고풍(恬退高風)을 사모하였다. 그리고 평생토록 은륜적(隱淪的) 생활을 하면서 본원함양에 힘썼다. 공문(孔門)의 제자들이 각기 그 소장(所長)에 따라 덕행·언어·정사(政事)·문학의 사과(四科)로 분류되듯이[66] 퇴계문하의 제자들 역시 몇 갈래로 나눌 수 있는데, '공문사과'로써 비유하자면 성재는 단연 덕행에 해당될 것이다.

---

62) 『성재집』 <金道和序文> "先生之日用存養, 不出於常惺之法"(507쪽).
63) 『성재집』 권4, 李晩燾撰 「跋」 "由後則以爲先生之於陶山, 如程門之有謝上蔡. 親承單傳一語, 蘊之爲德行, 發之爲政事"(565쪽).
64) 『맹자』, 「公孫丑 上」 "乃所願則學孔子也".
65) 『성재집』 권4, 柳根撰 <墓碣銘>(550쪽) 참조.
66) 『논어』, 「先進」 "德行顔淵·閔子騫·冉伯牛·仲弓, 言語宰我·子貢, 政事冉有·季路, 文學子游·子夏".

공문에서의 안연(顏淵)의 위치에 비하는 것은 쉽지 않을 것이지만, 아마도 민자건(閔子騫)·염백우(冉伯牛)의 위치에는 비할 수 있지 않을까 한다.

성재의 학문 본령은 궁리(窮理)와 함양(涵養) 두 측면 가운데 함양 쪽에 비중이 있다. 이는 퇴계로부터 준도(濬導)된 것이다. 그는『심경』을 몹시 중시하였다.『심경』은 그의 학문적 득력처라 해도 과언이 아니다. 주자(朱子)의 이른바 장경함양(莊敬涵養)을 본령공부로 삼아 '상성성법(常惺惺法)'을 체득한 그는 후학들에 의해 이정(二程) 문하 삼군자 가운데 한 사람인 사상채(謝上蔡)에 비유되고 있다.

성재의 학문은 퇴계와 매우 긴밀한 관계를 가지고 있다. 평생을 '학퇴계' 정신으로 일관하고 철저할 정도로 퇴계를 신복한 나머지 학문의 독창성 측면에서 문제가 있는 것이 사실이다. 이 점은 그의 학문이 갖는 하나의 특징이자 한계가 아닐 수 없다. 물론, 종래 유교적 전통에서의 학문하는 방법과 근대적 의미의 학문 방법에는 분명 적지 않은 차이가 있으므로, 오늘날의 학문하는 잣대를 가지고 선유들의 학문 세계를 논할 수는 없을 것이다. 그럼에도 불구하고 아쉬움은 남는다. 그것은 곧 성재가 궁리와 사변(思辨)보다도 존양(存養)과 성찰(省察)을 위주로 한 까닭에, 여타의 학자들에 비해 철학적 분석을 담은 글을 거의 남기지 않았기 때문이다. 한 예로 문집에 전하는 글 가운데「독화담집변(讀花潭集辨)」과 같은 것은, 제목만으로 볼 때 상당히 정치(精緻)한 논리가 동원될 것으로 예상되지만, 실은 그렇지 못하다. 철저할 정도로 사설(師說)에 의거하여 인용, 설명하는 것으로 일관하고 있다. 이것은 성재의 글쓰는 스타일, 더 나아가 학문적 일모를 보여주는 것이라 해도 지나친 말은 아닐 것이다. 필자가 앞에서, 성재의 저술이 온전히 전해 왔다 하더라도, 철학적 문제의식을 담은 글이 많지 않을 것이라고 추단한 것도 이러한 까닭에서이다. 이점은 성재 연구에 한계로 남지 않을까 한다.

조선시대 유학자들 중에는 성재처럼 이론을 세우기보다 천리(踐履)에 힘썼던 학자들이 수도 없이 많다. 퇴계문하의 제자들 중에도 그 수가 적지 않다. 저술이 없거나 많지 않다는 이유 때문에 이들의 학행(學行)이 매몰되어서는 안 될 줄 안다. 연구에 있어 여러 가지로 어려움과 제약이 따르겠지만, 우선 이들에 대한 재인식부터 선행되어야 한다고 생각한다. 이 자리를 빌어 학계의 관심을 촉구한다.

[한국전통문화학교 문화재관리학과 교수 최영성]

참고문헌

『惺齋集』(陶山及門諸賢錄 壹), 아세아문화사, 1982.
李滉, 『陶山全書』, 한국정신문화연구원, 1980.
曹植, 『南冥集』, 아세아문화사, 1982.
許篈, 『荷谷集』, 한국문집총간 제58권, 1990.
朴世采, 『東儒師友錄』, 弗咸文化社, 1977.
『朱子語類』, 保景文化社.
『心經附註』, 景文社, 1981.
『宣祖實錄』, 국사편찬위원회.

경당 장흥효의 사상과 문학

-일원소장도(一元消張圖)를 중심으로-

1. 경당의 삶과 위인

경당(敬堂) 선생의 휘(諱)는 흥효(興孝), 자(字)는 행원(行原)이며, 경당은 그의 호(敬字於座右因以自號)이다. 선생은 1564년(甲子, 明宗19, 明 嘉靖 43年)에 탄생하였으며 1633년(癸酉, 仁祖11, 明 崇禎6年) 수(壽) 70세로 서거하였다. 묘지명이나 행장 등 기록에 의하면 그는 안동인으로 고려 태사(太師) 정필(貞弼)의 후예이며, 증조의 휘는 이무(以武), 조의 휘는 흡(翕), 고의 휘는 팽수(彭壽)임이 알려졌다.

선생은 어린 시절 단중과묵(端重寡默)하였으며, 놀이에 있어서 스스로 성인의 의도(儀度)를 지녔다. 점점 자라면서 학봉(鶴峰) 김성일(金誠一), 서애(西厓) 유성룡(柳成龍), 한강(寒岡) 정구(鄭逑)에게서 승학(承學) 구도(求道)하였으며 바야흐로 명리로써 수신하기에 이르렀는데 『소학』과 『근사록(近思錄)』에 박통하고 제경전(諸經典)에 대하여 정사(精思) 역천(力踐)하였다. 학봉 선생은 경당을 그의 후학 중에 크게 될 자로 인정하였다. 서애 선생과의 "이(理)"에 대한 논의[1]는 유명한데 서애 선생은 각구태극(各具太極)의 이로 "분수의 이"라는 입장을 취한 반면 경당 선생은 근원적인 이로서의 "이일(理

---

1) "嘗夜侍柳先生論理字, 柳先生指燈火曰, 火之虛處是理乎? 先生對云, 虛與實對理無對似不可以虛爲理也. 柳先生卽應之曰, 虛有虛之理, 實有實之理, 自此推虛甚重, 每對榻指陳存心養氣之要, 其所證訂爲多."(『敬堂集』附錄「行狀」).

一)"의 입장이었다고 본다. 또 한강 선생과의 "존심양기지요(存心養氣之要)"에 대한 변론으로 선생의 학문에 심득 있음이 입증되었다.

선생의 일상 생활은 그의 자호에서 보듯이 경(敬)으로 일관했다고 단평할 수 있다. 계명(鷄鳴)에 일어나 관즐(盥櫛) 의관(衣冠)하고 가묘(家廟) 배알(拜謁)과 주자화상(朱子畵像) 참배를 마치면 종일 서실에 꿇어앉아 간편(簡編)을 좌우에 하고 머리 숙여 독서하며 사색하기를 저녁까지 하고 깨닫지 못하는 것이 있으면 한밤중까지도 촛불을 끄지 않았다고 한다. 거처 남쪽에 송백을 열식하고 '제월(霽月)'이라 이름하였다 한다. 강송하는 여가에 관동(冠童)과 거닐며 예를 익히고 금회(襟懷)를 영가(詠歌)하였다고 하니 그의 일상 중 특별한 작시 생활의 일면이 있었음을 짐작할 수 있다.

선생은 70평생 중 50년을 임천(林泉)에 묻혀 단표자락(簞瓢自樂)하며 오직 성리지원(性理之原)에 독학전심(篤學專心)하셨다. 본고에서는 일원소장도(一元消張圖)를 중심으로 선생의 사상과 문학에 대하여 논하고자 한다.

2. 경당(敬堂)의 사상

경당 선생은 한강 문하에서 크게 문명이 높았다. 당시 한강 선생은 경학, 산수(算數), 병진(兵陣), 의약, 풍수에 정통하였으며 백매원(百梅園)에서 유생들을 가르쳤다고 한다. 경당 선생은 특히 한강의 경학과 산수에 깊이 심취하였음을 짐작할 수 있으며, 「일원소장도」는 경당 선생이 1617년 가을부터 모사(模寫)하기 시작한 이후 한강 선생과 서신으로 의견을 교환하고 깊이 토론하여 제작한 것으로, 20년 동안 연구한 그의 사상을 구체화한 것이라고 해도 과언이 아닐 것이다. 여헌(旅軒) 장현광(張顯光)은 「일원소장도」에 대하여 진실로 앞사람이 발견하지 못한 것(眞所謂發前人未發者也)이라고 찬탄하였다.

즉 "得其心者 幸也 夫夫攻易者 孰不窮其理也"[2]에서 보듯이 「일원소장도」를 통하여 득심궁리(得心窮理)의 경지에 이르게 됨을 알 수 있다. 전부 12장에 담겨 있는 의미는 깊고 오묘하다.

1) 「일원소장도」의 구조

「일원소장도」는 옥재호(玉齋胡)의 「선천절기도(先天節氣圖)」를 참고추연(參考推演)하여 십이도(十二圖)를 만든 것이다. 「선천절기도」는 분배절기도(分配節氣圖)로서 분배위치(分配位置)의 다과소밀(多寡疏密)함과 가지런하지 못한 면이 있을 뿐 아니라 그 오류에 의심이 가는 바가 있어 다만 참고하기를 반복한 후 십이권도(十二圈圖)에 십이개월을 배분(配分)하고 다시 이십사기를 배분하여 새롭게 만들었다고 한다. 따라서 「일원소장도」는 선천절기도보다 한층 개선된 것이라 할 수 있다. 또 한서(寒暑)의 진퇴(進退), 절기의 오르내림, 절서의 불가란(不可亂), 역수(易數)의 불가결(不可缺) 등의 원칙이 고려된 것으로 알려졌다.

(가) 元周期-大周期(最小單位:年)

12進元周期(單純周期)	一元十二會	129,600年	
	一運十二世		360年
30進元周期(煩雜周期)	一會三十運	10,800年	
	一世三十歲		30年

(나) 歲周期-小周期(最小單位:分)

12進歲周期(單純周期)	一歲十二月	129,600分	
	一日十二辰		360分
30進歲周期(煩雜周期)	一月三十日	10,800分	
	一辰三十分		30分

---

2) 趙碩亨: 「一元消長圖跋」, 『敬堂續集』 卷2.

(다) 一元 一十二會의 生成 變換

　　復會 64卦　第二爻가 변하여 臨會가 됨
　　臨會　第三爻가 변하여 泰會가 됨
　　泰會　第四爻가 변하여 大壯會가 됨
　　大壯會第五爻가 변하여 夬會가 됨
　　夬會　第六爻가 변하여 乾會가 됨
　　乾會는 伏羲之圖임
　　姤會 64卦　第二爻가 변하여 遯會가 됨
　　遯會　第三爻가 변하여 否會가 됨
　　否會　第四爻가 변하여 觀會가 됨
　　觀會　第五爻가 변하여 剝會가 됨
　　剝會　第六爻가 변하여 坤會가 됨
　　坤會는 文王之圖임
　　六會 先天 一圈~復會, 臨會, 泰會, 大壯會, 夬會, 乾會 ⟨伏羲先天圖⟩
　　六會 後天 一圈~姤會, 遯會, 否會, 觀會, 剝會, 坤會 ⟨文王後天圖⟩

(라) 消長原理

　　* 自復而乾者 六陽之月
　　自姤而坤者 六陰之月
　　陽長而陰消　陰長而陽消[3]
　　* 敬堂 선생은 一元消長圖序에서
　　運, 世, 日, 分과 그 消長之理의 法은 모두 64卦로서 相乘한다고 하고
　　"坤之後 15일 15분과 復之前 15일 15분이 합하여 復之一爻를 이루며
　　乾之後 15일 15분과 姤之前 15일 15분이 합하여 姤之一爻를 이룬다.
　　그 밖의 360爻의 消長도 유추할 수 있다. 대개 陰陽의 消長은 서로 그
　　삼는데 마침은 復의 시작이요, 시작은 復의 마침이다."[4]

---

3) 李時明:「一元消長圖跋」,『敬堂集』.
4) "其法, 皆以六十四卦, 相承也. 坤之後十五日十五分與復之前十五日十五分合而成復之一爻,
　乾之後十五日十五分與姤之前十五日十五分合而成姤之一爻, 其他三百六十爻之消長, 亦回
　此而類推也. 蓋陰陽之消長互爲基根."(『敬堂集』).

2) 시간관의 사적 전개

인류는 다방면으로 시간을 체계화하여 파악하려는 노력을 기울여 왔다. 고대에서 15,6세기까지는 "자연사변(自然思辨)"에 의한 시간 이론 발전기라고 한다. 유목, 농업, 항해로 기상관측법과 대지측량법이 발달하고 인간의 시간 관념과 우주관은 밀접한 관련을 가지게 되었다. 중국, 이집트, 바빌로니아, 페니키아의 천문학과 역법은 세계적으로 공인된 것으로 알려졌다.

기원전 16세기 중엽에서 기원 12세기까지 중국 상대(商代)는 농업 생산 활동으로 천문, 역법, 기상 지식이 두르러지게 발달하였다. 즉 기원전 13세기경 상대 갑골문자에 일식, 월식과 새로운 별에 관한 기록 흔적이 보인다고 하며, 이때 벌써 간지기일법(干支記日法)을 채용(採用)하였다고 한다. 뿐만 아니라 해시계(土圭, 혹은 圭表)로 그림자를 관측하여 동지와 하지를 확정하였으며, 각루(刻漏)로 시간을 표시하였다.

춘추 말기에는 동지와 하지의 주기를 파악하였으며, 세성(歲星 : 목성~불길한 별)이 약 12년 순환주기로 나타난다는 사실을 발견하였다. 전국시대에는 농업이 전문 연구 대상이 되면서 천문학자들은 목(木), 화(火), 토(土), 금(金), 수(水) 5행성의 운행 규율을 관측하여 감석성경(甘石星經)이란 세계 최초의 항성표(恒星表)를 작성하였다고 한다.

진한대는 천문학의 황금기로 종전 365 1/4일을 1년으로 하던 것을 365 385/1539일을 1년으로 고침으로 보다 더 정확성을 기하려 하였다. 또 한무제는 태초력(太初曆)을 채용하였으며, 서한(西漢)의 장안궁(長安宮) 영대(靈臺 <觀象臺>)에서 후풍의(候風儀)로 풍향과 풍속을 측정하였다. 일주서(逸周書)·시훈(時訓)에 있는 24절기와 칠십이후(七十二候)는 세계 최초의 계통적 물후학(物候學) 기록으로 알려졌다. 동한의 장형(張衡)은 수운혼천의(水運渾天儀)란 천문기기(天文器機)를 발명하였다.

위진남북조에 들어오면 수대에 수력전동혼천의(水力轉動渾天儀)를 발명하였고, 당대에는 위도(緯度)의 측정으로 자오선(子午線) 실측(實測)의 단초(端初)를 가져왔으며, 장수(張遂)와 양영찬(梁令瓚)이 황도유의(黃道游儀)를 제조하여 항성의 위치를 새로이 측정하였다. 송대에는 10,000kg 넘는 동혼천의(銅渾天儀) 4대를 제조하여 다섯 차례에 걸쳐 전천항성(全天恒星)을 관측하였다.

3) 주기론적(周期論的) 시간관과 경당의 시간관

시간의 흐름을 주기론적 진행으로 파악하려는 경향은 주야(晝夜), 장단(長短), 성쇠(盛衰), 영결(盈缺)을 바탕으로 시간 마디를 정한다. 일원소장의 "소장(消長)"도 같은 개념이다. 왕충(王充)은 조석(潮汐)의 원인이 달이 차고 이지러짐에 달렸다고 보았다.[5] 고인은 낮을 "조(朝)"라 하고 저녁을 "석(夕)"이라 불렀다고 하는데 이는 이 두 글자가 해수(海水)의 불어남과 관계 있는 말 조와 석이기 때문이다.

주기론은 절기주기(節氣周期), 성기주기(星期周期), 냉난주기(冷暖周期) 등 세 가지 설이 주류를 이룬다. 절기주기는 하대(夏代)에 일영(日影)의 장단을 관측하여 춘분과 추분(晝夜均分), 하지와 동지(晝夜互長)를 파악하였으며, 주대에는 입춘, 입하, 입추, 입동 사절기를 파악하였고, 서한초에 24절기를 확정하여 지금에 이른다.

경당 선생은 주역과 송대 선천상수학(先天象數學)을 원용하여 시간 순환론을 제시하고 있음이 짐작된다. 주역·효사(爻辭)에 "무평불피(無平不陂) 무왕불복(無往不復)"이란 말이나, 노자(老子)에 "대왈서(大曰逝) 서왈원(逝曰遠) 원왈반(遠曰返)"이란 말은 주기성(周期性) 발전 변화 이론으로 전형적 시간 순환론의 배경 사상이라 하겠다.[6] 소옹(邵雍)은 선천상수학(先天象數學)[7]

---

5) "濤之起也. 隨月盛衰"『論衡』.

6) 周期의 진전 발전과 循環時間論은 근본적으로 구별되는 것이라는 설이 있지만 자연계의 운동은 火變金, 金變水, 水變土에 다시 土變水, 水變金, 金變火로 돌아가며 끊임없는 윤회를

을 확립한 자로서 현세계 이전 이미 존재하던 특별 세계의 존재를 인정하고, 현세계 소멸 이후 새로운 세계를 인정하였다. 그가 세계 매변경(每變更) 일차를 "일원(一元)"이라고 하고 그 하위 단위를 회(會), 운(運), 세(世)로 하였는데, 이는 경당 선생에게 큰 영향을 미친 것으로 보여진다.[8]

「일원소장도」는 경당 선생이 선학들의 시간관을 참고하여 보다 더 구체적이고 알기 쉽게 도식화한 것이다. 시간이란 무시무종(無始無終)한 개념으로 사실 그 어느 한정된 부분만 가지고 논할 수 있는 것이 아니지만 인류는 끊임없이 시간의 단위를 생각하고 시간을 파악하려는 노력을 기울여 왔다. 그 큰 단위를 "원(元)"이라고 정하고 세계는 원으로써 한 역상의 주기를 삼으며, 129,600원을 지나면 원의 원에 이른다는 것이다. 「일원소장도」에서 시간 파악을 위한 경당 선생의 세심한 배려는 원 이상에 대한 발전적 사고도 중요하지만 영원한 시간의 선상에서 "세(世)"이하 월(月), 일(日), 분(分) 등 시간의 소단위(小單位)도 추론할 수 있도록 배려한 점이 특이하다.

경당 선생의 시간관은 역(易)에 기초한 심학을 학문적 배경으로 하고 있다. 선생은 사람의 마음과 천지의 마음은 일반이라고 하고 양(陽)이 비록 동(動)하여도 만물이 미생(未生)이면 이는 정중지동(靜中之動)이라고 하였다. 경당 선생은 한강 선생에게 보낸 글에 "천지의 합은 덕(德)이요, 일월의 합은 명(明)이요, 사시(四時)의 합은 서(序)요, 귀신의 합은 길흉이니 비유컨데 어찌 학문의 극치가 아니겠습니까"라고 하였다. 만일 만물이 정태적 실존(靜態的 實存)이라면 인간은 시간 개념을 떠올리지 않았을 것이다. 유물론자들은 시간을 "움직이는 물질의 일종의 존재 형식"이라고 정의한다. 그러나

반복한다고 헤라이크레이토스가 주장하였다. 여기서는 양자를 구분하지 않고 논하고자 한다.

7) 邵康節은 宋代사람으로 儒學과 易學에 능하였다. 그의 先天象數學은 符號 形象 數學을 이용하여 그림을 그리고 우주변화를 추측하는 학설로 周易과 道敎思想중 象數說을 합쳐 번잡하고 신비로운 象數學體系를 制定한 것이다.

8) 邵康節에 대한 敬堂先生의 見解를 참고할 필요가 있다. ; "義不能勝欲, 理不能勝私, 每中夜 以思恒然, 內夜向者, 竊窺康節先天之說, 正如井蛙之議, 滄海不自知, 其孤陋就其裏面推衍 成圖."(『敬堂集』卷一, 「答張旅軒書」, 辛未正月日).

심학에 근거한 시간관은 이와는 달리 유심론적 시간관이다. 경당 선생은 「일원소장도」 제작에 앞서 먼저 부모를 생각하고 천지를 생각하였다. "자식된 자 누가 그 어버이를 드러내지 않으랴(爲子者孰不顯其親也)"라는 평범한 윤리에서 자식으로서 부모를 생각(量親心, 知親心)하고 나아가 사람으로서 하늘과 땅을 생각(量天心, 知天心)하기에 이르렀다. 여기서 부모자(父母子) "3"이라는 가수(家數)와 천지인(天地人) "3"이라는 우주수(宇宙數) 파악으로 기본적 동수 "3"의 중요성이 입증된다. 경당 선생의 경사상이 여기에 깊게 깔려 있다. 즉 어버이에 대한 경은 그대로 사람으로서 천지 우주에 대하여 지켜야 할 경사상으로 확대된다. 동일한 우주수와 가수 3은 「일원소장도」의 기본수가 된다. 경당 선생은 양친심(量親心)과 양천심(量天心)을 통하여 음양의 조화와 정동(靜動)의 이치를 깨닫게 되었던 것으로 보이며 그 시간적 과정 가운데 자신의 존재를 확인하기에 이르렀던 것으로 보이는 바 「일원소장도」의 제작은 그것을 구체화한 것이라고 해도 과언이 아니다.

경당 선생의 경사상은 일반적인 시간관과 무슨 관련이 있는가 하는 것이 문제가 될 수 있다. 그런데 경의 대상인 천(天), 우주(宇宙)는 시간적 의미를 지니고 있다. '우(宇)'는 공간으로서 사방상하(四方上下)의 구체적 실재성을 가지며, '주(宙)'는 왕고래금(往古來今)의 연속성을 지니는 시(時)의 개념이기 때문이다. 우주를 시공개념으로 보는 점에는 동서간 다소 견해차가 있다. 서양의 '연속통일'이라는 시공 관념, 민코프스키(Minkovski)의 '사도통일(四度統一)'(Four Dimensional Unity), 신실재론자 알렉산더(S. Alexander)의 '공시(空時)'(Space Time), 아인슈타인(Einstein)의 '통일의 장'(Unified Field) 등의 설이 있는가 하면 동양의 선진(先秦)시대 우주관은 물질계와 정신계를 포괄하는 것으로 되어있다. 여기서 '우(宇)'는 심(心)으로 보고 있다. '주(宙)'의 시간적 의미에는 또 시(時)의 순환 의미를 파악할 수 있다. 주(宙)는 주거(舟車)의 의미로 차안(此岸)과 피안(彼岸)을 왕래하는 교통 수단이기 때문이다.[9]

3. 경당의 시문학

경당 선생의 문학은 그의 사상의 구체적 유로(流露)라고 할 수 있다. 전언한 바와 같이 그는 거처의 남쪽에 송백을 열식하고 제월이라 이름하였다. 강송하는 여가에 관동과 그곳을 거닐며 습례(習禮)하고 마음 속에 깊이 품은 생각을 영가(詠歌)하였다고 하니 그의 문학적 실천은 그의 사상과 교육 생활 속에 깊이 녹아 있었다.

경당집에 수록된 시문의 양은 다음과 같다.

詩	25(五言14 七言11)	賦	1
辭	2	疎	1
書	6	答問	4
贈言	5	祭文	2
雜著			
辨	1	箴	2
錄	2	拾遺	2

<卷 一>

日記要語	一元消長圖 序跋文
附錄	
行狀	言行錄
墓誌	奉安祭文
常享祝文	附錄 張處士詩四首
跋	<卷 二>

본고에서는 시 25편 중 경당의 중요 관심사였던 시간 제재를 다룬 시를 중심으로 고찰하고자 한다. 인간은 시간적 존재이다. 시간에 대한 관심은 그 무엇보다 우선하기 때문이다.

---

9) "古往今來曰宙也."(唐, 房玄齡).
　　"舟車自此至彼, 復自彼至此, 皆如循環然."(段注).

萬萬千千古　만만 천천 먼 옛날
年流水易流　해가 흐르고 물 또한 흘러 오네　　＜記夢＞

"세월과 물" 둘의 동일 속성에 착안하여 읊고 있다.

冬至子之半　동지는 자지의 한가운데
可見天地心　천지심을 볼 수 있네
天心無改移　천심은 개이함 없으니
藹然緒可尋　애연히 실마리 찾을 수 있지

＜冬至日題敬堂楣間＞

"동지-자지반(子之半)"이라는 시점(時點)과 "천심"이라는 우주적 시공(時空)을 떠올리며 시인의 내면 세계를 표출하고 있다. 이는 경당 선생의 유심론적(唯心論的) 세계관을 시화한 것이라고 하겠다.

一闢又一闔　한 번 열리면 한 번 닫히고
一闔又一闢　한 번 닫히면 한 번 열리네
闔自月窟闔　닫힘은 월굴로부터 닫히며
闢自天根闢　열림은 천근으로부터 열리네
其闔有漸闔　그 닫기는 점점 닫히고
其闢有漸闢　그 열기는 점점 열린다.
人於闔闢間　사람은 닫힘과 열림 사이에서
亦有小闔闢　또한 작은 닫힘과 열림이 있다.
靜是陰之闔　靜은 음의 닫힘이요
動是陽之闢　動은 양의 열림이다.
人之有動靜　사람에게는 動靜이 있지만
猶天有闔闢　오직 하늘에는 闔闢이 있다　　＜闔闢吟＞

시간은 천지 합벽(闔闢) 사이에서 존재하는 개념이라고 볼 수 있지 않을까 한다. 그리고 시간은 인간에게 있어서 동(動)과 정(靜) 중 동에 의하여 구체화된다. "한 바퀴 오고 가기 겨울과 봄은 몇 번이었던고, 인간 만사에 굴

신(屈伸)이 있는 법"(一環來往幾冬春 萬事人間有屈伸<偶題>) 합벽(闔闢)과 동정
(動靜)의 주체는 하늘과 인간이다. 하늘과 인간은 정신적 이해 대상이다. 따
라서 경당의 시간관은 근대 유물론자(唯物論者)들이 '움직이는 물질의 하나
의 존재 형식'이라고 주장하는 설과는 배치된다.

今日是何日	오늘은 어느 날인가
壬申春正月	임신년 춘정월이지
今日是何日	오늘이 며칠인가
正月初一日	정월 초하루지
行年今幾何	지나간 해 지금 얼마런가
七十欠單一	70년 세월 다만 한 해 모자라네 <歲時自警>

경당 선생의 70수는 이세(二世) 십년에 해당한다. 오분지일운(五分之一運)
을 조금 넘는 시간을 사셨지만 그의 70수를 맞는 감회는 특별했던 것 같다.
즉 그는 우주의 존재와 시간 원리를 궁구하며 평생을 살았다고 보는 바,

雷聲奮地中	뇌성이 땅 가운데 진동하니
陽德來駸駸	양덕이 말달리듯 오는구나.
萬物從此始	만물은 이에서 비롯하니
生意孰能禁	생의를 누가 막으랴
天心端可見	천심의 끝 볼 수 있으나
微妙無形音	미묘하게도 형음이 없어라.
始知貞復元	비로소 貞은 元으로 돌아감을 아노니
萬古恒如今	만고의 세월 항상 이제와 다름없어라.

<復見天地心>

먼저 천심(天心)을 발견하고 거기에서 비롯하는 모든 사물의 변화 원리를
찾으려 했던 것임을 알 수 있다. 사물의 변화 원리는 동정(動靜)의 원리라고
보는 바,

所以動而靜　　동하고 정하는 까닭과
所以闢而闔　　闢하고 闔하는 까닭
是可謂之道　　이를 道라고 하나니
道器離不得　　道와 器는 떨어질 수 없다.
器與道爲體　　기와 도는 한 몸이 되어
代明如日月　　일월처럼 밝힌다.　　　　　〈闔闢吟〉

　동정과 합벽의 원리가 도라는 것과 도기 일체설(道器 一體說)을 읊은 작품이다.

4. 결론

　경당 선생은 퇴계학맥을 이은 학자로서 「일원소장도」에 담아낸 그의 사상은 심오하다.

　그의 「일원소장도」는 시간의 순환론적 측면에서 이해될 수 있다고 본다.

　대주기(元주기)와 소주기(歲주기)로 대별할 수 있으며 다시 각각 12진의 단순주기와 30진의 번잡주기로 나눌 수 있다, 이는 십간(十干) 십이지(十二支)에 바탕을 둔 수치이며, 12와 30의 수는 궁극적으로 3이 바탕이 되고 그것은 천(天), 지(地), 인(人) 삼재(三才)를 가리킨다고 할 수 있다.

　일원일십이회(一元一十二會)는 육회선천(六會先天)과 육회후천(六會後天)으로 구분하며 전자가 양 후자는 음이 되어 상대적으로 소장이 이루어진다. 원(元) 회(會), 운(運), 세(世)와 세(歲), 월(月), 일(日), 진(辰)에 주역의 괘효(卦爻)를 적용한 선생의 시간학은 경이지경(驚異之境)이라 할 만하다.

　경당의 문학 연구, 여기에서는 주로 그의 시간관과 관련한 것을 대상으로 하였으므로 사실 일부에 지나지 않는다. 그러나 그 어느 시편보다 중요한 것으로 파악된다. 사람은 시간적 존재이고 시간, 시절, 세월, 역사에 관심을 갖는 것은 지극히 당연하고 그것을 문학에 반영함도 당연하기 때문이다. 이를 계기로 우리 문학사에서 절기를 읊은 작품이나 월령체의 작품, 역대가와 영사 작품에 대한 새로운 인식 평가가 이루어져야 하리라고 본다.

[동아대학교 명예교수 최두식]

부록 – 一元消張圖

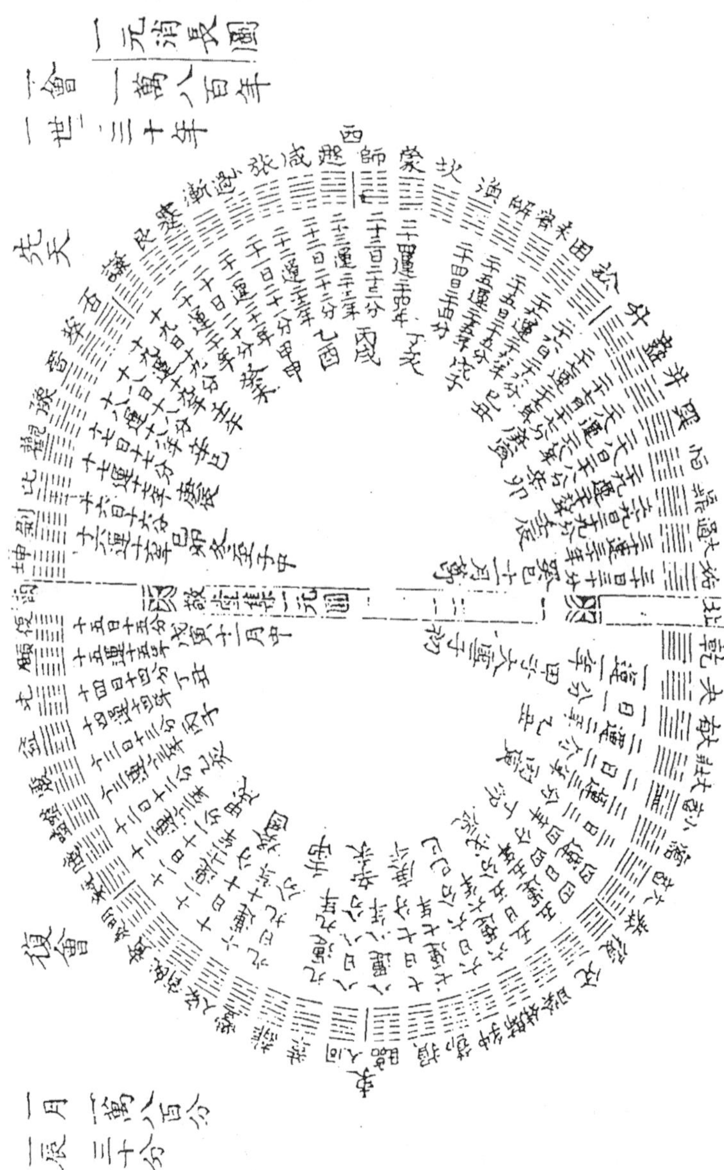

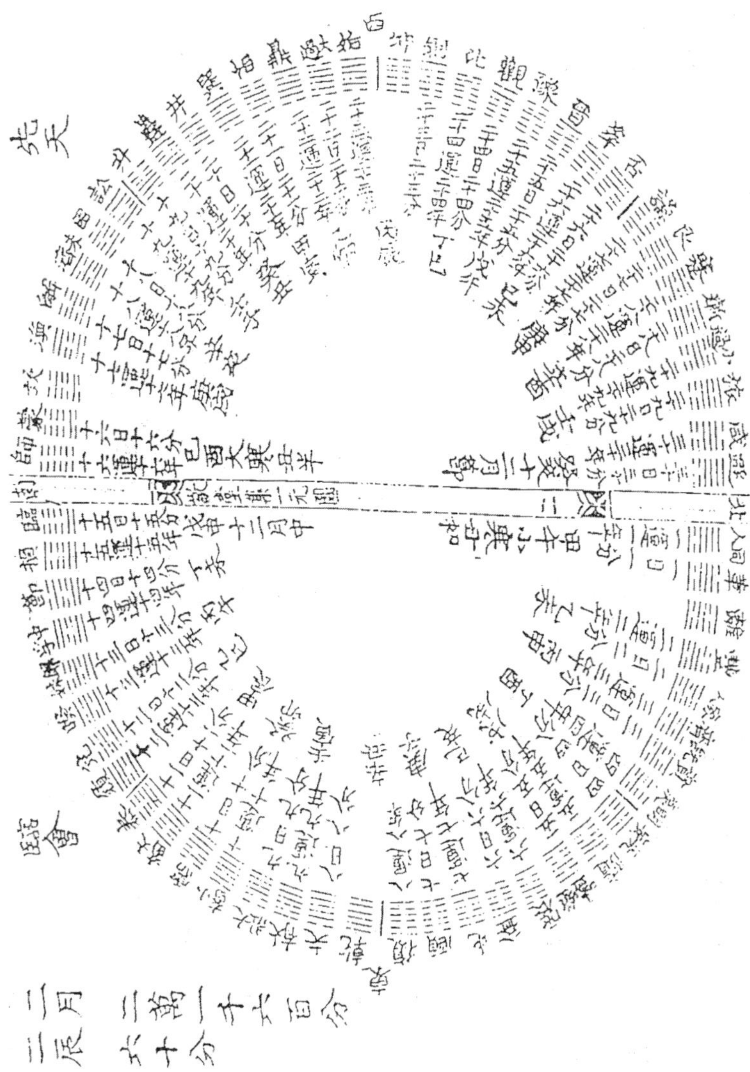

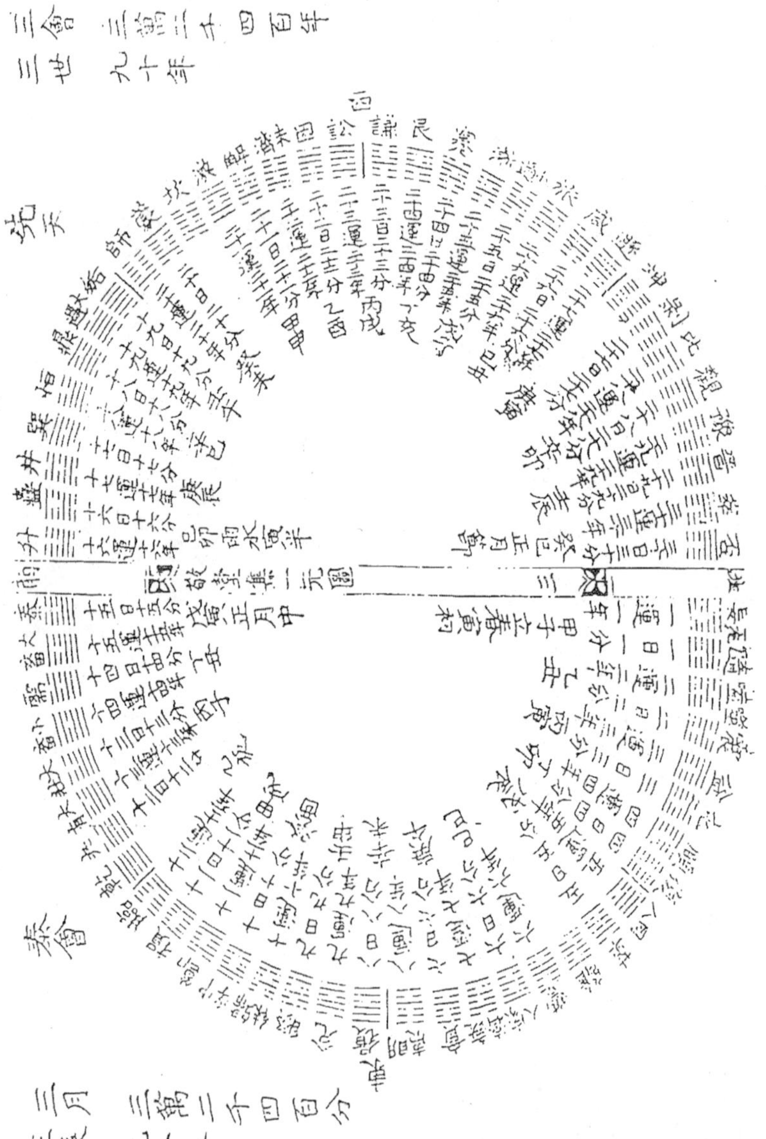

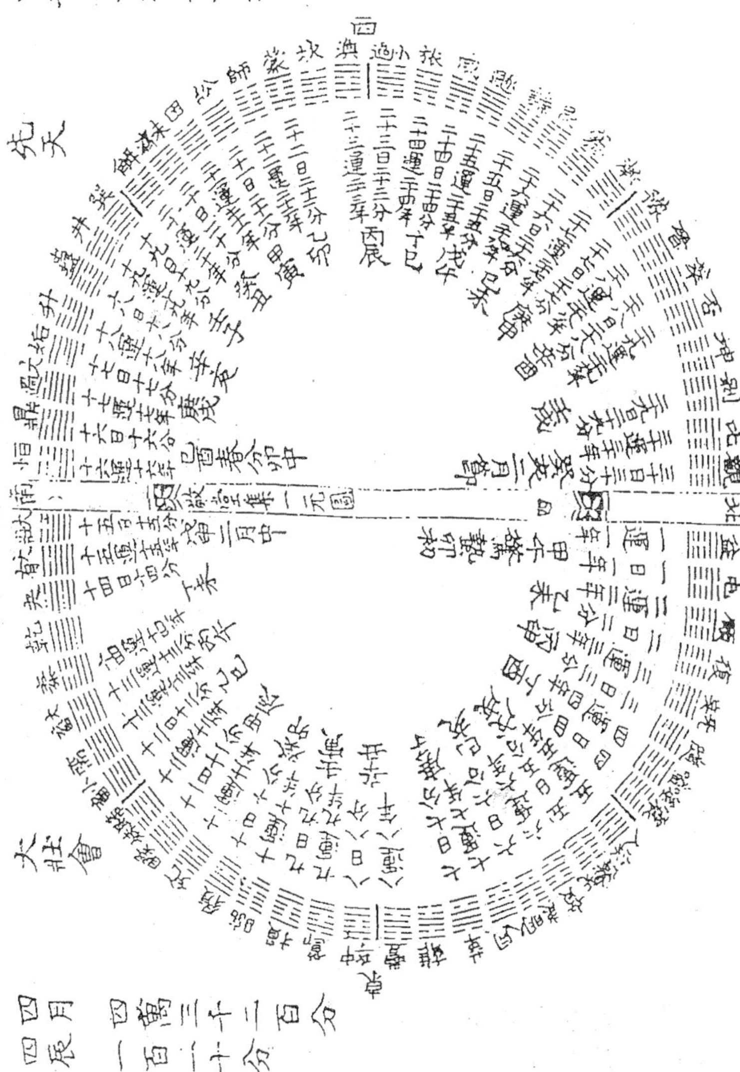
先天
大壯會

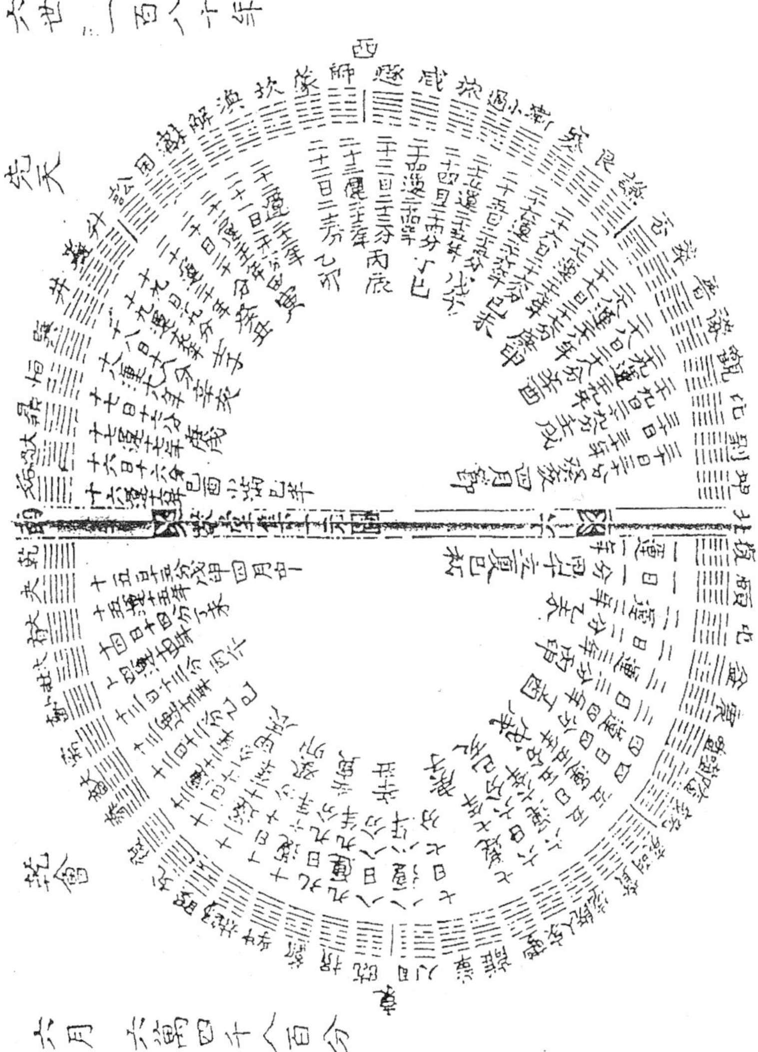
西
東
先天

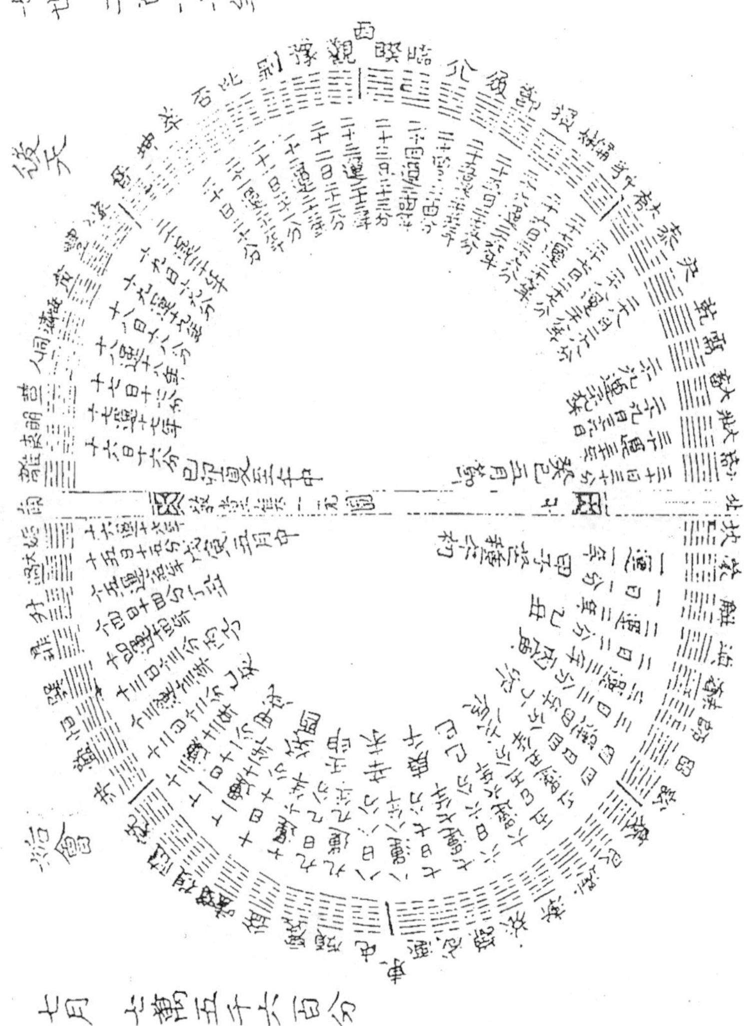

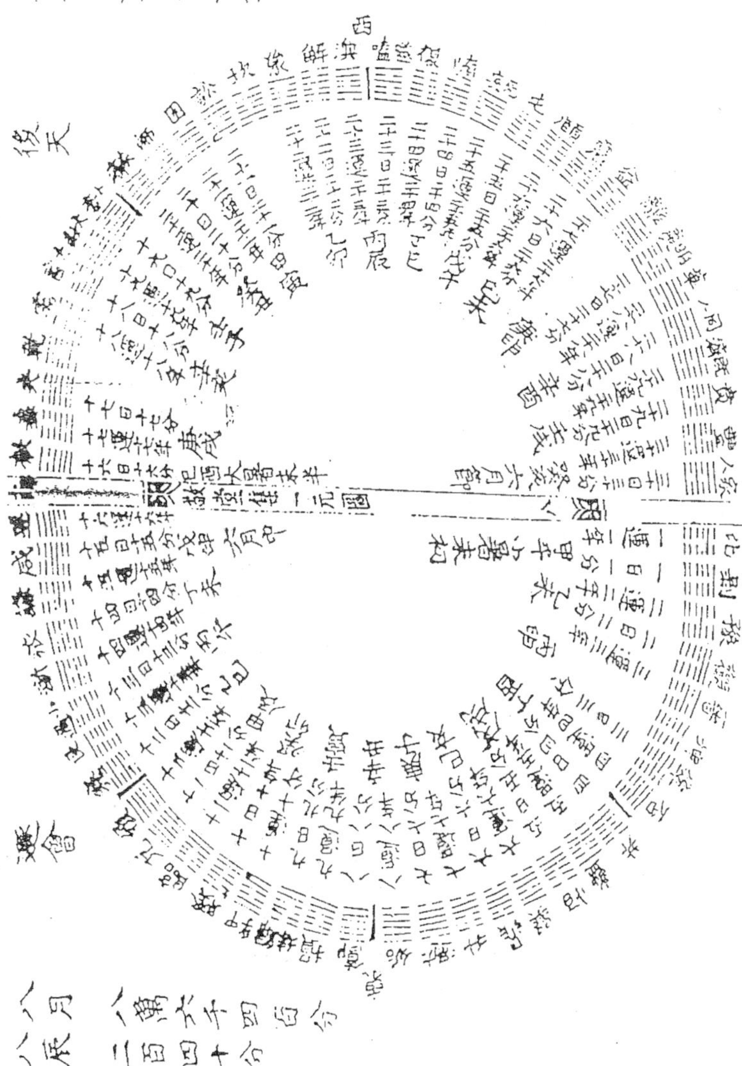

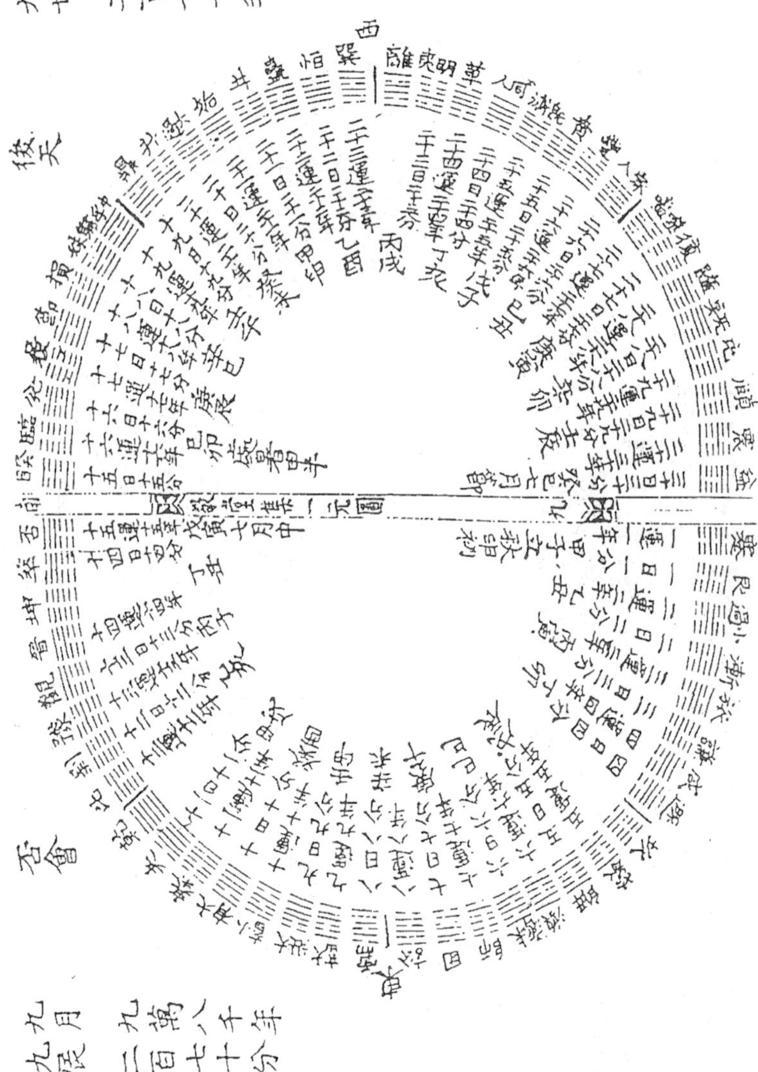

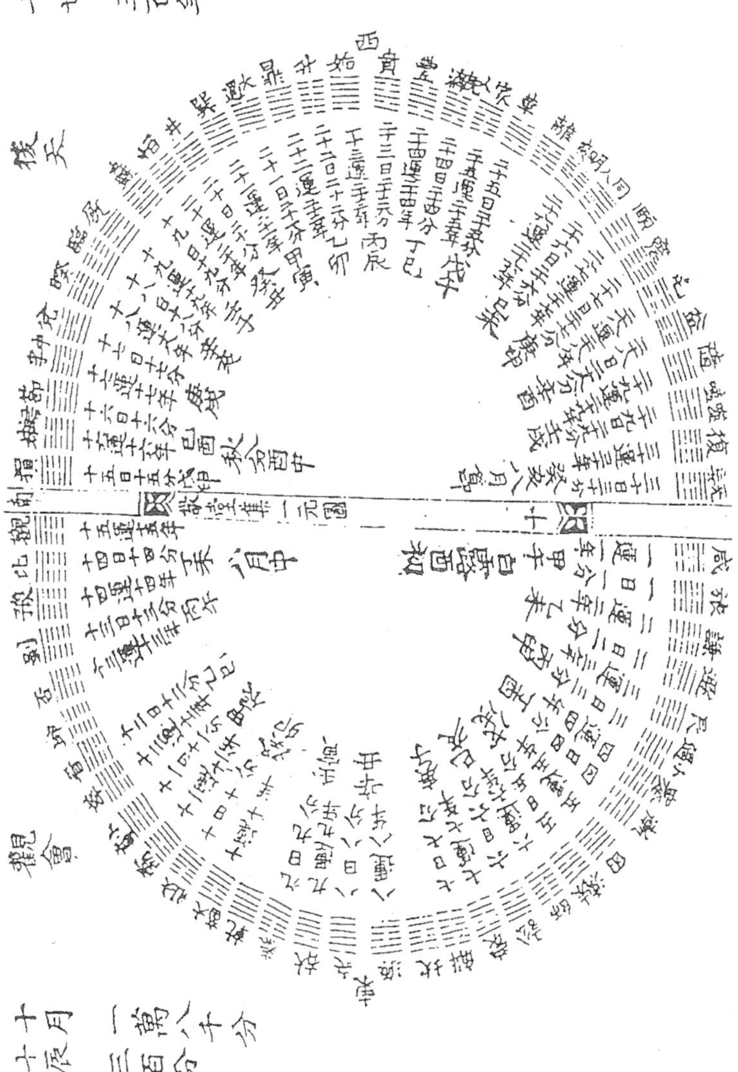

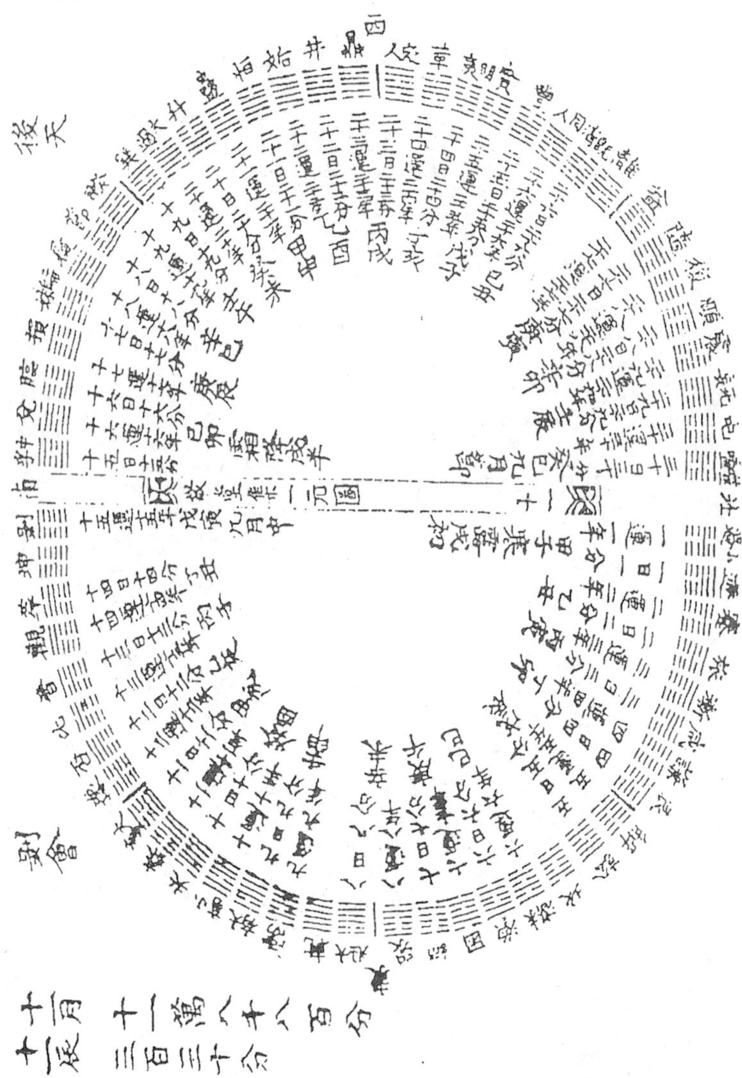

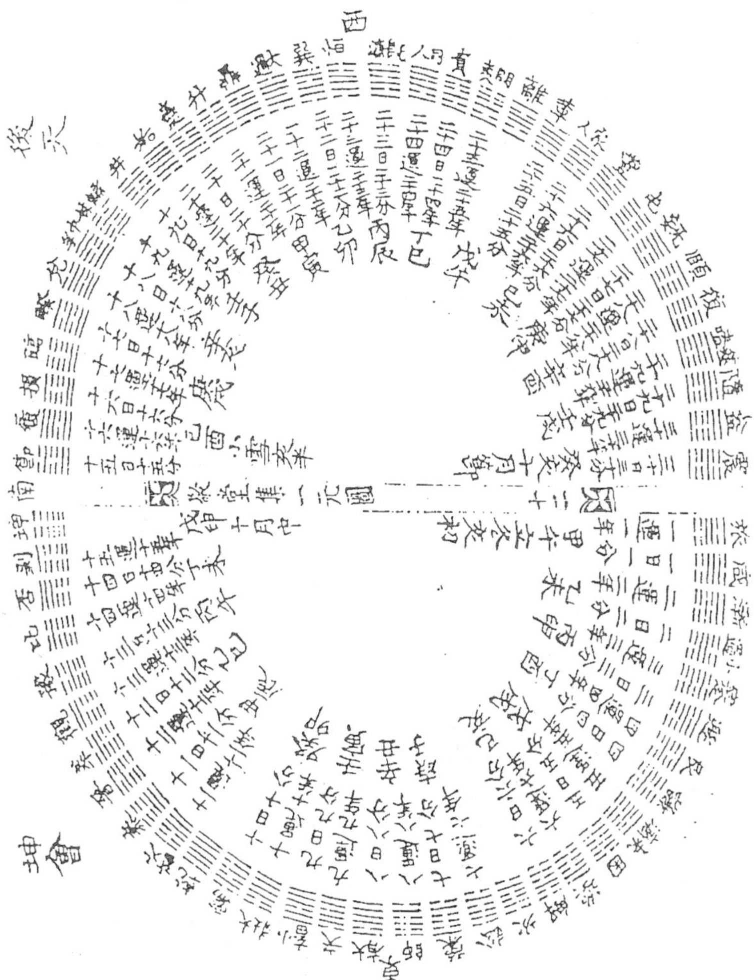

수암 유진과 『임진록』고

1. 도언(導言)

이 표제의 『임진록(壬辰錄)』은 고전산문의 새로운 자료이다.

이 책은 수암 유진(1582~1635)이 지은 「임진녹」과 「임ᄌ록」을 비롯하여 목재 홍여하(木齋 洪汝河 : 1620~1674)가 수찬(修撰)한 수암선생행장(修巖先生行狀)을 번역한 「슈암션싱힝쟝」을 함께 엮어놓은 음자(한글)표기 필사본이다. 이 책이 수암 종택에 줄곧 보배롭게 간직되어 오다가 비로소 드러나게 되어 널리 알려지게 되자 이에 대한 관심이 높아지게 되었다.

현전하는 이 책은 앞서 전래되던 책(原典)이 너무 낡아졌으므로 헤어져 없어질까 두려워하여 규중에서 다시 옮겨 베껴서 이어오게 한 전사본(轉寫本)이다. 이제는 이것마저 오래되어 낡은 책이 되었고 불똥진 곳이 있는데다가 또한 초서로 필사되었으므로 그 모습을 바르게 전하기 위해서는 먼저 해서로 옮겨 써야 하겠고, 그 내용을 바르게 이해하기 위해서는 현대어로 옮기며 다시 교주작업이 뒤따라야 할 실정이다.

여기서는 이러한 요구를 충족키 위하여 이를 해서로 옮겨 쓰고 교주를 붙여 내용의 이해를 돕고자 하며 이 책의 체재와 옮겨 쓰게 된 경위 등 서지적 사항을 살펴 이 자료의 문헌적 의의를 밝히고 작품의 내용과 작자의 생애 및 공업을 살펴 작품의 문학적 의의와 사적실상을 밝혀보고자 한다.

2. 서지(書誌)

1) 체재(體裁)

이 책은 『임진록(壬辰錄)』이란 표제 안에 「임진녹」·「임즈록」·「슈암션싱힝쟝」 등 세 개의 글이 합편되고, 책의 앞뒤에 베껴쓴 경위를 밝힌 전사자(轉寫者)의 기문(記文)이 붙었다.

가로 18㎝ 세로 32.5㎝로 된 오침선(五針線) 한장본(韓裝本)으로 여기에는 「임진녹」 24장, 「임즈록」 28장, 「슈암션싱힝쟝」 11장과 함께 책의 앞뒤에 각 1장씩의 전사 경위를 밝힌 기문(記文)이 붙은 모두 65장 130쪽의 책이다. 쪽마다 12 내지 16줄씩으로 고르지 않게 배행(排行)된 데다가 줄마다 약 30여자 정도를 세로줄로 내리쓴 날림체(草書體)의 필사본이다.

2) 성책경위(成冊經緯)

이 표제의 『임진록』이 이루어져 현전하기까지는 당시의 사류(士類)들에 의한 문필생활의 관행(慣行)으로 보아 선행(先行)된 의자본(所謂 漢字本)이 있었고, 이것을 국역한 음자본(한글본)이 이루어져 온 듯하다.

(1) 의자본(意字本)의 형성과 전래

표제의 『임진록』에 실린 「임진녹」·「임즈록」·「슈암션싱힝쟝」의 세 음자본은 당시의 사류(士類)에 의한 문필 생활의 관행으로 보아 이에 대한 의자본이 먼저 이루어진 것으로 보인다. 특히 일록류(日錄類)의 음자본인 「임진녹」과 「임즈록」의 의자본이 먼저 이루어진 것이란 생각을 하게 되는 것은 「제일록후(題日錄後)」에

日錄者何日之所爲　必書二冊所以備觀戒而資改耳　然則曷自庚戌始　前乎此者歲遠而不可詳　而舊篋有庚戌春日記因而錄之　而其後事亦多出於追記　…　獨

> 其禍變之慘 愈久而愈不忘 曒然心目間 故今載其始終 日時特詳焉 … 甲寅季
> 夏上澣書 <修巖集 卷3, 跋>

라고 한 것으로 보아 짐작되는 일이다. 위의 「일록(日錄)」「2책」은 곧 「임진록」과 「임자록」을 말한 것이라 할 수 있다. 이 두 일록은 필시 의자본이었을 것으로 생각된다. 그러니 이 후기를 쓴 「갑인(甲寅)」이 광해 6년(1614)의 일임을 볼 때 지은이의 33세 되던 때였음을 알 수 있다. 그러므로 「경술(庚戌)」에서 쓰기가 비롯된 일록은 임진록이라 할 수 있으니 이 해는 광해 2년(1610)으로 지은이의 29세 되던 해이다. 그러나 「후사(後事)」를 「추기(追記)」한 것은 임자록이라 할 수 있으니 「수암선생연보(修巖先生年譜)」에

> 壬子 先生三十一歲 … 九月葬洗馬公 … 作壬子錄<記被逮顚末> <修巖集,
> 年譜>

이라고 하였음을 보아 지은이의 31세 되던 광해 4년(1612)의 일임을 알 수 있게 한다.

그러므로 2책 중 「임진록」은 광해 4년(1612) 임자에 일어난 역옥사건(逆獄事件)에 피체(被逮)되기 이전에 지어졌던 것임을 알 수 있다. 이러한 사실로 미루어 보아 음자본 임진록(意字本 壬辰錄)과 임자록(壬子錄)은 지은이의 30세를 전후한 시기에 각각 지어진 것을 알 수 있으며 이 양일록(兩日錄)이 이루어진 2년 뒤에 후기(後記)가 쓰여졌음을 알 수 있다.

이러한 양일록 가운데 「임진록」의 의자본(意字本)은 전해오는 것이 없고, 다만 피란의 전말을 추기(追記)한 의자본이 전해왔음을 알 수 있으니

> 癸巳 先生十二歲 … 閏十二月(閏十一月의 誤. 筆者註)自關西還侍文忠公于
> 京 <後先生以諺書追記避亂首末 示家間婦女 李公在寬飜傳焉> <年譜>

이라 한 것으로 보아 의자본은 전함이 없이 다만 음자본만이 전하여 오다

가 여덟째 서낭(壻郞)인 이재관(李在寬 : 1620~1689)이 이를 번서(飜書, 轉寫)하여 전해졌던 것으로 보인다.

『임진록』은 지금 전하는 수암선생문집(修巖先生文集)의 의자본 「임자 일록(壬子日錄)」에 임자년 3월 15일로써 원작의 끝을 맺고, 다음과 같은 편집자의 註가 삽입되면서 다시 이어 일록(日錄)이 계속되어 끝맺고 있다.

> 按先生此錄有眞諺二本 而眞本止此 李公在寬有飜諺一通 詳悉可攷 今截取
> 以附于下 以見先生素患行患之始終云爾 〈壬子日錄〉

라 한 것으로 보아 「진언이본(眞諺二本)」 곧 「진서본(眞書本)」(소위 한자본)인 의자본(意字本)과 「언서본(諺書本)」(한글본)인 음자본의 양본(兩本)이 있었으나 이미 이재관(李在寬)이 이에 관심을 가졌을 때는 의자본에 결락(缺落)이 생긴 상태였으므로 완본(完本)이던 「언서본」에 의하여 의자본의 결락을 전보(塡補)하였음을 알 수 있게 한다. 이것이 현전하는 의자본 「임자일록(壬子日錄)」이요, 당시의 「언서본」이 곧 현전하는 「임즈록」의 원본이던 것이다.

이러한 사실로 미루어 보아 임진(壬辰)·임자(壬子) 양록의 「이책(二冊)」은 처음에는 모두 의자본으로 지어졌고, 이것이 광해 6년(1614)에 양일록이 합편되면서 「제일록후(題日錄後)」가 쓰여졌음을 알 수 있다. 그러나 의자본 임진록은 전함이 없고 다만 임자록만이 결락되어 전해오다가 이재관이 음자본에 의하여 보완된 것이 곧 현전하는 「임자일록」이라 할 수 있다.

(2) 음자본(音字本)의 형성과 전래

현전하는 음자본인 표제의 이 『임진록』이 이루어지기까지는 「임진녹」과 「임즈록」의 육필원본(肉筆原本)이 형성되어 전하다가 뒤에 다시 의자본 수암선생행장(修巖先生行狀)이 국역된 「슈암션싱힝쟝」이 합편(合編)되어 새로운 부첨본(附添本)이 이루어지게 되었고 이것이 낡아지자 다시 옮겨베낀 전사본(轉寫本)이 이루어져 전하고 있는 듯하다.

첫째로 「임진녹」의 원본 형성은 앞에서 보인 「연보」의 기록과 같이 임진난의 피란 경위를 뒤에 와서 규중에서 읽도록 하기 위하여 「언서(諺書)」로 추기(追記)한 것이라 할 수 있으니 이것은 「제일록후」에서 보는 바와 같이 경술(庚戌) 곧 광해 2년(1610)에 쓰여지던 의자본 임진록이 이루어진 뒤의 일이라 볼 수 있다. 그러므로 이것이 「임ᄌ록」과 합편되어 원본의 형태를 이루게 된 것은 「제일록후」가 쓰여진 갑인(甲寅) 곧 광해 6년(1614) 뒤의 일이라 할 수 있다.

이러한 사실에 대해서는 「임진녹」의 말미에

이제는 부모 업스시고 동싱[1]들 다 죽고 나 혼자 ᄉ라셔 병이 드러 아모제 죽을 줄 모라니 나 곳 니ᄅ지 아니면 비록 ᄌ식이라도 그리 신고ᄒ여 죽다가 사라는 줄 모롤 거시라 일가 사롬이나 예아기 삼아 보게 ᄒ여 긔록ᄒ노라

라고 한 것으로 살펴 알 수 있다. 그러니 이 「임진녹」을 지은 것은 부모님이 모두 돌아가신 뒤의 일이요 또한 동기(同氣) 사이의 백(伯)·중씨(仲氏)인 친형이 모두 세상을 뜬 뒤의 일임을 알 수 있다. 그리고 병이 든 때라 하였으니 이는 곧 임자년의 옥고를 치루게 된 뒤의 불편한 심경을 말한 것이라 할 수 있다. 이러한 여러 가지 정황으로 미루어보아 「언서」인 음자본 「임진녹」이 이루어진 것은 일찍어도 의자본일 「일록(日錄)」 「이책(二冊)」이 이루어져서 여기에 「제일록후」를 쓰게 된 갑인(甲寅) 곧 광해 6년(1614) 뒤의 일이라 할 수 있다.

「임ᄌ록」은 이미 「임자일록」에 삽입된 편집자의 보주(補註)에서 「진언이

---

1) 동싱 : 동생(同生)이란 현대말의 「아우」란 뜻과는 달리 동기(同氣) 곧 친형제를 말한 가운데도 兄을 일컬은 것임. 현재도 친정 오라버니를 일컬어 「오랍동생」 오라버니의 아낙을 「맏동생의 댁」(경북북부향속어)이라 함.
△믿고 살지 믿고 살지 오랍동생 믿고 살지. (민요, 안동지방)
△동싱형 : 친형, 동싱형 : 가가(哥哥, 飜譯老乞大 下)

본(眞諺二本)」이 있었음을 말하고 있거니와 「임ᄌ록」 말미에

> 구월 금음날 션산 감이미히 영장ᄒ니 그적 ᄉ셜이 대강이라. 임진연 ᄉ셜과
> ᄒ 디 써 ᄌᄉ식들을 주어 제 아븨 평싱 셜워ᄒ던 줄을 알게 ᄒ노라

라고 한 것으로 보아 「임ᄌ록」은 광해 4년 임자 9월에 있었던 중씨(仲氏)의
장례를 치룬 뒤에 이루어진 것임을 알 수 있으니 수암선생연보(修巖先生年
譜)의 「임자년(壬子年) 9월에 임자록을 지었다」<기피체전말(記被逮顚末)>고
한 것과 일치한다.

살펴본 바와 같이 「임진녹」과 「임ᄌ록」이 합편된 육필(肉筆) 원본(原本)
의 형성은 의자본 「일록」, 「이책」이 이루어져서 「제일록후」를 쓰게 된 광
해 6년(1614)인 갑인년 이후의 일이라 할 수 있으니 이것은 육필본인 「임진
녹」과 「임ᄌ록」이 합편된 첫 번째의 음자원본(音字原本)이라 할 수 있다.

두 번째는 이 육필원본에 목재(木齋) 홍여하(洪汝河 : 1620~1674)가 수찬(修
撰, 顯宗 5年, 1664)한 수암선생행장을 누군가에 의하여 번역한 「슈암션싱힝
쟝」을 부재(附載)한 부첨본(附添本)의 형성이다.

이 「행장(行狀)」이 번역된 연대나 역자(譯者)가 분명치 않으며 또한 부첨
(附添)된 경위도 확실치 아니하다. 그러나 이 부첨본의 형성은 「행장」이 수
찬된 후의 일이므로 현종 5년 뒤에 이루어진 것이 분명하다. 이것이 전래
되던 「임진녹」·「임ᄌ록」과 합편되어 하나의 원전(原典)을 이루게 된 부첨
본(附添本)이라 할 수 있으니 이것이 줄곧 전해오다가 헐어져 없어질 듯하
여 다시 베껴 옮긴 전사본(轉寫本)의 대본(臺本)이 된 것이라 할 수 있다. 그
러나 이 부첨본의 원전은 이제까지 드러나지 아니하였다.

이 부첨본(附添本)의 성책(成冊)은 이에 대한 관심이 깊던 이재관(李在寬)
의 주선(周旋)일 듯하다. 그러한 까닭은 곧 「임진녹」을 「번전(飜傳)」한 사실
이라든가 「임자일록(壬子日錄)」을 「임ᄌ록」에 의하여 결락(缺落) 부분을 보
완한 사실이다. 따라서 「행장」국역도 이에 의하여 이루어졌을 것으로 생각

할 수 있기 때문이다. 그러므로 부첨본의 형성은 늦어도 그의 몰년(歿年)인 숙종 15년 이전이라 할 수 있다.

세 번째로 이루어진 것은 지금껏 전해오는 표제의『임진록』이다. 이것은 전해오던 부첨본의 원본을 대본(臺本)으로 하여 전사하면서 앞뒤에 전사경위(轉寫經緯)를 밝힌 전사자(轉寫者)의 기(記)가 붙은 전사본(轉寫本)이다.

그 기(記)를 옮겨보면

우턴 뉴평챵틱 셰셰 귀듕지물이니 당구 댱구ᄒ여 유젼 쳔츄ᄒ라. 이 칙은 우리 션셰 유젹이시니 ᄌ손이 극히 공경 듕디하는 비러니 본젼이 만히샹ᄒ 거슬 내 희포 두엇다가 더 샹ᄒ여 ᄇ리니 불쵸 죄 듕ᄒ여 여러 희 경영ᄒ여 번셔 ᄒ야시나 본디 단필의 풍파 환난의 졍신이 모황ᄒ고 칠십지연의 안역이 희미ᄒ니 셩ᄌ 아니되여 불셩 모양이나 니 셩역이 극진ᄒ니 디〃 죵부들은 ᄉ젹의 존듕홈과 필쥬의 가득ᄒ 졍셩을 싱각ᄒ여 앗기고 앗겨 젼지ᄌ손 만만셰지 무궁ᄒ라 시셰 긔유의 츈의 평챵의 듕고모 봉디 강 딕은 수회 심요듕 추필셔 ᄒ노라.
우리 모녀의 글시라 졸필 희괴ᄒ니 통분 참괴ᄒ나 고어의 왈 유ᄌ 불ᄉ오유 문 불휘라 ᄒ니 비록 흉필이나 이 칙의 머무러 내 우리집 쏠노 셰샹의 잇던 줄 후인이 알게 ᄒ노라

라고 하였다. 이것으로 보아 이 표제의『임진록』은 우천(현 경북 상주 중동에 속한 동명〈洞名〉)의 유평창댁(柳平昌宅 : 강원도 평창군수를 지내어 얻은 택호)의 종고모(從姑母) 되는 봉대(상주시 신봉리에 속한 동명. 진주강씨의 세거지) 강댁 모녀(姜宅 母女)가 기유년에 전해오던 부첨본(附添本)을 대본으로 하여 옮겨 베낀 것임을 알 수 있다.

보다 자세한 전사 경위를 함께 필사한「봉디 강 딕」의 따님이 쓴 후기에서 살펴보면

졍미 납월의 필셔ᄒ다. 본 칙 다 쩌러져 의지 업슨 거슬 두고 어마님 다시 벗기지 못ᄒ여 하 걱졍ᄒ시니 쓰려 ᄒ니 갓득 필지 업는 거시 됴희 모ᄌ롤가 쩍ᄌ와려 잘게 쓰니 더옥 고이ᄒ고 이제는 아조 병셰지인이 되어 이런칙댱이

나 쓰려ᄒ면 체증 고약ᄒ여 성실이 쓰지 못ᄒ여 에 〃 로 하로 넉댱식 닷댱식
이러케 쓰니 즈즐이 필셔ᄒ다. 필경 죠희 남ᄂᆞ 거슬 잘게 형용업시 그린 줄 결
통ᄒ나 이제ᄂᆞ 어마님 ᄯᅳᆺ을 밧ᄌᆞ와시니 싀훤ᄒ오며 평챵형님 추필이라 칙지
마ᄅᆞ시옵 언제 다시 두로 다 샹봉ᄒ올고 쉽지 아닐 ᄃᆞᆺ 익둛습

이라 하여 전사 경위와 그 정황을 잘 알려주고 있다.

이러한 두 기문을 살펴보면 표제의 이『임진록』은 우천유씨 종택에 진
장되어오던 부첨본을 대본으로 한 전사본임을 알 수 있게 한다. 그리고 이
책은[2] 헌종 11년(1845) 을사(乙巳)에 평창군수로 도임한 낙파(洛坡) 유후조
(柳厚祚 : 1798~1877)의 종고모인 유광득(柳光淂)[3]의 따님으로 진산(晋山) 강
우흠(姜遇欽)에게 출가한 강씨부인 모녀가 헌종 13년(1847)에 전해오던 부첨
본(附添本)을 대본(臺本)으로 하여 이것을 옮겨 쓰기 비롯한 것이 헌종 15년

---

2) 가) ① 「乙巳六月移拜平昌郡守」〈洛坡先生文集, 柳道奭識 墓誌〉
  ② 「乙巳移平昌郡守」〈洛坡先生文集, 張炳逵撰 墓碣銘〉
  ③ 「憲宗 11년(1845) 乙巳 48세 6월 平昌郡守로 전근되다」〈洛坡先生文集, 年譜〉
  ④ 「유후조(柳厚祚) … 1845년 강원도 평창(平昌)군수」〈「愚川과 先賢」, 柳時中編著, 1999〉
  위와는 달리 豊山柳氏愚川派世系, 豊山柳氏文忠公西厓派愚川世譜, 豊山柳氏世譜 등에는 洛坡 柳厚祚가 平昌郡守를 歷仕한 記錄이 없으므로 修譜時의 漏記로 볼 수 있다.
  나) ① 「尋春 … 長水 靑陽 平昌 義城郡守」〈豊山柳氏文忠公西厓派愚川世譜, 豊山柳氏世譜〉 위와 같이 兩世譜에는 江皐 柳尋春이 平昌郡守를 歷仕한 것으로 되었으나 江皐先生 年譜와 그 家狀(柳疇睦 닦음)과 墓碣銘(柳永佑 撰), 豊山 柳氏愚川派世系 등에는 그 사실이 실리지 아니하였으므로 위의 兩世譜는 修譜上의 誤錯인 듯 하다.

3) 豊山柳氏愚川派世系略圖

```
13世    14世…        18世      19世           20世              21世

成龍 ┬ 褘(早卒)              ┌子. 潑        ┌女. 姜世暮(晋山人)   ─子. 姜書欽
     ├ 袦                   │             └嗣子. 尋春(生父光洙) ┌女. 金在翼
     ├ 襦                   │                                  └子. 厚祚
     ├ 袗……      子. 聖魯 ┼子. 光洙       ─子. 尋春
     ├ 初(初諱)(改諱襨)       │(出爲德霖後)   (出爲潑後)
     └ 襠                   ├子. 光瀁
                           ├子. 光淂       ┌子. 抙春
                           │              ├女. 孫鍾瑗         ┌嗣子. 姜義永
                           │              └女. 姜遇欽(晋山人)  ┼女. 柳進書
                           ├子. 光漸                          ├女. 金亨洛
                           └子. 姜明欽(晋山人)                 └女. 李龍九
```

〈豊山柳氏世譜〉

(1849)에 이르러 전사의 완성을 보게 된 것임을 알 수 있게 한다.

3) 활자화경위(活字化經緯)

이 책은 우천(愚川)의 수암선생종택(修巖先生宗宅)에 줄곧 진장(珍藏)되어 오다가 지난 1973년에 비로소 밖으로 드러나게 되어 유시완(柳時浣)[4] 소장본으로 소개되었다.

그 가운데 「임진녹」은 일간지(日刊紙)[5]에 18회 현역(現譯) 연재(連載)되었고, 이것이 또한 일어역(日語譯)[6]으로 「아시아공론(アジア公論)」에 게재(揭載)되었으며 국외에서 지어진 임진왜란을 줄거리로 한 일어판[7] 소설의 소재로도 인용되었다. 그리고 학술지[8]에 해제(解題)와 아울러 원전(原典)의 영인(影印)과 함께 초서(草書)를 해자화(楷字化)하고 현대어역(現代語譯)하여 전편을 게재한 바 있다.

「임ᄌ록」은 월간지[9]에 현역(現譯) 연재(連載) 되었고, 또한 학술지[10]에 해제(解題)와 아울러 원전(原典)을 해자화(楷字化)하여 이것을 현역(現譯) 게재한 바 있다.

이 표제(標題)의 『임진록』 전권(全卷)이 원전의 영인과 해자화(楷字化)되어 게재된 것은 지난 경신년(1980)에 간행된 수암선생문집[11]의 4간 보유본

---

4) 「壬辰·壬子錄이 慶北 尙州邑 西城洞 柳時浣 씨(58) 집에서 洪在烋 교수에 의해 발견됐다」 『中央』·『東亞』 兩日報 1973. 1. 28.

5) 洪在烋 : 現譯·校注, 「西厓 柳成龍의 아들 柳袗의 亂中體驗記 壬辰錄」, 『中央日報』, 1973. 3. 6~26 18回連載.

6) ──── : 「注釋 壬辰錄」, 『アジア公論』, 1974. 5. 8 兩月號連揭.

7) 金龍煥 : 「龜甲船海戰記-海の覇者 李舜臣將軍 一」, 東京 成甲書房, 1979.

8) 洪在烋 : 「柳袗 作 『임진녹』 解題, 轉寫, 現文譯, 附日譯文. 原典影印」, 『國文學硏究』7, 曉星女大, 1982.

9) ──── : 「現文譯 壬子錄」, 『月刊 中央』, 1973. 11. 12. 兩月號.

10) ──── : 「壬子錄」 解題, 校注, 轉寫, 『國文學硏究』8, 曉星女大, 1984.

11) 『修巖先生文集』 : 甲寅本(英祖 10年) 4권 2책이 初刊되었고, 癸巳本(英祖 49年) 6권 3책이 重刊되었으며 辛巳本(1941) 6권 3책이 石版으로 補遺 刊行되었고 標題의 「壬辰錄」 全卷 原

(補遺本)이다.

3. 작자(作者)

1) 선계(先系)와 생평(生平)

지은이의 휘(諱) 진(袗)이요 자(字)는 계화(季華)니 호를 수암(修巖)이라 하였다. 성은유씨(柳氏)로서 관(貫)은 풍산(豊山)이다. 조선 인조조(仁祖朝)의 문신(文臣)이니 선조조(宣祖朝) 때 영의정(領議政)으로 임난에 재조(再造)의 공을 이룬 문충공(文忠公) 서애 유성룡(1542~1607)의 셋째 아들이다. 비(妣)는 전주이씨로 현감(縣監) 경(坰)의 따님이니 정경부인(貞敬夫人)이 봉해졌다.

고조의 휘는 자온(子溫)이니 진사로 증이조판서요 증조의 휘는 공작(公綽)이니 간성군수(杆城郡守)로 증좌찬성이요 조의 휘는 중영(仲郢)이니 관찰사로 증영의정이다.

수암(修巖)은 선조 15년(1582)에 경제(京第)에서 태어나 인조 13년(1635)에 54세로 한 생을 마쳤다.

유년기(1~14)에는 벼슬하던 아버님을 따라 서울에서 자랐으나 일찍 8살에 어머님을 여의는 슬픔을 겪고 귀향하여서는 거상(居喪)을 어른 같이 하였다. 다시 상경(上京)하여서는 11살 되던 선조 25년(1592) 4월에 왜란이 일어나자 문충공은 호가(扈駕)하여 서행(西行)길에 오르고 매형(妹兄)인 한산인(韓山人) 이문영(李文英)을 따라 강원·평안·황해도 등지의 산곡간(山谷間)을 두루 돌며 목불인견의 참상과 인심의 후박(厚薄)을 골고루 보고 겪으면서 피란의 쓰라림을 직접 체험하였다. 때로는 도적을 만나 일행이 사생의 고비길에서도 조용히 상도(常度)를 잃지 않고, 기지로써 위기를 모면하는데 도움이 되게 하였으므로 일행을 탄복케 하였다.

典이 影印되고, 楷字化되어 補遺된 것이 庚申本(1980)인 洋裝 單卷의 4刊本이다.

이듬해[12] 윤11월에 관서에서 서울로 돌아와 서로 해후하는 기쁨을 나누었고 가학을 승습(承襲)하여 경사(經史)를 익혔다.

이렇듯 유년기에는 어머님을 여의는 슬픔과 사상 미증유의 전란이 빚은 쓰라리고 괴로운 피란을 겪어야 하는 수난과 시련의 시절이었다.

성년기(15~30세)에 들자 16살에 충정공(忠定公) 권벌(權橃 : 1478~1548)의 증손녀인 현감 채(縣監 采)의 따님을 취하였다. 이 무렵에는 경암(敬庵) 노경임(盧景任)에게 사수(師授)하여 수학(修學)의 길을 열고 경서(經書)를 익히었다. 그러자 17살 되던 선조 31년(1598) 겨울에 문충공이 이이첨 등의 소구(所搆)로 인하여 파직되자, 이듬해에 하외(河隈)로 돌아오게 되었으므로 이 때에 문충공에게 『중용』을 수강하며 조석(朝夕)으로 경의(經義)를 강문(講問)하고 고인(古人)의 학문요체를 득문(得聞)하였으므로 언외(言外)의 뜻을 자득함이 많았다. 그래서 문충공은 「너와 같은 아름다운 자질을 얻기도 어려운데 퇴도(退陶)의 문(門)에 미치지 못함이 안타까운 일이라」하며 칭찬을 마지 않았다. 20살에는 백부 겸암(謙庵) 휘 운룡(雲龍)의 상을 당하였고 이어 조모님의 상(喪)을 당하였다. 24살에는 백형 장령공(掌令公) 휘(諱) 여(袽)의 상을 당하였고, 26살 되던 선조 40년(1627) 5월에는 문충공의 하세(下世)로 망극한 슬픔을 겪게 되었다. 그동안에 밤낮으로 시탕(侍湯)하며 상분(嘗糞)으로 병세의 차도를 짐작하는 정성을 다하니 보는 이는 감동치 않은 이가 없었다.

문충공이 임종에 자손들에게 남긴 훈계(訓戒)의 유시(遺詩)와 유어(遺語)인 「면이아조수신전(勉爾兒曹須愼旃) 충효지외무난사(忠孝之外無難事)」와 「역념선사(力念善事) 역행선사(力行善事)」를 패복종신(佩服終身)하였다. 29살 되던 광해군 2년(1610)에는 증광진사 초시에 장원하고 이 해에 또한 성시에 나아가 장원하였다. 이 해에는 오봉(五峯) 이호민(李好閔)에게 나아가 한매

---

12) 「癸巳閏十二月字關西還侍文忠公于京」〈年譜〉의 「閏十二月」은 「閏十一月」의 잘못임. 이 해 (1593)에는 「閏十二月」이 들지 않았음. 『韓國年曆大典』, 韓甫植編著,. 嶺南大出版部, 1987.

시(寒梅詩)를 창작하여 「남중가사(南中佳士)」란 찬사를 받았으며 이 무렵에는 『임진록』을 초(草)하기도 하였다.

이처럼 성년기에 들어서는 성인의 예를 갖추고 수학에 전념하여 학리(學理)를 터득하고 문재(文才)를 발휘하며 성효(誠孝)를 다하는 성인기를 이루었다.

장년기(31~41세)에 접어들자 비운의 시련이 닥쳤다. 광해군 2년 임자(1612) 2월에 김직재(金直哉) 등이 모반한 해서역옥(海西逆獄)이 일어나자 여기에 연루되었다는 혐의를 입게 되어 나명(拿命)이 내렸으므로 곧바로 피체(被逮)되어 경옥(京獄)으로 압송되었다. 전옥(典獄)에 들어 옥고를 치르는 가운데 제신(諸臣)이 이어 계(啓)를 올려 병이 중함을 아뢰었으므로 칼을 풀고 구류하게 되었으며 더욱 이한음(李漢陰)은 왕의 자문에 공이 무죄하다 아뢰어 드디어는 보방(保放)의 특명이 내려 옥문 밖에서 유(留)하게 되었다.

이 해 5월에는 효우(孝友) 극진한 중형 세마공(洗馬公) 휘 단(禠)이 서울에 따라 올라 와 옥사를 근심 걱정하다가 병이 들어 마침내 졸(卒)하게 되자 정추몽방(庭推蒙放) 되었으므로 상차(喪車)를 좇아 남하(南下)하게 되어 이 해 9월에 고향에서 장례를 치렀다.

31살 때에는 옥연정사(玉淵精舍)로 거처를 옮기고 「정좌종일이(靜坐終日易) 조존일각난(操存一刻難)」이란 10자를 써 걸고 좌우명으로 삼았으며 이 때에는 임자년의 옥고를 일록(日錄)으로 정리한 임자록을 초하였다.

이 뒤로 33살 되던 광해 6년(1614) 경에는 유년기와 장년기에 겪었던 참화와 옥고를 일록으로 정리한 「임진록」과 「임자록」을 합편(合編)하여 계개(戒改)의 자료로 삼고자 하였고, 이에 발(跋) 「제일록후(題日錄後)」가 이루어졌다. 이 무렵에는 더욱 어진 이의 잠명(箴銘)을 송독(誦讀)하고 도류(諮類)의 자경설(自警說)을 써 자중하며 존양함을 게을리 하지 아니 하였다. 조상에 대한 숭모의 정성을 다 하였고 어진이들과 더불어 천문과 심경을 논하고 이기설(理氣說)을 강구하였다. 이 무렵에는 국담(菊潭)의 이창석(李蒼石)

과 사수(泗水)의 정한강(鄭寒岡)에게 나아가 절하였고, 여러 어진 이들과 더불어 자연을 소요하였으니 청량산(淸凉山)에 노닌 「유산일록(遊山日錄)」을 남기었고, 향현(鄕賢)과 더불어 낙강(洛江)의 범주(汎舟) 놀이로 즐기며 시를 창수하였다.

35살 되던 광해 8년(1616)에는 어모장군(禦侮將軍) 세자익위사(世子翊衛司) 세마(洗馬)를 배(拜)하였으나 나아가지 아니하였고, 36살 되던 7월에는 별시 동당(東堂) 초시에 합격하였으나 성시에는 나아가지 아니하였다. 37살에는 강산승개(江山勝槩)가 아름답고 형국이 좋은 곳을 고르고 또한 학문을 닦기 위한 환경과 입지 좋은 곳을 찾아 상주의 중동현(中東縣) 가사리(佳士里)로 새터를 잡아 이거하게 되었다.

이곳은 정우복(鄭愚伏) 이월간(李月澗) 창석(蒼石) 제선생(諸先生)의 소거(所居)와도 가까운 곳이라 강학이 편하였고, 이곳 어진 이들과는 강마(講磨)에 힘쓰고 범주(汎舟)로 즐기며 작시(作詩)하고, 선현의 사묘(社廟)를 찾아 알묘하였다. 한편으로는 영농(營農)을 권려하는 농서(農書)를 편술하고 향약을 마련하여 향경당(鄕敬堂)을 짓고 관혼상제에 대한 고조(顧助)를 하였다. 여기에는 권선규과(勸善規過)의 규범이 있었으므로 온 고을이 이를 오래도록 지켜내려 왔으니 이 고장의 향풍(鄕風)을 일게 하였고 향속(鄕俗)을 아름답게 하는 데 기여한 바 되었으니 이 고장의 홍학과 권농으로 향민의 생활계도에 힘 기울이던 시기였다고 할 수 있다.

만년기(42~54세)에 접어들자 현로(賢路)가 열리어 줄곧 출사의 기회가 닥치었으나 이를 언제나 사양하려 하였다.

42살 되던 해에 인조개옥(仁祖改玉)이 되자 주위의 어진 이들이 서로 추곡(推轂)하여 선무랑이 되고 봉화현감이 특제(特除)되었다. 이곳에 이직(莅職)할 때는 앞서 오리(汚吏)들이 백성의 재물을 긁어먹는 나쁜 정사 때문에 공사(公私)가 적빈(赤貧)한 지경이었고 거칠고 메마른 땅에 과세가 무거워서 향민들이 그 괴로움을 감내치 못하여 보금자리를 떠나는 이가 늘어나 고을

안이 비다시피 되었으나 토지를 증배(增配)하고 부세를 덜어 주어 조정(調整)하자 되돌아 들어오는 백성이 늘어나게 되었고, 모두가 풍족한 살림을 즐겨 누리게 되는 고을이 이루어졌다. 또한 오교(五敎)를 으뜸으로 삼아 돈독케 하고 교훈이 될 만한 선현들의 말씀을 모아 엮어 이를 읽게 하여 정속화민(正俗化民)을 위한 교조(敎條)로 삼게 하여 아름다운 삶을 누리게 하는 고장을 이루게 하였다. 이러한 애민치읍(愛民治邑)의 공로가 조정에 알려져 표리가 하사되었다.

이 무렵에는 증광 동당 초시에 거갑(居甲)하였으나 이 뒤에는 성시에 나아감이 없이 줄곧 형조정랑을 배(拜)하였고 인조 5년(1627) 정묘에 호란이 일어나자 호소사(號召使) 정우복(鄭愚伏)의 차정(差定)으로 상주의병장이 되어 의려(義旅)를 규합(糾合)하고 대오를 더욱 가다듬어 호령(號令)을 엄숙하게 하였으며 홍동락(洪東洛)과 군량사(軍糧事)를 서론(書論)하기도 하였다. 이 무렵 청도군수로 부임하여서는 흥학에 힘을 기울였고, 이어 익위사 익위 사복시 첨정을 배(拜)하였다. 이어 예천군수가 되었고 이어 합천현감으로 부임(赴任)하여 돈효흥례로써 화민성속(化民成俗)의 으뜸을 삼았다. 만년의 53살 때는 한성부 서윤을 배(拜)하였고, 이어 사헌부 지평으로 이배(移拜)되었다. 이 무렵에는 장령 강학년(姜鶴年)이 올린 소(疏)가 반정후(反正後)의 나라안 폐단을 조목 조목들어 직간한 것이었으므로 왕의 노여움을 사게 되어 이를 크게 죄로 삼고자 하였으므로 주위의 만류를 뿌리치고 이를 가로막고자 계(啓)로써 직간불휘(直諫不諱)하여 극력 구하고자 하였다. 이로 인하여 왕의 마음을 되돌려 너그럽게 하였으나 올린 계사(啓辭)의 '솔의(率意)' 두 자를 꼬투리 잡아 제신(諸臣)들이 다시 조의(朝議)를 일으키려 하였으므로 벼슬을 그만 두고 고향으로 되돌아 왔다.

언제나 벼슬이 내려도 진소(陳疏)하여 사양해 마지 않았으나 대개의 경우에는 윤허치 아니 하였으므로 네 읍을 역양(歷敭)하게 되었고, 또한 내직(內職)에도 두루 들었다. 그러나 어디에서도 오래 머물지 아니 하였으니 이는 곧 절직한 성품에 임천(林泉)을 즐기는 아의(雅意)로써 환로에 나아가는 것을 달갑게 여겨 즐기지 아니한 까닭이었음을 알 수 있다. 언제나 벼슬을 그만 두고 돌아오매 청렴으로 안빈자락하였으므로 골골마다 청덕(淸德)을 기리는 수비(竪碑)가 이루어졌다.

만년의 초기에는 1남 8녀를 두게 된 영인권씨가 졸(卒)하였고, 다시 영인하씨를 맞아 1남을 얻었다. 때때로 벼슬을 그만 두고 돌아와서는 상례제설(喪禮諸說)을 편차(編次)하였고, 또한 여헌(旅軒) 장선생(張先生)을 모시고 강우(江右)의 제사우(諸士友)와 더불어 낙강(洛江)에서 노닐며 아회(雅會)를 열기도 하였다. 한편으로는 공가(公暇)를 틈 타 문충공 문집을 간행함에 힘을 기울이기도 하였다.

54살 되던 만년에는 구거(舊居)인 하외(河隈)를 들러 선롱(先壟)을 간산(看山)하고 도산서원을 알묘(謁廟)하여 돌아오는 길에 영천(榮川)의 구학정(龜鶴亭)에서 감질(感疾)로 일지 못하고 인조 13년(1635) 정월 13일에 불숙(不淑)하였다.

종후(終後 : 1635~)에는 쌓은 학덕과 베푼 행의(行誼)가 높고 두터워서 그 죽음을 모두 슬퍼하고 안타까워하며 오도(吾道)의 의탁을 근심하였다. 선산(善山)의 박곡에 부수(賦襚)로써 장례를 치루게 되었으며 뒤에 다시 군위(軍威)의 어의곡(於義谷)으로 이장하였다.

상내(喪內)에 올려진 애도의 만제문(輓祭文)은 여헌(旅軒) 장현광(張顯光 : 1554~1637)을 비롯하여 월간(月澗) 이전(李㙉 : 1558~1648), 창석(蒼石) 이준(李埈 : 1560~1635), 사서(沙西) 전식(全湜 : 1563~1642), 계암(溪巖) 김영(金坽 : 1577~1641), 망언(忘言) 김영조(金榮祖 : 1577~1648), 석문(石門) 정영방(鄭榮邦 : 1577~1660), 택당(澤堂) 이식(李植 : 1584~1647), 지천(遲川) 최명길(崔鳴吉 : 1586~1647), 용주(龍洲) 조경(趙絧 : 1586~1669), 무주(無住), 동락(東洛) 홍호(洪鎬 : 1586~1646), 학사(鶴沙) 김응조(金應祖 : 1587~1667) 제현(諸賢)과 예천(醴泉)·선산(善山)·도산(陶山)·여강(廬江)·도남(道南)·이산(伊山)·삼계(三

溪)・빙계(氷溪)・병산(屛山)・남계(南溪)・속수(涑水) 등 제서원(諸書院)의 유생들이며 제친인척(諸親姻戚)이 올린 것이니 이 가운데는 애모와 도석(悼惜)이 애염(哀艶)하고 곡진하니 그 인망(人望)을 미루어 짐작케 한다.

효종 7년(1656)에는 증통정대부정원좌승지겸경연참찬관(贈通政大夫政院左承旨兼經筵參贊官)이 되었고, 이어 증가선대부이조참판겸동지의금부사오위도총부부총관(贈嘉善大夫吏曹參判兼同知義禁府事五衛都摠府副摠管)이 되었다. 현종 3년(1662)에는 사림이 받들어 병산서원(屛山書院)에 종향(從享)하였다. 영조 10년(1734)에『수암선생문집』이 초간(初刊)되었고, 이어 증보판(增補版)이 거듭되다가 지난 1980년 경신(庚申)에 표제의『임진록』등 제문헌자료가 보유(補遺)된 인간본(印刊本)이 간행되었고, 1989년 기사(己巳)에는 우천고지(愚川故地)에 유허비가 수립되었다.

2) 위인(爲人)과 학문

미질(美質)을 타고나서 영민(穎敏)한 재지가 남달랐다. 자라나매 겸공후덕(謙恭厚德)하고 단정하였으며, 정직하고 순박하며 진실하였다. 장려(壯麗)하고 정중하며 온화하고 양순하여 어질고 덕성스러운 기운이 면목에 드러나 군자의 풍도(風度)를 풍기었다. 성효(誠孝)가 극진하였고 형제간의 우애가 자별하였다.

일찍이 훌륭한 스승을 찾아 나아가 사사하고 사우(師友)를 영회(迎會)하여 종유하며 학문을 강마(講磨)하였다. 때로는 산수를 소요하며 아회(雅會)를 열어 시로써 창수하고 또한 의정(議政)을 논의하는 등 망년(忘年)의 교(交)와 망년의 우(友)로써 폭넓게 사귀는 대인접물(待人接物)이 성실하였다. 심기는 항상 거리낌이 없이 고요하여 움직임이 없었으며 세간의 영리를 멀리하였다. 정사에 임해서는 백성을 식구처럼, 고을을 내집처럼 사랑하고 생각하여 매사를 주밀(周密)하고 조리있게 처리하여 정묘(精妙)하고 세밀하였으므로 조세(租稅)의 전곡(錢穀)이나 군사상의 부세나 옥사상의 송사 등은 조금도 느스러지거나 풀어짐이 없이 엄격하고 명백하였다. 백성을 교화함에 있어서도 오교(五敎)를 교유(敎諭)하여 그 근원을 두터이 하였으며 풍교를 떨쳐 일으켜 인재를 양육하였다.

지조가 높고 맑으며 심성이 빙옥같이 깨끗하였으니 언제나 벼슬을 두고 돌아올 때면 집안이 설렁하여 끼니를 잇지 못하였으나 안빈자락(安貧自樂)하였다. 벼슬길에 오르거나 물러나 집에 거처할 때도 항상 말씀을 아끼어 고요한 가운데 옛 선비가 지닌 순정하고 깨끗한 마음씨의 본보기에 어긋남이 없었으며 생활에는 항상 법도가 엄하였다. 명망이 일고 높아져도 스스로를 숨기고 낮추려 하였으나 남들이 모두 드러내어 우러렀으니 군자의 성덕(盛德)을 가히 짐작하게 한다.

학문은 방심을 거두어들이는 것으로 요체(要諦)를 삼고 격치(格致)를 구학(究學)의 도(道)로 삼았으며, 겸공독실(謙恭篤實)로써 본(本)을 삼았으니 심통(心統)과 이기설(理氣說)의 논의를 비롯하여 역사와 천문 등을 논변하였고 조류의 생태적 변설(生態的 辨說)을 한 「두견설(杜鵑說)」을 남기었다. 권농(勸農)을 위한 농경설(農耕說)을 수집하여 이를 담은 「위빈명농기(渭濱明農記)」와 고금상례(古今喪禮)의 제설(諸說)을 편차(編次)한 「상례제설」 등이 있었다 하나 전하지 않지만 이는 모두 무실(務實)로써 으뜸을 삼은 실학적 정신을 보이는 것이라 할 수 있다.

남긴 시류(詩類)는 주로 5·7언의 절(絶)·율(律)이 60여 제로서 여기에는 별리(別離)의 한과 한거(閑居)의 감회를 비롯하여 자연의 승개(勝槪)와 생의 무상 그리고 애모 등을 주제로 하여 서회(抒懷)한 것이다. 산문류는 일록(日錄)·소(疏)·계사(啓辭)·서(書)·기(記)·발(跋)·제문(祭文)·지명(誌銘)·행장(行狀)·유사(遺事) 등 각종 문형(文型)이 망라되었고 설문(說文)·유문(諭文)·진정문(陳情文)·총담(叢談)·잡록(雜錄) 등을 남기고 있다. 특히 직간불휘(直諫不諱)한 계사(啓辭)는 그의 직절(直節)을 보이고 있거니와 일록류(日

錄類)의 음자본(音字本) 임진(壬辰)·임자(壬子) 양록(兩錄)은 수기문학(手記文學)의 백미편으로 고평(高評)할 만 하다.

그의 문장은 공언(空言)하지 아니하고 전실(典實)로써 위주하여 넉넉하고 자세하며 간곡한 가운데 문리가 조리 있고, 깨끗하여 조촐한 느낌을 준다고 한 행장의 품평을 상기 할 만하다.

4. 작품

1) 「임진녹」

표제의 『임진록(壬辰錄)』에 실린 이 「임진녹」은 수암 유진이 11살 되던 선조 25년(1592)에 일어난 왜란의 피난 생활에서 겪은 쓰라린 체험과 느낀 바 생각들을 29살 되던 광해 2년(1610) 경에 돌이켜 생각하여 일록체로 정리한 것이라 생각된다. 사류들의 문필생활에 대한 관행으로 보아 의자본(소위 한자본)의 형성과 아울러 이 음자본(한글본)이 이루어진 듯 하나 의자본이 전하는 것은 없고 다만 이 음자본인 「임진녹」만이 전하고 있다.

이 「임진녹」은 임진년 4월에 왜란이 일어나자 아버지(서애 유성룡)는 호종(扈從)하여 서행길에 오르고 백부(겸암 유운룡)는 벼슬을 벗고 노모를 모시고 피란의 차비를 차렸다. 수암은 매부인 한산인 이문영을 따라 서울을 떠나 당시의 경기도 풍양·양주·영평·포천·가평·양근 등지를 돌아 강원도 화천·금화·회양 등지와 평안도의 평양 근교에 이르기까지 올라갔다가 다시 은산·영유·안주·가산 등지를 거쳐 황해도의 수안을 지나 다시 이듬해 윤동짓달에 서울로 되돌아와 이듬해 3월에 이르러서야 비로소 각처로 피란 갔던 일가가 한 자리에 모이게 되어 재회의 기쁨을 나누게 되었다.

이 사이에 있었던 쓰라린 피란 생활의 갖가지 보고 듣고 느끼며 생각한 바의 체험한 이야기와 피란 뒤에 돌아와서 가족들과 해후하여 기쁘고 반갑던 마음을 하나 하나 기억을 더듬어 되새겨 본 자전적이요 자조적인 수기문학(手記文學)이다.

이 작품은 임란이 가져다 준 나라와 민족의 쓰라린 시련과 자신이 겪은 신고(辛苦)를 후손으로 하여금 알고 되새기게 하고자 가문비록(家門秘錄)으로 유전케 한 것이다.

여기에서는 왜란으로 인하여 일어난 급박하던 조야(朝野)의 당시 상황을 알 수 있게 하고 또한 재상가(宰相家)의 피란 행색이 잘 그려진 가운데서 우국충군의 지정(至情)과 효우돈목(孝友敦睦)을 잘 볼 수 있게 하였다. 그리고 난민들의 처참한 행색과 왜군의 만행에 대한 목불인견의 참상을 겪은 듯 실감케 하고 관리의 횡포와 민심의 후박을 살필 수 있게 하였으며 사경을 몇 번이고 모면케 한 그의 슬기로운 기지(機智)를 엿볼 수 있게 한다.

이처럼 어려웠던 당시의 세태와 난세가 빚은 인심의 소재를 소연히 그려 준 가운데 자신의 정회를 담아 후인을 깨우쳐 주게 하는 수기문학의 백미편이라 할 만하다.

여기에는 간결한 문체로 잘 다듬어진 가운데 향속적 언어로서의 고어휘가 풍부하게 간직되어 당시의 언어현상을 이해하는 데도 귀중한 자료적 가치를 지닌 것이라 하겠다.

2) 「임ᄌ록」

표제의 『임진록』에 실린 이 「임ᄌ록」은 지은이가 31살 되던 광해 4년(1612)에 김직재(金直哉 : 1554~1612)의 역옥사건(逆獄事件)에 연루되었다는 혐의를 입고 투옥되어 옥고를 치루고 보방(保放)된 전말을 일록체(日錄體)로 소상히 적어 그 괴롭고 억울함을 후손들에게 알리고자 한 것이다.

이 일록은 광해 4년 임자 정월에 발단된 해서의 역옥사건이 일어나자 이

무옥(誣獄)에 연루되었다는 혐의를 입고, 다음 달 27일에 뜻밖에 나타난 안동판관(安東判官)에 의하여 막바로 하외(하회) 본가에서 피체되어 역적의 누명을 쓰고 경옥으로 압송, 투옥되는 과정에서 일어나는 갖가지 상황과 옥살이에서 겪은 괴롭고 슬픈 일 가운데서도 동정어린 따스한 인정과 자별한 우애가 빚은 일화를 거침없이 술회한 사류의 자조적인 옥중일기다.

서술한 차례로 보아 서두에는 본가인 하외(河隈)에서 뜻밖에 나타난 나졸에 의하여 포박되는 광경을 묘사하고 다음으로는 압송되는 과정에서 일어난 노변(路邊)의 이야기를 술회하였다. 다음으로는 투옥되어 옥살이 하는 과정에서 일어난 옥고와 그러한 가운데서도 옥리(獄吏)나 조신(朝臣)들의 동정에 대한 고마운 감회를 담고 있다. 그리고 형제간의 자별한 우의(友誼)와 중형(洗馬公 諱 禔)의 죽음에 대한 슬픔을 술회하였고, 해옥되어 고향으로 돌아와 형의 장례를 치르는 애달픈 사연을 담고 있다.

이것은 사류(士類)의 옥사를 소재로 한 색다른 내용의 일록류(日錄類)인 옥사기(獄事記)이다. 옥사의 전말이 간결 절실한 가운데 곡진하게 표현 묘사되어 당시의 인심 세태를 엿보게 하고 또한 옥중 생활의 풍속도를 잘 드러내 보이고 있는 실기문학(實記文學)의 가편(佳篇)이라 할 수 있다.

구사된 어휘에는 향속적인 고어휘가 담기어 있어서 당시의 지방색 짙은 옛말씨를 살피는 데도 좋은 자료 가치가 있다고 할 수 있다.

3) 「슈암션싱힝쟝」

이 「슈암션싱힝쟝」(이하 「힝쟝」)은 목재(木齋) 홍여하(洪汝河 : 1620~1674)[13]

---

13) 洪汝河 : 朝鮮 肅宗朝의 文臣으로 字 百源 諱 汝河 號 木齋 또는 大朴山人 또는 山澤齋, 姓은 洪이요 貫은 缶林이다. 光海 12년(1620) 安東府에서 大司諫無住 또는 東洛 諱 鎬의 둘째 아들로 태어나 顯宗 15년(1674)에 聞慶永順의 栗谷(밤실)에서 55세로 생을 마쳤다. 文匡公 虛白亭 諱 貴達의 來孫이다. 孝宗 5년(1654)에 文科에 급제하여 司諫院 正言, 兵曹正郎이 되었고, 이어 司諫이 되었으나 나아가지 아니하였다. 文章으로 드러났으며 彙纂麗史, 東史提綱, 周易口訣, 儀禮考証, 庸學口義 四書發凡口訣, 海東姓苑, 木齋集이 있다. 近岩書

가 수찬한 「수암선생행장(修巖先生行狀)」(이하 「行狀」)을 누군가가 번역한 것이다.

이 행장의 수찬(修撰)이 현종 5년(1664)이므로 수암의 몰후 29년의 일이다. 그러므로 이것이 번역된 「힝장」은 이 뒤의 일이라 할 수 있다. 상례(常例)로 보아 수찬자(修撰者)의 번역이라 할 수는 없으므로 이 번역은 필연코 이와 밀접한 관계를 가진 이로서 깊은 관심을 기울인 이라 생각할 수 있다. 그러한 추정을 하게 되는 것은 수암의 여덟째 사위인 홍양인(興陽人) 이재관(李在寬 : 1620~1689)[14]이 의문본(意文本) 「임자록(壬子錄)」에 결(缺)한 부분을 음자본(音字本) 「임즈록」에 의하여 의문(意文)으로 재역(再譯)하여 보첨(補添)한 「임자일록(壬子日錄)」을 완성한 것이라든가 「임진녹」을 「번전(飜傳)」하게 한 사실 등으로 미루어 보아 이 행장의 번역도 그가 하게 된 것이 아닌가 생각된다. 이러한 추정을 더욱 가능하게 하는 것은 이 「행장」의 역문인 「힝장」의 내용으로 보아 서로 가감된 내용이 있어 일치하지 아니하는 부분이 있으니 이는 마치 「임즈록」에 의한 「임자일록」의 보첨가감(補添加減)한 수법과도 같기 때문이다. 그렇다면 이 「행장」의 수찬자인 홍여하(洪汝河)와는 동년배임을 감안할 때 이 「힝장」이 이루어진 것은 「행장」을 수찬한 현종 5년(1664) 뒤로부터 그가 몰(歿)한 숙종 15년(1689) 이전인 것임을 짐작할 수 있다.

이러한 사실을 감안하면 또한 수암의 육필본(肉筆本) 「임진·임즈」 양록(兩錄)의 원본에 역본(譯本) 「힝장」이 부첨되어 제2의 원전을 이루게 된 것도 이와 때를 같이하는 것이라 생각할 수 있다. 그러므로 이 제2의 원전이 현전하는 표제의 「임진록」을 전사하게 된 대본이었음을 알 수 있게 한다.

이 「힝장」은 「행장」의 내용인 찬차(撰次)의 시기와 동기를 비롯하여 수

院에 入享하였다.

14) 李在寬 : 光海 12년(1620)에 나 肅宗 15년(1689)에 70세로 歿하였다. 姓은 李요 貫은 興陽이니 通德郎으로 文簡公 蒼石 諱 埈의 孫이다.

암의 선계(先系)와 생몰을 밝히고 자품과 재질 및 성장과정(成長過程), 환력
(宦歷), 사건 등을 서술하였고, 학통, 학문과 도덕(철학·사상), 문장, 경륜을
밝히고, 생애, 행적, 행의(行誼) 등을 자상하고 관곡(款曲)하게 서술하였으며
자손록(子孫錄)을 닦았다. 맺는말에 앞서 서세(逝世)의 징후를 알리는 현몽
담(現夢譚)을 술회하여 범상치 아니한 찬문(撰文)의 연유를 밝혀 곁들이고
있다. 여기에는 번역하는 과정에서 호상간 그 내용이 다소 첨삭되고 있음
을 발견할 수 있으나, 번역 행장의 본보기가 될 만하다.

5. 결언

이 표제의 『임진록』은 인조조의 문신 수암 유진이 지은 「임진녹」과 「임
즈록」에 목재(木齋) 홍여하(洪汝河)가 수찬한 수암선생행장을 번역한 「슈암
션싱힝쟝」을 합편한 원전을 대본으로 하여 새로 옮겨 베끼고 전사자가 책
의 앞 뒤에 그 경위를 밝힌 전사본이다.

이 책은 수암의 육필본인 「임진녹」·「임즈록」이 광해 6년경에 합편되어
원본이 이루어져 전하다가 현종 5년에 수찬된 수암선생행장을 그 뒤에 번
역한 「슈암션싱힝쟝」을 덧붙인 제2의 원전인 부첨본(附添本)으로 진장(珍藏)
되어 오다가 이것이 너무 낡아 헐어지고 헤어질 지경에 이르렀으므로 헌종
13년에 낙파(洛坡) 유후조(柳厚祚)의 종고모(從姑母)인 봉대(鳳垈) 강댁모녀
(姜宅母女)가 다시 옮겨 베낀 것이다.

현전하는 이 책은 비록 전사본이지만 구사된 어휘가 향속적인 옛스러운
말씨가 그대로 간직된 것으로 보아 전사의 대본이 된 원전인 부첨본의 원
철(原綴)을 충실하게 옮겨 베낀 것으로 생각되므로 원전의 형태와 내용을
그대로 잘 간직한 것이라 생각된다.

「임진녹」은 임란의 피란생활을 소재로 한 체험 실기(實記)로서 당시의

시대 사회의 상황이나 정황을 생생하게 묘사한 것이므로 왜(倭)의 만행과 민심의 소재를 잘 알려주고 있다.

한 집안의 읽을거리로만 갈무리 될 것이 아니라 임란의 민족적 수욕을 일깨워 되새기게 하는 겨레의 읽을거리로 드러내어 빛나게 할 자조적 수기 문학의 백미편이라 할 만하다.

「임즈록」은 조선조 선비의 옥사기(獄事記)란 색다른 내용의 자전적(自傳 的)인 실기문학(實記文學)이다. 그 표현이 절실한 가운데 서술의 내용이 소상하고 곡진하여 당시의 인심세태와 옥살이의 풍속도를 잘 그려놓은 옥살이 문학의 가편(佳篇)이라 할 만하다.

「슈암션싱힝장」은 목재 홍여하의 수찬인 수암선생행장을 이재관(李在寬)에 의하여 번역된 듯한 것으로 역문행장(譯文行狀)의 본보기가 될 만하다. 수암의 가계와 생애 및 몰후에 이르기까지의 서술을 통하여 그의 위인과 학문, 행의(行誼)와 치적 등을 소연케 한다. 행장의 원문에 충실한 역문이면서도 얼마간 첨삭된 글이다.

이 표제의 『임진록』은 고전산문의 연구를 위한 어문학의 값진 자료라 할 수 있다.

[대구가톨릭대학교 명예교수 홍재휴]

계암 김령의 삶과 문학

1. 들어가는 글

　일찍이 영남을 비롯한 여러 지방에서 구전으로 들은 바 있는 '눈 뜨고 장님 행세한 선비'의 이야기는 깊은 인상으로 필자의 뇌리에 지금껏 남아 있다. 어지럽고 험한 세상을 만난 고결한 선비가 지조를 헐지 않고, 깨끗이 살아가자니 어쩔 수 없는 처신이었던 것으로 이해되었다. 1950년대 경북 울진군 평해에서 어떤 고로(古老)에게서 들은 이야기는 이렇다.

> 　光海君 때 과거에 합격하고 벼슬을 하였으나, 권신들의 농간으로 나라 형편이 점점 어지러워지는 험한 꼴을 본 선비는 벼슬을 버리고 시골로 내려왔다. 그로부터 그는 눈 뜬 장님 행세를 하며 세상을 등지고 살았는데, 하루는 막역한 친구가 찾아와 이야기 나눈 끝에 자리를 일어나 돌아가는데 지팡이를 놓고 가는지라, 그것을 본 선비는 무심결에 '자네 지팡이를 갖고 가야지' 하고 말을 건넨 것이 참 장님 아님이 드러날 빌미가 될 뻔 하였으나, 친구는 그의 깊은 속마음을 헤아려, 밖에 소문을 내지 않았다고 했다.

　최근에 필자는 임한용(林漢鎔) 씨로부터 그가 1962년에 김정(金晶) 사부(師傅)로부터 들었다고 하는 '눈 뜨고 장님 행세한 선비'의 이야기를 전문(傳聞)하였던 바, 그 내용은 아래와 같다.

> 　눈 뜬 채 장님 행세를 하는 선비에 대하여 의혹을 갖게 된 官에서 그 진위를 가리기 위해 한 번은 그가 평소 잘 다니는 행길에 쇠똥을 깔아 놓고 어찌하

는가 살폈더니, 피해 가지 않고 그냥 쇠똥을 밟고 지나갔다고 하며, 또 한 번
은 바늘 묶음을 느닷없이 선비의, 뜨고 있는 두 눈 앞에 찌를 듯이 드리댔더
니, 그래도 눈 하나 깜짝하지 않았다고 하며, 그제서야 참 장님으로 알고, 의심
을 버렸다고 했다.

위의 이야기들은 광산(光山)김씨(金氏) 문중의 계암(溪巖) 김령(金坽) 선생
의 지절을 기리는 민간전승으로 널리, 오래 인구에 회자되어 내려온 설화
들이다.[1] 그럼에도 불구하고, 정작 김령에 대한 학문적 연구는 그동안 문,
사, 철의 어느 분야에서도 본격화되지 못한 아쉬움이 있었다. 계암의 개결
한 행적과 올곧은 정신세계는 오늘의 우리 현실을 냉정하게 조감케 하고,
나아가 민족 정체성 회복의 당위를 깨우칠 정신문화적 자산이 아닐 수 없
다고 생각한다.

이에 필자는 『계암집(溪巖集)』[2]을 주자료로 삼고, 주변의 객관적 관계문
헌들을 보조자료로 원용하면서 김령의 삶과 그의 문학세계, 특히 시세계를
살펴보려고 한다. 그 의도에도 불구하고, 필자 자신의 능력의 한계와 문헌
자료상의 제약으로 하여, 당초 의도한 바에 크게 미치지 못할까 두려워하
는 바이다. 한 시대를 고절(孤節)로 보내고 간 일사(逸士)의 거룩한 자취와
높은 뜻을 행여 흐리게 하거나 욕되게 하지 않을까 심히 저어한다. 질정 있
기를 바란다.

---

1) 安東 所在 光山 金氏 禮安派 集姓村의 어린이들은 지난날 자라면서 곧잘 어른들로부터 눈
   뜨고 장님 행세한 자기 선조 '당달봉사'(金坽)의 이야기를 들으며 자랐다고 하며, 龍仁의 '김
   량 장터'는 金坽이 落馬하여 다리를 못 쓰게 된 事實에 부쳐 지어진 地名이라고 한다. (金容
   稷교수 談).
   눈 뜨고 장님 행세한 선비의 설화는 金坽 이전에 趙云仡(1332~1404)에게서도 볼 수 있다.
   그러나, 설화적 전개와 귀결은 매우 다르다. ; "高麗宰臣趙云仡知時將亂 謀欲避患…(中
   略)…詐得靑盲疾, 辭職居家, 其妾與公之子相私, 每戲於前, 公不露形色者數年, 及亂定, 忽
   揩目曰, 吾疾愈矣, 率其子遊於江上, 數其罪而投之江." (cf. 『慵齋叢話』卷3).
2) 本集은 金坽의 玄孫 絃, 陶山書院의 院儒 李世澤, 李世源, 金重玹 등이 家藏草稿를 蒐集,
   編次하여 1772年 陶山書院에서 木板으로 刊行한 初刊本으로 6卷 3冊이다. 本稿는 民族文
   化推進會『韓國文集叢刊, 84』(標點 李承昌, 監修 金喆熙)에 의하였다.

2. 계암의 생애와 인물

1) 전기적 고찰

계암(溪巖)[3]의 생애를 고찰함에 있어, 권유(權愈)[4]와 이광정(李光庭)[5]의 행장(行狀) 2편[6]과 권유의 묘갈명병서(墓碣銘幷序)[7]가 문집에 수록되어 있어 큰 도움이 된다. 위의 3편을 두루 참고하여 그의 생애를 요약하면 아래와 같다.

> 金坽의 字는 子峻으로, 그 웃대는 멀리 신라 金閼智를 시조로 한다. 그에 이르는 계보는 아래와 같다.

> 金閼智-6世 味鄒-20世 興光-○-吉(高麗 三重大匡司空)-12世(麗朝 相繼 爲相)-天利(朝鮮 策佐命功, 密直使)-3世·高祖 淮(縣監, 早歿 贈參議)-曾祖 孝盧(→禮安 烏川里, 選進士, 不仕. 贈參判)-祖 綏(生員, 贈參判)-考 富倫(號 雪月堂, 生員, 縣監)-**坽**-長子 耀亨(無子 入繼)-碩昌(無子 入繼)-尙晉

김령은 1577년(선조 10년) 윤8월 10일 한성부 주자동(鑄字洞)에서 부 부륜(富倫)[8]과 모 평산(平山)신씨(申氏 : 부호군 수민(壽民)의 딸) 사이에서 태어났

---

3) 號 ‘溪巖’에 대하여 아래와 같은 유래가 있다. ; ①"宅傍有巖臨溪, 可坐而遊, 因以爲號焉." (『溪巖集』 卷6, 「行狀」, 李光庭) ②"先生宅傍有溪, 溪濱有巖, 先生時逍遙其上, 自號溪巖." (『溪巖集』 卷6, 「墓碣銘幷序」, 權愈).

4) 權愈(1633~1704) 字 退甫. 號 霞谷. 本貫 安東. 1665년(顯宗 6) 別試 文科 丙科 及第. 1689년(肅宗 12) 己巳換局으로 南人이 집권하자 大司諫, 藝文館 大提學 등 要職 歷任. 知經筵事에 올랐으나, 1694년 甲戌獄事로 西人이 執權함에 流配되었으나, 1697년 放送되었다. 詩文에 능하였으며, 藝文館 大提學으로 있으며 『仁敬王后誌』를 저술하였다.

5) 李光庭(1552~1627) 字 德輝. 號 海皐·訥翁. 本貫 延安. 1573년(宣祖 6) 進士試에 合格. 1590년 敎官으로 增廣文科 丙科 及第. 正言, 禮曹佐郎, 典籍을 거쳐 大司憲, 1602년 吏曹判書로 있을 때 奏請使로 明나라에 다녀옴. 光海君 때 戶曹判書로 任命되었으나, 病을 이유로 辭退. 1623년 仁祖反正後 다시 吏·工·刑의 判書가 되었으나, 辭退. 1626년(仁祖 4) 開城留守, 다음해 丁卯胡亂 때 江華에 들어가 病死. 宣祖 때 淸白吏에 錄選되었다.

6) 溪巖集 卷6, 附錄에 權愈 撰 行狀(1-9 表張), 李光庭 撰 行狀(9 裏-20表張)이 수록되어 있다.

7) *Ibid.*, 權愈 撰, 「墓碣銘幷序」(20表-25裏張).

다. 타고 난 품성이 영특하여, 5세에 글을 읽을 줄 알았고, 수년 사이에 경사의 뜻을 통달하여 깨쳤다. 퇴계를 섬겨 정학(正學)에 뜻을 두고, 학문을 힘썼던 아버지 부륜은 일찍부터 아들 령을 정리(正理)로써 이끌어 가르치니, 속학(俗學)은 개의치 않고, 오직 부교(父敎)를 따라 행하여 향당의 칭찬을 들었다. 그리하여 14, 5세에 학문과 문장으로 이름이 드러났다.[9] 일찍이 도산학사(陶山學舍)에서 여러 선비들을 따라 경의(經義)를 강론하였는데, 그 음지(音旨)가 명쾌하고, 쪼개어 풀이함에 막힘이 없으니, 장로들이 차탄을 마지않았다고 한다. 16세 때 임진왜란이 일어나니, 여러 해 부모를 따라 옮겨 다니며 피난하는 어려운 가운데서도 부모 봉양하기를 궐하지 않았고, 겨를을 아껴 학업에 잠심하였다. 18세 때 남양(南陽)홍씨[洪氏 : 정자(正字) 사제(思濟)의 딸]와 혼인하였다. 21세 때 정유재란을 만나, 이듬해 정월 마침 체찰사로 영남에 와 있던 유성룡(柳成龍)을 뵈러 먼 길을 걸어 병부(兵府)로 갔던 령(坽)은 행영(行營)에서 명의 총병(總兵)인 오유충(吳惟忠)과 유격(遊擊) 노득공(盧得功)을 만났다. 이들은 령의 용지(容止) 심중(深重)함에 경복(敬服)하여 한동안 자리를 함께 하고 이야기하였고, 돌아가서 글로 뜻을 전하였는데, 그를 외국의 연소한 유생으로 보는 것이 아니었다. 그 해 가을, 22세 되던 선조 31년 가을, 부친 설월당(雪月堂)의 상을 당했고, 이듬해 봄 모친의 상을 당했다. 그는 거상(居喪)과 상제(喪祭)를 한결같이 예법대로 치렀다. 그 과정에서 몸이 여위어 위태한 지경에 이르렀으나, 3년이 지났어도 비모

---

8) 金富倫(1531~1598) : 號 雪月堂. 李滉의 門人으로, 1555년(明宗 10) 司馬試에 合格하고, 1572년(선조 5) 遺逸로 천거되어 集慶殿 參奉에 除授되었으나, 赴任치 않았다. 1585년(선조 18) 全羅道 同福縣監을 지냈다. 1592년 壬辰倭亂을 당하자 家産을 털어 鄕兵을 일으켰고, 奉化 假縣監으로 宣武에 힘썼다. 金誠一・李潑 등과 함께 道義를 닦고, 晩年에는 鄕里에서 後進 養成에 專念하였다. cf. 張弼基, 「『溪巖日錄』 解題」, (國史編纂委員會, 『韓國史料叢書 40, 溪巖日錄』, 1997).

9) 14세 때(宣祖 23) 坽이 父親의 良馬를 밤에 몰래 타고 安東 妓房에 갔다가 새벽에 돌아오곤 하였다. 이를 알게 된 父親은 눈물로 아들을 訓戒하였는데, 그 뒤로 다시는 나아가지 않았다. 그러자 妓女가 찾아와, 한 번만 만나기를 청하였으나, 부친의 訓敎를 저버릴 수 없어, 끝내 문을 열지 않았다. 그 뒤 그는 平生토록 女色을 가까이 하지 않았다고 한다.

(悲慕)하는 마음은 조금도 쇠하지 않았다.

광해군 4년(1612) 임자, 36세에 문과(文科) 병과(丙科)에 급제하여 권지(權知)[10] 승문원(承文院) 정자(正字)[11]가 되었다. 4년 뒤 광해군 7년(1615)을묘 겨울, 39세 때 승정원 주서(注書)[12]가 되었다. 당시 집권하고 있던 북인(北人)의 용사(用事)에 실망한 그는 다음해 1616년 봄 벼슬을 버리고 예안(禮安)으로 내려갔다. 그 해 여름 다시 주서로 불렀으나, 사양하고 나가지 않았다. 그는 벼슬하면서 광해군의 혼정(昏政)을 보고, 조정에 몸담고 있기 심히 괴로워하였던 터이다. 1618년(戊午) 인목대비(仁穆大妃)를 폐하고, 음신(陰臣)이 정치를 천단(擅斷)하면서, 나라가 크게 어지러워짐에 그는 세상에 뜻을 끊어 버리고, 집에 병거(屛居)하였다. 평소에 서로 알고 지내던 사람으로 시의(時議)에 부화(附和)하여 이익을 구하는 이와는 교제를 끊었다. 혹 찾아와 만나기를 청해도 거부하고 들이지 않았다. 그로 인하여 계암을 원망하고, 헐뜯는 말을 하고 다녀도, 그는 의연히 개의치 않았다. 그런 중에도 원사(院舍)에서 학생들을 상대로 강학하였고, 혹 산수간에 소요하다가, 뜻에 드는 곳이 있으면 자리하고 술을 마시고, 거문고를 타면서 마음을 달래었다. 세상의 화복 이해가 그의 마음을 괴롭힐 수는 없었다. 이와 같이 지내기 수년에 정원(政院)에서 『승정원일기(承政院日記)』를 수정(修正)하면서 령을 재삼 불렀으나, 사양하고 가지 않았다. 이에 본도수령(本道守令)에게 영을 보내어 최촉하므로 부득이 상경하였으나, 도성에는 들어가지 않고, 성외에 머물러 있으며, 수정(修訂)을 마치고 곧 내려갔다.

1623년 계해반정(癸亥反正)으로 광해군이 물러나고, 인조가 즉위하였다. 즉일로 인목대비는 환궁하고 복권되었다. 조정에서는 령의 곧은 처신을 기려서 6품으로 서품하고, 성균관 직강, 이어 사헌부 지평을 제수하였다. 이

---

10) 權知 : 高麗・朝鮮 때 臨時職 앞에 붙이던 말.
11) 正字 : 弘文館・承文館・校書館 등의 正九品官으로 定員은 2명이었다.
12) 注書 : 門下府(朝鮮國初)의 承政院에 둔 正七品官. 注書가 事故時는 假注書를 임명하였다.

때 그의 나이 47세였다. 부름을 받고 상경하던 그는 중도에서 병을 칭탁하고 돌아왔다. 왕은 그의 체직을 허락하지 않고, 조리하고 올라오게 하였다.

다음해 1624년 봄 이괄(李适)의 난으로 반군이 서울을 범하니, 인조가 공주(公州)로 파천(播遷)하였다는 소식에 사태의 심각함을 깨달은 그는 급히 서울을 향해 달려가 교외에 다다르니, 난은 이미 평정된 뒤였다. 그는 맏아들 요형(耀亨)을 그곳에 머무르게 하고, 왕께 올릴 상서(上書)를 맡기고, 자신은 예안으로 일찍 돌아왔다. 왕은 요형(耀亨)이 올리는 상서를 받아보고, 령이 병고에도 불구하고 난중에 취한 처신과 성념을 매우 가상하게 여겨, 장려하는 뜻으로 비답(批答)을 내렸다.[13] 그러나, 당시 이 비답에 대하여 헌납(獻納) 김시양(金時讓)[14]은 '과거를 거처 올라온 조신(朝臣)은 야(野)의 선비[林下士]와 자취가 달라야 하는데, 김모(金某)는 아들을 시켜 대신 상소하게 하여, 부당하게 그를 장려하고 허락하는 성유(聖諭)를 얻었으니, 그를 임하사(林下士)와 같이 대우하여, 그 직을 파하고, 이미 내린 비지(批旨)는 환수하시옵소서.'[15] 하였다. 그러나, 인조는 이를 불허하고, 다만 추고(推考)할 것을 말했다. 6월에 전적을 옮겨 형조정랑을 임명하였으나, 둘 다 취임하지 않았다. 8월에 의주판관을 제수하니, 사람들은 모두 그 귀추(歸趣)를 염려하고 두려워하였다. 여러 훈귀(勳貴)들은 평소 저들과 어울리지 않은 그를 미워하여, 먼 임지(任地)에 직(職)을 주어 어찌하는가 그 결과를 보아 율(律)로

---

13) "答曰, 省疏, 具悉爾懇, 爾父力疾上來, 予甚嘉喜焉. 勿以疾病爲辭, 調理入來以副予望." (『溪巖集』 卷4, 「以子耀亨名陳病情疏」).

14) 金時讓(1581~1643) 號 荷潭. 光海君 3년 全羅道都事로 鄕試를 주관하면서 詩題에 王의 失政을 비유한 文題를 출제하였다 하여 鍾城에 流配, 1616년 寧海에 移配되었다가 1623년 仁祖反正으로 풀려나와 禮曹正郎을 비롯, 여러 직책을 두루 지냈다. 그는 金坽의 '使子代疏'와 이에 관한 仁祖의 批答을 신랄하게 批判하였던 터이나, 後日 그는 世外之士 金坽을 미처 알아보지 못하고 彈劾했던 자신의 실수를 솔직히 고백하고, 돌이켜 溪巖의 人品을 높이 평가하였다. ; "金公時讓歎曰, 皎皎乎人也. 向吾劾之, 彼必笑我執世例而論世外士也. 乃今覺吾失." (『溪巖集』 卷6, 附錄, 「行狀」, 權愈).

15) "金時讓啓言, 金某旣取第升朝, 非待價者也. 使子陳疏, 不當得爲聖諭獎許, 待之若林下士, 請罷職, 還收批旨." (『溪巖集』 卷6, 附錄, 「行狀」, 權愈).

써 다스리리라 별렀던 터이다. 그럼에도 그는 끝내 부임치 않았고, 왕 또한 그를 죄 주지 않았다. 왕은 종시(終始) 그를 우대하여 예조정랑(禮曹正郎)에 임명하였다. 그가 취임하지 않으니, 조의가 떠들썩하였다. 오리(梧里) 이상국(李相國 : 원익(元翼))이 그에게 권하여 병상(病狀)을 밝혀 진소(陳疏)하게 하니, 소문(疏文)을 써 갖추었으나, 올리지는 않았다. 이로부터 그는 중풍을 일컫고, 수족을 움직일 수 없노라 하고, 자리에 누워 삐쳤다. 가인(家人)과 자제들 역시 어찌된 병인지를 알지 못하였다. 원근의 인사들과 지방 수령들이 김령이 풍을 앓는다는 소식을 듣고, 잇달아 찾아와 문후(問候)하니, 비록 예모(禮貌)는 예와 다름이 없되, 병이 심하여 예(禮)할 수 없음을 진사(陳謝)하였다. 여러 훈귀(勳貴)들은 여전히 그의 병이 거짓 병이 아닌가 의심하여, 사사로이 본도(本道)의 방백(方伯)에게 그를 정탐하여 줄 것을 청하곤 했다. 방백들은 직접 집으로 그를 찾아와 뵈니, 김령은 그 때마다 앉아서 맞았다. 이들은 이를 보고 돌아가, 그의 병이 거짓 아님을 이르게 되었다. 그럼에도 불구하고, 흘러간 10여 년간 그에게 제명(除命)이 내리지 않은 해가 없었다. 직강(直講), 예조정랑은 무릇 두세 번이요, 헌납(獻納) 겸(兼) 보덕(輔德)을 한 번, 장령(掌令), 집의(執義), 보덕을 두 번, 사간(司諫)은 일곱 번에 이른다. 그러나, 그는 위의 어느 관직에도 취임하지 않았다. 김령에 대한 인조의 신임이 얼마나 두텁고 확고했던가를 짐작케 한다.

1636년(인조 14) 겨울, 그의 나이 60세 때 청병(淸兵)이 졸지에 한경(漢京)에 쳐들어 왔다. 인조는 남한산성에 들어가고, 산성은 청병의 포위로 매우 급박한 상황에 처하였다. 제도(諸道)에서 올라온 병사들이 잇달아 패망하자, 여러 지방에서는 고을 안의 선비들이 창의병(倡義兵)을 모집하여 관군을 도우러 나아갔다. 김령은 창의병을 위하여 가재(家財)를 기울여 병식(兵食)을 후히 도왔다. 다음해 봄 인조는 남한산성을 나와 청에 항복하였다. 이 소식을 전해들은 김령은 예의지국 조선이 오랑캐에게 굴하고, 명나라에 대한 사대의 의리를 다하지 못한 것을 통탄하고, 이에 비분하는 글과 시를 토해

냈다. 이 해(1637) 가을에 사간(司諫)을 제수 받았으나, 나가지 않았다. 그 이후로는 조정에서도 그의 뜻을 알고, 다시는 제명을 내리지 않았다. 이때 그의 나이 이미 61세였다. 그는 문을 닫아걸고 혼자 처했으며, 병으로 팔 다리를 움직이지 못한다 하고, 집 밖에 나가지 않았으며, 객이 와도 귀천을 가리지 않고, 모두 앉아서 맞았다. 사람들은 그의 뜻이 참으로 어디에 있는지 알 수 없었고, 그럴수록 그를 심상치 않게 여겨, 더욱 높이 우러러 보았다.

　1641년(仁祖19년, 辛巳) 3월 21일 계암 김령은 향년 65세를 일기로 졸하였다.

2) 병고와 신퇴(身退)

계암이 앓았던 '병'은 과연 무엇이었던가? 아마도 이 물음이야말로 그의 인생을 푸는 주요한 화두가 아닐까 한다. 그의 문집은 시작품을 양식별, 연도순으로 수록하고 있다. 이에 의하면, 25세 때 쓴 시에서 '오랜 병으로, 여러 해 자리에 누웠더니/벗이 옴에 하루가 다하도록 이야기하였네.(病久經年臥 朋來盡日談)…(후략)'[16]라 쓴 구절이 보인다. 이로 미루어 그는 20대의 어느 기간 병와중에 있었음을 알 수 있다. 그 뒤에도 자신의 병을 말한 시편이 간간 나타나고 있다.[17] 49세에 지은 시의 제사에서 '천생의 질환이 자주 극하여 출입할 수 없는 지가 이미 순여(旬餘)가 된다.'[18]고 하였고, 55세의 3월 3일에 지은 시에서 '나뭇가지 끝의 작은 꽃봉오리 둥글고,/ 방초는 유의한 듯./ 물가에 푸른 란간,/ 병인은 문을 나오지 않고,/ 올연히 부좌하고 마음 쉬더라./'[19]라고 읊었고, 같은 해 한식에 읊은 시에서는 '여러 해 중병

---

16) '立春'(『溪巖集』卷3, 「五言絶句」).

17) 溪巖 30代 作品에서 身病을 示唆하는 詩句를 아래에 들었다. 40代 이후는 번다하여 들지 않는다. ; "病來時買藥, 眠罷或煎茶(春帖), 漸安除舊疾(偶書), 三冬閉戶病何久(詠雪)"

18) "賤疾比劇, 不能出入, 已將旬餘."(『溪巖集』卷1).

19) "枝頭微蕾團, 芳草如有意, 水邊靑欄干, 病人不出門, 兀然趺坐安."(『溪巖集』卷1, 「三月三日」).

을 안고(經年抱沈痾)'[20]라는 시구가 보인다. 그의 병은 꽤 오래된 숙아(宿痾)로, 불치에 가까운 병이었던 듯하다. 이중명(李仲明)[21]에게 보낸 편지에서 '천질(賤疾)은 비록 정양(靜養)하며 조섭(調攝)하는 것으로 일삼았던 터이나, 괴로움은 옛날보다 더해가니, 병원(病源)이 이미 깊음을 알겠습니다. 약의 효력도 박(薄)한 즉 부질없이 두문면벽(杜門面壁)하되 일분(一分)의 효과도 없습니다.'[22]라고 하였다. 유진(柳袗)[23]에게 쓴 글에서는 '나의 손발 못쓰는 병이 고질이 되어 버려서 허(虛)하고 고달픔이 극(劇)하고, 온갖 증세가 다 나타나, 숱한 괴로움이 있건만 누가 이 사정을 알 수 있겠습니까.'[24]하였다. '손발 못쓰는 병'이 고질화한 것을 알 수 있다. 도백(道伯) 이무백(李茂伯, 潤雨)[25]에게 써 보낸 글은 매우 심각하다. 10월 20일 이래로 한열증(寒熱症)으로 생사의 갈림길에서 앓고 있는데, 뜻하지 않은 제직(除職)의 소명(召命)을

---

20) 『溪巖集』卷1,「寒食」.

21) 李仲明 : 李燦(?~1654) 字 仲明. 醫學者. 本貫 龍宮. 독학으로 의술을 연구하여 의학자로 이름을 떨쳤다. 1632년(仁祖 10) 御醫의 치료로 효험을 보지 못한 仁祖의 병을 고쳤다. 그 후 司禦·宗簿寺 主簿·工曹佐郎·軍威縣監을 역임하고, 병으로 사퇴하였다. 뒤에 內醫院에서 御藥을 바칠 때 다시 불러, 나갔다가 工曹正郎으로 起用되고, 이어 金山縣監을 지내고 사직하였다. 溪巖과는 가까운 사이로, 서신왕래가 많았다.

22) "賤疾雖以靜攝爲事, 羸劣有加於昔, 是知病源已深, 藥力又薄, 則徒爾杜門面壁, 無一分有效也."(『溪巖集』卷4,「答李仲明, 燦」).

23) 柳袗(1582~1635) : 字 季華. 號 修巖. 本貫 豊山. 柳成龍의 아들. 1610년 司馬試 合格. 1612년(光海 4) 金直哉의 誣獄 때 誣告를 받아 5個月 獄苦를 치르고, 1616년 遺逸로써 薦擧되어 世子翊衛司洗馬가 되었다. 仁祖反正(1623)後 奉化縣監, 이듬해 刑曹正郎이 되어 오래 묵은 冤獄을 해결하였다. 1627년에는 虛僞報苦로 淸道郡守에서 罷職, 1634년 持平이 되었다. 死後 吏曹參判에 追贈되었다. 安東 屛山書院에 祭享됨. 金坽과는 5歲 年下로, 莫逆한 親交를 가졌다.

24) "弟手足不遂之病, 轉成沈痼, 虛瘁已極, 百證俱發, 萬般苦況, 誰得知之."(『溪巖集』卷4,「與柳季華袗」).

25) 李潤雨(1569~1634) : 字 茂伯. 號 石潭. 本貫 廣州. 星州 出身. 鄭逑의 문인. 1591년 進士가 되고, 1606년(宣祖 39) 式年文科 丙科 급제하고, 典籍을 거쳐 光海 즉위초 注書를 지냈다. 1610년(光海 2) 檢閱로 說書를 겸임하였는데, 이어 사관으로서 鄭仁弘의 비위사실을 직필했다가 탄핵을 받아 사직하였다. 그 뒤 藝文館의 待敎·奉敎에 임명되었으나, 사양하다가 輸城道察訪을 거쳐 1613년 鏡城判官을 역임하였다. 大北의 專橫이 심해지자 사직했다. 仁祖反正 後 吏曹正郎에 이어 修撰·校理·應敎·司諫·司成을 거쳐 吏曹參議에 이르렀다. 吏曹參判에 追贈되었다.

받았다. 종전에 번번이 칭병(稱病)하고 제직(除職)을 물려왔던지라, 이번만
은 중도(中途)에서 죽는 한이 있어도 상경하여 은명(恩命)에 감사하고자 하
였으나, 하부(下部)가 뜻을 따르지 않아 일어날 수 없어, 침석(寢席)에 앉아,
천식으로 숨이 급급한 지경임을 절절히 호소하고, 이와 같은 병상(病狀)을
헌리(憲吏)도 와서 보고 갔다고 부언(附言)하고 있다.[26] 그 자신의 글을 미루
어 알 수 있듯이 젊었을 때부터 신약(身弱)하여 병석에 누워 삐친 적이 의
외로 잦았던 듯하다. 중년 이후에는 수족이 불편했던 듯한데, 급기야는 중
풍을 앓았던 것 같다. 신약했던 탓으로 한기를 이기지 못해 천식과 담(痰)
으로 밤잠을 설치는 일도 있었다.[27]

　계암의 신병에 관하여는 조정에서 일찍이 논란을 불러 일으켰던 '사자대
소(使子代疏)'의 발문(疏文)에 상세한 것을 기술하고 있다. 자식이 쓴 형식으
로 되어 있으나, 계암이 스스로 쓴 글이다. 아래에서 살펴보자.

　　(전략)…신의 아비는 심히 薄弱하게 타고 났습니다. 壯年에 큰 병을 얻어
　병상에 의탁한 지 30년의 오랜 기간에 이릅니다. 중간에 조금 나아서 다행히
　과거를 통과할 수 있었으나, 병의 뿌리는 항상 남아 있어, 때 없이 발동하곤
　하였습니다. 寒暑風濕이 적거나 의당한 수준을 잃으면 百般의 危症이 여러 가
　지 患候로 되는데, 찡그리고 신음하고, 여위고 꺼칠하여, 인사를 폐절한 지 이
　미 10여년이 됩니다.…(중략)…대개 만성의 질환은 오랜 세월이 지나는 가운
　데 원기는 빠지고, 하부의 긴요한 부위에 질환이 발하여 극히 위중해지면 애타
　게 부르고, 괴로워하여 앉았다, 누웠다 하므로 근심이 됩니다. 또 지난 겨울 초
　부터는 오른 팔이 마비되어 낮밤에 쑤시고 아파, 그 운용이 어렵고 괴롭습니다.
　뜻밖에 除命이 그릇 臣의 아비에게 이르러, 淸班을 욕되이 범하게 될까, 스스
　로 몫이 아님을 알아 하늘같은 聖恩을 나아가 사퇴함이 중하므로 될수록 빨리
　길에 올랐으나, 바로 몰아치는 바람이 심히 세차고, 연일 이를 대함에 몸에 두
　루 상처를 입고 겨우 忠州에 이르니, 오한과 신열이 함께 엄습하여 사체를 수
　습할 수 없어, 부득이 본주에 呈狀하고, 붙들고, 끌고 하며 돌아왔습니다. 그리

---

26) 「與李茂伯, 潤雨」(『溪巖集』卷4).
27) "賤疾凜凉以來, 痰患用事, 終夜少眠, 蛩音滿耳, 耿耿有慨意."(『溪巖集』卷4, 「與李仲明」).

고 旬望間에 누이와 두 姉夫를 잃고 심히 애통한 끝에 중풍을 얻어, 오른 쪽 어깨와 팔뚝이 끝내 마비되었는데, 운용할 때는 오직 왼손을 써서 소소한 물건을 잡는데, 왼쪽은 아니 되는 것이 없으나, 오른 손은 다시 하는 것이 없습니다. 오른 다리도 역시 그렇습니다. 걸음을 걸으면 절룩거리는데, 초여름을 기다려 침과 뜸을 놓아, 만분의 하나의 효과라도 있기를 바라고 있습니다.…(후략)'[28]

이상의 내용은 계암 자신이 자술(自述)한 것으로, 그의 병에 관한 한 신실한 자료라 하겠다. 그렇다면 그의 병은 세인(世人)들이 비병시(非病視)했던 것과는 달리 '참 신병(身病)'이었다는 것인가?

동계(桐溪) 정온(鄭蘊 : 1569~1641)은 정구(鄭逑)와 정인홍(鄭仁弘)의 문인이었으나, 스승 정인홍이 광해 즉위 후 대북으로 권신(權臣)이 되자 절교했고, 영창대군(永昌大君)을 죽인 강화부사(江華府使) 정항(鄭沆)의 참수를 상소하여 광해의 노여움을 사, 10년간 대정(大靜) 귀양을 갔다가, 1623년 인조반정으로 풀려나 경상감사에 제수되었던 인물이다. 계암과는 그 의기에서 상통하는 인물이다. 동계가 경상감사로 와 있었을 때 계암과의 사이에서 있었던, 은밀한 사건 하나는 계암의 '병'을 생각하는 데 매우 시사 깊은 바 있다고 하겠다.

桐溪先生이 方伯으로서 溪巖先生에게 문병을 갔다가 계암과 동숙하게 되었다. 한밤중에 사람이 없을 때 동계는 계암을 부축하여 일으켜, 함께 밖에 나와 배회 數步하였다. 동계가 계암에게 歎하여 말했다. '내가 공을 위해 글 한편을 지을 수 없었으니, 평생에 부끄러움을 남기게 되었소.' 이어 말하기를, '우리 임금께 공이 있음은 무왕에게 伯夷가 있음과 같소이다.' 하였다. 대개 동계는 계암과 마음이 같았던 까닭에 계암의 병이 병아님을 알았던 것이다.[29]

---

28) 『溪巖集』 卷4, 「以子燿亨名陳病情疏」.

29) "鄭桐溪先生, 以方伯問先生病, 與之同宿, 中夜無人, 卽扶起先生, 徘徊數步, 歎曰, 吾不能爲公一著, 貽愧平生, 洒曰, 吾王之有公, 武王之有伯夷也. 蓋桐翁與先生, 同一心事. 故知先生之病非病也."(『溪巖集』 卷6, 附錄, 「行狀」, 李光庭).

계암은 내심에 분의(分義)를 헤아려 이를 실천하되, 일체의 세상 공리를 떠나 일민(逸民)[30]으로 살고자 한 것이다. 오직 뜻을 높은 데 두고, 깨끗하게 행하되, 자기 안에서 스스로 택하고 스스로 지킬 뿐이니, 세상에 기울거나 사람들의 여론에 흔들리지 않았다. 인조반정이 있고, 언젠가 유자(儒者)들과 어울린 자리에서 계암이 출사(出仕)치 않음을 따져 물으니, 그는 쓸쓸히 입을 다물고 응하지 않았다. 유자들의 끈질긴 요구에, 계암은 천천히 말했다. '홀어미된 여인이 지아비의 불의를 핑계 삼아 절개를 바꿈은 불가합니다.' 이에 여러 유자들은 그 뜻이 어디에 있는가를 알고 숙연했다. 일찍이 광해 난정을 피해 산림에 숨었던 선비들이 반정 초(初) 새 왕(仁祖)의 부름에 응하지 않은 이가 없었던 시절에 계암만 홀로 고질을 이유로 사퇴하여 나가지 않았다. 그럼에도 인조는 누차 제명(除命)을 내렸고, 계암으로서는 때로 매우 난처한 적도 있었다. 그래도 그는 사생화복을 떠나 조용히 스스로 지킬 의리만을 생각하고 지냈다. 과연 그는 공부자(孔夫子)의 가르침 ―'믿음을 굳게 하고, 배움을 좋아하고, 죽기로 선한 도리를 지킨다(篤信好學 守死善道)'고 한 말을 몸으로 지켰다. 계암으로서는 벼슬 살지 않는 이유를 여러 말로 형언할 수 없었던 까닭에 병질로써 사양했고, 그 결과 병질로써 물러나 있었다. 그의 참뜻을 살피는 사람들의 이목 때문에도 계암은 자리를 깔고 앉아 17~8년을 문밖출입을 않았을 뿐더러 배회하거나 변을 보는 일에도 늘 사람이 시종하게 해야 했던 것이다. 이와 같은 계암의 뜻은 백이[31]의 마음과 같으니, 그의 시대는 백이의 시대와 같지 않았으나, 스스로 처신함에 있어서는 백이보다 더 어려움이 있었다고 하겠다. 옛 사람이 이르기를, '강개(慷慨)하여 몸을 죽이기는 쉽다. 조용히 의를 지켜 나아감이

---

30) 逸民 : 伯夷·叔齊·虞仲·夷逸·朱張·柳下惠·少連 (『論語』, 「微子」 18) "逸民者, 節行超逸也." (集解).

31) "武王伐紂, 伯夷叔齊, 叩馬而諫曰, 父死不葬, 爰及干戈, 可謂孝乎? 以臣弒君, 可謂仁乎? 左右欲兵之. 太公曰, 此義人也. 扶而去之, 武王已平殷亂, 天下宗周, 而伯夷叔齊恥之, 義不食周粟, 隱於首陽山, 采薇而食之. …(中略)… 遂餓死於首陽山." (『史記』 卷61, 「伯夷傳」).

어렵다.(慷慨殺身易 從容就義難)'고 하였거니와 이는 바로 계암의 경우를 말했다고 하겠다. 17~8년간 폐질인(廢疾人)이 되어, 주변에서 엿보는 자로 하여금 그의 마음과 자취를 헤아려 볼 수 없게 해야 하는 일이 얼마나 어려운 일이었겠는가! 숙종 때에 계암에게 도승지를 특증(特贈)하면서 내린 교지에서 '지조의 꿋꿋함, 풍절(風節)의 고결함, 사림 긍지의 본이 되도다.(志操之確 風節之高 爲士林矜式)'고 하였는데, 정곡을 찔렀다고 하겠다.[32]

위에서 고찰한 바로 미루어, 계암의 질병은 결코 단순한 위병(僞病)이라 할 수는 없다. 근본적으로 남달리 철저한 지조의식으로 하여 벼슬을 살 수 없었던 그는 당초 타고난 신약의 조건이 사직의 이유가 되었던 터이나, 그로 인한 부자유한 구속은 불지중 건강을 해치게 하였다. 워낙 잔병이 많던 그는 점차 병약하게 되면서 병상이 심각해져, 하부(下部)의 불여의(不如意)에, 끝내는 중풍을 앓게 되었던 것이 아닌가 한다. 그러나, 그의 의지는 끝내 병마에 굴복당하거나, 좌절되지 않았다. 그와 같은 자폐(自閉)의 공간에서 소회를 토로한, 적지 않은 시작(詩作)을 남겼던 바, 이를 통해 보는 한 그는 결코 좌절하지도 좌절당하지도 않았음을 보겠다. 오히려 우리는 그가 아무리 몹쓸 신병을 앓는 중이었다 하더라도, 그 험난한 한 시대에 '좌절'은 커녕 끝까지 스스로의 소신과 이상에 살았던, 그지없이 자유로웠던 한 사람, 그 중 건강하게 살았던 한 사람을 그의 시에서 만나게 될 것이다.

계암을 '영남제일인(嶺南第一人)'[33], '당세제일인(當世第一人)'[34]으로 일컫고, 그의 절의를 백이에 비유한 선인들의 생각도 이에서 멀지 않다. 일찍이 맹자(孟子)는 '백이의 작풍(作風)을 들으면 완악한 자도 청렴해지고, 겁 많은 자도 지조(志操)를 세우게 된다.'고 하고, '백대 전에 분발한 일을 백대 후에

---

32) 『溪巖集』 卷6, 「行狀」, 李光庭.

33) "正月, 辛丑, 司諫金坽, 上疏乞遞, 許之, 坽禮安人也. 性恬靜有操守, 屢召輒辭, 終身不踰嶺, 世稱嶺南第一人, 或云, 今上反正後, 未嘗仕宦." (『仁祖實錄』 卷28, 仁祖11年 癸酉 正月).

34) "修巖(柳袗)先生, 常以先生爲當世第一人." (『溪巖集』 卷6, 「行狀」, 李光庭).

듣는 자, 감동치 않음이 없으니, 성인(聖人)이 아니고서야 그렇게 할 수 있겠는가!'[35] 하였다. 이 곧 '성인은 백대의 스승'이라는 것이다. 계암의 행장에서 해고(海臯)는 그를 위의 백이에 대비하면서, '계암이 비록 도를 쌓고, 미덕을 품었으나, 한 세대에서 뜻을 다할 수 없었다. 그러나, 그가 남긴 작풍(作風)이 미치는 바는 족히 백대의 인기(人紀 : 사람의 도리)를 부지하여 천지가 뒤집힐 때까지 이르리니, 조선의 의관(衣冠 : 벼슬하는 선비들)이 온갖 더러움에 물들지 않음이 없었던 때에 선생은 수풀 속 초려(草廬)에 고고히 누워 있었다. 초연함이 순우(舜禹)시절의 상인(上人)이요, 참으로 당세에 오직 일인이었다.'[36]고 하였다.

같은 시대를 살았던 선비들 가운데는 더러 계암과 같이 벼슬을 마다하고, 田里에 퇴거하여 고고한 의리를 지켰던 이가 아주 없었던 것은 아니다. 인조 17년 7월의 실록 기사는, 除命이 내릴 때마다 칭병하고 물러가 10년간을 향촌에 묻혀 사는 선비 세 사람 ─ 영남의 김령, 여주의 이필행[37], 호남의 신천익[38]을 들고 있다.[39] 이 중 신천익은 효종 5년에 부제학을 제수 받은 이후 여러 관직을 거친 끝에 한성부 右尹에 이르러 관직을 물러났으니, 孤節로 일관한 앞

---

35) "聖人百世之師也. …(中略)… 故聞伯夷之風者, 頑夫廉, 懦夫有立志. …(中略)… 奮乎百世之上, 百世之下, 聞者莫不興起也. 非聖人而能若是乎? …(後略) (『孟子』14, 「盡心章句 下」, '聖人百世之師也章' 15).

36) "先生雖蘊道含章, 不得猷爲於一世, 而餘風所及足以扶百代之人紀, 至於天地傾覆之際, 東華衣冠, 無不染汚腥塵, 而先生高臥林廬, 超然爲虞夏上人, 信乎當世一人而已." (『溪巖集』 卷6, 「行狀」, 李光庭).

37) "李必行爲司諫, 必行自丁丑以後, 退去驪州, 稱病杜門, 前後除拜, 一不應命."(『仁祖實錄』 卷39, 17年 己卯 7月 丙寅).

38) 愼天翊(1592~1661) 字 伯擧. 號 素隱. 本貫 居昌. 1612年(光海 4)에 增廣文科 乙科에 及第. 1615年에 正字, 吏曹參議에 이르러, 光海失政으로 辭職하고 靈巖에 隱居하였다. 1623年 仁祖反正後 修撰, 獻納, 校理, 司諫 등에 任命되었으나 나가지 않았다. 1654年(孝宗 5) 副提學을 거쳐 大司諫, 吏曹參判 등을 지내고 漢城府右尹에 이르러 辭職하였다. 이 點 溪巖과는 다르다. 文章, 詩賦에 能하여 宋時烈의 讚嘆을 받았다. 靈巖의 永保祠에 祭享되었다.

39) "以金榮祖爲大司諫, …(中略)… 李必行爲司諫, 必行自丁丑以後, 退去驪州, 稱病杜門, 前後除拜, 一不應命, 是時以臺侍退處田里者, 湖南有愼天翊, 嶺南有金坽, 此兩人, 自絶意仕宦, 國有變亂時, 或一來而旋即退去, 如是者十年, 至是與必行爲三人焉."(『仁祖實錄』 卷19, 12年 己卯 7月 丙寅).

의 두 사람과는 다르다. 이필행은 丙子의 亂 이래 벼슬을 외면하고 일생을 살았다. 죽음에 임하여 자식에게 丙子 후에 除拜한 官名을 쓰지 않도록 경계하였다고 하니, 그 역시 평생 고절을 지켰다. 이로 말미암아 그는 그에 앞서 숙종 15년 7월 도승지로 포증된 김령의 예를 좇아 같은 해 9월에 포증의 은전을 입었다.[40]

3) 학문과 사의식(士意識)

계암은 일찍부터 세상과는 어긋나고, 또 깊이 자신의 재덕(才德)을 감췄던 때문에 그를 아는 이는 단지 그의 청풍준절(淸風俊節)이 당시에 높이 비치는 것만 보고, 광명정대하여 변색(變塞)치 않는 까닭을 아지 못하였다. 그의 학문은 오로지 내면에서 용심(用心)하였고, 병질에 걸린 뒤로는 세상사와 아주 담을 쌓고, 일의함양(一意涵養)하였다. 숙연히 일실(一室) 좌우에 도서를 두고[41], 눈 감고 단좌(端坐)하고 있다가 몸을 돌이켜, 체인(體認)하였다. 사색하여 득의하는 대로 흔연히 안면에 나타났다. 주자서(朱子書)를 공부하기 더욱 돈독히 하여 침잠(沈潛) 완역(翫繹)하였다. 의문이 있으면 반드시 쪼개고 들어가 근원의 작은 끝까지 구명하고, 이를 실천하였다. 그는 만년에 이르러 배움을 더욱 넓히고, 지조를 더욱 굳혔다. 깨달음은 날로 참되고, 덕은 날로 높았다. 일찍이 시에 쓰기를, '오래 앓던 병이 물러나며 안한(安閑)하니/비록 몸은 늙었어도 새로 공부 힘쓴다./밝은 창가에 꼼짝 않고 앉아/내 마음, 간책(簡冊) 안에서 놀도다.(漸安除舊疾 雖老勉新功 凝坐明囪畔 游心簡冊中)'하였으니 그 나름으로 찾은 자락(自樂)의 모습을 알 만하다. 그의 거처에 놓인 궤안(几案)은 밝고 깨끗했고, 서책은 반듯이 정제되어 있었다. 선반에 받들어 둔 경전은 마치 엄사(嚴師)를 모셔 둔 것 같았다. 용(用)을 보고

---

40) "受灸入侍睦來善言, 故司諫李必行, 自丙子之亂, 遂守志不仕, 臨死戒其子, 毋書丙子後所拜官名, 苦節如此, 宜視金垎例, 褒贈之, 從之."(『肅宗實錄』卷21, 15年 己巳 9月 癸卯).

41) 裵幼章은 「懷溪巖金先生」(『溪巖集』卷6, 42裏張)에서 '公所處極蕭灑, 圖書滿壁, 日對黃卷'이라고 썼다.

돌아와서는 반드시 대야의 물로 손을 씻고 나서야 책을 대하였다. 책 하나를 다 마치면 거두어 간직하고, 다른 책을 읽고 다시 그렇게 하였다. 안상(案上)에는 다만 책 한 권만 놓아두었고, 객이 오면 반드시 그 권면(卷面)을 반전(反轉)하여 사람으로 하여금 무슨 책을 읽는 지 알아보지 못하게 하였다. 그가 평일에 스스로 자취를 감춤이 대개 이와 같았다. 문장은 청려전아(淸麗典雅)하여 절로 일가를 이루었다. 그의 시는 매우 심수(深邃)하여 '유연(悠然)히 동리(東籬)에서 남산(南山)을 바라 본다'[42]고 한 도연명(陶淵明)의 시취(詩趣)가 있었다. 1624년 이괄의 난 이후 그는 친히 붓을 잡아 글을 쓰지 않았다. 지구(知舊)와의 문답에서도 일체 붓으로 쓰는 일을 않았다. 부득이한 경우에는 반드시 사람을 시켰다. 어떤 일에 부쳐 소회를 읊을 경우도 일찍이 글로 초(草)한 일이 없고, 구점(口占)하였을 뿐이다. 사정이 이러하니, 그의 저술로 세상에 전하는 것은 드물다. 혹 문인과 자제가 계암의 버린 것을 수습하여 간직했던 것 약간 권이 있을 뿐이다.[43]

그는 어렸을 때부터 부친 설월옹(雪月公)이 도산에서 익히 들었던 것으로 교도(敎道)함을 받아 효덕(孝德)이 각별하였다. 부모가 바라는 바는 반드시 힘을 다하여 이뤄 드렸고, 옳지 않은 것은 빨리 고쳤고, 또 이를 결코 되풀이하지 않았다. 선비로서 뜻은 높게, 행실은 깨끗하게 지녔다. 자신이 택하고, 자신이 지켜, 세속에 기울지 않았다. 혹 사람들이 비속한 말로 서로 자랑하여 다투는 것을 보면, 행여 그와 같은 자만이 자기를 더럽힐까 두려워하듯 결연히 일어나 자리를 떠났다. 사람의 선을 보면 곧 경도(傾倒)하여 속사정을 열어 보인다. 악을 보면 곧 면척(面斥)하여 관계를 끊고, 용납하지 않았다. 학문을 독실하게 전공하고, 선성(先聖)의 어진 글을 풍송(諷誦)하여 그 의를 통하고, 반드시 오성(吾性)에 달통케 하였다.[44]

---

42) 陶淵明이 '飮酒'로 題한 20首의 詩中 第 4首가운데 있는 詩句 - "問君何能爾, 心遠地自偏, 採菊東籬下, 悠然見南山."

43) 『溪嚴集』 卷6, 「行狀」, 李光庭, 16f. 張.

인목대비 폐출로 정정(政情)이 더욱 혼란해지니, 계암은 세상에 뜻을 끊고, 집에 병거(屛居)하면서 수연(粹然)히 혼자 자기를 다스리며, 학문에 간여치 않은 날이 없었다. 이때에 여러 유생들과 함께 학사(學舍)에 가서 경지(經旨)를 논하였고, 혹 산택(山澤)의 승지(勝地)를 구하여 노닐기도 하였다. 술을 따르고, 거문고를 타며, 나의 음악을 내가 즐기되, 세상사로써 아니하였다.[45] 이와 같은 계암의 학문을 두고, 혹 이르기를, 도산의 고풍이 다시 있게 되었다고 했고, 혹은 노연(魯連)[46]이 동해를 건너왔다고 했다. 정절(靖節, 陶潛)의 북창(北囱)[47]과 함께 나란히 이제(夷齊)를 일컫기도 했다. 계암이 스스로 자취를 민멸(泯滅)하기를 바랐을지라도 그렇게 될 수 없었던 것은 백세의 뒷날에 가히 가르침이 없을 수 없었던 천도의 소치 아닌가 한다.

계암이 일찍이 조선의 과거 풍속에서 '신래지희(新來之戱)'의 폐단[48]을 고질병으로 여겼었는데, 김응조(金應祖)[49]가 탁제(擢第)하고 마침 계암의 고장

---

44) 『溪巖集』 卷6, 「墓碣銘 幷序」, 權愈, p.20f. 張.

45) *Ibid.*, p.21f. 張.

46) 魯連 : 魯仲連으로, 戰國時代 齊나라 義士다. 사람됨이 高蹈하여 不仕하고, 남을 위해 기뻐 排難解紛하였다. 趙나라에 갔더니, 秦나라가 趙나라를 包圍하여 危急하였다. 이에 魏나라는 客將軍 新垣衍을 시켜 秦나라 昭王을 帝로 받들기를 請하게 하였다. 仲連은 義로써 이를 허락할 수 없어, 衍을 보고 말하기를, 秦이 稱帝할 때의 害를 거듭 설득하니 衍이 감히 다시 진의 칭제를 말하지 않았다. 秦軍은 趙나라에서 물러갔다. 후에 田單이 齊王께 말하여 그에게 벼슬을 주게 하려고 하자 仲連은 피하여 海上에 숨어서 마쳤다. (『史記』 卷83).

47) "圓素如明月, 輕淸産快風, 靑蠅不敢近, 睡足北囱翁." (『溪巖集』 卷3, 「題圓扇」).

48) '傳 新及第者를 四館目하여 新來로 하여 侵虐汚辱함이 無所不至라. 溝澮의 穢泥로 그 面目에 발라, 이름하여 唐卿粉이라 이른다. 冠服을 毁裂하고 汚水 가운데 밀어넣어 鬼形을 만드니 차마 볼 수가 없다. 몸을 상하고 병을 얻는 경우가 번번이 있다. 뿐만 아니라 그 體貌에 있어서 虧損은 실로 많다. 이와 같은 弊俗事는 禮文에 없다. 또 中國에도 없다. 그런데 이 惡習을 常例라 하여 安閑히 고칠 줄을 모른다. 無識하기 이처럼 甚할 수가 없다. 自今以後 新舊間糾檢事 외, 汚穢侵虐戱弄事는 一切 痛革한다. 만약에 혹시라도 舊習을 밟는 者는 摘發治罪한다. 新來侵虐事는 余가 前日에 屢次 名公賢士에게 말했던 터이다.'(柳希春, 眉巖日記草, 第3冊, 己巳 9月大 13日 : 筆者譯) ; 위와 같은 新來侵虐의 弊害를 논한 글은 위의 眉巖 외에도 黃愼(『秋浦集』 卷1), 李秉瑃(『淵齋集』 卷16, 「與從弟士宗秉琮」), 嚴慶遂(『孚齋日記』, 丙戌 肅宗 32年 3月11日 · 8月 29日), 李珥(『石潭日記』 卷上, 隆慶 3年己巳), 尹昕(『溪陰漫筆』 卷3) 등에서도 볼 수 있다.

49) 金應祖(1587~1667) : 字 孝徵. 號 鶴沙 · 啞軒. 本貫 豊山. 榮川 출신. 17세에 柳成龍을 師

을 지나게 되었다. 계암은 그를 한 번 불러보고 물러가게 함으로써 신래자(新來者)를 그지없이 괴롭히고 침학(侵虐)하던 당대의 악습을 거슬러, 화제가 되었다. 어찌 그뿐이랴! 그는 가정을 다스리는 데도 엄연한 가법을 가지고 실행하였는데, 지나치리만치 엄정했다. 일찍이 유진(柳袗)이 동월(冬月)에 내방하여, 머물러 환담하는 가운데 어느덧 야분(夜分)이 되었다. 처음부터 그 자리에는 시측(侍側)하는 이가 없었으므로 유진은 수상쩍게 여겼었는데, 취침할 때가 되어, 계암이 '요를 가져오너라' 하고 부르니, 아들 넷이 일제히 '네!' 하고 들어왔다. 그 때까지 네 아들은 부친을 방 밖에서 모시고 있었는데, 시종 숨을 죽이고 조심하여, 인기척이 없었던 때문에 시측하는 이가 없었던 것으로 지레짐작했던 것이다. 때문에 명을 받지 않은 사람은 두 사람의 환담중에 들어올 수 없었다. 이를 본 유진은 깊이 탄복했다고 한다. 또 그가 평소에 거처하는 방은 정제 엄숙하였고, 비록 그윽이 혼자 쓰는 방이라 할지라도 몸가짐에서 타만(惰慢)의 기(氣)가 있을 수 없었고, 간사한 음성과 음탕한 색상(色相)을 이목에 접하지 않으며, 악의악식(惡衣惡食)을 부끄러워하지 않으며, 전인(前人)의 법구(法矩)를 밟아 행하여, 유행하는 세속에서 멂으로 세속에 젖은 이들은 혹 그의 도량이 좁다하고, 멀다하고, 그의 고담(枯淡)과 구속을 들어 병들었다 하나, 이들은 계암의 명철(明哲)과 득정(得定)을 아지 못한다. 그는 나의 낙(樂)을 즐기고, 밖에서 그리는 것이 없다. 술을 좋아 하여도 난(亂)하지 않으며, 혹 술자리에서 취하면 곧 용색(容色)을 가다듬고 바로 앉아, 사람에게 말하지 않는다. 여러 사람을 응접(應接)함에는 반드시 좌우를 살펴보아 사람들이 기휘(忌諱)하는 것을 결코 건드리거나 범하지 않았다. 호오취사(好惡取捨)를 사의(私意)로 가리지 않았으

事하여, 1613년(光海 5)에 生員이 되었으나, 大科 應試를 포기하고, 張顯光 門下에서 學問을 鍊磨하였다. 1623년 仁祖가 卽位하자 謁聖文科에 應試하여 丙科 及第하였다. 병조정랑, 홍덕현감, 선산부사를 歷任하고 1634년 사직하고 낙향하였다. 1659년 孝宗이 죽자 辭職하였다. 1662년(顯宗 3)에 大司諫에 任命되었으나 사퇴, 그 後 漢城府右尹에 이르렀다. 文章에 能하였다. 安東의 勿溪書院과 永川의 義山書院에 祭享되었다.

며, 의롭지 않은 것은 개자(芥子) 씨 한 알이라도 물리쳐, 받지 않았다. 사람의 상고(喪故)를 들으면 그 정분에 따라 검소하게 예(禮)를 행한다. 귀천대소를 막론하고 성심으로 대하고, 장중단엄(莊重端嚴)하여 감히 범할 수 없다. 옛 지우(知友)와 품을 열고 이야기할 때는 따뜻하고 순수한 모습이 봄바람과 같이 온화하다. 사람의 착함을 들으면 기뻐하고, 그 악함을 들으면 자기를 더럽힐 것이 두려운 듯 곧 토해 버렸다. 어진 이를 공경하고, 불초한 자를 두려워하였다. 사람들은 계암에게서 범할 수 없는 기색을 보고, 또 빼앗을 수 없는 뜻이 있음을 알게 되었다고 했다.[50] 계암의 덕과 학은 이와 같이 고일(高逸)하였음에도 불구하고, 때를 만나지 못하여 왕정(王政)을 도와 백성을 택윤(澤潤)케 할 기회를 끝내 갖지 못했다. 그러나, 그 풍성(風聲)은 족히 시대의 탐욕에 부딪혀 세상을 맑게 함에 공이 있었다. 그의 학행은 참으로 크다 하겠다. 그 나머지 언행도 그 심은 바에 말미암았을 것임에 클 것임을 추상(推想)할 수 있다. 어찌 반드시 조목으로 들어서 말한 뒤에야 알겠는가. 그의 시문(詩文)은 그의 질성(質性)과 학문에서 나왔던 까닭으로 준상아건(俊爽雅健)하여 세상과 타협하여 뒤섞이지 않았고, 따라서 구차히 드러내지 않았다. 까닭에 저술은 간결했다. 상(想)이 발(發)하여 문(文)이 되었더라도 원고를 간직하지 않았고, 간간 사물에 접하여 속마음을 읊은 것, 입으로 읊은, 한두 편에 그쳤을 뿐인데, 글로 초한 것이 아니다. 문을 닫고 출입을 않게 되면서 붓글씨 쓰기를 끊음에, 이목으로 서로 전한 것은 적었다. 문인, 자제가 기록한 약간 권이 집에 소장되고 있다. 계암의 천성이 글씨 쓰기를 좋아 했으나, 남을 위해 글자 쓰는 일은 않았다. 척독(尺牘)도 사람에게 구점(口占)하고, 스스로 쓰지 않았던 때문에, 끝내 간직한 것이 없고, 버린 것이 세상에 전한다.[51]

---

50) 『溪巖集』 卷6, 「行狀」, 李光庭, p.15f. 張.
51) 『溪巖集』 卷6, 「墓碣銘幷序」, p.24 張.

4) 계해반정(癸亥反正)과 절의

계암은 광해군 4년(王子)에 문과에 병과로 급제하여 권지(權知) 승문원(承文院) 정자(正字)가 된 이래 광해군 7년(乙卯) 겨울에 승정원(承政院) 주서(注書)로 천수(薦授)되었던 터이나, 다음해 봄에 관직을 사임하고 예안으로 돌아갔다. 그는 처음 등조(登朝)하여 얼마 뒤 광해 혼정(昏政)의 실상을 깨닫고, 도저히 그대로 조정에 몸담고 있을 수가 없었다. 광해군은 1608년에 즉위하여 처음에는 당쟁(黨爭)의 폐(弊)를 억제하려 했으나 실패하고, 도리어 당쟁에 휩쓸렸다. 대북파의 계략에 빠져 임해군(臨海君)·영창대군(永昌大君)·김제남(金悌男 : 인목대비의 부친) 등을 역모로 몰아 죽이고, 모후(母后) 인목대비(仁穆大妃)를 서궁(西宮)에 유폐(幽閉)하는 등 갖은 패륜행위를 저질렀다. 계암이 정자(正字)가 되던 광해군 4년 9월 그의 사부(師傅)이던 정인홍(鄭仁弘)이 대북으로 좌의정이 되었다. 이미 앞에서 보았듯이 계암은 정(鄭)이 비록 스승임에도 정치적 행각에 실망하여 절연하였다. 광해군 5년 6월에 김제남(金悌男)을 사사(賜死)하고, 8월에는 영창대군(永昌大君)을 서인으로 강등하여 강화도에 위리안치(圍籬安置)하였고, 10월에는 폐모론(廢母論)이 일어났다. 다음해 광해군 6년 2월에 영창대군을 강화부사 정항(鄭沆)이 죽였다. 이에 정항을 참수하라고 광해군에게 상소한 정온(鄭蘊)을 7월에 제주 유배하였다. 광해군 7년에는 능창군(綾昌君) 전(佺 : 인조의 동생)을 추대(推戴) 혐의(嫌疑, 誣告)로 교동(喬洞)에 안치(安置) 후 죽였다.

이상은 계암이 관직을 사임하고 내려올 무렵까지 광해 혼정(昏政)이 저지른 큰 사건들로, 아마도 계암으로서는 마음에 결코 수용할 수 없었던 배륜(背倫)과 패역(悖逆)의 범죄가 아닐 수 없었을 것이다.

광해군 10년에 발생한 인목대비의 서궁 유폐를 계기로 그동안 대북파에 일방적으로 눌려 지내던 서인 일파는 이귀(李貴)·김자점(金自點)·김류(金瑬)·이괄(李适) 등이 중심이 되어 광해군과 집권당인 대북파를 몰아내고,

능양군(綾陽君) 종(倧)을 왕으로 옹립하고자 무력정변을 기도하고, 1623년
(癸亥, 광해군 15년) 3월 12일 거사, 왕대비(王大妃)의 윤허(允許)를 얻어 능양
군(綾陽君)을 왕위에 영립(迎立)하니, 이 곧 인조다. 광해군을 서인(庶人)으로
내려 강화에 귀양 보내고, 이이첨·정인홍 등 대북파의 권신들은 처형되었
다. 그동안 벼슬길을 외면하고 은둔했던 산림지사(山林之士)들로서 계해년
의 인조반정 초(初) 새 왕조의 부름에 응치 않은 이가 없이 대부분 떨치고
나와 현실 정치에 참여했던 터이나, 유독 계암만은 고질을 핑계하고 이에
응하지 않았다. 계암이 인조의 부름에 응하지 않은 것은 단순히 병질 때문
만은 아니었으니, 이미 앞에서 인용한 계암의 말―(嫠婦不可以夫不義而改其
守也)―에서 보듯 광해군이 비록 패륜의 혼군(昏君)이기는 하였으나, 불사이
부(不事二夫) 곧 불사이군(不事二君)의 절의관념(節義觀念)에서 그의 불사지
의(不仕之義)를 이해해야 할 것이다.

> 純祖 13년 9월 戊寅에 영의정 金載瓚이 아뢰기를, '영남 유생 金星鍊 등은
> 疏에서 贈都承旨 金坽이 道學節義의 實로 말미암아 易名의 典을 더하여 주기
> 를 청하온데, 김령은 先哲에게 修業하여 昏期에 몸을 깨끗이 지켰고, 故君을
> 위해 節義를 온전히 하였사오나…(중략)…坽은 아직 表顯되지 않아, 많은 선
> 비들의 抑鬱이 있사오니, 贈都承旨 김령에게 특별히 正卿을 贈하시기 청하나
> 이다. 말미암아 그 절의에 은혜 나리시기 청함을 許하시옵소서.'하였다. 왕은
> 이에 따랐다.[52]

그리하여 다음해 순조 14년 9월 11일에 '문정(文貞)'이라는 시호[53]가 내

---

52) "戊寅. 次對領議政金載瓚曰, 嶺南儒生金星鍊等疏陳贈都承旨金坽, 道學節義之實, 仍請加
贈易名之典矣. 金坽受業於先正, 潔身於昏期, 至於爲故君全節, …(中略)… 坽之尙未表顯, 宜
有多士之抑菀, 請贈都承旨金坽, 特贈正卿, 仍許節惠之請, 從之."(『純祖實錄』卷17, 13年
癸酉 9月).

53) 1814년(純祖 14) 禮曹에서 아래와 같이 贈諡(文貞公)하는 敎旨를 내렸다. (現在 金永倬 씨
所藏) 敎旨 贈資憲大夫 吏曹判書 兼 知經筵 義禁府事 弘文館大提學 藝文館大提學 知春秋
館 成均館事 世子左賓客 五衛都摠府都摠管 行通訓大夫 司諫院司諫 兼 世子侍講院 輔德
金坽 贈諡文貞公者 道德博聞 曰文 淸白守節 曰貞 崇禎紀元後四甲戌 九月十一日.

렸다. 위의 소문(疏文)에서 '김령이 고군(故君)을 위해 절의를 온전히 하였다'고 한 '고군'은 광해군인 바, 김령이 인조 대에 벼슬을 마다한 것을 고군(故君)-광해군에 대한 절의로 이해하는 시각을 본다. 어쩌면 이는 백이·숙제가 주속(周粟)을 먹지 않고 수양산(首陽山)에 숨어 고사리를 캐 먹다 아사한 절의와 은연중 한가지로 보고 있음을 알 수 있다. 그런가 하면 아래와 같은 해석도 있다.

> 肅宗 15년 7월 乙卯에 御畫講의 자리에서 특진관 睦昌明이 말하기를, 故司諫 김령은 영남의 현사로 포증을 더함이 宜當하다고 하니, 李玄逸이 또한 이를 극구 찬동하였다. 上께서 該曹에게 명하여 稟處하게 하여, 마침내 坽에게 贈都承旨하였다. 坽은 癸亥反正을 非라 여겨서 인조 조정에 서고자 아니 하였으며, 종신 自廢하였다. 玄逸 등은 바로 그 논의를 扶植하던 고로 힘써 이를 위해 이와 같이 숭상하고 장려하였다.[54]

김령은 물론 광해군의 난정을 못마땅하게 여겼던 터이나, 그렇다고 인조반정과 같은 무력정변을 결코 옳다고 볼 수 없었던 것이다. 일찍이 주(周)의 무왕(武王)이 무력으로 은(殷) 주왕(紂王)을 치러 나가려 할 때 말고삐를 잡고 간(諫)하여 말리던 백이와 숙제, 두 사람의 의와, 인조의 반정을 끝내 정당시할 수 없었던 김령의 의는 비록 서로 나라와 시대의 형편과 사정이 달랐다 해도 의의 본질에 있어서는 하등 다를 것이 없다고 하겠다. 서인이 주도한 반정은 그 불의(不義)의 국면 때문에도 심각한 후유를 가져왔던 것이니, 인조 2년에 일어난 이괄의 반란이 그것이다. 하필 계해반정(癸亥反正)의 공신이었던 이괄이 논공행상에 불만을 품고, 지난날에 스스로 추대하고, 위하여 싸웠던 인조를 향해, 오늘은 반기를 들었으니, 그들의 반정(反正)에 무슨 대의명분이 있다고 하겠는가?

---

54) "御畫講, 特進官, 睦昌明, …中略… 又言, 故司諫金坽, 嶺南賢士, 宜加褒贈, 玄逸亦極口贊之, 上命該曹稟處, 遂贈都承旨, 坽以癸亥反正爲非, 不欲立於朝, 終身自廢, 玄逸等方扶植其論, 故力爲之崇獎如此."(『肅宗實錄』卷21, 15年 己巳 7月 乙卯).

5) 병자호란과 김령(金坽)의 강개(慷慨)

1627년(인조 5년) 후금(後金 : 뒤의 淸國)의 침입으로 일어난 정묘호란(丁卯胡亂)은 조선이 저들과 형제지국(兄弟之國)의 맹약을 맺게 하고 물러갔다. 그 후 1632년(인조 10년)에는 형제관계를 고쳐 군신의 관계를 맺고, 세폐(歲幣)를 증가할 것을 요구하였다. 1636년(인조 14년) 4월 후금의 태종은 황제를 칭하고, 국호를 청(淸)이라 고치고, 척화선전(斥和宣戰)의 기운으로 기울어진 조선을 침략하고자 동년 12월 2일 태종은 10만 대군을 거느리고 심양(瀋陽)을 떠나 압록강을 건너왔다. 청군은 떠난 지 10일 만에 서울 근교에 육박하였다. 조선의 조정은 두 왕자(鳳林ㆍ麟坪)를 비롯한 비빈(妃嬪) 종실(宗室)과 남녀귀족들을 우선 강화(江華)로 피난 보내고, 인조는 세자ㆍ백관을 친히 거느리고 뒤를 따르려 하였으나, 이때는 이미 길이 막혀 부득이 소현세자(昭顯世子)와 정신(廷臣)을 동반하고 남한산성에 피하였다. 남한산성에서 인조는 급사(急使)를 명나라에 보내어 원군을 청하고, 또 격문(檄文)을 팔도에 발하였다. 그러나, 16일에는 이미 청군(淸軍)이 남한산성을 포위하였고, 이듬해 정월에는 청태종(淸太宗)이 도착하여 북한강안(北漢江岸)에 포진하고 전군을 지휘하였다. 산성은 완전히 고립되었고, 성내에는 군세(軍勢) 1만 2천여, 식량 1만 4천여 섬[石]으로, 겨우 50여 일간의 보급이 가능할 정도였다. 포위된 지 45일 만에 식량결핍과 추위로 성내의 장병은 기운이 진하고, 기다리는 원군은 도중에서 모두 청군에게 격파 당하였다. 성중에서는 화전 양론(兩論)이 대결을 거듭한 끝에 주화파(主和派)의 주장이 채택되어, 항복하기로 낙착되었다. 최명길(崔鳴吉) 등이 청군과 화평교섭(和平交涉)을 하였는데, 청태종의 요구는 조선왕(朝鮮王)이 친히 성문 밖에 나와 항복하고, 양국의 관계를 악화시킨 주모자(斥和主戰論者) 2ㆍ3명을 인도(引導)하면 화의(和議)에 응하겠다는 것이었다. 왕은 처음 이를 받아들이기에 주저하였으나, 강화 함락의 소식에 접하자 부득이 정월 30일 성문을 열고, 왕세

자와 함께 삼전도(三田渡, 松坡)에 설치한 수항단(受降壇)에 나아가, 청태종
에게 항례(降禮)를 드렸다. 이 결과 조선과 청, 두 나라 사이에 화약이 성립
되었다. 이는 우리 근세사 상 처음 보는 치욕이었다.[55]

  위와 같은 민족 수난의 시대를 살았던 계암은 굴욕적인 항복의 비보에
접하자 비분강개함을 금치 못했다. 행장 기술자는 아래와 같이 썼다.

  그 명년[1637년] 봄[정월 30일] 主上께서 城을 내려가 항복하셨다고 듣고,
  계암은 통곡하고 비분함이 言色에 나타났다. 吟詠하여 발하였다. '우리나라는
  본디 禮義의 나라로 불러, 大明나라 큰 은혜 받았고, 여러 세대 내려오며 충성
  으로 섬기더니, 일조에 힘에 굴하여, 개·돼지 울타리 되었구나. 사직에 수치
  가 쌓이니, 한 나라의 선비됨을 부끄러워하노니, 皇朝 섬기기 끝내 다할 수 없
  음이여.'[56]

  명년 봄에 주상께서 出城하심에 계암은 西向하여 통곡하고, 국가가 夷狄에
  게 더럽혀짐을 哀痛하고, 皇朝의 은혜를 갚지 못함을 비분해 마지않았다.[57]

  그 명년 봄, 조선은 南漢을 지키지 못했다. 계암이 이를 듣고 통곡하였다.
  禮義의 나라가 오랑캐에게 굴하고, 大明 섬기기를 다하지 못함을 아파하였다.
  비분의 말은 詩에서 많이 發하였다고 이른다.[58]

  침략해 온 청을 이적(夷狄)으로 적대시하고, 명에 대하여는 '대명(大明)'으
로 일컬어 그 은혜를 갚지 못하게 됨을 애통해 하고, 비분하고 있다. 화이
(華夷)의 분별이 뚜렷하다. 계암은 임진왜란 때 '재조일방(再造一邦)'의 은혜

---

55) 李弘稙, 『國史大事典』上, 知文閣, 1962, p.588f.

56) "其明年春, 聞上下城, 先生慟哭悲憤, 形於言色, 發於吟詠, 以我邦素號禮義國, 受大明大恩,
    累世忠誠事之, 一朝力屈, 爲犬豕所藩, 畜羞社稷, 恥一國之士而不能終始事皇朝也."(『溪巖
    集』卷6, 「行狀」, 權愈, p.4 張).

57) "明年春, 上出城, 先生西鄕痛哭, 慟國家淪汙夷狄, 而負皇朝恩, 悲憤不已."(『溪巖集』卷6,
    「行狀」, 李光庭, p.12).

58) "其明年春, 南漢不守, 先生聞之痛哭, 痛禮義之國屈於虜, 而事大明不竟也. 悲憤之辭多發
    於詩云."(『溪巖集』卷6, 「墓碣銘幷序」, 權愈, p.22).

를 입은 명에 대하여 '만세난망(萬世難忘)의 망극은(罔極恩)'을 입었다고 하고, 그 의리난마(義理難磨)함을 말했다.[59] 그는 전통적인 모화(慕華)의 시대의식을 가진 조선 선비였다고 하겠다. 약육강식의 침략을 감행한 청에 대하여는 개와 돼지에 비유할 정도로 비하하여 무시하면서, 그런 따위 이적(夷狄)의 무리에게 힘으로 굴복 당하게 된 조선의 현실을 절통하게 받아들이고 있다.

3. 계암의 시세계

계암은 일찍부터 시를 기호(嗜好)삼았던 듯하다. 일찍이 쓰기를, '내가 시책(詩冊)을 보고 있었더니, 대인께서 책망하시고, 심경[60]을 읽게 하셨다.'[61]고 한 것으로 보아, 어렸을 때부터 시책을 가까이 하였던 것을 알 수 있다. 벼슬을 내놓고, 은거하는 처지가 되면서 시작(詩作)은 계암이 자기를 표백(表白)하고, 성찰하고, 내실화하는 일상사가 되었다.

杏花兩三枝	살구꽃이 두세 가지 피고
小園斜日時	작은 동산에 해 기우는 때러라.
潺湲流水響	졸졸 흐르는 물소리 울려 퍼지고
淡蕩東風吹	맑고 화창한 봄바람 불도다.
病起試欲步	병상에서 일어나 걸음 걸어 보더니,
詩成還自怡	시 짓고 도로 스스로 즐거워하도다.
悠悠無與語	조용히 함께 이야기할 이는 없어도
閒徑蒼苔滋	한가한 오솔길엔 푸른 이끼 무성하도다.

(卷2, 卽事)[62]

---

59) "二百餘年拱帝閣, 先皇拯恤被元元, 一邦再造知誰力, 萬世難忘罔極恩."(『溪巖集』卷3, 「有歎」), "皇恩千載昊天臨…(中略)…義理難磨只在心, 聞道神兵頻勝捷, 威靈直掃鴨江潯."(*Ibid.,*「燕山」).

60) 心經 : 書名. 1卷. 宋 眞德秀 撰. 聖賢의 마음을 논한 格言을 모아, 諸儒의 議論으로 注를 붙였는데, 大旨는 正心을 근본으로 다루고, 끝에 四言의 贊 一首를 붙였다.

61) "一日, 余覽詩冊, 大人責之, 使讀心經."(『溪巖集』卷5, 「庭訓箚錄」).

살구꽃이 두세 가지 피어 있는 작은 동산에 해 질 녘, 졸졸 흐르는 물소리, 일렁이며 동풍이 불거니, 병 딛고 일어나 걸어보는 작자는 시를 짓고 그제서야 혼자 기뻐한다. 이야기 나눌 이는 없어도 유유하다. 한적한 오솔길엔 푸른 이끼만 무성하다. 계암에게 시는 속내 다 털어 놓아도 탈 없는 신실한 벗이었다.

다음은 불감(不惑)의 계암이 가을비 내리는 향촌에서 자술(自述)한 시편 4수중의 두 수다.

山色微烟裏	산 빛은 안개 속에 희미하고
秋光細雨中	가을 풍광 가랑비 속에 어른거리네.
樹深淸瀨遶	깊은 樹林을 맑은 여울이 둘렀고,
村僻小蹊通	궁벽한 마을은 오솔길로 통하네.
車馬喧難到	수레·말의 시끄러움 이에 이르기 어렵거니와,
樵漁興未窮	나무하고 고기 낚는 흥 그지없도다.
閒看陶杜集	한가로이 陶杜[陶淵明·杜子美]의 시집을 보니
千載素心同	천년토록 꾸밈없는 마음은 한가지러라.

(卷2, 秋雨書興 1)

때는 광해군 8년, 계암이 예안에 병거(病居)하고 있을 무렵이다. 한가한 가운데 그는 도연명과 두보의 시를 간독(看讀)하고 있다. 시공(時空) 너머 피차(彼此)의 시심(詩心)이 다르지 않음을 새삼 느낀다. 다음에 소개하는 끝 수는 쓸쓸한 병거(病居)의 분위기에서 자아를 고요히 성찰하는 시인의 내면이 드러나 있다.

寥寥人影絶	쓸쓸히 사람 그림자 끊이고
瑣瑣鳥聲稠	재잘거리는 새 소리 마냥 울리네.
歲月空催老	세월은 부질없이 늙음을 재촉하고,
江湖未解憂	江湖엔 아직 근심 풀리잖네.

---

62) 이하『溪巖集』所載 詩의 出典 表示는「卷○, 詩題」로 略記함.

波奔迷外物	世波에 분주하여 물욕에 미혹ㅎ더니
塊處惕前修	따로 홀로 있게 된 이 몸, 옛 君子 두려웁도다.
宇宙爲男子	宇宙間에 남자 되어
虛生最可羞	헛되이 살았음을 가장 부끄러워하리로다.

(Ibid, 4)

늙음을 최촉하는 세월의 무정, (인간이 사는) 강호에는 아직도 풀리지 않은 근심이 있는데…, 하여 시인은 우주에 남자로 태어나, 헛되이 살았음을 가장 부끄러워하고 있다. 이는 계암의 솔직한 자술(自述)이자 내면의 자기와의 대화이기도 하다. 일찍이 그는 자신의 글(시)을 문자로 써 남기는 것을 주저하였다. 막역한 지우들과의 수창에서도 흔히 구점(口占)하기 일쑤였다. 그럼에도 불구하고, 그는 시를 읊지 않고서는 견딜 수 없었던 것 같다. 의외로 많은 시편이 전한다. 그 나름의 국외자적 자폐의 시공(時空)은 다시없는 자기대화의 장이 되었을 법도 하다. 그의 시에는 그 같은 분위기에서 오는 인간의 참 체취가 스며 있다.

이제 본고는 『계암문집(溪巖文集)』 소재의, 그의 시에서 필자가 임의로 설정한 13개 주제 별로 시편들을 골라 소개함으로써 한 시대의 일민(逸民)으로 살아 온 계암의 속내를 속속들이 드러내 보인 그의 시세계를 공감, 공유할 단초를 열어 갈까 한다.

1) 자술의 세계

九日寥寥獨在家	아흐레 쓸쓸히 홀로 집에 있다가
提壺何處泛黃花	단지 들고 나서니 황화 뜬 곳 어디메뇨.
西風蕭瑟霜天碧	서풍은 소슬하고 서슬 내린 하늘 푸른데
一抹秋山返照斜	가을 산엔 한 가닥 返照 비꼈네.

(卷3, 挿菊佳節 無聊盡日 乃吟一絶) 238d[63]

城南蓬蓽絶來車	성남(城南)의 허름한 초가에 수레 자취 끊치고,
中有閒翁臥弊廬	그 안의 한가한 늙은이 오두막에 누웠더라.
烏帽暫時還拂袖	오모(烏帽) 쓴 은사(隱士) 되어 잠시 소매 떨치고 돌아와
綠籤終日只耽書	온 종일 책 읽기에 빠졌구나.
人生自是知音罕	인생에 본디 지음(知音)이 드물더니
親意相孚識面初	그대와는 초면 이래 줄곧 친숙하였구나.
遠別不堪千里阻	멀리 나누이니 서로 막힌 천릿길 차마 어이 하리.
須憑尺素漢江魚	아마도 한강어(漢江魚)에 글 써서 부칠까?

(卷2, 自京南還贈李君實) 223d

澄江如鏡淨塵襟	거울 같은 맑은 강에 옷깃 티끌 정케 하고
昕暮軒囱坐對吟	날 저무는 창가에 마주 앉아 시 읊도다.
雨後巖姿粧嫩綠	비 그친 바위의 푸른 빛 단장 고웁고
水邊雲物散輕陰	물가 운기(雲氣)는 가벼이 흩어 그늘지도다,
花飛可惜春將盡	꽃 날리니 봄 바로 다한 듯 애석하고,
林僻還欣客不尋	숲이 궁벽하여 나그네 찾지 않으니 도리어 반갑다.
向夜月明洲渚靜	깊어 가는 밤, 달 밝은 섬 물가 고요한데
一聲淸絶聽沙禽	더 없이 맑은 한 소리, 모래밭 물새 울음, 듣도다.

(卷3, 蘆川遣興) 227b

江山本自無夷夏	강산에 본디 이하(夷夏)가 없거니,
梅鶴何曾有古今	매학(梅鶴)에 어찌 예와 지금 있으랴!
始識西湖林處士[64]	서호(西湖)의 임처사(林處士)를 비로소 알았거니

---

63) 아라비아數字는 叢刊本上의 張數, 英文字는 그 張의 上下 4面(a·b·c·d)에서 該當 面을 表示한 것이다.

64) 西湖 林處士 : 林逋. 宋 隱士. 西湖 孤山에 살며, 20년간 市井에 내려가지 않고, 梅鶴을 사

一生詩興最淸深　　일생의 시흥(詩興)이 가장 맑고 깊더라.

(卷3, 遊孤山亭十絶 5) 238b

隆寒微解雨初霽　　매서운 추위 얼핏 풀리고 비 개이니
冬夜月明淸景新　　겨울밤 달 밝은, 맑은 풍경 새롭구나.
諸子相陪聯榻好　　여러 자식이 서로 모시고 나란히 자리하니 좋거니와
病夫閒坐短檠親　　병부(病夫)는 한가로이 앉아 등불 가까이 하도다.
百年天爵惟知貴　　백년의 천작(天爵)을 오직 귀히 되는 것으로 알고
擧世人情最厭貧　　온 세상 인정이 가난을 가장 싫어하도다.
泉石生涯塵慮少　　천석(泉石)에 묻혀 사는 생애에 티끌세상의 근심은 적고
箇中眞境與誰鄰　　이 가운데 참 경지(境地)를 뉘 와서곰 이웃할꼬?

(卷3, 仲冬初七夜) 233a

明月入我戶　　명월이 내 방에 듦에
獨坐鳴瑤琴　　홀로 앉아 요금(瑤琴) 타니
萬籟自寥寂　　세상 온갖 소리 절로 고요하고
悠然中夜心　　유연히 한 밤중 마음이로다.

(卷3, 月夜) 237a

月下甁笙和玉琴　　달 아래 항아리와 생황은 거문고와 어울리니
淸絃閒弄碧桃陰　　벽도(碧桃)나무 그늘에서 거문고 한가로이 쓰다듬도다.
千秋復愜鍾牙興　　천추 지난 오늘에 종자기와 백아의 흥이 다시 어울리니,
不在聲音只在心　　성음(聲音)엔 있지 아니하되 오직 마음엔 있도다.

(卷3, 題畫屛 花前聽琴) 242c

랑하며 지냈으므로 宋 蘇軾이 西湖處士로 命名하였다.

勳名此世似炊沙　　이 세상 공명은 모래 앉힌 밥인 양 헛되니
萬事悠悠奈老何　　만사 유유히 늙어 감이 어떠하뇨?
悟道高僧心有定　　도를 깨친 고승은 그 마음 고요하고
出塵閒客興無涯　　티끌 세상 떠난 한객(閒客) 그 흥 끝없어라.
晨暉射殿明金彩　　아침 햇살 비친 불전(佛殿) 금빛이 눈부시고,
殘雪黏峯鬪白紗　　산봉(山峯)에 얼룩진 자취 눈, 백사(白紗)와 그 빛 겨
　　　　　　　　　　루도다.
齋罷禪房鐘梵息　　재(齋) 파한 선방에 범종 소리 그치고
洞門松檜舞神鴉　　동문(洞門)의 솔과 회나무에선 까마귀 춤을 추네.

(卷2, 次權生尙遠) 221b

2) 병음(病吟)

韶華長度病吟中　　봄빛 화창한데 오래 병음(病吟) 중(中)에 있거니
雙鬢年度已作翁　　두 줄 살쩍, 이미 늙은이 되었구나.
卻憶少時行樂事　　돌이켜 소시적 행락사(行樂事) 생각하니
春山依舊杜鵑紅　　춘산은 의구하고 두견화 붉구나.

(卷3, 春日偶書) 242d

病翁閒坐翫天機　　병든 늙은이 한가히 앉아 천기(天機)를 살피거니
終日無人叩竹扉　　날이 맞도록 죽비(竹扉) 두드리는 이 없어라.
黃卷丹鑪殊自適　　황권(黃卷)과 신선로(神仙爐), 나와 절로 어울리고
有時書興管城揮　　때로 글 쓰는 흥으로 붓 휘둘러라.

(卷3, 臥病二首 1) 242b

病久經年臥　　병으로 여러 해 자리에 누웠더니

朋來盡日談	벗이 옴에 종일 이야기하였네.
吾身雖菀菀	내 몸이 비록 초췌할지라도
天地亦參三	하늘·땅과 함께 삼재(三才)의 하나에 들리라.

(卷3, 立春) 237b

滿園紅紫錦薰天	동산 가득 울긋불긋 하늘에 향기 끼치고
無限韶華惱眼前	봄빛 그지없으니 눈앞이 괴로워라.
何事伊人病爲伍	어쩌다 이 사람은 병자(病者)의 짝이 되어
杜門敧枕過年年	문 닫고 베개에 기대어 년년이 지내는고.

(卷3, 春風問) 244a

3) 우인정(友人情)

老星輝入小囱邊	노성(老星) : 南極星) 빛이 작은 창가에 듦에
勞問呻吟荷見憐	끙끙하며 어렵스리 묻거니 짊어진 짐 가엾어라.
空愧半生虛送日	반생을 헛되이 보냄을 부끄리며
共論先契忝忘年	한가지로 선대의 교분(交分)을 얘기터니 차마 나이 잊었구나.
八旬逾健寧須杖	팔순 넘어 건강하니 지팡이 짚고
十里徐歸不用鞭	십리길 서서히 돌아가되 채찍 쓰잖네.
安得靈丹蘇病骨	어디서 영단(靈丹) 얻어 병골(病骨)을 되살려
月潭同泛釣魚船	월담(月潭)에 한가지로 고기 낚을 배 띄울꼬.

(卷3, 謝琴奉事丈憬見訪) 232d

相思百里歎離居	서로 그리며 백리 떨어져 삶을 한탄하노니
衰鬢皤然野鶴如	성근 머리카락은 희어 들 두루미 같도다.

末路情親流輩罕　　노경엔 정다운 벗 드물고
少年遊戲老來疎　　어린 시절 즐긴 놀이도 늙어선 소원토다
華緘入手驚初定　　그리운 글월 받고 놀랐으나 마음 가다듬고 읽어보니
淸藻醒心病欲除　　맑은 글발 내 마음 일깨우고, 병고를 물리칠 듯
知有吟节尋水石　　시구 읊으며 지팡이 짚고 수석(水石)을 찾아가
預敎童隷掃園廬　　동자로 원려(園廬)를 소쇄(掃灑)케 하노라.

(卷3, 次權子與點) 234a

悠悠萬事付天公　　유유히 만사를 하늘에 부치고
醉後不知西復東　　술 취한 후엘랑 서(西)도 동(東)도 아지 못하노라.
大嶺雪飛撐勁栢　　큰 고개에 눈 날려도 억센 잣나무 뻗치고 섰고
晴空日出捲陰虹　　맑은 하늘에 해 나오니 무지개 자취 없도다.
梧桐此日鳴祥鳳　　이 날 오동나무에서 봉황새 울고
雷雨何年起臥龍　　뇌우(雷雨)는 어느 해에 와룡(臥龍)을 일깨울 것가.
千里分攜君莫歎　　그대와 나뉜 천릿길을 한탄치 말지니
男兒無處不相逢　　남아로 만나지 못할 곳이 어디 있으랴!

(卷2, 次權生尙遠韻贈柳季華) 221a

4) 탄로(歎老)

疇昔孩提膝下童　　그 옛날 어버이 슬하의 철부지 어린것이
居然今作白頭翁　　지금은 거연(居然)히 머리 센 늙은이 되었구나,
昊天恩德知難報　　하늘같은 은덕 보답 못함 생각하니
生日情懷痛不窮　　생일의 정회(情懷)가 더없이 비통하도다.
病挾至愚孤厚望　　병들고 못난 이 몸 어버이 바라심 저버렸으나
身將諸子泝[sic 沂]遺風　　장차 선현들의 기수(沂水) 유풍 추구하리라.

依然三十年前事   의연히 30년 전 일을 따라
獻壽高堂若夢中   고당(高堂)께 헌수(獻壽)하니 꿈속 같도다.

(卷3, 生日) 228b

寒食家家晝掩門   한식날 집집마다 낮에 문 닫고
東風吹暖鳥聲喧   따뜻이 동풍 불 제 새 소리 요란해라.
松楸有感春將暮   무덤가의 송추(松楸), 유다른 느낌 줄 제 봄 바로 저
물어 가고,
梅柳爭姸景欲繁   매화와 버들, 예쁨 서로 다투는 경 대견하도다.
老去光陰如疾箭   늙어감에 광음(光陰)은 살 달리듯 하니
病餘蕭索負淸樽   병후의 쇠한 몸 술 멀리 할지니라.
村蔬淡味偏宜我   시골 채소 담박한 맛 나에겐 좋고,
愛看靑蔥漸滿園   동산 가득 뻗어가는 푸른 파, 보기에 사랑스러워라.

(卷3, 寒食) 222a

辛夷初發柳微黃   백목련(白木蓮) 필 제 버들은 누릇하고
嚦鳥司春晝刻長   새 울음에 봄 낮은 길어지도다.
猶著冬衣憐病況   여태 겨울옷 입은 이 몸의 병증(病症)이 가련커니와
正逢寒食感年芳   바로 한식 만나 꽃다운 절기 느끼도다.
東風長物無恩怨   동풍 부는 세상엔 은원(恩怨)이 없건만
末俗隨時有抑揚   말속(末俗)은 시세(時勢) 따라 억양(抑揚)이 있구나.
每歲杜門佳節過   해마다 문 닫고 가절(佳節)을 보내며
永懷先壟淚成行   길이 선롱(先壟)을 그리며 눈물지도다.

(卷3, 寒食) 234d

歲時蕭索似常時   세시(歲時)라도 쓸쓸함이 상시(常時)와 같고,

村巷寥寥隙駟移   시골 마을 고요한데, 덧없는 세월은 빨리도 가네.
岐路萬千知孰悟   갈래 길을 만(萬)이라 천(千)이라 하니 뉘라서 깨달아
                 알리오.
行年六十奈吾衰   지내온 나이 60에 나는 어찌 쇠하였노.
餘生欲勉須無畫   여생(餘生)을 힘쓰고자 하되 꾀함이 없고,
舊事難追只入詩   옛날에 하던 일 따라가기 어려우매 다만 시(詩)에 들
                 뿐이로다.
殘雪小蹊明暮景   눈 남은 오솔길에 저녁 풍경 밝고,
獨將閒趣撚霜髭   혼자 한가로이 서릿빛 웃수염 부비고 있다네.

(卷3, 歲時) 235a

5) 시(詩) · 주(酒) · 금(琴)

夜入江城玉宇清   강성(江城)에 밤이 드니 옥우(玉宇)는 맑고,
數聲長笛動幽情   수성(數聲) 긴 피리 소리에 그윽한 정 일도다.
興來揮筆詩千首   흥나는 대로 붓 휘두르니 시 천 수라.
歲去消憂酒一觥   한 해가 감에 근심 지우려 뿔잔에 술 기울이도다.
鼎鼎光陰身易老   유수(流水)같은 광음(光陰)에 이 한 몸 쉬 늙고
紛紛世道志難平   어지러운 세상 길 뜻 펴기 어려워라.
沈吟散步成佳趣   고요히 시 읊으며 산보하니 아름다운 풍취 절로 일고
霜月妍妍隔樹明   서릿달<음력 7월> 곱게 나무 사이에 밝았더라.

(卷3, 月夜偶吟) 232c

上元終夕雨昏昏   대보름 온 저녁 비 오며 침침하더니
天宇初晴日色溫   하늘이 개이고 날 빛 따뜻하여라
淨放新春烟景媚   싱싱한 신춘에 내 끼인 경(景) 아름답고

快消陰凍水聲喧	응달의 얼음, 자취 없이 녹아 물소리 요란하구나.
詩情不減年年曆	시정은 해 거듭할수록 줄잖고
農事將興處處村	농사는 곳곳 마을마다 흥성ㅎ도다.
病裏猶欣罇滿醞	병중이나 마음 기뻐 동이 술 가득 채우고
此生隨分謝乾坤	이 생의 분수따라 하늘땅에 감사하노라.

(卷3, 上元後二日快晴) 232d

小溪深處晚烟紛	작은 시내 깊은 곳에 불 피운 연기 늦도록 어지럽고
談屑霏霏酒半醺	주고 받은 이야기, 화제는 그지없건만, 술 이미 반취(半醉)했구나.
通夕勝遊殊未洽	저녁 내내 승경에서 놀되 흡족치 않으니
來朝更擬餞東君	오는 아침에 동군(東君 : 봄)과의 전별(餞別) 자리 다시 차려볼가.

(卷3, 次友人韻) 238c

溪上杯行松影斜	시내 위에서 주고받는 술잔에 소나무 그림자 비끼고
和風淡淡滿村花	화풍(和風)은 담담(淡淡)하고, 마을은 꽃으로 가득.
興來莫怕春宵短	흥(興)겨워, 봄밤의 짧음 두려워 말지니
乘月須尋有酒家	모름지기 달빛 타고 주가(酒家) 찾아가리라.

(卷3, 上舍兄及以志而實 俱珮壺 至會于盤石溪邊 德輿及塴亦至
酬飮行杯 杏花初發 松月又上 口占一絕 丁巳) 238d

상사(上舍) 형과 이지(以志), 이실(而實)이 술 단지를 차고 반석계변(盤石溪邊)에 모이니 덕여(德輿)와 참(塴)도 와서 함께 술잔을 주고받았다. 살구꽃이 피기 시작하고, 소나무 위에 달이 또 올라, 절구(絕句) 한 수를 입으로 읊었다. 정사년의 일이다.

鶯聲樹影午風和　꾀꼬리 소리, 나무 그림자에 낮 바람이 어울리는
佳節攜壺野老過　좋은 계절에 술 단지 든 들 늙은이 지나가도다.
衰病年來雖不飮　병으로 쇠한 몸이 연래(年來)에 비록 술 마시지 않았
　　　　　　　　으나
夜深猶坐聽琴歌　밤 깊도록 앉아서 거문고 소리 듣도다.

(卷3, 贈汝熙 1) 245b

陶潛情話此時開　도잠(陶潛)의 정화(情話)가 이때에 시작되니
淸夜厭厭未撤杯　맑은 밤 고요한데 차마 술잔 물리지 못하네.
病裏暢懷誠不惡　병중에 품은 뜻 폄도 나쁘지 않으니,
請君明日抱琴來　청컨대 그대는 명일에 거문고 안고 오라.

(卷3, 贈汝熙 2) 245b

6) 술지(述志)

紫菊妍妍秋意深　아리따운 자국(紫菊)은 가을 뜻 깊거니
寒叢相倚夕暉陰　저녁 빛 어두운, 추위 속에 꽃떨기 서로 기대고 있어라
雖然外帶臙脂色　비록 겉은 연지 빛 띠고도
要識中含鐵石心　중심엔 철석(鐵石) 마음 머금었음 알리로다.

(卷3, 紫菊) 243c

白菊亭亭歲暮榮　올곧은 흰 국화 세모에 성하거니
梅爲兄弟雪爲精　매화는 형제, 백설은 정기 되도다
西山餓魄[65]論貞節　서산(西山 : 首陽山)에서 주려 죽은 혼백은 정절을 말
　　　　　　　　하고

---

65) 西山餓魄 : 首陽山에서 고사리를 캐어먹다 굶어 죽은 伯夷와 叔齊의 의로운 넋을 가리켰다.

商嶺厖眉[66]化皎英   상령(商嶺)의 눈썹 흰 노인[방미(厖眉)]은 변하여 흰
　　　　　　　　　　꽃<백국(白菊)> 되었구나.

(卷3, 白菊) 243c

功名與病不相謀   공명은 병(病)과 서로 도모치 못하나니
疎懶無成已白頭   성글고 게을러 이룬 것 없이 이미 백두(白頭) 되었구나
從此明時爲野逸   이제부터는 밝은 시절에 야일(野逸 : 野에 묻힌 逸士)
　　　　　　　　되어
不妨江上弄沙鷗   강상(江上)에서 갈매기 희롱함도 괜찮으리라.

(卷3, 洛中書2) 240c

7) 탄세(歎世)

簾外雙飛送語音   발 밖에서 짝지어 날며 서로 수작 주고받는 저 제비
去年巢處又來尋   지난해 깃든 곳에 또 찾아 왔구나.
人間背合朝昏異   인간은 등 돌렸다 합하기 조석에 다르거니와
微物猶存不二心   제비 같은 미물이 되레 불이심(不二心) 가졌구나.

(卷3, 新燕) 245b

紛紛世變我何知   어지러운 세상변화를 내 어찌 알리
掩耳灰心任大癡   귀 가리고, 마음은 불 꺼진 재 삼으니, 큰 바보 되도다.
有興忽然成朗詠   흥이 일어 문득 시(詩)를 읊어 이루니
白雲靑嶂入新詩   흰 구름, 푸른 봉우리 그 시 안에 들었도다.

(卷3, 贈金孝仲 四首 1) 239d

---

66) 商嶺厖眉 : 商嶺에 숨어 살았던 前漢의 四皓.

352 퇴계학맥의 지역적 전개

8) 민생고(民生苦)

逋粟蠲除歲幾更 미납(未納)한 조곡(租穀)의 면제를 한 해에 몇 번씩 하
더니

一朝嚴令勒民生 일조(一朝)에 내린 엄한 령(令)이 민생을 목 조이네.

寒洲鴈落哀音苦 추운 물 가에 내려앉은 기러기 애달피 우는 소리 괴
롭고

窮轍魚喁困尾赬 물 마른 수레자국에서 헐떡이는 물고기 기진하여 꼬
리 붉구나.

斗斛雖盈膏血盡 조곡의 분량은 채웠으나, 고혈을 다 빨리고

鞭敲交亂髮膚驚 채찍과 매질로 마구 핍박하니 발부(髮膚)가 놀라네.

可憐邦本搖縣旆 가련토다. 나라의 근본[百姓]이여, 깃발인 양 흔들리
도다.

誰叩天閽減此征 뉘라서 천혼(天閽 : 闕門)을 두드려 이 조세 줄일꼬.

(卷3, 紀事二首 1) 232a

里巷蕭條氣象凄 마을은 쓸쓸하고 처절한 기운 감도니

一邦無告納淤泥 온 나라에 하소할 곳 없어 진흙탕에 빠졌네.

羣生望絶斯須活 뭇 백성의 잠간 살 희망조차 끊어지고

九族侵來遠近齊 구족(九族)은 원근없이 몰려오네.

倉粟入雲人怨積 구름인양 들어온 창고의 곡식은 백성의 원망이 쌓인
것이고,

牢囚仆雪哭聲低 갇힌 수인(囚人)은 죽음으로 설욕하니 곡소리 낮도다.

財民聚散誰輕重 가멸과 백성이 모였다 흩어지니 뉘에게 경중 있으랴.

須念他時悔噬臍 마땅히 훗날에 뉘우쳐도 미치지 못함을 생각하라.

(卷3, 紀事二首 2) 232b

剝松皮剝之何所爲　소나무 껍질 벗겨 무엇 할 것가.

民命喁喁逼於死　입 벌려 벌름거리는 백성의 목숨은 죽음에 몰렸구나.

亂後餘生遇今歲　난리 뒤에 남은 백성이 올해를 만나

通國饑荒無遠邇　온 나라가 원근 없이 주리고 황폐하였네.

官倉私廩糶升斗　관고(官庫)와 사름(私廩)에서 되·말을 팔지만

火災車薪灑杯水　불 난 수레의 섶에 잔 물 담아 붓는 격이라.

朝晡計窮無奈何　조석(朝夕)에 살아갈 길 궁하니, 어찌할 수 없고,

草木爲糧非得已　초목을 양식 삼아도 어쩔 수 없다.

持斧腰鎌百爲羣　손에 도끼 잡고, 허리에 낫을 찬 이, 무리를 이뤘고

松林逐日紛如市　솔숲은 날로 저자모양 사람으로 들끓도다.

蒼官反受池魚殃　송백은 물 마른 연못의 물고기인양 뜻밖의 재앙을 만났고,

龍虎變白崩顚裏　용호(龍虎)인 양 용틀임한 노송은 껍질 벗은 앙상한 몸채 금새라도 쓰러질 듯.

脫盡虯皮勞復傷　솔 껍질 모조리 벗겨진, 쓰리고 아픈 상처에서

血化黔膏流十指　피는 검은 송진이 되어 열 손가락에 흐른다.

家家布席曬日中　집집이 자리 펴고 볕 쬐어 말리니

北里南巷渾如是　북쪽 마을 남쪽 거리 온통 이와 같도다.

擣焉煮焉蒸可食　두드리고 찌고 삶고 하여 먹어

充腹還如粳稻美　주린 배 채우니 멥쌀 맛 아니런가.

飢腸所迫無不爲　주린 창자 다급하니 못할 일 없거니,

可憐民窮胡至此　가련한 백성의 궁함이 어찌 이에 이르렀는고.

斯須活命由此物　잠시라도 모진 목숨 이 물건에 달렸으니,

樹木陰功猶有被　수목(樹木)의 음공(陰功) 입음이 이와 같구나.

世無監門誰晝爾　세상에 감문(監門)이 없으니, 누가 너를 살피며

世無鄭公[67]誰拯爾　세상에 정공(鄭公)이 없으니 누가 너를 건지랴.

甲第聞來豈其然	일찍이 갑제(甲第)로 익히 들어온 것이 어찌 그러하였던가?
盤中白粲珠相似	이제사 알리라 반중(盤中)의 흰 쌀밥 주옥(珠玉)과도 같음을.

(卷1, 剝松皮歎) 204bc

9) 전란(戰亂) 우고(憂苦)

河山千里未休兵	천리 강산에 전란은 그치잖고
靑草連天鼓角聲	하늘 닿은 초원엔 고각소리뿐
野老不禁憂國淚	들 늙은이 나라 근심에 눈물 금치 못하고
江春何事感人情	봄 강에 인정 움직일 무엇 있는가?
朋罇每羨諸年少	한 쌍의 술동이로 술자리 벌이는 젊은이들 부럽고
花鳥空餘舊太平	꽃과 새들만 예대로 태평이라
杜曲詩篇千載暎	두보의 곡강시(曲江詩) 천년을 비치거니
枕邊猶得病眸明	비록 몸은 아파도 눈정기 밝도다.

(卷3, 春日 4) 228a

亂後相逢喜又悲	난 뒤에 서로 만나니 기쁘고 또 슬퍼라.
靑眸凝淚爲傷時	맑은 동자에 눈물 고이니 마음 쓰려라.
身輕一死方爲勇	한 몸 가벼이 여겨 싸워 죽어 용사 되니
話到三更不解疲	그 이야기 삼경 되도록 피곤치 않네.
病裏交親看漸少	병 가운데 사귄 친구 점점 볼 수 없으니
世間人事杳難知	세간의 인사 아득하여 알 수 없구나.

---

67) 鄭公 : 鄭薰을 이름인 듯. 鄭薰이 노후에 隱巖에 거처하면서 소나무 일곱株를 뜰에 심고, 스스로 七松居士라 일컬어 '五柳先生'에 對比되었다. ; "南部新書曰, 鄭薰旣老, 號所居, 爲隱巖, 蒔小松七本于庭, 自號七松居士, 異時可對五柳先生." (『淵鑑類函』 卷412, 「木部」, 松 2).

花山[68]此去崇朝邇　화산(花山)은 이를 떠나 아침에 닿을, 가까운 거리.

無惜壎篪數數吹　질 나팔에 저<피리>, 아낌없이 자주 자주 불어라.

(卷3, 贈鄭府伯君則世規) 236a

亂中肯念歲華遷　난중에도 세화(歲華) 옮겨감 생각하더니

不覺明朝又一年　밝은 아침에 또 한 해 온 것 미처 깨닫지 못했구나.

老匪所嗟嗟世亂　늙은이 차탄(嗟歎)하는 바 이 아니요, 세상 난리니,

人於何恃恃天憐　사람이 무엇 믿고, 하늘의 가엾이 여김 믿는고

罇罍樂事少時憶　술동이 벌이고 즐기던 소시적 일 생각하니

鼓角哀音深夜傳　고각(鼓角)의 슬픈 소리 심야에 전해온다.

賴有銀釭二字缺意 寒囱相對未成眠　은 항아리 있음 믿고…<2字 缺>…

추운 창 서로 대하고 잠 이루지 못하노라.

(卷3, 除夕) 236ab

10) 향촌(鄉村) 정경(情景)

紙囱燈火照虛明　지창(紙窓)에 등불 훤히 비치고

囱外寥寥月色淸　창 밖에 쓸쓸히 달빛 맑도다.

誰識山家幽興味　뉘라서 산가(山家)의 그윽한 홍취 알랴만

夜深猶有讀書聲　밤 깊어도 글 읽는 소리 이곳에 있도다.

因兒輩讀書 賦此　<아이들의 독서로 말미암아 이를 읊었다.>

(卷3, 紀事) 241a

烟橫村路少人行　안개 가로 비낀 시골길에 행인은 적고

何處淸砧擣月明　어디서 두드리는가, 달 밝은 밤에, 맑은 다듬이 소리,

---

68) 花山 : 安東의 古稱.

午夜寂寥羣動息　　오밤중 적막한데 뭇 짐승 잠잠히 쉬고,
小囱惟有讀書聲　　작은 창에선 오직 글 읽는 소리로다.

(卷3, 冬夜四首 3) 243b

辛夷一樹傍巖隈　　바위 곁에 백목련 하나
蠟蘂妍妍雨裏開　　빗속에 꽃술 예쁘게 열렸네.
世亂春光猶不改　　세상은 난리라도 봄빛 여전하고,
東風處處角聲哀　　동풍 따라 곳곳에 뿔피리 소리 애달파라.

(卷3, 辛夷) 240d

韶華如錦照溪流　　화창한 봄빛 비단결인양 계곡 물 비추고
日午晴絲藹藹浮　　한낮의 미풍(微風)이 화기(和氣) 차도다
老憶少時騎竹戲　　나이 늙어, 어렸을 적 죽마 타고 노던 일 생각하되
病逢多難對花愁　　병 만나 어려움 많으니, 꽃 보아도 근심이로다.
尋眞會入桃源洞　　진인(眞人)을 찾아 우연히 도원동(桃源洞)에 들어가
攬景思遊杜若洲　　선경(仙境)을 살펴 두약주(杜若洲)에서 놀기 생각하되
鰈域戈矛猶未偃　　우리나라에 전란이 그치잖으니
疲民何計事西疇　　지친 백성이 어찌 서주(西疇:田地)에서 할 일 꾀하리오.

(卷3, 書懷) 230a

逐日連宵不絶聲　　날마다 낮과 밤에 빗소리 그치잖으니
翻江倒海瀑流鳴　　강은 뒤집고 바다는 쓰러질듯 폭포인양 울부짖도다
怪來天上何多水　　이상도 하다. 하늘은 어이하여 이다지도 많은 물을
　　　　　　　　　　내려
虛卻人間久望晴　　날 맑기만 기다리는 인간의 간절한 소망 헛되이 물
　　　　　　　　　　리치는고

鬱鬱孤齋懷萬感　　답답한 외로운 방에서 만감에 사무치나니
昏昏八表病羣生　　어두운 팔방의 병든 군생(羣生)이여
請君耐了須臾苦　　청컨대 그대는 잠간(暫間)의 괴로움일랑 참으시오.
潦霽相乘理自明　　장마비 개이고 청명해지리니, 그 이치 자명하도다.

(卷3, 連雨書事 2) 227a

早暮重陰塞太空　　일찍 저문 하늘은 어둠에 가리고
幾回瞻仰禱天公　　몇 번이고 우러러 하느님께 빌도다
焦乾河海疑無日　　그 넓은 하해(河海)를 바짝 말리는 데도 하루 안 걸리
　　　　　　　　　겠고
吹散雲霓咎在風　　구름과 무지개 날려서 흩어지니 바람의 탓이로다.
前歲爲灾今歲甚　　지난해 한재(旱災)더니 올해 더욱 심하거늘
一方推類四方同　　한 지방 사정으로 미뤄 사방도 같으리라.
田廬更切憂民念　　농가 살림 절박하니 백성이 염려로다
堪笑迂愚白髮翁　　얼뜨고 미련한 백발 늙은이 차마 웃도 못하네.

(卷3, 憂旱) 233d

烈烈烘爐萬命艱　　활활 타는 화로<태양>에 만 목숨이 어렵고
昭回雲漢擧頭看　　밝게 순회하는 은하수 머리 들어 보도다
人間赤子心如灼　　인간 적자(赤子)의 마음은 불타는 듯하건만
天上靈仙淚亦乾　　천상의 신선은 눈물 또한 말랐도다.

(卷3, 七夕無雨 時大旱) 241c

11) 민속(民俗)

臘酒[69]浮春向滿觥　　납주(臘酒)를 봄날에 뜨니 그 향기 술잔에 차고

雪囱明燭敍閒情　　설창(雪窓)에 밝은 촛불, 그 뜻 한가하구나.

彭尸[70]已屏庚申醉　　팽시(彭尸)는 물러나 경신날 밤에 취하고

老冤能供子夜淸　　노토(老冤 : 달)는 자야(子夜)의 맑음을 주네.

佳景爽襟詩思湧　　아름다운 야경(夜景)이 상쾌하여 깃을 여니 시사(詩
思)가 솟고.

高談抵掌睡魔驚　　고담(高談)하며 손뼉 치니 수마(睡魔)가 놀라도다.

參橫未覺寒更盡　　삼성(參星)이 가로 누운 황혼 때 추위 다시 다함 깨닫
지 못하고

坐聽鄰雞喔喔鳴　　앉아서 이웃 닭의 꼬끼오 우는 소리 듣도다.

(卷2, 臘月庚申夜飮口占) 222a

途中初度感懷深　　타향에서 환갑 맞은 인생이 감회 깊으니

長憶劬勞淚不禁　　날 낳아 길러주신 어버이 수고, 생각하니 눈물 금치
못하여라.

幼日幾經湯餠會[71]　어린 날에 탕병회(湯餠會) 몇 번이나 지냈던고?

玆辰辜負奠杯斟　　이 날[생일]에 잔 올리기 저버렸도다

兒年向老唯安分　　아들의 나이 늙어가며 오직 분(分)에 순종하건만

時事無涯不稱心　　시사(時事)는 끝없이 마음에 맞지 않네.

秋渚憩驂頻極目　　가을 물가에서 쉬는 말 자주 눈길이 가고

故鄕迢遞隔千岑　　고향은 아득히 천 봉우리 격하였도다.

(卷2, 初度有感) 223b

---

69) 臘酒 : 섣달에 빚었다가 봄에 封合을 열고 마시는 술.

70) 彭尸 : 道家說로, 人體 안에 있어, 害를 끼친다는 벌레로, 庚申날 밤에 나와서 사람의 陰事
를 天帝에게 告發한다는 三尸蟲은 이것이다.

71) 湯餠會 : 아이를 낳은 지 3일 되는 날에 一家親戚과 親知를 招待하여 베풀던 自視의 잔치
행사를 말했다. 湯餠筵.

此身已與病爲羣　　이 몸이 병과 한 무리 되고 보니
世事年來絶不聞　　세상일 줄곧 듣지 못했네.
天外冥鴻凌倒景　　하늘 밖 멀리 기러기 석양에 넘나들고
空中蒼狗任浮雲　　공중엔 푸른 구름 절로 떠도네.
林泉寂寞時將暮　　적막한 임천(林泉)에 해 저무니
燈火靑熒夜欲分　　등불 파랗게 비치고 밤은 나래 펴도다.
儺鼓鼕鼕除夕近　　구나(驅儺)의 북소리 둥둥 울리고 제석(除夕)이 가까
　　　　　　　　　　우니.
兒童追逐戲紛紛　　아이들은 쫓고 쫓기며 어지러이 놀도다.

(卷3, 歲暮 2) 229bc

東俗傳來久　　우리 민속은 전해오기 오래니
流頭自古因　　유두(流頭)는 예로 말미암았도다
時羞粉團冷　　절기 음식 분단(粉團)은 차고
霽色玉輪新　　개인 하늘에 둥근 달 새롭구나.
擣麥村謳亂　　보리 두드리며 부르는 마을 노래 어지럽고
傭耘巷語親　　밭갈이 품 이야기 주고받는 마을 풍경 정겨워라.
軒囱煩惱滌　　헌창(軒窓)에서 번뇌를 씻으니
淸夜最宜人　　맑은 밤이 가장 좋아라.

(卷2, 流頭日) 214a

寒食春天草似苔　　한식은 봄 날씨 같고, 풀은 이끼 같거늘
山花含蕾未全開　　산꽃은 봉오리 머금고 아직 피지 않았다.
東風習習吹微雨　　동풍은 살살, 가랑비 불고
薄暮人家拜埽廻　　으스름녘 인가에 절하고 쓸며 돈다네.

(卷3, 寒食) 241b

12) 소요유(逍遙遊)

山名縱曰淸凉山	산 이름은 청량산(淸凉山)이라 해도
我意天台卽玆處	내 생각엔 천태(天台) 곧 이곳이로다.
一曲浩歌望羣峯	한 곡조 호탕하게 노래하며 군봉(羣峰)을 바라보니
羣峯欲語竟不語	군봉(羣峯)은 말하고자 하되 끝내 말 않도다
蕭郞[72]幾度過靑鸞[73]	소랑(蕭郞)은 몇 차례 청란(靑鸞)을 지나쳤던고?
阮肇[74]還疑逢艶女	완조(阮肇)는 도리어 고운 계집 만날까 의아해 하도다.
俯視陰崖萬丈深	응달진 언덕, 만(萬) 길 깊은 아래 굽어보니
輕風颽颽吹衣擧	가벼운 바람에 옷 날려 들리도다.

(卷1, 般若臺) 204a

蕭疎山雨灑還止	소슬한 산 비 뿌리다 그치니
颯爽林風吹不停	산뜻한 수풀 바람 불어 그치잖네.
水碓飛泉舂滾滾	물방아 찧는 비천(飛泉)에 공이 소리 울리고
夜殿搖鐸鳴泠泠	밤 불전(佛殿)의 요탁(搖鐸) 소리 맑구나.
半嶺白輝殘月上	고개 중턱 훤하더니 새벽달 올라오고
五更淸梵香燈熒	오경(五更)의 청정(淸淨) 법당엔 향등(香燈) 밝구나.
吟苦奈如詩思澁	애써 읊노라니 시사(詩思)는 떫고
夢回倍覺塵心醒	꿈 깨고 돌아오니, 티끌 마음 깨쳤도다.

(卷1, 覺華寺 2) 203a

---

72) 蕭郞 : 春秋 때 사람 蕭史. 簫를 잘 불어, 鳳鳴을 냈다. 秦 穆公의 딸 弄玉을 아내로 삼고,
鳳樓를 짓고, 玉에게 簫 부는 법을 가르쳤는데, 그 때에 鳳새가 와서 모이니, 玉은 이를 타고,
史는 龍을 타고 함께 昇去했다. (cf. 「列仙傳」).

73) 靑鸞 : 鳳凰의 一種으로 靑色이 짙다.

74) 阮肇 : 後漢 사람. 永平中 劉晨과 함께 藥을 캐러 山에 들어갔다가, 두 女人의 마중을 받아
한 洞에 들어가 胡麻飯을 대접받고, 집으로 돌아왔던 바 그의 子孫은 이미 7世後로 내려와
있었다고 한다. 天台의 사람들이 이를 廟祀하고 있다. (cf. 「尙友錄」, 15).

摸壁穿行仄	암벽을 더듬어 좁은 길 뚫고 가서
攀梯歷上危	사다리 기어오르니 아슬하구나.
巖應神匠鑿	신령한 장인이 바위를 뚫어
穴作玉龕奇	구멍 내어 옥감(玉龕) 만드니 참으로 기이하다.
落日寄遐眺	해 질 녘 멀리 바라보니
孤雲來幾時	고운(孤雲)은 몇 때나 이곳에 왔던고?
依俙王質斧[75]	옥질(王質)의 녹 쓴 도끼 방불하여
想像洞仙碁	바둑 두던 신선굴(神仙窟) 상상하도다.
爲問兩板木	양판목(兩板木)에 묻노니
爾其知不知	너는 그것 아느냐 모르느냐?

(卷1, 淸凉風穴臺 臺在克一庵 世傳崔孤雲遊處 有板木二 卽坐牀) 195d

청량(淸凉) 풍혈대(風穴臺). 대(臺)에 극일암(克一庵)이 있다. 세상에 전하기를, 초고운(崔孤雲)이 놀던 곳이라고 한다. 널빤지 두 쪽이 있으니, 이 곧 앉았던 자리라고 한다.

昔日金生書鐵索	옛날 김생(金生)이 글씨 쓴 철삭(鐵索)
猶殘巨筆植如拈	아직도 거필(巨筆)로 남아, 손가락으로 집은 듯 세웠구나.
窮攀始識瓊峯秀	겨우 기어올라서야 옥 같은 봉우리 빼어남 알겠고
遠見恒疑玉指尖	멀리서 보며 늘 옥인(玉人)의 손가락인가 의심하던 뾰족한 묏뿌리
壓地雄深根自固	땅을 누르고 힘차게 박혔으니 그 뿌리 절로 단단하고
撑天峻極勢逾嚴	극히 높이 하늘을 버티니 그 형세 더욱 엄연하구나.

---

75) "信安山有石室, 王質入其室, 見二童子方對棋, 看之局未終, 視其所執伐薪斧, 柯已爛朽, 遽歸鄕里, 已非矣."(虞喜志林) ; 孫晋泰,『朝鮮民族說話의 硏究』, 乙酉文化社, 1946, p.68f.

三杯七字吟豪氣　　술 석 잔에 일곱 자 호기있게 읊으니
酒興詩情得兩兼　　술 마시는 흥과 시 읊는 정, 둘을 겸했구나.

(卷2, 卓筆峯) 218ab

13) 억왕석(憶往昔)

高樓曾別幾經年　　높은 다락에서 일찍이 이별한 지 몇 해나 지났던고
陳迹分明在眼前　　옛 자취 분명히 눈앞에 있구나
黃鶴一篇詩獨在　　황학시(黃鶴詩) 한 편만 홀로 남아 있고
碧雲千里信誰傳　　푸른 구름 밖 천릿길에 뉘 있어 소식 전하리.
蒲辰臥病書囱下　　부들 나는 때<蒲辰: 陰5월, 端陽節>에 병(病) 들어 누
　　　　　　　　　워, 창 밑에서 쓰나니
樹影陰濃畵棟邊　　나무 그림자는 단청 빛 용마루가에 그늘 짙구나.
亂後凝翠樓尙無恙　다시금 소시적 생각하니 짚신 참 편안하였거니
樓前多老樹　　　　나는 새인 양 날쌔게 그네 탔도다.
更憶少時芒屨穩　　동이 술 마시며 10년전 일 회상하도다.
捷如飛鳥上鞦韆　　이별의 말은 이미 돌아간 객이 읊었으매
　　卷3, 凝翠樓福川大門樓也 往在丙戌端午 先君子與客觴其上 作詩云

응취루(凝翠樓)는 복천(福川)의 큰 문루(門樓)다. 지난 병술 단오에 선군께
서 손님들과 그 위에서 술자리를 베풀었던바 시 짓기를,

天涯偶見兩同年吳价·羅恢　　하늘 끝에서 우연히 두 동갑친구<吳价와
　　　　　　　　　　　　羅恢> 만나
罇酒追思十載前　　정 담은 술잔을 고인(故人)에게 전하노라<吳公은 먼저
　　　　　　　　　돌아가고, 羅公은 머물렀었다.>

離語已因歸客詠　　다락에 오르니 단양절(端陽節)의 가랑비요
情杯又向故人傳　　기둥에 기대니 바람은 가볍고 하늘은 낙조로다.
吳公先歸 羅公留　　취중에도 가르침 따라 선우(仙友)에게 배워서
登樓細雨端陽節　　버들 그늘 아래서 그네를 노도다.

倚柱輕風落照天　醉裏從教學仙侶　綠楊陰下戲鞦韆　當時余以童子侍
側[76] 今到己巳端午 已四十四年矣 慨然興感 敬步其韻 (231bc)
　당시 나는 동자로서 부친 곁에서 모셨었다. 지금은 기사년 단오니, 이미
44년의 옛 일이 되었다. 쓸쓸히 느끼는 바 있어 삼가 그 시의 운(韻)을 밟아
위와 같이 지었다.

　(전략)…矧夫地之隔絶 歲之久遠 追思昔遊 何以爲情 余之客于福[77] 尙
矣 于時 先公爲是縣 而余實長養于此 首尾凡四五年以故 戀戀之懷 雖鄉
井 殆未是甚焉 每念灑應之暇 追逐羣兒 循街而上屋 騎竹而擊毬 巷無不
踏 川無不浴 歷歷乎 俱在目中 依依焉 長入夢裏 距今二十餘載 音耗之難
有若秦吳 間有人傳 福川自經賊 非復曩日矣 所幸先公所建挾仙樓·淹留
軒及鄉校俱無恙 而以不得聞其詳 恒自慊焉 苟非玆僧之至 誰使余日聞所
未聞乎…(中略)…蓋先公之治 一切以誠心懇惻爲主 故當時固不關赫赫名
而去後之愛 深浹於人 至今皆曰 不可忘 追表之以寓慕想 不特堂屋之留
異迹而已…(中略)…無窮之思 復爲短章若干篇…(후략)
　〈전략〉…하물며 지역도 서로 떨어져 있고, 세월도 오래 멀리 흘렀다. 뒤
미처 예 놀던 일 생각하니 그 어찌 정답지 않으랴. 내가 복천에 나그네 되

---

76) 溪巖의 先親 富倫이 同福縣監으로 간 것은 1585년(宣祖 18) 가을로, 이때 溪巖은 9세의 幼
　冲한 나이로 그곳에 따라갔다. 한 번은 鄭介淸이 내방하였던 바 마침 富倫이 부재중이라 溪
　巖이 迎接의 禮를 깍듯이 하여 그를 놀라게 했다고 한다.
77) 福 : 福川. 全羅南道 同福(今入和順)의 옛 이름. ; 權相老, 『韓國地名沿革考〈地名變遷辭
　典〉』, 東國文化社, 1961, p.146.

었던 지는 오래 되었다. 그 때에 선공께서 이 고을 현감이 되셨고, 나는 이 곳에서 오래 자랐는데, 이러구러 4, 5년이 된다. 그 까닭으로 그립고 그리운 회포는 비록 고향마을이라도 이보다 더할 수가 없을 것이다. 집안 소제와 어른 섬기는 여가엔 매양 여러 아이들과 어울려 쫓고 쫓기면서 거리를 돌고, 옥상에 오르거나 죽마를 타거나 공을 치면서 놀기를 생각하였던 터이라 거리치고 아니 밟은 데가 없고, 시내치고 몸 담그지 않은 데가 없었다. 그 모든 것이 역력히 눈에 선하다. 차마 저버릴 수 없어 길이 꿈속에 들어오곤 했건만 지금껏 20여 년간 소식 듣기 어렵기는 진(秦)나라와 오(吳)나라 사이와도 같았다. 간혹 전하는 사람이 있었으나 복천이 적란(賊亂)을 겪은 뒤로는 그 사정이 지난날로 돌아갈 수 없었다. 다행히 선공께서 세운 협선루(挾仙樓)·엄류헌(淹留軒) 및 향교는 모두 무고하되, 그 상세한 것은 들을 수 없었으므로 늘 찐덥지 않았다. 진실로 이 스님이 와 주지 않았다면 누가 내게 듣지 못했던 바를 들려주었겠는가?…〈중략〉…대개 선공의 치도(治道)는 모든 것을 성심으로 간측(懇惻)함을 주로 삼았던 고로 당시에 이름을 빛냄에는 굳게 관여치 않으셨다. 그리하여 떠난 뒤에도 사랑이 사람들에게 깊이 두루 미쳐, 지금까지도 모두 잊을 수 없다고 하고, 뒤 미쳐 이를 표하여 흠모하는 생각을 담았다. 특히 당옥(堂屋)의 이적(異迹)을 머물러 두지는 않았을 뿐이다.…〈중략〉…그지없는 생각에 다시 짧은 글 약간 편을 짓는다.…〈후략〉

一別福川經幾年　　한 번 복천 떠나고 몇 년이 지났던고
某丘某水渾依然　　낯익은 산과 언덕 모두 예대로일까
時時蝶夢自飛越　　때때로 꿈속의 나비 되어 날아가
杳杳魚書[78]誰遠傳　　아득히 멀리 누구에게 서찰 전할꼬?

---

78) 魚書 : 書札을 이른다. ; "葛元見賣大魚者, 元謂暫煩此魚, 到河伯處. 魚主曰, 魚已死, 元以丹書紙, 內魚口中, 擲水中, 有頃, 魚還躍上岸, 吐墨書靑黑色, 如木葉而飛."(「汝南先賢傳」).

往事不堪電過眼　　지난 일 번개인양 눈앞을 스치고
今朝忽遇雲遊禪　　오늘 아침 문득 운유(雲遊) 스님 만났다.
風櫺對爾話終日　　바람 부는 격자창 대하고 종일 이야기하고,
長歎之餘題短篇　　긴 탄식 끝에 시 단편 짓노라.

(卷2, 思福川贈僧智永 1) 216d

　이상 계암 시 전반에서 주제별로 몇 편씩 선별하여 소개하였다. 그의 시 세계를 이해하기에는 이것만으로 아직도 요원하다 아니할 수 없다. 다만 이와 같이 소루한 소개로써나마 우선 계암의 시인으로서의 면모의 일반(一斑)이나마 살필 수 있었으면 한다. 본고는 시 각편에 대한 구체적인 논고를 유보하였거니와, 이는 필자의 후고(後稿)에 미루거나 뒤에 올 유지인(有志人)의 과제로 남겨두는 바이다.

　끝으로 계암시의 시어 구사와 관련하여 독창적인 수사와 표현이 돋보이는 시편을 골라 아래에 소개한다. 이미 앞에서 소개한 주제별 자료들과 함께 계암 시에 대한 문학 담론 전개에 한 계기가 될 수 있으리라 생각한다.

蒼髥寒露滴秋淸　　푸른 구레나룻 수염에, 찬 이슬 방울지는 가을 맑은데
山氣微香日色晶　　산(山) 기운은 적이 향기롭고 햇빛 맑구나.
鶴唳響空催節候　　하늘에 울리는 학 울음소리, 절후(節候)를 재촉하고
龍根蟠地發精英　　용틀임한 나무뿌리 서린 땅에 정(精)한 꽃 피었도다.
錦苔斑裏抽身出　　비단 이끼 아롱진 속에서 살며시 몸 빼어 나와
針葉堆邊戴笠生　　솔 잎 쌓인 언저리에 갓 쓰고 태어났구나.
定是赤松遺餌化　　이는 정녕 적송자(赤松子) 끼쳐 준 먹이려니
肉芝何獨擅佳名　　너 어찌 영지(靈芝)란 좋은 이름 독차지 했더뇨?

(卷3, 松蕈) 228d

路上停鞭獨愛看　　길 위에 잠시 말 멈추고 홀로 그윽이 너를 보나니
亭亭擎蓋老蒼官[79]　우뚝 산개(傘蓋) 받들고 선 늙은 창관(蒼官) 완연하구나.
夏天草木渾無別　　여름날엔 풀 나무 어기 뒤엉켜 갈피잡지 못하나
須把堅貞待歲寒　　곧은 마음 굳게 지켜 세한(歲寒)을 기다리라.

(卷3, 路傍松) 237d.

輕風淡蕩霽天涼　　가벼이 부는 바람 잔잔한데, 비 개인 하늘은 서늘하고,
江上靑山掛夕陽　　강상의 푸른 산엔 석양이 걸렸구나.
淸浪打船林影亂　　맑은 물결 배에 치니 숲 그림자 어지럽고
翠屛新月更催觴　　푸른 숲 병풍 삼고, 새로 돋은 달 아래 술잔 다시 재
　　　　　　　　　촉하누나.

(卷3, 濯纓潭放舟至汾江) 239a

秋波倒景碧搖搖　　가을 물에 거꾸로 비친 풍경, 푸른빛으로 흔들흔들
一葉扁舟蕩九霄　　한 잎 조각배는 하늘을 흘러가누나.
浦樹冥冥漁笛晚　　개펄의 나무는 어둑하고, 어부(漁父)의 피리소리 늦도
　　　　　　　　　록 그치잖네.
江烟欲斂數峯遙　　강연(江烟)을란 거두고, 멀리 서너 산봉우리 바라보고
　　　　　　　　　자….

(卷3, 秋江泛舟) 240a

天影落水底 如在天上 故二句云
하늘 그림자 물 밑에 비쳐 보이니 마치 천상에 있는 것 같았으므로 위의
두 구(句)에서 이를 말했다.

---

79) 蒼官 : '소나무'를 이른다. ; 『博物志』, "松曰蒼官."(『淵鑑類函』 卷412, 「木部」 1, 松 4) 이
　　詩에서는 擬人化하고 있다.

殘雷殷殷暮雲邊	저무는 구름 가에 은은히 울리는 우레 소리,
雨後微香濕杜鵑	비 끝에 은근한 향기 두견화(杜鵑花)에 젖어 들다.
更愛小塘明似鏡	못 다시 사랑하노니 밝기 거울 같고
曾看荷葉碧田田	점점이 물 위에 떠 있는 푸른 연 잎 보도다.

(卷3, 定止書堂口占) 240b

林園秋晚葉平壇	수풀 동산에 가을 저무니 나뭇잎 떨어져 단(壇)으로 쌓였거니
拍地丁丁墜栗團	땅을 탕탕 치니 밤송이들 떨어지누나
拾取如拳煨活火	주먹만한 것을 주워 활활 불에 구우니
碧烟消處蛻金丸	내 꺼진 자리에 허물 벗은 밤알이 달 모양 나온다.

(卷3, 秋園燒栗) 241d

4. 맺는 글

　계암 김령은 광해난정 때 벼슬을 버리고 향촌에 내려가 '눈 뜨고 장님 행세'함으로써 꼿꼿이 절의를 지켰던 선비로, 이에 얽힌 구전들이 민간에 꽤 유포되었던 터이다. 그를 존경하고 아끼던 조선의 민서(民庶)들이 구구 전승하는 과정에서 누구라 집어 말할 수 없는 무의식 다중(多衆)에 의하여, 그의 행적이 분식, 가공된 것이 '눈 뜨고 장님 행세한' 김령의 설화가 아니었던가 한다. 문중에 전하는 문헌기록으로 볼 때 그는 일찍이 눈 뜨고 장님 행세한 일은 없었다. 다만 그가 신병을 이유로 나라에서 내리는 벼슬을 번번히 사양하고 향리에 은거하여, 세상과의 인연을 멀리하고 깨끗이 일생을 살다 간, 의로운 선비였다 함은 구전의 본뜻과도 다르지 않다. 당초 그는 광해군 4년에 문과에 합격하여 권지(權知) 승문원(承文院) 정자(正字)가 되고,

3년 뒤 승정원(承政院) 주서(注書)가 되었다. 그러나, 광해(光海) 무도(無道)와 북인(北人)의 용사(用事)를 보고 관직을 그만두고 예안으로 돌아갔다. 그 때로부터 그는 시골에 은거하여 벼슬하지 않았다. 인조반정이 되고 나서 그를 여러 번 벼슬로 불렀으나, 이때도 번번이 신병을 이유로 나가지 않았다. 그의 병을 거짓 병으로 의심하는 축도 있었으나, 한동안 광해군 밑에서 벼슬한 때문에도 인조 대에 벼슬에 나가지 않았다. 그는 광해의 폐정을 못마땅하게 여겼던 터이나 그렇다고 인조반정이라는 무력정변을 의롭다 하지 않았다. 이로 말미암아 그의 절의는 백이와 숙제에 비유되었다. 그를 일러 '영남제일인(嶺南第一人)'(世稱)이라 했고, 또 '근대인물제일인(近代人物第一人)'(東巖公)이라 일컬어 온 것[80]을 보아도 절의인사(節義人士)로서의 세간의 인식은 결코 우연 소치가 아니다. 그의 절의는 전통적인 유교이념에 바탕을 두고 있었으며, 특히 주자학을 평생의 종의(宗義)로 삼고 있었다.[81] 따라서 그는 화이(華夷)의 구별에 철저하여, 조선을 소화(小華)의 예의국(禮義國)으로서 임진왜란에서 입은 명의 대은을 잊지 않고 사대의 의리를 지켜야 함에도 불구하고, 개, 돼지와도 같은 이적(夷狄) 청(淸)의 힘에 밀려 항복함으로써 더할 수 없는, 나라의 굴욕을 자초하고, 아울러 명(明)에 대한 의리를 저버렸던 데 대하여 비분, 통탄하고 있다. 그는 시종 대의명분을 신조로 삼고 살았다.

계암의 병은 번번이 사관(辭官)의 구실이 되었는데, 이에 관하여 가병(假病)이라 하고, 참병이라 하는 등 이설이 분분했다. 문헌기록을 보아도 혼란스럽다. 원래 그는 신약한 체질을 타고 났던 성싶다. 따라서 잔병을 심심찮게 앓았는데, 당초 벼슬을 사거(辭去)할 때 이로써 칭병(稱病)하게 되었는데,

---

80) "世稱嶺南第一人."(『仁祖實錄』卷28, 11年 癸酉 正月 辛丑). "東巖子閒居中, 每以心語口曰, 若論近代人物, 溪巖公當爲第一人也."(『溪巖集』卷6, 「題溪巖錄」, 權省吾).

81) "自中年, 與世絶, 學益專, 道益修, 最喜朱子書節要, 有所疑, 熟復玩之, 不通解不已, 無越踰輟誦, 統先生平生, 如所爲宗."(『溪巖集』卷6, 「行狀」, 權愈).

관의 감시를 의식하며 은거라는 자폐(自閉)의 시공(時空)에 처신하게 되면서
참으로 신병을 앓게 되었던 것으로, 하부(下部)가 불인(不仁)했고, 나중에는
중풍을 앓게 되어, 거동이 부자유해졌던 것으로 보인다. 그러나, 죽음을 3,
4개월 앞 둔 경진년(庚辰年, 1640) 세모에 읊은 시에 아래와 같은 의미심장
한 작품이 있다.

歲暮霜雪繁	歲暮에 눈서리 잦더니,
山川晦寒姿	산천은 쌀쌀한 그 모습 감추었도다.
時光自不留	光陰은 절로 머물지 않으니
天意誰能知	하늘 뜻을 뉘 능히 알리오?
擾擾羣物多	어지러이 나도는 무리는 많으나,
動息皆有時	움직이고 멈춤에는 다 때가 있다네.
冥觀消息理	고요히 세상 이치를 보니,
何必懷深悲	어찌 반드시 깊이 슬퍼하리오?
中宵撫古琴	한밤에 옛 거문고 타거니,
所賴唯鍾期	믿을 바 鍾子期뿐이로다[82]

위의 시에서 작자 계암은 한밤중에 거문고를 타고 있다. 이미 64세의 인
생을 살아온, 고독한 노은사(老隱士)의 거문고 타는 모습에서 왠지 머지 않
은 거리에서 다가오고 있는 죽음의 그림자를 이미 감지하고 있는 듯한 그
의 내면을 엿보게 하는 시다. 비감의 피안에서 관조하고 있는 각자(覺者)의
그것과 같은 여유가 있다. 그의 마지막 시에서 그가 평생을 앓아온 병상은
씻은 듯 자취를 볼 수 없다. 종자기와 같은 지음자(계암의 경우는 먼 훗날의
참 知己者), 곧 미래의 지기자(知己者)를 그는 기대하고 있지 않은가 싶다.
그는 스스로 구제되고 있다.
　과연 그가 앓았던 병은 무엇인가? 고요히 생각하게 하는 시다.

---

82) 『溪巖集』 卷1, 「次鄭上舍榮邦韻」.

계암이 참으로 앓았던 병은 육신의 병이 아니다. 그 나라와 그 백성이 병들었을 때 대의에 살고자 하는 사람이 어찌 아프지 않을 수 있겠는가. 그가 진실로 앓았던 병은 '하부(下部)'도 '중풍'도 아닌, 왕을 비롯한 당대 집권층과 한 시대의 모든 성원(成員)들이 병들어 있음으로써 앓게 된 병이었다고 하겠다.

　'오늘의 우리 현실에서 과연 병을 앓는 志義의 인사는 존재하는가?'
　계암은 오늘 우리에게, 그리고 또 앞으로 올 우리 후대에게 부단히, 말없이 물음을 발하고, 또 발하게 되리라고 믿는다. ─ 자신의 '삶'과 '시세계'를 통하여….

민족 정체성 회복의 당위를 깨우칠 '백대의 스승' 계암의 존재를 조감하고, 그 진면목의 일반(一斑)이나마 드러낼 수 있었다면 만행(萬幸)이라 여기고, 유지자(有志者)의 질정을 기대하며, 본고를 마친다.

[단국대학교 명예교수 황패강]

성주 지역의 퇴계학맥

- 한강(寒岡)과 동강(東岡)을 중심으로 -

1. 서언 ; '학파(學派)' 또는 '학통(學統)'의 의미

성주 지역은 경상좌도와 우도의 접점에 위치하고 있다. 이러한 지역적 특색은 성주의 학문적 성격을 결정하는 매우 중요한 요인으로 작용한다. 성주는 좌도의 퇴계학파와 우도의 남명학파의 사상이 함께 공존한다. 퇴계의 이학(理學)적인 전통과, 실천과 실사(實事)를 강조하는 남명의 사상이 함께 어우러져 있다. 따라서 이 지역 인물의 학통은 자연스럽게 퇴계와 남명 양인에게 함께 걸쳐져 있다. 최근 한강 정구와 동강 김우옹의 학통을 둘러싼 학계의 논의가 분분하다. 한강은 사실상 퇴계보다는 남명의 문도라는 주장이 제기되기도 하고, 동강과 퇴계와의 관련성은 사실상 희박하며 양자의 관련성을 강조하는 것은 광해군 이래 북인의 몰락과 함께 나타났던 정치적 영향이라는 것이다.

우리는 이러한 논의가 조선조 유자들에 관한 '학파(學派)'와 '학통(學統)'의 새로운 개념 규정의 필요성을 제기해 준다는 점에서 긍정적으로 평가한다. 그러나 대부분 혼반(婚班)이나 사승(師承) 관계, 혹은 지역적 연고를 토대로 하는 기존의 학파 구분은 사상의 내적 연관성을 밝히지 못하는 한 매우 불안정하다. 새로운 도통의 계보학적 연원(genealogy of the way)을 확인하고자 하는 노력은 조선조 선비 문화의 한 핵심을 이루고 있었다. 예컨대 '급문제현록'(及門諸賢錄), '사우연원록'(師友淵源錄), '학안'(學案)의 이름으로 간행된 독립된 형태의 계보도로부터, 문집의 시문이나 행장 등을 통해 개인적 차원에서 진술되는 연원도 까지 그 형태는 다양하다. 특히 퇴계나 우암과 같은 거대한 산맥에 기대고자 하는 노력은 대를 이어 가히 필사적인 모습을 보여 준다.

주지하는 바와 같이, 조선시대에 있어 이렇게 학통이 강조된 것은 도학의 정당성을 확인하고자 하는 성리학적 사유와 맞닿아 있다. 조선시대에 들어 도통의 이론적 확립에 가장 노력했던 인물은 바로 퇴계 자신이었다. 그는 『성현도학연원(聖賢道學淵源)』이나 『송계원명이학통록(宋季元明理學通錄)』 등의 저작을 통하여 그가 제시하는 학통의 이론적 근거를 밝히고자 진력하였다. 또한 가까이는 김종직, 조광조 등 조선조의 선대 유자들에 대한 평가를 통해 우리의 유학적 계보도를 새롭게 작성하고자 시도하였다. 그러나 퇴계 사후 이러한 이론적 비판에 근거한 도통론은 자취를 감추고, 당색이나 혼반 혹은 도식적이고 인간적인 사승관계 만을 중심으로 학문의 계보도를 형성하고자 하였다.

만약 조선 후기와 같은 문법으로 학파를 정의한다면, 성주 지역의 경우에도, 적어도 북인 정권의 몰락 이후에는, 소수의 노론 집안을 제외하고는, 퇴계와 학문적 연원을 연결하고자 노력하지 않았던 가문은 없었다고 단언할 수 있다. 따라서 학문의 경제성을 고려한다면 차라리 아주 적은 소수를 대상으로 하는 '성주 지역의 비퇴계학파'(非退溪學派) 혹은 '성주 지역의 반퇴계학파(反退溪學派)와 서원'등으로 주제를 잡고 서술하는 것이 훨씬 용이하고 간단한 작업이 될 것이다. 그렇다면 과연 "성주 지역의 퇴계학파"라는 주제가 지니는 의미는 무엇일까?

우리는 우선 이 주제가 지니는 나름대로의 의미를 성주 지역이 퇴계를 중심으로 학파가 성립하고, 통합하고 혹은 분화하는 과정을 확인할 수 있는 매우 적절한 문화적 특색을 지니고 있다는 사실에서 찾을 수 있다. 성주는 성리학의 해석 방식과 수용과정에서도 안동문화권이나 진주문화권과는 구별되는 독특한 성격을 드러내고 있다. 성주의 이러한 특징은 퇴계사상의 수용과 해석과정에서도 드러난다. 우리는 그것들의 간단한 예를 천곡서원(川谷書院)의 설립과정, 한강과 동강이라는 걸출한 사상가의 출현과 퇴계 해석, 그리고 한주학파의 분화과정 등에서 읽어 볼 수 있다.

잘 알려진 바처럼, 천곡서원의 설립과정에서 나타난 시비의 핵심은 퇴계와 한강이라는 도학파와 기존의 토착세력 사이의 이념적 충돌인 것이다. 이 분쟁은 1558년 노경린(盧慶麟 : 1516~1568) 등이 지장사(智藏寺) 옛터인 명암방(明巖坊) 운곡리(雲谷里) 이천(伊川)에 공민왕 시기 성산후(星山候)에 봉해졌던 이조년(李兆年)과 그의 손자인 이인복(李仁復) 그리고 김굉필(金宏弼)을 배향하기 위하여 영봉서원(迎鳳書院)을 설립코자 하는 것에서 비롯되었다. 그러나 이 시도는 유자들의 반대에 의해 결국 무산되었다. 그 유자들의 논거는 이조년과 이인복의 영정에 염주가 들려 있기에 오직 한훤당(寒暄堂) 김굉필 만을 종향(從享)해야 한다는 것이었다. 그 실제적인 이유는 이인임 등 권귀화(權貴化)된 토착세력에 대한 견제의 의미가 있었던 것으로 보인다. 결국 이 논의는 한강(寒岡)이 퇴계와 상의하여 이름을 천곡서원(川谷書院)이라 개칭하고 정이(程頤)와 주희(朱熹) 그리고 한훤당을 종향하면서 이조년과 이인복은 별당(別堂)으로 밀려나는 것으로 귀결되었다. 이러한 조처에 대해 묵재(默齋) 이문건(李文楗)은 '향현(鄕賢)은 무시하고 도학만을 숭상한다.'면서 퇴계에게 불만을 표출하고 있었다. 천곡서원의 설립은 사실상 퇴계의 도학적 해석이 성주 지역에 본격적으로 착근하는 한 계기였던 것으로 보이며, 이 과정에서 기존의 토착적인 세력과의 피할 수 없는 알력이 있었던 것으로 보인다.

한편 한주(寒洲) 이진상 계열과 도산서원 간에 일어났던 이념적 충돌은 퇴계학파의 발전 과정에서 보이는 매우 독특한 현상이다. 한주 이진상의 심즉리설(心卽理說)이 과연 퇴계의 심합이기설(心合理氣說)을 발전적으로 계승한 것인가, 혹은 스승의 학설을 부정했는가 하는 문제는 앞으로 좀 더 정

치한 연구가 있어야 할 것으로 보인다. 그러나 한주문집이 도산서원에 의
해 반송되고, 한주를 배척하는 통문이 도산서원과 도남서원(道南書院)을 중
심으로 일어 난 후, 한주의 제자인 면우 곽종석, 후산 허유, 회당 장석영,
한계 이승희 등 이른바 주문팔현(州門八賢)의 사상적 계보는 오랜 기간 표
류하는 상태였다. 따라서 현재적 관점에서 한주와 퇴계의 사상을 상호 비
교해 보고, 그 사상 내적인 연관성을 규명해 보는 작업은 '퇴계학파'에 대
한 새로운 의미 규정을 해 볼 수 있다는 점에서 매우 흥미로운 주제임이
틀림없다. 그러나 이 주제는 아직 필자의 역량이 미치지 못하는 부분이므
로 추후 보완하고자 한다. 본고에서는 다만 한강과 동강 두 계열의 인물들
이 퇴계사상을 어떻게 수용했는가 하는 사실만을 논하고자 한다.

2. 성주 지역의 인문지리적 성격

성주는 태종조에 목(牧)으로 승격한 이후 몇 차례 승강(昇降)을 거듭하였
다. 광해군 7년(1614) 8월에는 주인(州人) 이창록(李昌祿)이 광해군과 조정을
비방한 사건으로 목이 혁파되어 고령현에 합속되었다. 2년 후인 광해군 9
년에는 다시 신안현(新安縣)으로 개칭되어 고령 현으로부터 분리되었다. 인
조반정(1623)후에 다시 목으로 승격되었으나, 동왕 9년 2월에 일어난 권대
진(權大進)의 모역사건에 성주인 박흔이 연루되어 다시 성주현으로 강등되
었다.[1] 10년 후인 인조 18년에 다시 목으로 승격되었으나, 5년 후인 인조
22년에 다시 이권의 모역사건이 일어나 성주현으로 강등되었다가 10년 후
인 효종 4년에 다시 복호(復號)되었다. 그 후 영조 12년에 관아소속의 관
노·관비·읍교(邑校)가 목사 이성제를 독살한 사건이 일어나 동 10월에
다시 성주현으로 강등되었고[2] 10년후인 동왕 21년(1745)에 목으로 환원되

---

1) 『승정원 일기』 제32책, 인조 9년 4월 8일조.

었다.

조선시대 성주의 속현은 팔거(八莒) · 화원(花園) · 가리(加利) 등 3 현(縣)으로 구성되었고, 고려 현종 9년에 래속하였다. 그러나 이들 임내 중 팔거 · 화원은 17세기에 성주에서 떨어져 나감으로서 이후에는 결국 가리현만이 계속 속현으로 남게 되었다. 팔거는 인조 18년(1640) 칠곡도호부의 설치로 인해 속현에서 벗어났는데, 이 팔거현의 분리는 조선시대 성주에 있어서 행정편제상의 그리고 지역상의 큰 변화였다고 할 수 있다. 이에 앞서 1597년에 도체찰사 이원익(李元翼)이 성주에 설치되었던 진(鎭)을 팔거로 옮기는 등 이 지역의 군사적 중요성은 이전부터 인식되어 있었다. 그런데 가산산성을 쌓게 되자 결과적으로 지나치게 읍치로부터 떨어져 있게 되어 도호부를 설치하게 된 것이다.

또한 화원현은 고려시대에는 대구와의 이래(移來)를 거듭하다가 조선시대에 와서 태종 이래 성주의 속현으로 존속하였는데, 임진왜란을 겪고 난 선조 34년(1601) 경상도 감영이 대구에 이치(移置)됨에 따라 감영의 경비를 조달할 목적으로 대구에 일시 소속되었다가 성주에 환속되었으나, 숙종 10년(1684)에 대구부로 다시 이속되었다. 화원현은 가리현 지역과 낙동강을 사이에 두고 있는데 이것이 고려 · 조선 시대에 성주와 대구간의 소속변동이 거듭될 수밖에 없었던 이유일 것으로 생각된다. 성주와의 거리가 70리나 떨어진 상태라면 늘 있어온 출납의 폐가 있을 수밖에 없을 것이다. 출납의 폐는 공납뿐만 아니라 역부담에도 문제가 있는 것이었다. 대구로 이속하기 직전 화원 현민은 감영에 시초(紫草)를 바치면 성주(본주)에 바칠 것을 감해주는 것을 근거로 측히 무사 군졸이 모두 영문에 의탁하여 성주의 역을 피하고 있었다.[3]

한편 『신증동국여지승람』과 『영남읍지』에 등재된 성주의 성씨는 다음과

---

2) 『영조실록』 권42, 12년 10월 을축조.

3) 金武鎭, 『朝鮮前期 星州鄕村社會의 構造와 支配層 動向』(『韓國學論叢』 18).

같다.

星州牧 姓氏 7	李·裵·呂·白·全·朴·車
加利屬縣 姓氏 5	尹·趙·李·洪·鄭
八莒屬縣 姓氏 3	都·玄·任

本州	李·裵·呂·白·全·車·朴(開京)·姜·孫·金·趙·權·羅·宋·柳·禹(幷來)·鄭(清州)
加利	尹·趙·李·洪·鄭·金
花園	丁·曹·葛·徐·石·韓·李·白(幷來)
漆谷	都·玄·任·田·卜·裵·林(幷來)·李(廣州)

성주는 경상도의 중앙에 위치한 대읍으로 려초부터 토성(土姓) 세력이 강성하였다. 성주는 본래 후삼국시대 벽진장군(碧珍將軍) 이총헌의 거역(據城)으로 그때부터 주위의 임내(任內)를 영속시켜 경산부(京山府)로 발전하였다.[4] 이 지방을 실질적으로 지배하였던 이총언은 그 자손대에 와서 상경종사한 재경세력(在京勢力)과 재지세력(在地勢力)으로 분화되어 갔는데 후자는 재지토성(在地土姓)의 일반적인 경향과 같이 본읍의 향직(鄕職)을 세습하면서 계속 중앙에 관인을 공급해 주었다. 조선전기까지 속현으로 남아있던 가리·팔거·화원현도 각기 토성이 있었는데 가리 이씨[李承休]와 팔거 도(都)·현(玄)씨를 제하면 나머지 토성은 후세에 나타나지 않는다.[5]

성주는 조선 태조 조에 한때 계수관(界首官)이 되기도 하였으나 나중에 경(慶)·상(尙)·진(晋)·안(安)의 4개 계수관으로 축소되면서부터 성주는 일반 목사를 두었다. 성주는 토성 수에 있어서 많을 뿐만 아니라 각 토성의 성세(姓勢)도 번창하였다. 성주를 본관으로 하는 이씨는 조선후기에 와서

---

4) 『慶尙道地理志』 星州牧條 및 旗田巍, <高麗王朝成立期の府と豪族>, (『法制史研究會』10, 1960 : 『朝鮮中世社會史の研究』, 1972, 24~38쪽) 참조.

5) 趙康熙, "성주 지역의 향촌지배층의 형성과 발전"(未發表遺稿).

벽진(碧珍)·성주(星州)·경산(京山)·성산(星山) 등의 본관으로 나누어졌다. 그런데 16세기까지만 하더라도 이러한 구분 없이 다같이 성주 또는 벽진이씨로 호칭되었던 것이다. 이들 이씨는 결국 성주지명을 본관으로 하는 데는 일치하고 있으나, 시대의 진전에 따라 혹은 상경종사(上京從仕)하는 시기의 선후에 따라 구분된 것 같다. 이미 려초(麗初)에 이총언 자손대부터 사족과 이족(吏族)으로 분화되어 나가듯이, 고려중기 이전에 상경종사한 일파가 벽진이씨로 호칭되고, 고려후기 성주 이족에서 명문으로 성장한 이장경(李長庚) 가문이 성주이씨(星州李氏)로 호칭되고, 조선전기까지 이족(吏族)에 머물고 있던 일파가 점차 사족으로 성장하면서부터 성주이씨가 된 것 같다. 또 이능일(李能一)을 시조로 하는 경산이씨(京山李氏)가 있다.[6] 이 일파는 려말선초에는 족세가 벽진과 성주에 다소 뒤졌지만 사환은 계속되었고 조선중기 이후에는 재지세력이 강하였다.

이장경 자손이 상경종사하기 전 명종 조에 진출한 이승장(李勝章) 가문이 있었다. 그의 부 이동민(李棟民)은 한미한 출신으로 상경유학하여 과거를 거쳐 출사하였고 그의 자와 여서(女壻)에 사환이 계속되었다. 벽진 또는 성주이씨로 려말선초에 걸쳐 벌족으로 발전한 가문은 다음의 두 계열이 주가 되었다.[7]

---

6) 『增補文獻備考』 卷47, 帝系玫 8, 附 씨족 2 소재 성주를 貫鄕으로 하는 李氏에 星州·碧珍·京山·廣平李氏만 있고 星山은 나타나지 않는다. 사실 星州地名을 本貫으로 하는 李氏는 결국 同根異派이며 屬縣土姓인 加利李氏만이 별개라 할 수 있다. ; 한편 15세기 士林派에 속했던 李世仁 家門도 李能一을 始祖로 하고 있다. (『國朝人物考』 中 1301쪽, 李世仁墓碣銘(申用漑 撰)).

7) 趙康熙, 前揭論文.

①이총언→ 永… 曾→	實→ 芳華… 堅幹(大提學) → 玧(大提學)→ 君常(司宰副正)→ 希慶(元*) → 審之 → 孟專兄弟
	寶→ 芳果(副戶長) → 敦儒(安逸戶長) → 時會(副戶長)…
② …敦文→得禧→ 長庚→ (戶長) (戶長) (戶長)	百年(文科, 密直司事) → 鱗起(府尹) → 元具(星山君) → 崇仁千年(參知正事) → 承慶(平章事)…
	萬年·億年 兆年(政堂文學, 功臣) → 襄(侍中) → 仁復(侍中) 등 7兄弟

①의 경우는 이견간대부터 『고려사』에 나타남을 보아 ②보다는 시기적으로 앞서 진출하였으나 거기에도 사족과 이족이 형제간에서 분화되었음을 알 수 있다. ①은 조일신(趙日新) 란 때 연루되어 큰 타격을 받았으나 국초에 와서 다시 족세가 번창하여 경향각지에 분포되었고 이맹전·이약동·이장곤 등 인물을 배출하였다. 이맹전은 공조전서 여극회(성주)의 외손으로 성주에서 외향을 따라 선산에 이주하여 김종직(金宗直) 부자와 사우관계를 맺게 되었다.[8] ②는 성주 용산리에 세거하면서 호장직을 세습해오다가 이장경의 5자가 등과출사하면서 일약 명문으로 발전하였다.[9] ②는 고려중기에 진출한 동래정씨와 후기에 진출한 순흥안씨, 한산이씨 등과 같이 군현 호장에서 처음 진출하여 명문 문벌이 된 대표적인 예이다. 이조년은 향공으로 출사하여 최고관에 올랐고 그 일문에 인물이 배출하여 조정에 포열하게 되었다. 이 가문은 곧 권문세족으로 발전하여 려말에 극성기를 맞이하였다가 이인임과 왕조교체로 인해 큰 타격을 받았으나 신왕조에 와서도 사환은 계속되었다. 그런데 ①의 이희경 후손은 선초에 주로 영남지방에 거주하면서 사림파로 활동한데 반하여 ②의 가문은 려말에 상경종사하면서부터 주로 재경관인으로 행세하여 영남사림파와는 직접 연결되지 않는다.

---

8) 『彛專錄』 上, 先公師友第三 및 『一善誌』, 『生六臣集』 참조.
9) 『東文選』 卷124, 李兆年墓地銘 및 同書 卷 126, 李仁復墓地銘 참조.

성주토성은 사족과 이족을 막론하고 족세가 강성하였는데 이족에는 이씨·배씨·백씨·전씨와 팔거도씨 등이 성주의 향리세계를 영도해 나갔다. 이들 이족은 부자형제가 호장직을 세습하면서 행정실무를 장악하였고 또 영리(營吏) 경저리(京邸吏)와 연결된 이족세력이 때로는 재지사족과 대항하는 경우도 있었다. 이씨와 함께 성주배씨와 팔거도씨도 사족과 이족으로 분화되어 있었고 이족에서 사족의 길을 계속 걷고 있었다. 성주여씨도 조선후기에는 족세가 번성하여 사족과 이족을 다 갖추고 있었다.[10]

이상과 같은 과정을 통해서 형성된 성주의 여러 사족성씨 가문은 16세기에 이루러 그들 중심의 향촌지배질서를 확립하기 위한 향안을 작성하고 있었다. 따라서 16세기 이래 성주 지역에 있어서 퇴계학파의 분포를 확인하기 위해서는 이 향안에 등재된 인물을 중심으로 논의를 전개할 필요가 있다. 조강희가 분석한 〈성주향안〉에서 조선시대 성주의 지배성씨를 살펴보면 표-1과 같다.[11]

<표-1> 성주향안에 입록된 성씨

	李	金	鄭	宋	呂	朴	權	文	崔	全	羅	裵	韓	張	都	愼	柳	敦	吳	姜	洪	합계
1시기	25	12	6	4	9	7	3	1	3	1	2	2	1	1								77
2시기	36	8	1	7	10	10			1		1	5		4	7	1	1	3				95
3시기	63	28	6	18	35	22	2	3	15		3	7		14	13	3	1	9	2	1	2	247

출전 : 〈성주향안〉(『경북향교자료집성』 영남대학교 민족문화연구소)
비고 : 1시기 = 1607-1633.　　2시기 = 1686-1689.　　3시기 = 1763-1765.

---

10) 『세종실록』 卷96, 24년 6월 庚寅 朔條에 의하면 당시 星州戶長 李屹과 書員 全由善·李寬尙 등은 貢法 弄姦으로 인하여 元惡鄉吏로 全家徒邊되었다. 한편 『掾曹龜鑑』에 의하면 戶長名軍에 李仲男·裵德秀·裵文範·武範兄弟·全克昌·白如圭·都宗彪 등이 나타나며 監營吏·兵營吏로 차출되는 경우도 많았다.

11) 趙康熙, 前揭論文.

<표-1>에서 볼 수 있듯이 조선시기 성주의 지배성씨는 시기에 따라 일정한 변화의 양상을 보이고 있음을 알 수 있다. 1시기인 17세기 전반에는 주로 이씨와 김씨를 중심으로 여·박·정·권씨 등이 중심 되는 성씨였지만, 18세기 후반에는 이씨와 김씨 못지않게 송·여·박씨, 그리고 최·장·도씨들의 성장이 두드러지게 나타나고 있는 반면에 일부의 성씨는 향안에서 소멸되고 있음도 볼 수 있다. 이러한 모습은 려말선초에 뿐만 아니라 조선후기에도 사족의 거주지 이동이 전개되고 있었음을 의미한다. 따라서 성씨 상호간의 부침은 특정 성씨집단이 다른 지역으로 이주해 간 경우이거나, 조선후기 사회경제적인 변화에 따른 가세의 흥망에 연유하는 것이라 생각된다.

한편 조선시대 성주의 동성촌락은 바로 유력가문을 중심으로 형성되었고, 퇴계학파와의 연맥도 바로 이 문중을 중심으로 이루어졌다. 유력가문은 의성김씨·성주이씨·경산이씨·성산이씨·벽진이씨·전주이씨·청주정씨·성주정씨·성주도씨·성주배씨·양성송씨·순천박씨·성주여씨·인동장씨·영천최씨 등이었다. 결국 이들 유력가문은 조선후기에 그들 거주지를 중심으로 동성촌락을 형성하였다. 조강희가 조사한 성주 지역의 대표적인 사족과 그 세거지 및 원사를 열거해 보면 <표-2>와 같다.

<표-2> 성주 지역 동성촌락의 분간

성씨	동성촌락명	院祀(위치 및 건립연도)	배향인물
성주배씨	증산동(강정) 도남동(뒷개)	道川書院(뒷개,)	裵尙龍·裵尙虎
청주정씨	수성동(갓말) 신저동(양정)	檜淵書院(양정, 1627)	鄭逑
전주이씨	신파동(신당)	新溪書院(신당, 1694)	李勝心 등
순천박씨	수륜동(윤동) 오천동(마산) 성동(달리)	德峰書院(수륜동,)	朴可權 등
영천최씨	남은동(법산·작천·강정)	鰲巖書院(강정,)	崔恒慶 등
성조도씨	운정동(은행정·나복) 해평동(중동·중평·부홍리)	雲川書院(은행정,)	都應·都衡 등
성주여씨	해평동(원정·석지·징기) 매수동(가수촌)		

인동장씨	봉계동(가곡)	伊陽書院(가곡)	張鳳翰 등
의성김씨	칠봉동(사도실)	晴川書院(사도실, 1729)	金宇옹 등
성주배씨	경산동(작은배리 · 큰배리) 대황동(아랫감토 · 뒷감토)		
야성송씨	고산동(공서 · 공동 · 논골) 대장동(장산 · 도천 · 대마) 문덕동(동천)	鳳岡書院(고산동)	宋希奎 등
성주도씨	용각동		
경산이씨	안포동 · 유월동	德巖書院(유월동)	李天培 등
성산이씨	대포동(한개) 문방동 오도동(정화리)		
동래정씨	운산동 (괴연)	盤巖書院(괴연)	鄭逑 · 鄭鍾 등

이들 지배층은 서원, 서재 등을 건립하여 자시들의 세력기반으로 삼았다.
경북에 세워진 사우 179개소 중에 성주가 10개소가 되었다. 일정한 규모를
갖추게 되는 서원뿐만 아니라 서재를 광범위하게 세움으로서 유교적 가치관
의 확산이라는 교화측면과 유교적 질서의 향촌사회 수립을 세워나갔다. 성
주의 경우 『교생안』을 보면 성주향촌사회의 지배층은 향교를 기피하였던
것이 아니라 향교의 교생 역시 그들이 중심이 되는 것임을 알 수 있다.[12]

3. 한강(寒岡) 정구(鄭逑)의 생애와 학맥

17세기 전반 성주일대는 정구와 장현광에 의해 소위 한려학파가 형성되
었다. 이들은 퇴계 사후 침체의 모습을 보이던 안동문화권을 대신하여 사
림을 주도해갔다. 인조반정 후 영남은 정인홍 · 이이첨 · 한찬남을 위시한
대북이 몰락하고, 일단의 소북과 영남우도의 많은 선비들이 퇴계학파 쪽으
로 경사되었고 그 중심에 한강 정구가 있었다. 이제 한강에 대하여 알아보
도록 하자.

---

12) 『慶北鄕校誌』(경상북도, 영남대학교, 1991), 715~716쪽.

1) 생애와 학문연원

한강 정구(1543~1620)는 성주 류촌(柳村)에서 출생하여 팔거현 사양정사
에서 말년을 보내었다. 그의 선대는 대대로 서울에서 살았다. 그러다가 한
강의 조부 응상(應詳)이 한훤당 김굉필의 문하에서 수업하다가, 한훤당이
응상의 뜻과 덕행을 사랑하여 그를 사위로 삼았다. 이로 인해 그의 부친인
은중(恩中)이 낙남하여 외가인 현풍 솔례촌(率禮村)에 살다가 뒤에 성주이씨
와 혼인하여 성주 사월촌(沙月村)에 정거하게 되었다. 그의 이러한 가문의
배경은 그의 학문성격을 결정하는 데에도 중요한 영향을 끼쳤다.[13]

한강의 어린 시절은 남명의 학문세계를 호흡하며 살던 시기이다. 그는
13세 때에 남명의 고제인 덕계(德溪) 오건(吳健)과 사제간으로 만나게 된다.
남명학파와의 연결점이다. 당시 성주향교의 교수관이었던 덕계와의 만남은
동강과의 연계점도 되는 것이었다. 덕계는 한강에 대해 "문장뿐 아니라 기
식(器識) 또한 다른 이들보다 뛰어나 앞으로 성취하는 바가 반드시 보통 사
람들의 미칠 것이 아니다"라고 그 가능성을 격려하였고,[14] 한강도 덕계를
평생의 스승으로 삼았다.[15] 또한 그가 15세에 작성한 「취생몽사탄(醉生夢死
嘆)」은 동강의 「천군전(天君傳)」에 바탕하고 있는 사유와 거의 유사하다는
평가를 받고 있다. 천군(天君)의 바른 길을 찾기 위해서는 경의협지(敬義挾
持)해야 한다는 것, 그리고 하학처(下學處)에서의 노력을 통해 명덕(明德)을
밝히고자 하는 일상중심의 사유까지 매우 유사하다.[16] 한강은 그의 나이

---

13) 『寒岡全書』, 「寒岡鄭先生行狀」 "承旨公, 受業于寒喧堂金先生之門, 金先生愛其志行, 妻之
　　以女, 公遂月勳習, 益樹其家庭之訓, 判書公, 天資寬廣, 不設畦畛, 人謂之不失赤子之心, 其
　　孝友至行, 實有人所難及者, 以寒喧夫人朴氏在玄率禮村, 公旣孤奉母夫人, 自京未寧, 仮留
　　居其側, 及公娶于星州, 則州亦文獻之鄉, 故遂居焉. 卽州南南山里沙月村也."
14) 『寒岡全書』, 「年譜」 "先生自妙齡, 篤志勵行, 以聖賢自期, 受學於師, 刻不自放過, 文理一
　　通, 辭義日達, 德溪令諸生作七夕辨, 先生卽呼裵德秀, 而書之, 口號不停, 言皆正大, 德溪大
　　加稱歎曰, 非徒文辭出群, 器識亦已超人, 他日所就, 必非凡輩所及."
15) 『寒岡全書』, 「挽 德溪吳先生」 "收餘芳兮, 佩服終身世."
16) 『寒岡全書』 上 卷1, 「詩」 "受命當年得其秀, 形肖上下人其名, 一皆靈臺主萬善, 妙用獨處

21세 때, 중형 정곤수(鄭崑壽)와 함께 퇴계를 만난다. 퇴계는 정곤수와 한강에게 한훤당의 여풍이 남아 있다고 언급하였다.[17] 이후 한강은 퇴계에게서 '위학차제지방(爲學次第之方)'을 듣게 되었다. 그리하여 한강은 지난날 미처 깨닫지 못하였던 '위학소정지처(爲學所定之處)'를 터득하게 되고, 이때부터 더욱 힘써 학문이 날로 넓어졌다고 술회하고 있다.[18] 퇴계를 대면한 이후에도 한강은 서면으로 『심경(心經)』에 대해 질문하였다. 이해 가을에 진사시에 합격하지만 이듬해 22세 때에는 회시를 보지 않고 고향으로 돌아오게 된다.

24세 때에는 남명의 문하에 들어가 수학한다. 남명은 "사군자(士君子)의 큰 절개는 오직 출처에 있으니, 너는 출처에 있어서 거칠게나마 깨달은 것이 있으니 내 마음이 그것을 허여하노라[19]"하였다. 이곳에서 한강은 동강과 내암(來庵) 정인홍(鄭仁弘) 등과 교유하게 된다.

31세 때 선조가 산림에서 행실이 뛰어난 선비(山野操行之士)를 추천하라고 명하자 동강이 한강을 퇴계와 남명에게 수학하고 학문이 밝고 재능이 뛰어나다고 천거하였지만[20], 한강은 나아가지 않는다. 이때 한강정사(寒岡精舍)를 세워 강학의 첫 출발점으로 삼는다. 이 한강정사에서 그는 퇴계의 『주자서절요(朱子書節要)』의 총목을 분류하여 『개정주자서절요목록(改定朱

知虛靈, 通神知化立人極, 踐形然後能順寧, 如何放倒一種人, 迷老醉夢終不醒, 朝晝所爲致牿亡, 可憐生意無由萌, 貪踐暴慢賊四端, 食色臭味淪七情, 良心發處私已動, 正念起時邪先生, 堪嗟十塞無一曝, 醉邪蒙邪長昏暝, 三綱旣淪九法斁, 倀倀百年甘聾盲, 自將皇天付卑身, 檎堪迷路立墮坑, 雖然一脈尙碩果, 生意所以根於貞, 喚醉主人豈無道, 寸膠可使黃流淸, 三軍旗脚勿字上, 天君正理要明誠, 敬意夾持動靜間, 下梢遂使明德明, 依然一朝透覺關, 得見爺孃與弟兄, 却怕天日已遲暮, 俯仰獨立愁前程."

17)『寒岡全書』, 「年譜」 "曾見鄭崑壽及其弟述, 皆志居好善之士, 寒暄外孫, 豈無餘風耶?"

18)『寒岡全書』, 「年譜」 "癸亥年, 先生拜退溪先生, 質以所疑, 李先生語, 以聖門爲學次弟之方, 於是始覺前日所向之未有所定, 而向裏鞭策, 規模日廣, 事業日弘."

19)『寒岡全書』, 「年譜」 "士君子大節, 惟在出處, 汝於出處粗有見得, 吾心許之也."

20)『寒岡全書』, 「年譜」 "宣祖命推山野操行之士, 金東岡以修撰入侍, 啓曰, 鄭逑曾從李滉學, 又嘗往來曺植之門, 學問通明, 才局有裕, 當今以布衣入對訪問然後, 授之以爵, 可也."

子書節要目錄)』을 편찬하고 『가례집람보주(家禮輯覽補註)』를 짓는다. 33세 때 그의 외선조인 「한훤당년보급사우록(寒喧堂年譜及師友錄)」을 편찬한다.

그 뒤에 한강은 여러 번 천거를 받았지만 모두 거부하고, 38세 때에야 드디어 창녕현감으로 나아간다. 이때 한강은 선조에게서 퇴계와 남명에 대한 질문을 받고 다음과 같이 대답한다.

> 이황은 德器가 渾厚하고 실천이 독실하며 공부가 純熟되고 계급이 분명하여 학자가 쉽게 찾아 들어갈 수 있습니다. 하지만 조식은 器局이 峻整하며 재기는 豪邁하고 超然하여 자득하고 홀로 우뚝 서서 행하기에 배우는 자가 좀처럼 규명하기 어렵습니다.[21]

퇴계와 남명에 대한 한강의 이러한 평가는 두 사람의 학문적 성격을 가장 잘 드러낸 것 중의 하나로 평가된다. 한강이 후일 퇴계문하에 좀 더 밀접하게 된 이유는 내암 정인홍과의 갈등이 한 원인이 되었던 것으로 보인다. 문제의 발단은 의례적인 문제에서 발생하였다. 이때 한강은 동강을 위해 만시를 쓰면서 퇴계를 먼저 언급한다. 이 사건을 시작으로 해서 한강과 내암은 결별하게 된다. 가장 근본적인 불화는 정인홍이 회재 이언적과 퇴계를 심하게 공격하였기 때문이다.[22] 한강의 생애를 살펴볼 때, 실제적으로 퇴계와의 인연은 극히 일시적이었다. 그러나 그가 지니고 있던 퇴계에 대한 존경은 이루 말할 수 없다. 그 때문에 내암이 퇴계를 비난한 것에 대해 참지 못했고 결별했던 것이다. 한강은 퇴계의 온화한 인간적 풍도를 잊지 못하였던 것이었다.[23] 그리하여 한강은 퇴계의 적통으로 자리 잡을 수 있

---

21) 『宣祖實錄』 "李滉, 德器渾厚, 踐履篤實, 工夫純淑, 階級分明, 學者易以尋入, 曺植, 器局峻整, 才氣豪邁, 超然自得, 特立獨行, 學者難以爲要."

22) 『寒岡全書』, 「年譜」 "先生初與仁弘同師南冥, 已知其剛偏忌克, 難與爲善, 至是, 仁弘纂南冥文集, 任其偏見, 取舍乖當, 詆斥誨退, 無所不至, 先生絶之."

23) 『寒岡全書』 卷12 「祭退溪先生墓文」 "述也小生, 幸早及門, 提掖之厚, 敢忘隆恩, 惟其魯莽, 白首無憑, 顧省平生, 懇悼何勝."

게 되었다. 65세 때에 퇴계에게 급문한지 44년 만에 예안의 도산서원을 들러 퇴계 선생에게 알묘한다. 그 이후에 대북정권에게 전은설(全恩說)을 주장하는 등 자신의 주장을 굽히지 않았다.

그럼에도 한강이 남명을 존경하는 마음은 근본적으로 변함이 없었다. 내암이 한강에게 남명을 배사하였다고 공격하자, 한강은 "선생님을 존경하는 것은 나보다 더한 사람이 없을 것이다[24]"라 말하였다. 한강은 실제로 학문의 방법이나 수양의 방법은 퇴계에게서 강한 영향을 받았으나, 학문에 대한 폭넓은 관심과 개방적 성향은 남명에게서 비롯되었다. 특히 한강이 '경의(敬義)'를 삶의 지표로 삼고 부단히 실천하려고 노력한 것은 남명의 가르침에서 연유된다.[25] 특히 남명은 사서오경 그리고 성리학서적 뿐만 아니라 천문·지리·병법 등 매우 넓은 범위의 학문을 섭렵하였다. 이러한 특성이 한강에게도 그대로 연결된다. 한강 역시 문인들이 평하는 것처럼 "읽지 않은 책이 없고, 힘써 실행하지 않은 것이 없으며, 익히지 않은 사물이 없으며, 예(藝)에 탐구하지 않은 것이 없었다.[26]" 실제로 의학·천문·지리·역사 등 거의 모든 부분에 손대지 않은 것이 없었다. 이러한 학문의 광범위한 접근은 실제적이고 실용적인 요청에 의해서였다. 그 실용적 정신은 『고금명환록(古今名宦錄)』·『성천수신제명안(成川守臣題名安)』·『치란제요(治亂提要)』·『역대기년(歷代紀年)』·『유선속록(儒先續錄)』 등의 역사서 편찬에서도 나타난다. 그는 역사서를 통해 사람들의 감계가 되어 사람들을 교화시키기 위함이었다. 그가 예서 등을 편집한 것도 사회 풍속과 기강을 바로잡기 위해서였다. 또한 관직생활을 할 때 『창산지(昌山志)』·『동복지(同福志)』·『함주지(咸州志)』·『통천지(通川志)』 등의 지방지를 만들고, 이외에도 『영

---

24) 『寒岡全書』, 「年譜」 "至以背師目之, 先生聞之曰, 莫如我敬先生."

25) 『寒岡全書』, 「言行錄」 "先生束脩, 往拜於南冥先生之門, 佩服敬義之訓, 益篤踐履之功."

26) 『寒岡全書』, 「學問」 "先生志學以來, 勤敏刻苦, 於書無所不讀, 於行無所不力, 於事無所不習, 於藝無所不求."

가지(永嘉志)』 등의 편찬에도 관여하였다. 이러한 지방지를 엮음은 자신이나 자신 이후의 관찰사들이 이 지역을 효과적이고 실제적으로 관리 지도하기 위한 의식에 의한 것이었다. 이러한 실용 정신이 미수(眉叟) 허목(許穆)에게 전달되어 근기(近畿) 실학파의 시발점을 마련하게 되는 것이었다.

그의 언행록에서는 한강의 이러한 학문적인 성향을 퇴계와 남명 두 스승에게서 공히 물려받은 것임을 다음과 같이 기록하고 있다.

> 선생은 이미 退陶 선생의 문하에 들어가서『심경』을 질의하고 정밀하게 생각하고 실천에 힘썼다. 또 남명 선생을 배알하고 고상한 풍모에 경앙(敬仰)하였다. …… 그들과 종유하면서 질문하여 지혜와 견문이 광대하였으며 뜻을 돈독하게 하고 행하기에 힘써서 홀로 그 으뜸이 되었다.[27]

2) 한강의 학문세계와 퇴계

한강의 학문 세계와 퇴계사상과의 관련성은 앞으로 좀 더 본격적인 연구가 진행되어야 할 것이다. 그러나 대체적인 흐름을 통해 볼 때, 한강의 학문세계는 퇴계로부터 발원한 것은 사실이나, 그의 사유는 이미 변화된 17세기 사회사에 깊이 침잠해 있다. 한강의 학문은 이기론의 형이상학적 논의보다는 예학이나 심성론, 혹은 현실적인 학문에 더 많은 중심을 두었다. 곧 한강은 언제나 현실적 밀접성 속에서의 사유를 펼치고 있었다. 그 정신의 발로는 예서인『오선생예설분류(五先生禮設分類)』를 작성케 한다. 예총론(禮總論), 천자제후의 예, 사대부의 예로 나뉘어 편집된『오선생예설분류』는 실제 생활에서 경험할 수 있는 상황을 분류별로 나누어 놓았다는 점에서 그의 실학적인 성향을 살펴 볼 수 있다. 그의 심성론과 수양론도 단순한 이론적 작업이 아니라, 현실과의 밀접한 연계성 속에서 논의되고 있다.

---

27)『寒岡全書』,「言行錄」“先生, 旣登退陶先生之門, 叩質心經, 精思力踐, 又拜南冥先生, 景仰高風, …… 從遊質問, 知見廣大, 篤志力行, 獨得其宗.”

한강은 『소학(小學)』의 중요성을 극력 주장한다. 특히 소학을 통해 하학과 상달처의 연결을 모색하고 있다는 점에서 퇴계와 견해를 같이 한다. 이는 퇴계의 언설처럼 소학동자로 알려진 한훤당의 여풍(餘風)이 남아있기 때문일지도 모르나, "『소학』을 배우지 않고 단정치 못하면 장차 재주꾼에 불과할 것"이라는 한강의 우려 때문이었다. 그리고 또한 『소학』을 이해한 다음에야 『사서』·『심경』·『근사록』·『주자대전』 등을 차례대로 이해할 수 있다고 강조하였다.[28] 그는 성인의 경전을 읽음에 있어서 체인(體認)·체찰(體察)·체험(體驗)·체행(體行)하기를 강조하였다. 그는 고인들이 앵무새를 꾸짖는 것을 상기시키면서 한구절 한구절을 몸과 마음으로 흡연(洽然)하기를 요구하였다.[29] 모든 학문은 자신과 동떨어진 것이 아니라 몸으로 체득하는 상태가 될 때 진정한 배움이 될 수 있다는 퇴계학에서의 논지와 함께 하고 있다.

한강이 물론 형이상학적인 측면보다는 실제적인 면을 강조했지만, 그렇다고 해서 형이상학적 측면을 완전히 거부한 것은 아니다. 그는 사변론적인 논의를 통해서 현실과의 밀접한 연계성을 추구하였던 것이다. 한강은 존덕성·도문학 공부가 어느 한 쪽 편벽되지 않기를 강조하였다. 그렇기에 그는 주자학에 비해 육구연의 학문이 너무나 지나치게 존덕성 쪽에만 치우쳐 공부하였기 때문에 폐해가 있다고 언급하였다[30] 한강에게 있어서 "존덕성은 마음을 두어서 도체(道體)의 큰 것을 다하는 것이고 도문학은 치지하여 도체의 자세한 것을 다하는 것이기 때문이며, 이 두 가지 모두가 덕을 닦고 도를 모으는 큰 단서가 되는 것으로 이해하였다. 또한 존심(存心)이 아

---

28) 『寒岡全書』, 「敎人」 "爲學急務, 當先致力於小學, 然後四書, 心經. 近思錄. 朱子大全 等書, 可以次第理會."

29) 『寒岡全書』, 「言行錄」 '讀書' "讀聖賢經典, 其法有四, 一曰體認, 二曰體察, 三曰體驗, 四曰體行, 苟不用此四法, 基義亦無以通曉, 況吾心身有何益焉. 古人鸚鵡之譏, 可不懼哉."

30) 『寒岡全書』, 「言行錄」 "朱子尊德性道問學邊工夫, 未嘗偏廢, 象山之學, 偏主尊德性, 一邊工夫."

니면 치지(致知)를 할 수 없고 존심(存心)하는 데에는 또한 치지(致知)를 하지 않을 수 없었기 때문이었다.[31]" 한강에게 진정한 공부는 내면적 성찰과 외면적 실행과 결합되어야 한다는 것이다. 그렇기에 공부는 단순한 앎에 머물려는 것이 아니라 반드시 원리적 탐구로써 이를 실천하려는 데 있었다. 참으로 안다는 일은 사물의 현상만을 아는 것이 아니라 사물의 '구조의 법칙성'이 무엇인가(所以然之則)를 아는 것이고, 이러한 원리적 구조의 법칙성을 알고 난 뒤, 삶의 현상 속에서 그것이 어떠한 당위적 명제로 정당화될 수 있는가(所當然之故)라는 진지의 지향성, 곧 윤리적 합목적성을 전제로 하지 않으면 안된다는 것이다.[32] 따라서 육구연의 학문은 너무 지나친 내면적 성찰에 함몰되어 외면적 실행력이 약화되는 실책을 범하고 있다는 것이다. 바로 한강은 지행병진(知行竝進)을 강조하고 있는 것이다. 그리하여 이러한 지행병진을 위해 한강은 학문하는 사람이 지녀야 할 5가지의 학문방법론을 제시하였다.

○학문하는 사람은 發憤 · 立志 · 勇猛 · 篤實 · 深體 · 力行하여 비로소 얻을 수 있다.

○학문하는 사람은 스스로 깊이 韜晦하여 오직 남이 알까 두려워하여야만 유자의 기상을 잃지 않는다. 만약 조금이라도 이를 소홀히 하는 사람과는 더불어 학문을 논할 수 없다.

○학문하는 사람은 모름지기 그 몸가짐을 규중의 처녀와 같이하여 한 점 티끌을 묻혀서도 아니 된다.

○학문하는 사람은 차라리 伯夷와 같은 偏性을 지닐지언정 柳下惠와 같은 不恭을 지녀서는 아니 된다.

○학문하는 사람은 모름지기 檢身하기를 사소한 데까지 하여야 한다.[33]

---

31) 『寒岡全書』, 『心經發揮』 "又曰尊德性所以存心, 而極乎道體之大也. 道問學所以致知, 而盡乎道體之細也. 二者修德凝道之大端也, …… 蓋非存心無以致知, 而存心者又不可以不致知."
32) 정순목(1999), 「한강 정구의 교학사상」, 『退溪門下의 인물과 사상』(서울: 예문서원), 440쪽.

이를 분석해보면 한강은 학문함에 있어서 먼저 뜻을 정립하고 마음을 가다듬은 다음에 실천적 행위로 나가야 한다고 보았다. 선비들의 행동은 규중의 처녀와 같이 경건하고, 절대로 유하혜와 같은 불공을 저질러서는 아니 되며, 사소한 데까지 철저하게 검신해야 된다고 말하고 있다. 이는 바로 언제나 엄재정숙(嚴在整肅)의 마음가짐과 행동 즉 몸과 마음이 경(敬)의 상태를 지속해야 함을 말하고 있다. 이렇기에 한강은 『심경발휘(心經發揮)』에서 주자의 언설을 인용하면서 "경은 근본을 세우고 궁리(窮理)의 근본이 된다"고 언급한 것이다.[34] 곧 "지경(持敬)은 궁리의 근본이 되고 궁리하여 이치가 밝아짐은 마음 기름(養心)의 보조가 되는 것이다."[35] 이처럼 경(敬)은 한강에게 있어서 안과 밖, 수양과 실천을 연결시켜주는 매개체이며 학문의 요체인 것으로 퇴계사상의 핵심적 논지와 함께 하고 있는 것이다.

3) 한강의 학맥

한강은 관직생활보다는 실제적으로 고향에 머물면서 천곡서원과 한강정사 등을 통해 성주 지역의 많은 인재들을 길러냈다. 40대에 문하생들과 월삭강회계(月朔講會契)를 조직하는 등 교육활동에 적극적인 활동을 펼쳤다.[36] 그의 문인들을 잘 알 수 있는 자료는 「회연급문제현록(檜淵及門諸賢錄)」을 들 수 있다.[37] 이 「회연급문제현록」은 원래 회연서원에 구본이 있었는데 그 후 회연서원의 모임에서 원장 및 배정휘(裴正徽)[38]가 여러 사람과 자리

---

33) 『寒岡全書』 卷4, 「書」 '爲學之要五' "○學者須是發憤, 立志・勇猛・篤實・深體・力行・始得 ○學者須是深自韜晦, 惟恐人知, 方是不失儒者氣味, 若有些求, 知底意思, 便是爲人不可與共學也. ○學者自指其身, 當如閨中處子, 不可一點受汚於人. ○學者寧失於伯夷之隘, 不可學柳下惠之不恭也. ○學者須是檢身, 若不及無些子放過, 始得."

34) 『寒岡全書』, 「心經發揮」 "又曰, 主敬以立其本, 窮理以進其知."

35) 『寒岡全書』, 「心經發揮」 "持敬是窮理之本, 窮得理明, 又是養心之助."

36) 『寒岡全書』, 「言行錄」 "先生移居檜淵, 搆草堂, 約諸友率門徒爲月朔講會."

37) 『회연급문제록』에 대한 자세한 연구는 "권연웅, 「『회연급문제현록』소고」 『退溪門下의 인물과 사상』(예문서원: 서울)"을 참조하라.

를 같이하여 수정하였다. 이때에는 50여 명에 그치는 인원이었으나, 그 뒤 정구의 사손(祀孫)인 지애(芝厓) 정위(鄭煒)가 170여명을 추가했고, 다시 그 후손 재기(在夔)가 60여명을 추가했으며, 최근에는 40명을 추가하여 총 342명에 달하는 문인이 실려 있다.[39) 이들이 사실상 성주 지역의 가장 주요한 퇴계학맥이라고 할 수 있다.

퇴계학맥은 한강시대에 이르러서, 북인정권의 몰락으로 단절된 월천학맥을 대신하여 학봉(鶴峯) 김성일(金誠一)·서애(西厓) 유성룡(柳成龍)과 함께 3대 학맥을 이루고 있었다. 그러나 학봉은 임난 때 순국하고, 서애는 관직생활에 많은 일생을 보냈기에 가장 큰 학맥을 이룬 것은 한강 학맥이라 할 수 있다. 이 뿐만 아니라 한강은 퇴남의 영남학파 모두를 융합하는 새로운 기점을 마련하게 된다. 그리하여 17세기 전반 성주일대는 정구와 장현광에 의해 소위 한려학파가 형성되었다. 이들은 이황 이후 뚜렷한 학문적 구심점을 찾지 못하고 있던 안동권을 대신하여 영남의 학문적 분위기를 주도해 갔다. 인조반정 후 영남은 정인홍을 위시한 대북이 몰락하고, 일단의 소북과 영남우도의 많은 선비들이 퇴문으로 기울게 된다.

한강의 학맥은 비단 성주뿐만 아니라, 칠곡, 인동, 대구에까지 영향력을 미치게 된다. 한 예로 칠곡 지역의 대표적인 명가였던 이윤우 집안의 경우를 들 수 있다. 이윤우의 선대는 본관이 있던 광주에서 세거하다가 이윤우의 5대조인 통례공을 지낸 극견(克堅) 대에 성주목사로 부임해 오면서 성주로 이거해 살다가, 이후 이윤우의 4대조인 승사랑을 지낸 지(摯) 대에 팔거 최씨(崔阿 女)에게 장가들면서 처가가 있는 팔거의 웃갓(上枝)에 자리잡게 되었다.[40) 그는 비교적 가문의 후광 없이 초년에 향시에 거듭 입격함으로

---

38) 許穆의 門人으로 肅宗朝에는 右副承旨兼修撰官을 지냈다.

39)『寒岡全書』下 "檜淵及門諸賢錄, 有院藏舊本. ○其後檜淵之會, 院長及裵孤村(正徽), 與僉賢, 合席修正, 而但書名德顯, 著之賢, 50餘元, 而未及備錄也. ○先生祀孫芝愛公(煒), 隨得隨錄, 至170餘賢也. ○後孫省齊公(在夔), 又得, 60餘賢也. ○年前收單之日, 只增數十餘賢也, 一不敢無明據而載錄."

서[41] 조정에 나아갈 수 있는 계기를 삼은 사람으로 파악된다. 이후 이윤우 집안은 양자로 간 아들 이도장(李道長) 이후, 그의 자 이원정(李元禎) 대에 완전히 남인가계로서 굳건한 위치를 점하며 인조반정 이후 서인집권 하에서도 영남남인으로서는 이례적으로 정치적인 영향력을 지닌 가문으로 존재할 수 있었다.

당시는 명가와 혼인관계를 형성하는 것이 가세를 일으킬 수 있는 첩경이 되었던 것은 두말할 나위가 없었다. 이원정 집안 역시도 장현광의 손자 영(銖)이 이원정의 딸에게 장가들므로 써 인동장씨와의 혼사가 이루어지고 있다. 이원정 또한 자신의 뛰어난 학문적 자질과 능력을 바탕으로 당대 인동 일대의 퇴계 이후 제 3세대 학파를 주도했던 장현광 가문과 혼인관계를 가지면서 영남의 가장 유력한 명망사족으로 성장해 나갈 수 있었던 바탕이 형성되는 계기가 되었다.

한편 이윤우와 이원정 부자의 학통은, 한강 정구에게 이어진다. 한강은 이윤우가 찾아가자 학문하는 순서를 정해주는 등 면려해 주었다.[42] 후에 이윤우는 효종 신묘(1651년)에 한강이 배향된 자리에 종향되는 은전을 입기도 하는데[43] 이는 한강문인으로서의 입지를 더욱 굳게 하는 결과를 초래했다고 볼 수 있다. 한강은 그의 『회연급문록』에서 보이는 바와 같이 많은 제자들을 키워내었으나, 후에 한려시비 등으로 고초를 겪기도 한다. 시비의 출발점은 한강이 졸한 뒤에 발생되었다. 여헌은 한강의 질서(姪壻)였는데,

---

40) 『石潭實記』, 〈石潭先生實記〉 "先生之先世居廣州, 至五代祖通禮公爲星州牧時, 以二子承仕郎公娶八莒崔氏仍居于上枝."

41) 『石潭實記』, 〈石潭先生實記〉 "萬曆, 十九年, 辛卯赴鄕解捷兩試, 是歲中進士."

42) 『石潭實記』, 〈石潭先生實記〉 "鄭先生曰, 此非初學急務, 當先致力於小學, 然後四書近思錄朱子書心經等書次第理會, 先生於是, 知學者用工之本, 眞有在乎是也. 專心致意, 精探力踐, 雖在事務倥(人忽)之日, 猶不輟默誦工夫, 古聖賢微言奧旨, 無不得其衷也."

43) 『石潭實記』, 〈泗陽書院奉安文〉 " (中略) 當時及門固多賢哲曰, 惟李公寔遵柯則溫雅貞靜愷悌淸白衛道之誠尊師之篤操身之要莅官之節, 凡厥懿行宜祭於社, 乃梅湖建宇薦罘, 一邦二祠有姓侍奉祔合享, 允叶羣議茲涓吉日(礻令)佩咸苹如承警誨悅聞唯諾邊豆, 孔嘉樽罍疊旣潔尙鑑昭假萬古啓迪."

고인을 위한 만시(輓詩)와 제문에 문인이라 언급하지 않고, 질서라 언급하고, 상복을 입는 방식도 다른 문인들과 다르자 한강의 문인들이 이를 문제시 삼았던 것이다. 그러나 이 시비는 근본적으로 문인에 대한 개념 정의에서부터 출발한 것이다.

한강의 문인들은 지역은 성주권(185명), 안동권(35명), 진주권(26명), 경주권(44명), 그리고 그 외 지역으로 분류할 수 있다.[44] 주로 성주권을 중심으로 모여 있는데, 이 가운데 동강의 아들 효가(孝可) 그리고 학봉의 아들 집(潗)과 손자 시추(是樞)가 포함되어 있음을 주목할 필요가 있다. 이는 한강의 학맥이 영남 퇴계학맥의 중심지대가 됨을 보여주는 것이다.

4. 동강(東岡) 김우옹(金宇顒)의 생애와 학맥

1) 생애와 학문연원

동강 김우옹은 1540년 성주 사월리(沙月里)에서 태어났다. 그의 부 칠봉(七峰)은 1540년에 문과에 급제하여 삼척부사를 지냈으며, 퇴계와 남명과도 일찍이 교분이 있었다. 중형인 김우굉은 일찍부터 남명 조식(曺植)의 문하에 있었으며, 동강과 함께 퇴계에게 서신을 교환하였다. 동강은 그 후 20세에 성주교수로 부임한 덕계 오건에게서 가르침을 받았다. 이러한 가르침은 후일 양강(兩岡)이라 칭송받던 한강(寒岡)과의 인연이 시작되는 지점이었다. 21세에는 부친의 상을 당하여 3년 거상한 뒤에, 24세에 회령포(會寧浦) 만호 김행(金行)의 딸이자 남명의 외손녀와 결혼하였다. 이해 겨울 남명의 문하에 나아가 본격적으로 수학하게 된다. 이후 남명은 동강을 아껴 '뇌천(雷天)'이란 두 글자와 자신이 차고 다니던 '성성자(惺惺子)'를 주었다. 남명은 또한 동강에게 "장부는 무겁기가 산악과 같아 만 길 벼랑처럼 우뚝하게 하

---

44) 李樹健(1995), 『嶺南學派의 形成과 展開』, 一潮閣: 서울, 403쪽.

여, 때가 이르러 (그 재능을) 펼치게 되면 허다한 사업을 할 수 있다. 비유컨대 천균(千鈞)의 활을 한 번 쏘면 능히 만겹의 굳은 성벽도 부술 수 있으니 진실로 생쥐를 위해서 쏘지 않는 것과 같다.[45]"는 말로 대장부와 출처의 의미를 가르쳤다.

27세에 한양에 과거보러 갔다가 평소에 서신으로 예설을 질의했던 퇴계를 직접 배알하게 되었다. 퇴계는 마침 왕의 부름을 받고서 도성에 머무르게 되어 동강과의 만남이 성립된 것이었다. 이 해에 남명의 명을 받들어 「신명사도(神明舍圖)」를 근거로 한 「천군전(天君傳)」을 짓게 되었다. 이는 태재(太宰)인 경(敬)과 백규(百揆)인 의(義)가 각각 내외를 맡아 천군(天君) 즉 심(心)의 신하로 활약하는 것을 내용으로 하는 것으로, 남명의 심학적 사유를 의인화시킨 것이다. 남명의 신명사도가 지닌 철학적 이념을 오롯이 계승하고 있는 것이다. 30세에는 퇴계에게 예에 대해 질문하고, 이듬해인 31세 때 퇴계의 작고 소식을 듣고 여러 선비들을 거느리고 천곡서원에서 곡하였다.

32세 때 승문원에 출사하였다가 면신례(免新禮)를 이유로 선배 유생들이 신입 유생에게 불경한 태도를 보이자, 이것의 부당함을 지적하고 곧바로 귀향하였다. 이 점에 대해 퇴계의 고제인 서애 유성룡은 동강에게 면신례의 부당함을 제시함과 동시에 동강의 출처관을 칭송하였다.[46] 이러한 사실들은 동강에게 이미 대장부로서의 출처관을 제시한 남명의 가르침이 실천적인 차원에서 계승되고 있었음을 알려준다. 이때에 남명이 병석에 눕게 되자 몇 달 동안 그 곁에서 지성으로 간호하며 모셨다. 그러나 이듬해 2월에 남명은 동강과 내암 그리고 한강 등을 불러서 출처와 경의(敬義)를 재차 강조하고 난 후 유자가 아닌 처사라고 자신을 지목하라고 하며 세상을 떠

---

45) 『東岡全書』, 「東岡先生年譜別本」 "丈夫動止, 重如山岳, 壁立萬, 時至而伸, 方做出許多事業, 譬之千鈞之弩一發, 能碎萬重堅壁, 固不爲鼪鼠而發也."
46) 『西厓集』 書「答金肅夫」 "槐院謬例, 一擧蕩滌, 今榜, 已行相揖禮, 此因君有是事, 是知賢者進退俱有所管, 可慰."

난다. 이때 동강은 남명의 행장과 『언행록』을 짓는다.

38세에 겨울에는 사직하고 성주로 내려와 수도산 아래에 고반정사(考槃精舍)를 짓고 학문에 종사하였다. 이후 2년 후에 다시 경연에 참여한다. 이 시기는 동서분당으로 인한 당쟁이 격화된 시기였다. 동강은 이후 44세에 성균관 대사성에 임명되어 「성균관학제칠조(成均館學制七條)」를 지어 올린다. 이듬해 45세에 「성학육잠」에 이어 「존심양성잠(存心養性箴)」을 지어 선조에게 바친다. 50세에 정여립의 모반사건과 연루되어 회령(會寧)으로 귀양을 가게 된다. 유배지에서 완재(完齋)라는 집을 짓고 51세에 『자치통감강목』 편찬 작업에 착수한다. 이후 이 책은 56세에 완성된다. 53세에 임진왜란의 발발로 사면을 받고, 부호군에 임명되어 전란을 극복하기 위해 최선을 다한다.

그 후 동강을 위해 북쪽의 선비들이 1613년에 회령에 서원을 세웠고, 1628년 다시 회연서원(檜淵書院)에서 한강과 합향(合享)되었다. 한강이 그를 위해 행장을 짓다가 마치지 못하고 돌아가시게 되어 여헌 장현광(1554~1637)이 행장을 끝마쳤다. 이렇게 동강의 생애를 살펴보면, 실제적으로 선생에게 가르침을 받은 것은 덕계·남명으로부터라고 할 수 있다. 퇴계에게는 평생 동안 한 번 찾아뵙고, 그에게 서면으로 몇 번 왕복한 것에 지나지 않는다. 미암(眉巖) 유희춘(柳希春)이 경연석상에서 당시 조정 관료 가운데 정유일(鄭惟一)·구봉령(具鳳齡)·김성일(金誠一)이 퇴계의 문하이고, 동강도 또한 그 문하일 것이라 아뢴 것에 대해 동강은 "퇴계와는 거리가 멀어 그의 문하에 있지 못했고, 오직 남명에게만 사사하였다"고 밝히고 있다.[47]

그럼에도 불구하고 퇴계에 대한 동강의 존경의 자세는 뚜렷하다. 동강은 퇴계를 경연에서 시호내리기를 청하면서 퇴계의 학문은 '우리 동방의 일인'이라 평하였다.[48] 또한 회령의 유배지에 있을 때 퇴계 선생이 직접 쓴 글

---

47) 『東岡集』, 「經筵講義」 癸酉 11月 30日 條 "小臣以所居稍遠, 未及受業於其門, 故微士, 贈 大司憲曺植, 實臣之所事也."

"사무사 무불경 신기독 무자기(思無邪 毋不敬 愼其獨 毋自欺)"를 붙어 놓고 때마다 자신을 성찰하였다고 한다.[49] 이에 동강이 죽은 후 한강이 그를 위해 만시를 쓰면서 "퇴계의 정맥을 평생 동안 우러러보았고, 산해(山海)의 고풍(高風)을 특히 흠모 했네[50]"라 기술한 것이다. 이로 볼 때 동강의 학문연원은 분명 남명에게 근사(近似)하였으나 퇴계와 남명 모두의 학문적 특성을 아우른 인물로 볼 수 있다.

2) 동강의 학문세계

동강은 남명의 학문이 철저한 실천궁행과 치용에 있다고 언급하면서, "학문을 함에 대략 지엽을 버리고, 마음에 깨달은 것을 귀하게 여겨 치용과 실천을 급무로 삼았기에, 강론하고 분석하는 말을 기뻐하지 않았다. 그러한 일은 대체로 빈말에 불과하고 궁행에 무익하다고 여겼기 때문 이었다"고 술회하고 있다.[51] 이러한 점은 선조가 동강에게 남명의 학문에 대해 묻자, 동강은 퇴계와 비교하면서 "치지(致知)의 공부는 이황의 박대함에 미치지 못할 듯하지만, 궁행실천(躬行實踐)의 공부는 심히 독실하여 정신과 기백이 사람을 놀라게 하는 점이 있었다.[52]"고 평가하였다. 남명의 이러한 실천적 성향은 동강에게 그대로 전수된다. 그 예로 선조에게 '학문의 요체는 평실한 곳에 힘을 들여야 하지 고원한 것을 궁구해서는 안된다'면서 하학처에 서부터 공부해야 할 것을 다음과 같이 주장하고 있다.

---

48) 『東岡集』箚「晴退溪李先生賜諡箚」.

49) 『東岡全書』,「東岡先生年譜別本」 "又曰省愆堂, 李退溪先生手書, 思無邪・毋不敬・愼其獨・毋自欺, 十二字, 貼於壁, 時自顧省."

50) 『東岡全集』附錄, 鄭逑의 「晚詩」 "退陶正脈終天慕, 山海高風特地欽."

51) 『東岡集』行狀,「南冥先生行狀」 "其爲學也. 略去枝葉, 要以得之於心, 爲貴, 致用踐實爲急, 而不喜爲講論辯析之言, 盖以爲徒事空言, 而無益於窮行也."

52) 『東岡集』,「經筵講義」 癸酉 11月 30日 "其致知之工, 似不若滉之博大矣. 然其窮行實踐之工甚篤, 精神氣魄, 有動悟人處."

顯微는 一理로 모두 마땅히 궁구해야 할 것입니다. 그러나 다만 인사가 더욱 절실하기에 학문을 함에 하학처에서 공부를 착수케 되면, 그 가운데 저절로 상달이 있게 됩니다. 제왕의 학문은 더욱 자기에게 절실한 사유를 함으로써 자신에게 체득하여 실용에 베풀어야만 할 것입니다.[53]

이 언급은 진정한 학문이란 고원한 것을 담론하는 것이나 문자를 암송하는 것이 아니라, 현실적 실효성을 지니는 것이며, 제왕과 같이 현실의 중심에 자리 잡고 있는 자는 더욱더 현실의 지평에서 학문해야함을 제시하고 있다. 그는 선조가 학문의 방법에 대해 질문하자 "학문의 요체는 별다른 묘법이 있는 것이 아니라, 구방심(求放心)과 경(敬)에 있으며, 진정한 학문은 고원한 것에 있는 것이 아니기에 천도와 성명(性命)의 오묘함을 말할 필요가 없다[54]"고 언급하였다. 그는 「진성학육잠소(進聖學六箴疏)」에서 다음과 같이 말하고 있다.

대체로 뜻은 정하지[定志] 않을 수 없기에 규모를 크게 정하고 표준을 높이 세워 나아가고자 하는 방향이 이미 올바른 후에야 순서를 따라 점점 나아가게 될 것입니다. 학문은 강론하지 않을 수 없으니 강습하고 토론하며 격물 궁리하여 의리가 명백해진 이후에 체인하고 역행할 수 있습니다. 居敬하고 存心함이 이미 한 때라도 혹 게으르게 함이 없어야 할 것이며, 克己하고 檢身하기를 하루라도 감히 잊어서는 안 될 것입니다. 위기지학을 위한 정성됨과 간절함이 이와 같다면 또 반드시 군자를 가까이 하여[親君子] 날마다 충언으로 보익케 하고, 또한 소인을 멀리 물리쳐[遠小人] 간사한 아첨이 뜻을 의혹시키지 않게 해야 할 것입니다. 조심하고 두려워하기를 날마다 삼가 해서, 인심과 사욕이 그 틈을 보지 못하도록 하고, 이 마음을 끌고 나아가 밝은 천명을 돌아보기를 매우 부지런하게 힘쓰고 그치지 않는다면, 자연스럽게 마음이 매우 밝아지고 도의가 흘러 넘쳐 動靜云爲와 號令을 시행함에 있어서 가는 곳마다 그 적합함을 얻지

---

53) 『東岡集』, 「經筵講義」 甲戌 10月 14日 "顯微一理, 皆所當窮, 但人事尤切, 爲學須先於下學處下工, 則上達在其中, 帝王之學, 尤須切己思惟, 體之於身, 而施之於用."

54) 『東岡集』, 「經筵講義」 癸酉 12月 2日 條 "學問別無妙法, 孟子曰, 學問之道, 無他, 求其放心而已. 先儒曰, 敬之一字, 是至約處 …… 大抵此學, 不在高遠, 不必常談天理性命之妙."

않음이 없을 것입니다. 제왕의 학문은 이것에 불과하며, 수신·제가·치국·평천하의 효능도 여기서부터 시행될 뿐 다른 방도가 있는 것이 아닙니다.[55]

「성학육잠」의 특성은 요순의 평천 세계가 다가올 것이라는 큰 뜻을 품고, 이 뜻을 이루기 위해서는 심성론적으로 천명과 반대되는 인심·사욕을 끊어버리고, 군자와 대립되는 인간인 소인을 멀리하라는 점에 있다. 동강이 이러한 공부론은 아마도 남명 퇴계 모두에게서 영향받은 것이라 할 수 있을 것이다. 남명 사유의 한 축은 지극한 순결성의 세계, 즉 청정무욕의 세계에 닿아 있다. 이러한 그의 사유가 동강에게 영향을 준 것이라 하겠다. 퇴계의 사상이 구체적으로 동강에게 어떤 영향을 주었는지를 이야기하기에는 아직 이르다. 그러나 그의 주장에는 퇴계의 공부론이 지니고 있는 몇 가지 특색을 드러내고 있다. 퇴계의 공부론에는 근원적 진리가 인간의 욕구와 욕망에 기대지 않고도 스스로 현시될 수 있다는 낙관론이 자리하고 있다. 즉 요순의 이상적 세계는 인간이 자신의 욕망을 넘어섰을 때 비로소 성취된다고 강조하고 있는 것이다.

이 인심과 사욕이 넘치지 않도록 하기 위해, 동강은 그 방책으로 퇴계와 남명이 모두 주장했던 "경과 의"를 주창한다. 경과 의를 통해 심의 청명성을 조금도 사욕과 인심에 오염시키지 않기를 주장했던 것이다. 하지만 이 역시 현실에의 정치적 안정화와 평천하의 세계가 오기를 꿈꾸었던 현실인식에서 출발한 것이다. 그는 성균관 대사성에 임명되어 「성균관학제칠조(成均館學制七條)」를 올리면서, 노불서(老佛書)를 읽는 사람, 고담 이론을 좋아

---

55) 『東岡集』, 「進聖學六箴疏」 "大抵志不可以不定也. 大作規模, 高立標準, 趣向旣政, 然後可以循序而漸進, 學不可以不講也. 講習討論, 格物窮理, 義理明白, 以後可以體察而力行, 居敬存心, 旣無一時之或怠, 克己檢身, 又無一日之敢忘, 其爲己誠切, 至於如此, 而又必親近君子, 日資忠言之補益, 迸遠小人, 俾無邪媚之惑志, 兢兢業業日愼, 一日不使人心私欲投其隙, 而提撕接續 顧諟明命, 亹亹孜孜, 俛焉而不已, 則自然方寸融明道義流轉, 動靜云爲, 號令施措, 無適而不得其所止矣. 帝王之學, 不過如是, 而修齊治平之效, 自此而措之耳, 非有他道也."

하는 자를 벌한다는 내용을 싣고 있다. 그는 근본적으로 유자의 지점인 무형의 초월적인 세계를 꿈꾸는 것을 거부하고 현실 안에서의 도덕적 세계를 꿈꾸었다. 이러한 도덕적 현실인식의 특성은 그가 지은『속자치통감강목(續資治通鑑綱目)』에서도 드러난다.『속자치통강감목』은 주자의「자치통감강목」에 기술된 전통적 역사서술방식에 의해 저작된 서적이다. 주자는 도덕적 성찰을 제공해 주지 않는 역사 연구란 무의미한 것이고 부질없는 놀음에 지나지 않는 것이라고 보았다. 주자가 만년에 "고증(考證)은 또 하나의 별다른 공부이다. 얻는 바에 비해서 힘이 많이 든다. 내가 우연히 그것을 좋아했던 것은 하나의 병통이다[56]"라고 술회하고 있는 것은 실증과 고증이 가질 수 있는 탈도덕적 경향을 경계한 것이라 할 수 있다. 이러한 현실적 도덕의 세계를 추구하고자 했던 동강의 의지가「속자치통감강목」을 짓도록 유도한 것이었다. 퇴계사상과의 접점을 읽어 볼 수 있는 대목이다. 그런 점에서 갈암(葛菴) 이현일(李玄逸)이 "선생이 일찍이 남명 선생의 문하에 수학하여 이미 입신행기(立身行己)와 출처 진퇴의 의리를 알게 되었으며, 다시 문순공 퇴계 선생을 뵙고서 성현이 서로 전한 도통의 진결(眞訣)을 듣고, 지경(持敬)과 궁리(窮理)가 도에 들어가고 덕에 나아가는 요체임을 알았다[57]"는 동강에 대한 평은 매우 의미심장한 것이다.

3) 동강의 학맥

동강의 학맥에 대한 기본적인 자료는 그의 후손 중재(重齋) 김황(金榥)이 연대순으로 작성한「급문록」이다. 이「급문록」에는 동강의 문인으로 무려 56명이 실려있다. 이들 문인의 지역은 대개 성주를 중심으로 하여 대구[徐思達 · 李之英 · 都進齋 등] · 진주[河淵尙 등] · 희령[尹豈 등], 함양[盧勝 · 盧亨

---

56) 錢穆,『朱子新學案』"考證又是一種工夫, 所得無幾, 而臂費不少, 向來偶日好之, 固是一病."
57)『東岡全書』李玄逸「東岡先生文跋文」"先生早遊南冥之門, 已知君子立身行己, 出處進退之義, 旣又從退溪李文純公, 得聞聖賢相傳道通眞訣, 乃知持敬窮理, 爲入道進德之要."

雲 등], 예천[鄭允穆 등] 등의 넓은 지역에 분포되어 있다. 성주에 거의 6, 7 할에 가까운 대다수의 문인들이 자리 잡고 있으며 그 다음으로는 대구에 문인들이 많다.

동강 문인들의 특징은 한강의 제자들과 겹쳐진 인물들이 많다는 점이다. 그 대표적인 예로 이육(李堉)·이학(李壆)·이상(李塎) 형제를 들 수 있다. 이들 형제는 전주이씨로 효령대군의 후손으로 동강, 한강 양 문하 모두에게 수학하였는데, 모두 과업을 폐하고 전심으로 위기지학을 하여 당시에 오현 가운데 삼현이라 불리었다. 이 외에도 송광진(宋光進)·송광계(宋光啓) 형제, 김충가(金忠可)·김득가(金得可)·김달가(金達可)·김성가(金成可)형제, 김정계(金庭契)·김정견(金庭堅) 형제 등을 제자로 두었다. 그러나 동강이 죽고 난 이후에 남명의 학맥은 대부분이 한강과 여헌 장현광의 문도에 속하고 거의 단절되다시피 하였다. 이러한 남명학맥의 단절은 인조반정으로 인한 북인정권의 몰락과도 밀접한 연관이 있다. 북인정권의 몰락으로 인해 성주에 광범위하게 자리 잡고 있던 남명학맥은 서서히 사라져가게 되었다. 그리하여 퇴남 양학파의 교차지점인 성주는 점차 퇴계학맥이 그 중심을 이루게 되었다.

5. 맺음말

성주 지역은 퇴계학파의 형성과 발전, 그리고 분화의 과정을 비교적 자세하게 보여 준다는 점에서 연구사적 의미를 지니고 있는 지역이다. 성주는 경산좌도와 우도의 분기점으로서 퇴계와 남명의 양 사상을 함께 호흡할 수 있는 지역이다. 서론 부분에서 잠시 언급하였으나, 이 지역은 천곡서원의 설립과정, 한강과 동강의 등장과 퇴계학파, 그리고 한주학파의 분화과정 등에서 보이듯이 퇴계학파의 성격을 이해 할 수 있는 다양한 요인들이 자리하고 있다. 따라서 이 지역의 사회 경제적인 조건과 이 지역 퇴계학파의 발전과정이 과연 어떤 연관성을 지니고 있는가 하는 문제는 매우 흥미로운 주제임이 틀림없다.

그러나 본고에서는 여러 가지 제약으로 인하여 이러한 사실들을 제대로 구명할 수 없었고, 단지 한강과 동강을 중심으로 전개되는 퇴계학파의 성립과정에 관해서만 개략적으로 살펴보았다. 필자의 견해로는 한강은 물론 동강의 학맥 까지도 마땅히 퇴계학파의 범주 속에 포함하여 논의하여야 할 것으로 보이며, 남명학파와의 중첩 부분은 사상사의 큰 줄기에서 보면 하등 문제가 없을 것으로 이해된다.

[한국정신문화연구원 교수 정순우]

퇴계학의 남전과 한주학파

1. 한주 이진상과 퇴계학맥

한주(寒洲) 이진상(李震相 : 1818~1886)의 고택(경북 성주군 월항면 한개마을 소재)을 들리면 '조운헌도재(祖雲憲陶齋)'라는 편액이 눈길을 끈다. 마치 공자가 "요(堯)·순(舜)을 조술(祖述)하고 문(文)·무(武)를 헌장(憲章)하였다"고 했듯이 한주는 주자(雲谷)를 조술하고 퇴계(陶山)를 헌장하겠다는 자기 학문의 지남(指南)을 밝힌 것이다. 이 편액을 내건 것은 그의 나이 30세 때의 일이다. 그는 이미 20세 때에 도산서원을 배알하고서 퇴계 이황(1501~1570)을 사숙(私淑)한다. 그 뒤 그는 35세와 40세 때 두 차례에 걸쳐 당시 퇴계 학통의 종장(宗匠)의 자리에 있던 안동의 정재(定齋) 유치명(柳致明 : 1777~1861)을 방문한다. 이러한 사실들을 볼 때 그는 분명히 퇴계학맥에 서 있음을 알 수 있다.

이렇듯 한주는 자신이 주자와 퇴계의 정통을 잇는다고 확신하였지만, 사후 제자들 손에 의해 발간된 그의 문집이 도산서원에 봉정되자 패자(牌子)와 통문(通文)을 통해 격렬한 비판이 제기되며 심지어 상주의 도남서원(道南書院)에서는 불태워지기까지 한다. 스스로 퇴계학맥의 정통에 서 있다고 생각한 자들에 의해 행해진 것들이다. 물론 면우(俛宇) 곽종석(郭鍾錫 : 1846~1919) 등 그의 제자들은 스승의 학설을 방어하고 나선다. 여기에서 한주 스스로 도산서원을 배알하여 퇴계의 사숙 제자가 된 점은 달리 논의할 여지가 없지만, 유치명을 방문한 것을 근거로 한주가 그를 통해 퇴계 학통을 이었다거나 심지어 그의 제자로 보는 데에는 좀 문제가 있다. 그가 유치명을 만났을 때는 이미 자신의 학문이 형성되었고 또 스스로 이미 퇴계를 계승하고 있음을 내세운 뒤이며, 앞에서 보았다시피 심지어 당시 퇴계학맥의 정통에 서 있다고 생각한 자들에게서 격렬한 비판까지 받았기 때문이다. 결국 그는 뚜렷한 사승 관계없이 퇴계학을 사숙하여 계승했다고 보는 것이 더 옳을 것이다.

그렇다면 여기에서 한주가 살았던 성주 지방의 퇴계학 전승 관계를 한 번 살펴보는 것도 필요하겠다. 성주 지방은 낙동강 중류, 영남 중부 지역이다. 학파 분포상으로도 퇴계학파가 주로 활동하던 경상좌도 안동과 남명학파가 주로 활동하던 경상우도 진주의 중간지대이다. 이러한 특징으로 말미암아 이 지역에는 퇴계와 남명 양쪽 문인들이 고루 분포하고 있었으며, 또한 양 문하를 다 드나든 이들도 있다. 그 대표적 인물로 동강(東岡) 김우옹(金宇顒 : 1540~1603)과 한강(寒岡) 정구(鄭逑 : 1543~1620)가 있다. 둘 다 성주 사월(沙月)에서 출생, 함께 남명의 제자 덕계(德溪) 오건(吳健 : 1521~1574)에게서 수학하며, 이후 둘 다 양 문하에 출입한다. 이러한 성주 지방의 지리적·학맥적 특징은 절충적·포용적·종합적 학풍을 열 수 있는 조건이 되기도 한다. 크게 보면 성주와 인접해 있는 선산·칠곡의 여헌(旅軒) 장현광(張顯光 : 1554~1637)도 여기에 포함될 수 있다.

이처럼 성주 지방에는 일찍이 퇴계학이 전래해온다. 정구와 장현광의 문인록(門人錄)을 보면 이 일대에 그들의 제자가 집중적으로 분포되어 있음을 알 수 있다. 하지만 그들에게서 한주로 이어지는 사승·학맥 연원은 잘 확인되지 않는다. 정구 학맥의 주류는 성주 지방이 아닌 근기(近畿) 지방의 미수(眉叟) 허목(許穆 : 1595~1682)으로 이어져 이른바 '근기퇴계학파'를 형성했다는 것이 통설이다. 그렇다고 성주 지방의 이러한 학문적 풍토가 한주와 무관하다고 말할 수는 없다. 퇴계의 직전 제자들에 의해 일찍이 이 지방에 퇴계학이 전파되어 폭넓게 퍼져 있는 상황은 한주의 철학이 자라나는 데 온상 역할을 하였음은 부인하기 힘들 것이다.

위에서와 같이 전근대 시기의 퇴계학 전승을 연구함에 있어 사승과 학맥, 도통의식 등을 살펴보는 것이 중요한 한 방법이긴 하지만 학문내용 상 계승관계를 밝히는 것이 보다 의미 있을 것이다.

2. 한주 이진상의 퇴계학 계승

한주(寒洲) 이진상(李震相)은 1818년(순조18) 성주에서 아버지 성산(星山) 이씨(李氏) 한고(寒皐) 이원우(李源祐)와 어머니 의성(義城)김씨(金氏)의 맏아들로 태어났으며, 향년 69세를 일기로 1886년에 죽었다. 그는 17세 때 숙부 응와(凝窩) 이원조(李源祚)의 가르침에 따라 주자학 공부에 전념하여 이듬해인 18세 때 이미 「성명도설(性命圖說)」을 짓는다. 그는 20세 때 도산서원을 배알한 이후 주자와 퇴계에 학문의 지남을 두고서 일생을 주자학 연구에 전념하는 가운데 벼슬길에는 뜻을 두지 않았다.

한주가 벼슬길에 나아가지 않고 처사로 일생을 마치지만 현실을 외면하면서 살지는 않았다. 특히 그가 살았던 시기는 개항기로서 국내외적 상황이 급박하게 돌아가던 시기였다. 그는 눈앞에 전개되는 역사 현실을 직시하면서 주자학적 지식인으로 적극적인 삶을 살아갔다. 그가 40세 때인 1857년 청나라의 함풍제(咸豊帝)가 열하(熱河) 지방으로 피난갔다는 소식을 접하고서, 이 기회에 청에 대한 사대를 철폐하자는 내용의 상소문을 짓는 것을 시작으로 하여, 45세 때(1862년)는 진주 등 삼남(三南) 지방에 민란이 일어나 조정에서 삼정리정청(三政釐整廳)을 설치하고 삼정(三政)의 구폐를 묻는 왕의 윤음이 내리자 「응지대삼정책(應旨對三政策)」을 올린다. 대원군 집정기인 1871년(54세) 서원철폐령이 내려지자 상경하여 「청복설사원소(請

復設祠院疏)」를 올리며, 1876년(59세) 운양호사건의 소식을 접하고서는 성주 일대의 사우들을 모아 의병을 도모하였다가 화의 소식을 듣고 그만 두기도 하였다. 1881년 김홍집이 수신사로 일본을 다녀와 청의 주일 참찬관 황준헌이 지은 「조선책략(朝鮮策略)」을 왕에게 올림으로써 전국적으로 재야 유생들의 척사상소가 빗발치며, 이때 영남지방에서도 이른바 ‘영남만인소(嶺南萬人疏)’를 올리게 되는데 그도 척사의 글을 지어 향내에 돌렸다. 또 1884년(67세)에 변복령이 내려지자 그 부당함을 지적하는 「의제론(衣制論)」을 짓는다. 이상의 행적을 볼 때, 한주는 당시 대부분의 재야 유생들이 그러했듯이 기본적으로 존화양이(尊華攘夷)에 입각한 척사위정론(斥邪衛正論)의 입장에 서 있음을 알 수 있다.

한편 한주는 활발한 학문 연구를 통해 방대한 저술을 남기고 있는데 대부분 성리설에 대한 논의에 집중되고 있다. 그 가운데서도 하나의 기준이 될 수 있는 것은 23세 때 지은 「심경도설(心經圖說)」과 「이단론(異端論)」, 44세 때 지은 「심즉리설(心卽理說)」, 그리고 61세 때 편한 「이학종요(理學綜要)」이다. 그는 「심경도설」을 통해 퇴계학의 종지가 심학(心學)에 있음을 확신하여 도설(圖說)로써 계승하고, 「이단론」을 통해 퇴계의 주리(主理) 학통에 서는 한편 주기론(主氣論) 및 이단사설(異端邪說)에 대한 격렬한 비판에 나선다. 공부의 방향을 다진 시기라 할 수 있다. 「심즉리설」에 이르면 수많은 성리설에 대한 검토, 연구, 비판을 통해 자신을 학설을 내세운다. 마침내 「이학종요」에서 그는 자신의 성리설을 총결한다.[1]

한주 성리설의 핵심은 이기론상(理氣論上)에서의 유리론적(唯理論的) 이발일도설(理發一途說)과 심론상(心論上)에서의 심즉리설(心卽理說)로 정리할 수 있다. 이러한 그의 성리설은 기호 학통 율곡의 성리설은 물론이고 퇴계의

---

1) 한주의 생애와 저술에 대해서는 『寒洲全書』壹(아세아문화사 영인)의 808~809쪽 「世系圖」, 810~825쪽 「年譜」, 826~839쪽 아들 李承熙가 쓴 「行錄」, 840~856쪽 門人 郭鍾錫이 쓴 「行狀」, 그리고 3~29쪽 송찬식의 「寒洲全書解題」 등 참조.

성리설과도 자못 다르다. 바로 이점 때문에 퇴계 학통 안에서 거친 비판이 일어났던 것이다. 그러나 조금만 자세히 들여다보면 퇴계 성리설의 핵심을 누구보다도 '적극적'으로 계승하고, '한 걸음' 더 발전시킨 것임을 알 수 있다.

먼저 퇴계의 이기설(理氣說)에 나타난 가장 두드러진 특징이 이발(理發)·이동설(理動說)이다. 그는 고봉(高峯) 기대승(奇大升 : 1527~1572)과의 이른바 사단칠정(四端論辨) 끝에 "사단(四端)은 이(理)가 발(發)하고 기(氣)가 이것에 따른 것이며, 칠정(七情)은 기가 발하고 리가 이것에 탄 것"[2]이라 하여 기발(氣發)만을 주장하는 고봉에 대해 리와 기가 모두 발한다는 이기호발(理氣互發)을 자신의 정안으로 삼고 있는데, 기가 발한다는 것은 주자학의 상식인 만큼 리가 발하고 리가 동정한다는 데에 퇴계설의 특징이 있는 것이다. 퇴계는 이러한 자신의 이발(理發)·이동정론(理動靜論)을 중국 북송(北宋) 주돈이(周敦頤)의 「태극도설(太極圖說)」을 끌어와 정당화하고 있으며[3], 이유체용론(理有體用論)을 통해 설명한다.[4] 이렇게 사단논변(四端論辨)이 있고 난 120여 년 뒤인 1689년 갈암(葛庵) 이현일(李玄逸 : 1627~1704)이 율곡의 사칠설(四七說)을 조목조목 비판[5]하면서부터 퇴계와 율곡의 후예들 간 문호지쟁이 격렬해지며, 이기호발설(理氣互發說)은 퇴계학파의 학통(學統)과 도통(道統) 상전(相傳)의 중심 내용이 되었다.

한주도 기본적으로 퇴계의 이기호발론(理氣互發論)을 이어받고 있으며, 이(理)에 대한 체용론적(體用論的) 논의를 통해 이(理)의 동정(動靜)을 말하고 있다. 그러면서도 자신의 견해를 그 속에 포함시키고 있다.

---

2) 李滉, 『退溪集』 卷14, 「答奇明彦論四端七情第二書」.

3) 李滉, 같은 책, 卷25, 「答鄭子中」 참조.

4) 李滉, 같은 책, 卷18, 「答奇明彦別紙」 참조.

5) 李玄逸, 『葛庵集』 卷18, 「栗谷李氏論四端七情書辨」 참조.

> 氣가 있기 전에 먼저 理가 있었으니, 이 리가 있자 비로소 動靜할 수 있게 되었다. 그러므로 동 또한 太極의 동이며, 정 또한 태극의 정이다. 동하면 곧 양을 낳고, 정하면 곧 음을 낳아 이러한 동정함으로 말미암아 기라는 이름이 있게 되었으며, 이때 리는 항상 主가 되고 기는 항상 資가 된다. 동하지도 않고 정하지도 않으나 동정의 신묘함을 함유하고 있는 것은 리의 본래 모습(體)이며, 동하기도 하고 정하기도 하면서 동정의 기미를 가지고 있는 것은 리의 신묘한 작용(用)이다. 기는 동하면 정하지 않고 정하면 동하지 않으니, 결코 스스로 동하고 스스로 정하는 사물이 아니다.[6]

여기에서 보면 한주는 동정의 질적 차별성을 통해 기의 동정과 이의 동정을 구분하고 있다. 곧 그는 동정함에 있어서 리가 원인자이자 주가 되며, 자동자정(自動自靜)하는 리 동정의 특성을 들어 기의 동정과 질적 구분을 하고 있다. 마침내 동정의 질적 차별성을 강조한 그는 이발일도설(理發一途說)을 제기한다.

> 性은 '아직 발하지 않은'(未發) 리이고, 情은 '이미 발한'(已發) 리이며, 성이 발하여 정이 되니 다만 똑같은 리일 따름이다. 이것은 마치 주인이 집을 나서면 손님이 되지만 같은 사람일뿐인 것과 똑같다. 진실로 성과 정의 실제 모습을 궁구하여 보면, '리가 발한 것'(理發)만 있지 '기가 발한 것'(氣發)은 없다.[7]

한주는 성발위정론(性發爲情論)을 바탕으로 성(性)과 정(情)이 미발(未發)과 이발(已發)의 차이만 있지 모두 똑같은 이발(理發)이라고 말한다. 성[四端]만이 아니라 정(七情)도 모두 이발(理發)로만 설명하고서 기발(氣發)은 아예 말하지 않는다. 기(氣)가 발(發)하긴 하되 스스로에 의한 것이 아니고, 또 그것은 이(理)의 발(發)에 의한 것이기 때문에 이발(理發) 하나로 설명할 수 있다는 생각이다. 이러한 이발일도설(理發一途說)은 퇴계의 이기호발설(理氣互發說)을 수정한 측면도 보이긴 하지만 그 못지 않게 '적극적' 계승의 측면

---

6) 李震相, 『寒洲全書』, 「與李愼庵晩愨書」.

7) 李震相, 『寒洲全書』1, 「答郭鳴遠疑問」.

이 있다. 이제 퇴계 학통의 이기호발설(理氣互發說)은 한주에 이르러 이발일도설(理發一途說)로 계승되면서 율곡 학통의 기발일도설(氣發一途說)과 정면으로 맞서게 된 것이다. 이 단계에 이르면 한주의 이기설(理氣說)은 이제 '주리(主理)'라는 말보다는 '유리(唯理)'라는 말로 규정하는 것이 더 실제 내용과 부합하게 된다.

한주가 이처럼 유리론적(唯理論的) 이발일도설(理發一途說)을 제기한 본래 뜻은 이미 퇴계의 주리론적(主理論的) 이기호발설(理氣互發說)에서도 나타났듯이 이(理)의 능동능정(能動能靜)함을 통하여 기(氣)에 대한 주재성을 확보하자는 데에 있다. 퇴계는 일찍이 만약 이(理)가 동정(動靜)하지 않는다면 죽은 사물이 되고 만다8)는 말로 주자학의 정론인 '이(理)는 작위(作爲)하지 않는다'는 말에 항변하고 있다. 퇴계의 주장 속에는 리가 죽은 사물처럼 동정하지 못한다면 기(氣)나 기의 동정을 주재할 수 없다는 그의 깊은 고민이 들어 있다. 여기에서 어찌 보면 이(理)가 실제로 동정한다는 사실보다 동정해야 한다는 당위가 앞서 있다는 생각이 들기도 한다. 어쨌든 이가 살아서 동정하며 주재한다는 생각은 퇴계 학통의 굳은 확신이며, 한주는 그것을 더욱 '적극적'으로 이어받고 있는 것이다.

이러한 주재성의 내용을 담보하는 퇴계 학통의 이활물설(理活物說)은 한주에 의해 심(心)에 대한 논의로 연결되면서 '심즉리(心卽理)'로 귀결되어간다. 그는 특히 퇴계의 「성학십도(聖學十圖)」 중 제3도인 「심통성정도(心統性情圖)」의 해석을 통해 심즉리의 명제를 제기한다. 이 '심통성정론(心統性情論)'은 중국 북송(北宋)의 장재(張載)에 의해 제기되고 주자에 의해 절대적 진리로 받아들여진 주자학의 대명제이다. 그는 앞에서 제기한대로 성(性)만이 아니라 정(情)마저도 이(理)로 설명한 마당에 이(理)인 성(性)과 정(情)을 통솔하고 주재해야 할 위치에 있는 심(心)이 기(氣)일 수는 없다는 생각을

---

8) 李滉, 『退溪集』 卷18, 「答奇明彦別紙」 참조.

"성(性)과 정(情)이 다만 똑같이 이(理)이므로 심(心)이 이(理)가 되는 것은 진실로 당연하다"[9]는 말로 적고 있다. 성(性)뿐만 아니라 심(心)과 정(情)도 모두 이(理)라는 결론을 다음의 글에서 보다 상세히 밝히고 있다.

> 性이 氣質을 떠날 수는 없지만 性의 名義만을 오로지 말하면 理일 따름이고, 心도 반드시 形體를 가지고 있지만 心의 主宰만을 오로지 말하면 理일 따름이며, 情도 氣가 用事하는 가운데 생겨나지만 情의 根因을 오로지 말하면 또한 理일 따름이다.

위의 예문에서 볼 수 있다시피 한주는 심(心)의 주재적 성격을 들어 심즉리(心卽理)를 말하는데 다시 보면 심즉리만 말한 것이 아니다. 그는 '성즉리(性卽理)'·'정즉리(情卽理)'와 함께 '심즉리'를 말하고 있다. 주자학의 입장에서 보면 사실은 심즉리보다 정즉리가 더 문제 될 수 있다. 그런데 막상 문제된 것은 심즉리이다. 이 심즉리설(心卽理說)은 율곡의 '심시기(心是氣)'는 물론이고 퇴계의 '심학이기설(心合理氣說)'과도 다르며 도리어 이단시되던 양명학(陽明學)의 '심즉리'와 같은 내용이기 때문에 비판은 더욱 거세었다. 그는 옥석(玉石)의 비유를 들어 자신의 심즉리를 설명하는 한편 율곡의 '심시기'를 비판하고 있다.

> 대저 옥은 천하의 지극한 보배이다. 그러나 세상에는 돌을 옥으로 아는 자가 있다. 형산의 옥은 돌 속에 싸여 있어 오직 卞和만이 그것이 옥이라는 사실을 알아서 왕에게 바쳤는데, 왕이 玉工을 불러 보이니 돌이라고 하였다. 이것은 그 겉의 돌만 보고서 그 안의 옥을 알지 못한 것이다. 조정에서 조금 옥과 돌을 구별할 줄 아는 자가 있었는데, 역시 모두 돌이라고 했다.[10]

한주는 위의 예문에서 자신의 심즉리설은 돌 속에 옥이 있다는 사실을

---

9) 李震相,『寒洲全書』1, 卷32,「心卽理說」.
10) 같은 곳.

안 변화(卞和)에 비유하고 율곡의 심시기설(心是氣說)은 돌속에 옥이 있다는 사실을 모른 옥공에 비유하고 있다. 이것은 곧 율곡의 심시기설이 심의 알맹이는 보지 못한 채 겉껍데기만 보고 한 말이라는 비판이다. 그리고 옥과 돌을 조금은 구별할 줄 알지만 역시 돌이라고 한다는 것은 퇴계의 심합이기설(心合理氣說)을 곧이곧대로만 받아들인 사람을 가리키고 있음도 알 수 있다. 이것은 퇴계의 심합이기설에 대해 직접적으로 비판한 것이라기보다는 퇴계의 심합이기설을 문자에만 매달려 고지식하게 추종하는 퇴계의 후예들을 비판한 것이다. 동시에 자신이야말로 퇴계 심합이기설의 참뜻을 알아 심즉리설(心卽理說)을 통해 퇴계의 심설(心說)을 진정하게 이어받았다는 생각을 담고 있다. 한편 양명학의 심즉리설은 엉뚱하게도 돌을 보고 옥이라 하고, 기(氣)를 보고 이(理)라고 하는 잘못을 범하고 있다고 비판한다.[11] 따라서 자신의 입장에서 보면 양명학의 심즉리설은 곧 심즉기설이 되고 만다고 말한다.

위의 논의를 보면 그가 심(心)에는 이(理)와 기(氣) 양 측면이 모두 있다는 사실을 인정하고 있음을 알 수 있다. 심(心)에 대한 이러한 이기론적(理氣論的) 이해는 이미 주자에게서 나타나는데, 그는 직접 주자의 언론(言論)들을 분석해 자신의 심즉리설을 이끌어내고 있다. 곧 그는 주자의 언론 속에서 심(心)을 기(氣)로 말한 것[12]과 이(理)로 말한 것[13]을 구분한 뒤 심(心)을 이(理)로 말한 것만을 들어 자신의 심즉리설을 입론했음을 말한다. 여기에는 심(心)을 이(理)로 이해한 것만이 주자 심설(心說)의 정수라는 확신이 깔려 있다. 그가 이렇게 심(心)을 이(理)로 보았을 때 이 심(心)의 가장 핵심적인 내용은 주재성(主宰性)이다. 그리고 그는 심즉리의 심(心)을 기(氣)의 심(心)

---

11) 같은 곳 참조.

12) "性猶太極也, 心有陰陽也", "心者氣之精爽"(『朱子語類』 卷5, 「性理」) 등이 이에 해당한다고 본다.

13) 李震相, 『寒洲全書』2, 「理學綜要」, "朱子曰, 心者天理之主宰也"와 "朱子曰, 心者天理在人之全體" 참조.

과 구분하여 '본심(本心)'이라는 말을 쓰기도 한다. 한편 그는 주자의 언론(言論) 속에서 단순히 심(心)의 용례를 분석해 구분하기만 한 것이 아니라, 이러한 다양한 층차의 용례가 주자 이론의 완전성을 해친다고 생각하여 심(心)을 기(氣)로 이해한 것을 그의 초년설(初年說)로, 심(心)을 이(理)로 이해한 것을 그의 만년설(晚年說)로 정리한다.[14] 사실을 떠나 여기에서 어떻게든 심즉리설을 반석 위에 올려놓으려는 그의 충정은 읽을 수 있다.

3. 면우 곽종석의 한주학을 통한 퇴계학 계승

면우(俛宇) 곽종석(郭鍾錫)은 1846년(憲宗, 12) 단성현(丹城縣) 초포(草浦)(현 경남 산청군 단성면 사월리 초포)에서 현풍(玄風) 곽씨(郭氏) 곽원조(郭源兆)의 아들로 태어났으며, 파리장서사건으로 투옥된 뒤 병보석으로 풀려난 2개월여 뒤 다전(茶田 : 현 경남 거창군 가조면)에서 향년 74세를 일기로 1919년에 죽었다.

면우는 어머니의 권유에 따라 20세 때 한차례 서울에 가 과거에 응시한 적은 있지만 이후 벼슬길에는 뜻을 두지 않아 비안현감(比安縣監, 50세), 중추원의관(中樞院議官, 54세), 비서원승(秘書院丞, 58세) 등에 제수되나 끝내 나아가지 않고 처사로서 한 생을 마감한다. 그는 한주 학통의 적전(嫡傳)이요 한주 학맥의 종장(宗匠)으로서 망국이라는 현실의 소용돌이 속을 살아나갔다. 그가 한주의 문하로 나아간 것은 25세(1870년) 때이다. 그러나 한주 문하로 나아가기 전에 그는 이미 「회와삼도(晦窩三圖)」(23세)를 지어 회암(晦庵, 朱子)과 회헌(晦軒, 安珦), 회재(晦齋) 이언적(李彦迪)의 주자학 전통을 잇겠다는 뜻을 세웠으며, 또 자신의 대표적 성리설이 담긴 「사단십정경위도(四端十情經緯圖)」(25세)를 지었다. 그래서 스승과의 첫 만남 자리에서부터

---

14) 李震相, 『寒洲全書』2, 「理學綜要」 卷8, 「心」 참조.

"이기(理氣)에 대한 학설이 서로 합치되어 두 사람의 무릎이 맞닿도록 자리가 가까워져도 미처 알아차리지 못할 정도였다"는 말이 전한다. 또 사제간의 정이 남달랐음은 그가 봉화 춘양에서 살고 있을 때 스승 한주의 별세 소식을 들었는데 허겁지겁 빈소에 닿으니 빈소의 문이 저절로 열렸다는 이야기에서도 알 수 있다.

면우도 스승 한주와 마찬가지로 재야에서 처사로서의 삶을 마쳤지만 현실의 문제를 직시하면서 적극적으로 살아갔다. 50세 때인 1895년 민비 시해의 을미사변(乙未事變)이 일어나자 이승희, 이두훈과 함께 상경하여 각국 공관에 일본의 패역을 성토하고 그 죄를 다스릴 것을 호소하는 「열국공관서(列國公館書)」를 보낸다. 또 60세 때인 1905년 을사보호조약(乙巳保護條約)이 맺어진다는 소식을 듣고서는 「청뢰거보호명정국체(請牢拒保護明正國體)」 제하의 차자(箚子)를 황제에게 올리며, 황제로부터 즉시 조정으로 부임하라는 명을 받고 상경하던 중 조약이 맺어졌다는 소식을 듣고는 매국적신을 참할 것과 만국공법에 호소할 것을 청하는 「청참매국적신개덕열국공법소(請斬賣國賊臣開德列國公法疏)」를 올린다.

그런데 면우는 1896년과 1906년 당시 2차례에 걸쳐 기호지방 화서학파(華西學派)의 면암(勉庵) 최익현(崔益鉉 : 1833~1906)으로부터 의병에 참여하라는 청을 받았으나 거절한다. 그러면서 그는 의병에 참여하지 않는 이유로 자신은 군대가 없는 처사의 몸이라는 것, 의병과 대결해야 할 군대가 관군이라는 것, 거병하여 자칫 질서를 잃으면 도리어 망국을 앞당긴다는 것, 잘못하면 반역의 누명을 쓰게 된다는 것, 일반 농민들에게 폐해를 줄 수 있다는 것 등을 들고 있다. 그와 최익현의 노선 가운데 어느 것이 옳았는가를 따지는 것과는 별개의 문제로, 이미 그에게로 오면 척사위정운동의 노선과는 다른 길을 걸어가는 모습을 확인할 수 있다. 그리고 이러한 행동 노선은 이후 파리장서사건으로도 그대로 이어지고 있다.

1919년 한주학파의 면우 곽종석과 그의 제자 심산 김창숙이 주도한 이른바 파리장서사건은 '제1차 유림단사건'이라고 일컬어지기도 하는데[15], 이 사건은 일제강점기 동안 전개된 유림들의 가장 대표적인 항일사건으로 한 주학파의 위치를 한껏 돋보이게 해준다. '파리장서'의 내용 속에는 제1차 세계대전 뒤 파리평화회의에 참석한 각국 대표들에게 전하기 위한 한국 유 림들의 항일·독립의 결의가 담겨 있다. 아울러 이것은 유림이 배제된 채 천도교·불교·기독교 대표 33인의 명의로 선언된 「기미독립선언문」에 대 한 화답과 지지의 의미를 가지고 있다.

한편 면우는 한주의 적전(嫡傳)으로서 풍부한 저술을 남기고 있으며, 그 중심 내용은 성리설에 대한 연구로 한주의 학설을 계승, 옹호하는 것이 많 다. 먼저 그의 저술에 대해서 살펴 보면, 앞에서 말한 것과 같이 한주를 만 나기 전에 이미 그는 「사단십정경위도(四端十情經緯圖)」에서 자신의 정리된 성리설을 제기하고 있다. 한주를 만난 이후인 28세 때 그는 「심성잡기(心性 雜記)」를 지어 심즉리설(心卽理說)을 중심으로 한 한주의 심성설(心性說)을 계승, 발전시키고 있으며, 32세 때 지은 「이결(理訣)」에서 이기론(理氣論) 등 자신의 성리설을 완성시키고 있다. 여타 중요한 성리설의 연구저술로 26세 때 대산(大山) 이상정(李象靖 : 1710~1781)의 「심동정도(心動靜圖)」에 의문을 가져 지은 자신의 「심동정도」, 남당(南塘) 한원진(韓元震 : 1682~1751)의 인심 도심설(人心道心說)을 비판하면서 지은 「서한남당인심도심설후(書韓南塘人心 道心說後)」, 40세 때 북송(北宋) 주돈이(周敦頤)의 「태극도설」과 『통서』를 언 해한 『태극도설통서언해(太極圖說通書諺解)』 등이 있다.

면우의 학문활동은 성리설 연구가 물론 중심 내용이긴 하지만, 그는 사 서(四書)의 범위를 넘어 오경(五經)에 대해서도 관심을 가졌으며, 유학의 범 위를 넘어 병서(兵書)와 심지어 서양학문에도 관심을 가졌다. 그러나 여기 에서는 그의 성리설 가운데서도 스승 한주의 학설을 계승, 발전시킨 것을

---

15) 파리장서사건의 경위와 경과에 대해서는 지교헌의 「면우 곽종석의 경학사상」(『한국 사상가 의 새로운 발견』3, 12~13쪽) 참조.

중심으로 살펴보기로 한다.

　한주 학통의 도맥(道脈)은 심즉리설(心卽理說)이다. 면우는 한주 문하에 나아간 지 3년 뒤 지은 「심성잡기(心性雜記)」에서 이미 "한주 선생이 태어나서 맹자와 정자의 끊어진 실마리를 찾고, 주자와 퇴계의 올바른 학문전통을 살펴 심즉리(心卽理)를 제창하였다. 그래서 잘못된 견해와 세간 학자들의 근거 없는 비난을 논파하였으니, 그 공으로 논한다면 오늘날의 정자(程子)라 하여도 좋을 것이다"라 하여, 한주를 유교 도통의 한가운데에 위치시키고 있으며 심즉리설을 단순히 한주 한 사람의 학설이 아닌 성현들께서 도통상전(道統相傳)한 바로 그 핵심 내용이라고 단언하였다.

　이후 면우는 당시 기호학파 내에서 전개된 심(心)에 대한 주리(主理)·주기(主氣)적 해석의 논란에도 뛰어들어 율곡 학통의 적전(嫡傳)임을 자임하던 간재(艮齋) 전우(田愚 : 1841~1922)의 '심시론(心是氣)'의 입장에 선 '성사심제론(性師心弟論)'을 비판하였으며, 노사(盧沙) 기정진(奇正鎭 : 1798~1879)의 심즉리설도 철저하지 못하다고 비판하였다. 또한 화서학파(華西學派) 내의 심설(心說) 논쟁에도 뛰어들어 화서(華西) 이항로(李恒老 : 1792~1868)의 심주리설(心主理說)을 적극 지지하면서 스승의 설을 고수하는 홍재구(洪在龜)와 유기일(柳基一)의 심주리설에 대해 조언을 하는 한편 스승의 설을 수정한 성재(省齋) 유중교(柳重教 : 1832~1893)의 심주기설(心主氣說)에 대해서는 「유성재심설변(柳省齋心說辨)」이라는 비판의 글을 쓴다. 그리고 한주의 문집이 간행되자 이만인(李晩寅)·이재기(李載基) 등 퇴계 학통 안의 심즉리설 비판에 대해서 옹호하고 나섰으며, 한주 심즉리설에 회의적인 여타 영남지방의 이자익(李子翼)·이종기(李種杞)·조긍섭(曺兢燮) 등과도 토론, 설득해갔다.[16]

　면우가 주장한 심즉리설의 기반은 한주와 마찬가지로 그에게서 물려받은 유리론적(唯理論的) 이발일도설(理發一途說)이다. 그는 주재하는 것[主宰]

---

16) 郭鍾錫, 『俛宇集』2, 卷85, 「答曺仲謹」癸巳 別紙 등 참조.

이 이(理)이고 돕는 것[資助]은 기(氣)라고 하여 퇴계에서 한주에게로 전해 온 '이유동정설(理有動靜說)'·'이유체용설(理有體用說)'을 이어받고 있다.[17] 아울러 이(理)의 인식과 관련해서도 한주가 수간(竪看)·횡간(橫看)·도간(到看)으로 나눈 것을 이어받아, 그는 율곡의 기발일도설(氣發一途說)은 사물의 형적만 쫓아 도간(到看)한 것인 반면 퇴계의 이기호발설(理氣互發說)은 수간(竪看)과 횡간(橫看)을 겸한 것이라 하여 퇴계의 설을 옹호하고 있다.[18]

한편 면우는 퇴계의 「성학십도(聖學十圖)」 중 제3도인 「심통성정도(心統性情圖)」에 대한 해석을 통해 자신의 심즉리설(心卽理說)을 전개함과 동시에 한주의 심즉리설을 계승, 옹호하고 있다. 퇴계의 「심통성정도」는 원래 원나라 임은(林隱)정씨(程氏)의 「심통성정도」를 상도(上圖)로 하고 여기에 퇴계 자신이 중도(中圖)와 하도(下圖)를 덧붙인 것인데, 면우는 이 중에서도 특히 중도(中圖)를 심즉리설의 핵심적인 근거로 삼고 있다.[19]

면우는 먼저 스승 한주와 자신이 말하는 심즉리설에서의 심(心)은 '본심(本心)'이요, '진심(眞心)'이며, '주재지심'임을 말한다.[20] 그는 이 가운데서도 심의 주재적 측면을 특별히 강조한다. 그는 주자학의 대명제인 '심통성정론(心統性情論)'을 바탕으로 심(心)만이 주재력을 지니며, 심이 정은 물론 리인 성을 주재하기 위해서는 리가 될 수밖에 없다고 말한다. 그리고 그는 심만이 주재력을 지니기 때문에 심(心)이 정(性)을 검속하는 것이지 성(性)이 심(心)을 검속할 수는 없다고 말한다.

---

17) 郭鍾錫, 『俛宇集』3, 卷129, 「理訣續上」, 591, 593쪽 참조.
18) 郭鍾錫, 같은 책, 卷112, 「答裵汝鸞」, 乙亥 別紙, 317쪽 참조.
19) 郭鍾錫, 『俛宇集』1, 卷36, 「答李子翼」, 乙亥, 609쪽 참조.
20) 郭鍾錫, 『俛宇集』2, 卷47, 「答權舜人」, 81쪽 참조.

4. 한계 이승희의 한주학을 통한 퇴계학 계승

한계(韓溪) 이승희(李承熙)는 1847년(헌종13) 한주(寒洲) 이진상(李震相)의 아들로 태어났으며, 1908년(62세) 블라디보스톡으로 망명길에 올랐다가 1916년 봉천(현 瀋陽) 소북관(小北關)에서 향년 70세로 생을 마감하였다.

한계의 활동은 크게 두 시기로 나눠 살펴볼 수 있는데, 바로 1908년 62세 때의 망명 이전과 이후 시기이다. 망명 이전 그는 한주학파의 일원으로서 스승이자 아버지인 한주 이진상의 성리설을 공부하여 이어받고, 한주 사후 곽종석·허훈 등과 한주의 문집을 발간하며, 문집 발간 후 한주 성리설에 대한 비판이 쏟아지자 온힘을 다해 한주를 옹호한다. 한편 그는 현실의 문제에 대해서도 적극적인 관심을 가져 일찍이 1867년 21세 때 대원군에게 5개조의 시국대책문을 올리며, 1881년(35세)에는 김홍집이 일본에서 가져온 「조선책략(朝鮮策略)」을 비판하는 척사소를, 을미사변이 일어나자 1896년(50세)에는 곽종석 등과 함께 일본을 주토하는 통고문을, 을사조약이 체결되자 1905년(59세)에는 두 차례에 걸쳐 조약에 동의한 대신을 주벌하고 조약을 파기할 것을 청하는 상소문을 승정원에 올린다. 그리고 1907년(61세)에는 네덜란드 헤이그에서 열린 만국평화회의에 서한을 보내며, 당시 국채보상운동의 성주지회장을 맡아 활동하기도 한다. 이 시기 그는 한주학파의 일원으로서 충실하면서도 다소 '개명한' 도학자의 삶을 살아갔다고 정리할 수 있겠다.

망명 후 한계의 삶은 한인 공동체를 통한 해외 독립운동의 기지 마련과 한인 공동체의 정신적 결속을 위한 공자교 운동의 전개로 이어진다. 그는 망명 다음해인 1909년 이상설(李上卨) 등과 함께 중국 길림성(吉林省) 밀산부(현 흑룡강성 밀산시)에 한흥동(韓興洞)이라는 한인 정착촌을 개척하며, 4년 뒤 이 한흥동 개척사업이 어려움을 겪자 중원을 둘러보기 위해 나서는데 이때부터 공자교운동에 뛰어든다. 그는 1913년 12월 북경 공교회(孔敎會)의 주임 진환장(陳煥章)을 만나 공교회 한인지회의 설치 문제를 논의하며, 다음 달인 1914년 1월 공교회로부터 동삼성(東三省) 한인공교회(韓人孔敎會) 지회의 승인을 받는다. 그런데 한계의 공자교 운동은 중국 공교회와 긴밀한 관계 속에 전개되지만 막상 중국 공자교 운동의 주창자인 강유위(康有爲) 사상과는 특별한 영향관계를 갖지 않는다. 그는 강유위에게 한두 차례 편지글을 보내기는 하지만 영향을 받은 흔적은 없다. 특히 같은 공자교 운동이지만 그의 공자교 사상은 강유위의 것과 판이하다. 강유위의 공자교 사상은 주자학을 비판하고 기독교를 모델로 하고 있는 반면 그는 반기독교·비인격신의 주자학적 공자교(孔子敎) 사상을 가지고 있다. 그의 이러한 공자교 사상은 그가 망명 후 공자교 운동을 전개하기 이전에 이미 마련되어 있었던 것이다.

바로 한계는 56세(1902년) 때 영국인 알렉산더 윌리암슨[韋廉臣]과 유교에서 말하는 ‘상제(上帝)’[神]가 ‘태극(太極)’[理]인가 아닌가의 문제로 논변한 적이 있다.[21] 윌리암슨은 주자학에서 말하는 이(理)가 지각(知覺)함과 동정(動靜)함이 없고 주재(主宰)할 수도 없는 비인격적 존재인 반면 상제는 신령스런 지혜와 힘을 가지고 있으며 이 지혜와 힘을 가지고서 주재할 수도 있는 신묘한 존재라고 주장한다. 이것은 원시 유교의 상제를 기독교적 신과 연결시켜 주자학적 무신관을 비판한 것이라 할 수 있겠다. 그는 태극[리]은 무형기(無形氣)의 존재로서 지각하고 동정하며 주재한다는 주자학적, 그것도 퇴계 학통의 주자학적 입장에 서서 윌리암슨의 주장을 비판하며, 주재의 리가 참다운 상제라는 결론을 이끌어낸다. 나아가 그는 상제와 천(天)·태극(太極)·이(理)·심(心)의 근원적 일치성을 확보하고 이발설(理發說)을 통해 주재성을 설명한다. 이것은 퇴계 학통의 이발설과 한주 학통의 심즉리설(心卽理說)을 바탕으로 유교를 종교화한 주자학적 공자교 사상의 전개

---

21) 李承熙, 『韓溪遺稿』6, 「韋君廉臣英人上帝非太極論辨」, 205~212쪽 참조.

라고 할 수 있겠다.

그러면 먼저 한계는 퇴계의 이기호발설(理氣互發說)과 한주의 이발일도설 (理發一途說)을 어떻게 계승하고 있는지 살펴보기로 한다. 앞에서 말했다시 피 한주의 이발일도설은 퇴계의 이기호발설이 가지는 본뜻을 적극적으로 계승한 측면이 있는 것은 분명하지만 글자그대로 이기호발을 따르고 고집 하는 퇴계 후예들의 눈에는 그렇게 보이지 않을 수도 있다. 바로 여기에서 퇴계학파 안에서 격론이 일어난다. 이만인(李晩寅)은 한주의 설을 다음과 같이 비판하고 있다.

> 이 말도 잘못이 없을 수 없으니, 情이 진실로 已發의 리를 가지고 있지만 已發의 기 또한 없겠는가. (이진상이) 理發만 있지 氣發은 없다고 말한 것은 栗谷이 氣發만 있지 理發은 없다고 말한 것을 반대하려고 한 까닭에 그 굽은 것을 바로잡으려다 지나침을 면치 못한 것이다. 기가 과연 발하는 것이 없겠는 가.[22]

여기에서 한계는 한주의 설을 다음과 같이 변론하고 있다.

> (이진상이) 性은 未發의 리이고 情은 已發의 리라고 말한 것은 大山의 설이 고, 성과 정은 한가지 리라고 말한 것은 퇴계의 설이다. 어느 설에 잘못이 있 는지 알지 못하겠다. 未發에도 기가 없는 것은 아니나 性의 실상은 리이며, 已 發에도 기가 없는 것은 아니나 情의 실상은 리이다. 그러므로 퇴계 선생이 性 과 情은 한가지 리이며, 또 리는 그 자신 속에 體와 用을 가지고 있다고 단정 코 말했던 것이다.[23]

일단 한계는 한주의 이발일도론적(理發一途論的) 이발설(理發說)이 퇴계 이황과 대산 이상정에 연원이 있음을 밝힘으로써 비판의 표적을 벗어난다. 이러한 이발설의 연원을 대는 논의는 다른 곳에서도 이뤄진다. 곧 그는 이

---

22) 李承熙, 같은 책, 「宣錄條辨」, 179쪽.
23) 같은 곳.

발설을 정당화하면서 주자와 퇴계의 학통에 서 있는 우복(愚伏), 성호(星湖), 입재(立齋) 등을 끌어들이고 있다.[24]

그리고 위 인용문을 좀더 자세히 보면, 기발(氣發) 자체를 전적으로 부정하는 것이 아니다. 도리어 이발(已發) 때에만 아니라 미발(未發) 때에도 기발이 있음을 인정한다. 다만 미발의 성(性)과 이발의 정(情) 모두에 있어 그 실상은 리라는 것이다. 이러한 생각은 이미 앞에서 정리된 한주의 설과 맥을 같이 한다. 곧 한주는 기발 자체를 인정하지 않은 것이 아니라 스스로에 의한 이발과 그렇지 못한 기발을 동질적으로 볼 수 없으며 기발이 이발로부터 말미암기 때문에 기발은 이발로 환원될 수 있다고 보았던 것이다.

마침내 한계는 퇴계의 이기호발(理氣互發)을 곧이곧대로 받아들이는 이들을 비판하고 나선다. 일찍이 한주가 리와 기가 서로 짝을 이루는 것을 부부와 자녀의 예를 들어 설명한 적이 있다. 곧 어머니가 자녀를 낳아 기르는 과정에 그 공이 두드러진 것을 보고 어머니가 낳는다고 말하는 것은 기발의 설이요, 남자아이가 아버지를 닮고 따르는 것을 보고 아버지가 낳는다고 하고 여자아이가 어머니를 닮고 따르는 것을 보고 어머니가 낳는다고 말하는 것은 이기호발의 설이요, 아버지가 낳았다고 말하고 반드시 아버지의 성을 따르는 것은 이발의 설이라고 한주는 말하였다.

한계는 이 비유를 이어 어머니가 낳는 것만 보고 바로 어머니의 성을 따르는 것은 근세 학자들이 사단(四端)과 칠정(七情)이 모두 기(氣)에서 발(發)한다고 말하는 것과 같은 것이요, 어머니가 낳는다고만 말하는 것은 선배 유학자가 사단과 칠정이 모두 기(氣)에서 발(發)한다고 말하는 것과 같은 것이요, 남자아이는 아버지가 낳고 여자아이는 어머니가 낳는다고 말하는 것은 근세의 이(理)와 기(氣)를 대립시켜 각각 발(發)을 말하는 것과 같다고 말한다.[25] 여기에서 한주와 한계가 남자아이와 여자아이의 비유를 들어 비판

---

24) 李承熙, 같은 책, 「道南通文條辨」, 205쪽 참조.

25) 李承熙, 같은 책, 「書先君四七原委說後」, 110~111쪽과 「宣錄條辨」, 180~183쪽, 그리고 「陶

한 것은 당시의 이기호발론자(理氣互發論者)이다. 당시의 이기호발론자들은 퇴계의 이기호발론을 잘못 이해했다는 것이 그들의 생각이다.

한편 한계는 한주의 사단이기설(四端理氣說)이 '수간(竪看)'과 '횡간(橫看)'에 따라 달라짐을 말하기도 한다. 곧 종적으로 보면 사단과 칠정이 모두 이(理)가 발(發)한 것이지만, 횡적으로 보면 사단은 이(理)가 발(發)한 것이고 칠정은 기(氣)가 발(發)한 것이라고 말하면서, 이 모두 주자와 퇴계의 뜻을 드러내 밝힌 것이자 한주가 「사칠원위설(四七原委說)」을 지은 까닭이라고 말한다.[26] 이렇게 볼 때, 한주에서 한계 등으로 이어지는 한주학파에서 기발(氣發)을 전혀 말하지 않은 것은 아니지만 그것은 주로 퇴계 학통에서 벗어난다는 비판을 받을 때만 인정할 뿐 그들의 본뜻은 이발(理發)을 말하는 데 있다. 이발(理發)을 통해 이(理)의 동정(動靜)을 말하고, 이(理)의 동정을 통해 이(理)의 주재성(主宰性)을 확보하는 것이 그들이 목적한 바이다.

이어 한주학파의 도통 전수의 핵심적 내용인 '심즉리(心卽理)'설은 어떻게 계승되고 있는지 살펴보기로 한다. 심(心)의 내용은 성리학설 가운데에서도 종교적 성격을 가장 풍부하게 담고 있다. 유교의 천인합일관(天人合一觀)에 따르면 사람[人]은 하늘[天]의 명을 마음[心] 속에 성품[性]으로 간직하고 있다. 이러한 천인관은 유교의 종교성을 밝히는 데 더할 나위 없는 보고이다. 이때 천인합일의 실현이란 다름 아닌 천과 성, 천과 심의 일치이며, 일치의 과정에 주로 경(敬)과 성(誠) 공부가 동원된다. 그리고 양자 간 일치의 가능근거로 성리학에 오면 성즉리(性卽理)나 심즉리가 설정된다. 이렇게 보면 성리학이 바로 종교적 교설이라는 생각마저 들게 한다. 그러나 역사적으로 보면 성리학은 두터운 도덕 교설의 겉옷을 입은 채 도리어 반종교적 특성을 드러내 보이곤 했다. 그런데 이러한 유교, 특히 주자학에 내재된 종교성을 현실로 드러낸 이가 바로 한계이다. 그는 특히 한주로부터 물려

山通文條辨」, 197~198쪽 참조.

26) 李承熙, 『韓溪遺稿』6, 「書先君四七原委說後」, 110~111쪽 참조.

받은 심즉리설을 중심으로 주자학에 내재된 종교성을 한껏 발현시킨다.

이처럼 한계는 주자학을 종교의 길로 이끌어 가는 데 가장 중요한 징검다리로 심즉리설(心卽理說)을 이용한다. 이미 이(理)와 등치(等値)되어 있던 천(天)·상재(上帝)·태극이 심즉리를 통해 나의 마음과 매개되고 내 속에 내재하게 된다. 근원적 일치성이 이를 통해 확보된 것이다. 이제 나는 내 마음 속에 우주의 보편적·궁극적 존재를 간직하고 있으므로 하잘 것 없는 한 존재에 불과한 것이 아니다. 나에게는 보편과 궁극으로의 길이 열려 있는 것이다. 만약 심(心)을 기(氣)의 차원에만 가둬 둔다면 이 길은 막히고 말 것이다. 특히 한계는 심(心)의 주재적 측면을 집중적으로 강조함으로써 종교적 해석의 길을 널따랗게 터놓고 있다.

그러나 심즉리설은 율곡학파이든 퇴계학파이든 모두 이단으로 내몰았던 학설이다. 퇴계학파 안에서 문호지쟁을 불러일으켰던 주범도 바로 이 심즉리설이다. 한계는 스승이자 아버지인 한주를 위해서도 그렇고 종교화의 길을 열어가는 자신을 위해서도 그렇고 심즉리설을 필사적으로 변론하고 나선다. 그는 한주와 마찬가지로 양명학의 심즉리설은 주자학의 입장에서 보면 심즉기설에 지나지 않는다고 말한다. 자신들이야말로 참다운 심즉이론자(心卽理論者)란 말이다. 한계는 한주의 심즉리설이 양명학의 심즉리설과 같다고 말하는 것은 '드러난 말'[文]만 본 것에 지나지 않고, '내용적'[意]으로 보면 도리어 주자와 퇴계의 본뜻에 뿌리를 두고 있다고 말한다.[27] 나아가 심즉리설은 주자와 퇴계뿐만 아니라 이전 성현들로부터 대대로 전해온 진리이며, 그것은 퇴계학파의 도통을 따라 자신들에게 전해졌다고 생각한다. 곧 한계는 심즉리설을 변론하기 위해 공자와 맹자로부터 중국의 소옹, 정호·정이, 여동래, 주희, 진덕수를, 그리고 조선의 김굉필, 정여창, 조광조와 이황을 거쳐 조식, 김우옹, 장현광 등을 끌어들인다.[28] 이 말은 결국

---

27) 李承熙, 같은 책, 「宣錄條辨」, 185~186쪽 참조.

28) 李承熙, 같은 책, 「道南通文條辨」, 204쪽 참조.

자신들이야말로 유교와 퇴계 도통의 한가운데에 서 있다는 주장이다. 그리고 심즉리설이 바로 도통상전(道統相傳)의 내용이라는 말이 된다.

그러나 심에 대한 퇴계의 정안은 '심즉리(心卽理)'가 아니라 사실은 '심합이기(心合理氣)'이다. 그리고 이것은 율곡과 그 후예들의 '심즉기(心卽氣)'와 대비되곤 했다. 그런데 한주와 한계는 심즉리가 퇴계는 물론 유학의 정통적인 견해라고 주장하고 나선 것이다. 그들의 해명은 피할 수 없게 된 것이다. 이에 한계는 퇴계가 심(心)을 이(理)와 기(氣)의 합(合)으로 본 경우와 이(理)로 본 경우를 들어 다음과 같이 변론하고 있다.

> 퇴계 선생께서 어찌해서 (心을) 이미 理와 氣를 합한 것이라고 말해놓고서 또 스스로 理일 따름이라고 말했는가. 여기에는 그 까닭이 있다. 무릇 理와 氣를 합한 것이라고 말한 것은 主宰의 本體와 作用의 바탕을 겸하여 말한 것이다. 그렇지만 心의 알맹이(實)가 되는 것은 주재의 본체에 있지 작용의 바탕에 있지 않다. (心이) 已發의 때에는 … 氣를 섞어서 말할 수 있다. 그러나 未發의 때에는 … 오직 이 본체가 그 무엇도 섞이지 않은 채 본연의 모습으로 존재하는 까닭에 理일 따름이라고 단언했다.[29]

여기에서 한계는 퇴계가 심(心)의 알맹이라 할 수 있는 주재력을 지닌 본체와 미발(未發) 상태의 본체에 대해서는 이(理)로 인식했다고 말한다. 동시에 퇴계가 심(心)을 기(氣)로 이해한 것은 심(心)의 겉껍데기나 찌꺼기를 가리켜서 말한 것에 지나지 않는다고 그는 생각한다. 이러한 생각을 바탕으로 그는 한주도 모든 심(心)을 이(理)로 인식한 것은 아니라고 말한다. 그는 한주가 심(心)을 기(氣)로 말한 경우가 이루 헤아릴 수 없이 많다고 말한다.[30] 이제 퇴계의 심설(心說)을 해석할 때의 시각을 그대로 한주의 심설(心說) 해석에도 적용하여, 그는 한주의 심즉리설이 심(心)의 본체(本體)와 주재

---

29) 李承熙, 같은 책, 「宣錄條辨」, 178쪽.
30) 李承熙, 같은 책, 「宣錄條辨」, 175쪽 참조.

(主宰)의 측면을 바탕으로 말한 것이라고 변론한다. 퇴계의 본뜻이 과연 그러했는지의 여부와 상관없이 그도 이것을 자신의 정론으로 받아들인다. 그리고 심(心)에 대한 이러한 이해는 그가 공자교 활동을 하던 시기에도 변함이 없음을 볼 수 있다.

> 心이란 사람에게서의 太極으로, 靜하면 性이 되고 動하면 情이 된다. 나누면 仁·義·禮·智가 되고, 또한 魂魄과 精神의 主宰者가 된다.[31]

위에서 논의된 상제설과 이발설(理發說) 및 심즉리설을 연결 지워 정리하면, 한계는 먼저 상제와 천(天)·태극(太極)·이(理)·심(心)의 근원적 일치성을 확보하고 이발(理發)을 통해 주재성을 그 내용으로 채워주고 있다. 그가 말하는 상제는 형상을 지닌 인격적 존재가 아니다. 따라서 상제가 내리는 명(命)은 인격적 존재의 의지와 무관하다. 이렇듯 그는 주자학의 성리설(性理說)로 공자교(孔子敎)의 사상을 채우고 있다. 이러한 모습은 다른 어느 누구에게서도 찾을 수 없다. 비록 유학 속에, 또한 성리학설 속에 종교적 특성이 풍부히 잠재되어 있다할지라도 그것을 발현시킨 것은 그 뿐이다. 따라서 그는 유일한 주자학적 공교론자라고 할 수 있겠다.

5. 근대 시기 한주 후예들의 퇴계학 전개[32]

19세기 중엽 개항기로부터 20세기 중엽 해방과 건국기에 걸친 1세기 여 동안 성주 등 경북 남서 지역과 산청, 거창 등 경남 서부 지역을 중심으로 한주(寒洲) 이진상(李震相)과 그의 후예들은 퇴계 이황의 학통을 계승하는

---

31) 李承熙, 같은 책, 「孔道會演說」.
32) 이에 대해서는 홍원식, 「이진상의 철학사상과 그의 후예들」(『동양학』29, 단국대학교 부설 동양학연구소, 1999) 중 제4장 '한주의 후예들' 참조.

동시에 남명 조식의 학통으로부터도 일정한 영향을 받으면서 영남 성리학(性理學), 나아가 조선 성리학을 총결하는 거대한 학파를 형성한다. 그들은 성리설에서 뿐만 아니라 현실적 활동에서도 그 적극성과 다양성, 진취성 등이 돋보여 명실공히 당시 최대의 학파를 이뤘다고 평가할 수 있겠다.

한주학파는 크게 직전(直傳) 제자와 재전(再傳) 제자로 나눠볼 수 있다. 직전 제자 가운데 대표적인 이는 흔히 '주문팔현(洲門八賢)'으로 일컬어지는 면우(俛宇) 곽종석(郭鍾錫), 한계(韓溪) 이승희(李承熙), 후산(后山) 허유(許愈), 자동(紫東) 이정모(李正模), 교우(膠宇) 윤주하(尹冑夏), 물천(勿川) 김진우(金鎭祐), 회당(晦堂) 장석영(張錫英), 홍와(弘窩) 이두훈(李斗勳)이다. 재전 제자는 한주의 고제(高弟)로 일컬어졌던 면우 곽종석의 제자들이 중심이다. 대표적인 이들로 회봉(晦峰) 하겸진(河謙鎭), 성와(省窩) 이인재(李寅梓), 진암(眞庵) 이병헌(李炳憲), 심산(心山) 김창숙(金昌淑), 희당(希堂) 김수(金銖), 중재(重齋) 김황(金榥), 분암(憤庵) 안훈(安壎), 최익한(崔益漢), 권상경(權尙經) 등을 들 수 있다.

한주학파가 활동한 시기는 조선 말 개항기에서 대한제국기와 일제강점기를 거쳐 해방 이후 건국 초기에까지 걸친다. 그야말로 그들은 급변하는 근현대사 속을 살아갔던 것이다. 그러면서 그들은 매 시기 벌어지는 역사 현실을 직시하고서 능동적이면서도 적극적으로 참여한다. 우선 이점이 어느 학파와도 다른 한주학파의 두드러진 특징이다. 단순히 같은 학맥과 같은 학설로만 이뤄진 순수 학문상만의 학파가 아닌 것이다. 특히 그들의 학설이 그들의 현실 운동과 긴밀한 상관성을 갖는 점은 더없이 높이 살 만하다. 이러한 점에서 영남 지방의 한주학파는 당시 기호 지방의 화서(華西, 이항로 : 1792~1868)학파나 노사(蘆沙, 기정진 : 1798~1879)학파와 비견된다. 그러나 이론과 운동의 다양성과 포용성 및 지속성이라는 측면에서 보자면 그들보다 한층 더 높이 평가할 여지가 있다.

한주의 후예들은 한국 주자학설을 총결함과 동시에 그것의 근대적 변용을 시도하고 또 현실 운동의 이론적 밑받침으로 삼음으로써 다른 어떤 학파와도 다른 찬란한 빛을 발한다. 앞에서 살펴본 바와 같이 한주 학통에서는 퇴계의 이기호발설(理氣互發說)을 '적극적'으로 계승하여 유리론적(唯理論的) 이발일도설(理發一途說)을 제기하였으며, 마침내 퇴계의 이기호발설 속에 담겨 있는 이(理)의 능동(能動)·자동성(自動性)과 주재성을 심성론에다 옮겨 심즉리설을 이끌어내었다. 이러한 주장은 당시에 큰 파문을 불러일으키지만 한주의 후예들은 스승을 학설을 계승, 옹호하는 데 전심전력함으로써 학파적 유대를 더욱 강화해갔으며, 현실 운동의 이론적 바탕으로 삼음으로써 근대사에 분명한 족적을 남겼다.

[계명대학교 철학과 교수 홍원식]

금계 황준량 선생과 풍기 지역 퇴계학맥

1. 머리말

금계(錦溪) 황준량(黃俊良) 선생은 조선 명종 선조 때의 학자로서 퇴계 선생의 문인이며, 학행이 뛰어나 사림의 존경을 받았으나, 그 큰 뜻과 학덕을 오랫동안 널리 펴지 못하고 안타깝게도 일찍이 서거하였다. 퇴계 선생이 직접 관상(棺上) 명정을 썼으며, 이례적으로 행장을 찬술하였고 또 제문까지 하였으니, 퇴계 선생이 얼마나 아끼고 중히 여겼던가를 짐작할 수 있다.

현재 전하는 선생의 문집은 내집 4권, 외집 9권 모두 13권[1]인데 시가 약 1000수 정도이고, 산문이 약 85편이며,『한국문집총간』에 있는 것 외에도 여러 가지 자료가 남아 있다. 문집에는 서문이 없고 발문만 있는 것이 아쉽다.

선생에 대한 연구는 박노춘(朴魯春) 교수의『금계선생문집(錦溪先生文集)』해제[2], 윤천근(尹天根) 교수의『황준량의 역사의식』[3], 김주한(金周漢) 교수의『금계 황준량의 간개(簡介)』[4], 강성준(姜成埈) 교수의『금계 황준량의 문학과 사상』[5] 등이 있다.

---

1)『韓國文集叢刊』37.
2)『國學資料』第36號, 藏書閣, 1980.7.
3)『退溪學』第2輯, 安東大學退溪研究所, 1990.12.
4)『退溪學研究』第12輯, 慶尙北道, 1992.
5) 安東大學校 大學院 碩士學位論文, 1998.2.

이 글에서는 금계 선생을 중심으로 한 풍기 지역의 퇴계학맥을 살펴보겠다. 민족문화추진회『한국문집총간』37에 있는『금계선생문집』을 기본 자료로 하고, 기존 연구를 참고하여, 금계선생을 비롯한 풍기 지역의 학자들에 대한 생애와 사상의 일면을 고찰해 본다.

2. 금계 황선생의 생애와 학문

1) 생애

금계 황준량 선생의 자는 중거(仲擧), 호는 금계(錦溪)이고 본관은 평해(平海)이며 고려 때 시중 벼슬을 지낸 황유중(黃裕中)의 후손이다. 시중의 손자 휘(諱) 근(瑾)은 공민왕 때 벼슬이 좌헌납(左獻納)이었는데, 정언(正言) 김속명(金續命)과 함께 지진지변(地震之變)을 극론(極論)하는 상소를 하여, 임금의 마음을 거스름으로써 옥천군수(玉川郡守)로 나갔다가 후에 벼슬이 보문각 제학(寶文閣 提學)에 이르렀다.

제학의 아들 휘 유정(有定)은 조선조에 공조전서(工曹典書)였고, 공조전서의 아들은 생원 휘 연(鋋)인데 선생의 고조이다. 전서공(典書公) 때부터 영천(榮川)에 살았는데, 생원공이 또 풍기로 이거함으로써 풍기인이 되었다. 증조는 휘 말손(末孫), 사온 주부(司醞 主簿)이고, 조는 휘 효동(孝童), 고(考)는 휘 치(觶)인데, 모두다 은거하여 벼슬하지 않았으며, 비(妣)는 창원황씨 교수(敎授) 한필(漢弼)의 딸이다.

선생은 중종 11년(정덕 정축 1517) 7월에 풍기에서 출생하였는데, 재질이 남다르게 뛰어나 일찍이 스스로 문자를 해독하였으며, 말을 하면 곧 사람들을 놀라게 하였으므로 기이한 신동이라 칭찬하였다.

중종 29년 갑오(1534) 18세 때에 남성시(南省試)에 나아가 시험을 보는데, 고시관(考試官)이 선생의 책문(策文)을 보고 무릎을 치며 감탄하고 칭찬함으로써 문명이 매우 자자하게 되었으며, 늘 과거시험을 볼 때마다 언제나 우수한 성적으로 전열(前列)에 있었다.

중종 32년 정유(1537) 21세 생원시에, 24세 기해년에 정시에 합격하였다.

중종 35년 경자(1540) 24세 문과 을과에 제2인으로 급제하여[6] 권지성균관학유(權知成均館學諭), 성주훈도(星州訓導)에 임용되면서 환로에 나서게 되었다.

임인년 26세 입학유(入學諭), 계묘년 27세 승학록 겸양현고 봉사(陞學錄 兼養賢庫 奉事), 갑진년 28세 승학정(陞學正), 을사년 29세 승문원 전고(承文院 展考)로서 상주교수(尙州敎授)로 나갔다.

명종 2년 정미(1547) 31세 가을 박사가 되어 조정으로 들어왔고, 그 해 겨울 예에 따라 전적에 올랐으며, 이듬해 공조좌랑(工曹佐郞)으로 승진되었으나, 외간상(外艱喪)을 당하였다.

명종 5년 경술(1550) 34세 상을 마치고, 전적으로부터 호조좌랑 겸 춘추관기사관(戶曹佐郞 兼 春秋館記事官)으로 옮겼으며, 중종과 인종 두 임금의 실록을 편찬하는데 참여하였다가 겨울에 병조좌랑으로 전임(轉任)되어 불교를 배척하는 상소문을 올렸다.

명종 6년 신해(1551) 35세 경상도 감군어사(監軍御史)에 임명, 다시 승문원검교(承文院檢校)에 환차(換差)되었으며, 6월에 곧 추생어사(推栍御史)[7]에 임명되어 지방 민정을 살핀 다음, 7월에 예조좌랑으로 옮겼으나 나아가지 않았고, 9월에 사헌부지평에 올랐다.

이때 성이 한(韓)인 사람[8]이 언로(言路)에 있었는데, 그 전에 선생에게 구

---

6) 『陶山及門諸賢錄』에는 己亥年에 登第한 것으로 되어 있고, '從先生 得心經 近思錄 朱子書 而讀之 深有感發'이라 하였다.

7) 抽栍御史 : 朝鮮時代에 정치의 잘잘못과 百姓들의 柾枯 등을 살피기 위해 임금이 秘密히 派遣하던 御史.

8) 『退溪先生文集』 頭註에 '姓韓人 按西厓集 有韓智源者 爲李芑等 鷹犬云 疑或此'라고 하였다. 啓明漢文學硏究會 硏究資料叢書 1 『退溪先生文集』 九 4002쪽.

한 것이 있었으나, 선생이 응하지 않았으므로 중상(中傷)을 하여 체직되었다. 결국 선생은 부모 봉양을 위하여 외직을 자청하여 신녕현감으로 나가게 되었으며, 병진년(40세 1556) 병으로 벼슬을 버리고 고향으로 돌아왔다.

명종 12년 정사(1557) 41세 가을에 조정에서는 단양이 조폐(凋弊)하므로, 특별히 그 임무를 맡을 사람을 선발하였는데, 선생이 등용되어 단양군수가 되었다. 그래서 가족을 이끌고 부임하였다가 삼년 만에 임기가 만료되어 고향으로 돌아왔는데, 예조와 병조정랑에 제수(除授)되었으나, 모두 부임하지 않았다.

명종15년 경신(1560) 44세 성주목사에 임용되었다. 4년 뒤 계해년(1563) 봄에 병으로 사직하고 돌아왔는데, 도중에 병이 더하여 3월 11일 예천에 이르러 결국 졸하니 향년 47세였다. 이듬해인 갑자년 정월에 군의 동쪽산 내곡(內谷) 감좌(坎坐)의 언덕에 장사지냈다. 자신이 터를 잡고 창건한 풍기 욱양서원(郁陽書院)과 신녕(新寧) 백학서원(白鶴書院)[9]에 제향(祭享)되었다.

부인은 예안인(禮安人) 찰방(察訪) 이문량(李文樑) 공의 딸이며, 농암(聾巖) 이현보(李賢輔) 선생의 손녀이다.

2) 학문의 진흥과 교육 활동

선생은 40여 평생중 20여년의 관직 생활을 하였는데, 오로지 학문의 진흥과 교육 및 목민관으로써 본분을 다하는데 일생을 바쳤다.

신녕현감 재임시에는 더욱 학교 교육에 유의하여 문묘를 새로 증축하여 힘써 학문을 권장하였으며, 옛 고을 터에 학사(學舍)를 창건하여 '백학서원(白鶴書院)'이라 편액하고, 장서와 치전(治田)을 하여 학문 연구 풍토를 조성하니, 선비들이 모두 진심으로 흠모하였다.

---

9) 『退溪先生文集』 頭註에 '白鶴書院 在縣西 三十里'라 하였다. 啓明漢文學硏究會 硏究資料 叢書 1 『退溪先生文集』 九 4003쪽.

단양군수로 부임하였을 때, 향교가 산속 개울가에 있어서 가끔 강물이 제방을 넘어 들어오는 걱정이 있었다. 그래서 선생이 고을의 동쪽으로 이건하도록 하고, 좋은 재목으로 아름답게 세워 고을의 면모를 일신하게 하였으니, 재물이 없다고 하여 풍화(風化)의 근원을 늦추지 않았음이 이와 같았다.

또 단양군에는 전현(前賢)인 우좨주(禹祭酒) 탁(卓) 선생의 경학과 충절이 있으므로, 다 세교(世敎)의 사표(師表)가 될만하다고 하여, 문묘 서쪽에 별도로 집 한 칸을 마련하여 제사지내게 하였다.

성주는 세상에서 다스리기 어려운 곳이라 이름난 곳인데도 선생은 목사로 부임한 후에 스스로 어렵게 여기지 아니하고 전의 두 고을을 다스릴 때와 같이, 학문을 일으키는 한 가지 일에 더욱 지극하게 힘을 기울였다.

이에 앞서 노경린(盧慶麟) 목사가 옛 벽진(碧珍)의 터에 영봉서원(迎鳳書院)을 건립하였는데, 선생이 이것을 증축하여 더욱 아름답게 하였으며, 또 문묘를 옛 규모로 넓혀 중수하였다. 마침 이때 고을 교관(敎官)으로 임용된 덕계(德溪) 오건(吳健) 선생과 뜻과 의논이 합치하였으므로, 제자들 약간원을 가려 뽑아, 학생들을 4등으로 나누어 맡아 가르치게 하고, 자신이 독려(督勵)하였다.

그래서 매월 1회 강을 하여 읽은 것을 배송(背誦)하게 하고, 따라서 뜻에 의문이 있는 것은 논란토록 하며, 그 부지런하고 게으름을 고찰하여 상벌을 주었다. 고을의 동쪽에 공곡(孔谷)이란 곳이 있는데, 제생들이 서당을 세우기를 원하므로, 선생은 매우 기뻐하여 공곡서당(孔谷書堂)이라 편액하여 서당을 세웠다. 또 팔거현(八莒縣)에 녹봉정사(鹿峯精舍)를 새로 세워 다방으로 가르치고 일깨우니, 각각 자질의 고하에 따라 성취하는 이가 많았다. 그리고 마지막으로 고향 풍기에 금양정사(錦陽精舍)를 세워 젊은 사람들을 공부하게 했다.

3) 선생의 학문

퇴계 선생이 찬한 선생의 행장을 보면 선생의 학문이 어떻게 이루어 졌는가에 대해 비교적 소상히 언급하였다. 그 대략을 아래에 보인다.

처음에 상산(商山) 주세붕(周世鵬) 선생이 풍기군수로 있었는데, 선생이 후진으로써 여러 번 왕복하면서 함께 학문을 논변하였으므로, 그 다르고, 같고, 따르고, 안 따르든 간에 사람들은 이미 견식이 밝음을 알았다.

그러나, 아직도 그 당에 나아가 학문의 맛을 알지 못했으므로, 조정에 있을 때는 오직 문사로써 이름이 세상에 드러났다. 그 뒤에 차츰 스승과 벗을 따르는 사이에 성리 연원(性理 淵源)의 설을 들어, 처음으로 학문이라는 것이 종전에 말한 것에 그치지 않는다는 것을 알았다.

그래서 크게 부르짖어 이 학문에 뜻을 두고,『심경』,『근사록』등의 여러 성리서를 읽었다. 최후에 또 주자서(朱子書)를 얻어 읽고는 깊이 감발하여 크게 탐락(耽樂)하였으며, 성주에서 또 동인(同人)의 도움을 받음10)으로 해서 그 뜻을 더욱 굳게 하고, 그 공부를 더욱 깊게 하였다.

늘 공무를 마친 여가에는 곧 덕계(德溪) 오선생(吳先生)과 서로 책상을 대하여 강독하였으며, 밤을 낮을 삼아 침식을 잊고 열심히 노력하여 지칠 줄을 몰랐으며 게으름이 없었다. 사람들이 가끔 지나친 노력으로 병이 날까봐 경계하라 하면 답하기를 '독서를 하고 학문을 하는 것은 마음을 다스리고 기운을 기르는데 있는데, 어찌 독서 때문에 병이 생길 이치가 있겠는가. 가끔 이와 반대 현상이 있는 것은 운명이지 독서의 죄가 아니다'라고 하였다.

홀로 있을 때는 방안을 엄숙하게 하였으며, 네 벽에는 성현들의 중요한 훈계를 써 붙여 가지고 스스로를 경계하고 반성하였다. 그리고 주정지경(主靜持敬)의 말들을 깊이 취하였다.

---

10)『周易』,「兌卦」"麗澤兌, 君子以, 朋友講習."

그러나 늘 벼슬길에 나아갔기 때문에 그 뜻을 빼앗겼고, 관청의 일에 얽매어 시끄럽고 어지러움을 깊은 병통으로 여겼다. 그래서 하루아침에 나는 듯이 굴레를 벗어나서 고향으로 돌아가 만년을 보내려고, 죽령(竹嶺) 아래 금계 위에 그럴 곳을 마련하고, 몇 간의 집을 지어 금양정사(錦陽精舍)라 하였으며, 장서하고 강도(講道)할 곳으로 삼았다.

대개 학문을 독실히 좋아하는 뜻과 더욱 정양(靜養)하는 공부로써는 당연히 진보함을 보아야 했을 것이고, 이에 그치지 말아야 하겠으나, 이 뜻을 이루지 못하고 질병으로 급히 세상을 떠나니 너무나 안타깝지 않겠는가.

비록 그러나 선생의 이름은 이미 홍문 양재(弘文 養才)에 선발되어, 무오년 봄 선생이 단양군수로 있을 때, 조정 신하들이 의논하기를 임금에게 계(啓)하여 불러들여 문한직(文翰職)에 처하게 하고자 하였는데, 동진자(同進者)의 이간으로 중지되고 말았지만, 한 때 제공들의 상식이 되었음을 알 수 있다.

그런데도 선생은 이미 능한 기예에 유의하여 영화롭게 진출하는 명리를 취하는데 급급하지 않고, 돌아보아 생각을 바꾸어 온 세상 사람들이 구하는 것을 구하지 않았으며, 여러 사람들이 맛보지 않는 것을 맛보면서, 비웃음이 비웃음 되는 것과 화복이 화복 되는 것을 알지 못하고, 그저 날마다 부지런히 힘써 온 것이 죽을 때까지 그치지 않았다.

이것은 학문을 택함이 바르고, 도를 지향함이 부지런한 것이므로 우리들이 반드시 숭상하고 본받아야 할 것이다.

4) 목민관으로서의 애민정치

선생은 주현을 맡아 다스릴 때는 직무가 비용(卑冗)함을 관계하지 아니하고, 문부(文簿)를 살펴 백성을 다스리는 일에 정성을 다하였다.[11] 신영현감

---

11) "旣屈跡于州縣, 則又不以職務爲卑冗, 抑首文簿, 盡心民事." 『錦溪先生行狀』.

으로 있을 때 흉년이 들어 백성들이 굶주리게 되자, 마치 자기가 굶주리게
한 것처럼 생각하여 적절하게 구휼함으로써 백성들이 되살아나게 하였다.
그리고 전정(前政) 때에 체납한 조세는 선생이 절약 저축함으로써 보충하여
두고, 그 백성들이 체납한 문권을 불살라 버렸다.[12]

단양군수로 부임하여 사경을 돌아보니 겨우 수십 호가 남아 있으나, 모
두 허약하고 병들어 쓰러진 사람들뿐인데, 그 원인을 알아보니 적폐(積弊)
때문이었다. 그래서 선생은 개연하며 말하기를 '관은 백성으로써 근본을 삼
아야 하는데, 이 폐단을 제거하지 않으면 우리 백성들은 살 길이 없다. 무
엇 하려고 관리가 되었는가' 하고는 10여 조목으로 상소 극언하였다.

그래서 임금은 비답하면서 장유(獎諭)하기를 '임금을 사랑하고 나라를 걱
정하지 않은 것이 없다. 나는 매우 가상히 여기며, 특히 십년을 한정하여
20여 조목의 공물을 덜어 주라'고 하였다. 이에 대해 퇴계 선생은 '공의 정
성이 임금의 마음을 격동시키지 않았으면 어떻게 옛날에 없었던 은전을 베
풀게 할 수 있었겠는가' 하였다.[13] 이로부터 단양의 백성들이 고무되어 사
방의 유랑민들이 모여들었다.

이때 올린 상소문을 『조선왕조실록』에서 볼 수 있다.

5) 효우(孝友) 돈목(敦睦)과 청빈(淸貧)

선생은 우애에 돈독하였으며, 모든 물건이 있으면 먼저 자당에게 올렸고,
자매와 제질들에게 나누어주고 자기는 박하게 가졌다. 향당의 옛 벗들에
대해서도 곤궁한 이를 구휼하고, 급한 사람을 구제하는데 미치지 못할까봐
두려워하였으며, 비록 가끔가다 이 때문에 남에게 혐의나 비방이 있더라도
걱정하지 않았다.

---

12) 『錦溪先生行狀』.
13) 『錦溪先生行狀』.

운명하던 날에는 이불 등이 갖추어 있지 않아 베를 빌어다가 염을 하였
으며, 옷이 관을 채우지 못하였다. 그런 뒤에야 사람들이 또 그 청빈함이
이와 같다는 것과 거짓으로 꾸며서 겉으로 세상에 드러내려고 하지 않았음
을 알게 되었다.

6) 산수애(山水愛)와 아취(雅趣)

선생은 아름다운 산수를 매우 좋아하여 지나는 곳이나 임하는 곳에 명산
이나 운수(韻水)가 있으면 반드시 사람을 불러 함께 찾기도 하고, 가끔 혼자
가기도하는데, 당도하면 배회(徘徊) 소영(嘯詠)하면서 밤이 새도록 돌아 갈
줄을 몰랐다. 단양의 도담(島潭)과 귀담(龜潭) 같은 곳은 주인이 은사 이지번
(李之蕃)인데, 함께 마음껏 즐겨 놀던 곳이다.

또한 기호사(奇好事)를 매우 좋아하여 얼음 위에서 썰매[14] 타기를 즐겼
다. 언제인가 겨울에 강에 얼음이 두껍게 얼자, 중원(中原)으로부터 강을 따
라 길을 취하여 썰매를 타고 올라와 이군(李君)을 만나 군에 도달하여 말하
기를 '쾌적함이 비할 데 없다'고 하였다.

3. 금계 선생의 문집 및 시문

1) 선생의 문집

선생의 문집은 내집과 외집으로 나누어져 있으며, 내집은 4권인데 한산
(韓山) 이산해(李山海) 선생의 발문이 있고, 외집은 9권인데 평원(平原) 이광
정(李光庭) 선생의 지(識)가 있어 편찬의 대강을 알 수 있다. 편찬에 대해서

---

14) 『退溪先生文集』 頭註에 "按雪馬, 東俗所用, 以雪中, 田獵之具, 履雪不滔, 狀如古泥馬之
    制"라고 하였다. 啓明漢文學硏究會 硏究資料叢書 1 『退溪先生文集』 九 4009쪽.

는 아계(鵝溪) 이산해(李山海) 선생의 발문과 눌은(訥隱) 이광정(李光庭) 선생의 후지(後識)에 그 경위가 잘 나타나 있다.

아계 선생 발문에

'屬孫郡守汝誠 誠於好善 與鄕邑同志者 思所以酬其遺惠而不得 則收拾遺稿 因請于退溪先生 纂成編帙 繕寫而壽諸梓 以求永其傳'

이라 한 것을 보면 손자 군수 여성공(汝誠公)이 향읍(鄕邑) 동지(同志)들과 함께 유고(遺稿)를 수습하여 퇴계 선생에게 찬성편질(纂成編帙)을 청했음을 알 수 있다. 이것이 바로 내집인 원집 4권으로, 퇴계 선생이 손수 교정해서 단양군에서 출판한 것이다.

외집 8권은 한강(寒岡) 정구(鄭逑) 선생이 안동부사(安東府使)로 있을 때, 교정하고 정서(淨書)해서 출간하려 하다가 마치지 못하고 지내 왔는데, 무오년(戊午年) 봄에 동주(洞主) 이만화(李萬華)와 서원 중의 선비들이 힘을 모으고, 선생의 종손 황상화(黃尙鏵) 공이 주관하였으나, 황공(黃公)이 죽음으로 간행을 보지 못했다.

영조 30년 갑술(甲戌, 1754) 겨울 사림에서 출판을 계획하여 상사(上舍) 김익경(金翼景), 동주(洞主) 황정대(黃鼎大), 종손(宗孫) 황윤덕(黃潤德) 등의 노력으로 눌은 선생의 교정을 받아, 이듬해인 을해년(乙亥年, 1755)에 간행된 것으로 보인다.

선생문집에 전하는 시문은 대략 아래와 같다.

內集	卷一	詩	嚴川村	等 117首		
	卷二	詩	丁巳二月與金生箕	等 123首		
	卷三	詩	次夫餘回顧	等 37首	計 277首	
	卷四	雜著	丹陽鄕校重創記	等 17篇		
		跋	鵝溪 李山海 先生			
外集	卷一	詩	遊頭流山紀行篇	等 110首		

卷二 詩	靈芝精舍次	等 142首	
卷三 詩	紫陽洞書堂	等 89首	
卷四 詩	次八月三五夜見月吟	等 96首	
卷五 詩	丁巳二月初七又踰竹嶺	等 136首	
卷六 詩	林川試院次壁上韻	等 134首	計 707
卷七 疏	丹陽陳弊疏	等 2篇	
箋	禮曹請選東國通鑑綱目箋	等 3篇	
書	上退溪先生書	等 18篇	
卷八 雜著	均田議	等 31篇	
祭文	祭周愼齋景游文	等 2篇	
墓誌	聾巖先生墓誌銘	等 1篇	
對策	問史才得失純駁	等 2篇	
卷九 附錄	行狀 祭文 輓詞	等 9篇	
跋	訥隱 李光庭 先生		
計 詩	略 984首		
散文	略 85篇		

눌은 선생이 찬한 선생문집 외집 발문에 선생의 문장에 대한 평이 있으므로 아래에 보인다.

'선생의 문장이 모든 것을 드러내는 것은 아니지만 그 사람의 글을 보면 그를 상상할 수 있고, 그의 말을 들으면 그 마음을 알 수 있다고 한 것처럼 선생의 평소에 이룬 事業 또한 이 문집을 도외시 할 수는 없는 것이다.

생각해 보면 선생의 내외문집은 다 咳唾[15)]와 聲氣[16)]의 남은 것이다. 참으로 잘되고 못된 것을 가릴 것이 없지만, 퇴계가 가려 뽑은 것은 5분의 1에 불과한데, 취사선택을 한 것 같지는 않고, 단양군의 형편에 따라, 우선 더욱 緊切한 것만 전하려고 한 것이 아닌가 한다. 그 외집은 한강 선생이 손수 교감하고 淨書한 것이니, 후학들이 함부로 의논하고 말할 것이 못된다.'

선생의 문집 연구에 참고가 될 자료로는 송간(松澗) 황응규(黃應奎) 선생

---

15) 咳唾 : 言語와 詩文.

16) 聲氣 : 文章의 聲韻과 氣勢.

이『금계집』을 읽다가 뜻이 통하지 않는 13곳을 찾아 기록한 필사본『본초고이(本草攷異)』가 있으며[17], 금계 연구에 참고 자료로는『금계선생변무록(錦溪先生辨誣錄)』이 있다.

『금계선생변무록』은 진성(眞城) 이휘재(李彙載)의 서문과 상지삼년임자(上之三年壬子)[18] 칠월기망(七月旣望) 진성(眞城) 이휘발(李彙潑)의 후지(後識) 및 상지이년(上之二年) 을축(乙丑)[19] 맹추(孟秋) 선성(宣城) 김휘준(金輝浚)의 후지(後識)가 있으며, 한장(漢裝) 목판본 1책인데, 복제본을 금계의 자손으로부터 최근 필자가 입수하였다.

4. 풍기 지역의 퇴계학자

필자의 과문(寡聞)인지 모르겠으나, 풍기 지역에는 안동이나 다른 지역과 같이 퇴계의 학맥을 이은 제자가 많지 않은 것 같다. 아는 대로 몇 사람에 대해 간단히 언급하는 것으로 색책(塞責)하려 한다.

1) 송간(松澗) 황응규(黃應奎) 선생

선생의 자는 중문(仲文)이고 창원인(昌原人)이다. 중종 12년(1518) 풍기에서 출생하였는데, 타고난 자질이 매우 특이하고 장대(壯大)하였으며, 도량이 넓고 마음이 확 트였다. 퇴계 선생의 문인으로, 매암(梅巖) 이숙량(李叔樑) 선생과 함께 도곡(道谷)에서 글을 읽었다. 사마시에 합격하여 태학에 유학하였는데, 기재(企齋) 신광한(申光漢)[20] 선생이 예찬하여 말하기를 '삼대 아

---

17) 姜成垵,「錦溪 黃俊良의 文學과 思想」, 安東大學校 碩士論文, 1998.2, 10面.
18) 哲宗 3年 壬子(1852)로 推定됨.
19) 高宗 2年 乙丑(1865)으로 推定됨.
20) 申光漢 成宗 15(1484) ~ 明宗 10(1555) 字 漢之. 號 企齋.

래 인물이 아니다'라 하였다. 퇴계 선생께서 별세한 뒤에 도산서원을 배알하고 아래의 시를 지었다.

束修承指掌	예물을 올리고 가르침을 받았으나
時雨川林化	단비가 내리니 모든 숲이 변화하고
和風百卉榮	봄바람 불어오니 온갖 풀이 무성하네
齊明如左右	제명하신 그 모습은 좌우에 계시는 듯
髣髴拜平生	평생토록 모시고 있는 듯 하다네
霽月濂溪後	광풍(光風) 제월(霽月)[21] 같은 주렴계 선생 이후에
何人是兩程	그 누가 두 정자(程子)처럼 될 수가 있으랴

「暮春謁陶山祠」[22]

선생은 관직에 뜻을 두지 않고, 학문에만 전념하다가 52세 때인 선조 2년 기사(己巳, 1569)에 문과에 급제하였다. 선조 12년(1570) 단양군수(丹陽郡守)에 임용되면서 환로에 나섰으며, 단양의 칠폐(七弊)를 시정하는 상소를 하여 부역을 감면시켰다.

그 뒤 풍기군수(豊基郡守)로서 소수서원(紹修書院)이 오래되어 피폐한 것을 보고, 선생이 마음을 다하여 중수하고, 별도로 동몽재(童蒙齋)를 지어 학문을 권유하고 장려하여 각각 성취하게 하였다. 동돈녕(同敦寧)을 지내고 물러나 시문을 즐기면서 만년을 보냈다.

선조 31년 졸하니 향년 81세였으며, 이조판서에 증직되었다.

2) 배점(裵漸)

옛날 흥주(興州)[23]에 살 던 사람으로 이름을 순(純)이라고도 하며, 대장장이를 업으로 하였다. 집이 소수서원 부근[24]에 있었는데, 퇴계 선생께서 강

---

21) 黃庭堅은 周濂溪 선생을 光風霽月 같다 하였다.

22) 『松澗集』 卷一, 「暮春謁陶山祠」.

23) 順興의 옛 이름.

의할 때 마다 꼭 참석하여 뜰아래서 절하고 꿇어앉아 강의를 들었으며, 이 것이 매일의 일상사가 되어 돌아가는 것도 잊었다. 그래서 시험 삼아 얻은 것이 있는지를 물어 보았더니, 알아듣고 이해한 것이 상당하였다.

선생께서 돌아가시자 심상(心喪)의 복을 행하였으며, 국상을 당해서는 최복(衰服)을 입고 3년 동안 소박한 생활을 하였다. 창석(蒼石) 이준(李埈)[25] 선생이 그 고을을 다스릴 때 조정에 보고하여 정려하고 급복(給復)하도록 하였다. 그 정려비는 지금도 중촌(中村) 옛 터에 남아 있으며, 『도산급문제현록』 권4 마지막에 배점(裵漸)의 기록이 있는데, 글자를 한 자(字)씩 낮추어 놓았다. 이것은 아마 신분이 낮은 때문이다.

3) 식암(息庵) 황섬(黃暹) 선생

선생의 자(字)는 경명(景明), 호는 식암(息庵) 또는 둔암(遯庵)이고 창원인(昌原人)으로, 직장(直長) 황응규(黃應奎) 선생의 자(子)이며, 중종 39년(1544)에 출생하였다. 약포(藥圃) 정탁(鄭琢) 선생의 문인인데, 명종 19년(1564)에 성균관 유생이 되었고, 선조 3년(1570) 식년문과 갑과에 급제하여 사간 집의, 도승지, 성주목사 등을 거쳐 병조참지가 되어 임진왜란 때는 임금을 호종하였다.

이어 모운사(募運使)로서 군량 수송에 공을 세우고, 호조 이조 예조 병조의 참의를 거쳐 대사성 부제학을 역임하였으며, 호조 예조의 참판을 거쳐 대사헌에 이르렀으나, 광해군이 즉위하자 영의정 유영경(柳永慶)의 처남으로서 이에 연좌되어 파직되었다.

고향에 돌아가 학문에 열중하였으며, 광해군 8년(1616)에 졸하였다. 병조판서에 추증되었고, 풍기의 우곡서원(愚谷書院)에 제향하였으며, 시호는 정

---

24) 郭진의 『丹谷集』 卷五 裵純傳에 의하면 그는 竹溪 上流에 있는 平章洞에 있었다 한다. 『退溪學譯註叢書』 第28冊 428쪽 金鍾錫 敎授 譯.

25) 蒼石 李埈 : 字 叔平 西厓 門人.

익(貞翼)이다.

5. 맺는 말

이제까지 풍기 지역 퇴계학파의 일부를 잠간 살펴보았다. 그 중에서도 금계 황준량 선생의 생애와 사상에 대하여 피상적인 관찰을 하였을 뿐이고, 선생의 깊은 사상과 학문에 대하여는 연구하지 못했다.

그리고 더구나 풍기 지역의 여타 학자들에 대해서는 다 거론조차 하지 못하고, 다음 기회로 미룰 수밖에 없으며, 연구의 어려움과 힘듦을 다시 느낀다. 앞으로 이 분야의 전문 연구자가 신진 학자들 중에서 많이 나오기를 기대하면서 부끄러운 끝맺음을 하는 것이다.

[경북대학교 명예교수 김시황]

귀암 이정과 사천·진주 지역의 퇴계학맥

-이정의 성리학 연찬과 문학을 중심으로-

1. 서론

이정(李楨)[1]은 16세기에 사천(泗川)에서 출생하여 당대 성리학의 대가인 송인수(宋麟壽: 1487~1547)와 이황을 사사하여 그들의 학통을 실천적으로 계승한 인물이다. 당시에 문보다 무를 숭상하던 사천 지역에서 이정이 성리학을 창도하게 된 계기는 역시 퇴계와의 관계에서 찾아야 할 것이다. 이정은 30세 되던 해인 1541년 영주군수(榮州郡守)로 부임하고 도산으로 퇴계를 찾아가 그의 문인이 되었다.

『퇴계집』에는 퇴계가 이정에게 보내는 편지가 33편이나 전한다. 또 사제간에 재회의 기쁨과 석별의 아쉬움을 수수한 시도 다수 남아 있다. 그들 자료를 통해 퇴계와 이정간에 학문적 토론이 전개되었을 뿐만 아니라 정서적 교감도 이루어졌음을 확인할 수 있다.

그런데 이정이 학계에 알려진 이유는 그가 퇴계와 남명의 불편한 관계

---

1) 李楨 : 1512(중종 7)~1571(선조 4), 본관은 泗川, 泗川 龜巖里에서 출생하였으니 龜巖이라는 自號는 여기에서 유래하였음. 자는 剛而, 父는 湛, 12세에 慶尙道 夏課에서 장원급제, 17세에 성균관 입학하였다. 이 당시 宋麟壽가 사천으로 유배 오자 그에게 수업하였음. 1536년 別科에서 장원, 1539년 漢城府判官, 1541년 榮州郡守, 1553년 淸州牧使, 1559년 우승지, 형조참의, 1560년 대사간, 호조참의, 慶州府尹, 1563년 순천부사를 역임하였음.(『朝鮮王朝實錄』, 「行狀」) 李楨은 총 36년간을 관직에 있었는데 外職에 있었던 기간이 19년이고 散職이나 喪中, 혹은 病으로 벼슬을 사양한 기간이 13년이며, 內職에 있었던 기간은 4년임.(許穆, 「龜巖 李先生碣銘」, 『記言』, 韓國文集叢刊 99, 321쪽.)

형성에 결정적 원인을 제공하였으며, 그것이 결국 남북분당의 일원인이 되었다는 사실 때문이다.[2] 남명이 이정에게 절교를 선언하기 이전에 그들의 관계는 매우 돈독하였다고 한다.

남명이 두류산동(頭流山洞)에 거처를 정하자 이정도 그 곁에 집터를 잡았고 그들은 세속을 초월한 벗이 되었다고 한다.[3] 남명도 이정의 독실한 학문 연마와 박실(朴實) 지향을 높이 평가하였다.[4] 남명과 이정의 문하에서 동시에 수학한 성여신(成汝信 : 1546~1632)이 "남명 선생은 영화(榮華)가 밖으로 드러나며 기우(氣宇)가 준엄하고 단정하여 사람으로 하여금 경외하면서도 저절로 비린(鄙吝)함이 소멸되게 만든다. 귀암 선생은 기상이 혼후(渾厚)하고 덕스런 용모가 순수하여 사람으로 하여금 즐겁게 그의 말을 듣게 하면서도 저절로 나태하지 않게 만든다."[5]라고 한 말과 같이 두 사람의 성격은 대조적이었다. 그럼에도 불구하고 절친하던 남명과 이정은 '진주음부사건(晉州淫婦事件)'을 계기로 절교하게 된다.[6]

---

2) 李樹健,『嶺南學派의 形成과 展開』, 一潮閣, 1998, 385쪽. 李秉烋,『朝鮮前期 士林派 現實認識과 對應』, 一潮閣, 1999, 148쪽.

3) 鄭斗,「行狀」,『龜巖集』, 446쪽, "與南冥先生, 道契甚厚, 南冥卜築于頭流山洞, 先生亦占地其傍, 擬結世外之侶." ; 鄭仁弘의 기록에 의하면, 李楨이 德山洞에 5,6間짜리 기와집을 지어 놓기만 하고 끝내 오지 않았는데 南冥은 진작부터 그가 오지 않을 것임을 알고 있었다고 한다. (「南冥先生與李龜巖絶交事後識」-편의상인 목차임-『南冥集』韓國文集叢刊 31권, 540쪽) 물론 李楨에 대한 鄭仁弘의 惡評이지만 鄭斗의 기록과 종합해 볼 때 그가 두류산에 집을 지은 일은 틀림없다. 다만, 이정이 거주한 사실은 확인할 수 없다.

4)「南冥師友錄」,『龜巖集』, 529쪽, "南冥先生曰; 公每以親老乞外, 嘗篤學不倦, 已於朴實頭做工夫."

5)『浮查年譜』『龜巖集』, 530쪽, "又曰: 南冥先生榮華發外, 氣宇峻整使人敬畏, 而鄙吝自消; 龜巖先生氣像渾厚, 德容純粹, 使人樂聞, 而不自怠惰."

6) '晉州淫婦事件'의 개요를『朝鮮王朝實錄, 宣祖修正實錄』(宣祖 2년 5월 1일) 기사와『南冥集』,『星湖僿說』의 기록에 의거하여 요약 정리하면 다음과 같다. ; 宣祖 元年(1568)에 발생한 '晉州淫婦事件'은 진주의 進士 河宗岳의 後妻가 음행을 저질렀다는 소문에서 발단하였다. 남명이 이 일을 鄭仁弘, 河沆에 말하자 鄭仁弘이 감사에게 통보하여 옥사를 일으켰고 취조 중에 몇 사람이 죽었다. 사건의 처리 과정에서 남명은 李楨이 하종악의 후처와 인척 관계이기에 그를 비호하였다고 생각하고는 절교하였다. (이정의 첩은 하종악의 후처와 인척이었고 남명은 하종학의 전처의 딸과 인척이었다.) 한편 하항은 처결에 불만을 품고 친구들과 함께 하종악의 집을 헐어 버렸다. 이 일이 조정에 알려지면서 사건을 담당하였던 관계자들이 문책되

이정과 남명은 그 끝이 좋지 못한 경우이지만 이정은 당대 명류와 폭넓은 교유를 하였으며 이는 그의 사유와 행동 양상에 상당한 영향을 끼친 것으로 보인다. 이정이 남명과 교유할 때와 마찬가지로 그는 세속적인 이해득실을 염두에 두지 않았다. 오히려 세속적인 시각으로 본다면 그의 교유는 위험천만한 행동이었기에 주변에서 그를 만류하기까지 하였다고 한다. 예를 들면, 그는 성균관에서 유학하다가 송인수가 고향 사천에 귀양 온 사실을 듣고 귀향하여 스승으로 섬겼다. 또 1547년 '양재역(良才驛) 벽서사건(壁書事件)'으로 거제도로 귀양 간 정황(丁熿 : 1512~1560)과 남해(南海)로 귀양 간 김난상(金鸞祥 : 1507~1570)을 매년 배를 타고 찾아갔다.[7] 이와 같이 이정은 당대 최고의 석학을 사사함으로써 성리학을 실천적으로 체화할 수 있었으며 당대의 의식 있는 명류들과 교유함으로써 사회 현실을 객관적 안목으로 바라 볼 수 있었다.

본고는 이정을 통해서 16세기 조선에 성리학의 전개되는 양상을 문학적 측면에서 고구해보고자 한다.[8]

는 등 파문이 일어났다. (영남 선비들이 집을 부수고 추방하는 풍습이 여기에서 비롯되었다고 한다.) 또 이정은 이 일에 대해서 이황에게 자문을 구했는데 "친구 사이에 사소한 일로 외면하고 화해하지 못하는 것을 나로서는 모를 일이다."라고 잘라 말하였다. 이 서신이 세상에 알려지면서 정인홍은 죽을 때까지 이황을 공격하였다. 영남 선비들이 분당하게 된 화근도 여기에서 비롯되었다.

7) 鄭斗,「行狀」,『龜巖集』, 466쪽, "丁舍人熿謫巨濟, 金正言鸞祥謫南海, 先生泛舟往訪, 無歲不然, 時權姦當國, 有與遷客相從者, 必欲中傷之, 人爲先生危之, 且止之." ;『南冥師友錄』,『龜巖集』, 529쪽, "乙巳名流 投竄海島, 人莫敢相近, 龜巖一棹片帆, 遠涉風濤 樂與之遊."

8) 본고는 『龜巖集』(『韓國文集叢刊』33, 民族文化推進會)을 底本으로 하였다. 『龜巖集』은 元集 2권, 續集 2권, 別集 2권으로 구성되어 있다.

2. 본론

1) 성리학 연찬과 서적의 간인

16세기에 사림들은 성리서에 대한 본격적 연구를 진행하였다. 그러한 사림들의 노력으로 16세기 중반에는 퇴계를 중심으로 성리학 이론이 해석되고 체계화되어 갔다.[9]

그런데 16세기 사림의 성리학 연구는 성리학서의 수입, 간행과 밀접한 관계가 있다. 성리학 연구의 필수 텍스트인 『성리대전(性理大全)』은 세종 때에 간행되었지만 16세기에 이르면 구하기가 어려워져 중종 13년에 김안국(金安國)이 경상감사로 재직하면서 간인(刊印)하기에 이르렀다. 퇴계와 남명 등도 이때 『성리대전』을 구하였다고 한다.[10] 이와 같이 이정이 활동한 16세기 문화의 특징적 현상 중 하나는 성리학이 본격적으로 연구되고 그에 따른 성리학서들이 간인되었다 점이다. 반대로 성리학서의 간인은 성리학의 활발한 연구를 견인하는 요인이 되었다.

이정 역시 16세기 영남 사림의 일원으로 성리학 연구와 성리학 서적의 간행을 의욕적으로 수행하였다. 그런 만큼 성리학의 성취는 이정의 생애에서 가장 특기할 만한 사항으로 기록되어 있다.[11] 그의 문인 정두(鄭斗)의 기록의 의하면 "(이정은) 제자이단(諸子異端)의 서적은 보지 않고 반드시 사서오경과 송나라 유학자들의 글을 취하여 옷을 바르게 입고 단정히 앉아 잠

---

9) 金恒洙, 「16세기 사림의 經世論-性理學的 학문체계의 성립과 관련하여-」, 『韓國思想과 文化』, 97쪽.

10) 金恒洙, 「16세기 士林의 性理學 理解」, 『韓國史論』7, 146쪽.

11) ①「賜祭文」, 447쪽, "輔以經術……" ②朴㻶, 「祭文」, 449쪽, "遠宗伊洛, 明體適用, 目牛無全." ③門人(姜彦平·鄭仁平·柳遲·南泰亨·許介·李應亨·南大有·鄭大濩 등)「祭文」, 449쪽, "業道學, 工義理." ④許思曾, 「祭文」, 450쪽, "嗚呼先生, 道有淵源, 師友退溪, 祖述寒暄, 敬以本之, 誠以存之, 功專心學, 志篤聖門, 繼前啓後, 德盛道尊." ⑤宋寅, 「祭文」 "經術富平生" ⑥姜彦平, 「祭文」, 452쪽, "濂洛淵源及東海, 斯文大任屬吾公." ⑦丁熖, 「行狀略」, 526쪽, "其於義理之悅心, 不啻如芻豢之悅口, 旣資於宗師足矣. 有師友相過, 不恥下問, 必相與論辨."

을 자지 않고 먹는 일도 잊은 채 고개 숙여 책을 읽고 머리 들어 생각하여 의리의 무궁함을 더욱 잘 알았다.”고 한다.[12] 또 그는 주자의 진필(眞筆)을 걸어 놓고 성리학에 전념하였는데 말년에는 더욱 부지런히 학문을 연마하였다고 하며[13], 『근사록(近思錄)』을 특히 좋아하였던 것으로 보인다. 『도산제자록(陶山諸子錄)』에는 그가 「대학혹문의의(大學或問疑義)」·「심경의의(心經疑義)」·「주서의의(朱書疑義)」·「칠정소발소속이동문답(七情所發所屬異同問答)」·「논한훤보록(論寒暄譜錄)」·「논상례(論喪禮)」·『성리유편(性理遺編)』 등의 글을 저술하였다고 기록되어 있다.[14]

위의 기록을 통해 이정의 학문적 관심 영역을 짐작해 볼 수 있다. 16세기 중반 이래의 대표적인 성리학자들과 같이 이정 역시 『근사록』·『성리대전』·『심경』 등을 탐독하였다. 또 그는 17세기에 본격적으로 전개되는 예학(禮學)에도 조예가 깊었음을 미루어 알 수 있다. 그의 문인인 성여신은 상제(喪祭)를 행함에 있어 주자가례(朱子家禮)를 원칙으로 하되 이정의 예를 참고로 따랐다고 하였다.[15] 또 노신(盧愼)의 「답이구암별지(答李龜巖別紙)」[16]에서도 상제에 대한 논의를 볼 수 있다. 이로 본다면, 이정은 주자학을 단순히 이해하고 수용하는 수준을 뛰어넘어 조선의 현실에 적용하고자 하였음을 알 수 있다.[17] 따라서 이정의 성리학 탐구는 성리학의 조선적 전개라

---

12) 鄭斗, 「行狀」, 『龜巖集』, 438쪽, “其爲學也, 不觀諸子異端之書, 必取四書五經及宋朝諸儒之文, 正襟端坐, 廢寢忘食, 俯而讀, 仰而思, 益知義理之無窮.”

13) 上揭書, 446쪽, “揭朱子眞筆‘鳶飛魚躍’易象‘懲忿窒慾’等字, 常目之, 猶以此心未免走作爲歉云. 其問學工程, 尤謹於末年者如此.”

14) 「陶山諸子錄」 “有大學或問·心經·朱書疑義·七情所發所屬異同問答·論寒喧譜錄·論喪禮等書”, 「性理遺編補遺跋」, 『龜巖集』, 524쪽.

15) 『龜巖集』, 529쪽, “公廬墓時, 喪祭之節, 一依朱文公家禮, 而參以龜巖先生去廟時節文而行之”

16) 『玉溪集』, 278쪽, 韓國文集叢刊 37.

17) 奇大升은 「答龜巖書」(『高峯集』, 韓國文集叢刊 40, 128쪽)에서 李楨의 작성한 『家範』을 과연 현실에서 적용할 수 있는지 의문을 표하였다. 이로 본다면 李楨이 家禮의 제작을 모색하였다는 사실을 알 수 있다.

는 측면에서 주목할 만하다.

이정이 성리학의 조선적 전개에 또 한 가지 실천적으로 기여한 것은 성리학서의 간인 보급이다.

퇴계의 제자 중에서 성리학서 간행에 가장 열의를 갖은 인물은 이정이었다. 이는 허목(許穆)이 "(이정이) 한결같이 학교를 세우고 학문을 숭상하는 일을 자신의 임무로 여겼다. 송나라 이후로 출판된 여러 유학자들의 도학서(道學書)가 우리나라에 전해지면 공(公)으로부터 비로소 간행 반포되었다고 한다."[18]라고 한 기록이 그의 간인 활동을 잘 말해 주고 있다.[19]

이정이 간인 반포한 책은 『공자통기(孔子通紀)』[20]·『이정수어(二程粹語)』·『정씨유서외서(程氏遺書外書)』·『이락연원록(伊洛淵源錄)』[21]·『염락풍아(濂洛風雅)』[22]·『격양집(擊壤集)』[23]·『연평답문(延平答問)』[24]·『주자시집(朱子詩集)』·『범태사당감(范太史唐鑑)』[25]·『구경산가예의절(丘瓊山家禮儀節)』[26]

---

18) 「龜巖李先生碣銘」, 『記言』 韓國文集叢刊99. 320쪽, "一以興學右文爲己任, 宋以來諸儒道學之書傳於東方, 自公始刊布云."

19) 李楨의 성리학서 출판에 대한 활동은 「賜祭文」에서도 "鋟梓群書 誉進厚生"라고 언급되고 있다. (『龜巖集』, 447쪽).

20) 明나라 潘府의 저서. 총 8권.

21) 『伊雒淵源錄』이라고도 한다. 14권. 주희 이하 21인의 기록을 수록하고 있다. 『四庫提要·史·傳記類』.

22) ① 6권. 元나라 金履祥이 撰했다. 濂洛의 학자들을 모아 놓았는데 周敦頤·程顥·程頤·王伯·王偁 등 48인의 시집을 모아 놓은 것이다. 『四庫提要·集·總集類存目』 ② 9권. 淸나라 張伯行이 撰했다. 周敦頤·程顥·程頤·邵雍·張載·游酢·尹惇·楊時·羅仲素·李侗·朱熹·張栻·眞德秀·許衡·薛瑄·胡居仁·羅洪先 등 17家의 시를 모았다. 『四庫提要·集·總集類存目』.

23) 宋代 性理學者인 邵雍(1011~1077)의 시집. 20권 4책. 木版本. 『擊壤集』이 原名이지만 『伊川擊壤集』이라고도 흔히 부른다. 본래는 앞머리에 宋 治平 丙午(1066) 中秋日이라고 題한 自序가 있고, 뒤에는 1091년의 邢恕의 後序가 붙어있다. 우리나라에서 板刻한 이 시집은 다시 앞머리에 1475년에 작성된 引이 붙어있고 뒷머리에는 1480년 畢亨의 後題가 붙어 있는 明板本을 複刻한 것이다.

24) 1권. 부록 1권. 朱熹가 撰했다. 李侗과 주고 받은 論學, 李侗과 劉平·甫工의 편지를 수록했다. 부록에는 주자가 이동을 논한 글과 祭文·行狀을 朱子의 문인이 실어놓았다.

25) 『唐鑑』 24권. 宋의 范祖禹가 撰했다. 역대의 唐高祖 및 昭帝·宣帝의 史實을 기록하고 아울러 評論을 더했다. 呂祖謙이 音注를 지었다.

·『설문청독서록(薛文淸讀書錄)』[27]·『호경재거업록(胡敬齋居業錄)』[28]·『이학록(理學錄)』·『의무려선생(醫無閭先生)』[29]·『학용장구지남(學庸章句指南)』등이다.[30]

이정은 위에 열거한 성리학서들을 간행함에 있어서 퇴계에게 교수(校讎)를 질정하는가 하면 발문을 부탁하기도 하였다. 퇴계는 이정의 청을 흔쾌히 수락하였으며 간행된 서적을 받고 그의 노고를 치하하는[31] 등 그의 성리학서 간인 활동을 매우 높게 평가하였다.[32] 이정이 학문적 열의와 사명감을 갖고 성리학서의 간행과 보급에 치력하였던 이면에는 퇴계의 직간접적 도움이 있었던 것이다.

이정은 성리학서를 간인하는 한편 직접 『황명이학명신언행록(皇明理學名臣言行錄)』을 편찬 간행하기도 하였다. 이 책은 이정이 양렴(楊廉)[33]의 『황

---

26) 明나라 邱濬의 저서. 총 8권.

27) 『讀書錄』, 明代의 儒者인 薛瑄의 讀書·思索錄. 소형 목판본으로 本錄이 10권 3책, 續錄이 6권 2책 모두 16권 5책이다. 이 책은 1520년(중종 15)에 우리나라에서 간행된 것이다. 책머리에 鄭維新·許讚·洪柱世 등 3인의 序文이 있고 목차는 없다. 규장각 소재의 『讀書錄要語』는 단권 목판본으로 1574년(선조 7)에 川谷書院에서 간행한 것인데 1501년에 吳廷擧가 쓴 서문과 1521년에 胡纘宗이 쓴 서문, 1524년에 蕭世賢이 쓴 서문이 있다.

28) 『居業錄』, 8권. 明의 胡居仁이 撰했다. 講學語錄을 12류로 나누었다. 그 목록은 道體·爲學·主敬·致知·力行·出處·治體·治法·交人·警戒·辨異端·觀聖賢으로 모두 199조목이다. 설선의 『讀書錄』과 비슷하고 모든 학자들에게 소중히 여겨졌다. 『四庫提要·子·儒家類』.

29) 『醫無閭先生集』, 전 9권. 明나라 賀欽이 撰하고 그의 아들 士諮가 編輯했다. 「言行錄」 3권, 「奏議」 1권, 「文」 4권, 「詩」 1권. 『四庫提要·集·別集類』.

30) 鄭斗, 「行狀」 438 "中朝性理之書, 或有未盡刊行於吾東者, 亦與退溪往復訂定, 相與跋之, 如孔子通紀·二程粹語·程氏遺書外書·伊洛淵源續錄·濂洛風雅·擊壤集·延平答問·朱子詩集·范太史唐鑑·丘瓊山家禮儀節·薛文淸讀書錄·胡敬齋居業錄·皇明名臣言行錄·理學錄·醫無閭先生集等書, 必入梓於所歷州府, 雖在散地, 若見性理書可羽翼經傳, 而無板本者, 亦力勸傍邑守宰, 必使刊行而後已. 「學庸章句指南跋」, 『龜巖集』.

31) 「謝淸州牧李剛而印寄延平答問書」, 531쪽.

32) 이황, 『退溪集』 권21 「答李剛而」·「與李剛而」 권43 「延平答問跋」, 「傳道粹語跋」, 『退溪集 續集』 권8, 「二程淵源語錄跋」.

33) 楊廉: 明나라 豐成人. 자 方震, 호 月湖. 아버지 承이 吳與弼의 문인 胡九韶에게 학문을 전수받았고 楊廉 또한 家學을 계승하여 일찍이 文行으로 일컬어졌다. 저서에 『月湖集』이 있다.

조명신언행록(皇朝名臣言行錄)』과 설선(薛瑄)[34] 이하 15인이 편찬한『이학록
(理學錄)』을 읽고 감동하여 그것을 본떠서 1562년에 편찬한 것이다.

이정의 성리학서 간인 활동은 단순히 중국에서 수입된 성리학 도서를 간
행하는 수준에 그친 것이 아니라 교수(校讐)를 거치는 등의 과정에서 선본
을 만들어 내고자 하는 의식과 조선의 성리학 수준이 충실히 반영되었다는
점에서 의의가 있다.

이상에서 살펴본 바와 같이 이정은 성리학 연구에 침잠한 결과 다수의
논문을 저술하였고 성리학서의 간행 보급에 노력하였다. 이는 그가 퇴계학
파의 일원으로 성리학의 조선적 전개에 기여하였다고 평가할 수 있는 중요
한 요소이다.

2) ‘불문지문(不文之文)’의 문학관

이정은 성리학적 문학관을 근간으로 하면서도 문학의 존재 가치를 부정
하지는 않았다. 송찬(宋贊 : 1510~1601)은 이정의 제문에서 그의 문학적 성취
를 경술(經術)과 함께 언급하였다.[35] 김윤안(金允安) 역시 이정이 유학에 침
잠하고 문학적 성취가 있음을 언급하고 있다.[36] 제가(諸家)의 평가에서 볼
수 있듯이 이정에게 시문학 창작은 삶의 일부였다. 그는 친구를 만나면 술
자리를 마련한 뒤 근심을 떨쳐 버리고 회포를 논하며 좋은 시를 썼다.[37] 그
러므로 이정의 문학관을 ‘성리학적’이라고 단순하게 규정하기보다는 ‘성리
학적 문학관을 지향하였다’라고 이해하는 것이 타당하겠다. 이는 그가 성리

---

34) 薛瑄 : 明나라 河津人. 자 德溫, 호 敬軒. 永樂 연간에 進士에 합격했다. 그는 詩에 능했고
　　학문은 程朱와 明理復性을 宗統으로 삼았다. 더욱이 躬行實踐을 중시하여 후세에 河東派라
　　일컬어졌다. 저서에『讀書錄』이 있고 후인들이 그의 시문을 모아『薛文淸集』을 만들었다.
35)「祭文」,『龜巖集』, 448쪽. "訂以經術, 文華自達, 獻賦蓬萊, 名擅第一 騰輝嶺外, 揚彩海東."
36)「龜山書院上樑文」,『龜巖集』, 500쪽. "沈潛乎詩禮之敎, 翶翔乎文藝之場."
37)「次安仲任韻」, 470쪽, "塵世浮休裏, 殘生困是非. 逢春裘半綻, 投老鬢全衰. 把酒開愁面, 論
　　懷寫好詩. 海城風日晚, 惜別意遲遲."

학적 세계관을 견지하고 있지만 불가나 도가를 배타시하지 않았던 사유적 관용성과 밀접한 관련이 있다.[38]

이정의 문학관이 가장 선명하게 드러나는 글은 그가 송인(宋寅 : 1516~1584)에게 보내는 편지이다. 송인은 시문에 능했으며 이황·조식(曺植)·이민구(李敏求)·정렴(鄭磏)·이이(李珥)·성혼(成渾) 등 당대의 석학과 교유했던 인물이다. 그는 글씨에도 능하여 산릉(山陵)의 지(志)와 궁전의 액(額)으로부터 사대부의 비갈(碑碣)에 이르기까지 많은 글을 짓고 썼다. 그러므로 이정과 송인 간에 전개된 문학 담론은 16세기의 문학관을 집약적으로 보여 준다는 데 그 의의가 있다.

이정은 「여송이암인(與宋頤庵寅)」에서 고인(古人)의 '문(文)'과 금인(今人)의 '문'은 개념이 다르다고 단정하였다. 양자간의 큰 차이는 작문(作文)의 의도성 유무에 있다고 하였다.[39] 물론 작문의 의도성이 없는 것이 고인의 문장이다.

이정이 설정한 '문(文)'의 개념은 대단히 광범위해서, '천지의 문(文)'까지 포괄한다. 즉, 구름이 떠가고 비가 내리며 해와 달이 떠올라 비추고 산이 솟고 냇물이 흘러가며 초목이 무성한 제반 자연 현상이 '천지의 문'이라는 것이다. 그렇지만 천지는 그것을 꾸며서 문으로 만든다는 의식을 갖지 않는다고 하였다.[40] 결국 – 근대적 개념의 – '자연'은 '천지의 문'이고 그것의 가장 큰 속성은 '자연스럽다'는 것이다. 그렇지만 '천지의 문'은 엄밀한 의미의 '문'이라고 할 수는 없다.

---

38) 「淵潭」(466쪽)·「寬心亭」(471쪽)은 道家的 성향이 강한 대표적 작품이고 「雙溪贈惠通」(469쪽)·「贈石巖寺僧」(473쪽)·「贈山人」(476쪽)·「次贈上人」(478쪽)·「贈珠上人」(478쪽)은 佛家의 이해를 基盤으로 僧侶와 수작한 작품 중 일부이다. 그들 시에서는 논리적 차원에서 敎理를 언급하기보다는 '승려'를 '자신과 더불어 삶을 영위하는 존재'로 인정하고 있다. 이정이 승려의 생활 공간인 사찰과 승려의 삶에 대하여 포용적 사유를 할 수 있었던 것은 非俗的 삶의 지향으로부터 연유한다.

39) "大抵古人之所謂文者, 與今人異, 古人之文, 無意於爲文者也."

40) "夫雲行雨施, 日照月臨, 山川之流峙, 草木之賁飾者, 天地之文也. 天地不自知其爲文."

　이정은 '문(文)'의 범위를 좁혀 경전을 문장의 표준으로 거론하고 있다. 그는 경전이 형성된 과정을 언급하면서, 화순(和順)이 내면에 쌓이고 영화(英華)가 밖으로 표출되면 동작에 위의(威儀)가 있고 그 언어는 경전이 되니 이것이 바로 '성현의 문'이라는 것이다. 그렇기 때문에 성현은 문장을 만든다는 의식이 없었음에도 불구하고 자연스럽게 문장이 이루어졌다는 것이다.[41] 이는 도(道)로써 문장을 만드는 것으로 문장을 창작하려고 의도하거나 수식을 하지 않기에 가능하다고 하였다.[42]

　이정은 '도'와 '문'의 관계를 '이도위문(以道爲文)'으로 규정하면서 그것의 구체적인 문학관념으로 '불문이문(不文而文)'을 제시한 것이다. 그는 '불문이문'이야말로 천하의 이상적인 문장이라고 하였다. 왜냐하면 경전은 인위적 의도 없이 만들어졌음에도 불구하고 기이하고 간략한 문학적 특징이 있으며 선(善)을 장려하고 악(惡)을 징계하는 정교적(政敎的) 기능까지 갖추고 있기 때문이다. 그리고 지취(旨趣)가 정밀하고 성률(聲律)이 조화로워 음악적 요건도 충족시키고 있다.[43] 그런데 그와 같은 문학적·정교적·음악적 특징은 모두 인위적 조작을 하지 않은 '자연스러움'으로부터 나온다는 것이다.

　그렇다면 고인의 문학과 대척점에 있는 금인(今人)의 문학은 어떠한가?

　이정은 후대인들의 문학 창작 행위는 썩은 나무에 조각을 하거나 얼음을 아로새기는 것처럼 무모하고 영원함을 보장할 수 없는 도로(徒勞)에 불과하다고 단언하였다.[44]

　이정이 금인(今人)의 문학을 부정하였지만 문학에 뜻을 두지 않은 것은 아니다. 그는 혼신의 힘을 다하여 창작에 전념하여도 득의의 구절을 찾아

---

41) "和順積中, 英華發外, 動作有威儀, 言語爲經籍者, 聖賢之文也. 聖賢亦不自知其爲文, 聖賢亦不自知其爲文."

42) "是故, 古之人以道爲文, 以道爲文者, 不文而文者也."

43) "噫! 孰知夫不文之文, 是乃天下之至文耶? 以之爲語孟, 以之爲六經, 以之爲三百篇, 或奇或簡, 或勸或戒, 旨趣之精, 聲律之協, 咸出於自然耳."

44) "曷嘗若後人之牽强作意, 雕朽鏤氷者之所爲哉?"

내지 못하고 배우와도 같은 행위를 했노라고 고백하고 있다.[45] 그리고 자신이 문학에 전념하지 못한 몇 가지의 이유를 밝히고 있다. 그는 경전을 읽으면서부터 성리학에 침잠하려고 다짐하였다고 한다. 그러나 의지가 약하고 재주가 노둔하며 세상의 일이 장애가 되었으며 빈한하고 부모가 연로한 연유로 과거(科擧)의 문장을 익히지 않을 수 없는 상황이 되었다고 술회하였다. 이와 같은 상황에서 문학창작법을 익히는 것이 무리라고 하였다.[46]

비록 경전을 고문(古文)의 전범으로 설정한다 하더라도 당대에 문학 행위를 한다면 '문(文)'에 대한 명확한 관점이 마련되어야 한다. 경전은 텍스트일 뿐이지, 그 자체가 문학 창작이 될 수는 없기 때문이다.

이정은 '학자의 문학'을 문학으로 인정하였다. 그는 '수운창월(酬雲唱月)', 즉 '음풍농월(吟風弄月)'하는 문학은 학자가 할 일이 못되며 '음영성정(吟詠性情)', 즉 철리적 주제를 다루는 문학을 수행해야 한다고 주장하였다. 그런데 '음영성정'은 식견이 천박한 경우에 불가능하기 때문에 문학에 종사하기 힘들다고 말하였다.[47]

이정이 인위적 조작이 배제된 작품 창작을 요구하고 '음영성정'만을 문학으로 인정하였지만 문학이 갖추어야 하는 형식적 요건까지 부정한 것은 아니었다. 그는 창작 주체의 학식과 식견이 전제된 뒤에 작법이 자연스럽게 맞고 구법(句法)이 정밀하며 음조(音調)가 맑아야 한다는 견해를 가지고 있었다.[48] 그러므로 자신도 문학 그 자체를 부정하는 것이 아니라 학문의

---

45) "如楨者, 縱有志於古文, 而奈才智下, 學問之力又微, 世俗之文, 尙不能措手, 況於古文乎? 近日尤覺才竭, 欲有所作, 則搜腸拐服, 戛戛乎甚難, 甚至於睢盱終日, 不得下得意句, 比之曩昔妄有小作之時, 反有所不及矣. 然楨所不恨者, 回視前作, 有類俳優, 使人忸怩, 今日之合嗋, 未必失, 曩日之抽思, 未必得, 吾何慊乎哉?"

46) "且楨自讀聖賢書, 稍知向方, 欲潛心於性理之源, 而志弱才鈍, 世故之沮敗人者甚多, 可以家貧親老, 庾釜漏空, 不得已從事於科擧之文, 于今數年矣. 雖使專精學問, 猶恐任重難勝, 途遠難致, 況以科擧二之哉? 如是而徑以文章之技馳驟之, 則彼此具無所成矣."

47) "酬雲唱月, 旣非學者之所當, 嗜吟詠性情, 又非淺識者之所能, 由是絶不事鉛槧."

48) "伏惟左右, 積學旣久, 深有闊見, 擺辭敷藻, 自中繩墨, 句法甚精, 音調甚淸, 又遇具眼人, 有所斤正."

연찬(研鑽)이 충분하지 못하기에 문학 창작에 먼저 힘을 쏟을 수 없었다고 밝히고 있다.[49]

이정의 문학에 대한 관념은 '불문이문(不文而文)'·'이문위문(以道爲文)'·'학자지문(學者之文)'·'음영성정(吟詠性情)'이라는 개념으로 정리할 수 있을 것이다. 그들 개념은 기실 동일한 내용이지만 외형상으로는 달라 보인다. 또 그들 개념은 순차적인 단계로서의 성격을 띠기도 한다. 그런데 주목되는 점은 그의 문학관이 실제 창작에 적용되었다는 사실이다.

허목(許穆)은 이정의 시문을 '군자지문(君子之文)'으로 규정하고 문사(文詞)가 간략하면서도 의미를 구비하여 한 글자 한 구절이라도 바른 도덕에서 나오지 않은 것이 없어서 후학의 모범이 된다고 격찬하였다. 그리고 그의 저술은 퇴계 학문의 정수를 전수 받은 것으로 평가하였다.[50] 정두(鄭斗)도 이정이 수창한 시는 모두 성리(性理)가 발현된 것으로 정주자(程朱子)의 여운과 은연중 부합되어 세속에서 숭상하는 음조와 달랐다고 기록하고 있다.[51] 그러나 간과해서는 안 될 사실은 그가 '수운창월(酬雲唱月)'을 완전히 배제했던 것은 아니었다는 점이다. 그는 아름다운 풍광(風光)에서 이는 흥이 문학의 좋은 소재임을 인정하고 있었다.[52] 그러므로 이정이 '수운창월'보다 '음영성정'을 창작의 우선순위에 두고 지향하였다고 파악하는 관점이 타당할 것이다.[53] 이로써 이정의 성리학적 문학관이 탄력적이고 관용적이

---

49) "楨於爲文, 非不願學也. 但以信道未篤, 而先事於文, 和順未積, 而先發於英華, 則其不幾於重外而輕內乎? 其不幾於玩物而喪志乎? 以此絶意文藻, 不敢有所悔吝."

50) 「龜巖集跋」, 『記言』, "凡詩文疏箚序記雜著竝若干篇, 君子之文, 詞約而義備, 無一字一句, 不出於道德之正, 而爲裨益於來學者多矣. 今讀其書, 而陶山問學之傳, 得其精約."

51) 「行狀」, 『龜巖集』, 438쪽, "自謂短於文章, 誰不事翰墨, 而或見於酬唱之間者, 無非性理之發, 暗合閩洛餘韻, 自與俗尙不同調."

52) 「題支磯巖」, 『龜巖集』, 471쪽, "佳麗西原地, 風流此日開, 高歌春晩野, 芳醪客登臺, 興逐開雲遠, 詩從夕照來, 白花迷醉眼, 應見玉山頹."

53) 「槐池」·「示學者」·「偶吟」·「謝退溪先生解夢詩」·「贈四耐翁二首」·「贈四耐翁」·「觀野」·「雙溪贈惠通」·「獨坐」·「惺惺」·「滔滔」와 같은 시를 吟詠性情의 대표적 작품으로 볼 수 있다. 그들 작품에 대해서는 별도의 고찰이 필요하다.

었음을 알 수 있다.

3) 현실인식의 시적 표현

16세기에 이르면 이전 시기의 역사적 상황이 확대 심화되면서 보수를 지향하는 퇴행적 정치 세력과 의식화된 전향적 세력 사이에 대립과 갈등이 오랫동안 지속되었다. 전자는 국초 이래 오랫동안 공신으로서 정권과 재부(財富)를 독점적으로 누려온 '훈척' 또는 '훈구'로 지칭되는 훈구파(勳舊派)이고 후자는 향촌의 재지적 기반 위에서 성리학의 탐구에 침잠함으로써 그에 대한 일정한 이해 수준을 확보하고 그것을 현실에 구현하려는 의지를 겸비한 사림파이다.[54]

이정은 16세기 영남 사림으로 중앙정계에 진출한 관료로서 명철한 현실인식을 견지하고 있었다. 이정을 비롯한 16세기 사림이 지녔던 성리학적 사유가 갖는 가장 긍정적 요소는 실천의 강조에서 찾을 수 있을 것이다. 이정 자신이 실천의 중요성을 주장하였을 뿐만 아니라[55] 퇴계도 이정에게 밝은 덕을 높이는 일은 몸소 노력해서 성취할 수 있기에 궁행실천은 책에 있는 것이 아님을 경계하였다.[56] 허목 역시 그의 실천적 성리학은 최종적으로 사군치민(事君治民)으로 귀착되었다고 고평(高評)하였다.[57] 허목의 평가와 같이 이정의 성리학 연구가 갖는 가장 긍정적 의미는 그것이 사군치민의 이론적, 실천적 근간으로 작용하였다는 점이다.

이정은 1560년 대사간의 자격으로 올린 「경연조강계사(經筵朝講啓辭)」에서 천재지변이 빈번하게 발생하여 백성들의 삶이 도탄에 빠진 듯하며 지방

---

54) 李秉烋, 『朝鮮前期 士林派의 現實認識과 對應』, 一潮閣, 1999, 93쪽.

55) 〈中庸詠十四首〉 중 「道其不行」.

56) 「贈慶州府尹李剛而」 "好歸努力崇明德, 只在躬行不在文."

57) 「龜巖文集跋」, 『記言』 韓國文集叢刊98, 59쪽. "盖其學, 由孝弟, 推至於性命之奧, 達之萬事萬物, 而要歸於知禮成性, 以此事君治民, 與學者言時之賢士大夫, 多推宗之."

의 경우는 거주민 중 열 집에 아홉이 비었고 군졸들은 과반수가 도망하여 이름만 장부에 허위 기재되어 있어 사변이 발생할 경우 조처할 계책이 없다고 통탄하고 있다.[58]

1568년 부제학에 부임하기를 사양하면서 올린 「사면부제학소(辭免副提學疏)」에서는 교육에 법도가 없고 풍속이 순후하지 못하며 군졸은 지치고 허약하다고 지적하고 있다. 이와 같이 이정은 당대 사회가 직면하고 있는 경제·사회·교육상의 총체적 문제점을 심각하게 인식하는 한편 그것의 해결을 국왕에게 강력히 촉구하고 있다. 그리고 그는 교육 문제를 해결할 수 있는 대안으로 정자와 주자의 학제와 학규를 도입할 것, 유학의 교과 과정과 공사(公私), 왕패(王覇)를 구분할 수 있는 교육 내용을 실시할 것을 주장하였다. 사회 문제의 해결 방안으로는 『삼강행실(三綱行實)』의 번역 반포와 오교(五敎)의 시행을 제시하였다. 민생의 안정책으로는 청렴하고 능력 있는 관리의 등용과 세금의 감면, 사회 복지책의 시행 등을 제시하였다. 국방의 문제에 대한 해결책으로는 채권 남발의 근절, 군졸의 독려 등을 주장하였다. 이와 같이 이정이 제시한 해결 방안은 성리학적 이론에 근거한 것이었다.

이정은 당대 사회가 직면한 제반 문제를 위와 같은 산문의 형식으로 진술하기도 하였지만 시의 형식으로 표출하기도 하였다. 다음에서 그의 치열한 현실 의식이 표출된 몇 편의 작품을 보도록 하겠다.

題醫方冊面[59]

| 醫人醫國皆有分 | 사람과 나라를 고치는 일엔 다 차이가 있지만 |
| 不可差殊小大看 | 조금 다르다고 대단하거나 사소하게 보지 말라 |

---

58) 「經筵朝講啓辭 大司諫時」, 『龜巖集』, 430쪽. "方今敬天憂民之敎, 出於至誠, 宜災變不興, 生民平安, 而天災時變, 疊見層出, 民生困苦, 如在塗炭, 言之至此, 實爲寒心, 以外方觀之, 居民十室九空, 軍卒過半逃散, 只以空名, 虛錄文簿, 萬一有事變, 則措略無策, 可謂痛哭, 當廣開言路, 執端用中, 以救積弊而後, 庶乎其可也."

59) 『龜巖集』, 421쪽, 「題醫方冊面」.

孤獨疲癃終有養   고아, 독신, 불구는 끝까지 돌봐줘야 하니
做功都只我心丹   功을 쓰는 것은 모두 나의 충심에 달렸을 뿐이네

이정이 의서(醫書)를 읽다가 그 책면에 쓴 시이다. 이정은 병을 치료하는 것은 비단 사람에게만 국한 된 일이 아니라는 깨달음을 얻었다. 국가라는 거대한 유기체도 사람과 같이 병이 들 수 있으며 사람의 병을 고치는 방법을 의서를 통해 습득하듯이 치자라면 국가의 병폐를 치유할 수 있는 방안을 모색해야 한다는 것이다. 그리고 이정은 국정의 폐단을 치유할 수 있는 구체적인 방법을 제시하였으니, 고아나 독거노인, 불구자 등 소외된 이들을 우선 국가가 보호해야 한다는 것이다. 그리고 공력을 들이는 것은 모두가 자신의 충심이라고 다짐하였다.

위의 시에서와 같이 이정은 인체의 병을 의원이 치유하듯이 국가의 폐단은 치자인 자신의 충심을 다하여 바로잡아야 한다는 사명감을 지니고 있었음을 알 수 있다. 사회 문제를 객관적이고 본질적으로 바라볼 수 있는 시각은 위와 같은 문제의식과 사명감에서 연유한 것이라고 하겠다.

次堤川訥齋韻[60]

旅夢初回月欲低   나그네 꿈에서 갓 깨어나니 달이 지려하고
春寒欺客透孤棲   봄추위 객을 속여 외로운 거처로 스며든다.
詩情索寞思靈雲   詩情이 삭막하니 謝靈運이 생각나고
茶味淸冷勝建溪   차 맛이 상쾌하니 建溪[61]보다 낫구나.
深峽民貧愁遏糶   깊은 골의 가난한 백성은 糶糴 막을까 걱정하고
畏途人過怕衝泥   험한 길 지나는 사람은 진창 만날까 겁낸다.
自慚賑活無長策   빈민구제 장기대책 없어 스스로 부끄러운데
馹騎空馳東復西   전령 태운 역마는 부질없이 동서로 내뛴다.

---

60)『龜巖集』, 482쪽, 「次堤川訥齋韻」.
61) 建溪 : 중국 福建省 閩江의 북쪽 발원지 이름으로 그 지방에서 이름난 茶가 생산되므로 名
    茶의 대명사로 사용된다.

　제천(堤川) 여로(旅路)에서 지은 위의 시에서는 치자로서의 깊은 고뇌를 볼 수 있다. 이정은 새벽녘 잠에서 깨어나 초봄의 차가운 기운 속에서 자신이 목도했던 현실을 곰곰이 반추하고 있다. 깊은 산골짜기에 거주하는 백성들은 곡식의 원활한 공급이 중단될까 걱정을 하건만 그들을 구휼할 수 있는 장기적인 대책은 없노라고 자책하고 있다. 뿐만 아니라 국가적 차원의 정책도 수립되지 않는 현실이 더욱더 통탄스러울 노릇이라고 말하고 있다. 전령을 태운 역마가 부질없이 이리저리 분주하게 뛰어가는 모습을 보고 이정은 국가의 무능함을 비웃고 있다.

　기아에 허덕이는 백성들의 고통에 공감하며 치자로서 능력의 한계에 부끄러워하고 국가의 무능을 조소하는 이정의 현실적 의식이 새벽의 찬물과 같이 맑게 표출된 작품이라고 하겠다.

次公州板上韻[62]

功名深愧誤芳年	功名이 몹시 부끄러우니 청춘을 그르쳤고
白首奔馳歎獨賢	백발로 분주하니 '나홀로 고생'을 탄식한다.
繞郭村居憂餓死	성곽 에워싼 촌마을 굶어 죽을까 걱정인데
滿山花卉媚晴天	온 산의 화초는 맑은 하늘 향해 피었구나.
此時湖海詢民瘼	이런 때에 사방에서 백성의 고통을 묻나고
何日林川理石田	언제나 산천에서 돌밭을 일궈 볼까나.
佳節惱人愁欲老	좋은 시절에도 번뇌하는 사람은 수심에 늙고
家園一望意茫然	고향집 정원을 한 번 바라보니 생각이 아득하다

　위의 시에서도 이정은 기아(飢餓)에 고통스러워하는 백성들의 고단한 삶과 그것을 해결하지 못하는 자신의 한계를 부끄러워하고 있다. 그것은 출사(出仕)하여 공명을 추구한 행위를 부끄러워하고, 공무로 분주하게 활동하다가 늙은 자신의 처지를 회한하도록 만든 원인이다. 사방을 다니면서 백

---

62) 『龜巖集』, 482쪽, 「次公州板上韻」 二首.

성들의 고통을 묻기 때문에 비록 청명하고 꽃이 만발하여 좋은 시절에도 그에게는 수심스럽게 느껴질 뿐이라는 것이다. 이정은 백성들의 고통을 목도하고 치자로서 올바른 대안을 모색할 수 없는 무기력함에 허탈해 하고 있다.

현실 의식이 표출된 이정의 시에서는 몇 가지 특징적인 사항을 발견할 수 있다.

첫째, 백성들의 고통을 진정으로 공감하고 있다.

둘째, 현실적 해결책을 진지하게 모색하고 있다.

셋째, 자신의 한계와 국가의 무능함을 솔직히 시인하고 있다.

넷째, 강렬한 의식이 표출되고 있음에도 불구하고 그 정조는 대단히 정적(靜的)이다.

이상의 사항은 16세기 영남 사림의 의식 성향과 문학적 특징으로 외연이 가능할 것이다. 즉 16세기 사림이 표방하였던 성리학적 세계관은 형이상학적 관념론의 매몰을 배격하고 실천 지향적이었음을 알 수 있다. 그것은 가혹한 사회를 경험하면서도 중앙 정계에 진출한 그들의 처지에 기인한다. 이정의 시에는 궁벽진 곳에서 허덕이는 백성들의 고통이 드러나 있는데, 이는 그가 지방에서 출신하였고 지방관으로 부임한 경험에 토대한 것이다.

정리해 본다면 16세기 영남 사림의 일원인 이정의 경우, 실천적 성리학이 직면한 현실적 문제를 올바로 바라보고 대안을 모색할 수 있는 이론적 근거가 되었으며 지방으로부터 중앙 정계로 진출하였다는 출신 성향이 소외된 백성의 고통을 진심으로 이해 할 수 있는 경험적 근거로 작용한 것이다. 그리고 그것을 시로 표현해 냄에 있어서 자극적인 표현과 감정의 유로를 극도로 자제하고 있다는 점도 성리학적 문학관이 적용된 작품의 특징으로 거론할 수 있겠다.

4) 중용학의 시적 표현

이정이 성리학에 정통했다는 사실은 여러 기록을 통하여 확인할 수 있
다. 그러나 정작 성리학을 주제로 한 전저(專著)가 남아 있기 않기 때문에 그
의 경학세계를 밝히기 어렵다. 그런데 허목은 퇴계의 제자 중에서 이정이
중용학(中庸學)을 전수 받았다고 언급하고 있어서 주목된다.[63] 조경(趙絅 :
1586~1669)도 이정이 퇴계에게서『중용』을 직접 전수받았다고 특기(特記)하
였다.[64] 이정의『중용』에 대한 조예는 김윤안(金允安)의「구산서원상량문(龜
山書院上樑文)」에서도 볼 수 있다.[65] 한편 이정 자신은『중용』은 '전도(傳道)
의 책'이라고 언명하였다.[66] 이와 같이 이정이『중용』연구에 치력하였음
을 알 수 있다.

『중용』은 성리학의 주요 주제인 이기심성론의 이론적 근거인 천인론(天
人論)을 기술한 책이므로 조선조 주자학자들에게 애호되었다. 이언적(李彦
迪)은 미완의『중용구경연의(中庸九經衍義)』를 저술하였으며 퇴계의 문인
이덕홍(李德弘)은『중용질의(中庸質義)』에서『중용장구(中庸章句)』의 본문과
주희의 주석 중에서 취한 29개 조에 대하여 이황이 피력한 견해를 수록하
고 있다.[67]

중용학의 온축이 이정에게 와서 문학적 형식을 빌려 표현되었다는 점은
특기할 만하다. 이 시기에『중용』이 사인들에게 중시된 것은 사실이지만,
주자 장구의 이해 단계를 크게 벗어나지 못하였으며 17세기에 이르러서야
비로소 독자적 해석이 가능해진다. 그와 같은 학문적 수준에서 이정이 자

---

63)「龜巖文集跋」,『記言1』韓國文集叢刊98, 59쪽, "余嘗讀陶山遺蹟弟子答問, 多記龜巖公云
　　云. 陶山弟子, 龜巖之學, 心得中庸之傳, 而又好古嗜學, 吳德溪盧玉溪作祭公文, 皆稱之."

64)「龜巖集序」,『龍州遺稿』韓國文集叢刊90, 187쪽, "屈首先生之門, 親受中庸之傳."

65)『龜巖集』, 500쪽, "抛梁上, 鳶戾雲宵昭有像, 天機自動人莫知, 一部中庸如指掌."

66)「學庸章句指南跋」,『龜巖集』, 523쪽, "大學, 立德之門, 中庸, 傳道之書也."

67) 安秉杰,『17세기 조선조 유학의 경전 해석에 관한 연구-중용 해석을 둘러싼 주자학파와 반
　　주자적 해석간의 갈등을 중심으로』, 5쪽, 성균관대학교 박사학위논문, 1991.

신의 중용학을 압축 절제된 언어 양식으로 표현해 냈다는 점은 주목을 요하는 사항이 아닐 수 없다.

이정 이전에도 『중용』을 주제로 창작된 시가 전혀 없었던 것은 아니다. 고려 시대에 이색(李穡)이 중용을 주제로 시를 창작한 이래로 서거정(徐居正), 이승소(李承召), 주세붕(周世鵬) 등이 뒤를 이었으며,[68] 이현보(李賢輔)는 한 편의 부(賦)를 남겼다.[69] 그런데 그들 작품은 대부분 『중용』의 독후감으로 『중용』의 주개념이나 내용을 주제로 다룬 것은 아니다. 그러므로 이정이 『중용』의 주개념 14개를 연작시로 표현하였다는 점에서 이전 시기의 작품들과 큰 변별성을 갖는다.

이정은 「중용영십사수(中庸詠十四首)」의 서(序)에서 "하나의 물(物)에 나가면 반드시 마음이 있다. 마음이 있은 뒤에라야 일이 있으니 마음을 성실히 하면 도가 절로 행하여진다."[70]고 하여 '물(物)'·'사(事)'·'도(道)'와 '심(心)'의 관계를 논하면서 '실심(實心)'의 중요함을 강조하였다. 이는 바로 연작시 「중용영십사수」의 총론이라고 할 수 있다.

「중용영십사수」 첫 수의 제목은 「중(中)」이다. 이 시에서 이정은 '중'을 가장 중요한 개념이라고 명언하였을 뿐만 아니라 연면한 역사에서 성인들이 전수한 심법(心法)의 요체라고 노래하고 있다. 그는 '중'은 고원(高遠)한 것이 아니기에 정일(精一)하게 노력하면 성취할 수 있다고 말하고 있다.

시 「중」은 「중용장구서(中庸章句序)」의 모두에 제시된 『중용』이 만들어진 이유의 시적 표현이라고 하겠다. 「중용장구서」에서는 중용의 저술 이유에 이어서 '인심(人心)'과 '도심(道心)'의 특성이 논술되고 있는데 이정은 그것을 둘째 수 「인심도심」에서 노래하고 있다. 그는 '형기(形氣)'를 배에, '도심'은

---

68) 「讀中庸有感二首」, 『牧隱稿』, 李穡, 韓國文集叢刊4, 103쪽. 「初八日 思政殿御前 講中庸鳶飛魚躍章」, 『四佳集』, 徐居正, 韓國文集叢刊10, 360쪽. 「讀中庸」, 『三灘集』, 李承召, 韓國文集叢刊11, 419쪽. 「中庸」, 『武陵雜稿』 周世鵬, 韓國文集叢刊27, 111쪽.

69) 「天下中庸賦幷序」, 『聾巖集』, 李賢輔, 한국문집총간17, 402쪽.

70) "就一物上說, 物必有是心, 有心後有事, 實心道自行."

배를 조정하는 키에 비유하였다. 즉 파도치는 바다에서 배가 안전하게 운
항할 수 있으려면 키의 조정대로 움직여야 하듯 위태로운 ‘인심’이 편안하
게 되려면 ‘도심’의 명령을 따라야 한다는 것이다. 이는 「중용장구서」에서
주자가 "반드시 ‘도심’으로 하여금 일신의 주장을 삼고 인심이 매양 명령을
듣게 하면 위태로운 것이 편안하게 되고……"[71]라는 논리를 시로 변형 수
용한 것이다.

셋째 수는 「이기(理氣)」이고 넷째 수는 「성리(性理)」로 각각 ‘이기’와 ‘성
리’의 관계에 대해서 노래하고 있다. 그러므로 정작 『중용』 경(經)에 대한
시적 표현은 다섯 번째 수인 「명성도교(命性道敎)」부터다. 그 내용은 『중용』
의 첫 문장인 "天命之謂性, 率性之謂道, 修之謂敎"에 대한 주자의 해석을
토대로 하고 있다. 여섯 번째 수인 「도불가리(道不可離)」는 『중용』의 두 번째
문장인 "道也者, 不可須臾離也, 可離非道也. 是故君子戒愼乎其所不睹,
恐懼乎其所不聞."에 대한 주자의 해석을 요약하여 시로 표현한 것이다.

일곱째 수가 「존양(存養)」이고 여덟째 수가 「신독(愼獨)」인데, 「신독」은
『중용』 본문의 내용상 「도불가리(道不可離)」에 이어져야 한다. 「존양」은 본
문의 내용에 없는 개념이기 때문이다. ‘존양’은 1장을 개괄하는 주자의 주
에서 사용된 개념인데[72], 이정은 「도불가리」에서 언급한 내용이 ‘존양’에
해당한다고 파악한 것이다. 그는 「존양」에서 마음이 거울과 같이 만물을
왜곡 없이 조감하여야 하며 저울대와 같이 평형을 유지해야 한다고 노래하
고 있다. 「신독」에서는 물의 고요한 상태를 미세한 파동이 파괴한다는 현
상을 비유로 들며 홀로 거처할 때도 행동을 조심하여 어떠한 경우에라도
도를 보존해야 한다고 역설하였다.

아홉 번째 수는 「중화(中和)」로 『중용』의 "喜怒哀樂之未發, 謂之中; 發

---

71) "必使道心常爲一身之主, 而人心每聽命焉, 則危者安."
72) "右第一章. 子思述所傳之意以立言: 首明道之本原出於天而不可易, 其實體備於己而不可
　　離, 次言存養省察之要."

而皆中節, 謂之和. 中也者, 天下之大本也; 和也者, 天下之達道也."를 시로 압축하여 설명하였으며, 열 번째 수는 「치중화(致中和)」로 『중용』의 "致中和, 天地位焉, 萬物育焉."을 시로 표현하였다.

열한 번째 수는 「중화중용(中和中庸)」으로 '중화'와 '중용'이라는 개념의 동이(同異)에 대한 주자의 설명을 그대로 수용하여 노래하고 있다.[73] 여기에서는 문답법을 사용하여 '중화'와 '중용'의 개념을 정의하고 있다.

열두 번째 수는 「시중(時中)」인데 이는 『중용』 제2장의 "君子之中庸也, 君子而時中; 小人之中庸也, 小人而無忌憚也."에 해당한다. 그러므로 『중용집주』의 편차에 의거한다면 열한 번째 수인 「중화중용」 앞에 위치해야 한다. 그러나 이정은 제3장의 첫 번째 문장인 "子曰: 「道之不行也, 我知之矣, 知者過之, 愚者不及也; 道之不明也, 我知之矣, 賢者過之, 不肖者不及也."와 '시중'을 연결하여 한 편의 시로 만들었다. 이는 앞의 시에서 이정이 주자의 집주를 그대로 수용하던 시각에 비춰 본다면 나름대로의 해석 관점이 적용되었다고 평가할 수 있다.

열세 번째 수는 「도기불행(道其不行)」으로 이전 열두 수의 표현 방식과는 달리 도의 실천을 위해 노력한 안자(顏子)와 자로(子路)의 경우를 예시한 『중용』 본문을 결합하여 한 편의 시로 만들었다. 즉 제5장의 "子曰: '道其不行矣夫!'"와 제8장의 "子曰: '回之爲人也, 擇乎中庸, 得一善, 則拳拳服膺而弗失之矣'.", 제10장의 "자로문강(子路問強)"을 배합한 것이 「도기불행(道其不行)」이다.

마지막 열네 번째 수 「성도(誠道)」는 『중용』 20장의 "誠者, 天之道也; 誠之者, 人之道也. 誠者不勉而中, 不思而得, 從容中道, 聖人也. 誠之者, 擇善而固執之者也."를 시로 표현한 것이다.

이상에서 일별한 바와 같이 「중용영십사수」는 총 33장의 『중용』 중에서

---

73) "右第二章. 此下十章, 皆論中庸以釋首章之義. 文雖不屬, 而意實相承也. 變和言庸者, 游氏曰: 「以性情言之, 則曰中和, 以德行言之, 則曰中庸是也.」 然中庸之中, 實兼中和之義."

이정이 중요하다고 생각되는 개념을 추출하여 시화(詩化)한 것이다. 성리학적 철리를 시로 표출한 작품은 대단히 많지만 성리학 이론 그 자체를 시의 형식을 빌려 체계적으로 설명하고자 한 시도는 찾아보기 힘들다. 「중용영십사수」의 구성을 보면 이정은 '중(中)'의 개념을 간명하게 설명하려고 노력했음을 알 수 있다. 총 14수에서 '중'을 주제로 한 시가 「중(中)」·「중화(中和)」·「치중화(致中和)」·「중화중용(中和中庸)」·「시중(時中)」으로 모두 5수를 차지한다. 『중용』에서 '중'의 이해가 가장 중요한 것은 말할 나위도 없지만, 그의 「중용영십사수」가 '중'의 설명에 편중되었었음을 하나의 현상으로 파악할 수 있겠다. 또 『중용』 경(經)에 대한 본격적 언급은 5째 수인 「명성도교(命性道敎)」에서부터 시작되고 있다는 점도 지적할 만하다. 1·2수는 주자의 『중용장구서』의 논리를 압축한 것이고, 3·4 수는 '이기(理氣)'와 '성리'에 대한 이론을 시로 표현한 것이다. 그러므로 「중용영십사수」는 이정의 성리학에 대한 이해의 총화라고 할 수 있다.

이정은 사서 중 가장 형이상학적인 『중용』의 이론을 간명하게 표현하기 위하여 시 형식 가운데 가장 간략한 5언 절구를 취하였다. 한편 중용학의 심도 깊은 이론을 시로 간명하게 설명하기 위하여 비유법과 문답법 등 최소한의 수사기교만을 사용하고 있다. 그리고 연작시로 구성함으로써 이론의 체계화를 고려하였다. 이상과 같은 성리학적 이론의 시적 표현은 성리학에 대한 연찬 없이는 불가능한 것으로서 이정을 위시한 당대 퇴계문인의 성리학 수준을 가늠케 한다.

3. 결론

16세기의 성리학 연구는 그 어느 시기보다도 활발하고 적극적으로 진행되었으며 그 정점에는 퇴계가 자리한다. 그리고 퇴계에게서 뻗어나간 학맥은 단순한 인적 계보가 아니다. 퇴계학맥의 연결고리는 퇴계와 그 제자들 간에 존재하는 학문적 연속성이다. 이정이 퇴계로부터 전수받은 성리학의 요체는 실천성에 있었다. 물론 실천적 성리학이 이론적 연찬과 별개의 것이 아니었음은 그가 다수의 성리학 논저를 저술한 사실을 통해 확인할 수 있다. 더욱이 이정이 조선의 성리학 전개에 크게 기여한 바로 성리학서의 적극적인 간인 사업을 거론할 수 있다. 그의 성리학서의 간인은 단순한 출판 이상의 의미를 갖는다. 서적의 선정과 수집, 선본 제작을 위한 교수(校讎) 과정에 성리학 연구의 수준이 적실히 반영되었다는 점에서 그러하다. 선본의 성리학서를 간인하고 보급하는 일은 학문적 측면에서의 실천이라고 말할 수 있을 것이다.

본고에서는 이정의 성리학 연찬이 문학에 투사된 양상을 집중적으로 고찰해 보았다. 이정은 '불문이문(不文而文)'의 문학관을 지니고 있었으니 그 구체적인 내용은 '이도위문(以道爲文)', '학자지문(學者之文)'·'음영성정(吟詠性情)'이라는 개념으로 개괄된다. 이정의 문학관은 가시적으로는 성리학적 문학 관념에 의하여 문학 창작의 범위가 제한되는 것처럼 보이지만 실제로는 문학 창작에 대한 진지한 고민의 과정으로 설정되었다는 의미가 있다. 즉 당대 현실에서 요구되는 문학 창작에 대한 모색이 이루어졌다고 볼 수 있으며, 이는 16세기 사림의 현실주의적 의식을 구성하는 일요소라고 하겠다.

그의 실천적 성리학과 '불문이문'의 문학 관념은 문학 창작에 투사되었으니 현실인식의 시적 표현이 그것이다. 이정은 현실의 모순을 객관적 시각으로 인식하고 그것을 해결할 수 있는 대안을 모색하였으며, 능력의 한계에 대하여 고민하는 심정을 시로 표출하였다. 그의 언명대로 문장으로 만들고 수식하려는 의도 없이 실천적, 현실적 의식이 유로되어 작품으로 만들어진 것이다. 이것이 도로 만들어진 문학인 것이다.

14편 연작시인 「중용영십사수」 역시 그의 문학관이 적용된 대표적 작품이다. 그는 자신이 가장 공력을 들인 『중용』을 절제된 언어형식으로 표현하고자 시도한 것이다. 그러한 문학이 바로 '학자지문(學者之文)'에 다름 아닌 것이다. 또 철리의 탐색을 주제로 한 다수의 작품을 창작하였으니 이것이 '음영성정(吟詠性情)'에 해당한다.

이정의 문학관과 창작이 갖는 문학사적 의의는 성리학과 성리학적 문학관의 조선적 전개라는 데 있다. 즉 이정은 문학이 16세기의 사회 현실에 적극적으로 대응하고, 성리학 이론을 효과적으로 표출해 낼 양식을 모색하였던 것이다.

[경북대학교 한문학과 교수 강민구]

참고문헌

奇大升, 『高峯集』, 韓國文集叢刊 40, 民族文化推進會.
盧禛, 『玉溪集』, 韓國文集叢刊 37, 民族文化推進會.
徐居正, 『四佳集』, 韓國文集叢刊 10, 民族文化推進會.
李穡, 『牧隱稿』, 李穡, 韓國文集叢刊 4, 民族文化推進會.
李承召, 『三灘集』, 韓國文集叢刊 11, 民族文化推進會.
李瀷, 『星湖全集』, 韓國文集叢刊 199,200. 民族文化推進會.
李楨, 『龜巖集』, 韓國文集叢刊 33, 民族文化推進會.
李賢輔, 『聾巖集』, 韓國文集叢刊 17, 民族文化推進會.
李滉, 『退溪集』, 韓國文集叢刊 29-31, 民族文化推進會.
趙綱, 『龍州遺稿』, 韓國文集叢刊 90, 民族文化推進會.
曹植, 『南冥集』, 韓國文集叢刊 31, 民族文化推進會.
周世鵬, 『武陵雜稿』, 韓國文集叢刊 27, 民族文化推進會.
許穆, 『記言』, 韓國文集叢刊 99, 民族文化推進會.

김항수, 「16세기 사림의 經世論-性理學的 학문체계의 성립과 관련하여-」, 『韓國思想
       과 文化』6, 한국사상문화학회, 1999.
──────, 「16세기 士林의 性理學 理解」, 『韓國史論』7. 서울대학교 한국사학회, 1981.
안병걸, 『17세기 조선조 유학의 경전 해석에 관한 연구-중용 해석을 둘러싼 주자학파
       와 반주자적 해석간의 갈등을 중심으로』, 성균관대학교 박사학위논문, 1991.
이수건, 『嶺南學派의 形成과 展開』, 一潮閣, 1998.
이병휴, 『朝鮮前期 士林派의 現實認識과 對應』, 一潮閣, 1999.

황곡 이칭의 생애와 시세계 연구

1. 서론

황곡(篁谷) 이칭(李偁 : 1535~1600)은 지금까지 우리 한문학계에 별로 알려지지 않은 인물이다. 그 이유는 황곡의 문학적, 학자적 역량이 당대의 다른 문인 학자들에 비해서 그렇게 뛰어나지 못한 것일 수도 있기 때문이다. 그러나 퇴계의 학맥이 안동(安東), 예안(禮安)을 벗어나 강우(江右)의 함안(咸安) 지역으로까지 확대 되었다[1]는 지역적 확장이란 측면에서 보자면 황곡에 대한 조명은 의미가 있는 작업이면서 반드시 검토하여야 할 당위성이 있다고 본다.

그간에 우리 한문학계의 연구 동향을 한 번 살펴보면 문학사에 널리 알려진 인물 위주로 연구를 진행해온 것이 사실이다. 물론 잘 알려진 인물들이 문학적, 학문적으로 대단한 역량을 발휘하여 그 수준이 높은 작품과 연구업적을 산출했기 때문에 집중 조명을 받는 것은 어쩌면 당연한 현상이라 할 수 있고 바람직한 작업일 수도 있을 것이다. 그러나 연구의 성과가 어느 정도 축적이 된 만큼 이제는 연구 방향과 눈길의 외연을 좀 더 확장할 필요가 있다. 다시 말하면 새로운 연구 대상의 발굴과 기존 연구 대상에 대한 연구의 심화 작업이 동시에 추진될 필요가 있다는 것이다. 그러한 맥락에

---

1) 여기에 대한 간단한 언급은 「韓國의 哲學」 제26호에 실린 金鍾錫의 「『陶山及門錄』과 退溪 學統弟子의 範圍-附錄: 退溪門人 師承關係 資料-」에 나와 있음.

서 볼 때 금번 황곡에 대한 연구는 연구사의 새로운 지평을 확장한다는 측면에서 의미가 있는 일이라고 하겠다.

한편 퇴계의 학맥은 안동 지역을 벗어나 거의 전국적인 영향을 미치게 되는데 그 중에 황곡이 살던 함안(咸安) 지역에도 일정한 영향을 미치게 된다. 특히 경남 지역은 남명(南冥)의 본거지로 그의 영향력이 절대적으로 미치는 지역이다. 이러한 상황을 감안해 볼 때 함안 지역에서 황곡의 등장은 퇴계의 학맥이 경남 중부지역에 교두보를 마련하게 된 의의가 있다고 하겠다. 물론 경남 지역에는 함안을 제외하고도 예컨대 밀양(密陽),[2] 창원(昌原),[3] 칠원(漆原),[4] 의령(宜寧),[5] 사천(泗川),[6] 산음(山陰),[7] 산청(山淸)[8] 등 다른 지역에도 많지는 않지만 퇴계의 제자가 있기는 하다. 그리고 함안 지역을 중심으로 하여 몇몇의 퇴계제자가 있기는 하나 그렇게 두드러진 인물이라고 하기에는 주저되는 바가 있어서 본고에서는 황곡을 학계에 처음 소개한다는 측면에 비중을 두고 황곡에 한정하여 논의를 진행하고자 한다.

본고는 학계에 보고 되는 황곡에 대한 최초의 연구이다. 그렇기 때문에 그간의 연구 성과와 연구 경향은 전무한 실정이며 본고가 파천황(破天荒)의 역할을 하게 된다. 본고는 그의 생애에 대해 비교적 자세한 소개를 할 것이다. 아울러 시세계에 대한 검토를 그의 생애와 관련시켜 동시에 진행하여 황곡에 대한 최초 연구로서의 의의를 갖도록 연구를 진행할 것이다. 따라서 본 연구는 먼저 황곡에 대한 생애를 조명해보고 이어서 시세계에서는 '안분자락(安分自樂)과 혈육의 정', 그리고 '전란의 참상묘사와 애민정신'을

---

2) 密陽의 제자로는 鄒川 孫英濟(1521~1588), 無盡齋 朴愼(1529~1593), 操菴 南彦文 등이 있다.

3) 昌原의 제자로는 芝山 曺好益(1545~1609)의 兄인 聚遠堂 曺光益(1537~1578)이 있다.

4) 漆原의 제자로는 龜峯 周博(1524~?)이 있다.

5) 宜寧의 제자로는 蒙齋 許士廉(1508~?)이 있다.

6) 泗川의 제자로는 龜菴 李楨(1512~1571)이 있다.

7) 山陰의 제자로는 德溪 吳健(1521~1574)이 있다.

8) 山淸의 제자로는 竹閣 李光友(1529~1619)가 있다.

중심으로 고찰을 진행하고자 한다.

본 연구의 연구대상 기초 자료로는 국립중앙도서관과 성균관대학교 존경각(尊經閣)에 보관중인 『황곡선생문집(篁谷先生文集)』으로 1865년 7대손인 문갑(文甲)이 편집 간행하였다.

2. 생애

황곡 이칭은 본관(本貫)이 성주(星州),[9] 자(字)가 여선(汝宣), 자호(自號)가 황곡(篁谷), 관화간죽옹(灌花看竹翁)이며 고려 사재동정(司宰同正) 휘 무재(茂材)의 후손이다. 그는 부친 충무위부사직(忠武衛副司直) 휘 사후(士詡)와 모친 은진임씨(恩津林氏) 진사(進士) 석천(石泉) 휘 득번(得蕃)의 따님 사이에 가정(嘉靖) 을미년(乙未年, 1535) 2월 17일 함안군(咸安郡) 하리(下里)의 동기산(冬岐(只)山) 집에서 출생하였다. 그런데 갈천(葛川) 임훈(林薰 : 1500~1584)과 첨모당(瞻慕堂) 임운(林芸 : 1517~1602)은 모두 황곡의 외숙이 되는 관계로 자연히 이들 두 현인의 훈도를 많이 받았다. 어려서부터 총명하고 빼어나 장난을 즐기지 아니했다. 5세 때에 골목에서 노는데 어떤 사람이 보고 기이하게 여겨 "이 아이가 누구의 집 아이인가"라고 했을 때 황곡은 부끄러운 낯빛으로 집으로 들어왔다. 사직공(司直公)이 보고 그 까닭을 물으니 황곡은 "사대부 집안의 아이로서 남들이 알지 못하기 때문에 부끄러워합니다."[10]고 대답하여 부친을 기쁘게 하였다. 특히 7세가 되던 해에 외조부인 석천공(石泉公)이 뜰에 있는 소나무를 두고 시를 지으라고 하니 즉석에서 응답하기를 "노룡고간용천중(老龍高幹聳天中) 유월한성동벽공(六月寒聲動碧空) 가득만우응유일(駕得萬牛應有日) 불수초췌곤상풍(不須憔悴困霜風)"이라고 읊

---

9) 그의 문집에 실린 行狀과 墓碣銘에는 星州로 되어 있으나 지금은 廣平으로 본관을 씀.

10) 『篁谷先生文集』 卷3, 「家狀」. "以士大夫家兒而人不知, 所以愧也."

었다. 외조부 석천공이 경탄해마지 않으면서 이것을 두 외숙인 갈천(葛川)과 첨모당(瞻慕堂)에게 보이면서 말하기를 "이 아이는 다른 날에 반드시 대인(大人)의 사업을 지을 것이라"[11]고 칭찬하였는데 이러한 사실로 보아 황곡은 일찍부터 특출한 문재(文才)와 고원(高遠)한 기상을 지녔다고 하겠다.

10여세에는 경사(經史)에 널리 통하였는데 갈천이 마음으로 중히 여기면서 시험 삼아 "너는 아이로서 배우기를 좋아하고 노는 것을 즐기지 아니하니 무슨 까닭인가?"라고 물었다. 이에 황곡은 "성인(聖人)이 말하지 않았던가? 어려서 배우는 것은 장대(壯大)하여 행하고자 함이다."[12]고 맹자의 말을 인용하여 대답하였다. 그러자 갈천은 더욱 기이하게 여겼다. 이러한 사실로 보아 황곡은 이미 10대에 뜻을 독실하게 세워서 자기 인생의 나아갈 바를 확실하게 정하였으며 외물로 마음이 흔들리지 아니하고 정성된 마음으로써 힘써 정진하기를 구하는 태도를 지녔다.

19세(1553)에 부친의 상을 당하여 초상을 가례(家禮)에 따라 치르고 삼년상을 마치고는 벼슬에 뜻을 두지 않고 오로지 고금의 예론(禮論)과 성리서 등을 모아 밤낮 없이 독서와 연구에 몰두하였다. 그러나 모부인(母夫人)의 간곡한 권유로 과거에 응시하여 무오년(1558)에 진사가 되었다. 그렇지만 과거에 응시한 것은 "단지 어머니의 뜻을 위로하기 위함일 뿐 군자의 실제 학업은 과거에 있지 않다."[13]고 말하면서 벼슬길로의 진출을 단념하였다. 다만 살고 있는 곳의 곁에 두어 칸 황곡유거(篁谷幽居)를 짓고 경학공부와 위기지학(爲己之學)의 연구에 전력을 기울였다.

그 후에 서울에 머물고 있던 퇴계 선생을 찾아뵙고서 고인(古人)들이 학문하는 방법을 듣고 난해처(難解處)를 질문하니 선생이 예로써 중히 여겼고 이어 남명(南冥)의 문하에 출입하여 군자가 입신행기(立身行己)하는 방법을

---

11) 『篁谷先生文集』 卷3,「家狀」. "此兒, 佗日, 必做大人業."
12) 『孟子』,「梁惠王 下」. "夫人, 幼而學之, 壯而欲行之."
13) 『篁谷先生文集』 卷3,「家狀」. "但慰親志耳. 君子實業, 不在此."

들었는데 남명(南冥)이 경탄해 마지않았다.[14] 이러한 계기로 한강(寒岡) 정구(鄭逑 : 1543~1620), 동강(東岡) 김우옹(金宇顒 : 1540~1603), 여헌(旅軒) 장현광(張顯光 : 1554~1637), 백곡(栢谷) 정곤수(鄭崐壽 : 1538~1602), 존재(存齋) 곽준(郭越 : 1550~1597), 죽각(竹閣) 이광우(李光友 : 1529~1619) 등 당대의 명현(名賢)들과 도의(道義)의 교유를 하게 되었다. 특히 수우당(守愚堂) 최영경(崔永慶 : 1529~1590)은 탁락(卓犖)한 기운이 있어서 사람들을 쉽게 허락하지 아니했는데 황곡(篁谷)을 보자 옷깃을 여미며 공손한 태도로 "내가 현인(賢人)들을 많이 보았으나 온화하고 순수하며 장엄하고 신중함이 황곡 같은 사람을 보지 못했다."[15]고 경탄했다.

갑신년(1584)에 유일(遺逸)로 천거되어 남부참봉(南部叅奉)을 제수 받았으나 사은(謝恩)하고 곧 돌아왔다. 병술년(1586)에는 한강(寒岡)이 함안군수(咸安郡守)로 부임하여 왔는데 한강이 공무를 끝낸 여가에 가마를 타고 황곡의 집에 와서 경전을 토론하며 때로는 밤을 새우기도 하였다. 이때 한강은 "황곡 이군(李君)은 내가 경외하면서 애모하는 사람이다."[16]고 칭찬하였다. 그 뒤에 한강이 『함주지(咸州志)』를 편찬하는 데 황곡은 조력을 아끼지 아니했다.

임진왜란(1592)이 발발하자 처음에는 모촌(茅村) 이정(李瀞 : 1541~1613)과 함께 의령(宜寧)에 있는 자굴산(闍崛山)으로 피난을 갔다. 그런데 작원진(鵲院陣)이 무너졌다는 말을 듣고 모촌에게 말하기를 "송암(松菴) 김면(金沔 : 1541~1593)과 망우당(忘憂堂) 곽재우(郭再祐 : 1552~1617)는 의병을 일으켜 적을 무찌르는데 우리가 이렇게 숨어있는 것은 부끄러운 일이다."[17]고 하였

---

14) 그런데 증손 時昌이 작성한 「家狀」에는 먼저 退溪 문하를 찾아갔다가 이어 南冥 문하를 찾아간 것으로 기록되어 있고 葛菴 李玄逸이 작성한 「行狀」에는 南冥 문하에 먼저 갔다가 나중에 退溪 문하에 간 것으로 기록되어 있어 두 곳의 내용이 상이하나 어느 것이 정확한 지는 알 수 없음.

15) 『篁谷先生文集』 卷3, 「家狀」. "吾見賢多矣, 和粹莊重, 無如篁谷."

16) 『篁谷先生文集』 卷3, 「行狀」. "篁谷李君, 卽吾所敬畏而愛慕之者也."

다. 그 해 5월 25일에 모촌과 더불어 의령에서 동쪽으로 강을 건너 황암(篁嵒) 박제인(朴齊仁 : 1536~1618)과 함께 창의(倡義)하였으며 이어 대소헌(大笑軒) 조종도(趙宗道 : 1537~1597)와 합류하여 적을 토벌하기로 맹세하고 정성을 다하여 사졸(士卒)들을 모집하니 그 숫자가 오천여 명에 이르렀다.

나라에서 재덕(才德)을 겸비한 인재를 널리 구할 때에 응선(應選)하여 을미년(1595)에 청양현감(靑陽縣監)을, 그 해 겨울에 진잠현감(鎭岑縣監)을, 병신년(1596) 정월에 당진현감(唐津縣監)을 배명(拜命)받았으나 모두 상소를 올리고 부임치 않았다. 그러다가 병신년 봄에 석성현감(石城縣監)에 배명(拜命)되었는데 당시 관찰사(觀察使) 동강(東岡) 김우옹(金宇顒)이 존재(存齋) 곽준(郭越)에게 편지를 보내어 황곡이 사양하지 못하도록 권하기에 부득이 부임하였다. 이에 임지에 가서 전란 후의 파괴된 사회상황을 수습하였는데 먼저 향교를 수리하고 군정(軍政)을 정비하였으며 나라 위해 죽은 자를 장사 지내주고 유민(遺民)들을 위무(慰撫)하니 5개월여 만에 도망갔던 백성들이 되돌아오고 여러 업무들이 모두 정상으로 되돌아오는 등 많은 치적을 남겼다. 그러나 홍산(鴻山)의 토적(土賊)인 이몽학(李夢鶴)의 반란을 수습하는 과정에 약간의 문제가 있어서 반년 만에 자핵사직(自劾辭職)하고 돌아오려니 아전과 백성들이 울면서 길을 가로막고 떠나가는 것을 만류하기도 하였다.

정유재란(丁酉再亂, 1597)이 일어나자 한 동생이 김해진(金海鎭)에서 전사하고 또 한 동생이 병사하는 등 동기를 잃는 비운을 당하기도 한다. 경자년(1600) 봄에 남은 한 동생과 함께 고향으로 돌아와 검계(儉溪) 위에다가 초정(草亭)을 짓고 함께 거처하면서 형제가 한 서탑(書榻)에 앉아 날마다 음영자오(吟詠自娛)하며 형제간의 우애를 돈독하게 유지하였다. 그리고 전란 후에 무너진 학교의 제도와 사대부가의 혼상장제(婚喪葬祭)의 법도를 바로잡았고 배움을 청하는 제자들을 정성으로 가르치는 등 선비로서의 본분에 충

---

17) 『篁谷先生文集』 卷3, 「家狀」. "聞金友沔, 郭友再祐, 皆奮義討賊, 吾輩竄伏, 能無愧乎?"

실하고자 노력하였다. 이해 12월 16일 검암정사(儉巖精舍)에서 고종(考終)하니 향년이 66세였다. 처음에 함안군 북쪽의 대산리(代山里)에 장사지냈다가 정묘년에 함안군 서쪽의 마륜리(馬輪里)로 이장하였다.

이상 황곡의 생애를 간단하게 살펴보았는데 전체적으로 정리해보면 다음과 같다. 초년과 중년에는 학문에 정진하고 명현들과 어울려 도의의 교유를 하는 등 선비로서의 기본적인 자질을 함양하기 위하여 노력하였다. 임진왜란 이후 잠시 벼슬길에 나아가서는 전란으로 피폐해진 사회상황을 수습하고 백성들의 삶을 안정시키기 위해 백방으로 노력하는 등 어려서 배운 것을 장대하여 실천하려고 노력하는 선비의 전형적인 수기치인(修己治人)의 자세를 견지하였다. 그리고 말년에는 남은 한 동생과 더불어 고향의 검계에다 초정을 짓고 날마다 함께 음영자오하면서 형제간의 우애를 돈독히 하였다. 이러한 황곡의 다양한 삶의 모습이 아래의 시세계에 투영되어 문학작품으로 형상화되었다고 하겠다.

3. 시세계

황곡의 문집에 실려 있는 작품은 그렇게 많지가 않다. 그의 문집인『황곡선생문집』은 거의 모두 한시 위주로 구성되어 있고 산문은 단지 서(序) 1편, 제문(祭文) 1편, 행장(行狀) 1편에 불과하다. 그런데 이처럼 문집에 실린 작품이 소략한 것은 아마도 임진왜란을 거치면서 자료의 상당부분을 잃어버린 결과라고 하겠는데 이러한 사실은 그의 증손 시창(時昌)이 기록한 가장(家狀)[18]과 갈암(葛菴) 이현일(李玄逸 : 1627~1704)이 서술한 행장[19]을 통

---

18)『篁谷先生文集』卷3,「家狀」. "所著禮書詩文, 俱失兵燹, 使先生實德懿行, 未免湮沒無傳, 可勝歎哉."

19)『篁谷先生文集』卷3,「行狀」. "所纂輯禮書一秩, 師友間往還書札, 及詩文雜著甚多, 俱失於兵燹之中."

해서 확인할 수 있다. 현재『황곡선생문집』에 전하는 그의 작품을 보면 한시가 총 40제 45수에 불과하다. 이들 한시는 오언절구가 1수, 오언율시가 6수, 칠언절구가 23수, 칠언율시가 9수, 칠언고시가 6수로 구성되어 있다. 그의 시세계는 현재 남아있는 작품이 많지 않은 관계로 크게 다양하지는 못하지만 대체적으로 특징적인 측면을 이야기하자면 다음과 같은 두 세계, 즉 안분자락과 혈육의 정, 전란의 창상묘사와 애민정신으로 구성되어 있다고 하겠다.

1) 안분자락과 혈육의 정

안분자락이란 환로에 진출하지 않고 자연에 은거하면서 자신의 분수를 편안히 여기며 자족자락하는 삶의 자세를 말한다. 이러한 삶의 원형은『논어』에 나오는 공자의 말[20]과 공자가 안회의 삶을 칭찬한 말[21]에 나타나있다고 볼 수 있다. 안분자락의 문제는 과거 지식인에게는 대단히 중요한 문제였고 현대에도 여전히 유효한 가치이며 동시에 미래에도 그러해야할 가치인 것만은 분명하다. 그러나 현실적으로 결코 쉬운 문제는 아니다. 안분자락을 하겠다는 나름대로의 확고한 인식과 실천이 무엇보다 중요하다. 황곡의 생애를 살펴보면 이 문제에 대해 그는 기본적으로 확고한 인식과 실천의지를 소유하고 있다는 사실을 확인할 수 있다. 그것은 생애의 대부분을 환로진출에 대해 별다른 뜻을 두지 않고 오로지 경학의 연구에 전심전력하였으며 또한 황곡유거(篁谷幽居)라는 초정을 지어 원근에서 찾아오는 학자들과 어울려 학문을 토론하고 당대의 명현들과 도의로 사귀기도 하였다는 사실 등을 통하여 이러한 점을 알 수 있다.

---

20)『論語』,「述而」. "子曰, 飯疏食飮水, 曲肱而枕之, 樂亦在其中矣. 不義而富且貴, 於我如浮雲."
21)『論語』,「雍也」. "子曰, 賢哉! 回也, 一簞食一瓢飮, 在陋巷, 人不堪其憂, 回也不改其樂, 賢哉! 回也."

그리고 황곡은 안분자락의 삶을 살면서 특히 형제간의 혈육의 정을 대단히 소중하게 여긴 사실을 알 수 있다. 특히 전란의 와중에 형제가 전사 또는 병사하는 비운을 겪기도 하였는데 말년에는 남아있는 한 동생과 검계 위에다 초정을 지어놓고 날마다 어울려 음영자오하는 생활을 통하여 형제간의 우애를 독실하게 유지하였다.

먼저 안분자락을 지향하는 그의 생각을 확인해 볼 수 있는 작품을 보기로 한다.

行藏安可苟	행장에 어찌 구차하게 얽매이랴?
消息任天公	소식은 조물주에 맡겨두네.
白髮催歸老	백발은 늙음을 재촉하나
紅塵不許容	홍진은 허용하지 아니하네.
有心耕釣樂	경전조수의 즐거움에 마음을 두고
無夢帝鄕通	제향에 통함을 꿈꾸지 아니하네.
萬事堪隨分	만사를 분수대로 살아가리니
何須歎五窮	어찌 모름지기 오궁을 한탄하랴?[22]

이 작품에서 황곡은 자기에게 주어진 분수대로 삶을 살아가면서 벼슬길에 대한 생각을 완전히 단념하고 있다. 특히 두련(頭聯)에서는 구차하게 용행사장(用行舍藏)에 얽매이지 않고 소장동식(消長動息)을 조물주에게 맡기는 자세를 보여준다. 이러한 태도는 함련(頷聯)에서 백발이 찾아오는 것은 받아들이지만 세상의 시끄러운 소식이 도달하는 것은 조금도 허용하지 않겠다는 의지로 이어진다. 경련(頸聯)에서는 확고한 의지를 바탕으로 경전조수(耕田釣水)의 즐거움에 마음을 쏟고 벼슬길에 대한 생각을 완전히 단념하는 경지에 이름을 보여준다. 미련(尾聯)에서는 이러한 태도와 의지가 총체적으로 결집되어 '수분(隨分)'으로 나타나 곤궁함의 상징인 오궁(五窮)[23]을 한탄

---

22) 『篁谷先生文集』 卷1. 「奉呈吳全義彦毅二首」中 二.

할 필요가 없다는 완전한 안분자락의 경지에 이르게 됨을 나타낸다. 이 작품이 비록 오언의(吳彦毅)라는 사람에게 바치는 형식을 취하고 있지만 안분자락하려는 자신의 생각을 잘 드러낸 작품이라고 할 수 있다. 비슷한 종류의 작품으로 「봉정조도사연(奉呈趙都事淵)」 2수(首)[24], 「봉정안상사댁(奉呈安上舍宅)」 2수(首)[25]가 있다.

그리고 형제간에 따뜻한 혈육의 정을 느끼게 하는 작품으로는 「희사제길병유(喜舍弟佶病愈)」가 있다. 이 작품은 유일하게 남은 동생인 길(佶)이 병에 걸렸다가 완쾌된 후에 맛보는 기쁨을 나타내고 있다.

七年憔悴共悲吟	칠 년이나 초췌토록 함께 슬피 읊조렸는데
況被塡膺百慮侵	하물며 가슴을 메우는 백가지 생각이 침노함에랴?
兩季音容何處秘	두 동생 모습은 어느 곳에 숨어있는가?
二兒消息幾時尋	두 아이 소식은 어느 때에나 찾을 것인가?
窮山歲暮君嬰疾	궁벽한 산 세모에 그대는 병에 걸려있고
永夜風牕我朽心	긴 밤바람 치는 창문에 나는 부심하고 있네.
畢竟沉痾蘇豁盡	마침내 오래 앓던 병에서 소생하여 다 나으니
誰知感淚暗霑襟	누가 감격의 눈물 가만히 옷깃 적심을 알겠는가?[26]

두련에서 황곡은 동생과 오랜 세월 함께 고생하면서 지내는 동안 몸은 야위고 또한 가슴을 막는 온갖 생각이 찾아드는 참담한 심경을 나타내고 있다. 이러한 상황에 두 동생은 전사하고 병사해버려서 이제는 그 모습을 찾아볼 곳조차 없어졌고 또한 두 자식마저 소식이 막연한 상태에 있는 처절한 심경을 함련에서 그리고 있다. 경련에서는 그나마 남아있는 한 동생

---

23) 唐의 韓愈는 「送窮文」에서 '五窮'을 각기 '智窮·學窮·文窮·命窮·交窮'이라고 하였음.

24) 『篁谷先生文集』 卷1. "栗里終還旆, 鄉稱得巨公, 溪山憐舊態, 鷗鷺訝衰容, 淸靜身無事, 塵喧夢不通, 生涯從此定, 莫歎暮途窮."

25) 『篁谷先生文集』 卷1. "一境天慳久, 何年畀我公, 龍門雖見阻, 石室可能容, 日月閑中永, 乾坤醉裏通, 誰知顔巷下, 簞食樂無窮."

26) 『篁谷先生文集』 卷1. 「喜舍弟佶病愈」

마저 병에 걸려있고 자신은 바람이 휘몰아치는 긴 밤에 잠 못 이루며 동생의 쾌유를 간절히 바라면서 마음 졸이는 상황을 표현하고 있다. 그러다가 미련에서는 마침내 오랫동안 앓던 동생의 병이 깨끗하게 나아서 남몰래 흘리는 감격의 눈물로 옷깃을 적시는 기쁨을 노래하고 있다. 이 세상에 하나밖에 남아있지 않은 동생이기에 그 쾌유의 감격은 더없이 클 것이다. 이 작품에서 황곡은 형제간에 느끼는 혈육의 정을 칠(七), 백(百), 양(兩), 이(二)라는 숫자를 교묘하게 사용하여 자신의 감정을 증폭시키면서 감격의 눈물을 흘리는 구조로 표현하고 있다. 이러한 형제간의 혈육의 정을 느끼게 하는 작품으로 「계정즉사(溪亭卽事)」[27]가 있다.

2) 전란의 참상묘사와 애민정신

임진왜란과 정유재란은 우리 민족에게 엄청난 상처를 안겨준 민족 최대의 비극적 사건이다. 이 전란은 조선 사회를 그 근저에서부터 뒤흔들어 조선 역사를 전기와 후기로 양분하는 지경에까지 이르게 했다. 전쟁은 모든 것을 파괴한다는 말과 같이 조선사회를 철저하게 파괴하기에 이른다. 각종 제도적 변혁과 더불어 인간의 인식조차도 변화시키게 된다. 전란의 와중에 가장 큰 피해와 고통을 당한 계층은 바로 사회를 형성하는 기층민중인 백성들이다. 황곡은 전란으로 인해 피해를 당한 백성들의 참상을 묘사하고 아울러 그들에게 따뜻한 시선으로 다가가려고 한다. 이러한 그의 정서가 작품으로 잘 형상화되어 있다.

먼저 전란의 참상을 묘사한 작품으로 밤에 앉아서 고향을 생각한다는 제목이 붙은 작품이다.

---

27) 『篁谷先生文集』卷1. "倚山茅屋枕長流, 萬柳陰中一境幽, 頭白弟兄相對處, 不知人世有閒愁."

萬落蓬蒿一望平　쑥대밭 된 일만 가구 바라보니 평평한데
親朋白骨亂相撑　친한 벗 백골들이 어지럽게 널려있네.
他年忍踏家山路　다른 해에 차마 고향 길을 찾아가면
夜夜應聞鬼哭聲　밤마다 응당 귀곡성을 들을 것이네.[28]

　　기구(起句)에서는 수많은 집들이 쑥대밭이 되어 인적이 완전히 끊긴 상황을, 승구(承句)에서는 친한 친구가 죽어서 백골이 되어 어지럽게 나뒹구는 처참한 상황을 묘사하고 있다. 눈앞에 펼쳐진 상황은 고향이라 해서 다를 바가 없을 것이다. 전구(轉句)와 결구(結句)에서는 지금 비록 객지에서 떠돌고 있지만 고향을 가보면 귀곡성(鬼哭聲)을 들을 수 있는 장면이 벌어질 것이란 사실을 나타내고 있다. 위정자들의 잘못으로 민초들이 이런 참상을 겪어야 하는지에 대한 분노도 나타내지 않고 현실을 있는 그대로 담담하게 묘사하고 있다. 참상의 생생한 묘사를 통하여 말없는 분노를 나타내었다고 하겠다. 이러한 분노는 마침내 사람이 아닌 자연물에 대한 비판을 통해서 궁극적으로 당대 위정자들을 향하고 있다. 아래의 작품이 그러한 실상을 말해준다.

誰道頭流擅勝名　누가 지리산을 최고의 명승지라 했던가?
巉巖曾不護民生　아무리 높아도 일찍이 민생을 보호하지 못했네.
山中白骨相撑藉　산중에 백골들이 서로 어지러이 널렸으니
永夜唯聞鬼哭聲　긴 밤에 오직 귀곡성만 들리누나.[29]

　　기구와 승구에서 최고의 명승지인 지리산도 민생(民生)을 보호해주지 못하기에 의미가 없다는 것이다. 이것은 암묵적으로 정치를 한탄시고 높은 지위를 차지하고 있는 위정자를 향한 분노를 상징적으로 보여준다고 볼 수 있다. 그들의 방임 내지는 잘못으로 민생들은 백골이 되어 산야를 어지럽

---

28) 『篁谷先生文集』 卷1, 「夜坐憶家鄕」.
29) 『篁谷先生文集』 卷1, 「鄭汝啓堂上望頭流有感」.

게 나뒹굴면서 귀곡성을 내는 처참한 장면을 전구와 결구에서 묘사하고 있
다. 민생을 진정으로 보호해줄 수 있을 때 최고의 명승지인 지리산은 의미
를 가질 수 있듯이 역시 민생을 제대로 보호해줄 수 있을 때 고위공직자들
도 그들의 존재이유를 인정받을 수 있다는 사실을 이 작품은 보여주고 있
다. 동시에 그릇된 위정자들에 대한 분노를 직접적으로 가하지 않고 지리
산을 비판하는 형식을 빌려 우회적으로 나타낸 것은 황곡의 온유돈후한 인
격과 문학적 기법을 말해준다고 하겠다.

　황곡의 이러한 시각은 곧바로 전란으로 고통을 당하고 있는 백성들의 삶
에 대해 깊은 관심과 애정을 가지고 그들의 처지를 진심으로 이해하는 자
세로 발전한다. 이러한 애민정신이 잘 나타낸 작품을 보면 다음과 같다.

簾纖膏雨洗炎天　　발처럼 가는 기름진 비가 염천을 씻으니
四野歡聲到耳邊　　사방의 들판에서 환호성이 들려오네.
賊退若逢年大有　　왜적이 물러가고 만약 풍년이 든다면
萬民瘡痏不難痊　　만민들의 상처를 낫게 하기가 어렵지 않으리.[30]

　예나 지금이나 농사는 때맞춰오는 비가 적절해야 풍년이 드는 법이다. 농
민들의 한결같은 바람은 바로 이런 시우(時雨)가 내리는 것이다. 기름진 시
우가 내리니 사방의 농민들이 환호하는 것은 당연하고 그러한 환호성이 귀
에 들리는 감격적인 장면이 기구와 승구에 묘사되어 있다. 전쟁이 종식되
고 풍년이 들어야만 그나마 전란으로 인해 상처받은 민초들이 최소한의 삶
이나마 꾸려나갈 수가 있다. 만약 풍년이 들지 않는다면 민초들은 전란과
흉년의 고통으로 인해 이중 삼중의 고통을 당할 것은 자명한 이치이다. 따
라서 기름진 시우를 보고 반드시 풍년이 들어야 한다는 간절한 바람을 전구
와 결구에서 나타내고 있다. 어려운 시대를 살아가는 한 사람의 지식인으

---

30) 『篁谷先生文集』 卷1, 「無題」.

로서, 짧은 기간이나마 현실정치에 직접 참여하여 그들의 삶을 어루만져준 위정자로서 민초들의 바람이 무엇인지를 알고 그들의 소망을 자기 소망으로 깊이 인식하고 있는 따뜻한 마음이 이 작품에 잘 나타나 있다. 이러한 애민정신은 「우후즉사(雨後即事)」[31]란 작품에서도 엿볼 수 있다.

4. 결론

16세기 조선의 위대한 두 지성인 퇴계와 남명은 여러 가지 측면에서 당대 사회와 국가에 커다란 기여를 하였다. 퇴계는 벼슬을 통하여 국가에 직접적으로 기여했고 아울러 수많은 제자를 길러내어 직접, 간접적으로 나라와 사회의 발전에 공헌하였다. 남명 또한 벼슬을 하여 직접적으로 국가에 기여한 바는 없으나 여전히 당대 현실 문제에 대한 자신의 견해를 적극적으로 개진하는 방법으로 일정하게 국가에 기여하였고 동시에 수많은 제자들을 길러내어 나라와 사회의 발전에 공헌하였다. 이 두 지성인의 제자였던 황곡도 일정하게 나라와 사회의 발전에 기여한 인물이다. 본고는 황곡의 생애와 시세계를 중심으로 논의를 전개시켰다. 이상 본론에서 논의한 내용을 결론적으로 요약하면 다음과 같다.

황곡의 시세계는 첫째, 환로에 진출하지 않고 자연에 은거하면서 자신의 분수를 편안히 여기며 자족자락하는 삶의 자세를 말하는 안분자락의 시세계와 혈육간의 정을 대단히 소중하게 여기는 인간적인 면모를 지녔다고 하겠다. 특히 안분자락의 시세계는 황곡이 생애의 대부분을 환로진출에 대해 별다른 뜻을 두지 않고 오로지 경학의 연구에 전심전력하였으며 또한 '황곡유거'라는 초정을 지어 원근에서 찾아오는 학자들과 어울려 학문을 토론

---

31)『篁谷先生文集』卷1. "風雨前宵掃老炎, 一天秋氣透疎簾, 無衣遠客誰相念, 床下寒蟲爲織
　縑."

하고 당대의 명현들과 도의로 사귀기도 하는 등의 사실을 통해서 확인할 수 있다 또한 혈육에 대한 정은 전란의 외중에 자신의 형제가 전사 또는 병사하는 비운을 겪는 과정에서 더욱 증폭되어 나타난다. 그리고 이러한 혈육의 정은 말년에 남아있는 한 동생과 검계 위에다 초정을 지어놓고 날마다 어울려 음영자오하는 생활을 통하여 더욱 독실하게 유지하였다.

둘째는 전란의 참상묘사와 애민정신의 시세계를 들 수 있다. 황곡은 당시 몸소 체험한 임진왜란이란 비극적 전쟁에서 수많은 백성들이 전란의 참화로 고통 받는 현실을 목도하고 그들이 겪는 참상을 생생하게 묘사하여 전란을 초래하게 한 당대 위정자들에 대한 비판을 내면화시켰다. 그리고 전란으로 고통을 당하고 있는 백성들의 삶에 대해 깊은 관심과 애정을 가지고 그들의 처지를 진심으로 이해하려는 따뜻한 시각과 자세를 소유하였다. 이러한 관심과 애정, 자세와 시각을 애민정신으로 승화시켜 그의 시세계를 형성하게 된다.

이상으로 황곡의 시세계를 모두 다 드러내었다고는 할 수 없다. 다만 하나의 시작에 불과하다. 시세계의 또 다른 중요한 부분에 대한 규명은 앞으로 계속 연구를 진행하여 보완해야할 것이다. 그리고 남명의 제자이기도 하였던 만큼 남명의 영향에 대한 연구도 동시에 추진되어야 할 것이다. 이러한 연구는 후일을 기대해본다.

[성결대학교 한국학부 전임강사 강구율]

참고문헌

李　俔,『篁谷先生文集』, 國立中央圖書館 成均館大學校 尊經閣 所藏
韓　愈,『昌黎先生集』
金鍾錫,「『陶山及門錄』과 退溪學統第子의 範圍-附錄」,『韓國의 哲學』第26號, 退
　　　溪研究所, 1991.

밀양의 퇴계학맥

1. 서론

　밀양은 본디 변진(弁辰)의 한 나라 미리미동국(彌離彌凍國)이었다. 일찍부터 신라에 복속하여 추화군(推火郡)이라 하였는데, 신라 경덕왕 때 밀성군(密城郡)으로 이름을 바꾸어 고려 초까지 불리다가, 성종조에 밀주(密州)라 하고, 조선 초기에는 밀양(密陽)이라 고쳐 불렀다. 밀양은 고려조 이래 이웃 창녕과 청도, 두 속군(屬郡)과 현풍, 계성(桂城), 풍각(豊角), 수산(守山) 등 네 속현(屬縣)을 거느린 큰 고을로 영남 남부의 웅부(雄府)로 알려졌다. 그런 만큼 고려 초의 광리군(廣理君) 손긍훈(孫兢訓)을 비롯하여 충렬왕조의 손빈(孫贇), 충숙왕조의 박인간(朴仁幹), 우왕조의 박위(朴葳), 박의중(朴宜中), 여말선초의 박언충(朴彦忠), 박홍신(朴弘信) 등 인재가 끊이지 않고 배출되었다. 고려 중엽 서하(西河) 임춘(林椿)이 밀양에 노닐면서 지은 시에 "예의의 기풍이 남아 있는 고장/ 촉군처럼 선비가 많다(風存禮義鄕 多儒如蜀郡)"[1] 하였고, 또 "늙은 선비는 사문이 없어졌다 한탄하나/ 이름난 읍에 예의가 새로움을 비로소 기뻐한다(老儒久歎斯文喪 始喜名都禮義新)"[2]고 한 것처럼 고려 전기부터 유학의 기풍이 면면히 이어졌다.

　조선조에 들어서도 송은(松隱) 박익(朴翊), 춘당(春堂) 변중량(卞仲良), 춘정

---

1) 林椿, 『西河集』, 「游密州書事」.
2) 林椿, 『西河集』, 「鄕校諸生見招會飮作詩謝之」.

(春亭) 변계량(卞季良) 형제와, 격재(格齋) 손조서(孫肇瑞) 등이 문학행의(文學行誼)로 명망이 높았고, 점필재(佔畢齋) 김종직(金宗直)이 이 고장에서 태어나 유풍(儒風)을 크게 일으키자, 우졸재(迂拙齋) 박한주(朴漢柱), 목계(木溪) 강혼(姜渾), 눌재(訥齋) 박증영(朴增榮), 태만(苔巒) 안구(安觏), 욱재(勖齋) 민구령(閔九齡) 등이 흥기하여 성황을 이루었다. 그러나 무오사화로 점필재가 천양(泉壤)의 화를 당하고, 갑자사화와 기묘사화를 겪으면서 학문의 기풍이 크게 위축되었다.

그러다가 명종 선조조에 이르러 퇴계 선생이 예안 청량산 아래 강석(講席)을 베풀어 유자의 학풍을 일변시키고, 남명 선생이 이웃고을 김해 신어산 자락에 은거하여 임하(林下)의 기풍을 떨치자, 밀양에서도 이를 좇아 흥기한 이가 많았다. 추천(鄒川) 손영제(孫英濟)를 비롯하여 취원당(聚遠堂) 조광익(曺光益), 조암(操庵) 남필문(南弼文), 문송(聞松) 안수관(安守寬) 등은 퇴계의 문인이요, 송계(松溪) 신계성(申季誠)과 완구정(玩龜亭) 안영(安嶸), 술암(述庵) 김희로(金希魯), 구옹(矩翁) 김태을(金太乙) 등은 남명과 종유(從遊)한 이들이다. 양현(兩賢)이 별세하고 임진란을 겪은 뒤로 밀양지방의 유림은 대체로 한강(寒岡) 선생 정구(鄭逑) 계열의 퇴계연원으로 귀속하는데, 이는 이 지역이 처한 지리 조건과 학문 사승(師承)의 필연적 귀결이었다.

본고는 이러한 관점에서 밀양에서의 퇴계학맥이 형성 전개되는 과정을 시대별로 나누어 개관하고, 주요 학자들의 이력과 학문 경향을 간략하게 요약해 보고자 한다.

2. 도산 급문제자

중종반정이후 점필재의 관직이 복작되면서 명종조에 이르기까지 밀양에는 점필재의 학문 영향이 뿌리 깊게 남아 있었다. 퇴계 선생이 태어날 무렵 밀양에는 일찍이 점필재와 종유하였던 채지당(採芝堂) 박귀원(朴龜元 : 1442~1530)과 해루당(奚陋堂) 박문손(朴文孫 : 1440~1504) 등이 아직 생존하고 있었으며, 점필재 문도인 태만(苔巒) 안구(安覯 : 1458~1522)를 비롯하여, 진사 이원(李遠 : 1479~1528), 월연(月淵) 이태(李迨 : 1483~1536) 등이 향론(鄕論)을 주도하고 있었다. 이웃고을인 청도에는 삼족당(三足堂) 김대유(金大有 : 1479~1551)가 운문산에 은거하고 있었으며, 김해의 산해정(山海亭)에 일찍부터 남명 선생 조식이 은거하고 있어서 그 영향을 깊이 받고 있었다. 송계(松溪) 신계성(申季誠 : 1499~1562)을 비롯하여, 가연(柯淵) 조말손(曹末孫 : 1498~?), 완구정(玩龜亭) 안영(安嶸), 회재(晦齋) 문하에 출입한 안국암(安國巖) 박대성(朴大成 : 1503~1572), 상사(上舍) 박열(朴悅) 등은 모두 조남명(曹南冥), 김삼족(金三足)과 깊은 교분을 가진 밀양 사람들이며, 술암 김희로, 구옹 김태을 등은 남명 문하에 집지한 사람들이다.

이런 가운데 퇴계 선생 당대에 멀리 예안으로 직접 찾아가 급문한 이는 그리 많지 않았다. 이 무렵 밀양에서 퇴계 선생의 문인으로 알려진 사람은 추천 손영제를 필두로, 이웃고을에서 옮겨온 취원당 조광익, 조암 남필문, 무진재(無盡齋) 박신(朴愼), 그리고 점필재서원 일로 퇴계 선생에게 편액 글씨를 받아온 문송 안수관, 황근(黃謹) 등이다. 여기서는 이분들의 생애 이력과 학문 저술을 간략히 살펴본다.

1) 추천 손영제

추천(鄒川) 손영제(孫英濟 : 1521~1588)는 네 번의 사화가 잇달아 일어난 이후 밀양의 토성으로 문과에 급제하고 퇴계문하에 집지한 이 가운데 가장 드러난 사람이다. 족보에 의하면 손영제는 밀성손씨로서 고려조 문하평리 계경(季卿)의 7세손이다. 그 고조부 승길(承吉)은 통정대부로 연일진병마절도사를 역임하였으며, 증조부 신복(信復)은 첨사였고, 조부 세번(世蕃)은 충

순위였으며, 부(父) 응(凝)은 봉정대부 수군자감정(守軍資監正)이었으며, 외조
는 처사 조광원(趙光遠)이요, 외증조(外曾祖)는 이조참판 조효동(趙孝同)이다.

추천은 젊어서 학행이 있어서 훈도(訓導)로 천거되어 여러 고을을 다니며
학도를 가르치다가, 명종 신유년(1561) 식년 문과에 병과 제9인으로 급제하
고, 내직으로 성균관 전적, 병조와 예조의 좌랑과 정랑, 사헌부 지평을 역
임하였으며, 외직으로는 예안현감과 김제군수, 울산부사를 역임하였다.[3]

추천이 예안현감으로 재직할 적에 드러난 행적은, 향교를 보수하고 향안
(鄕案)을 정비한 일과, 퇴계 선생의 문하에 집지하여 그 문도들과 교유하고,
퇴계 선생 사후에 도산서원을 건립하는 데 공헌한 일이다. 추천이 예안 현
감으로 부임한 것은 융경 3년(1569) 정월이고[4], 퇴계 선생의 문하에 집지한
것은 그 해 3월의 일이다.[5] 퇴계 선생은 스스로 겸공(謙恭)하여 추천을 지
주(地主)의 예로 대하여 빈주(賓主)의 좌차(座次)를 갖추었지만, 추천은 스스
로 시종 제자의 예를 지켰다고 한다. 추천이 퇴계 선생 영연(靈筵)에 올린
제문에는 스스로 학문의 계도를 받은데 대한 간절한 추모의 정이 잘 나타
나 있다.

> 오호라, 늦게 태어나 고루한 제가 다행히도 도덕 높은 분을 가까이 하게 됨
> 에 높은 산처럼 우러러봄은 당연한 도리였습니다. 통하지 않는 의문 있으면 점
> 대처럼 몽매함을 깨우쳐 주셨는데, 하늘이 남은 사람을 돌보지 아니하시고 덕
> 성을 끝까지 본받지 못한 채, 대들보 무너지고 哲人이 시들어 가시니, 피를 머
> 금는 아픔이요, 더구나 소자는 실로 소중하게 의지하였기에 눈물이 쏟아집니
> 다. 모습이 아득히 멀어짐에 한 잔 술에 보잘 것 없는 안주 올리오니 흠향하시
> 고 제 마음을 살펴주소서.[6]

---

3) 「遺事」에는 "外而歷典三邑, 禮安榮川蔚州也."라 하였으나, 金是瓚의 墓碣銘에는 "外出則
　　縣監禮安, 府使蔚山, 或云中間守榮川郡, 而無可攷, 其生卒生年未聞, 卒戊子, 得於公友權草
　　澗文海集中."이라 하였다.

4) 金是瓚, 「鄒川先生遺事後敍」. "公下車, 在隆慶之三年正月."

5) 李野淳, 「鄒川孫公行狀」. "甫下車, 卽欲就巖棲門下, 而文純公, 時在京, 待其還, 不啻若飢
　　渴之在躬, 俄而山梅爭報, 此日幸蒙天許退之詩, 始乃贄幣而參戶屨之列, 是己巳三月也."

추천이 도산 문하에서 출입하면서 특별히 친근하였던 이는 후조당(後凋堂) 김부필(金富弼), 설월당(雪月堂) 김부륜(金富倫) 형제와 일휴당(日休堂) 금응협(琴應夾), 면진재(勉進齋) 금응훈(琴應壎) 형제, 성성재(惺惺齋) 금난수(琴蘭秀), 월천(月川) 조목(趙穆), 매암(梅巖) 이숙량(李叔樑), 약봉(藥峰) 김극일(金克一), 간재(艮齋) 이덕홍(李德弘), 초간(草澗) 권문해(權文海) 등이었다. 조월천(趙月川)과 금성재(琴惺齋)가 상고를 당하자 부의를 보내어 동문의 정을 표한 기록이 남아 있다.

추천은 예안현감으로 재직하면서 도산(陶山) 문하의 제현들과 더불어 향교를 보수하고, 석채례(釋采禮)의 기물을 마련하고, 학규(學規) 약조를 정비하였다. 예안향교에 40인의 교노(校奴)를 두어 수호하게 하였는데,[7] 이 일은 추천이 사림의 진작과 학교진흥에 기울였던 정성을 짐작할 수 있는 사례이다.

추천은 재임 중에 퇴계 선생의 죽음을 맞이하여 제문을 지어 애도하고, 당시의 경상감사였던 황강(黃岡) 김계휘(金繼輝)에게 청하여 도산사(陶山祠)를 창건하고, 성심을 다하여 물력을 조력하였다. 설월당의 시에 "물력을 따라 공사를 일으키고/ 마음을 다하여 일을 이루었다(起工隨物力 敦事盡心情)"고 한 것은 그 사실을 지적한 말이다. 을해년(1575) 여름 도산서원의 사액을 받아 올 적에 추천은 울산부사로 재직 중이었는데, 400리 길을 멀다 않고 올라가 심원록(尋院錄) 첫머리에 제명(題名)하였다.

추천은 예안현감으로 임기를 채우고 1년을 더 재임하다가 갑술년(1574) 가을에 돌아갔다. 예안현감으로 재임한 것이 6년이었다.[8] 설월당의 시에

---

6) 孫英濟 『鄒川先生文集』 卷1, 「祭退溪先生文」. "嗚乎! 晩生孤陋, 獲親有道, 高山景行, 秉彝攸好, 有疑不通, 如筮發蒙, 天不憖遺, 考德無終, 樑頹哲萎, 含血所痛, 矧我小子, 實依爲重, 有隕如瀉, 儀形杳邈, 單杯薄具, 奉獻明酌, 庶或享之, 鑑我衷曲."

7) 韓致應, 「鄒川先生墓碣銘」. "又增置四十丁, 爲永世守護之道, 至今遵行不替焉."

8) 李野淳, 「鄒川孫公行狀」. "秩滿更加一年, 雪月公每引朱韋齋閩中故事, 要其因家, 而公謝不能從, 甲戌秋乃歸, 淸風灑然."

“맑은 기풍 몰래주는 황금을 받지 아니하고/ 여섯 해 동안 백성 다스림에 마음씀이 깊었네(淸風不受四知金 六載臨民用意深)”라고 한 것은 이 사실을 말함이다. 지방관으로서 추천의 치적에 대하여는 「예안현사선생안(禮安縣司先生案)」에 “결송(決訟)이 상명(詳明)하고 처사(處事)가 정밀하며 형벌을 가볍게 사용하였다(決訟詳明 處事精密 用刑惟輕)”이라 하였고, 『울산부지(蔚山府志)』에는 “학교를 수리하고 행정이 온 세상에 으뜸이었다(敦修學校 政冠一世)”고 하였다.

조선 말엽 정재(定齋) 유치명(柳致明)의 서문을 받아 간행한 『추천선생문집(鄒川先生文集)』에는 시(詩) 6수와 서(書) 14수, 제문 1편이 수록되어 있다. 시는 밀양 수산(守山)의 람수정(攬秀亭) 제영 1수와 계동(溪東) 전경창(全慶昌)에 대한 만사 1수 외에 후조당 김부필과 주고받은 4편의 시가 전부이고, 서(書)는 성재 금난수와 기암(企庵) 이완(李完)에게 준 2편 외에 설월당 김부륜과 주고받은 서찰이 모두 12편이며, 제문은 예안현감으로 재직하던 당시 퇴계 선생을 죽음을 맞이하여 제자로서 예를 차려 지은 것이다. 남아 있는 저술이 영성하여 학문에 대한 깊은 논의를 찾아보기 어렵지만, 추천이 후조당에게 준 시에 이르기를, “질문하여 평생의 의문을 여러 번 풀었으니/ 그대는 나의 스승이요 백성 아니로다(質疑屢釋平生惑 君是吾師勿謂民)” 한 것으로 보면 학문담론이 적지 않게 오고갔음을 짐작할 수 있다.

순조 계유(1813) 8월에 예안의 도산서원원장 이종순(李鍾淳) 등이, “계문(溪門) 제현으로서 후학들에게 존봉(尊奉)되지 않는 자가 없는데 추천선생에 대하여는 지금까지도 그러한 절차가 빠져 있으니 본향에서 대례(大禮)를 갖춤이 옳다”[9]고 발의하자, 경상도 각읍 서원과 향교에서 찬동하는 통문을

---

9) 『鄒川先生文集』, 附錄 列邑通文, 「禮安陶山書院通文」. “溪門諸賢, 未有不爲後學尊奉者, 而獨於先生, 至今闕焉. 斯則恐是貴鄉之文獻之蕩盡於南變之致, 而生等之景慕尊仰, 實無異於鄙鄉諸賢. 今於本院罷齋之日, 敢此冒進大論, 貴鄉似當有已成之地, 幸仰僉尊特垂俯采, 亟成大禮, 俾吾黨獲無闕典, 幸甚.” 위는 부산 述古堂의 孫昌圭 씨 소장의 필사본으로 “密陽孫氏家寶”라고 題한 『鄒川先生文集』 附錄에 수록되어 있다.

돌렸다. 이에 밀양 유림에서는 사우를 건립하여 경자 3월 17일에 추천을 향선생의 예로 봉안하여 향사하였는데, 사우의 호칭은 경현사(景賢祠)로 하였다.

2) 취원당 조광익

취원당(聚遠堂) 조광익(曺光益 : 1537~1578)은 자가 가회(可晦)이고 창녕인(昌寧人)이다. 취원당은 조부 때부터 창원에서 거주하였고, 그 자신 창원 익동(杙洞)에서 태어났는데, 나중에 처향인 밀양의 초동면 오방동(五榜洞)으로 이주하여 살았다. 취원당은 퇴계 선생의 숙부인 송재(松齋) 이우(李堣)의 외증손이다. 취원당의 조부인 위재(韋齋) 효연(孝淵 : 1486~1530)은 문과에 급제하여 예조정랑을 거처 함안군수를 역임하였는데, 이 분의 배위(配位)가 송재의 따님이다. 퇴계 선생이 지은 위재의 묘갈명은 퇴계집에 실려 있다. 외재(畏齋) 이후경(李厚慶)이 지은 가장(家狀)에 의하면 취원당은 나이 13세에 퇴계 선생에게 나아가 가르침을 받았다고 하는데, 아마도 조모의 영향이 컸을 것이다. 문집에는 정축년(1567) 31세 때 퇴계 선생에게 올린 간략한 문안 서찰 한 통이 실려 있다.

취원당은 명종 무오(1558)에 사마(司馬) 양시에 합격하고, 갑자(1564) 별시 문과에 을과 제1인으로 급제하고 승문원(承文院)에 3년 동안 재직하였다. 신미년(1571) 부공(父公)의 상을 당하고 이듬해 다시 모친상을 당하여 3년 동안 여묘살이를 하면서 지극한 효성을 다하였으므로, 영천(永川)과 밀양, 창원 등지의 여러 군 유림들이 정문(呈文)하여 포상을 청한 일이 있었다. 그러다가 선조 병자(1576) 문과중시에 오르고 병조의 좌랑과 정랑을 지냈다. 그 무렵 아우인 지산(芝山) 호익(好益)이 경상도 도사로 있다가 모함을 받아 강동현(江東縣)으로 유배되었는데, 취원당은 평안도 도사를 자청하여 관서 지방으로 부임하여, 형제간의 우의가 돈독하였다. 그러나 임지에서 과도한 슬픔으로 병이 들어 죽자, 선조는 그 출천의 효행을 포상하여 정려를 내리고 삼강행실에 수록하게 하였다. 나중에 밀양의 오봉사(五峰祠)에 향사되었다. 아들 이복(以復)은 한강(寒岡) 문하에 수업하였고, 딸은 회재(晦齋) 선생의 손자인 무첨당(無忝堂) 이의윤(李宜潤)과 한강 선생의 아들인 도사 정장(鄭樟)에게 시집갔다.

여와(餘窩) 목만중(睦萬中)의 서문이 실린 취원당의 문집에는 시 31수와 정묘(1567) 2월에 퇴계 선생에 올린 서찰 1통과 기고봉(奇高峰), 정한강(鄭寒岡), 이율곡(李栗谷)에게 보낸 서찰 각 1통, 및 기문(記文) 2편과 과제(科題)의 부(賦)와 잠(箴) 2편, 그리고 선대의 행적을 적은 세덕록(世德錄)이 수록되어 있다. 지금 남아 있는 문자가 이토록 적적하여 이것으로 취원당의 학문 경향을 형용하기 어렵다. 점필재 김종직의 손자인 박재(璞齋) 김뉴(金紐)가 합천 야로현의 와룡산 아래 영모당(永慕堂)을 건축하였을 적에 지어준 「영모당기(永慕堂記)」에는 재계(齋戒)의 의의를 일기운행(一氣運行)의 이치로 간결하게 잘 설명하였다.

> 봄에는 元, 여름에는 亨, 가을에는 利, 겨울에는 貞으로 춘하추동의 변화에 따라 천지간에 움직이는 元氣 또한 一氣의 운행 아닌 것이 없으니, 그 사이에 있는 내 조상의 血氣 또한 천지의 일기 아님이 없고, 내 조부께서 내 몸에 물려주신 것인즉, 사시의 운행이 모두 내가 永慕하는 생각인 것이다. 살아서는 지각하고 운동하며 죽어서는 기가 흩어지고 형체가 떠나는 음양 굴신의 작용이 어느 것인들 내 조부께서 남긴 기가 아니며 내가 영모하는 그것이 아니겠는가? 능히 이렇게 추모한다면 내 조부의 하나의 혈맥으로 통하는 정신이 내가 이른바 영모의 혈기에 엉겨 모이지 않을 수 없을 것이며, 羹墙 陟降하는 생각이 재계하고 제사하며 상하 좌우에 보이는 듯하는 날에만 있지 아니하고, 언제나 내 조부께서 내 몸에 임하신 것처럼 여긴다면, 터럭 하나 살갗 하나 하찮은 것이라도 감히 손상치 못하고, 비로소 내가 부모를 추모하는 정성을 가지게 될 것이고 이 당의 명칭을 붙인 뜻에 부끄럽지 않으리라.[10]

---

10) 曺光益, 『聚遠堂先生文集』 卷1, 「永慕堂記」. "春而元, 夏而亨, 秋而利, 冬而貞, 春夏秋冬,

또한 문과 중시에 오를 적에 지은 것으로 알려져 있는 「수성잠(守成箴)」 한 편은 『서경』 「무일(無逸)」의 뜻을 이어받아 군주에게 근검겸하(勤儉謙下)의 미덕을 간곡하게 권계한 글로서 그의 정치사상의 편모가 잘 나타나 있다.

3) 그 외의 급문 제자

추천과 같은 시기에 도산문하에 급문한 밀양사람으로는 조암 남필문[11]과, 문송 안수관이 있었다. 남필문은 진사에 합격하고 선행으로 천거되어 참봉을 지냈다. 안수관은 퇴계에게 품의하여 점필서원의 편액을 받아오고 향약을 세워 향풍(鄕風)의 순화에 힘썼으며, 만년에 사마시에 급제, 주부의 관직을 받았으나 취임하지 않았다. 황근(黃謹)은 장수인(長水人)으로 안수관과 함께 퇴계에게 가서 점필서원의 편액을 청하여 왔다.[12]

그 외 밀양사람으로 퇴계에게 집지한 이로 무진재(無盡齋) 박신(朴愼 : 1529~1593)이 있다. 무진재는 자가 여흠(汝欽), 호를 무진재(無盡齋) 또는 만오당(晩悟堂)이라고 사용하였다. 무진재는 낙천(洛川) 배신(裵紳 : 1520~1573)과 계동(溪東) 전경창(全慶昌 : 1532~1585)과 더불어 한성(漢城) 별시에 응거하여 장원하고, 그 부친인 안국암(安國庵) 박대성(朴大成)의 명으로 도산문하에서 수학하여 용학지결(庸學旨訣)을 전수받았다고 한다.[13]

元氣乎兩間者, 亦無非一氣之運行, 吾祖之所以血氣於其間者, 亦無非天地之一氣, 而吾祖父之遺於吾身者也, 則四時之運, 皆吾永慕之思也. 生而知覺運動, 死而氣散形離, 陰陽屈伸, 何莫非吾祖父之遺氣, 而吾之所以永慕者也. 能如是而爲慕, 則吾祖父一脈之精神, 未嘗不凝聚於吾所云永慕之血氣, 而羹墻陟降之念, 不但於齊祭如見之日, 而常若吾祖父臨於吾身上, 則一膚一髮之微, 不敢毁傷, 而始得吾慕親之誠, 而不愧於名堂之義矣."

11) 李野淳, 「鄒川孫公行狀」. "鄕里契宜, 有操庵南公弼文, 相與講明師門之緖."

12) 孫柄鉉, 『密州勝覽』 卷5 「國朝鄕先生」.

13) 無盡齋의 사적은 朴壽春의 「追先錄」과 「世系事實」에 상세히 기록되어 있다.

3. 한강 계열의 퇴계학맥

퇴계 선생 생존 당시 밀양지역에서 도산에 직접 급문한 이는 그리 많지 않았으나, 임병 양란을 전후로 퇴계의 학통을 전한 한강(寒岡) 정구(鄭逑)를 통하여 퇴계의 학문을 존숭하여 따르는 이가 점차 확산되었다. 퇴계 선생 사후에 퇴계연원의 학맥을 계승한 홍유석학(鴻儒碩學)이 많았지만, 그 중에서도 한강은 밀양지역과 그리 멀지 않은 성주(星州)에서 강석(講席)을 펴고 있었고, 또한 이웃 고을인 창녕, 함안 등지의 지방관으로 부임하여 후학들을 인도하였기 때문에, 그 영향이 적지 않았던 것이다.

그랬기 때문에 한강 사후 밀양지역의 유림은 대체로 한강 연원을 통하여 퇴계학맥을 계승하는 것이 주류를 이루었다. 밀양지역에는 점필재의 학문 영향이 깊숙한 자리잡고 있었고, 한편으로 경상좌도에서 크게 학풍을 일으킨 남명 선생의 학문 영향이 크게 작용하고 있었기 때문이다. 퇴계 선생의 사후 밀양의 사림은 한강연원을 통하여 퇴계학맥으로 크게 경도되는 과정에 중요한 역할을 한 사람은 추천(鄒川)의 유자(猶子)인 오한(聱漢) 손기양(孫起陽)과 어린 시절 오한의 계도를 받은 오휴자(五休子) 안신(安玼), 조경암(釣耕庵) 장문익(蔣文益) 및 국담(菊潭) 박수춘(朴壽春)이다.

오한(聱漢) 손기양(孫起陽 : 1559~1617)의 자는 경징(景徵)으로 밀성인이다. 오한은 어릴 적에 향리의 선배인 근재(謹齋) 이경홍(李慶弘)에게서 수업하였다.[14] 선조 때 문과를 거쳐, 성균 학유, 성주 교수를 역임하면서 한강 문하에 집지하였고, 한편으로 지산(芝山) 조호익(曺好益)을 따라 배웠다. 임진란에 일어나자 오한은 근재 이경홍 및 그 아우 이경승(李慶承)과 더불어 의병을 일으켜 항전하였다. 난중에 성현찰방(省峴察訪), 신녕현감(新寧縣監)을 역임하면서 왜적을 방어하는 일에 종사하였고, 난후에 성균관 전적, 울주판

---

14) 孫起陽, 『聱漢先生文集』 卷3, 「祭李謹齋文」. "昔我童稚, 失學倀倀, 時陪杖屨, 敎詔琅琅, 門連叔侄, 義實師生, 追隨十載, 發暗中明. 佔畢院中, 講神明書, 拱宸館裏, 討陽復圖."

관, 영천군수, 창원도호부사를 역임하였다. 광해조에는 조정에서 내려준 관
직을 받지 않고 향리에 물러나 칠리탄(七里灘) 물가에서 소요하였다.

오한의 학문은 한강을 따라 배우면서 예학(禮學)과 심학(心學)에 깊이 유
의하였다. 그는 향리에 물러나 있으면서 조그만 오두막을 엮어놓고는, 주자
(朱子)의 문인 임용중(林用中)의 「주일명(主一銘)」 가운데 "주인이 있으면 비
어서 정신이 그 성곽을 지키지만, 주인이 없으면 실하여 귀신이 그 집을 엿
본다(有主則虛 神守其郭 無主則實 鬼闞其室)"는 말을 취하여 정자 이름을 허
정(虛亭)이라 한다 하였으며, 정자(程子)가 이른바 "주인이 있으면 빈다(有主
則虛)"고 한 것이 곧 군자의 '주경과 정심의 요지(君子主敬正心之要旨)"라고[15]
하였다.

오한은 난후에 점필재 서원의 중수를 입론하고 하곤(河鯤), 박종민(朴宗
閔), 손시명(孫諟命), 박수춘(朴壽春) 등의 협찬으로 서원의 규모를 복구시키
고, <원중절목(院中節目)>을 세웠다. 이때 점필재를 위한 서원의 건설을 주
저하는 일부의 논의가 있었는데, 오한은 이를 변호하여 이르기를, "점필재
의 도학이 비록 5선생의 서열에 나란히 들지 못한다 하더라도 계왕개래(繼
往開來)한 공적은 실로 양구산(楊龜山)이나 이연평(李延平) 못하지 않다"고
반박하였다.[16]

오한은 회재(晦齋)를 문묘에 종사하기를 주장하는 상소를 사림을 대신하
여 기초하면서, "우리 동방의 도학 종파(宗派)는 정몽주에서 발원하여 김굉
필, 정여창, 조광조, 이언적이 그 정맥을 계승하고 이황에 이르러 군현을 집
대성하였다"는 사림의 공론을 기정의 사실로 인용하고, 나아가 회재의 『대
학장구보유(大學章句補遺)』와 『중용구경연의(中庸九經衍義)』 등의 저술이 경
전을 훼손시킨 것이 아니라, 절유여(截有餘) 보부족(補不足)함으로써 경전의

---

15) 孫起陽, 『鰲漢先生文集』 卷3, 「虛亭記」.
16) 孫起陽, 『鰲漢先生文集』 卷4, 「佔畢齋先生辨誣文」. "佔畢齋之於道學, 雖未能幷數於五先
   生之列, 而其繼往開來之功, 實不下於楊龜山李延平."

본의를 살리고 정자(程子)의 본의를 준수한 것이라고 변호하였다.[17] 오한의
퇴계 선생에 대한 그 경모의 정은 한벽루(寒碧樓)에서 퇴계 선생의 시운을
차운하면서 지은 시에 잘 나타나 있다.

<blockquote>
景仰儒先幾掩篇 유선을 경모하며 몇 번이나 책을 덮었던가?
名樓今見字雲烟 이름난 누각 이제 보니 글자마다 운연일세.
山高水闊渾依舊 산 높고 물 넓음은 예와 다름 없는데
誰識眞機不語傳 뉘 알리, 진기가 말없이 전해짐을.[18]
</blockquote>

오한은 우복(愚伏) 정경세(鄭經世), 지산(芝山) 조호익(曺好益), 석담(石潭)
이윤우(李潤雨), 이재(頤齋) 조우인(曺友仁) 등 제현과 교유하였고, 향내에서
는 오휴자(五休子) 안신(安玼), 조경암(釣耕庵) 장문익(蔣文益) 등의 문하 인사
를 배출하였다. 오한의 행장은 성호(星湖) 이익(李瀷)이 지었고, 묘갈명은 번
암(樊庵) 채제공(蔡濟恭)이 지었으며, 묘지명은 다산(茶山) 정약용(丁若鏞)이
지었는데, 5대손 죽포(竹圃) 손사익(孫思翼)의 주선으로 이루어졌다. 오한은
퇴계의 상제예설(喪祭禮說)을 초록하여 편집하였다고 하는데 남아 있지 않
고, 전란을 거쳐 대부분 없어지고 남은 것이 『배민록(排悶錄)』 2권과 『철조
록(輟釣錄)』 1권인데 모두 시문집이다.

오한 손기양의 문인으로 임병양난 후의 밀양지역 학풍을 주도한 인물은
오휴자(五休子) 안신(安玼 : 1569~1648)과 조경암(釣耕庵) 장문익(蔣文益), 국담
(菊潭) 박수춘(朴壽春)이다. 오휴자 안신은 어려서 고아가 되어 창녕에서 강
학하고 있었던 그의 재종숙 옥천(玉泉) 안여경(安餘慶)에게서 수학하고, 나
이 24세 때 임진왜란이 일어나자 병사(兵使) 김태허(金太虛)의 막하에서 활
약하면서 관직을 받아 군기시부정(軍器寺副正)에 이르렀으나 부임하지는 않
았다. 난후에 오한 손기양과 여헌(旅軒) 장현광(張顯光) 문하에 출입하면 간

---

17) 孫起陽, 『聱漢先生文集』 卷3, 「伸辨晦齋先生請從祀疏」.
18) 孫起陽, 『聱漢先生文集』 卷1, 排悶錄, 「寒碧樓敬次退溪先生韻」.

송(澗松) 조임도(趙任道)와 조경암 장문익 등과 교유하였다. 그는 밀양 향사당(鄕射堂)을 중건하고 약조를 수립하였으며, 『가례부췌(家禮附贅)』 6권, 『자해(字解)』 2권, 「향오현전(鄕五賢傳)」 등의 저술을 편찬하였다. 문집에는 시 24수와 서 6수, 잡저 5편, 서발 3수, 묘문 2수, 제문 2수가 있다. 5세손 경현(景賢)의 청으로 인하여 안정복(安鼎福)이 행장과 묘지문을 짓고 이익이 묘갈문을 지었다.

오휴자는 예학에 남다른 관심을 기울여, 남아 있는 서찰 5는 모두 예의 변절(變節)에 관련된 문목(問目)과 논변이다. 그 중에는 적서(嫡庶)의 좌차(座次)[19]와 상중(喪中)의 묘전상식(墓前上食)[20] 문제를 논함에 퇴계예설을 준거로 인용하고 있으며, 예학에 관한 그의 전저(專著)인 『가례부췌』에도 퇴계예설에 따라 속례(俗禮)를 채택한 사례가 다수 보인다. 오휴자는 또한 『주역(周易)』에도 밝아 소강절(邵康節)의 상수학(象數學)에 관한 혹자의 질문에 12벽괘(十二辟卦)로 음양소장(陰陽消長)의 이치를 설명한 글이 남아 있다.[21]

조경암(釣耕庵) 장문익(蔣文益)은 아산인으로 자는 명보(明輔)이다. 그는 어려서 승지 목장흠(睦長欽)에게 수학하고 창원 낙빈(洛濱)에 살다가 곧 밀양 금호리(琴湖里)로 거처를 옮겨 오한 손기양의 문하에 집지하였고, 오한을 통하여 정한강과 장여헌 문하에 출입하였으며, 미수(眉叟) 허목(許穆), 학사(鶴沙) 김응조(金應祖)와 교유하였다. 병자 정묘 병자년의 호란(胡亂)에 12군 의병장으로 추대되었으며, 난후에는 후학을 계도하는 것을 책임으로 삼았다 한다. 다음 시 한 편으로 그의 평소 심지를 살펴볼 수 있다.

---

19) 安玑, 『五休堂先生文集』 卷1, 「答金子重之釨問目」. "庶兄, 今雖降坐於嫡弟之下, 若飮食則先兄, 禮也. …… 退溪禮說, 嫡子女庶母, 同出一路, 則母先而子後, 若乘轎, 則轎先而馬後, 禮也."

20) 安玑, 『五休堂先生文集』 卷1, 「答南明仲」. "其間或有侍墓三年者, 則上食於朝夕墓前如孝哀之說, 退溪先生所謂, 君子所不貴者也."

21) 安玑, 『五休堂先生文集』 卷1, 「答或人問目」.

水動心無動　물이 움직이나 마음에 움직임 없고
沙平世不平　모래는 고르지만 세상은 고르지 않네.
苔磯垂釣處　이끼 낀 바위 낚시 드리운 곳에서
回看笑公卿　돌아보니 공경 벼슬이 우습구나.[22]

　국담(菊潭) 박수춘(朴壽春 : 1572~1652)의 자는 경로(景老)로서 밀양인이다. 왜란을 당하여 청송으로 피신하였는데, 부모와 동기 7인이 함께 상을 당하고, 자씨(姉氏)와 같이 둘만 살아 남아 난이 끝난 뒤 풍각에 귀장(歸藏)하였다. 그 뒤 부인을 맞이하여 풍각(豊角) 산 속에서 종형 양춘(陽春)과 더불어 복거하면서, 처음에는 오한 손기양에게서 배우고 나중에는 한강 정구의 문하에 집지하였다. 그는 관직에 나간 적이 없지만 학문에 전심하여『독서지남(讀書指南)』,『학문유해(學問類解)』,『도통연원록(道統淵源錄)』,『동방학문연원록(東方學問淵源錄)』,『의례문견해(疑禮聞見解)』등의 학술 저작을 남겼다. 사후인 현종 임자(1672)에 통정대부 호조참의의 증직을 받았으며, 풍각의 남강서원(南岡書院)에 향사되었다. 당대 명사인 간송 조임도(1585~1664)가 그 효종 정유(1657)에 그의 행장을 지었고, 곽세건(郭世楗)이 행록(行錄)을 지었으며, 창설(蒼雪) 권두경(權斗經)이 묘갈명을 찬하였다. 그의 사위인 성창원(成昌遠), 신시망(辛時望), 안통한(安通漢), 이장윤(李長胤), 이이정(李而楨) 등이 그 학문을 계승하였다.

　국담의 퇴계 선생에 대한 존모의 자취는 그가 저술했다고 하는『동방학문연원록』의 서문에 잘 나타나 있다. 그는 동방 성리학의 연원이 점필재 이후 한훤당 김굉필, 일두 정여창, 회재 이언적 등 4현을 거쳐 퇴계 이황에 이르러 집대성되었으니, 퇴계야말로 동방의 고정(考亭)이라고 하였다.[23]

---

22)『密州勝覽』,「鄕八賢傳」, 蔣文益 條.

23) 朴壽春,『菊潭集』,「東方學問淵源錄序」. “吾道之東久矣. 自仁賢來莅之後, 文獻有徵. 至東京稱君子之邦, 崔文昌北學中國, 以文學聞天下, 薛弘儒作九經訓義, 以敎後進, 是爲吾東文學之祖. …… 入國朝獨文簡聞而知之, 金文敬鄭文獻, 皆師承而廣大之, 趙文正李文元, 亦相繼而彰明之, 至李文純集四賢之成, 爲東方之考亭. 吾東之學問淵源, 大抵如此.”

　낙원(樂園) 안숙(安璹 : 1572~1624)은 오휴자 안신의 동생으로 밀양 금포리 (金浦里)에서 출생하였는데 재종숙인 옥천 안여경의 후사로 출계하였다. 17세 때(1588) 옥천선생의 명으로 함안군수로 나가 있던 한강 선생에게 가서 수업하였다. 한강 선생 문하에서 우복 정경세, 동계 정온, 석담 이윤우, 사호(思湖) 오장(吳長), 외재(畏齋) 이후경(李厚慶) 등과 교유하였다. 21세 때 임진년(1592) 왜란이 일어나자 화왕산으로 들어갔으며, 망우당 곽재우의 조카사위가 되고, 정유(1597) 7월 왜구가 재침하자 방어사 곽재우의 기실(記室)이 되었다. 이때 기실로는 모정(慕亭) 배대유(裵大維), 성안인(成安仁), 옥촌(沃村) 노극홍(盧克弘) 등 노유(老儒)들이 포함되어 있었다. 을사년(1605)의 진사회시에 고용후(高用厚) 방에 3등 1인으로 합격하고, 그리고 기유년(1609) 증광별시에 병과로 급제하였다. 이후 사헌부감찰, 경상도 도사, 초계군수, 영천군수 등을 역임하였다. 한강 선생이 별세하자 노극홍 성안의 등과 더불어 관산서원(冠山書院)을 창설하여 금헌(琴軒) 이장곤(李長坤), 진사 강흔(姜訢), 옥천 안여경, 한강 정구를 연향(聯享)하였다.

　그 외 한강문인으로 모성재(慕聖齋) 조이복(曺以復)은 자는 극휴(克休)이며 창녕인으로 참봉의 관직을 역임하고, 임진란에 망우당 곽재우를 따라 창의하였으며, 난후에 오한 손기양과 함께 향론을 주도하였다. 구봉(九峰) 김수인(金守訒 : 1563~1626)은 광주인으로 임란후 선조 때 생원에 합격하고 인조반정 후 성균관 장의를 맡았다. 일직인 긍구정(肯構亭) 손시명(孫諟命 : 1564~1639), 벽진인 사빈(泗濱) 이계윤(李繼胤) 또한 한강문인이다.

　이와 같이 한강연원의 학맥이 밀양에서 번성한 것은 지리적 근접성 외에 밀양지역에 뿌리깊게 남아 있는 점필재의 학문 연원과 일정한 연관이 있다. 밀양에서의 점필재의 학문연원은 16세기에 들어서도 비록 세력은 꺾였지만 여전히 계승되고 있었다. 그 중에서도 가장 두드러지는 것은 점필재 문도인 광주안씨 태만(苔巒) 안구(安覯)의 가계와 한훤당의 연원의 모재 김안국을 사사한 여주이씨 월연(月淵) 이태(李迨 : 1483~1536)의 가계이다.

밀양 삽포(鍤浦)에 세거한 태만의 후손들은 위에든 현손 오휴자 안신(安玑)과 낙원 안숙(安璹) 외에도 조선 말기까지 대대로 학자가 배출되어 가학을 계승하였는데, 대체로 한강 정구와 성호 이익, 순암 안정복의 학통에 접맥하였다.

월연(月淵)은 양녕대군(讓寧大君)의 사위인 지돈녕(知敦寧) 이자(李孜)의 손자이다. 월연의 형자(兄子)인 원(遠)은 진사로서 월연에게 수학하는 한편으로 약봉(藥峰) 김극일(金克一), 옥계(玉溪) 노진(盧禛), 구암(龜巖) 이정(李楨), 갈천(葛川) 임훈(林薰) 등과 종유하였고, 그 아들인 금시당(今是堂) 이광진(李光軫 : 1513~1566)은 중종 경자(1540)에 생원, 병오(1546) 문과에 급제하여, 순천, 홍양, 사천, 창녕 등지의 수령을 역임하였으며, 사천에서는 구암 이정의 효행을 천거하였고, 을축(1565)에 좌부승지를 거쳐, 담양부사를 역임하였다.

금시당의 아들인 근재(謹齋) 이경홍(李慶弘 : 1540~임란후 졸)은 선조 경오(1570)에 생원을 거쳐 만력 신묘(1591)에 효성으로 알려져 선원전참봉(璿源殿參奉)을 제수받았는데, 한강 정구를 비롯한 당대의 명현들과 교유하였다. 갈암(葛庵) 이현일(李玄逸)이 찬한 묘갈명에 이르기를, "오한(聱漢) 손기양(孫起陽)의 학문은 공에게서 얻은 것이 많으니, 오한의 제문에 이른바 신명서(神明書)와 양복도(陽復圖)와 같은 것이 그 증거이다"[24]라고 하였고, 또 "금시당의 아들이요, 문목공(文穆公)의 벗이며 오한옹(聱漢翁)의 스승임에 틀림없음을 나는 아노라"[25]라 하였는데, 오한은 곧 추천(鄒川)의 아우 손겸제(孫謙濟)의 아들 손기양(孫起陽)이다.

24) "聱漢學問, 得於公者爲多, 祭文所謂神明書, 陽復圖之類, 是也."
25) "今是堂子, 文穆公友, 聱漢翁師, 吾知其必."

4. 조선 후기 밀양의 퇴계학맥

인조반정을 통하여 북인이 몰락하고, 호란을 거쳐 효종 현종 숙종조에 걸쳐 남인과 서인간의 당론을 둘러싼 분쟁이 가중될 무렵, 밀양의 사림은 대체로 한강 학통을 계승한 미수 허목과 학봉 계열을 계승한 갈암 이현일 (1627~1704)의 학통에 접맥하였다. 그러다가 영정조에 들어서면서 밀양의 사림은 한강 학통의 한 갈래로 기호 지방에서 뚜렷하게 등장한 성호-순암 계열의 학통과 교통하고, 또 하나는 영남 지방에 근거를 둔 갈암(葛庵)-대 산(大山) 계열의 학통에 접맥하였다.

숙종조의 밀양유림 중에는 한강 학통 계승자인 미수 허목과 교유하거나 그 추향(趨向)을 따르는 이가 많았다. 이런 경향을 대표할 만한 이가 죽파 (竹坡) 이이정(李而楨 : 1619~1679)이다. 죽파는 자가 공직(公直), 벽진인으로 성산군(星山君) 식(軾)의 5세손이고, 국담 박수춘의 사위로서, 난후 점필서원 (佔畢書院)을 예림(禮林)으로 이건하는 일을 시종 주관하였고, 미수 허목이 오 당제일인(吾黨第一人)으로 칭도하였다고 한다.[26] 죽파의 문집은 모두 4권 2책 인데, 그의 학문 규모는 다음 글에 잘 요약되어 있다.

> 학문의 방법은 窮理盡性에서 벗어나지 않는다. 窮理란 그 앎을 다하고자 함 이요, 그 앎을 다함은 제 성품을 다하고자 함이요, 그 성품을 다하는 것은 修 齊治平을 하기 위함이다. 이 책은 太極 性理의 설을 처음에 놓고 다음으로 道 學이 전수된 계통을 서술하고 이어서 宋朝 제현의 繼往開來한 공을 서술하고, 마지막으로 得君行道하고 經綸致治하는 법을 벌여 놓았다. 차서가 분명하고 절목이 상세하니 窮理盡性의 대요가 여기에 대략 구비되었다. 들어다 조처한 다면 唐虞 시대를 만들 수 있을 것이니 학자들이 힘쓰지 않을 소냐.[27]

---

26) 『竹坡集』 卷4, 附錄 「行狀」(李晩燾 撰). "眉叟許文正公之遊南州也. 聞名造廬, 講討累日, 不覺心服, 稱以吾黨第一云. 苟無實行之孚人者, 以眉翁之簡亢, 而豈有若是評品乎?"

27) 李而楨, 『竹坡集』 卷3, 「性理大要跋」. "爲學之方, 不出乎窮理盡性而已. 窮理者, 將欲以致 其知也. 致其知者, 將欲盡其性也. 盡其性者, 將欲以修齊治平也. 此書首之以太極性理之說, 次之以道學相傳之統, 繼之以宋朝諸賢繼往開來之功, 終之以得君行道經綸致治之法, 次序明

죽파는 『성리대요(性理大要)』 1권 외에 『가례절요(家禮節要)』 한 책을 편찬하였다. 그의 예학은 『국조오례의(國朝五禮儀)』를 근간으로 하여 퇴계를 종지로 하여 한강 정구와 지산 조호익의 예설을 주로 채택하였는데,[28] 『가례(家禮)』를 근간으로 고금의 이의와 속상을 감안하여 간혹 시왕(時王)의 제도를 준용하고, 부득이한 속례(俗禮)도 간혹 채택한다고[29] 하였다.

죽파의 아우인 남회당(覽懷堂) 이이두(李而杜 : 1625~1703) 역시 학문에 힘써 간송(澗松) 조임도(趙任道), 갈암(葛庵) 이현일(李玄逸), 당시 밀양부사로 부임하였던 학사(鶴沙) 김응조(金應祖) 등과 학문을 강론하였다. 남회당의 퇴계 선생에 대한 경모의 흔적은 퇴계의 「유청량산시(遊淸凉山詩)」를 차운한 장편시의 다음 한 구절에 잘 드러나 있다.

愧我牆面學	부끄럽다 나의 무지한 학문
望道輒生梗	도를 바라면서 곧장 막혀버렸으니.
陶山百載下	도산선생 가신 지 백년 뒤에
惟有一心耿	오직 한 마음이 또렷이 남았네.[30]

그 밖에 조경암의 아들인 세심정(洗心亭) 장희적(蔣熙績 : 1627~1705)은 미수 문인이었고, 죽림재(竹林齋) 박세용(朴世墉)은 학사 김응조의 문인이었다. 국담의 외손이자 남회당의 문인인 자유헌(自濡軒) 이만백(李萬白 : 1656~1716)은 금시당 이광진의 현손으로, 문집 3권이 있는데 동당시(東堂試)에 장원한 「노송론(魯頌論)」 한 편은 당시 이 지방 시경학의 한 편린을 보여준다.

矣, 節目詳矣. 窮理盡性之大要, 於是乎略備, 擧而措之, 可做唐虞. 學者, 可不勉哉."

28) 李而楨, 『竹坡集』 卷3, 「家禮節要序」. "康靖朝諸賢, 祗承聖意, 裒取古今之禮, 制爲一代之典, 上行下效, 敎化一新, 而禮樂文物, 郁郁彬彬, 方之成周, 無以加矣. 且退陶先生, 以紫陽之學, 倡導於前, 寒岡芝峰, 繼而鼓之於後, 家家有家禮之學, 人人知禮義之方, 古之伊洛, 不足以爲高."

29) 李而楨, 『竹坡集』 卷3, 「家禮節要序」. "抄書家禮中節要, 參之以先儒疏解之言. 然而古今異宜, 俗尙難變. 故間或以時王之制爲準, 而損益之以先正之說爲, 則以發明之, 且拾俗禮之不得已者, 作爲一書."

30) 『攬懷堂先生文集』 卷1, 「敬次退溪先生遊淸凉山韻」.

영정조에 들어서 밀양의 사림은 한강과 미수 학통을 계승한 근기 남인과의 세교(世交)를 지속하였는데, 그 중 가장 드러난 이가 죽포(竹圃) 손사익(孫思翼), 냉와(冷窩) 안경점(安景漸), 죽북(竹北) 안인일(安仁一) 등이다.

죽포(竹圃) 손사익(孫思翼 : 1711~1794)은 자가 백경(伯卿)으로 오한 손기양의 5세손이다. 가정에서 숙조(叔祖)인 문암(門巖) 손석관(孫碩寬)의 훈도를 받고, 영조 때 진사에 합격하였으며, 성호 이익의 문하에 집지하였다. 죽포는 성리학과 예학은 물론 역사, 지리, 박물에 이르기까지 박학하였으나[31] 특히 시문에 뛰어난 재능을 발휘하였다. 죽포는 당대의 문인인 청천(靑泉) 신유한(申維翰), 석북(石北) 신광수(申光洙) 등과 교유하면서 시문으로 명성을 떨쳤는데, 밀양 향내에서는 그의 문하에서 수업하여 문학으로 성취한 이가 많았다. 당대의 향내 문사로서 안인일(安仁一), 이관길(李觀吉), 박정응(朴鼎凝), 박정락(朴鼎洛), 안효선(安孝善), 손철룡(孫喆龍), 손갑동(孫甲東), 손병로(孫秉魯), 손응로(孫應魯) 등은 모두 죽포의 문인이다.

냉와(冷窩) 안경점(安景漸 : 1722~1789)은 자는 정진(正進)이고 광주인으로 옥천 안여경의 계자(系子) 낙원 안숙의 5세손이다. 나이 50세인 신묘(1771)에 문과에 급제하여 성균 전적, 예조좌랑을 역임하였다. 관직을 사퇴하고 곧바로 금강산을 유람하고는 소호에 가서 대산(大山) 이상정(李象靖)을 배알하고 고향으로 돌아와 학문에 전심하였다. 예학에 심력을 기울여, 그 의문 변절(疑文變節)을 대산(大山)과 순암 안정복, 성호 이익에게 질의하였다.[32]

---

31) 李彙寧 撰, 「竹圃孫公行狀」. "手寫心近, 合成袖珍一冊, 出入常緗閣, 鈔朱退書答問禮論, 類會分帙, 爲便考據, 書朱子與長子受之書, 退陶聖學十圖中太極西銘敬齋箴夙興夜寐圖, 爲帖爲屛, 展几案左右, 欲幷觀朱退門下諸賢學行造詣, 據理學通錄及唱酬詩往復書, 采輯爲錄, 成上下篇, 又自虞夏至唐宋元明, 我東自檀箕羅麗至本朝, 書帝王世系年號, 名臣大事, 附天下圖八域志, 四海之內, 山川關防謠俗物産, 一開卷便瞭然. 嘗裒錄我朝儒賢嘉言異行, 若小學續篇, 爲日用律身刑家之要."

32) 許傳, 『性齋先生文集』 卷28, 「禮部員外郎冷窩安公行狀」. "於是, 決意還鄕, 斥所著品帶爲行資, 直向金剛, 恣遊關東九郡, 踰竹嶺, 謁大山李先生於蘇湖, 歸臥故山, 扁其書室曰聚辨, 日與學者講論書籍. 尤致意於禮家說, 疑文變節, 每質問於大山及順庵先生. 順庵學於星湖先生, 公因順庵請敎於星湖. 故心相契."

성재(性齋) 허전(許傳)의 서문을 붙여 간행한 문집 5권 가운데는 대산과 순암에게 질의한 예설문답(禮說問答) 외에 「최장방설(最長房說)」, 「영손부설(迎孫婦說)」 등 두 편의 잡저(雜著)를 통하여 그 예설의 일단을 살펴볼 수 있다.

죽북(竹北) 안인일(安仁一 : 1736~1806)은 자가 정첨(靜瞻), 광주인으로 죽포(竹圃)의 문인이다. 퇴계 문도인 문송 안수관의 후손이다. 밀양 예림리에서 태어나 어려서 재종숙부 송와(松窩)에게 수학하고 뒤에 죽원(竹院)으로 이사하여 같은 동네의 죽포를 따라 배웠는데 문장에 뛰어났다. 문집에 죽리(竹籬) 손병로(孫秉魯)와 성리(性理) 사칠(四七)을 논한 장문의 서찰이 남아 있어서 성리설에 대하여 대체로 퇴계의 정설을 준수하면서도 신중하였음을[33] 볼 수 있다. 스스로 시문잡저의 표제를 죽북치언(竹北巵言)이라 하였는데, 그 중 「수찬(數贊)」 44수는 찬(贊)의 별격(別格)으로서 죽북의 독창이다.

그 밖에 동하(東河) 안경현(安景賢)은 자는 계첨(季瞻)인데 성호 문인으로 순암 안정복과 교유하였고, 몽수(矇叟) 박정원(朴鼎元)은 순암 안정복 문인으로 정조 때 문과에 올라 예조좌랑을 역임하였다.

한편으로 숙종조 이후 밀양유림은 퇴계 선생 이후 영남학통의 큰 주류를 이룬 갈암(葛庵) - 밀암(密庵) - 대산(大山) 계열의 학통에 접맥하고 있었다. 죽파의 차자(次子)인 졸암(拙庵) 이명채(李命采 : 1656~1721)는 갈암 이현일의 문인으로 문과에 급제하고, 『거상절요(居喪節要)』, 「심학지론(心學至論)」, 「봉선초의(奉先抄儀)」, 「오경체용분합설(五經體用分合說)」을 저술하였다. 청옹(聽翁) 이명기(李命夔 : 1653~1716) 역시 갈암 문인으로 문과에 급제하여 주서(注書)를 제수받았으며, 처사 이재윤(李載胤 : 1678~1742)과 광주인 송와(松窩) 안명하(安命夏 : 1682~1752)와 밀성인(密城人) 해남(海南) 손만래(孫萬來) 또한 갈암 문도였다.

---

33) 安仁一, 『竹北文集』 卷3, 「與孫宗禮」. "四七之辨, 已有李子之定論, 固非後生輩, 所可輕議, 而但自己之鈍根痼結, 旣無可聞之處, 又不見原集論辨之章, 故其於立言之大旨, 尙不能得其苗脈焉."

청옹(聽翁) 이명기(李命夔 : 1653~1716)는 벽진인으로 남회당 이이두의 아들이다. 어려서 가학을 계승하여 숙종 정사년(1677)에 진사시에 합격하고 성균관에 들어갔는데 기사년(1689)에 갈암 이현일이 대사성으로 부임하자 그 문하에 집지하였다. 그 해 겨울 친책(親策) 별시(別試)에 올랐으나 당론으로 인하여 시행되지 않았고, 숙종 계사년(1713) 경과(慶科)의 문과에 급제하였으나, 4년 뒤에야 분관(分館)의 직책을 받고는 곧 별세하였다. 대산(大山) 이상정(李象靖)이 행장을 짓고 태을암(太乙庵) 신국빈(申國賓)이 묘갈을 지었으며, 문집 2권 1책이 있다. 「기양책(祈禳策)」[34] 한 편은 기복양재(祈福禳災)의 천인감응설(天人感應說)의 일단을 엿볼 수 있는 자료이다.

백곡(柏谷) 이지운(李之運 : 1681~1763)은 자가 휴중(休仲)으로 여주인이다. 고조부 근재 이경홍의 가학을 계승하였는데, 왕모(王母)손씨(孫氏)의 영향으로 성은당(星隱堂) 손석좌(孫碩佐)에게 학문을 배우고 족부(族父)인 자유헌(自濡軒) 만백(萬白)의 영향을 받았으며, 강좌(江左) 권만(權萬)과 교유하였다. 그는 5세조 승지 광진(光軫)의 금시당(今是堂)을 중건하고 선대의 문헌을 정리하여 『철감록(掇感錄)』을 편찬하였다. 여주이씨로서 지지헌(知止軒) 이장박(李章璞)과 만성(晩惺) 이용구(李龍九)는 모두 이러한 가풍의 영향을 깊이 받았던 사람들이다.

태을암(太乙庵) 신국빈(申國賓 : 1724~1799)은 신송계(申松溪)의 8대손으로 자가 사관(士觀)이다. 정조 15년(1791)에 도백(道伯) 정대용(鄭大容)이 "효우가정(孝友家庭) 문학유망(文學儒望)"으로 천거하였고, 정조 19년(1795) 사마시에 방외장원으로 올랐다. 백불암(百弗庵) 최흥원(崔興源), 죽포(竹圃) 손사익(孫思翼), 묵헌(默軒) 이만운(李萬運) 등과 종유하였다.

죽리(竹籬) 손병로(孫秉魯 : 1747~1812)는 오한 손기양의 후손으로 자가 종례(宗禮)이다. 백부인 죽포 손사익에게서 가학을 이어받았고, 대산 이상정

---

34) 李命夔, 『聽翁先生文集』 卷1, 「祈禳策」.

과 백불암 최흥원의 문하에 출입하였으며 정조 정유년(1777) 진사에 합격하였다.

조선말엽에 들면 밀양의 사림은 대체로 대산(大山)의 학풍을 계승한 정재(定齋) 유치명(柳致明)의 문하에 종유하는 이가 많았다. 정재가 별세하고 성호 계열의 학맥을 계승한 성재(性齋) 허전(許傳)이 김해부사로 부임하면서 재래의 한강연원에 속하였던 집안의 자제들이 대부분 성재(性齋)의 문하에 모여들어 일대 성황을 이루었다.

오한(螯漢)의 후손인 만파(晚坡) 손종태(孫鍾泰)는 시인으로 명성이 높았는데, 선대로부터의 세의로 인하여 허성재(許性齋)와 긴밀한 교유를 하였고, 성호연원에 속하였던 광주안씨 집안의 소려(小廬) 안효식(安孝寔)은 본디 유정재(柳定齋) 문인으로 허성재의 장허(奬許)를 받았다. 광주인으로 철종때 생원이 된 긍재(肯齋) 안효구(安孝構)와, 고종 때 문과에 급제하여 승지를 지낸 시헌(時軒) 안희원(安禧遠), 생원 석간(石澗) 손익구(孫翊九), 그리고 석하(石荷) 안종덕(安鍾悳) 등은 모두 선대로부터의 학문연원을 계승하여 허성재의 문하에 출입하였다.

그 중에서도 여주이씨인 항재(恒齋) 이익구(李翊九), 성헌(省軒) 이병희(李炳禧) 부자와, 김해인으로 진사였던 금주(錦洲) 허채(許埰), 광주인(光州人)인 소눌(小訥) 노상직(盧相稷)은 허성재의 학문연원을 거슬러서 『성호집(星湖集)』, 『하려집(下廬集)』, 성재집(性齋集) 등 근기 사문(師門)의 중요 문헌을 간행함으로써, 조선후기 근기남인실학의 면모를 세상에 드러내게 하였다. 노소눌(盧小訥)은 김해에서 밀양으로 거처를 옮겨 후학을 훈도함으로써 근대 밀양지역 학풍을 진작하는데 주도적인 역할을 담당하였다.

5. 결어

　밀양은 조선조의 사림파의 학문을 선도한 점필재 김종직이 태어나 그 학풍을 크게 떨친 곳이다. 점필재 사후에 무오사화를 비롯한 거듭된 사화로 인하여 학풍이 많이 위축되기는 하였지만, 중종 명종조를 거쳐 학자들이 배출되어 점필재의 여운을 면면히 계승하고 있었다. 더구나 이웃고을인 김해에는 남명 조식, 청도에는 삼족당 김대유, 함안에는 신재 주세붕 등이 학문과 기개로 학자들의 표적이 되고 있었으므로, 밀양의 후학들도 이들을 좇아 배우는 이가 많았다.

　이런 가운데 밀양에서의 퇴계 학통은 추천 손영제와 취원당 조광익 등이 도산에 급문함으로써 시작되었다. 밀양 학자들이 퇴계 학통에 접맥하는 데 무엇보다 큰 역할을 하였던 이는 한강 정구이다. 한강은 지역적으로 밀양과 가까운 성주에 거주하면서 그 학문의 연원정맥으로서 퇴계 선생의 학풍을 충실하게 계승하였거니와, 점필재 연원의 학풍을 계승한 한훤당 김굉필의 학통에 접속되었기 때문에, 점필재를 존숭하는 밀양 학자들이 많이 몰려들었다. 한강연원의 퇴계학맥이 미수 허목을 거쳐 성호 이익, 순암 안정복 등으로 계승되는 동안, 밀양의 학자들은 이들 근기 남인의 학맥과의 교섭이 끊이지 않으며 하나의 주류를 형성하였다. 조선말기에 이르러 이 지역에서 허성재의 학풍이 크게 일어날 수 있었던 것도 이러한 이유에서라고 할 것이다.

[경성대학교 한문학과 교수 정경주]

참고문헌

林　椿, 『西河集』
孫英濟, 『鄒川先生文集』
曺光益, 『聚遠堂先生文集』
孫柄鉉, 『密州勝覽』
孫起陽, 『聱漢先生文集』
安　玑, 『五休堂先生文集』
朴壽春, 『菊潭集』
李而楨, 『竹坡集』
李而杜, 『攬懷堂先生文集』
許　傳, 『性齋先生文集』
安仁一, 『竹北文集』
李命夔, 『聽翁先生文集』

서울·경기 지역의 퇴계문인과 그 성격

1. 머리말

하겸진(河謙鎭)은 우리나라에 유학이 있어 온 이래로 경술과 덕행을 겸비함이 퇴계만한 이가 없고, 수수(授受)한 연원의 성대함이 퇴계만한 이가 없으며, 그 유풍과 교화가 영남뿐만 아니라 호남 호서 근기 해서 지방까지 두루 미쳐, 도산학안(陶山學案)이야말로 우리나라 상하 일천 년 간 유학의 대일통의 학안이 된다[1]고 하였다. 이 말은 다소 과장된 면이 없지 않지만, 한국 유학사상 퇴계가 다른 사람과는 비교할 수 없을 정도로 중요한 자리에 있음을 지적한 것으로서 주목할 가치가 있다. 퇴계의 학문은 실재 이전부터 부분적으로 시도해 온 성리학의 이론 탐색을 집대성하여 새로운 차원으로 끌어 올려놓음으로써 결과적으로 이후의 허다한 이론 논쟁을 촉발시킨 바로 그 정점에 자리하고 있었다. 따라서 도산학안이 곧 우리나라 유학 대일통의 학안이란 지적이 무리한 것만은 아니라고 할 것이다.

퇴계가 이룩한 학문적 업적과 그 영향력이 이처럼 전국적으로 파급되어

---

1) 河謙鎭, 『東儒學案』, 上編三, 「陶山學案」; "自有吾東儒學以來, 經術德行之備, 無如退陶, 自有吾東儒學以來, 授受淵源之盛, 無如退陶, 盖退陶之前, 有若圃隱寒暄一蠹晦齋靜庵諸先生作, 皆以闡發斯文爲己任, 其道駸駸旣弘大矣, 而退陶先生集而成焉. 退陶之後, 其遺風餘敎, 藹然被於嶺南兩湖畿甸海西之間, 儒賢蔚起, 幾於上軼齊魯之文化, 雖其間或不無自立門戶, 論議識見之有少異者, 而所異者文義也. 其大體則悉本於退陶, 無異辭也. 是以此陶山學案者, 祇取其門第弟子及私淑而已矣, 而其實非第爲陶山學案, 乃吾東上下一千年儒學大一統之學案也."

있었던 만큼 퇴계학을 공부하고 계승하려는 사람도 전국에 두루 편재되어 있었다. 『도산급문제현록』에 수록된 급문 제자의 거주지별 현황을 살펴보면, 퇴계의 가장 주요한 활동 근거지였던 영남 지역, 특히 예안 안동 지역 인물이 다수를 차지하고 있는 것은 분명하지만, 서울지역으로 분류된 인물도 46명이나 되고, 기타 경기도 파주·고양·광주·안산·양근·용인, 호남의 광주·장흥·창평·화순·순천, 충청도의 충주·아산·청주, 강원도의 강릉·원주 등에 이르기까지 참으로 다양한 지역에 제자군이 포진하고 있음을 동시에 확인할 수 있다. 퇴계 당대에 이미 그 학문적 영향력이 전국적이었음을 단적으로 실증하는 것이다.

본고는 전국에 편재한 퇴계문인 중 특히 서울·경기 지역 문인의 실상과 그 성격을 집중적으로 규명해 보고자 한다. 그동안 퇴계학의 계승 문제는 영남 지역의 몇몇 적통 제자를 중심으로 전개되어 왔고, 서울·경기 지역과 관련해서는 정구(鄭逑)－허목(許穆)－이익(李瀷)으로 이어지는 근기 남인학파와의 학문적 연계성을 확인하는 작업에 치중되었다. 그러나 서울은 퇴계가 예안 다음으로 가장 오래 머물렀던 곳이고, 이 일대에 실재한 제자의 수가 단위 지역으로서는 예안(55) 안동(47) 등지에 못지 않게 많았으며[2], 그럼에도 불구하고 이 지역 퇴계문인의 실상과 성격이 아직 온전하게 검토된 적이 없기 때문이다. 그래서 본고에서는 서울·경기 지역에 한정하여 이 지역에서 활동한 급문 제자의 실상을 밝히고, 이들이 구체적으로 어떤 성격과 의미를 가지고 있는지 규명해 보고자 하는 것이다.

2. 서울·경기 지역 문인의 현황

서울 경기 지역 퇴계문인을 확인하기 위해 현재 활용할 수 있는 가장 종

---

2) 金鍾錫, 「陶山及門諸賢錄과 퇴계의 학통제자」, 『退溪學의 理解』, 일송미디어, 2001, 198쪽 참고.

합적인 자료는 1922년 퇴계 종손 이충호(李忠鎬)가 간행한 제2차 개간본 『도산급문급제현록(陶山及門諸賢錄)』이다. 『도산급문제현록』은 1914년 기존의 사가본(四家本)[3]을 정리하고 여기에 다시 40여 명의 문인을 추가하여 속록으로 편집 보완한 이른바 갑인본(甲寅本) 『도산급문제현록』 5권 2책(혹 4책)이 가장 널리 알려져 있다. 그런데 이 책은 발간되자마자 적지 않은 비판에 직면하였고, 병산서원(屛山書院)에 출입하는 학자들이 중심이 되어 그 오류를 낱낱이 지적한 『도산급문제현록변정(陶山及門諸賢錄辨正)』이 나오기도 했으며, 이 때문에 1916년에 1차 개간, 1922년에 다시 2차 개간의 과정을 거치게 되었던 것이다.[4] 따라서 제2차 개간본 『도산급문제현록』은 아직 많은 문제를 포함하고 있기는 하지만, 그래도 현재로서는 가장 종합적이고 최종적인 자료라고 할 수 있을 것이다.

『도산급문제현록』에는 제일 앞의 정지운(鄭之雲)부터 제일 뒤의 이선도(李善道)까지 약 310명의 급문제자를 소개하고 있는데[5], 각 개별 인물에 대한 기술이 대부분 이름, 자, 호, 관향, 거주지, 출생, 수학 과정과 관력, 급문

---

3) 蒼雪齋 權斗經(1654~1726)이 처음으로 퇴계문인 약 100여명의 인적 사항을 정리하여 『溪門諸子錄』을 편찬하였고, 그 뒤 퇴계 6대손 靑壁 李守淵(1693~1748)이 여기에 문인 60여 명을 추가하여 『陶山及門諸賢錄』을 편찬하였으며, 곧 이어 山後 李守恒(1695~1768)이 다시 10여 명의 문인과 각종 왕복문자 輓, 祭, 書 등을 첨기한 『陶山及門諸賢錄』을 편찬하였고, 퇴계 9대손 廣瀬 李野淳(1755~1831)이 또 다수의 문인을 첨기하여 전체 약 260여 명으로 구성된 『陶山及門諸賢錄』을 편찬하였다. 이 4가지를 일반적으로 四家本 陶山及門諸賢錄이라 한다.

4) 1914년 갑인본 『陶山及門諸賢錄』이 간행된 뒤 이에 대한 辨正과 改刊이 구체적으로 어떤 과정을 거쳐 진행되었는지는 자세하게 알 수 없다. 다만 추측컨대 풍산에서 『陶山及門諸賢錄辨正』을 제시하자 1916년 陶山에서 그 내용을 수용하여 1차 개간본을 간행하였고, 다시 풍산에서 『陶山及門錄改刊後追辨』을 간행하자 또 다시 陶山에서 그 내용을 수렴하여 1922년 2차 개간본을 간행했던 것이 아닌가 판단된다. 『陶山及門諸賢錄』의 간행과 辨正 改刊 追辨에 대해서는 金鍾錫, 「陶山及門諸賢錄의 集成과 刊行」, 퇴계학의 이해, 일송미디어, 2001, 참고.

5) 『도산급문제현록』에 수록된 문인 수는 1914년 발간된 판본에는 309명으로 되어 있었다. 그러나 1922년 제2차 개간본에서는 310명으로 한 명이 추가되었다. 이렇게 된 이유는 金弘度 詩(권2 제일 끝) 뒤에 附記되었던 金彦琚를 따로 독립시켜 金弘度 자리(권4 중간)로 편입시키고, 김홍도를 권2 끝으로 옮겨놓는 조정이 있었기 때문이었다. 그러니까 金彦琚가 독립되어 1명이 추가된 셈이다. 현재 2차 개간본에는 金弘度가 76번째 金彦琚가 216번째로 수록되어 있다.

사실, 관련 문건 등의 순서로 되어 있어서 이들이 주로 어떤 지역에서 활동했던 사람인지를 비교적 용이하게 파악할 수 있다. 서울에 거주하면서 활동한 인물들은 대략 거경(居京) 거한양(居漢陽)이라 표기하였고, 경기도 지역에서 활동한 인물은 거고양(居高陽, 鄭之雲), 거파평(居坡平, 成渾), 거광주(居廣州, 宋言愼) 등처럼 구체적 행정단위를 적시하였다. 이에 근거하여 정확하게 서울・경기 지역에 거주한 것으로 명시해 놓은 인물을 헤아려 보면 일단 서울지역이 46명 경기도지역이 6명 전체 52명 정도로 파악된다.

鄭之雲(1;高陽) 李湛(2) 洪仁祐(7) 韓脩(8) 申沃(9) 韓胤明(10) 李咸亨(12) 許忠吉(13) 金德龍(21) 朴淳(29) 朴濟(40) 金德鵾(44) 金就礪(49;安山) 成渾(71;坡平) 李珥(72;坡州) 李應進(73) 尹根壽(74) 許曄(75) 金命元(77) 禹性傳(101) 宋言愼(102;廣州) 金孝元(103) 朴漸(104) 李敬中(108) 金悌甲(113) 金睟(115) 李養中(116) 趙振(117) 李國弼(122) 南彦紀(127) 沈喜壽(130) 柳根(136) 洪迪(138) 許筬(142) 金泰廷(146) 成洛(148) 金希禹(156) 李達(158) 呂世潤(160) 趙贊(164) 崔德秀(181) 金戣(184) 趙容(195;龍仁) 尹卓然(196) 金忠男(200) 崔聃齡(204) 李純仁(208) 曺大而(241) // 李陽元(279) 尹斗壽(284) 沈義謙(285) 尹暾(293)

그러나 거주지를 서울로 명시하지는 않았지만 실재 서울에 근거했을 것으로 판단되는 사람이 몇 사람 더 있다. 이성중(李誠中<83>)・허균(許筠<143>)・홍인지(洪仁祉<173>) 같은 사람이 그런 경우이다. 이성중은 동생 이경중(李敬中<108>)과 이양중(李養中<116>)이 모두 서울에 거주한 것으로 명기되어 있을 뿐만 아니라 "일찍이 서울 집에서 선생을 배알하고 의심되는 점을 질문하였다"[6]라고 한 것으로 보아 서울에서 입문한 것이 분명한 듯하다. 허봉 역시 아버지 허엽(許曄<75>)과 친형 허성(許筬<142>)이 서울에 거주한 것으로 되어 있고, 미암(眉菴) 유희춘(柳希春)이 서울에 있을 때 허봉이 보내준 『감흥시(感興詩)』1책, 『약운(略韻)』1책 작은 책상 1개 등을 받았다고

6) 『陶山及門諸賢錄』 권3, 「李誠中」; "嘗拜先生于京邸, 質問疑義."

한 것으로 보아[7] 서울에 거주한 것이 분명한 듯하다. 홍인지도 친형 홍인우(洪仁祐<7>)와 조카 홍적(洪適)이 모두 서울에 거주한 것으로 명시되어 있고, 그의 입문(入門) 사실을 "선생이 서울에 머물 때 여러 차례 질문한 적이 있다"[8]라고 밝혀 놓은 것을 보면 서울에 거주한 것이 틀림없을 것으로 판단된다.

이 세 사람 외에도 변정록을 통해 조정해야 할 인물이 몇 사람 더 있다. 구사맹(具思孟<45>)·김홍도(金弘度<76>)·이광헌(李光軒<170>)·이대윤(李大潤<227>)·유기(柳淇<234>)·임내신(任鼐臣<275>)·홍성민(洪聖民<290>)·유대수(兪大脩<296>)·서엄(徐崦<298>)·박대립(朴大立<300>) 등 10명은 변증록에 분명하게 거경이라 명시하고 있어서 서울 지역 인물임을 알 수 있다. 그리고 급문록에서 서울 인물로 기록한 김덕룡(金德龍<21>)·김덕곤(金德鵾<44>) 형제는 모두 경기도 포천이라 변증하였고, 박순(朴淳<29>)은 충청도 회덕에, 이달(李達<158>)은 강원도 횡성에 거주한 것으로 밝혀 놓았다. 따라서 앞의 두 사람은 경기도로 조정하고, 뒤의 두 사람은 서울·경기 지역에서 제외해야 마땅할 듯하다. 마지막으로 서해(徐嶰<78>)와 남필문(南弼文<154>)은 원래 서울 사람이었지만 각각 안동과 밀양으로 이주하였기 때문에 제외하였고, 홍훈(洪渾<31>)은 원래 충청도 당성 사람이었으나 경기도 양근(陽根) 시우동(時雨洞)에 은거하며 살았기 때문에[9] 경기도 인물로 파악할 수 있다. 이렇게 검증한 결과를 종합할 때, 퇴계문인 310명 중 서울·경기 지역에 거주한 것이 확실한 사람은 서울 55명, 경기 9명, 전체 약 64명 정도로 파악되는데, 이들의 인적 사항과 급문 사실을 간단히 정리해서 제

---

7)『眉菴日記』, 1568년 9월 12일, "景濂還自許筍所, 感興詩一冊, 略韻一冊, 小書案一介, 皆筍所贈也."

8)『陶山及門諸賢錄』 권4,「洪仁祉」;"先生留京時, 累有質問."

9) 유성룡이「時雨散人」(『西厓集』, 卷4,「雜著」)에서는 "洪渾, 字渾元, 唐城人, 與余登丙寅科."라 하였고,『급문록』에는 "爲人, 任直放浪, 不俯仰時俗, 中年, 不樂仕宦, 棄官, 隱於陽根時雨洞, 自號時雨散人."이라 하였다.

시하면 아래와 같다.

≪표1≫ 서울·경기 지역 문인의 현황

순서	성명	생몰연대	거주지	급문관계기록
002	李　湛	1510~1574	居京	登第 與先生同入玉堂 質疑於先生 少先生九歲 而退然以後學自居.
007	洪仁祐	1515~1554	居京	中司馬 晩拜先生於京邸 面論書質 一味尊信
008	韓　脩	1514~1588	居京	遊先生門 中司馬 明廟丁卯 以經明行修被薦
009	申　沃	1534~1619	居京	급문 기록 없고 편지2통 있음
010	韓胤明	？~1567	居京	遊先生門 嘗與金伯獻 入淸凉山 讀啓蒙 先生 以詩贈之
012	李咸亨	불분명	居京	寓居順天. 來遊門下. 漢陽書生李咸亨見留隴雲
013	許忠吉	1516~？	居京	登文科 遊門下. 拜榮川郡守時 先生已易簀 公 首先奉安位版於伊山書 院又以嘯皐朴公所印送聖學十圖刊于院中
040	朴　濟	불분명	居京	侍先生纔十許日 遭先生喪
045	**具思孟**	**1531~1604**	**居京**	**嘗作四皓羽翼太子論 質於先生. 다른 급문 기록 없음.**
073	李應進	1536~1592	居京	少遊先生門 篤志好學 不求聞達
074	尹根壽	1537~1616	居京	受業先生 嘗以心經質問 戊午中文科 封海平君
075	許　曄	1517~1580	居京	先生有往復書. 급문 기록 없음
076	**金弘度**	**1527~1561**	**居京**	**金晔之父. 급문 기록 없음. 원래 215항**
077	金命元	1534~1602	居漢陽	少登先生門 讀易于隴雲精舍 頗詳敏 先生嘉之
083	**李誠中**	**1539~1593**	**京**	**負笈于李履素金愓菴門 從事義理之學 嘗拜 先生于京邸 質問疑義**
101	禹性傳	1542~1593	居京	受業於先生 論難義理 尤用力於易象及禮學
103	金孝元	1542~1590	居京	早遊先生門 與西厓鶴峰東岡藥圃德溪諸君子 結 道義交
104	朴　漸	1532~1592	居京	遊先生門 登第 官至參議
108	李敬中	1542~1585	居京	與弟養中 俱遊門下 爲吏郎 贈判書

113	金悌甲	1525~1592	居京	癸卯來謁先生 遂師事之 癸丑登第
115	金晬	1547~1625	居京	早從先生於陶山 登第 官判中樞
116	李養中	1549~1591	居京	從先生遊 登第歷敭淸顯 官至承旨
117	趙振	1543~1625	居京	從先生於陶山 與艮齋諸賢 留隴雲精舍 質心經 近思錄等書
122	李國弼	1540~ ?	居京	遊門下 先生嘗以其凡事必欲異衆效古爲病
127	南彦紀	불분명	居京	遊先生門 先生爲書箴銘以與之 官別坐
130	沈喜壽	1548~1622	居京	遊先生門 壬申登第
136	柳根	1549~1627	居京	卯角遊先生門 講問經傳疑義 二十四擢文科壯元
138	洪迪	1549~1591	居京	二十二謁先生於陶山 問爲學之要 登第選湖堂
142	許篈	1548~1612	居京	祭文에 "昔余小生 曾獲摳衣 聞風興起 況覿其德"
143	**許筬**	**1551~1588**	**京**	**聰穎絶倫 十歲詩文已成 早遊先生門 弱冠登第**
146	金泰廷	1541~1588	居京	遊門下 有喪禮問答 登第 官至觀察使
148	成洛	1542~1588	居京	遊先生門 登第 選入玉堂
156	金希禹	1519~1583	居京	中司馬 遊先生門
160	呂世潤	1520~ ?	居京	中司馬 有獻先生詩數十首. 다른 급문 기록 없음
164	趙贊	1536~ ?	居京	嘗留隴雲讀易 又質居廬祭祀之禮
170	**李光軒**	**1531~ ?**	**居京**	**급문기록 없고 輓詩1수만 수록**
173	**洪仁祉**	**1522~ ?**	**京**	**恥齋弟. 先生留京時累有質問**
181	崔德秀	불분명	居京	官縣監 遊門下
184	金戣	1531~1584	居京	先生題跋以贈 先生有往復書. 다른 급문 기록 없음
196	尹卓然	1538~1594	居京	公挽先生詩. 다른 급문 기록 없음
200	金忠男	1530~1618	居京	급문 기록이 전혀 없음
204	崔聃齡	불분명	居京	與同門諸賢 論先生禮葬時儀節. 다른 급문 기록 없음
208	李純仁	1533~1592	居漢陽	壬申文科 以詩鳴 早知爲學之方 遊先生門
227	**李大潤**	**1533~1596**	**居京**	**受業于先生(辨正)**
234	**柳淇**	**불분명**	**居京**	**급문 기록이 전혀 없음**
241	曺希章	불분명	居京	來寓龍壽寺 受業門下. 이름은 辨正錄에 근거
275	**任輔臣**	**1512~1588**	**居京**	**급문기록 없고 輓詩 일부만 수록**

279	李陽元	1526~1592	居京	登先生門 深見期허 與寒岡 道義相切磋
284	尹斗壽	1533~1601	居京	丁卯(1567)謁先生于京第 多有質問
285	沈義謙	1535~1587	居京	급문 기록 없고 書 詩 輓詩 각1편씩 수록
290	**洪聖民**	**1536~1594**	**居京**	**급문 기록 없고 輓詩1편 수록**
293	尹暾	1551~1612	居京	出入先生門 篤志力學
296	**兪大脩**	**1546~1586**	**居京**	**급문 기록 없고 祭文 일부 수록**
298	**徐崦**	**1565~1609**	**居京**	**급문 기록 없고 祭文 일부 수록**
300	**朴大立**	**1512~1584**	**居京**	**급문 기록 없고 祭文 일부 수록**
001	鄭之雲	1509~1561	居高陽	先生寓居京中 與公同坊 公嘗作天命圖又著說 先生改訂
<u>021</u>	<u>金德龍</u>	<u>1518~ ?</u>	<u>抱川</u>	<u>遊先生門 登第 官至大司憲</u>
031	**洪渾**	**1541~1593**	**陽根**	**급문 기록 전혀 없음**
<u>044</u>	<u>金德鷗</u>	<u>1525~1567</u>	<u>抱川</u>	<u>遊先生門 嘗反復論武夷櫂歌 登第 卒年四十三</u>
049	金就礪	1526~ ?	居安山	登先生門 千里負芨 不以往來爲勞 面稟書質一味篤信
071	成渾	1535~1598	居坡平	丁卯先生入洛 公就拜 平生尊慕先生
072	李珥	1536~1584	居坡州	二十三歲謁先生于陶山 問主一應事之要 撰先生遺事
102	宋言愼	1542~1612	居廣州	師事先生 丁卯中司馬 丁丑登第
195	趙容	1518~ ?	居龍仁	靜菴文正公子. 급문 기록 없음

위의 ≪표1≫에서 짙게 표기한 14명은 당초 『도산급문제현록』에 거주지가 분명하게 명시되지 않았거나 혹은 다른 지역으로 명시되었던 것을 변정록 등을 통해 새롭게 밝혀서 추가한 인물들이고, 밑줄 친 2명은 당초 서울로 명시되었던 것을 변정록에 근거하여 경기도로 조정한 인물들이다. 이를 보면 서울지역에서 활동한 문인 55명, 경기도에서 활동한 인물 9명, 전체 약 64명 정도가 서울·경기 지역에서 활동한 사람임을 확인할 수 있다. 이것은 급문록에 등재된 전체 문인 310명 중 거주지가 확인된 269명의 약 24% 가량을 차지하는 수치로서, 퇴계의 핵심적 근거지였던 경상북도 지역을 제외한 여타 지역 즉 전라(13명), 경남(11명), 충청(4명), 강원(3명) 등[10] 다

른 지역과는 비교할 수 없을 정도로 압도적임을 보여주고 있다. 따라서 적어도 문인의 수에 있어서는 서울·경기 지역이 경상북도 다음으로 퇴계학에서 중요한 비중을 차지하고 있었음이 확실하다고 할 것이다.

서울·경기 지역 문인들이 퇴계문하에 입문한 방식은 대략 2가지가 있었던 것으로 보인다. 하나는 퇴계가 서울에 머물고 있을 때 서울에서 찾아뵙고 수학한 것이고, 다른 하나는 도산으로 직접 찾아와 머물면서 수학한 것이다. 『도산급문제현록』에 "선생이 서울에 우거(寓居)하고 있을 때 같은 마을에 살았다", "선생과 함께 옥당(玉堂)에 들어가 선생에게 질의하였다", "선생을 서울 집으로 찾아뵙고 만나서 토론하고 편지로 질의하였다", "선생이 서울에 머물 때 여러 번 질문이 있었다"라는 요지로 기록한 정지운(鄭之雲)·이담(李湛)·홍인우(洪仁祐)·이성중(李誠中)·윤두수(尹斗壽)·홍인지(洪仁祉)·성혼(成渾) 등 7명은[11] 서울에서 입문한 것이 분명하다. 그리고 "청량산에 들어가 계몽(啓蒙)을 읽었다", "농운정사(隴雲精舍)에 머물면서 공부하였다", "천리 먼 길에 책상자를 지고 왕래하기를 고생스럽게 여기지 않고 만나서 말씀드리고 편지로 질문하였다", "도산으로 선생을 찾아뵙고 질문하였다", "용수사(龍壽寺)에 와 살면서 문하에서 수업하였다"라는 요지로 기록한 한윤명(韓胤明)·이함형(李咸亨)·김명원(金命元)·조진(趙振)·조지(趙贄)·김취려(金就礪)·이이(李珥)·김수(金晬)·홍적(洪迪)·조희장(曺希章)·박제(朴濟) 등 11명은[12] 도산으로 직접 찾아와서 공부한 것이 확실하

---

10) 이것은 김종석의 『退溪學의 理解』, 일송미디어, 2001, 198쪽에 제시된 <표2 ; 거주지별 문인 수>를 근거로 통계를 낸 것이며, 대체적인 상황만 확인하면 무방하겠기에 필자가 새롭게 조사해서 밝힌 사실은 반영하지 않았다.

11) 『급문록』에 "先生寓居京中, 與公同坊"(鄭之雲; 1), "與先生同入玉堂, 質疑於先生"(李湛; 2), "拜先生于京邸, 面論書質"(洪仁祐; 7), "拜先生于京邸, 質問疑義"(李誠中; 83), "先生留京時, 累有質問"(洪仁祉; 173), "謁先生于京第, 多有質問"(尹斗壽; 284), "先生入洛, 公就拜"(成渾; 71)라고 한 기록이 있다.

12) 『급문록』에 "入淸凉山, 讀啓蒙"(韓胤明; 10), "漢陽書生李咸亨, 見留隴雲"(李咸亨; 12), "侍先生, 纔十許日, 遭先生喪"(朴濟; 40), "千里負笈, 不以往來爲勞, 面稟書質"(金就礪; 49), "謁先生于陶山, 問主一應事之要"(李珥; 72), "少登先生門, 讀易于隴雲精舍"(金命元; 77),

다. 여타 인물들의 입문 과정은 정확하게 알 수 없으나, 대략 이 두 유형 중의 어느 하나이거나 양자의 절충형이었을 것으로 판단된다.

입문 방식을 파악할 수 있는 서울·경기 지역 문인 중에는 서울에서 입문한 사람 보다 도산으로 직접 찾아와서 수학한 사람이 훨씬 많은 것으로 나타나는데, 이것은 퇴계가 서울에서 생활한 기간이 근본적으로 길지 않았을 뿐만 아니라 짧은 서울 체류 기간이 아직 본격적으로 제자를 가르치기 이전인 청장년 시절에 편중되었던 것과 관계가 있는 듯하다.

≪표2≫ 퇴계의 서울 체류 상황

연도	체류기간	관련 사실
1522년	잠시	始遊太學館 未幾還鄉. 與金麟厚相從
1532년	잠시	文科初試에 응시. 2등 합격 後 還鄉
1533년	반년	遊泮宮 秋下鄉 道經驪州 見慕齋先生
1534년	반년	3月 及第 任官. 7月 乞假下鄉省親 10月 還朝任官
1535년	반년	6月 差護送官送倭奴于東來 是行取道鄉邑 省大夫人
1536년	10달	7月 乞假省親. 9月 拜戶曹佐郎
1537년	9달	10月 丁母夫人朴氏憂. 1539年 12月 服闋
1540년	1년	司諫院正言 司憲府持平 刑曹正郎 弘文館校理
1541년	9달	5月 拜弘文館修撰. 以咨文點馬赴義州 承催旨還朝. 10月 兼世子侍講院文學
1542년	반년	2月 拜弘文館副校理. 仍差御史 下忠淸道 檢察郡邑救荒能否. 4月 復命 8月 이후 差災傷御史 往江原道. 12月 拜司憲府掌令
1543년	10달	10月 拜成均館司成. 乞假還鄉省墓. 11月 除禮賓寺副正不赴
1544년	10달	2月 以弘文館校理召還. 9月 乞假. 10月 還朝
1545년	1년	4月 拜軍資監僉正. 9月 拜弘文館典翰

"早從先生於陶山"(金睟; 115), "從先生於陶山, 與艮齋諸賢, 留隴雲精舍, 質心經近思錄等書"(趙振; 117), "謁先生於陶山, 問爲學之要"(洪迪; 138), "嘗留隴雲, 讀易, 又質居廬祭祀之禮"(趙贇; 164), "來寓龍壽寺, 受業門下"(曺希章; 241)라고 한 기록이 있다.

1546년	1달	2月 乞假還鄕葬外舅權公碩. 5月 病未還朝解職. 이후 皆不赴 築養眞菴于退溪之東巖
1547년	4달	8月 被召還朝
1552년	8달	4月 被召還朝 司憲府執義 弘文館副應敎 成均館大司成
1553년	1년	4月 拜大司成 通文四學 諭諸生. 10月 改訂鄭之雲天命圖
1554년	1년	5月 拜刑曹參議. 7月 哭周愼齋與盧伊齋. 11月 哭洪上舍仁祐
1555년	1달	2月 書進康寧殿七月篇 以病三辭解職 卽出城買舟東歸
1558년	반년	閏七月上疏乞致仕 御批不允 赴召入都. 10月 拜成均館大司成. 12月 再辭三辭皆不允
1559년	1달	2月 乞假歸鄕 病未還朝 上狀辭職
1567년	2달	6月 赴召入都. 8月 以病免 卽東歸. 10月 在龍壽寺. 누차 有旨가 있었으나 皆不赴
1568년	반년	7月 入都赴召 弘文 藝文館大提學 知成均館事 上疏陳六條 12月 上聖學十圖
1569년	2달	3月 乞退許之 辛酉至家

위의 ≪표2≫는 서애본(西厓本), 『퇴계선생연보(退溪先生年譜)』[13]를 기초로 퇴계가 서울에 체류한 기간을 개략적으로 정리해 본 것이다. 이에 근거하면 퇴계가 70평생에서 서울에 머문 기간은 겨우 12년 정도에 불과한 것으로 파악된다. 퇴계는 33세 때 처음으로 반년 정도 성균관에 머문 적이 있고, 34세 때 문과에 급제하여 벼슬을 시작한 이래 45세까지 서울에서 생활하였는데, 이 기간 중에도 모친상을 당하여 고향에 내려와 있던 2년 2개월 (37세 10월~39세 12월)과 어사(御史)로 지방에 파견되었던 기간 등을 제외하면 실재 서울에 체류한 기간은 7년 정도에 불과한 것으로 보인다. 46세 2월에 휴가를 얻어 고향에 내려 온 퇴계는 이때부터 본격적으로 학문에 침잠하기 시작하였다. 그래서 이후로는 수많은 관직 임명과 나라의 부름이 있었지만 거의 출사하지 않았으며, 70세로 세상을 떠날 때까지 서울에서

---

13) 金光淳, 『註解 退溪先生年譜』, 경북대학교 퇴계연구소, 1992, 301~382쪽.

벼슬한 것은 52세부터 55세 사이 약 2년 9개월, 58세 7월부터 59세 1월까지 약 7개월, 67세 때 약 2개월, 68세 7월부터 69세 3월까지 약 8개월 정도가 전부였다. 그러니까 12년 남짓한 서울 생활 중 7년 반 이상이 청장년 시절이었고, 본격적으로 학문에 침잠하여 제자를 가르치기 시작한 46세 이후에는 겨우 4년여 정도를 서울에서 생활하였을 뿐이다. 이처럼 퇴계는 서울에서 생활한 기간이 근본적으로 길지 않았고, 그 기간이 아직 본격적으로 제자를 가르치기 이전인 청장년 시절에 편중되어 있으며, 이 때문에 생활 근거가 서울·경기 지역인 사람들도 서울에서 보다 도산으로 찾아와서 수업한 경우가 더 많게 되었던 것으로 판단된다.

퇴계가 짧은 서울 체류 기간에도 불구하고 이렇게 많은 서울·경기 지역 제자를 둘 수 있었던 것은 근본적으로는 그의 높은 명망과 학문적 성취 때문이겠지만, 46세 이후 퇴계가 맡은 주요 관직이 주로 중앙의 문한 교육직(文翰 敎育職)이었던 것과 일정한 관련이 있을 듯하다. 퇴계는 48세 때 단양군수로 약 8개월, 풍기군수로 약 2개월을 지낸 이외에는 대부분 문한 교육직에 임명되었다. 52세 4월 소환될 때 관직은 홍문관교리지제교(弘文館校理知製敎) 겸경연시독관(兼經筵侍讀官) 춘추관기주관(春秋館記注官) 승문원교리(承文院校理)였고, 7월에는 유일한 국립대학인 성균관대사성(成均館大司成)에 취임하였다. 이듬해 4월 재차 성균관대사성에 취임했을 때는 사학(四學)에 통문을 돌려 "국가가 학교를 세워 선비를 양성함은 그 뜻이 매우 크니 스승과 제자가 제각각 예의와 본분을 다하여 나라에서 학교를 세워 선비를 양성하는 그 뜻에 부응토록 하라"[14]는 요지의 유시(諭示)를 하기도 하였다. 그리고 58세 때 다시 조정에 소환되어 약 6개월 정도 체류하였을 때도 그

---

14) 西厓本, 『退溪先生年譜』, 三十二年癸丑, 先生五十三歲 ; "學校, 風化之源, 首善之地, 士子, 禮義之宗, 元氣之寓也. 國家設學以養士, 其意甚隆, 師生之間, 尤當以禮義相先, 師嚴生敬, 各盡其道, 自今諸生. 凡日用飲食, 無不周旋於禮義之中, 惟務更相飭勵灑濯舊習, 推入事父兄之心, 爲出事長上之禮, 內主忠臣, 外行遜悌, 以副國家右文興化設學養士之意."

직책이 성균관대사성이었고, 68세 7월 마지막으로 서울에 불려 올라갔을
때도 홍문관대제학 예문관대제학 지경연춘추관성균관사(知經筵春秋館成均館
事)였던 것이다. 이처럼 서울에서 맡은 주요 직책이 일반 행정직이 아니라
홍문관 예문관 같은 문한직 특히 성균관대사성이란 교육직이었기 때문에
짧은 서울 생활에도 불구하고 공식·비공식적으로 이 지역에 많은 제자를
둘 수 있었던 것으로 생각된다.

3. 서울·경기 지역 문인의 성격

1) 기호사림의 학통을 계승하는 사람이 압도적이다

서울·경기 지역 퇴계문인의 면면을 살펴보면 우선 이들이 대부분 여러
차례의 사화를 거치면서 심각한 타격을 입고 이리저리 흩어져 있던 이 일
대 사림파 지식인 집단의 일원이라는 점에 중요한 특징이 있음을 발견할
수 있다.

퇴계 이전에 수도권 일대에서 제자를 양성한 사림파 선배로는 유우(柳
藕)·김안국(金安國)·조광조(趙光祖)·김식(金湜)·이연경(李延慶)·김정국
(金正國)·서경덕(徐敬德) 같은 사람이 있었다.[15] 유우(1473~1537)는 스승 김
굉필(1454~1504)이 갑자사화로 처형되자 벼슬을 단념하고 서울에서 강학을
하면서 지냈고, 김안국(1478~1543)은 사헌부대사헌·경상도관찰사 등을 역
임하였지만, 기묘사화 때 겨우 처형을 면하고 경기도 이천에서 후진을 가
르치면서 생활하였다. 조광조(1482~1519)는 기묘사화 때 김전(金詮) 남곤(南
袞) 등의 탄핵을 받아 처형되었고, 김식(1482~1520)은 경상도 거창으로 숨어
들었다가 자결하였다. 이연경(1484~1552)은 기묘사화가 일어나자 공주로 내

---

15) 이것은 퇴계 이전에 이 일대에 거주했던 인물 중 『典故大方』, 明文堂, 1982, 248쪽. 『門人
錄』 조항에 구체적으로 양성한 문인 기록이 있는 사람을 적시한 것이다.

려가 제자를 기르며 생활하였고, 이연경 연원으로 알려진 서경덕(1489~1546)은 조광조 등에 의해 현량과에 추천을 받았지만 끝내 응하지 않고 경기도 개성 화담(花潭)에서 학문에만 몰두하였다.

이처럼 퇴계 이전에 서울 일대에서 활동한 사림파 선배들은 몇 차례 사화를 거치면서 처형되거나 재야에서 학문에 몰두하였는데, 퇴계가 중앙 학계에 그 학덕과 명성을 드러내기 시작한 50세 전후에는 이들 대부분이 이미 세상을 떠나고 없는 상황이었다. 그리고 이들의 학통을 계승한 그 다음 세대 학자 즉 유우의 문인 이중호(李仲虎), 김안국의 문인 유희춘(柳希春), 조광조의 문인 성수침(成守琛)과 백인걸(白仁傑), 김식의 문인 김덕수(金德秀), 이연경의 문인 노수신(盧守愼) 등이 활동하였는데, 이들 역시 곧 이어 일어난 을사사화로 서울을 떠날 수밖에 없었다. 유희춘(1513~1577)은 함경도 종성에서 19년 간 유배생활을 하였고, 백인걸(1497~1579)은 파직되었다가 다시 안변에 유배되었으며, 노수신(1515~1590)은 순천으로 유배되었다가 양재역벽서사건에 연루되어 다시 진도에서 19년 간 귀양살이를 하였다. 이런 재앙을 피하여 온전히 강학 활동을 계속할 수 있었던 사람은 기묘사화 이후 은거 생활을 계속해 온 성수침, 이중호, 김덕수 정도였는데, 김덕수(?~1522)는 일찍 세상을 떠났고, 이중호(1512~1554)도 곧 세상을 떠날 그런 처지였다. 그래서 마땅한 구심점을 찾지 못하고 있던 서울·경기 지역 일대의 사림파 학자들이 새롭게 등장한 퇴계문하로 대거 입문하게 되었던 것이다.

≪표3≫ 서울·경기 지역의 학맥과 퇴계문인

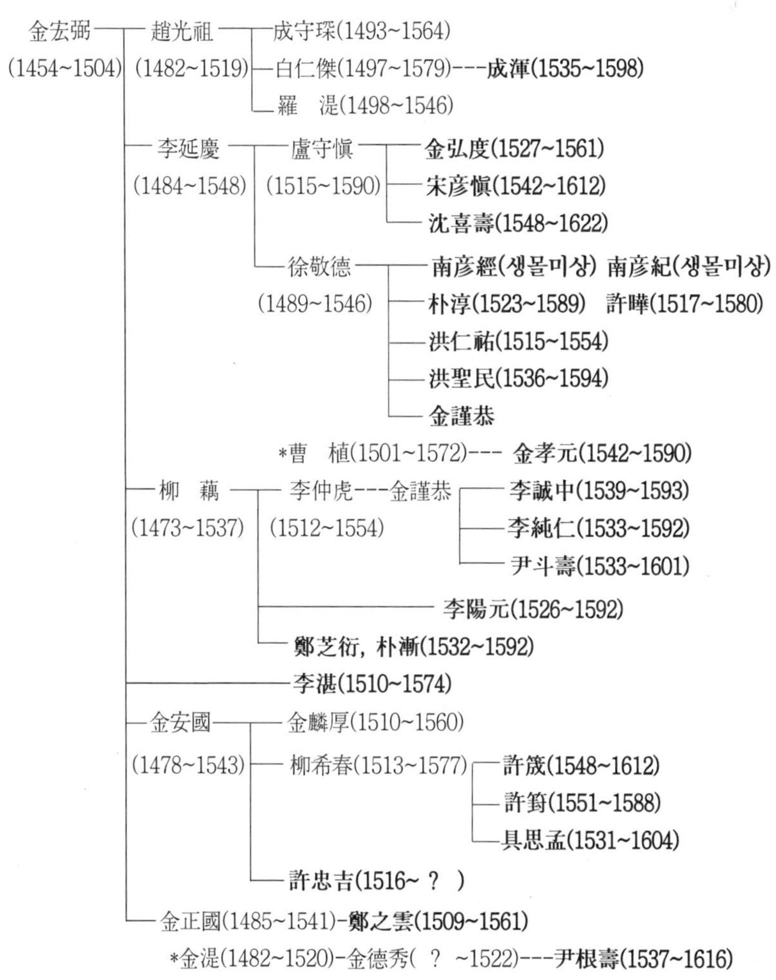

위의 표3은 서울·경기 지역에서 강학 활동을 해왔던 선배 학자들의 본래 학통과 서울·경기 지역 퇴계문인과의 학맥상 관계를 확인하기 위하여 필자가 여러 문인록을 두루 참고해서 작성해 본 것인데, 짙게 표기한 사람은 모두 서울·경기 지역의 퇴계문인들이다. 서울·경기 지역 퇴계문인 64명 중 이처럼 퇴계에게 입문하기 이전에 다른 스승에게서 학습한 경험이 있는 사람은 약 22명 정도로 파악된다.[16] 그런데 이 중 남명(南冥)에게 수학한 김효원(金孝元<103>)과 기대승(奇大升)에게 수학한 윤돈(尹暾<293>) 두 사람을 제외한 나머지 20명은 모두 위의 서울·경기 지역 사림파 선배들이 자체적으로 형성해 온 학통의 큰 흐름 속에 자리잡고 있음을 확인할 수 있다. 성혼은 조광조-백인걸 계열이었고, 노수신·김홍도·송언신·심희수는 이연경 계열이었으며, 남언기·허엽·홍인우·홍성민 등은 서경덕 계열이었다. 이성중·이순인·윤두수·이양원·박점 등은 유우-이중호 계열이었고, 유희춘·정지운·허성·허봉·구사맹·허충길 등은 김안국-김정국 계열이었으며, 윤근수는 김식-김덕수 계열이었다. 이처럼 서울·경기 지역 퇴계문인들은 여러 차례의 사화를 겪으면서 마땅한 구심점을 찾지 못하고 있던 이 일대 사림파 지식인 혹은 그 후예들이었다는 점에 일차적으로 중요한 특징이 있다.

2) 퇴계와의 친연성이 상대적으로 미약하다

서울·경기 지역 퇴계문인의 또 다른 한 특징은 이들이 수적으로 다수를 차지하고 있기는 하지만 퇴계와의 학문적 상관성 혹은 친연성은 이에 비해 상대적으로 미약하다는 점이다. 이와 같은 사실은 우선 이 지역 문인들 중 상당수가 초기 문인록에 등재되지 않았다가 후대에 추가되었다는 사실에서 일차적으로 짐작할 수 있다.

---

16) 앞의 표1에 제시한 급문관계 기록 참고.

  퇴계의 문인록은 창설재 권두경(蒼雪齋 權斗經 : 1654~1726)이 퇴계 사후 약 150여년 만에 급문제자 약 100여명 가량을 대상으로 처음으로 편찬하였다. 그리고 얼마 뒤 퇴계 6대손 청벽 이수연(靑壁 李守淵 : 1693~1748)이 창설재본의 한계, 즉 거리가 멀어서 잘 알지 못했거나 세상에 드러난 인물이 아니어서 미처 고증하지 못한 문인 약 60여 명을 추가해서 2차로 편찬하였다. 이 두 본은 퇴계문인 전체를 두루 다 수록하지는 못하였다. 그러나 경향 각지에 비교적 널리 알려진 중요 문인들은 대부분 포괄한 것으로 판단되며, 이 때문에 후대에 임의로 추가하거나 빼버린 다른 여러 급문록의 오류를 바로잡고 특정인의 문인으로서의 중요성을 가늠하는 기준으로 활용되었던 것이다.[17]『도산급문제현록변증』에서 이 두 본에 수록되지 않은 인물을 철저하게 조사하여 "설벽이록병불재(雪壁二錄幷不載)", 즉 "창설재와 청벽 두 본에 모두 수록하지 않았다"라고 낱낱이 밝혀 둔 것이 바로 그런 예이다.[18] 그런데 서울·경기 지역 문인 64명 중 약 1/3 정도에 해당하는 21명이 모두 이 두 본에 수록되지 않았다고 하였다.[19] 그러니까 서울·경기 지역 문인들 중 1/3은 처음 두 차례 문인록을 편찬할 당시까지 아예 등재 자체가 되지 않았을 정도로 그 중요성이나 학문적 상관성이 미약했다는 뜻이다.

  급문 관계가 명백하게 기록되지 않은 사람이 64명 가운데 19명이나 차지하고 있다는 점도 이런 측면에서 주목 할 만하다.『도산급문제현록』에는

---

17)『辨正錄』,「凡例」; "竊惟此本所稱引四家錄者, 其爲裒輯記載之例, 雖有詳略之不同, 然旣曰謹依原例, 而今此許多去取, 洵非四家之舊錄矣. 尙可謂之依例編印耶? 且就四家錄中, 尙論其世, 則雪壁二本, 稍爲近古, 而所錄不涉於煩冗, 噫! 卽此而先輩難愼之意, 居可知矣."

18) 이 두 본에 수록되지 않은 인물을 낱낱이 밝혀 기록해 놓은 것은 물론 그들이 후대에 추가된 인물임을 객관적으로 밝혀 두는데 일차적 목적이 있었던 듯하다. 그러나 정지운 유희춘 등 몇몇 사람들의 급문 여부를 시비하면서 蒼雪齋와 靑壁 두 本에 이름이 수록되지 않았다는 것을 가장 중요한 일차적 근거로 제시했던 것을 보면 특정인의 문인으로서의 중요성이나 及門의 진실성 與否에 대한 일정한 가치판단이 동시에 반영되어 있음을 분명히 감지할 수 있다.

19) 洪渾(31), 具思孟(45), 趙容(195), 尹卓然(196), 金忠男(200), 崔聃齡(204), 李純仁(208), 李大潤(227), 柳淇(234), 曺希章(241), 任喬臣(275), 李陽元(279), 尹斗壽(284), 沈義謙(285), 洪聖民(290), 尹暾(293), 兪大脩(296), 徐崚(298), 朴大立(300) 등이다. 권4 중반, 趙容(195) 이후에 수록된 서울·경기 지역 인물은 모두 해당한다.

특정인의 급문 사실을 유문·등문·수업·종학·사사 같은 직접적 표현이 나 질의·서질·알·종·배문 같은 간접적 표현을 통해 비교적 정확하게 기록해 놓았다. 그런데 서울·경기 지역 문인들 중에는 이런 기록 자체가 없거나 불분명한 사람이 19명이나 된다.[20] 예컨대 기록 내용이 비교적 많은 홍혼(洪渾<31>)의 경우 자 호 관향 성격 벼슬 행적 등을 자세하게 기술하면서도 급문과 관계되는 사실은 전혀 언급하지 않았다. 그리고 기록 내용이 비교적 간단한 조용(趙容<193>)·윤탁연(尹卓然<194>)·유기(柳淇<234>) 등은 모두 자·호와 관향 혹은 그 중 일부를 간단하게 언급하는 정도에 그쳤다. 물론 급문록의 기록 내용이 이렇다 해서 문인으로서의 진실성 여부를 가볍게 시비할 수는 없다. 그러나 적어도 퇴계와의 학문적 상관성이 상대적으로 약한 인물들임은 인정해야 할 것이다.

서울·경기 지역 문인들 가운데 문인 시비가 야기된 사람이 특히 많다는 점도 주목할 필요가 있다. 이것은 퇴계에게 입문하기 이전에 다른 스승에게서 공부한 사람이 22명이나 되고, 초기에는 등재되지 않았다가 후대에 추가된 사람이 1/3에 이른다는 데서 일정하게 예상할 수 있는 일이다. 그런데 변증록이나 여타 기록을 살펴보면 이와 같은 문인 시비가 정식으로 제기된 예를 실제로 적지 않게 발견할 수 있다. 먼저 정지운(1)의 예를 들어보자.

> 공의 성명은 창설재의 급문제자록에 들어있지 않다가 諸家의 기록에 처음 나타나서 이미 의아한 점이 없지 않고, 퇴계 선생 문집을 참고해 보아도 분명히 급문한 實跡이라고 할 수 있는 근거가 없는데, 이 또한 어떻게 절충해 낸 것인가? 일찍이 息山 李萬敷公이 편찬한 『道東編』과 『陶山手帖跋』을 보니 공을 언급하면서 한 곳에서는 朋友의 반열에 있었다고 하였고 한 곳에서는 思齋 金正國의 문인이라 하였다. 또 思齋의 喪에 공이 心喪 3년을 행하였다는 것이 諸家의 기록에 두루 나오니, 이것이 믿을 수 있는 분명한 증거가 아닌가?

---

20) 鄭之雲(1), 申沃(9), 洪渾(31), 成渾(71), 許曄(75), 金弘度(76), 呂世潤(160), 李光軒(170), 趙容(195), 尹卓然(196), 金忠男(200), 崔聯齡(204), 柳淇(234), 任羆臣(275), 沈議謙(285), 洪聖民(290), 徐崦(298), 朴大立(300) 등이 그런 사람이다.

이미 결정하지 못할 의혹이 있는데다가 또 믿을 수 있는 증거까지 있다면 문
인록 등재 여부도 또한 살펴서 신중하게 했어야 할 것이다.[21]

이것은 추만(秋巒) 정지운(鄭之雲)의 문인록 등재 여부를 정식으로 문제삼
은 것인데, 퇴계와의 나이 차이(8세 연하)와 이만부(李萬敷)의 기록 등을 참
고해 보면 김정국(金正國) 문인으로 변정한 이 글의 견해가 훨씬 설득력이
있어 보인다. 유희춘(柳希春)에 대해서도 마찬가지이다. 변증록에서는 그를
모재(慕齋) 김안국(金安國)의 문인으로 단정하고, 그를 문인록에 등재한 잘
못을 다음과 같이 공박하였다.

> 공의 성명은 창설재와 청벽본에 모두 실려 있지 않다. 그리고 퇴계 선생의
> 문집을 참고해 보아도 또한 及門한 실재 흔적을 찾아볼 수가 없다. 가만히 생
> 각건대, 공은 經術과 文章으로 조정에 곧은 절의를 드높이고 후학들에게 잃었
> 던 正道를 가르쳐 주어 한 시대의 우뚝한 큰선비가 되었다. 따라서 만일 陶山
> 의 제자였다면 公的·私的으로 마땅히 여러 번 편지가 있어야 할 것이다. 편
> 지는 淵源을 밝혀주는 것이거늘 한 마디도 증거 할 것이 없는데, 이제 삼백 년
> 뒤에 오직 아름답게 꾸며 편찬하기를 의도하였구나. 스승이다 제자다 하는 것
> 은 그 나뉨이 분명하여 후대 사람이 감히 억지로 정할 것이 아니거늘, 이 책을
> 편찬한 이들이 함부로 섞어 넣었다.[22]

유희춘(1513~1577)은 원래 전라도 해남 출신으로 서울 사람이 아니다. 그
러나 관직에 진출하면서 주로 서울에서 생활하였고, 서울 지역 문인인 구

---

21)『陶山及門諸賢錄辨訂』권1,「鄭之雲」;"且公之姓諱, 不槪於蒼雪錄, 始見於諸家本, 已不
無訝惑, 而參考老先生集中, 亦未有端的可據爲及門之實蹟者, 是將惡乎取衷歟? 嘗觀息山李
公萬敷所撰次道東編及陶山手帖跋, 稱說公處, 一則曰在朋友之列, 一則曰金思齋門人, 且思
齋之喪, 公爲之心喪三年, 雜出於諸家記述, 此獨非徵信之明驗乎? 旣有不決之惑, 又有可信
之證, 則入錄與否, 亦在所審慎也."

22)『陶山及門諸賢錄辨訂』권1,「柳希春」;"公之姓諱, 雪壁二錄幷不載, 而參攷老先生本集,
亦未見及門之實蹟, 竊念, 公以經術文章, 抗直節於淸朝, 指迷途於來學, 蔚然爲一代宏儒, 如
果是陶山之徒弟也. 公私紀述, 當有屢書不一, 書者, 于以明淵源之所自, 而顧無一言可徵, 今
於三百年後, 惟意粧撰, 夫曰師曰弟, 其分截然, 有非後人之敢加勒定, 而纂輯此本者, 輒用
攙錄."

사맹·허성·허봉 등이 그의 문하로 되어 있어서 특별히 주목되는 인물이 었는데, 변증록에서는 위와 같이 그를 근거 없이 함부로 급문록에 등재시켰다고 맹렬하게 공박하였던 것이다.

기타 홍인우(洪仁祐<7>)에 대해서는 한백겸(韓百謙)이 지은 행장에 도의교(道義交)라고 했던 말에 근거하여 급문한 사람이 아닌 듯하다고 하였고[23], 허충길(許忠吉<13>)에 대해서는 허씨보(許氏譜)에서 "김안국에게 수업하였다"라고 한 기록을 끌어와 급문 사실을 시비하였다.[24] 구사맹(具思孟<45>)은 미암(眉巖) 유희춘(柳希春) 문인이라고 명시하였고,[25] 허엽(許曄<75>)은 서경덕의 문인으로서 퇴계 당시의 급문자(及門者)가 아니라고 하였으며,[26] 남언기(南彦紀<127>)도 서경덕 문인이라고 단정하였다.[27] 심희수(沈喜壽<130>)는 신도비를 인용해서 노수신(盧守愼) 문인이라 하였고,[28] 허성(許筬<142>)은 김세렴(金世濂)이 지은 묘갈명을 인용하여 유희춘 문인이라 하였다.[29] 성혼(成渾<71>)과 이이(李珥<72>)는 "퇴계를 지극히 존경하기는 하였지만 스스로 직계 제자를 자처하지는 않은 사람"[30]이라 하였는데, 실재 이정구(李廷龜)가 지은 성혼의 행장에는 백인걸 문하에서 배웠다고만 했을 뿐[31] 퇴계

---

23) 『陶山及門諸賢錄辨訂』 권1, 「洪仁祐」; "久菴韓公百謙, 撰荷衣公行狀, 有曰, 公往嶺南, 謁退陶穌齋兩先生而請學, 兩先生, 耻齋公道義交也. 觀於道義交之語, 則似非及門之賢."

24) 『陶山及門諸賢錄辨訂』 권1, 「許忠吉」; "許氏譜曰, 公受業於慕齋金先生, --- 慕齋臨終, 授以心經附註, --- 許氏譜, 其族姓李公, 錄其師友, 有非後人傳聞之比, 而此本書以及門, 又以登文科書之, 抑何所攷据耶?"

25) 『陶山及門諸賢錄辨訂』 권2, 「具思孟」; "謹按, 公贈領相淳子, 居京, 生嘉靖辛卯, 眉巖門人."

26) 『陶山及門諸賢錄辨訂』 권2, 「許曄」; "蓋公, 以高才淹識, 蚤歲從遊於花潭履素二公門, 學殖日富, --- 雖非當日之及門, 苟爲援入於是錄, 何不一例記載."

27) 『陶山及門諸賢錄辨訂』 권3, 「南彦紀」; "謹按, 公一字季憲, 又號竹林, 東岡彦經弟, 花潭徐文康公門人."

28) 『陶山及門諸賢錄辨訂』 권3, 「沈喜壽」; "謹按, --- 公神道碑銘曰, 幼襲贊成公之訓, 長遊穌齋之門."

29) 『陶山及門諸賢錄辨訂』 권4, 「許筬」; "東溟金文康公世濂, 撰墓碣銘曰, 少師柳眉巖, 而得家庭之訓最多."

30) 李佑成, 「韓國 儒學史上 退溪學派의 形成과 그 展開」, 『韓國의 歷史像』, 창작과 비평사, 1982, 91쪽.

에게 급문한 사실을 전혀 언급하지 않았고, 김장생(金長生)이 지은 율곡의
행장에도 율곡의 학문은 자득한 것이라고 하면서 퇴계와 토론한 사실만 적
시했을 뿐 수학한 행적을 명시하지 않았다.[32] 이 외에 김홍도(金弘度〈76〉)·
허봉(許篈〈143〉)·이양원(李陽元〈279〉)·윤두수(尹斗壽〈284〉)[33] 등 64명 중
14명이 이런 문인 시비가 있었던 것으로 확인된다.

이와 같이 서울·경기 지역 문인들은 수적으로는 예안·안동 못지 않을
만큼 중요한 비중을 차지하였지만, 실재 그 실상에 있어서는 초기 문인록
에는 기재도 되지 않은 사람과 문인 여부를 정확하게 기록해 두지 않은 사
람이 각각 1/3씩이나 되고, 비교적 널리 알려진 정지운·허엽·성혼·이
이·허봉·이양원·윤두수 등이 모두 문인 시비에 휘말리는 등 퇴계와의
학문적 친연성은 그 수에 비해 상당히 미약했던 것이 분명하다.

3) 학자보다 관료문인적 성향이 농후하다

서울·경기 지역 문인들은 퇴계의 학문적 논리를 계승하고 발전시키는
학자형 보다 벼슬에 진출해서 일생을 관료로 일관한 관료 문인형이 대부분
이었다는 점에 또 다른 중요한 특징이 있다. 이 점은 우선 이 지역 문인들
가운데 벼슬을 단념하고 학문에 침잠하였다고 한 예를 거의 찾아볼 수 없

---

31) 『牛溪集』(『韓國文集叢刊』43), 「行狀」, 285쪽 ; "十七發解司馬兩試, 而仍有疾, 不赴覆試,
　　自此絶意科業, 專精學問, 白獻納仁傑, 以言獲罪, 居坡庄, 先生請業焉."

32) 『栗谷全書』Ⅱ(『文集叢刊』45), 「行狀」; "專心吾道, 著自警文, 一以聖賢爲準則, 敬義挾持,
　　知行竝進, 不由師承, 自得其妙---二十三歲, 謁退溪先生于陶山, 問主一無適應事接物之要,
　　厥後, 往來書札, 辯論居敬窮理及庸學輯註聖學十圖等說, 退溪多捨舊見而從之."

33)　金弘度(76)는 「변증록」에서 "『退書攷證』에 盧守愼 문인이라고 하였다"고 하였다. 許篈
　　(143)은 그 동생 허균이 지은 연보에서 퇴계에게 수학한 사실을 전혀 언급하지 않았고, 『문집
　　총간』의 「荷谷集解題」나 『한국학대백과사전』에 모두 柳希春의 문인으로 밝혀 놓았으며, 실
　　재 定州에 있을 때 유희춘의 외조부 崔溥의 『漂海錄』을 간행하여 특수 관계임을 짐작할 수
　　있다. 李陽元(279)은 사위 成泳이 지은 행장에 "학업을 스스로 이루었고, 어려서 李仲虎에게
　　수학하였다"고 하면서 퇴계에게 급문한 사실을 전혀 거론하지 않았고, 尹斗壽(284)도 崔岦이
　　지은 신도비에 "일찍이 성수침에게서 大義를 익혔고, 李仲虎에게 질의하였다"라고 하면서 퇴
　　계에게 급문한 사실을 전혀 언급하지 않았다.

다는 데서 일차적으로 확인할 수 있다.

주지하다시피 『도산급문제현록』에는 특정인이 과거를 포기하고 학문에만 몰두하였다고 한 경우가 많이 있다. 예컨대 권호문(權好文〈63〉)이 "사마시(司馬試)에 합격하였으나 33세 때 어머니 상(喪)을 마치고는 탄식하면서 '뜻을 굽혀 과거시험에 응시한 것은 어머니가 계셨기 때문이지만 이제 무엇 하러 과거 공부를 하겠는가'라고 하고는 이때부터 청성(靑城)에 자리잡고 살면서 후학들을 가르쳤다. 재랑(齋郎)에 임명하였으나 부임하지 않았고, 약포(藥圃) 백담(栢潭) 등 여러분들이 그를 공경해서 추천하고자 하였으나, 그는 자신이 지은 한거록(閒居錄)을 보여주면서 거절의 뜻을 드러내었다"[34]라고 한 것이 그런 예이다. 이런 예는 낱낱이 다 조사해 보지는 않았지만 김부필(金富弼〈36〉)·김락춘(金樂春〈43〉)·유운룡(柳雲龍〈82〉)·변성진(卞成振〈91〉)·정구(鄭逑〈110〉)·백견룡(白見龍〈147〉)·황기로(黃耆老〈237〉) 등 곳곳에서 쉽게 발견할 수 있다. 그런데 서울·경기 지역 문인 중에는 이렇게 벼슬을 단념하고 학문에만 침잠하였다는 예를 거의 찾아볼 수 없다. 정지운(鄭之雲〈1〉)·성혼(成渾〈71〉)·김희우(金希禹〈156〉) 등 세 사람에 대해서만 은둔에 힘쓰거나 위기지학(爲己之學)에 뜻을 두었다고 하였는데, 정지운과 성혼 두 사람이 문인 시비가 있음을 감안하면, 이런 학자형 인물이 이 지역에는 거의 없었던 셈이다. 반면 문과 급제자 비율은 다른 지역과 비교할 수 없을 정도로 높았는데, 이것은 이들이 전반적으로 관료 지향적이었음을 단적으로 증명하는 것이다.

≪표4≫ 문과에 급제한 문인 명단

李湛(2) 李楨(3) 崔應龍(5) 盧守愼(6) 柳希春(11) **許忠吉(13)** 黃俊良(14) 朴

---

34)『陶山及門諸賢錄』권2,「權好問」; "中司馬, 三十三喪母服闋, 歎曰, 屈志場屋, 爲母在也. 今安用擧業爲也. 自是卜居靑城, 獎勉後學, 除齋郎不赴, 藥圃栢潭諸公, 雅敬公, 欲推轂, 公示所著閒居錄以見志."

承任(15) 黃應奎(19) **金德龍(21)** 吳健(24) 金克一(27) 孫英濟(28) 朴淳(29) **洪渾(31)** 金宇宏(33) 金八元(42) **金德鵬(44) 具思孟(45)** 鄭芝衍(47) 具鳳齡(48) **金就礪(49)** 鄭琢(50) 奇大升(53) 鄭惟一(64) 權宣(66) 裵三益(68) 權文海(69) **李珥(72) 尹根壽(74) 許曄(75) 金弘度(76)** 金命元(76) 金誠一(79) 鄭崑壽(81) **李誠中(83)** 權春蘭85) 金玏(86) 金宇顒(87) 吳澐(89) 金復一(94) 柳成龍(98) **禹性傳(101) 宋言愼(102) 金孝元(103) 朴漸(104)** 丁胤禧(105) **李敬中(108)** 曹光益(111) **金悌甲(113) 金晬(115) 李養中(116)** 李憙(119) 金澤龍(128) **沈喜壽(130)** 邊永淸(133) **柳根(136) 洪迪(138)** 申湜(141) **許筬(142) 許篈(143) 金泰廷(146) 成洛(148)** 高應陟(155) 文命凱(165) 安霙(166) **李光軒(170) 金鐩(184)** 金啓(188) 崔顥(189) 周博(190) **尹卓然(196) 李純仁(208)** 李好敏(210) 金玄度(211) 權洙(217) 李閱道(260) **任蕭臣(275) 李陽元(279) 尹斗壽(284) 沈義謙(285)** 宋鉉(286) **洪聖民(290)** 曹大中(292) **尹暾(293) 兪大脩(296)** 朴民獻(297) **徐崦(298) 朴大立(300) 서울41명/전체89명**

위의 표는 『도산급문제현록』과 변증록 등을 검토하여 퇴계문인 중 문과에 급제한 사람의 명단을 조사하여 제시한 것인데, 짙게 표시한 사람들이 모두 서울·경기 지역 문인들이다. 퇴계문인 310명 중 문과에 급제한 사람은 위와 같이 전체의 약 28% 가량인 89명 정도로 파악된다. 그런데 이 중 거의 절반에 해당하는 41명이 모두 서울·경기 지역 문인들이었다. 그러니까 서울·경기 지역 문인은 그 절대 수에 있어서는 전체 310명의 약 20%(64명)에 불과하였지만, 문과 급제자의 수에 있어서는 전체 89명의 약 46%(41명)를 차지하였으며, 전체 문인의 평균 문과 급제자 비율이 28% 정도였음에 비하여, 서울·경기 지역 문인의 문과 급제자 비율은 64명 중 41명 즉 전체의 65%나 되었던 것이다. 이와 같은 사실은 시호를 받은 사람과 대제학을 지낸 사람을 조사한 결과에서도 비슷하게 나타났다.

≪표5≫ 시호, 대제학 관련 문인 명단

시호를 받은 사람(20/38) ; 盧守愼(6) 柳希春(11) 朴淳(29) 金富弼(36) **具思**

孟(45;文懿) 鄭芝衍(47) 具鳳齡(48) 鄭琢(50) 朴光前(52) 奇大升(53) **成渾 (71;文簡) 李珥(72;文成) 尹根壽(74;文貞) 許曄(75;文簡) 金命元(76;忠翼)** 金 誠一(79) 鄭崐壽(81) **李誠中(83;忠簡)** 金玏(86) 金宇顒(87) 洪可臣(93) 柳成 龍(98) **禹性傳(101;文康) 宋言愼(102;榮襄)** 李敬中(108) 鄭述(110) 曹好益 (112) **金悌甲(113;文肅) 金睟(115;昭懿) 沈喜壽(130;文貞) 柳根(136;文靖) 尹卓然(196;憲敏)** 李好敏(210) **李陽元(279;文憲) 尹斗壽(284;文靖) 沈義謙 (285;忠惠) 洪聖民(290;文貞) 尹暾(293;孝貞)**

　대제학을 지낸 사람(6/9) ; 朴淳(29) **李珥(72) 尹根壽(74)** 柳成龍(98) **沈喜 壽(130) 柳根(136)** 李好敏(210) **李陽元(279) 洪聖民(290)**

　위의 ≪표5≫는『도산급문제현록』과 변증록을 검토하여 시호를 받은 사 람과 대제학을 지낸 사람을 따로 검증하여 그 명단을 제시한 것이다.[35] 이 를 보면 퇴계문인 중 시호를 받은 사람은 대략 38명 정도였음을 알 수 있 는데, 이 가운데 서울·경기 지역 문인이 그 절반이 넘는 20명을 차지하였 다. 그리고 대제학을 지낸 9명 가운데서도 박순(朴淳<29>)·유성룡(柳成龍 <98>)·이호민(李好敏<210>) 세 사람을 제외한 나머지 여섯 명이 모두 서 울·경기 지역 문인이었다. 그러니까 문인의 절대 수는 전체의 20% 정도 였지만 시호를 받은 사람은 전체의 53%, 대제학을 지낸 사람은 전체의 67%를 서울·경기 지역 문인들이 차지하였던 셈이다. 이처럼 서울·경기 지역 퇴계문인들은 그들이 퇴계문인 전체에서 차지하는 수적 비중에 비하 여 문과 급제자나 대제학을 지낸 인물 및 시호를 받은 사람의 수가 압도적 으로 많았는데, 이것은 이 지역 문인들이 전반적으로 관료 지향성이 강하 였음을 단적으로 드러내는 것이다.

　이 지역 문인들 가운데 학자형 보다 관료문인형이 지배적이라는 사실은 그들이 남긴 문집과 저술 내용을 검토해 보아도 확연히 드러난다. 이 지역

---

35) 이것은 김종석의『退溪學의 理解』, 일송미디어, 2001, 196쪽에 제시된 통계를 참고하였는데, 김종석의 연구에는 당초『도산급문제현록』에 수록되지 않은 南冥 문인 李山海와 牛栗문인 鄭澈 등을 포함시키고 있으나, 그 근거를 확인할 수가 없어서 여기서는 삭제하였다.

문인들 중 현재 문집이나 저술이 파악되는 사람은 약 22명 정도이다. 문집
만 있는 사람이 성혼·허엽·이성중·김효원 등 10명이고, 저술만 있는
사람이 정지운·이함형·우성전·조진 등 4명이며, 문집과 저술이 함께 있
는 사람이 홍인우·이이·윤근수·송언신 등 8명이었다. 그 내용을 『도산
급문제현록』의 수록 순서에 따라 간략하게 정리하여 제시하면 다음과 같다.

번호	이름	문집	저술	문집내용
001	鄭之雲	불분명	天命圖說	
007	洪仁祐	恥齋遺稿2권	關東日錄	권1;詩8수, 策2, 書13, 行狀2, 권2;日錄
012	李咸亨	불분명	心經釋義 朱子書講錄	
071	成渾	牛溪集12권	불분명	권1;시, 권2-3;章疏, 권4-5;書, 권6;雜著, 續1;시, 續2;章疏, 續3-5;簡札 續6;잡저
072	李珥	栗谷全書38권		권1;辭賦 詩, 권2;詩, 권3-7;疏箚, 권8;啓議, 권9-12;書, 권13;應製文序 跋 記 권14;說 箴銘 祭文 雜著, 권15-16;雜著, 권17-18;墓碑銘, 권19-26;聖學輯要, 권27;擊蒙要訣, 권28-30;經筵日記, 권31-32;語錄, 권33-38;附錄;世系 年譜 門人錄 行狀 碑誌 등, 拾遺1;詩 202수, 拾遺 2-3;각종 문장, 拾遺4-5;雜著
074	尹根壽	月汀集12권		권1-3;시. 권4;箚子 啓辭 疏, 권5;序 記 書. 권6;墓碑, 권7;祭文 哀詞, 朝天錄;중국기행시. 습유;칠언율시. 별집4권2책 중 별집1;朱陸論難 별집2;韓文吐釋, 별집3;漫錄, 별집4;皇朝名臣
075	許曄	草堂集1책	불분명	시12제, 각종 문 15편, 부록
083	李誠中	坡谷遺稿1책	불분명	각종 시;382수, 表2, 碑銘1, 書9
101	禹性傳	불분명	論啓蒙太極圖	喪禮問答, 癸甲錄, 易說, 理氣說
102	宋言愼	壺峯集	聖學指南	내용 미확인
103	金孝元	省庵遺稿2권	불분명	권1;詩 181수, 권2;賦1 기타 각체 문장13

				편, 부록에 言行錄 景行錄 각1
113	金悌甲	毅齋遺稿2권	불분명	권1;시21 書4 祭文2, 권2;부록;세계 연보 행장 제문 등
117	趙 振	불분명		溪門喪祭問答
130	沈喜壽	一松集8권	불분명	권1-4;詩, 권5-7;箚議, 권8;祭文 碑誌 遺稿;대부분 시
136	柳 根	西坰集8권	續靑丘風雅	권1-4;시. 권5;敎 表 策 箋 儷文雜著 권6; 序 記 跋 書. 권7;碑銘 行狀. 권8;疏箚
138	洪 迪	荷衣遺稿	불분명	내용 미확인
142	許 筬	嶽麓集2권	불분명	권1;각종 시(八音 향렴 등), 권2;書 上疏 墓碣 行狀
143	許 篈	荷谷集		荷谷詩抄;각종 시 290수. 雜著補遺;각종 문장, 조천록;중국기행문 기타 儀禮刪注 讀易管見 夷山雜述 지었다 함.
196	尹卓然	重湖集	癸巳日錄	
208	李純仁	孤潭逸稿5권	불분명	권1-2;시, 권3;문, 권4;부록(시, 잡저). 권5; 가장 행장 등.
279	李陽元	鷺渚遺事	불분명	
284	尹斗壽	梧陰遺稿		3권 권1-2;시, 권3;문, 기타 箕子志, 延安誌, 平壤誌, 成仁錄 지었다 함.

위에 제시한 내용을 살펴보면 문집을 남긴 18명 가운데 성혼(12권)·심희수(8권)·이순인(5권)·이이(18권)·윤근수(12권)·류근(8권) 등 6명을 제외한 나머지 12명은 문집 규모가 5권 미만으로 대단히 소략함을 알 수가 있다. 그리고 내용도 시와 기, 발, 서, 비지 등 일상적인 잡문장이 대부분이었다. 홍인우의 『치재유고(恥齋遺稿)』는 시문과 일록(日錄)이 각 1권이었고, 허엽의 『초당집(草堂集)』은 시문 몇 편을 제외하면 모두 제가의 글을 수습해 놓은 것이었으며, 이성중의 『파곡유고(坡谷遺稿)』는 문장 3편과 편지 9편을 제외하면 모두 시였다. 김효원의 『성암유고(省庵遺稿)』와 허성의 『악록집(嶽麓集)』도 시가 대부분이고, 윤두수의 『오음유고(梧陰遺稿)』도 시가 2

권 문이 1권이었으며,『기자지(箕子志)』,『연안지(延安誌)』,『평양지(平壤誌)』 등은 지지류(地誌類)였다. 전체적으로 시와 일상적 문장이 대부분이고 깊은 철학적 사유를 반영한 잡저류는 거의 없었던 것이다.

이런 사정은 문집이 5권 이상인 경우에도 큰 차이가 없었다. 윤근수(尹根壽)의『월정집(月汀集)』은 전체 12권 중 권1-3, 3권과『조천록(朝天錄)』1권,『습유(拾遺)』1권 등이 모두 시였고, 별집1권은 한퇴지 문장의 주석서(韓文吐釋), 또 다른 별집 1권은 ≪월정만록(月汀漫錄)≫이란 시화서였다. 나머지는 대부분 일상적 문장이었고, 주자학과 관련된 학적 관심은『주륙론난(朱陸論難)』1권 정도에 불과하였다. 심희수(沈喜壽)의『일송집(一松集)』은 전체 8권 중 권1-4는 시, 권5-7은 차의(箚議), 권8은 제문과 묘도문자(墓道文字)였고, 뒷부분에 첨부된 유고도 서문 2편을 제외하면 모두 시였다. 유근의『서경집(西坰集)』8권도 그 절반에 해당하는 권1-4의 4권이 모두 시였고, 나머지는 모두 일상적 잡문장이었으며, 병려문에 대한 관심을 집약하여『여문잡저(儷文雜著)』를 편찬하고, 김종직의『청구풍아(青丘風雅)』이래 조선 성종 때부터 선조 연간에 이르는 한시를 선집하여『속청구풍아(續青丘風雅)』 7권을 편찬하기도 하였다. 그러나 퇴계의 가장 주요한 학적 관심이었던 경학과 성리학에 대해서는 볼만한 업적을 찾아보기 어려웠다.

이렇게 따져 나가면 서울·경기 지역에서 퇴계와 학문적 관심사를 공유하면서 나름대로 볼만한 업적을 남긴 사람으로는『천명도설(天命圖說)』을 지은 정지운,『심경석의(心經釋義)』와『주자서강록(朱子書講錄)』을 지은 이함형, 잡저와 서간문 속에 비교적 높은 수준의 이론을 기술하고 있는 성혼,『성학집요(聖學輯要)』·『격몽요결(擊蒙要訣)』·『경연일기(經筵日記)』등을 남긴 이이,『논계몽태극도(論啓蒙太極圖)』·『상례문답(喪禮問答)』, ≪역설(易說)≫·≪이기설(理氣說)≫ 등을 지은 우성전,『의례산주(儀禮刪注)』·『독역관견(讀易管見)』·『이산잡술(夷山雜述)』등을 지은 허봉, 기타『성학지남(聖學指南)』을 지은 송언신과『계문상제문답(溪門喪祭問答)』을 지은 조진(趙振) 정도로 압축되는데, 이 여덟 명 가운데서도 정지운·성혼·이이·허봉 등 절반이 문인 시비가 있어서, 전반적으로 강한 관료문인적 지향성을 지니고 있었음을 확인할 수 있는 것이다.

4. 맺음말 : 후대적 계승 문제

앞에서 본고는 서울·경기 지역 퇴계문인들이 그 수에 있어서는 경상북도 지역 다음으로 중요한 비중을 차지하고 있었다는 사실을 확인하였다. 그리고 이들이 대체로 퇴계 이전에 이 일대에서 강학 활동을 해 온 사림파 선배 학자들의 학맥과 깊이 연계되어 있었고, 수적 비중에 비하여 퇴계와의 학문적 친연성은 상대적으로 대단히 미약하였으며, 전체적으로 학자형보다 관료문인적 경향성이 농후하였음을 밝혔다.

이런 특징 때문에 서울·경기 지역 문인들은 퇴계가 세상을 떠난 이후 곧 이어 전개된 동서분당과 남북 대립 및 이와 깊이 얽혀 전개된 복잡한 학파의 분화 관계 속에서 동문으로서의 결속력과 동질성을 상실하고 점차 김성일·유성룡·정구 등 영남 지역 남인정파와는 확연히 구별되는, 오히려 이들과 심각한 대립각을 형성한 성혼·이이·김장생·김상헌 등 기호지역 우율학맥 중심의 서인 노론계 일원으로 편입 고착되는 경향을 보인다.

주지하다시피 1575년(선조8) 김효원과 심의겸 사이에 전랑직(銓郎職)을 두고 불화가 일어나서 사류들이 크게 동서로 양분될 때 유성룡(柳成龍)·김성일(金誠一)·정구(鄭逑)·정인홍(鄭仁弘)·남이공(南以恭)·김우옹(金宇顒)·최영경(崔永慶)·곽재우(郭再祐) 등 퇴계와 남명의 학통을 계승한 영남 지역 주요 인물들은 주로 동인의 입장에 있었고, 김계휘(金繼輝)·박응남(朴應男)·이귀(李貴)·정엽(鄭曄)·정철(鄭澈)·황신(黃愼) 등 이중호(李仲虎)와 우계(牛溪) 율곡(栗谷) 학맥을 계승한 기호지역 주요 인물들은 서인의 입장에 있었다. 이때 서울·경기 지역 퇴계문인들 중 허엽(許曄)·우성전(禹性傳)·허봉(許篈)·이성중(李誠中) 등 일부는 영남 지역 문인들과 같은 입장을 취하였지만, 성혼·이이를 비롯하여 심의겸(沈義謙)·윤두수(尹斗壽)·윤근수(尹根壽)·구사맹(具思孟)·박순(朴淳)·남언경(南彦經) 등 이 지역에서 학문적으로 비중이 높았던 대부분의 문인들은 서인 세력의 중심 인물이 되거나 그 일원으로 편입되었다.

동서로 분당된 이후 서인의 입장에 섰던 서울·경기 지역 문인들은 영남 지역 문인들과는 전혀 다른 독자적인 사승관계를 구축하면서 이 일대 사류의 새로운 구심점을 형성하여 그 영역을 확장하였다. 예컨데 『도산급문제현록』에 등재되어 있는 이순인(208)과 김현도(210), 급문록에 등재되지는 않았지만 유성룡과 함께 수학한 이진(1536~1610)과 유대일(1572~1640) 등은 모두 다시 우계와 율곡의 문인으로 편입되었다. 윤근수는 서울 지역의 대표적인 문인이었지만 그 문하에서 김상헌(金尙憲)·조익(趙翼)·이정구(李廷龜)를 배출하고, 김상헌이 다시 송시열(宋時烈)·송준길(宋浚吉)·박세채(朴世采)를, 조익이 다시 서인의 대표적 인물인 유계(兪棨)를 배출하면서 기호 지역 서인 학맥의 한 구심점으로 고착되었다. 그들의 후예도 마찬가지다. 율곡의 조카 이경진(李景震), 윤두수의 아들 윤방(尹昉)·윤흔(尹昕)·윤휘(尹暉)·윤훤(尹暄), 윤돈(尹暾)의 손자 윤황(尹煌)과 그 아우 윤전(尹烇), 구사맹(具思孟)의 아들 구성(具宬) 등은 모두 우율문인(牛栗門人)이 되었고, 구사맹의 아들 구굉(具宏)과 손자 구인후, 윤돈의 증손 윤순거(尹舜擧)·윤문거(尹文擧)·윤선거(尹宣擧), 홍성민(洪聖民)의 손자 홍명하(洪命夏) 등은 모두 김장생·김집·김상헌의 문인이 되었다.[36]

특히 동서분당의 주역이었던 심의겸은 그 자신이 퇴계문인이고, 큰 형

---

36) 여기에서 열거한 인물들의 학맥상의 소속관계는 姜斅錫의 『典故大方』(明文堂, 1982)에 수록된 「儒賢淵源圖」에 기록된 인물들의 인적 사항을 개별적으로 확인하는 과정에서 찾아낸 것이다.

심인겸의 아내 구씨(具氏)도 퇴계문인 구사맹의 딸이었는데, 이후 작은조카 심경(沈憬)은 율곡 문인이 되고, 큰조카 심엄의 후손 심약기(沈若沂)는 김집과 송준길 문인이 되어[37] 퇴계문인의 후예가 우율학맥으로 편입되어 가는 한 전형을 보여주고 있다. 기타 김덕수(金德秀)의 손자 김흥우(金興宇)와 백인걸(白仁傑)의 외손 이춘영(李春英)이 우율문인이 되고, 김식(金湜)의 문인이었던 신영(申瑛)의 손자 신흠(1560~1628)과 황정욱의 외손 이후원(李厚源) 등은 김장생의 문인이 되며, 신흠의 아들 신익전(申翊全 : 1605~1660)이 김상헌 문인이 된 예 등을 보면 퇴계보다 앞서 서울·경기 지역 일대에서 강학 활동을 한 사람들의 후예도 점차 우율 계열의 서인 노론계 학맥으로 편입되었음을 알 수가 있다.

이처럼 서울·경기 지역 퇴계문인과 그 후예들은 당쟁이 격화되고 학파가 분화되는 복잡한 상황 속에서 대부분 영남 지역 주류 학맥을 탈피하여 오히려 이와 치열하게 대립한 서인 노론계 정파의 중심세력 혹은 그 일원으로 편입되었다. 그리고 당초 영남 지역 퇴계문인들과 동일한 입장을 견지해 왔던 동인계열의 허엽·우성전·허봉·이성중과 그 후예들도 건저의 사건(建儲議事件)과 관련된 정철의 처벌 문제를 두고 남북이 분당될 때 다시 뿔뿔이 흩어지고 말았다. 허엽과 그 아들 허봉은 허균이 북인에 가담하였다가 반역죄로 능지처참을 당하면서 온 집안이 거의 멸문을 당하였다. 허엽의 사위 우성전과 전주이씨 종실 이성중은 남인의 입장을 견지하다가 파직되었고, 두 사람 모두 임진왜란 때 병사한 뒤 그 학통을 계승할 뚜렷한 자손도 제자도 두지 못하였다. 그래서 퇴계의 직전제자를 중심으로 한 서울·경기 지역의 학맥은 사실상 광해군 당시의 북인 집권기를 거치면서 거의 끊어지게 되었던 것이다.

사정이 이러했기 때문에 후대 이 지역에서 다시 대두한 근기남인학파는

---

37) 沈義謙 집안의 계보와 급문사항은 『韓國系行譜』(寶庫社, 1992), 1586~1589쪽에 수록된 靑松沈氏 관련 조항 참고.

서울 · 경기 지역 자체의 퇴계학맥을 계승하는 바탕 위에서 성립된 것이 아니라 영남 지역 주류학맥과 다시 재접목됨으로써 나타나는 특이한 형국을 보여주게 되었다. 예컨대 근기남인의 대표적 인물인 허목의 경우 증조부 허자(許磁)는 김안국 문인이었고, 아버지 허교(許喬)는 서경덕 계열의 박지화(朴枝華) 문인이었다. 그런데 허목 당대에 와서 비로소 서울 · 경기 지역 퇴계학맥과 전혀 상관없는 영남 지역 한강학맥(寒岡學脈)과 연결됨으로써 새로운 남인세력의 대표주자로 부상하였다. 윤휴도 마찬가지다. 윤휴의 증조부 윤자관(尹子寬)은 조광조 문인이었고, 조부 윤호(尹虎)는 이중호 문인이었으며, 아버지 윤희손(尹喜孫)은 서경덕 문인이면서 당초 소북계열이었던 민순(閔純)에게서 수학하였다. 윤휴도 처음에는 이런 가학을 계승하였는데, 기해예송(己亥禮訟) 이후에 비로소 허목과 함께 남인의 대표적 인물로 부상하였던 것이다. 이익은 학통상 맥락이 정확하게 확인되지는 않는다. 그러나 증조모 윤씨가 서인의 중심 인물로 입지를 굳힌 윤두수, 윤근수의 조카 윤현(尹晛)의 딸이었던 점을 감안하면 그 역시 선대에는 서인계 학맥 쪽에 가까웠을 것으로 보인다. 그런데 숙종 때 아버지 이하진(李夏鎭)이 허목을 두둔하다가 진주목사로 좌천되고, 둘째형 이잠(李潛)이 서인계 인물들에게 역적으로 몰려 옥사한 뒤, 경기도 광주 첨성리에 은거하면서 비로소 영남 지역 주류 학맥과 교유를 확대하여 새롭게 남인계의 대표적 학자로 부각되었던 것이다.

이처럼 서울 · 경기 지역의 퇴계문인은 동서분당을 거치면서 이미 서인계의 중심 인물이나 그 일원으로 변신하였고, 영남 지역 주류 문인들과 견해를 같이했던 일부 동인계 문인들조차도 대부분 남북분당과 북인정권기를 거치면서 그 학문적 입지와 전통을 상실하였다. 이 때문에 숙종조 이후의 근기남인학파는 서울 · 경기 지역 자체 내의 퇴계학맥을 계승하지 못하고 영남 지역 주류 학맥과 다시 재접목되어 나타나는 양상을 보여주었던 것이다.

[경북대학교 한문학과 교수 황위주]

참고문헌

姜斅錫,『典故大方』, 明文堂, 1982.
未 　詳,『陶山及門諸賢錄辨訂』.
朴能緒,『韓國系行譜』, 寶庫社, 1992.
成 　渾,『牛溪集』,『韓國文集叢刊』43, 민족문화추진회.
李 　珥,『栗谷全書』,『韓國文集叢刊』45, 민족문화추진회.
李忠鎬,『陶山及門諸賢錄』, 1914년 간행본.
李忠鎬,『陶山及門諸賢錄』, 1916년 간행본.
李忠鎬,『陶山及門諸賢錄』, 1922년 간행본.
河謙鎭,『東儒學案』, 中和堂, 1962.
金光淳,『註解 退溪先生年譜』, 경북대학교 퇴계연구소, 1992.
金鍾錫,『退溪學의 理解』, 일송미디어, 2001.
李樹健,「朝鮮後期 嶺南과 京南의 提携」,『李佑成敎授定年紀念論叢』, 1990.
李佑成,『韓國의 歷史像』, 창작과 비평사, 1982.

성호 이익의 기자 인식

1. 머리말

조선후기 지식인의 기자 인식은 자국 문화의 기원을 탐색하는 작업인 동시에 경서와 역사서에 대한 새로운 해석을 필요로 하는 작업이었다. 은(殷) 말기의 유민으로 주(周)나라 무왕(武王)에게 홍범(洪範)을 전해주고 조선에 봉(封)해진 기자의 행적과 정전(井田), 홍범의 제도적 실상에 관한 것은 『상서』·『주례』·『논어』·『맹자』·『사기』·『한서』 등에 기록되어 있었는데, 문제는 이들 기록이 서로 일치하지 않는다는 데에 있었다. 조선의 지식인들은 유교 경서와 중국의 역사서를 학습하는 가운데 기록 사이에 상충되는 점을 정합적으로 해석하려고 하였고, 그런 과정에서 독창적인 해석도 나타났다.

조선의 지식인들이 기자의 행적, 정전, 홍범을 새롭게 해석할 수 있었던 까닭은 기자가 자국의 역사와 밀접한 관련이 있는 인물인데다 기자 정전의 유제로 이해되는 기전(箕田)이 조선후기까지 평양에 남아 있다고 믿었기 때문이다. 또한 이들은 조선의 문화적 유산이 기자가 조선으로 이주하면서 그와 함께 중국에서 전래된 것이며, 자신들의 의복과 머리 장식, 풍습에서도 삼대(三代)의 제도를 찾을 수 있다고 생각했다.

성호 이익(1681~1763)은 기자의 행적과 제도를 독자적으로 해석한 조선후기 지식인 중의 한사람이다. 그는 조선이 이미 단군 때부터 순(舜)을 통해 중국의 고대 문화와 접촉했고, 기자가 조선으로 온 이후로는 은(殷), 주(周), 진(秦), 한(漢)의 제도가 계속해서 조선으로 전해진 것으로 이해하였다. 또한 그는 기자를 중심으로 하여 기자조선에서 마한으로 이어지는 역사적 정통론을 수립하고, 문화국가인 조선에서 공자의 동주(東周)가 실현될 기회가 있었던 것으로 파악했다.

이하 본고에서는 이러한 이익의 기자 인식을 정리하고 그 의미를 고찰해 보기로 하겠다.

2. 단군과 중국문화

이익은 단군에 관한 고기(古記)의 기록을 불신하는 입장이었다. 그는 『여지승람(輿地勝覽)』에 수록된 기사를 인용하면서 환인과 환웅, 단군과 해모수의 관계에 대한 기사에 모순이 있음을 지적하고, 고기류의 기록은 황당무계하여 믿기 어렵다고 주장했던 것이다.[1] 그렇다면 남는 것은 중국측 기록인데 이 역시 완전히 신뢰하기는 어려웠다. 이익은 중국의 기록이란 천리 밖의 일을 직접 목격하지 않고 말한 것인데, 역사가가 이를 인용하면서 다시 개찬(改竄)을 하여 어긋나는 일이 더욱 많다고 하였다.[2] 따라서 그는 중국의 기록을 중심으로 하면서 이를 합리적으로 재해석하는 방식을 통해 단군 시대의 고대사를 재구성하였다.

이익은 단군이 요(堯)와 같은 시기에 건국을 하였고, 순이 12주(州)를 설치하였을 때에 조선이 그 판도 안에 들어간 것으로 해석하였다. 이러한 해석의 근거는 다음과 같다. 순이 설치한 12주는 『상서(尙書)』, 「순전(舜典)」

---

1) 『星湖僿說』 권26, 經史門, 「三聖祠」 ; "檀君爲天神之子, 解慕漱亦天帝子, 天亦有兩神乎? 單軍爲河伯之壻, 解慕漱亦爲河伯之壻, 同一河伯乎? 其誕妄不可信, 如此."

2) 위의 책, 권2, 天地門, 「樂浪濊貊」 ; "大抵東方無文獻, 但信上國文字, 未曾目睹, 其談千里外事, 豈皆符合. 作史者, 亦準此竄改, 未舛益甚, 往往不可復說, 可惜."

의 '조십유이주(肇十有二州)'에 나오는 것인데, 이를 우공(禹貢)의 9주(州)와 비교하면 3개의 주(州)가 우(禹)에 와서 빠져나간 것으로 나타난다. 이 3개의 주는 유주(幽州)·병주(幷州)·영주(營州)인데, 이익은 이들 지역이 기주(冀州)의 북쪽이자 요하 일대를 포함하는 중국의 동북지역으로, 단군의 근거지이면서 훗날 기자가 주 무왕에 의해 봉해진 지역으로 해석한다.[3] 특히 이익은 유주는 심양과 요양 일대에 해당하는 지역으로, 이곳에는 단군이 살고 기자가 나라를 세웠으며, 훗날 기자의 후손인 조선후(朝鮮侯)가 연(燕)과 싸우다가 빼앗긴 지역으로 파악하였다.[4]

이익은 단군의 근거지가 순(舜)이 통치한 지역에 들어갈 뿐만 아니라, 순 자신이 동이(東夷) 출신으로 단군과 인근에 살았던 것으로 보았다. 순이 동이족 출신이란 것은 맹자의 발언에 근거한 것이다. 맹자는 '순이 저풍(諸馮)에 태어나 부하(負夏)로 옮겨갔고 명조(鳴條)에서 사망하였다'고 하였는데,[5] 이익은 순의 고향인 저풍이 바로 유주에 있었고 당시 조선은 요동과 심양을 차지하고 있었으므로, 저풍과 조선의 영토는 매우 가까웠을 것으로 추정하였다. 그런데 순의 세력이 급격히 성장하여 불과 1년 만에 부락을 이루고, 2년 만에 고을을 이루며, 3년 만에 도읍을 이루게 되자, 단군이 순을 따른 것이 확실하다고 판단하였다.[6] 이렇게 본다면 단군 조선은 이미 순의 치세기에 중국의 내지(內地)와 같이 다뤄졌고 그 문화적 영향권에 속했던 것으로 해석되었다.

---

3) 위의 책, 권1, 天地門, 「幷營」. 『書集傳』에서 蔡沈은 禹貢의 9주를 기준으로 하여 舜이 冀州와 淸州를 분할한 것으로 해석했다. 즉 冀州의 동쪽 恒山 지역이 幷州이고, 그 동북쪽의 醫無閭 지역이 幽州이며, 淸州의 동북쪽 遼東 등지가 營州라는 것이다.(『書經』, 「舜典」; "肇十有二州, 封十有二山, 濬川. [注] 禹治水作貢, 亦因其舊. 及舜卽位, 以冀·靑地廣, 始分冀東恒山之地, 爲幷州, 其東北醫無閭之地, 爲營州, 又分靑之東北遼東等處, 爲營州. 而冀州, 止有河內之地, 今何東一路是也.")

4) 위의 책, 권1, 天地門, 「檀箕彊域」.

5) 『孟子』, 「離婁下」; "孟子曰, 舜生於諸馮, 遷於負夏, 卒於鳴條, 東夷之人也."

6) 『星湖僿說』 권23, 經史門, 「檀箕」. 舜에 관한 기사는 『史記』 권1, 「五帝本紀」를 인용한 것이다.("一年而所居成聚, 二年成邑, 三年成都, 堯乃賜舜絺衣, 與琴, 爲築倉廩, 予牛羊.")

우(禹)에 이르러 단군 조선은 중국의 직접적인 통치권에서 벗어나게 된다. 우공의 9주에서 조선의 영역인 3개 주가 빠졌기 때문이다. 이익은 우가 3주를 뺀 것은 무력으로 영역을 개척하다가 보니 국가의 영토만 넓어지고 백성들의 삶은 피폐해졌기 때문이며, 순이 공공(共工)을 유주(幽州)로 유배시킨 것도 그의 과도한 영토 확장을 문책하는 성격의 조치로 파악하였다.[7] 그렇지만 동북의 3개 주가 하(夏)나라 문화의 영향권에서 완전히 소외된 것은 아니었다. 이익은 3주가 중국의 중심부에서 거리가 멀고 풍속에 차이가 있었으므로 부세를 직접 바치는 내복(內服)에서는 빠졌지만, 직공(職貢)에 편입되어 중국과 꾸준히 왕래하였던 것으로 해석한다.[8] 더구나 우가 순의 12주보다 영역을 더 넓혀 조선이 있던 요동지역까지 차지하게 되자, 조선은 다시 중국의 내복과 같이 되었다. 이익은 우가 도산(塗山)에서 제후들과 회합할 때 단군이 태자 부루(扶婁)를 파견하여 우의 조회를 참석하도록 한 것이 바로 그 증거이며, 단군이 가르친 복수(覆首)도 하의 제도가 분명하다고 주장하였다.[9]

단군 조선은 요·순 이래로 중국의 문화를 수용하여 문화국가로 성장하는 가운데 은나라 때에는 부열(傅說)·백이(伯夷)와 같은 인물들이 머물던 곳이기도 했다. 이익은 부열이 은 고종(高宗)의 재상으로 발탁되기 전에 굵은 베옷을 입고 새끼줄을 두른 채, 성을 쌓았던 북해의 바닷가는 바로 요동·심양 지역이며, 이곳은 바로 단군 조선의 영역이었던 것으로 파악하였다.[10]

이익은 또한 은 말기에 백이가 주(紂)의 학정을 피해 살았던 북해의 바닷가 역시 단군 조선의 영역으로 판단했다. 당시 주가 통치하던 지역은 청주(靑州)·연주(兗州)·서주(徐州)에 불과한데, 그 동북쪽으로 바다를 접한 지

---

7) 위의 책, 권1, 天地門, 「鮮卑山脈」.
8) 위의 책, 권23, 經史門, 「檀箕」.
9) 위의 책, 권6, 萬物門, 「髮」.
10) 위의 책, 권17, 人事門, 「傅說築北海」.

역은 조선뿐이라는 것이 그 이유였다. 만일 북해의 바닷가가 조선이 아니
라면 중국 북쪽에 있는 바다로는 흑룡강 접경까지 올라가야 하는데, 이곳
은 당시 사람이 살지 않던 지역이었으므로 논의에서 제외하였던 것이다.[11]
이익은 단군이 국가를 건설한 이후 인후하고 좋은 기풍이 전승된다는 소식
을 들은 백이가 조선에 와서 몸을 의탁하였고, 훗날 주 문왕이 노인을 잘
대우한다는 말을 듣고 주(周)로 돌아간 것으로 해석하였다.[12] 그런데 백이
는 훗날 무왕에게 은을 공격하지 말라는 간언을 올렸다가 받아들여지지 않
자 수양산에서 들어가 죽게 된다. 당시 조선 지식인 중에는 백이가 죽은 수
양산이 바로 우리나라 해주에 있는 수양산이라고 하는 경우가 있었는데,
이익은 이를 반대하였다.[13]

　이상에서 보듯 이익은 요와 동시대에 건국된 단군 조선이 요순 이래의 중
국 문화를 꾸준히 수용하여 문화국가로 성장했던 것으로 이해하였다. 이는
조선의 역사가 요와 같은 시대에 시작되지만 본격적인 문화국가로 성장한
것은 기자 때부터라고 보았던 종래의 인식과 뚜렷이 구분되는 것으로, 우리
역사에서 문화국가의 기원을 단군 조선으로 끌어올리는 효과가 있었다.[14]

3. 기자에 대한 인식

1) 기자의 행적

　이익은 기자(箕子)에서 기(箕)는 지명 혹은 국호이고, 자(子)는 작호(爵號)
이며, 기자의 이름은 교격(膠鬲)이라고 주장하였다. 그는 『맹자』에 나오는

---

11) 위의 책, 권22, 經史門, 「夷齊受封」.
12) 위의 책, 권1, 天地門, 「幷營」.
13) 위의 책, 권20, 經史門, 「伯夷」; "(伯夷)後聞文王作興, 以身歸焉. 至諫, 武不聽然後, 退居首陽
　　而餓死, 此伯夷之始末也. 東人又因海州有山名首陽, 妄謂夷嘗來居此山, 其獸不曉事, 多此類."
14) 위의 책, 권1, 「檀箕疆域」; "自堯·舜之世, 視作內服, 閱檀·箕·夷·齊之風化聲教所迄,
　　莫有此若也."

‘箕子膠鬲　微子微仲　王子比干’[15]에서 기(箕)·미(微)·왕(王)은 지명이고, 자(子)는 작호이며, 교격(膠鬲)·미중(微仲)·비간(比干)은 이름인 것으로 보았다. 이렇게 되면 ‘기자교격(箕子膠鬲)’은 ‘기(箕) 지역에 봉해진 교격’으로 해석이 된다. 또한 『맹자』에 ‘교격은 고기잡고 소금을 굽는 사람들 중에서 등용되었다’는 기사가 나오므로,[16] 기자는 기성(箕星)의 분야에 해당하는 요동 지역 바닷가의 서민으로 있다가 그 지역에 봉해진 사람이 되었다. 그런데 기자가 등용된 것은 은나라가 멸망하기 이전이므로, 우리나라는 결국 은나라 때에 이미 기자의 은택을 받은 것으로 해석할 수가 있다.[17] 이익의 이러한 해석은 일반적으로 이 구절을 기자, 교격, 미자, 미중, 왕자비간으로 구분해 보는 것과 큰 차이가 있었다.

이익은 기를 국호로도 해석하였다. 그는 단군의 후손이 도읍을 당장경(唐莊京)으로 옮긴 이후에도 여전히 단군이라고 한 것은 단(檀)이 국호이기 때문이며, 단궁(檀弓)이란 이름도 ‘단(檀)에서 생산되는 활’로 해석하였다. 그는 단(檀)과 함께 기(箕), 한(韓)을 국호로 보면서 우리나라도 원래는 중국처럼 한 글자의 국호를 사용하였으며, 조선(朝鮮)은 국호가 아니라 한사군(漢四郡)의 통칭이라고 주장하였다.[18]

그러나 이익은 기·미·왕이 모두 지명이라는 주장을 끝까지 고수하지는 않았다. 삼인(三仁)으로 불려지는 미자·기자·비간은 모두 은왕(殷王)의 아들로서 귀척(貴戚)의 몸이지만, 비간만 왕자(王子)라 불린 것은 그만이 왕

---

15) 『孟子』,「公孫丑上」. “又有微子微仲, 王子比干, 箕子膠鬲, 皆賢人也. 相與輔相之故, 久而後失之也. 尺地, 莫非其有也, 一民, 莫非其臣也, 然而文王, 猶方百里起, 是以難也.”

16) 『孟子』,「告子下」. “孟子曰, 舜發於畎畝之中, 傅說舉於版築之間, 膠鬲舉於魚鹽之中, 管夷吾舉於士, 孫叔敖舉於海, 百里奚舉於市.”

17) 『星湖僿說』 권1,「箕指我東」.

18) 위의 책, 권15, 人事門,「和寧」. “二字爲國號, 夷裔之俗. 東方禮儀文物, 殆於華夏, 而此獨不變, 何哉? 及箕子東封, 檀君之後遷都唐藏京, 唐藏在文化縣, 而猶稱檀君, 則檀是國號. ……, 箕子受封爲子爵, 則箕是國號. 意者, 星土分野, 箕直其墟, 故云爾. 朝鮮者, 四郡之通名, 如中國之爲齊州, 恐非歷代之國號也.”

성에 봉해져 자작의 대우를 받았기 때문이라고 했기 때문이다.[19]

  기자의 행적과 관련하여 이익의 견해가 바뀐 것이 하나 더 있는데, 『상서(尙書)』, 「미자(微子)」편의 '아망위신복(我罔爲臣僕)'을 해석할 때이다. 이익은 먼저 신복(臣僕)을 포로(俘虜)와 같은 것으로 보고, 이 구절을 '나는 포로가 되지는 않겠다.'라고 해석하였다. 탕(湯)과 이윤(伊尹), 환공(桓公)과 관중(管仲)의 예에서 보듯 스승으로 모시고 배운 다음에 신하로 삼는 경우가 있는데,[20] 기자는 이런 경우가 아니면 신하가 되지 않겠다고 말했다는 것이다.[21] 그런데 두 번째 해석은 이 구절을 '나도 남의 심복이 되어 때를 기다리지 않을 수가 있겠느냐?(我其不可爲臣僕而待之耶)'라고 반어적으로 해석하는 것이다. 이렇게 보면 기자가 은 말기에 거짓으로 미친 척하면서 끝내 은나라를 떠나지 않았던 행적과도 연결이 잘 된다.[22] 이익은 결국 두 번째 해석을 택한 것으로 보인다. 안정복(安鼎福)은 『동사강목』을 편찬하면서 스승인 이익의 가르침을 많이 수용하였는데, 이 구절에서는 반어법으로 해석한 쪽을 수용하였기 때문이다.[23]

  이익은 기자가 결국 무왕에게 신하의 예를 거행하고 그 조회에도 참석한 것으로 파악한다.[24] 기자는 무왕에게 홍범이라는 이륜(彝倫)의 질서를 전했으므로 무왕으로서는 기자를 스승으로 높이는 것이 의리였고, 그런 무왕에 대해 기자는 신하 노릇을 하는 것이 예였기 때문이다.[25] 게다가 주나라가

---

19) 위의 책, 권23, 經史門, 「三仁」.

20) 『孟子』, 「公孫丑」. "湯之於伊尹, 學焉而後臣之. (중략) 桓公之於管仲, 學焉而後臣之."

21) 『星湖僿說』 권22, 經史門, 「箕子朝周」.

22) 위의 책, 권23, 經史門, 「三仁」.

23) 『東史綱目』, 附上下, 雜說, 「我罔爲臣僕辨」.

24) 이는 『史記』, 「微子世家」의 기록에 근거한 것이다. ; "武王乃封箕子於朝鮮, 而不臣也. 其後箕子朝周, 過故殷墟, 感宮室毀壞, 生禾黍, 箕子傷之. (중략) 乃作麥秀之詩, 以歌詠之."

25) 군주는 신하를 禮로써 부리고 신하는 군주를 忠으로 섬기는 것은 『論語』, 「八佾」편에 나오고("君臣, 以義合者也. 故君使臣以禮, 則臣事君以忠."), 군주가 학자에게 배운 후 그를 신하로 삼는다는 것은 『孟子』, 「公孫丑」편에 나온다.("湯之於伊尹, 學焉而後臣之. ……, 桓公之於管仲, 學焉而後臣之.")

은을 쳐서 천하를 차지한 것은 천명과 인심이 일치하는 의거였으므로, 이치로 보아서도 기자는 무왕에게 돌아갈 수밖에 없었다. 따라서 이익은 기자가 무왕에 의해 조선 땅에 봉해졌고, 그런 무왕의 조정에 조회를 갔던 것으로 이해했다.[26] 이러한 해석은 기자가 조선에 봉해지기는 했지만 신하가 되지는 않았고, 기자가 무왕에게 간 것은 조회에 참석한 것이 아니라 무왕이 은나라 왕실의 후손을 우대하자 빈(賓)의 자격으로 방문한 것이라는 서명응(徐命膺)의 해석과 큰 차이가 있었다.[27]

이익은 기자의 존주(尊周)가 그 후손인 조선후(朝鮮侯)에게 계승된 것으로 보았다. 조선의 역사서에 '조선후는 주나라가 쇠퇴하는 것을 보고 군사를 일으켜 연(燕)을 쳐서 존주하려 하였는데, 대부(大夫) 예(禮)가 간하여 그만두었다'는 기사가 있다. 이익은 여기에서 '후(侯)'는 주(周)가 조선의 군주에게 대대로 봉해준 관직이며, 그 시기는 주나라 국력이 미약해진 춘추 시대로 이해했다. 이익은 춘추시대의 제후들이 존주를 제대로 하지 않던 시기에 기자 조선이 존주를 주창하면서 군대를 일으켰으면, 천하의 군대를 움직이게 하여 후세에 귀감이 되었을 것이라 생각하였다. 그렇지만 이익은 조선후의 거병을 저지한 대부 예의 행적도 평가하는 입장이었다. 군사력이 약한 조선으로서는 당시 강대국이던 연(燕)·제(齊)·진(晉)·초(楚)에 맞설 수는 없었으며, 신하로서 이를 중지시키는 것 또한 충성이라고 보았기 때문이다.[28]

이익은 기자와 조선후의 행적을 존주라는 측면에서 일관된 것으로 해석하였다. 이러한 기자의 행적은 춘추시대에 주 왕실의 회복을 내걸고 천하

---

26) 『星湖僿說』 권22, 經史門, 「箕子朝周」. "箕子之於武王, 非仇則臣. 彝倫之序, 箕傳武受, 則非仇伊師. 然則, 在武, 尊之爲義, 在箕, 臣之爲禮也. ……, 余謂聖人無私. 周之興, 旣是義擧, 天與人歸, 箕子理合, 歸王而已矣."

27) 金文植, 「18세기 후반 徐命膺의 箕子 認識」, 『韓國史學史硏究』, 나남, 1997, 336~337쪽.

28) 『星湖僿說』 권23, 經史門, 「朝鮮侯」. "然小弱, 固不可以敵强大, 將安能歷燕·齊, 而號令晉·楚哉? 侯之秉義, 實爲炳然, 然大夫謀國, 亦不宜妄攖强隣, 事終不成, 而徒自殘滅, 其事不可謂非忠. …… 然則, 禮亦賢乎哉."

를 돌아다닌 공자의 행적과 일치하는 것으로, 기자조선을 공자의 동주(東周)에 해당하는 국가로 파악하는 근거가 되었다. 이에 대해서는 4장 2절에서 살펴보기로 한다.

2) 정전

정전의 제도에 대한 기록은 주로『맹자』에 나오며,[29] 주자는 이를 주석하면서 정전제가 은대에 시작되었다고 주장하였다.[30] 그러나 이익은 삼대의 제도가 일관되게 계승되었으며, 정전제 역시 삼대의 일관된 제도로 해석하였다. 이익의 이러한 견해는 하례(夏禮) → 은례(殷禮) → 주례(周禮)로 이어지며 그 사이에 손익은 있지만 백세 이후를 예측할 수 있다는 공자의 말에 근거한다.[31] 이익은 공자의 이러한 견해를 전적으로 수용하면서 연대가 오래되면 선왕의 법은 사라지지만 후대 사람이 이를 잘 갱신하면 옛 제도를 계승할 수 있다고 주장하였다.[32]

이익은 삼대 내내 정전제가 시행되었고, 1정(井) 900무(畝)가 9개의 전으로 구분된 것은 변한 적이 없다고 주장하였다.[33] 다만 시대에 따라 각 전

---

29)『孟子』,「梁惠王下」. "王曰, 王政可得聞與? 對曰, 昔者, 文王之治岐也, 耕者九一, 仕者世祿, 關市譏而不 征, 澤梁無禁." 위의 책,「滕文公上」. "夏后氏, 五十而貢. 殷人, 七十而助. 周人, 百畝而徹. 其實皆什一也. 徹者, 徹也. 助者, 藉也. (중략) 方里而井, 井九百畝, 其中, 爲公田. 八家, 皆私百畝, 同養公田. 公事畢然後, 敢治私事, 所以別野人也."

30)『孟子集注』 권5,「滕文公章句上」. "此以下, 乃言制民常産, 與其取之之制也. 夏時一夫授田五十畝, 而每夫計其五畝之入以爲貢. 商人始爲井田之制, 以六百三十畝之地, 畫爲九區, 區七十畝. 中爲公田, 其外八家各授一區, 但借其力以助耕公田, 而不復稅其私田. 周時一夫授田百畝. 鄕遂用貢法, 十夫有溝; 都鄙用助法, 八家同井. 耕則通力而作, 收則計畝而分, 故謂之徹."

31)『論語』,「爲政」. "殷因於夏禮, 所損益, 可知也. 周因於殷禮, 所損益, 可知也. 其或繼周者, 雖百世可知也."

32)『星湖僿說』 권27, 經史門,「商鞅變法」.

33) 이익의 井田制에 대한 주장은 주로『孟子疾書』滕文公爲國 3장에 수록되어 있다. 본고에서는 申恒秀,『李瀷의 經・史解釋과 現實認識』, 고려대학교 박사학위논문, 2001, 77~110쪽에 정리된 내용을 참조하였다.

(田)의 구획이 달랐는데, 하나라 때에는 각 전을 4개의 구(區)로 나누어 1부(夫)가 1구(區 : 50步×50步, 25畝)의 토지를 받았다면, 은나라 때에는 인심이 변하고 용도가 많아져서 1부에게 2개의 구(100步×50步, 50畝)를 주었고, 주(周)나라 때에는 다시 인심이 변하고 용도가 늘어나 1부에게 1전(100步×100步, 100畝)을 주었다는 것이다. 이렇게 되면 1정(井)의 토지에는 각각 36부, 18부, 9부가 농사를 짓게 된다.

이익은 맹자가 말한 "五十而貢, 七十而助, 百畝而徹"에서 50은 25무, 70은 50무를 말하는 것으로 해석하였다. 그는 맹자가 100무에서는 무를 명시하면서 50과 70에는 무를 붙이지 않은 이유를, 1부에게 배당되는 토지의 폭과 길이가 시대에 따라 다른데 무를 붙이면 모두 주대의 정사각형 토지와 같은 것으로 오해할 것을 우려하였기 때문이라 추정하였다. 또한 이익은 1부가 내는 세금을 하대에는 2.5무, 은대에는 5무, 주대에는 10무라고 해석하여, '삼대 내내 1/10세가 유지되었다'는 맹자의 언급이 타당한 것으로 파악하였다. 그러나 이익의 견해는 1정(井) 8부(夫)이고 중앙에 공전(公田)이 있었다고 보는 맹자의 해석 대신에 1정(井) 9부(夫)로 보는 『주례』의 해석을 따르는 것이었고, 중앙의 공전 100무에 다시 여사(廬舍) 20무가 있어 실제로는 1/11세였다는 주자의 해석을 비판하는 것이었다.

이익은 평양에 있는 기전(箕田)이 은대의 정전제를 계승하면서 시대 상황에 맞게 변형한 것이라 주장하였다. 앞서 보았듯이 은의 정전은 100보×50보의 직사각형이었지만, 조선에서는 면적만 50무로 일치시키고 사방 70보의 정사각형으로 구획한 것으로 보았던 것이다. 게다가 기전은 완전한 정(井)자형을 이루는 토지가 아니라 한백겸이 해석한 바와 같이 4부가 1구를 이루는 전(田)자형의 토지였다. 이익은 당시 평안감사가 기전의 이러한 특성을 도외시하고 민력(民力)을 동원하여 1정(井) 9부(夫), 1구(區) 100무(畝)의 형태로 바꾸려 하는 것은 기자의 자취를 사라지게 하는 것이라 비판하였다.[34]

이익은 평양의 기전이 삼대 정전의 유제이지만 정전제가 중국의 전지역에서 시행되었던 제도는 아니라고 파악하였다. 일반적으로 정전제는 진(秦)의 상앙(商鞅)이 정전을 폐지하고 천맥(阡陌)의 제도를 실시할 때까지는 꾸준히 시행되었던 것으로 알려져 왔다. 그런데 이익은 상앙이 정전을 폐지했다고 하더라도 이는 함곡관 이내의 지역에 국한될 뿐인데, 상앙과 거의 동시대 인물인 맹자가 제(齊), 등(滕) 지역을 두루 다니면서도 정전을 보지 못한 것은 결국 정전이 제도로만 있었지 천하에 두루 시행되지는 않았기 때문이라고 보았다.[35)]

이익은 정전제가 천하에 시행되지 않았다는 것에서 제도의 변통을 생각했고, 이는 한전론(限田論)을 주장하는 근거가 되었다. 그는 농부마다 소유한 토지 가운데 일정한 규모의 영업전(永業田)은 판매를 할 수 없고 나머지 토지는 자유롭게 처분할 수 있게 하면, 당장 대지주들의 급격한 반발을 야기하지 않으면서도 장기적으로 균전(均田)을 이룰 수 있다는 한전론을 주장했다.[36)] 그리고 이때 농부가 가진 영업전은 바로 정전제의 공전에 해당하는 것으로 해석되었다.[37)]

이익은 또한 경주에 있는 토지를 진(秦)대에 정전을 폐지하고 실시한 원전(轅田)의 유제로 파악하였다. 그는 진나라는 주나라 서경(西京)의 옛 땅에 도읍을 정했는데, 지형적인 어려움 때문에 정전을 실시하지 못하고 토지의 형편에 따라 천맥을 만든 것으로 해석하였다. 그런데 진한 교체기에 진나라 유민이 영남 지역으로 이주해 와 진한(辰韓)을 만들었으며, 이 때문에 진의 토지제도인 원전이 경주에 존재하게 되었다는 것이다.[38)]

---

34) 『星湖僿說』 권12, 人事門, 「箕子田」.

35) 위의 책, 권7, 人事門, 「均田」.

36) 『星湖先生全集』 권45, 「論均田」. ; 이익의 한전론에 대해서는 다음의 논문을 참조. ; 韓㳓劤, 『朝鮮後期의 社會와 思想』, 을유문화사, 1961. ; 金容燮, 「朝鮮後期 土地改革論의 推移」, 『增補版 朝鮮後期農業史硏究』 2, 일조각, 1990.

37) 『星湖僿說』 권7, 人事門, 「均田」 ; 권20, 經史門, 「公田百畝」.

이익은 이처럼 은의 정전과 진의 원전이 조선에 남아있다는데 자부심을 가졌다. 그렇지만 그 어느 것도 완전한 정전제는 아니었고, 중국에서도 정전제가 제대로 시행된 적은 없었던 것으로 파악하였다. 이익은 모든 제도는 경상(經常)이 있고 시대에 따라 변통하는 부분도 있다고 생각했다. 순이 천하를 12주로 정했는데 우가 9주로 변경한 것이나, 문왕이 기(岐)지역을 다스릴 때 1/9세를 받았는데 주공이 1/10세로 변경한 것은 바로 제도를 변통한 대표적 사례였다.[39]

이익이 정전제를 검토하면서 최종적으로 제시한 대안은 맹자의 주장대로 1/10세를 시행하는 것이었다. 그는 모든 토지에서 1/10세를 거두고 일체의 잡세를 폐지한다면 재정이 풍족해지고 민생이 안정될 것이며, 이를 통해 정전제의 효과를 거둘 수 있다고 주장했다.[40] 훗날 정약용은 『경세유표(經世遺表)』를 저술하면서 전세를 1/10세 혹은 1/9세로 고정시키고 기타 일체의 잡세를 폐지함으로써 정전제의 취지를 살릴 수 있다고 주장하였는데,[41] 이익의 정전제 해석과 동일한 견해를 보인다는 점에서 주목된다.

3) 홍범

이익은 「홍범설(洪範說)」을 통해서 홍범에 대한 인식을 종합적으로 제시하였는데,[42] 이는 훗날 『동사강목(東史綱目)』의 서문이 되었다.[43] 「홍범설」

---

38) 위의 책, 권3, 天地門, 「轅田」; 권1, 「風氣流傳」.

39) 위의 책, 권12, 人事門, 「遵先王」.

40) 위의 책, 권7, 人事門, 「結負之法」. "居此土, 臨此民, 取什一而資治, 亦優矣. 然後, 侵剝不復及於民, 則其爲寬政, 莫大焉. 今收不及什一, 而雜賦無藝, 安在乎薄賦乎? 畢竟, 上之所資, 必出於民, 寬其一定之賦, 而容其無限之欲, 吏緣爲奸, 所以殘民, 由是也. ……, 余故曰, 治民均田爲上, 收什一之稅次之, 量入爲出, 凡苛細雜賦, 壹是蠲除, 又次之. 大本旣正, 他皆可坐而定也."

41) 金文植, 『朝鮮後期 經學思想 硏究』, 일조각, 1996, 239~240쪽.

42) 『星湖先生全集』 권41, 雜著, 「洪範說」.

43) 『順菴集』 권4, 「與李景協書」(1773). "先生所著「洪範說」, 實是東方一代文字, 欲編於東史

의 내용은 네 개의 문단으로 구분하여 볼 수 있는데 문단별 내용을 정리하면 다음과 같다.

첫째는 홍범과 낙서(洛書)의 관계에 관한 것이다. 이익은 홍범구주(洪範九疇)의 배열 순서가 낙서에 바탕을 둔 것으로 파악하는데, 그 근거는 낙서에서 생수(生數)인 2와 성수(成數)인 8을 서로 바꿀 수 있듯이 홍범에서 2주(疇)의 5사(事:肅·乂·哲·謀·聖)와 8주(疇)의 서징(庶徵:肅·乂·哲·謀·聖)이 서로 상응한다는 점이다. 다만 낙서의 본문은 일(一)에서 구(九)까지 아홉 글자에 불과한데 홍범은 '초일왈(初一曰)'에서 '위용육극(威用六極)'까지 65글자나 되는 것은 우가 이를 연출(演出)하였기 때문이라고 본다.

둘째, 홍범과 기자에 관한 것이다. 이익은 홍범이 우 임금 때에는 보이지 않다가 기자에 의해 처음 천명된 것이라는 설에 반대한다. 이익은 홍범이 요·순 이래 꾸준히 전해졌으며, 『상서』, 「순전」의 '혜주(惠疇)'[44]가 바로 하늘이 내려 준 9주(疇)이고, 순이 우(禹)·직(稷)·설(契)·고요(皐陶)에게 각각의 직임을 맡긴 것은 3주(疇:8政)의 개략을 보인 것으로 해석한다. 다만 은나라가 쇠퇴하자 기자만이 홍범을 지키고 있었고, 주의 문왕·무왕은 성인이 될 자질은 있었지만 서이(西夷)에서 일어나 처음에는 홍범을 몰랐다가 기자에게 듣고 난 후 그 도를 실천하였다. 이후 주나라는 멸망할 때까지 홍범을 지켰는데, 주나라 말기에 지어진 「소민(小旻)」 시[45]에 홍범의 본문(或哲, 或謀, 或肅, 或艾)이 나오는 것이 그 증거이다. 이 시에서 선민(先民)은 기자를 말하고, 대유(大猶)는 홍범을 가리키는 것으로 본다.

셋째, 기자의 8조와 홍범에 관한 것이다. 이익은 기자가 조선에서 실시한 8조는 바로 홍범의 8정(政)이라 주장하고, 중간에 없어진 5조는 오류이

首張. 而文非序體, 敢請老兄, 爲數行小跋于下, 發揮先生本意. 至望."

44) 『尙書』, 「舜典」. "舜曰, '咨四岳, 有能奮庸熙帝之載, 使宅百揆, 亮采惠疇.' 僉曰, '伯禹作司空.' 帝曰, '兪. 咨禹, 汝平水土, 惟時懋哉'."

45) 『詩經·小雅』에 나오는 「小旻」 시를 말함.

라는 설에 대해서는 반대한다. 천하에서 홍범이 끊어진 후 기자는 이를 조선에서 실천하기 시작하였는데, 5행(行)과 5사(事) 다음으로 실천해야 하는 것은 8정(政)이었고, 그 중에서도 급선무는 사구(司寇)의 임무였다. 따라서 기자의 8조는 바로 홍범의 8정이고, 남아있는 3정은 사구의 임무에 속하는 것이다. 또한 한나라를 일으킨 장량(張良)의 약법(約法) 3장(章)도 기자의 8조 중 후대에 남은 3조와 같은 것으로 본다.

넷째, 기자와 조선에 관한 것이다. 이익은 기자가 조선에서 홍범을 실시하였으므로 모든 제도가 갖추어져 있었다고 파악한다. 평양에 있는 4구(區)의 토지나 조선 사람이 흰옷을 입는 것은 분명히 은의 제도이다. 혼례는 은나라에서 시작되었는데 호체(互體)인 귀매괘(歸妹卦)와 태괘(泰卦)의 육오(六五)에 공통적으로 '제을귀매(帝乙歸妹)'라는 구절이 나오는 것이 그 증거이고, 혼례에 백마를 타는 것도 은나라에서 시작되었는데 분괘(賁卦)의 육사(六四)[46]가 그 증거이다. 혼례는 8정 중에서 사도(司徒)의 임무에 해당한다.

이처럼 조선의 풍속에는 은의 제도가 많이 남아 있으므로, '천자실관(天子失官) 학재사이(學在四夷)' '예실구야(禮失求野)'라는 말은 빈말이 아니다.

이상에서 이익은 홍범이 낙서에서 기원한 것이고, 요·순 이래 삼대를 일관되게 전해진 것으로 보았다. 또한 그는 기자에 의해 홍범과 은의 제도가 조선에 전해졌으며, 조선의 많은 풍속은 은의 제도를 계승한 것으로 파악하였다. 그런데 기자의 제도 내지는 조선의 풍속이 유학자들이 이상시하는 삼대의 제도라면, 여기서 어긋나는 제도는 개혁해야 할 필요성이 제기될 수 있었다.

이익은 기자의 8조에 근거하여 형벌을 간략히 할 것을 주장하였다. 그는 기자의 8조가 탕(湯)이 걸(桀)의 포악한 정치에 시달리던 하나라 백성을 안정시키고, 기자가 단군 말기의 가혹한 정사를 바꾼 것이며, 한 고조가 진나

---

46) 『周易』, 「賁卦」의 六四 爻辭에 나오는 "賁如, 皤如, 白馬翰如, 匪寇, 婚媾."를 말함.

라의 학정을 바로 잡은 이상적인 제도로 파악하였다. 따라서 만일 전한 말기에 왕망(王莽)이 주나라 제도를 존중하여 문왕·무왕의 정치를 실천하고, 한 무제 이후 가혹한 법을 제거하여 한 초기의 약법을 복구시켰더라면 천하가 편안해졌을 것이라 기대했다.[47] 그렇지만 실제 역사는 후대로 올수록 법조문이 늘어났고 이에 따라 백성의 고통도 가중되는 방향으로 전개되었다. 이에 대해 이익은 간략한 형정, 너그러운 형벌을 주장하였다.[48]

조선의 복식이 은의 제도에서 나온 것이라면 이에서 어긋나는 복식 제도는 폐지해야 할 것이었다. 이익은 신부가 혼례식을 거행할 때 입는 화려한 웃옷과 넓은 소매, 큰 띠에 긴치마는 중화의 제도에 맞는 것인데, 이는 신라 진덕여왕과 문무왕 때 당의 제도를 수용하여 남녀의 의복을 개혁한 결과로 보았다. 그런데 당시의 부녀자는 짧은 적삼에 소매가 좁은 옷을 입고, 여름 홋적삼이 아래를 줄이고 위를 걷어올려 치마말기를 가리지 못하는 것은 해괴한 일이라 비판하고, 화제(華制) 즉 중화의 제도에 맞는 복식으로 개편할 것을 주장하였다.[49]

4. 기자 인식의 의미

1) 마한정통론

이익은 기자조선의 역사가 위만의 찬탈에 의해 끝나는 것이 아니라 기자의 후예인 기준(箕準)이 건설한 마한으로 계승되는 것으로 파악하였다. 이익의 「삼한정통론」은 기자 이후의 역사적 계승에 대한 견해를 종합적으로 밝힌 글인데, 그 내용을 요약하면 다음과 같다.[50]

---

47) 『星湖僿說』 권25, 經史門, 「薄賦輕刑」.
48) 위의 책, 권27, 經史門, 「漢宋虐政」.
49) 위의 책, 권16, 人事門, 「婦人服」.
50) 『星湖先生全集』 권47, 雜著, 「三韓正統論」; 李瀷의 三韓正統論에 대해서는 李佑成, 1982,

먼저 이익은 조선의 역사와 문화가 중국의 그것과 비슷한 수준의 것임을 강조한다. 조선의 시조인 단군은 요와 같은 시기에 일어났고, 주 무왕이 천명을 받은 직후 기자가 조선에 봉해졌으며, 기자가 조선에서 8조의 가르침을 펼쳤는데, 그 중 세 가지는 한의 약법 3장과 동일하다는 것이다.

이익은 이러한 조선의 역사가 마한으로 계승된다고 보았다. 단군 조선과 기자 조선의 영역은 요하의 동쪽에서 임진강의 서쪽에까지 이르렀는데, 당시 삼한 지역은 남예(南裔)의 황무지에 불과하였다. 그러나 기준이 위만의 난을 피해 남쪽으로 내려가 마한을 세웠고, 영토를 개척하여 50여 국을 속국으로 편입시킴으로써 동방의 정통이 계속되었다. 마한이 정통인 증거는 더 있었다. 진한과 변한이 마한의 속국이고, 신라는 사대의 예를 거행하였으며, 백제는 웅진에 목책(木柵)을 세웠다가 마한이 이를 나무라자 이내 성을 허물었던 것이 그 증거였다. 다만 경주는 진한의 옛 터전이고, 진한은 진의 유민이 세운 나라인데, 그곳에는 원전의 유제가 남아 있어 기자의 교화가 미쳤던 지역이라고 평가하였다.

이처럼 마한은 정통이지만 위만은 결코 정통이 될 수 없었다. 이익은 위만은 주의 적인(狄人)이나 한의 조만(曹瞞)과 같은 존재로 비록 강성한 무력으로 기자의 영토를 탈취했지만 대의를 가지지는 못했다고 주장했다. 위만이 정통이 될 수 없는 이유는 그 후의 역사에서도 증명되었다. 위만은 조선의 고지(故地)를 차지하고서도 불과 80여년 만에 한나라에 멸망해 버렸지만, 마한은 위만이 멸망한 후에도 117년을 더 있다가 서북에 있는 1개 면을 한에게 주었던 것이다.

이익은 마한을 멸망시킨 백제를 비판하였다. 원래 백제는 마한이 나누어 준 토지에 건설된 나라인데 이곳을 근거지로 하여 마한을 공격하였으니, 그 간사함이 위만과 같고, 신(新)의 왕망이 한나라를 찬탈한 것과 같다고

「李朝後期 近畿學派에 있어서의 正統論의 展開」, 『韓國의 歷史像』, 81~85쪽 참조.

보았기 때문이다. 그리고 삼국은 동서에 할거하여 정해진 정통이 없었기 때문에 『자치통감강목』에 나오는 남(南)·북조(北朝)의 사례를 따라야 한다고 보았다.

이상의 내용을 정리하면 이익은 은→ 기자→ 기자조선→ 마한으로 정통이 계승되는 것으로 파악하고 있었다.

이익은 마한에 정통성을 부여하였지만, 마한과 진한의 연원은 중국과 연결되고 그 터전에는 중국의 문화적 유산이 상당히 남아있는 것으로 파악하였다. 먼저 그는 마한에 해당하는 호남지역은 진시황 때 장량(張良)이 진시황을 공격하기 위해 힘을 빌린 창해(蒼海) 지역에 해당하는 것으로 파악했다.[51] 이익은 한(韓)나라 백성이 진의 난리를 피해 이주해 온 것에서 한이라는 명칭이 시작되며, 진시황 때 삼신산(三神山)으로 불사약을 찾으러 떠난 사람 중에서 한종(韓終)은 한의 후예라고 주장하였다. 이익은 한종이 바로 장량과 뜻을 함께 한 사람이고, 박랑사(博浪沙)에서 진시황을 철퇴로 저격한 창해 역사(力士) 역시 마한 출신의 인물인 것으로 추정하였다.[52]

이에 비해 진한은 진에서 망명해 온 사람들이 건설한 나라로서 건국 시기는 기준이 마한을 세우기 이전으로 파악하였다.[53] 그런데 이익은 진시황 때 불사약을 구하러 떠났던 방사(方士) 서시(徐市)가 진한을 세운 것으로 추정하기도 하였다. 진시황은 영생을 위해 방사들에게 어린 남녀를 딸려 보내고 불사약을 구해오게 했는데, 서시가 바다로 들어왔다면 왜국(倭國)으로 가기보다는 조선으로 왔을 것이라 추정했다. 이적 국가인 왜로 가기보다 기자가 살았고 공자도 가서 살겠다고 했던 조선으로 왔을 것이라는 것이 그 이유였다. 따라서 그는 일본 화가산현(和歌山縣) 신궁시(神宮市) 남쪽에 있다는 서시의 무덤을 부정했다. 이익은 진나라 사람들이 배를 타고 삼산

---

51) 『星湖僿說』 권1, 天地門, 「國中人才」.
52) 위의 책, 권3, 天地門, 「三韓」.
53) 위의 책, 권19, 經史門, 「三韓始終」.

(三山)을 가리키며 항해하여 마한의 접경에 멈추었을 것이고, 마한이 이들에게 동쪽 지역의 땅을 떼어주자 진한을 세웠으며, 얼마 후 마한 지역은 기준이 점령한 것으로 추정했다.[54] 이렇게 되면 진의 망명객이 세웠다는 진한은 결국 진의 서시가 세운 나라가 되었다.

이익은 진한이 진의 유민이 건설한 나라이고, 진은 원래 주나라 문왕·무왕의 터전이었으므로, 결국 주나라의 제도가 영남으로 전해진 것으로 파악했다.[55] 그는 영남의 언어와 풍속이 중국과 흡사하고, 예의를 숭상하며, 농사와 양잠을 부지런히 하는 것이 주→ 진→ 진한으로 이어진 유산이라고 파악하였다. 이익은 또한 영남 지역의 풍속이 세족(世族)은 10대를 벼슬하지 않아도 인망(人望)이 높아 빈천한 유자가 살기에 좋은 땅이며, 혼인을 예로 하고 남녀가 길을 서로 양보하는 미덕이 있으며 유현(儒賢)의 보고(寶庫)가 되었는데, 이 역시 영남의 풍토와 관계가 있다고 생각하였다.[56]

이익은 기준에게 쫓겨난 마한의 선주민들이 지리산 남쪽으로 내려가 세운 국가가 변한이라고 파악하였다.[57] 그는 변한이 진주 등 몇 개의 고을로 구성된 나라로 원래 마한에 소속되어 있었고,[58] 이후 신라에 부속되었다가 백제에 편입된 나라로 파악하였다.[59]

이상에서 보듯 이익은 삼한이 은·주의 제도와 문화를 일정하게 계승한 것으로 보았는데, 이는 중화문화를 계승한 문화국가로서의 조선이라는 이미지를 더욱 강조하는 효과가 있었다.

---

54) 위의 책, 권20, 經史門, 「徐市」.
55) 위의 책, 권1, 天地門, 「風氣流傳」 ; 권8, 人事門, 「生財」.
56) 위의 책, 권3, 天地門, 「嶺南俗」 ; 권8, 人事門, 「生財」.
　　위의 책, 권19, 經史門, 「三韓始終」. "三韓之中, 惟辰韓之俗, 嫁娶以禮, 男女有別, 行者相逢, 皆住讓路. 今嶺南爲東邦儒賢之府, 有自來矣. ……, 及天下旣幷於秦, 而中士之民, 避役來投, 立國於東南, 尙帶華夏之風, 不受變於戎虜者, 惟嶺南故然耳, 豈不美哉?"
57) 위의 책, 권3, 天地門, 「三韓」.
58) 위의 책, 권19, 經史門, 「三韓始終」.
59) 위의 책, 권2, 天地門, 「三韓金馬」.

2) 동주(東周)의 실현과 형세론

이익은 기자조선과 삼한의 역사를 은·주와 연결된 것으로 이해하는 가운데 공자가 말한 동주 국가를 바로 조선에서 실현할 수 있었다고 주장했다.

이익은 『예기』「단궁」편에 나오는 기사(丘也, 殷人也)를 통해 공자가 은나라 사람임을 확인하였다.[60] 그리고 정고부(正考父)가 주의 태사씨(太史氏)로부터 상송(商頌) 12편을 얻자 이것을 가지고 조상에 제사를 지낸 것이나 공자 제자인 증자(曾子)가 노나라 들판에서 농사를 지으며 상송(商頌)을 노래한 것도 그 근본을 잊지 않았던 행위로 해석하였다.[61] 또한 그는 공자가 위(衛)나라에 있을 때 사도(司徒) 경자(敬子)의 상례에서 은의 제도를 사용하고 '질(質)을 따를 뿐'이라 하였는데, 당시 위나라는 은의 옛 수도에 자리하고 있는 상황에서 공자가 말한 질은 바로 은의 예를 말하는 것이라 해석하였다.[62] 이처럼 공자나 증자가 은의 후예로서 은의 제도를 중시한 것이라면, 역시 은의 후예인 조선인들은 은의 제도를 더욱 아끼고 보존해야 마땅하였다. 이익은 『시경』「도인사(都人士)」 시에 나타나는 복식들이 바로 은의 제도를 말하는 것으로 파악하고, 자신은 은의 유민으로서 이 시를 읽을 때마다 남모르는 감회가 생긴다고 하였다.[63]

공자는 『논어』에서 자신을 등용하는 나라가 있으면 그 나라를 동주(東周)로 만들겠다고 말한 적이 있다.[64] 주 왕실이 극도로 쇠미해져 상하 관계가 무너진 상황에서 중화 문화의 진수를 간직한 새로운 문화국가를 건설하겠다는 의도였다. 그런데 이익은 공자가 만들려고 한 동주가 바로 조선이

---

60) 『禮記』,「檀弓」. "殷人殯於兩楹之間, 則與賓主夾之也, 周人殯於西階之上, 則猶賓之也, 而丘也, 殷人也. 予疇昔之夜, 夢坐奠於兩楹之間. 夫明王不興, 而天下其孰能宗予? 予殆將死也!"

61) 『星湖僿說』 권25, 經史門,「商頌」.

62) 위의 책, 권25, 經史門,「商用殷禮」.

63) 위의 책, 권6, 萬物門,「髢」; 瀷卽殷之遺民, 三復此詩, 豈不憬然興感哉?

64) 『論語』,「陽貨」. "子曰, 夫召我者, 而豈徒哉. 如有用我者, 吾其爲東周乎?"
　　李瀷의 東周論에 대해서는 강병수, 2003,「성호 이익의 대중국관」(안산향토사연구소 주최 제5회 성호사상학술대회 발표문)을 참조함.

라고 보았는데, 이는 조선이 역대 중국의 문화를 고스란히 흡수한 선진 지역이었기 때문이었다. 이익은 순이 동이 출신이었으므로 조선이 그 교화를 받았고, 기자가 이곳에서 교화를 펴 인의(仁義)의 고장이라는 칭호를 얻었다고 보았다. 이런 조선이 동주가 될 수 있는 기회는 조선후가 주 왕실을 높이기 위해 군대를 일으켜 연을 공격하려 했을 때였다. 이익은 바로 제(齊)·노(魯)의 제후가 산동에서 군사를 일으켜 호응하고, 조선후와 합세하여 명분을 바로 잡았더라면 주의 도(道)가 동방에서 다시 밝혀질 수 있었을 것이라 아쉬워했다.

공자가 조선으로 와서 동주를 실현할 기회도 바로 이때였다. 이익은 평소 '구이(九夷)에 살고 싶다.' '뗏목을 타고 바다로 떠나겠다.'고 했던 공자가 조선후의 소식을 들었더라면 바로 조선으로 왔을 것이고, 공자가 조선으로 왔으면 조선이 동주가 되었을 것이라 기대했다.[65] 공자 역시 은의 유민이면서, 존주를 기치로 내걸며 천하를 왕래했으므로, 동주를 실현할 곳은 조선밖에 없었다는 것이 이익의 주장이었다.

이익은 조선이 중국 문화의 정수를 가진 문화국가이지만, 현실 정치는 국제정세의 동향과 국력의 강약에 실질적인 영향을 받는 것으로 파악하였다. 그는 조선이 기자 이후 문교(文敎)가 끊이지 않은 예의의 나라이지만 문교가 성행하면 무비(武備)가 허술한 것이 형세이며, 조선이 3천년 동안 수성(守成)을 즐겨하고 사대를 부지런히 한 것도 바로 무력이 약세에 있었기 때문이었다고 판단했다.[66] 이익은 고려의 권신들이 권력을 좌우하며 국왕을 멋대로 교체했는데도 5백년에 가까운 역사를 누린 것은 사대를 잘 했기 때문이라 주장했다. 고려의 인종(仁宗)은 금(金)을 섬겼고, 원종(元宗)은 원

---

65) 『星湖僿說』 권23, 經史門, 「東周」.
66) 위의 책, 권26, 經史門, 「東國內地」. ; 형세를 중시하는 이익의 견해에 대해서는 다음의 논문을 참조. ; 韓永愚, 「18세기 전반 南人 李瀷의 史論과 韓國史 理解」, 『朝鮮後期史學史研究』, 1989, 193~198쪽. ; 鄭昌烈, 「실학의 역사관 – 李瀷과 丁若鏞을 중심으로」, 『茶山의 政治經濟 思想』, 1990, 30~40쪽.

(元) 세조에게 가서 항복을 자청하였으며, 충렬왕은 세조의 사위가 되어 원에 복종하였는데, 그 결과 원이 동아시아의 강자로 군림하는 동안 동진(東眞)이나 왜(倭)의 침략을 받지 않을 수 있었다는 것이다.[67]

이익의 형세론은 국제질서의 변동을 면밀하게 주시해야 함을 강조하는 것이었다. 명 태조가 국가를 일으키던 초기에 원의 순제(順帝)가 도읍을 북쪽으로 옮기자, 고려는 사신을 명나라에 파견하여 북원(北元)을 거절하고 원이 점거하던 동녕부를 친 후 명에 귀의하겠다는 제안을 하였다. 그런데 이익은 고려의 이러한 행동이 의리로 보나 형세로 볼 때 적절치 못한 조치라고 판단했다. 왜냐하면 원이 비록 이적 왕조이긴 하지만 백년 이상 군신의 의리를 맺었다가 하루아침에 배반하는 것이고, 당시 요동에는 아직 원이 웅거하고 있었는데 이들이 갑자기 고려로 쳐들어 왔더라면 아무 대책도 없었기 때문이다.[68]

이익은 기자 이후 조선이 유지해 온 문화적 우수성에 대해 자부심을 가졌다. 그렇지만 자국의 국력을 객관적으로 파악하고 급변하는 국제정세에 적절히 대처함으로서 국가를 유지해 나가는 것 또한 중요한 문제라 판단했다. 오계(五季) 시대에 오월(吳越)이 사대를 잘 하여 나라를 보전했던 것처럼, 국력이 약한 조선이 중국을 사대로 섬기고 왜와 통신(通信)을 유지해야 하는 가장 현실적인 이유는 바로 국가를 보존하기 위해서였다.[69]

이익은 국가의 운명이 극도로 위태로울 때 영남 지역을 마지막 근거지로 제시하기도 하였다. 그는 신라가 천년동안 도성을 옮기지 않은 반면 고구려와 백제는 외환이 많았는데, 이는 영남 지역의 지형적 특성 때문이라고 보았다. 이익은 영남이 소백, 태백산에서 두류산에 이르기까지 험한 고개가 막고 있고, 여러 갈래의 물이 한곳으로 모여들어 별개의 구역을 이루는 천

---

67) 『星湖僿說』 권22, 經史門, 「高麗事大」.
68) 위의 책, 권22, 經史門, 「節北元」.
69) 위의 책, 권24, 經史門, 「東邦如吳越」 ; 권26, 經史門, 「東國內地」.

연의 보장처(保障處)라고 생각했다. 따라서 국가에 위기가 닥친다면 영남을 근거지로 하고, 지술(智術)을 가진 사신이 예물을 가지고 남북의 국가를 방문하는 한편, 내부적으로 무력을 비축한다면 국가의 운명을 늘릴 수 있을 것이라 기대했다.[70] 앞서 이익은 영남 지역이 주·진의 문화를 계승하여 빈천한 유학자가 살기 좋은 곳이라 하였는데, 국가가 위급할 때는 국가 부흥을 위한 거점이 될 수도 있다고 판단했던 것이다.

5. 맺음말

이익은 조선에는 단군 이후 중국의 옛 제도가 전래되어 그가 살던 시기까지 꾸준히 계승된 것으로 파악했다. 그는 요와 같은 시기에 건국한 단군조선은 동이 출신인 순의 통치권에 들어가 그 문화적 영향을 받았고, 하나라 때에도 계속해서 중국과 왕래가 있었던 것으로 보았다. 또한 은나라 때에는 부열(傅說)·백이(伯夷)와 같은 인물들이 조선에 와서 살았고, 은 말기에는 기자가 은의 제도가 전하였으며, 삼한 시대에는 주의 문화를 가진 진의 유민이 들어온 것으로 이해하였다. 이렇게 본다면 조선은 고대의 우수한 중국 문화를 고스란히 계승한 문화국가가 되었다.

이익은 기자와 무왕 사이에는 신하로서의 예와 스승으로서의 존대가 있었으며, 무왕이 기자를 조선에 봉하고 난 이후 기자는 신하의 자격으로 무왕의 조회에 참석한 것으로 이해했다. 또한 이익은 하·은·주의 정전은 각각 25무, 50무, 100무이고, 평양의 기전(箕田)은 사방을 70보로 조정한 50무의 토지라는 독특한 해석을 하였고, 경주에 있는 토지는 진나라 원전(轅田)의 유제로 파악하였다. 그러나 그는 정전이 전면적으로 시행된 적은 없으며, 1/10세를 시행하고 일체의 잡세를 폐지하는 것이 정전제의 정신을 계승하는 현실적인 방안이라 생각하였다. 이익은 홍범의 연원이 낙서에 있

---

70) 위의 책, 권22, 經史門,「蜀漢似東魯」.

으며, 요순 이래 꾸준히 계승된 것으로 보았다. 그는 기자의 8조는 바로 홍범의 8정(政)이며, 후대에 전해지는 3조는 8정 가운데 사구의 임무에 해당하는 것이자 장량의 약법 3장과 같은 것이라고 주장하였다.

이익은 조선후가 존주를 위해 연을 공격하려고 했을 때 공자가 이곳에서 동주를 실현할 기회가 있었다고 보았다. 조선 후와 공자는 다같이 은의 후예이자 존주를 기치로 한 공통점이 있었으므로, 공자가 조선에 왔더라면 동주 국가를 건설할 수 있었을 것이라 판단했던 것이다. 그러나 이익은 조선이 중화문화의 정수를 가진 문화국가라 하더라도 국제 정세를 정확하게 파악해야 하며, 주변국에 비해 군사력이 약세에 있다면 사대를 충실히 하는 것도 좋은 방책이라고 생각했다. 그것이 바로 무력으로 좌우되는 국제사회의 냉엄한 현실이었기 때문이다.

이익은 기자를 중심으로 고대사를 이해하는 가운데 진한의 본거지였던 영남 지역을 적극적으로 평가했다. 그는 주의 문화가 진으로 이어지고, 영남은 진의 후예가 세운 진한의 옛 터전이므로, 주의 문화가 영남에 전해지는 것으로 보았던 것이다. 그는 영남 지역의 풍속이 중국과 흡사하고, 농사와 양잠을 부지런히 하며, 유사시에는 지형적 특징을 이용하여 국가를 유지할 수 있는 천연의 보장처로 파악했다. 이러한 이익의 인식은 퇴계 이황에서 비롯되는 영남의 인재와 풍속을 적극적으로 평가한 것이고, 자신처럼 빈천한 유학자가 존경을 받으며 살기에 적합한 땅이라 생각했다.

영남 지역에 대한 이익의 적극적 평가 때문이었을까? 훗날 이익의 문집은 모두 영남에서 간행되었는데, 1917년 밀양 퇴로서숙(退老書塾)에서 간행한 목판본 『성호선생문집(星湖先生文集)』(50권)과 1922년 밀양 모렴당(慕濂堂)에서 간행한 목판본 『성호선생전집(星湖先生全集)』(68권)이 그것이다.[71]

[서울대학교 규장각 학예연구사 김문식]

---

71) 柳鐸一, 1968, 「星湖 李瀷의 文集刊行考」, 『國語國文學』 7, 부산대학교.

참고문헌

『尙書』
『周易』
『禮記』
『孟子』
『論語』
『史記』

李瀷, 『星湖先生全集』
____, 『星湖僿說』
____, 『孟子疾書』
安鼎福, 『東史綱目』
______, 『順菴集』

강병수, 「성호 이익의 대중국관」, 안산향토사연구소 주최, 제5회 성호사상 학술대회
　　　발표문, 2003.
金文植, 『朝鮮後期 經學思想 硏究』, 일조각, 1996.
______, 「18세기 후반 徐命膺의 箕子 認識」, 『韓國史學史硏究』, 나남, 1997.
______, 「18세기 후반 順菴 安鼎福의 箕子 認識」, 『韓國實學硏究』 2, 2000.
金容燮, 「朝鮮後期 土地改革論의 推移」, 『增補版 朝鮮後期農業史硏究』 2, 일조각,
　　　1990.
申恒秀, 『李瀷의 經·史解釋과 現實認識』, 고려대학교 박사학위논문, 2001.
柳鐸一, 「星湖 李瀷의 文集刊行考」, 『國語國文學』 7, 부산대, 1968.
李佑成, 「李朝後期 近畿學派에 있어서의 正統論의 展開」, 『韓國의 歷史像』, 창작과
　　　비평사, 1982.
鄭昌烈, 「실학의 역사관 - 李瀷과 丁若鏞을 중심으로」, 『茶山의 政治經濟 思想』, 창
　　　작과비평사, 1990.
韓㳰劤, 『朝鮮後期의 社會와 思想』, 일지사, 1961.
韓永愚, 「18세기 전반 南人 李瀷의 史論과 韓國史 理解」, 『朝鮮後期史學史硏究』,
　　　을유문화사, 1989.

퇴계와 다산

- 문헌학의 연속성과 차별성 -

1. 머리말

해석을 배제한 가치중립적인 문헌분석은 학문의 제1의(第一義)가 아닐 것이다. 그러나 문헌분석 자체도 이미 해석의 시각을 담고 있고, 방법의 요소를 지니고 있다. 이것은 의리(義理)의 학문을 지향한 전통 한학이 늘 문헌의 내재비판을 이용하여 학적 인식을 심화시키는 방법을 구축하여 왔던 사실로부터도 충분히 짐작할 수 있다. 주로 문헌의 탐구를 중심으로 지식 체계를 구축하였던 전근대 시기의 우리 지식인들은 특히 문헌학(philology)의 연구방법을 독자적으로 발달시켜 인간과 사회에 대한 풍부한 해석을 축적하여 왔다.

전근대의 문헌학적 연구방법은 문자학·음운학·훈고학 등의 소학(小學)과 학문계보학인 목록학을 토대로 삼았다. 한국지성사에서 그러한 기초학을 '도문학'의 한 방법으로서 적절하게 구사한 위대한 학자가 퇴계 이황과 다산 정약용이었다고 생각된다.

유교, 특히 주자학의 공부에서 '도문학'은 '존덕성'과 분리되지 않아야 했다. 비록 실제의 공부에서는 그 둘을 조화시키기 어려웠을지 모르지만 지식인들은 그 둘의 통합을 이상으로 여겼다. '도문학'은 본래 『논어』에서 말한 '박(博)'과 깊은 연관이 있으며, '박'은 또한 '다문(多聞)'을 뜻하였다.1) 『중용』에서도 박학(博學)을 심문(審問)·신사(愼思)·명변(明辯)·독행(篤行)의 토대로 삼았다. 그러다가 주자학 이후 '도문학'은 '격물(格物)'의 개념과 연관을 가지게 되었는데, 문헌정보를 다루는 지식학의 분야에서는 그 지식 구축의 방법이 치밀한 읽기를 뜻하는 '독서'라는 말과 관련을 맺게 되었다. 이로써 '도문학'은, 문헌정보를 섭렵하여 그것들을 일정한 기준에 따라 체계화하는 '박학'과 저작물을 그것이 생성되고 수용된 맥락 속에 위치시켜 그 문맥의 의미를 탐구하는 '독서'를 한데 아우르게 되지 않았나 한다.

위대한 사상가 퇴계 이황의 경우는 '존덕성'에 학문의 제일의적 목표를 설정하였지만 결코 '도문학'을 소홀히 하지 않았다. 곧, 퇴계는 지식을 구축할 때 소학과 목록학의 방법을 문헌분석의 방법으로 활용하였다. 또한 한국 사상사에서 인간학의 새로운 원리(principle)를 제시하였다고 말할 수 있는 다산 정약용은 문헌분석의 방법을 더욱 발전시켜 문헌실증주의의 방법을 수립하였다.

퇴계에서부터 다산에 이르기까지 조선의 지성들은 '도문학'의 한 방법으로서 문헌분석의 방법을 착실하게 발전시켜 한국 고전인문학의 얼개를 마련하였다. 다만 퇴계와 다산의 문헌분석 방법은 시대적 환경의 차이로 인하여 차별성도 지닌다. 본고에서는 퇴계와 다산의 문헌분석 방법에 대하여 규견(窺見)을 피로하고자 한다.

2. 퇴계의 문헌분석방법과 문헌학

퇴계는 인간의 의무를 올바르게 인식하고 삶의 이상을 제시하였고, 인간에게 허용된 내적 자유를 중요시하였으며, 이 자유를 통해서 자아 및 세계와의 화해를 성취할 수 있다고 믿었다. 인간에게 타율적으로 작용하는 외적 운명과의 불협화[違於時]에 대하여 고통스러워하면서도 인간이 자신의

---

1) 『荀子』, 「修身」편에 '多聞曰博'이라고 하였다.

자유와 의지로써 제어할 수 있는 내적 운명을 자유로이 선택하여 마음의 평정을 추구하려고 한 것이다.

그러한 퇴계의 일생 학문은 본원 공부, 다시 말해 '존덕성'으로 수렴된다. 그것은 그가 1559년(기미, 퇴계 59세) 10월 24일 기대승(奇大升)에게 보낸 편지 글 속에 매우 명료하게 나타나 있다.

> 이전의 유학자들은 배움을 논하면서 반드시 풀린 마음을 거두고 덕성을 기르는 것을 처음 손댈 곳이라 했습니다. 이는 본원에 대한 공부를 이룸으로써, 도를 모으고 학업을 넓히는 기초로 삼았기 때문입니다. 따라서 공부를 시작하는 요점을 어찌 다른 데서 구하겠습니까? 역시 하나를 오로지 하여 떠남이 없음[主一無適]과 삼가고 두려워함[戒愼恐懼]일 뿐입니다.[2]

퇴계는 당시의 문학 및 학문을 장옥문학(場屋文學), 문장가의 문학, '오유(吾儒)의 학문노맥(學問路脈)'으로 준별하고,[3] 장옥문장과 문장가의 문학을 비판하였다. 퇴계는 심지어 김종직(金宗直)에 대하여도 "시문으로 제일의를 삼았을 뿐이고 차학(此學) 차도(此道)에는 유의하지 않았다"[4]고 말하였으며, 오직 이언적(李彦迪)만이 흉중으로부터 유출하여 의리가 명정(明正)한 글을 남겼다고 논평하였다.[5]

그러나 퇴계는 훈고지학(訓詁之學)의 가치를 부정하지 않았다. 훈고를 통하지 않고는 경전의 본지를 파악할 수 없다고 여겼던 것이다.

---

2) 『退溪集』권16, 「答奇明顔」, 영인·표점 한국문집총간 29, 退溪集 Ⅰ, 406쪽; 김영두 옮김, 「기정자 명언에게 답하는 글」, 『퇴계와 고봉, 편지를 쓰다』, 소나무, 2003, 30~39쪽.

3) 『退溪集』속집 권6, 「與權章仲」, 영인·표점 한국문집총간 31, 退溪集 Ⅲ, "如此不改, 非唯於吾儒學問路脈甚遠, 亦恐文章家爐錘, 亦不堪當得. 非唯文章家, 下至場屋文字, 亦不可以此手段求之."

4) 『退溪集』권22, 「(答李剛而) 別紙」(1565, 을축), "但今以佔畢公全集觀之, 惟以詩文爲第一義, 未嘗留意於此學此道."

5) 『退溪先生言行通錄』권5, 의론 제4, 「論人物」, "吾東方, 不無道學之士, 而文獻無徵, 其所造深淺, 無從考見. …… 以可徵者而言之, 則近代晦齋之學甚正, 觀其所著文字, 皆自胸中流出, 理明義正, 渾然天成, 非所造之深, 能如是乎!"

더구나 퇴계는 지식활동에서 사실에서 벗어난 적절치 못한 증거[事外遼闊不貼之證]를 사용하는 것을 배격하였다. 그 태도는 기사문(記事文)에서도 일관되게 나타난다. 행장(行狀)과 비지(碑誌)를 공기(公器)·공도(公道)로 인식한 것은 대표적 예다.[6] 또한 퇴계는 시첩(詩帖)이나 서적을 간행하기 위해 저본을 마련할 때도 고거핵실(考據覈實)을 대단히 중시하였다. 그리고 서평을 할 때, 전통학술의 기본이 되는 목록학의 방법을 고도로 구사하였다. 퇴계문하에서 영남 좌파가 문헌학 학풍을 열어 조선의 문헌학적 연구방법을 확립하기에 이른 것은 결코 우연이 아니다.[7]

(1) 음운의 문제를 경전의 석의(釋義)에 원용
- 사전을 이용할 줄 알았던 대학자

퇴계는 1553년(명종 8) 4월 53세로 대사성에 취임한 이후 1555년(명종 10) 2월에 귀향하기까지 구 석의(釋義)들을 면밀히 검토하여 『경서석의』를 이루었다.[8] 그 가운데 『역본의(易本義)』는 시간적 제약 때문에 내용이 소략하고 안어(案語)도 별로 없지만, 『시석의』와 『서석의』의 경우는 구 석의들을 대조한 내용이 남아 있다. 즉 『시석의』는 김계조(金繼趙) 소장의 『석의병고

---

6) 『退溪集』 권15, 「答許太輝」, "文章公器, 當取其可者傳之."
　　『退溪集』 권21, 「與李剛而」, "大抵文章公道, 何可以情面而苟爲之耶?"
　　『退溪集』 속집 권3, 「答宋台叟」, "文章公器, 豈可一時緣情遷就, 貽譏後世乎?"

7) 柳鐸一, 「退溪의 文獻觀과 文獻學的 學風의 展開－鶴峯系派를 中心으로－」, 『退溪學研究』 2집, 단국대학교 퇴계학연구소, 1988.
　　李完栽, 「嶺南學派에 있어서 鶴峯先生의 位置」, 『鶴峯의 學問과 救國活動』, 鶴峯先生紀念事業會, 1993.
　　심경호, 「退溪의 序跋文」, 『한국의 철학』 제25호, 경북대학교 퇴계연구소, 1997, 55~72쪽;
　　＿＿＿, 「錦城開刊, 『溪山雜詠』과 庚子本, 『退溪文集』의 간행 경위에 대한 일 고찰」, 『계간 서지학보』19, 한국서지학회, 1996; 『국문학연구와 문헌학』, 태학사, 2002, 397~431쪽.

8) 퇴계의 手寫本 『경서석의』는 임진란의 兵火로 없어졌고, 현전본은 1608년(선조 41) 沒年에 경상감사 崔瓘과 퇴계문인 琴應壎이 傳寫本들을 수습하여 그것을 토대로 다음 해(1609년)에 목판 인쇄한 것이다. 성균관대학교 대동문화연구원, 1978년 영인 『增補退溪全書』 所收 8권 2책 참고. 奎章閣과 誠菴古書博物館에 『삼경석의』가 收藏되어 있고, 국립중앙도서관·규장각·성균관대도서관에 『사서석의』가 별책으로 수장되어 있다.

자음(釋義幷考字音)』, 이극인(李克仁) 석의, 손경(孫暻) 석의, 이득전(李得全) 석의 등을 주 대상으로 삼아 토석(吐釋)의 문제를 검토하였다.『서석의』는 이충작(李忠綽)의 설과 그밖에 여러 석의본들을 참고하였다. 이렇게 구 석의본을 대조하면서 퇴계는 음주(音註)나 어구분석과 관련하여 정설을 제시하고자 하였다.[9]

퇴계가 음주를 검토한 것은 사항 자체는 그리 많지 않지만, 그 주음 방식과 운서 및 자서의 인증 방식이 경학사 연구의 주요 대상이 될 만하다. 『경서석의』의 음주는 ① 신주와 대전본[四書五經大全]의 주음을 환기시키고 그 주음에 상당하는 한자음을 한글이나 직음(直音)으로 표시한 것 ② 신주나 대전본의 주음과는 별도로 한자음을 추정한 것 ③ 읽기 어려운 한자의 한자음을 한글 혹은 직음으로 표시한 것 ④ 읽기 어려운 한자의 음가를 『옥편(玉篇)』의 반절음으로 표기한 것 ⑤『대송중수광운(大宋重修廣韻)』이나 『예부운략(禮部韻略)』 등의 운서를 활용하여 음과 훈을 분석한 것 등으로 나뉠 수 있다.[10]

과문인지는 모르지만, 조선중기에 경전 석의의 음주 문제와 관련하여『광

---

9) 1574년(선조 7) 10월에 柳希春은 경서의 諺解 작업을 구상하면서 퇴계 교정의『朱子大全』·『語類』와 四書五經口訣諺解說을 참고로 하겠다고 하여 허가를 받았다. 그는 퇴계의 설을 근간으로 삼아 여러 설을 절충하는 방안을 마련하였으나, 病沒하였기 때문에 실행에 옮기지 못하였다. 그 뒤 李珥가 언해 사업을 통괄하였지만 分黨의 와중에 마무리를 짓지 못하였다. 뒤에 校正廳은 유희춘의 계획과는 다른 형태로 언해본을 엮어 간행하였다. 유희춘이 참고하려고 하였던 퇴계의 '四書五經口訣諺解說'은 오늘날 퇴계의 저작물로 전하는『經書釋義』, 곧 『四書三經釋義』의 底本이었던 듯하다. 퇴계의『석의』는 일찌감치 궁중에 收藏되어 1585년 (선조 18)에 교정청이 諺解本 撰定을 재개하였을 때 다른 諺釋本과 함께 참고하였을 것이다. 한편 퇴계 생전에 中和郡守 安瑋는 퇴계의『중용』과『대학』의 석의를『庸學釋義』라는 제목으로 묶고 퇴계의 저술이 아닌『語錄釋』에 퇴계의 이름을 冠하여 그 둘을 합철해서 퇴계 생전에 목판 간행하였다. 퇴계는 1567년 2월에, 그 석의가 정론이 아니라고 하여 사람들을 시켜 훼판하려고 하였고, 그 해 5월에 기대승이 중화에 가서 그 판목을 찾아 불살랐다. (『退溪集』 권17,「與奇明彦」(정묘); 김영두 옮김,『퇴계와 고봉, 편지를 쓰다』, 146~147쪽,「제 이름을 빌어 나도는 책을 없애 주시길」과 188쪽,「판각본을 마당에서 불태웠습니다」 참조)

10) 심경호,「退溪 經書釋義의 音注에 대하여」,『진단학보』제70호, 진단학회, 1990.
_______,『조선시대 한문학과 시경론』, 일지사, 1999, 제4장,「시경론」 참조.

운』·『예부운략』 등의 운서나『옥편』과 같은 자서를 적극적으로 활용한 예는 퇴계 이외에 달리 찾아볼 수가 없다.

(2) 주자학 관련 서적의 정독(精讀)
- 훈고의 문제를 질문하는 겸허한 탐구자

퇴계는 주자의 학문을 깊이 이해하고 스스로의 철학을 구축하기 위해『주자대전』·『주자어류』·『이락연원록』·『심경부주』를 면밀하게 읽었다. 그 독법은 바로 오늘날 인문학이 추구해야 할 정독(close reading)의 한 전범을 마련하였다. 퇴계가 주자 관련 서적의 정독을 강조한 취지는 1566년(병인, 퇴계 66세) 11월 6일, 기대승에게 보낸 편지의 별지에 잘 나타나있다.[11]

> 李一齋가 일찍이 李剛而 李楨에게 보낸 편지에서 整菴 羅欽順의 잘못을 논했는데, 강이가 그 글을 제게 보내왔습니다. 일재의 견해는 과연 정밀하지 못하고 주장에 그릇된 곳이 많으니, 정말로 그대가 보내 준 글에서 지적한 대로였습니다. 그런데 듣자니 이 늙은이는 책을 깊이 읽지 않고 성급히 자신만을 지나치게 믿는다 하니, 그의 잘못에는 반드시 어떠한 연원이 있는 것은 아닐 겁니다. 그러나 寡悔 盧守愼의 오류는 禪學으로 말미암아 길을 잘못 든 데서 온 듯하니, 지난 번에 들은 것이 헛말은 아닙니다. 그러므로 그대의 편지에서 말한 대로,『어류』와『집주(집주대전을 말함 - 인용자 주)』 같은 부류는 모두 받아들이지 않으니, 이는 곧 이치를 추구하는 번거로움을 싫어하여 곧바로 간략하고 빠른 길로 가려 하는 것이므로, 더욱 크게 우려 할 일입니다.

퇴계는 "이치를 추구하는 번거로움을 싫어하여 곧바로 간략하고 빠른 길로 가려 하는 것"을 크게 우려하였으며, '책을 깊이 읽지 않고 성급히 자신만을 지나치게 믿는' 일을 배격하였다. 66세라는 나이에도 불구하고 그는, 비록 주자 관련서의 범위 안에서이기는 하지만, 여전히 '박(博)'을 추구하였다. 그것은 기견(己見)의 아집에 사로잡히지 않으려는 태도에서 비롯되었다.

---

11)『退溪集』권17,「(與奇明彦) 別紙」; 김영두 옮김,『퇴계와 고봉, 편지를 쓰다』, 165~166쪽.

퇴계는 주자 관련 서적을, 심지어 시문까지 포함하여 정독하였다. 그리고 해독되지 않는 어휘나 어구에 대하여 곱씹어 생각하고, 주위 사람에게 풀이를 청하였다. 1568년 12월에 「성학십도」를 선조에게 올리기에 앞서 기대승에게 「서명도」에 관한 어휘 및 자구의 고증을 부탁한 일은 대표적인 예이다.

여기서는 1560년에 기대승에게 보낸 별지의 일부를 예로 들고자 한다.

> 『주자대전속집』의 「答蔡季通書」에서 "천지의 곳간을 다 열고자 한다면, 癰痔蝶蓏가 손상을 당하게 되는 유감이 없을 수 없다." 했는데, '옹치과라가 손상을 당한다'는 말이 무슨 뜻인지 모르겠습니다.
>
> 『淵源錄』의 「謝顯道遺事」에서 "六文一管筆로 특별히 써서 가르쳐 주시어, 이 사람의 마음을 안정시켜 주는 것이 좋지 않겠는가?" 했는데, '육문일관필'이란 무엇을 말하는 것입니까?
>
> 후인의 「題武夷精舍詩」에서 "성긴 발에 달빛 비치니 잔나비 울고, 대 책상에 먼지 나니 瓦雀이 지나가네" 했습니다. 어느 책에서 읽었는지 기억이 아니 않습니다만, 와작이 무슨 물건인지 알지 못하겠습니다.
>
> ……
>
> 주자가 「答鞏仲至書」에서 放翁의 일을 말하기를 "까닭 없이 천진교 위에서 胡孫의 요란시킴을 당했으나, 도리어 大耳三藏覰見했다."라고 했는데, 이것이 무슨 말입니까?
>
> 「劉珙神道碑」에 '藝祖熏籠'이라 한 일도 모르겠습니다.[12]

퇴계의 질문에 대해 기대승은, 이를테면 '옹치과라'란 말이 유종원의 「천설(天說)」에 나온다고 하는 등, 자신의 의견을 별지에 적어 보내었다.[13] 하지만 대부분은 오늘날까지 퇴계에게 답변을 하지 못하고 있는 실정이다. 조선 주자학의 최고 수준을 담고 있는 퇴계 선생의 시문에 대하여, 우리는 퇴계의 정독 태도를 따라서 퇴계가 흡족해 할만한 주해를 가한 텍스트를

---

12) 『退溪集』 속집 권3, 「與奇明彦」(경신), 別紙 ; 김영두 옮김, 『퇴계와 고봉, 편지를 쓰다』, 95~96쪽. 번역문을 약간 고쳤다.

13) 위에서 예로 들지 않았지만 筋斗나 班伯의 어휘에 대한 질문에도 답하였다.

아직 내놓지 못했다. 참으로 부끄러운 일이다.

(3) 서발문을 통한 사실고증
- 목록학의 참 방법을 서평에서 구현한 학술평론가

퇴계가 남긴 서발문은 「천명도설후서(天命圖說後敍)」를 비롯하여, 40여 편에 달한다.[14] 주지하듯이, 퇴계는 내면의 절실한 요구가 없는데도 남을 위해 서발문을 써준 분이 아니다.

퇴계의 서발문에는 '염퇴구지(恬退求志)'와 '돈실각근(敦實恪謹)'의 심경을 토로한 것이 많다.[15] 1558년(58세)에 그간의 왕복 편지를 간추려 『자성록(自省錄)』으로 엮고, 소서[「自省錄小序」]를 붙여서 잠계(箴誡)의 뜻을 다진 것은 대표적인 예이다.[16] 『의려선생집(醫閭先生集)』을 초(抄)하고 적은 발문 「초의려선생집부백사양명초후부서기말(抄醫閭先生集附白沙陽明抄後復書其末)」에서는 정좌의 학이 이정(二程)에게서 시작되었으되, 명대의 의려(醫閭)·백사(白沙)·양명(陽明)의 정학(靜學)이 불교의 영향으로 올바름을 잃었다고 논하였다.[17]

그런데 퇴계는 서발문에서 고증적 사실탐구[考據覈實]를 대단히 중시하였다. 철학사상에 관한 논변문의 성격을 띤 글들은 두말할 것이 그러하다.[18] 뿐만 아니라 다른 서발문에서도 서적의 성격, 선본(善本)의 선별 및

---

14) 필사본, 『陶山全書』, 퇴계학연구원 영인의 권58~60에 주로 수록되어 있다. 『退溪集』(한국문집총간 30)에는 권41~42, 권43에 수록되어 있다.

15) 1553년(명종 8) 가을 洪仁祐의 『遊金剛山錄』에 序를 지어, 遊山錄이 臥遊의 자료를 제공한다고 논한 것도 그 한 예다. 『퇴계집』 권59, 「洪應吉上舍遊金剛山錄序」, 또 주희의 「齋居感興詩」·「武夷櫂歌」나 廬山諸作을 특히 좋아해서 「書晦菴詩帖後」을 쓴 것도 은일을 구가하려는 뜻에서였다.

16) 『退溪集』 속집 권8, 「自省錄小序」.

17) 퇴계는 스스로의 靜學이 楊濂의 『伊洛淵源錄』에서 발명된 정좌설과 상통한다고 밝혔다. 그는 외면적으로 정제되고 엄숙한 태도를 견지함으로써 내면적으로도 통일되고 각성된 의식을 유지할 수 있으며, 靜的 상태에서 뿐만 아니라 起居行事 속에서 수행할 일을 마음에 집중하여야 한다는 수양론을 곳곳에서 주장하였다.

교감과 관련하여 세밀하게 고증해서, 목록학의 방법을 서평 속에서 구현하였다.

김규(金戣)가 주희의 「칠군자찬(七君子贊)」과 잠명류 및 서식강도(棲息講道) 관련의 시문을 초록해 줄 것을 청하였을 때 지은 발문(「跋金景嚴戣所求七君子贊及箴銘朱文公棲息講道處帖」)은 퇴계의 고증적 태도가 잘 드러난 글 가운데 하나다. 이 글에서 퇴계는 회암(晦菴)·백록동서원(白鹿洞書院)·고정(考亭)·죽림정사(竹林精舍) 등의 위치와 주희의 거주 시기를 꼼꼼히 따졌다.[19] 곧, 주희의 일생과 학문사적을 시간의 축에 따라 이해하고자 할 때 참고하도록 큰 줄기를 잡아 두었다. 오늘날 한 인물의 일생사적이나 학문사상을 논할 때 기초 작업으로 수행하는 계년화(系年化) 방법을 실천적으로, 선구적으로 제시한 것이라고 하겠다.

퇴계는 서발문에서 기사(記事)의 대상인 시가집이나 서적의 선본, 작자와 편찬자의 문제, 서적의 편차와 목차 등을 세밀하게 따졌다. 「서어부가후(書漁父歌後)」에서 어부가의 기원과 창사(唱詞)의 전승에 대하여 논증한 것이라든가, 「서역범제도병후(書易範諸圖屛後)」에서 황효공(黃孝恭)의 방위원도(方位圓圖)가 포운룡(鮑雲龍) 『천원발미(天原發微)』 속의 그림과 같고 포운룡의 그림은 실은 선천원도에서 유래한다고 논한 것은 그 좋은 예들이다.

퇴계는 서평에서 목록학의 전통적 방법을 높은 수준으로 구현하였을 뿐

---

18) 「天命圖說後敍」, 「心經後論」, 「白沙詩敎傳習錄抄傳因書其後」, 「抄醫閭先生集附白沙陽明抄後復書其末」, 「洪應吉上舍遊金剛山錄後[序]」, 「朱子書節要序」, 「啓蒙傳疑序」 등이 대표적인 예이다.

19) "先生初居建寧府崇安縣五夫里屛山之下潭溪之上, 所謂 '憶住潭溪四十年, 好峰無數列窓前'者也. 乾道六年庚寅, 先生年四十一, 作晦菴於建陽蘆峯之顚雲谷之中, 在崇安西南八十餘里, 往來棲息而已, 非恒處. 皆閩中地也. 淳熙六年己亥, 先生年五十, 始以知南康軍赴任, 興建白鹿書院, 三年秩滿而歸, 自是不復至白鹿洞. 蓋南康屬江東, 距閩中絶遠, 當在任日, 請於朝, 願爲洞主, 而不報, 則固無緣再至矣. 十年癸卯, 先生年五十四, 又作武夷精舍. 韓元吉精舍記, '元晦居于五夫, 在武夷一舍而近. 若其外圃, 暇則遊焉'云. 至光宗紹熙二年, 先生年六十二, 歸自漳州, 寓建陽之同由橋, 始築室考亭, 自五夫而遷居, 竹林精舍於是作焉. 蓋遷居後九年, 而先生易簀, 享年七十一矣."

만 아니라 선독(善讀)의 방법까지 제시하였다. 1562년에 『전도순언(傳道粹言)』의 선산(善山 개간본에 대해 쓴 발문(「傳道粹言跋」))은 대표적인 예이다. 퇴계는 '어록'의 유래에 대하여 폭넓게 논하고서 『전도수언』의 성서(成書), 이정(李楨)과의 교수(校讎) 사실, 간행 경위, 『전도수언』의 작자 문제를 논한 뒤 독자들에 대한 바람을 덧붙였다. 전체 글은 5단락으로 나뉘는데, 그 가운데 둘째, 넷째 단락에서 퇴계 문헌고증학의 정수를 엿볼 수 있다.[20]

또 「서계몽도서절요후(書啓蒙圖書切要後)」는 대단히 짧은 글이지만, 『계몽도서절요』라는 책의 유전 경위를 매우 적절하게 설명하였다.[21] 퇴계는 그 책이 『역학계몽』 등의 책에서 발췌하여 엮은 것이란 점을 분명히 하고, 그러면서도 이 책이 '초학의 지남(指南)'일 수 있기에 전하는 것이라고 평가하였다.

(4) 주자학 관련 서적 간행의 세심한 지휘
- 출판의 문화적 가치를 인식한 선구적 지성

퇴계는 주변 인물들이 서적을 간행할 때 세심한 지도를 아끼지 않았다. 만년에 퇴계가 자신의 『성학십도』를 교서관에서 판각하는 문제와 관련하여 기대승에게 서한을 내어 소주(小註)의 삽입이나 항자수(行字數)까지 지정한 것은 널리 알려진 사실이다. 또한 퇴계는 제자들이 지방관아에서 주희 관련 서적을 개판(開版)할 때에 판각 내용과 판식(板式)을 자상하게 지시하

---

20) "世有粹言之書, 蓋取河南兩夫子之說見於語錄者, 約繁而就簡, 潤質而成文者也. 彼其一時諸人, 雖親記所聞, 然記者非一手, 或得其句不得其意, 或得其意不得其辭. 今一經點化, 而向之質者變而文, 駁者歸于粹. 信乎其有裨於傳道, 而便於誦習也. …… 抑是書之作, 以南軒之序, 則謂出於龜山, 而月湖楊公, 則疑爲政堂之書. 自今觀之, 若使龜山實有此書, 而南軒之類編如是, 則何故朱門議論無一字及之耶? 況南軒文集, 亦無是序, 則月湖之言, 宜若得之. 而今其書首, 又有所謂傳道綱領與傳授, 而不著其姓名, 是又不能無疑者."

21) 퇴계는 먼저 『계몽도서절요』는 思齋 金正國의 嗣子 金繼趙가 소장하는 텍스트라는 점을 밝히고, 김정국의 문인 鄭之雲의 말을 인용하여, 이 도설이 趙有亨으로부터 慕齋(金安國)와 思齋에게 전수되었으며, 조유형은 모재와 사재의 從母夫라는 사실을 밝혔다. 서적의 流傳에 대하여 깊은 관심을 두고 소장의 계보를 따진 것이다.

였다. 이를테면 1553년(명종 8) 청주목사 이정(李楨)이 채모(蔡模) 주『재거감흥시주해(齋居感興詩註解)』를 저본으로『문공주선생감흥시(文公朱先生感興詩)』를 간행하면서 주희의 다른 여러 시들과 진보(陳普)의『무이도가주(武夷櫂歌注)』(이른바 劉爚本)를 합본하여 판각한 일이 있다. 퇴계는 이듬해(1554) 판본의 일부 편차를 개정하도록 권하였다.[22] 그 때 퇴계는 별지에 모두 52수를 계항배서(計行排書)하여 그것들을 개각본에 첨입하는 방법까지 알려주었다.[23]

한편 퇴계는 박희정(朴希正) 소장본『연평답문록(延平答問錄)』2권을 손수 전사(傳寫)·수교(讎校)하였고, 본문의 착간(錯簡)과 오자를 바로잡았다.「연평답문후어(延平答問後語)」에서 퇴계는 그 사실을 밝힌 뒤 다음과 같이 말하였다.

> 병들고 고단하며 정력이 미치지 못하므로,『논어』·『춘추』등과 관련하여 강설한 조목 가운데 行文만 많고 실천에 절실하지 않은 것은 다만 그 조목만을 들고 그 행문은 전사하지 않았다. 그리고『성리대전』등의 책에 보이는 것은 다만 아무 책에 보인다고 注書에 끼워 적기도 하고 윗면에 도드라지게 하였다. 이래서 책이 도무지 온전한 체제를 갖추지 못하였기에 부끄러울 따름이다.[24]

퇴계는 선본(善本)을 엮고 간행하기 위해 고증에 공을 쏟았지만 문헌의 집성 자체에 골몰하지는 않았다.『연평답문』의 조목 가운데 실천에 절실한 것에 대하여만 선별적으로 행문을 전사한 것은 그 때문이었다. 그는 서적

---

22) 심경호,「朱子‘齋居感興詩’와 ‘武夷櫂歌’의 조선판본」,『季刊書誌學報』제14호 ; 韓國書誌學會. 1994.12, 3~36쪽;「朝鮮本の『齋居感興詩』と『武夷櫂歌』について」, 興膳宏敎授退官記念中國文學論集編集委員會,『(興膳宏敎授退官記念)中國文學論集』, 日本 : 京都, 2000.3. 18. 汲古書院出版, 851~864쪽;『국문학연구와 문헌학』, 태학사, 2002, 317~352쪽.

23) 이 글은『퇴계집』에 들어 있지 않고, 을묘년의 2차 개정본『문공주선생감흥시』, 서울대학교 규장각 소장의 권말에 붙어 있다.

24) “但以支離頓憊, 精力不逮, 其『論語』·『春秋』等講說之條, 文多而不切於行者, 或只擧其條, 而不傳其文. 其在『性理』等書者, 只云見某書, 或挼入注書, 或挑出上面. 書殊未爲全書, 是爲愧懼耳.”

간행과 관련하여 제1의적인 것과 제2의적인 것을 분별하였던 진정한 '출판
인'이었던 것이다.

3. 다산의 문헌실증방법

조선후기에 이르러 일부의 선구적 지성들은 도문학의 가치를 존덕성보
다도 상대적으로 더욱 중시하였다. 특히 경학의 토대 학문인 소학과 문헌
학의 방법을 학적 체계의 전환을 위해 적극적으로 활용하였다. 그러한 방
법을 철저하게 구사한 인물이 곧 다산 정약용이다.

다산은 흔히 실학의 집대성자로 분류되어 기존의 주자학이나 조선 성리
학자들의 사상을 극복하였다고 운위된다. 그렇지만 도문학과 존덕성의 종
합을 끊임없이 추구하였다는 점에서, 그는 주자학 혹은 퇴계 이후 조선 성
리학의 학적 태도를 계승한 측면이 있다. 다산이 경세치용 방면에서 이룩
한 업적이나 경전 연구에서 활용한 문헌실증의 방법은 결코 존덕성을 무시
한 몰가치적인 실증주의가 아니었다.

다산은 『도산사숙록』에서 퇴계에 대한 흠모의 마음을 표현하였다. 퇴계
가 존덕성의 높은 경지에 이른 것을 잘 알았기 때문이었다.[25] 우견(愚見)이
지만, 다산의 사상실천에서도 실심사행(實心事行)의 존덕성 문제가 여전히
제1의적 의미를 지녔다고 생각한다. 다만, 여기서는 다산이 퇴계와 마찬가
지로 '도문학'의 한 내함(內含)으로서 문헌학을 착실히 발전시켰으며, 그 점
에서 퇴계의 학문방법에 연속되는 측면을 지닌다는 사실을 강조하여 둘 따
름이다.

---

25) 『도산사숙록』에 대하여는 김언종, 「『도산사숙록』소고」, 『퇴계학보』 제87·88 특집호, 퇴계
   연구원, 1995. 12, 235~261쪽을 참고.

(1) 소학과 '합리론'의 결합
- 전통학술방법의 계승자

전통 학술의 중심을 이루어 온 경학(經學)은 경문의 자구 주석을 통해 사상을 개진하는 방법을 널리 사용하여 왔다. 부정적인 의미에서든, 긍정적인 의미에서든, 경전을 해석할 때 바탕이 되는 기초학이 곧 소학이다. 소학은 문헌이 단어→문장→편장(篇章)의 구조로 층위를 이루고 있다는 전제에서 출발한다. 특히 건륭·가경 연간의 박학[朴學 = 樸學 = 考證學]은 그 방법론을 가장 근대적으로 발전시킨 유파라고 말할 수 있는데, 박학이 극복하고자 하였던 주자학도 실은 소학을 의리 발명의 기초로서 적극 활용하였다. 주희가 경문의 해석에서 반드시 먼저 독음을 주석하고, 권내주(圈內註)에서 명물(名物)·자구(字句)의 주석을 행하고 편장의 문면을 해석한 뒤에 권외주(圈外註)에서 철학적 의의를 논한 것은 참고할 만하다. 소학의 방법론은 문자학과 음운학에서 출발하여 문체론·양식론과 같은 구조분석으로 나아가고, 다시 그것으로 완결되지 않고 관련 문헌의 상호 대조로까지 복잡하게 얽혀나간다.

그런데 전통 한학에서는 소학의 방법만을 전적으로 이용하기보다는 경문의 해석에 언제나 '인정(人情)'이나 '성인(聖人)의 이상'에 조회하는 '합리'의 방법을 도입하였다. 합리의 방법이란 송대의 경학론에서 '인정'과의 합치 여부를 논리준거로 사용하였던 데서 기원한다. 인정과의 부합 여부를 논하는 것은 확증에 의한 귀납논증이 아니므로 독자에게 공감을 강요하는 가설법(假設法)을 많이 사용하였다.

다산도 '합리론'과 본문교합의 방식을 결합한 방식을 구사하였다. 일례로 다산은 염약거(閻若璩)『고문상서소증(古文尙書疏證)』을 받아들여 정현(鄭玄) 주의 서서(書序) 24편이 진고문임을 논한 위에, 매색(梅賾)에 의해 자잘하게 쪼개지기 이전의 고문상서를 복원하고자 하였다. 다산은 자신의 방법을 '존고(存古)'라고 명명하였고, '존고'를 통하여 '성경(聖經)'의 원의(原義)'를 탐구할 수 있다고 생각하였다. 물론 다산은 『상서』를 상고 시대 제왕의 정벌과 정치, 치민, 왕위계승, 정치제도 등등과 관련된 역사서로 파악하여, 과거사를 당대에 적용시키는 것을 목표로 삼았다. 그러면서도 관련 자료의 교합(校合)과 변증, 입론에서 문헌실증적인 태도를 견지하였으며, 역시 '인정'과의 합치라는 선험적 전제를 완전히 버리지는 않았던 것이다.[26]

전통 학술에서 소학과 '합리론'의 결합은 역기능과 순기능의 두 측면을 동시에 지녔다. 검증되지 않은 전제를 문헌 분석에 적용하여 경전의 뜻을 왜곡하는 경우도 종종 있었다. 그런데 다른 한편으로 그것은 문헌학적 방법이 실증 자체에 매몰되는 것을 방지하는 순기능의 역할도 하였다. 소학과 '합리'의 결합은 소학의 번쇄한 논리에 빠져들거나 혹은 '합리'의 자의적 해석에 편향하지 않도록 논리적 객관성을 유지하는 데 일정한 기여를 하였던 것이다.

---

26) 『논어고금주』의 한 예를 들기로 한다. 『논어』, 「泰伯」편에 "民可使由之, 不可使知之"라는 구절이 있다. 이 구절은 유가의 愚民化 정책원리를 드러낸 말이라고 종종 인용된다. 그 근거는 후한 때 鄭玄이 '民'은 '冥'의 뜻이고, '由'는 따른다는 뜻이라고 분석한 데서 기인한다. 정현은, 인민을 올바른 도리로 가르치면 그들이 반드시 따르지만, 만일 그 '本來'를 알게 되면 인민이 혹 가벼이 여겨 실행하지 않을 수 있기에 인민들에게 정책 입안의 이유를 알려주어서는 안 된다고 하였다. 하지만 후한의 張憑은 위정자가 德으로 정치를 하면 인민은 각기 제자리를 얻어 그 은혜의 발원자를 의식하지 않고 만족스럽게 나날을 보낸다고 하였다. 魏의 何晏은 '由'를 '用'이라 보고, "사용하게는 할 수 있어도 알 수 있게 할 수는 없다는 것은 백성이 일상 사용하지만 알 수는 없다는 뜻이다"라고 하였다. 梁의 皇侃은 하안의 설을 부연하여, 백성이 天道를 사용하여 생활하지만 그 깊은 뜻을 알 수는 없다고 풀이하였다. 남송의 朱熹는 황간의 주석을 계승하여, 인민들은 당연의 이치를 따르도록 시킬 수는 있어도 그 소이연을 일일이 알게 할 수는 없다는 뜻으로 해석하였다. 우민화 정책이 아니라고 본 점에서는 장빙·황간과 같다. 다산은 성인의 마음이란 지극히 공정하여 사심이 없으므로 우민화 정책이 있을 수 없다고 하였다. 道體가 지극하기 때문에 모두다 알 수는 없다는 뜻이지 고의로 숨기려고 하는 것이 아니라고 본 것이다. 여기서 다산은 종전의 주석들을 대조하는 문헌학적 방법을 이용하되, 성인의 이상을 상정하여 두고 그것에 비추어 보는 합리의 설도 함께 활용하였다.

(2) 참조준거의 확대와 고증억견(孤證臆見)의 배격
- 문헌실증의 원리를 제시한 근대적 지성

박학(고증학)은 고증(孤證), 즉 유일한 증거는 입론의 근거로 삼을 수 없다
는, 귀납 분석의 원칙을 수립하였다. 그런데 고증학이 수용되기 이전에도
전통 학문은 훈고(訓詁)나 의리 발명에서 기왕의 전주(傳注)들을 상호 대조
하고 관련 문헌을 비교하는 방법을 사용하였다. 그것은 바로 고증에 의한
단정적 논리를 배격하는 태도를 체득한 결과였다. 이 점은 퇴계의 문헌학
에서도 살필 수 있었다. 그런데 18세기 말 이후 일부 지성인들은 구주(舊註)
를 집록(輯錄)하고 연관 정보를 보설(補說)로서 가능한 한 많이 채록하여 훈
고·해석의 설득력을 강화하려는 방법을 활용하였다. 다산의 학술방법이
그 정점에 놓여 있다.[27]

18세기 중엽에 청나라 초기 모기령(毛奇齡)의 경학설이 소개되자, 조선의
지식인들은 그 경학연구 방법의 근본지향을 매도하였다. 모기령은 주자의
학문 내용과 학문 방법을 철저하게 비판한 학자였다. 다산은 내재비판을
통하여 그 설을 취사하였다. 박지원(朴趾源)이 논하였듯이, 당시는 청나라
조정이 주자학을 성학(聖學)으로 내걸어 학술사상을 통제하던 상황이었다.
따라서 모기령 이후 발달한 고증학이 주자학을 비판한 것은 곧 청조에 대
한 소극적 저항의 의미를 지녔다고도 볼 수 있다. 하지만 대부분의 조선 지

---

27) 학문 방법은 주자학을 부정한 것이 아니라 주자학까지 포함한 전통한학의 큰 맥락을 계승한
것이라고 할 수 있다. 전통 한학은 큰 흐름만 짚어보면 漢學·宋學·考證學이 시대별로 교체
되었지만, 어느 경우에나 선행하는 설을 충분히 비판적으로 검토하고서 새 견해를 제시하는
방법을 택하였다. 唐과 宋의 학자들은 한나라 때의 주석을 소통시키는 작업을 대대적으로 행
하였고, 程朱學者는 舊注를 비판적으로 검토하여 의리를 새롭게 발명하였다. 또 청대에는 校
勘과 訓釋을 통해 注疏를 재검토하였다. 그런데 당나라의 疏家는 舊註를 검토하여 正義를
제시하되, 정의에서 벗어난 이설을 그대로 보존하고 이설이 제기된 이유를 상세히 분석하였
다. 이것을 두고 '소는 주를 깨어버리지 않는다[疏不破註]'라고 한다. 일견 번쇄한 듯하지만,
선행하는 설을 충분히 검토하겠다는 성실한 학문자세를 엿볼 수 있다. 朱熹는 舊註를 비판하
고 新註를 제시하였지만, 실은 그도 구주의 내용을 충분히 검토하고 정설로서 인정할 수 있는
것은 그대로 받아들였으며, 반드시 註家의 이름을 밝혔다. 『사서집주』의 序說은 아예 기존의
문장과 선학의 어록을 따와서 集錄하는 방식을 택하였고, 출전을 밝혔다.

식인들은 그 점을 감안하면서도 모기령의 비판 논리 속에 담긴 쇄말주의(瑣末主義)를 비판하였다. 그러나 다산은 한학과 송학을 두루 참고로 하는 과정에서 모기령의 경학설을 적극적으로 참고하였다. 또한 그것을 토대로 명물 훈고의 번쇄한 학문을 배격하고 의리학을 경세학의 방향으로 강화시켰다.[28]

다산은 다양한 주석을 정리하되, 주가(注家)의 계보를 따져서 계열화하였다. 그렇게 함으로써 독자들이 스스로의 판단에 따라 주가를 취사선택하도록 재량에 맡기려고 한 것이다.

> 지금 경전에 대한 학설이 어지럽게 뒤섞여져 그 기강이 없으니, 만일 정밀하게 선택하고 두루 채집하여 올바른 기준 쪽으로 모이게 하고 올바른 기준에 맞게 돌아가게 하지 않는다면 경전의 도리가 아마도 사라질 것입니다. …… 경문의 아래에 세대를 고찰하여 箋註를 싣되 번다하게 부연한 것은 제거하고 중복된 것은 쓸어버려서 …… 글 읽는 선비가 책을 펴보면 어떤 학설은 어떤 사람에게서 나왔고, 어떤 해석은 어떤 책에서 밝은지를 알게 하여야하고, 취하고 버리고 좋고 좋지 않는 결정은 배우는 사람들이 선택하게 해야 할 것입니다.[29]

다산은, 경전의 해석에 관한 한 권위적인 '달고(達詁 : 훈고에 통달함)'란 있을 수 없다는 사실을 인식하고 신주·구주의 차이, 고문가·금문가의 차이를 명확히 하여야만 선독자(善讀者)일 수 있다고 본 것이다. 이것은 다산의 문헌학이 '패러프레이즈(문헌내용의 단순한 부연 및 해설)'의 수준을 그치는 것이 아니라 '해석학적'이었다는 점을 시사해준다.

정약용은 자신의 설을 주장하기 위해 기존의 학설들을 '충분히' 비판적으로 검토하였다. 그는 경전 연구에서, 청나라의 주자비판자 모기령의 설이

---

28) 심경호, 「정약용의 시경론과 청조 학술 : 특히 毛奇齡 설의 비판 및 극복과 관련하여」, 『다산학』 3, 다산학술문화재단, 2002.6, 196~229쪽.

29) 『여유당전서』 제1집 文 권8, 「十三經策」, "今經典之說, 紛綸錯綜, 散無綱紀. 苟非精選博探, 會其極而歸其極, 則經之道, 幾乎熄矣. …… 乃於經文之下, 考其世代, 載其箋註, 而刪其繁衍, 汰其重復 …… 使讀書之士, 開卷瞭然, 知某說之起於何人, 某義之昉於何書, 而其取舍從違之權, 聽學者自擇."

나 일본의 고학자(古學派) 오규 소라이(荻生徂徠) 및 타자이 쥰(太宰純)의 설까지 참고하였다.[30] 참고할 수 있는 모든 설을 그 근본심리에 이르기까지 분석하여 시비를 가리려고 하였다. 그 태도는 함부로 자기 견해를 내세우는 일과는 거리가 멀다. 그것은 자기검열·자기한정을 극복하려는 지성의 고투 속에서 나온 것이다.[31]

(3) 체례연구법의 활용과 저술 체계의 중시
- 근대적 저술가

다산은 문헌에서 체계를 매우 존중하였다. 연구 대상의 문헌이 지닌 체계를 중시하였을 뿐만 아니라, 자신의 저술 체계도 중시하였다. 또한 학문 연구 활동의 전체 체계를 수립하고자 하였다. 여기서는 '문헌연구의 방법'에만 한정하고, 후자, 즉 학문활동 전체에 나타난 체계 지향의 문제에 대하여는 언급하지 않기로 한다.

---

30) 일례로 『논어고금주』에서 「爲政」편의 '攻乎異端' 章을 논한 입론 방식을 보면 다산은 우선 '攻'자에 대하여 주희의 『논어집주』를 따라 范祖禹의 '專攻'설을 정설로 삼되, 補論에서 "이단이란 百家衆技를 가리키지, 楊·墨·佛·老를 말하는 것이 아니다"라는 새로운 설을 주장하였다. 이것은 오규 소라이와 타자이 쥰의 설을 수용하고, 『논어집주』의 설을 배격한 것이다. 정약용은 「인증」 부분에서 타자이 쥰의 『論語古訓外傳』에 실린 『공자가어』의 예를 재인용하였다. 다음으로 정약용은 邢昺 疏가 이단을 제자백가 서적으로 본 것은 잘못이라고 변박하였다. 이것은 타자이 쥰이 형병 소와 皇侃 설을 부분 인정한 것과 달리, 제자백가가 공자 시대에는 문호를 세우지 못하였다고 하여 완전 부정한 것이다. 정약용은 『논어』 어구에서 '也已' 語法의 수사적 측면과 공자의 관련 언술을 입론의 근거로 삼았다. '해로울 따름이다'란 어투는 엄하게 금단하는 뜻이 아니므로 여기서 말한 이단은 흔히 말하는 이단이 아니라는 것이다. 이 뒤에 다산은 陸九淵의 말을 인용하여 이단이 곧 多端의 뜻이라고 강조하였다. 육구연은 주희의 격물치지론이 '하나의 단서'인 요순의 도를 깨닫지 못한 채 외부 대상을 인식하려고 번쇄한 작업을 행한다고 비판하였다. 다산이 그의 말을 인용한 것도 그 관점에 동조하였기 때문이었을 것이다. 다산은 攻을 攻擊이라고 주장할 반론을 예상하여, 「考工記」의 용례를 들어 攻이 專攻의 뜻이라고 하였다. 또한 명의 袁黃의 설을 『논어고훈외전』에서 재인용하여, 이단이 양·묵·불·노를 가리키는 말이 아니라고 못박았다. 그리고 다시 漢·晉 유가들이 '異端'이란 말을 사용한 예들을 들어, 그 시대에는 이단이 양·묵·노·불을 가리키지 않았음을 밝혔다. 그리고 「考異」 부분에서 攻을 공격의 뜻이라고 논한 毛奇齡의 설을 일설로 갖추어 두었다.

31) 다산의 경학론 가운데서 특히 『논어고금주』에 인용된 중국 및 일본 학자들의 주석에 대하여는 김언종, 『丁茶山論語古今注原義總括考徵』, 臺灣:學海出版社, 1987.6을 참고.

다산은 연구 대상인 텍스트의 ‘체계’를 발견하고자 하였다. 즉 관련 자료의 교합(校合), 변증, 입론에서 합리적인 태도를 견지하였을 뿐 아니라, 텍스트의 의례(義例) 곧 저술체제를 살핌으로써 텍스트의 원의(原義)를 확정하려고 하였다. 서서(書序)의 완결(完缺)과 진위를 분별하고 원의를 추정할 때 체례연구법(體例硏究法)을 활용한 것은 그 대표적인 예이다. 이를테면 다산은 ‘명(命)’의 부류에 대해서는 ‘군주가 신하에게 관직이나 작위를 내리면서 명하는 내용’이라고 일관되게 해석하였다.

다산은 연구 대상인 경전 본문의 체계를 밝혀내려고 하였을 뿐 아니라, 스스로의 저술에서도 체계를 수립하고자 하였다. 다산은 「소학주관서(小學珠串序)」에서 우화를 예로 들어, 구경(九經)·구류(九流)·백가(百家)의 명물(名物)과 수목(數目)을 옥구슬에 비유하고, 그것들을 하나로 꿰는 체계가 없으면 지식이 무용하다고 말하였다. 특히 전주(傳注)를 이용하여 고전을 재해석하려면 일정한 지식체계나 기준을 근거로 그것들을 취사선택하여야 한다. 전주는 수량이 많으며, 때로는 같은 서적에 대하여 논란이 분분한 것도 많다. 그것들을 이용하려면 하나의 견해에 갇히는 것을 피하여야 한다. 다산은 그 점을 명확히 인식하여 지식의 체계 혹은 계보를 중시하였던 것이다.

다산이 저술의 체계를 중시하였다는 사실은 모기령의 『고문상서원사(古文尙書冤詞)』를 비판하기 위해 『매씨서평(梅氏書平)』과 『염씨고문상서소증초(閻氏古文尙書疏證鈔)』를 저술한 동기에 잘 나타나 있다.[32] 다산은 1827년에 『고문상서소증』을 빌어보고 『매씨서평』을 없애도 좋겠다고 하면서도, 염약거의 저술이 “의례를 갖추지 못하고 진고문(眞古文)과 위고문(僞古文)을 뒤섞었으며 상하를 뒤섞은 탓”에 모기령이 여전히 무롱(舞弄 : 법률을 농간하

---

32) 丁若鏞, 『與猶堂全書』(1811년), 「梅氏尙書平序」, “蓋自孔安國以降, 說古文者多, 而梅氏之後, 先晉典籍, 一彗以除, 今之行于世者, 無一非梅氏之羽翼. 若所謂毛氏冤詞, 雄辯博證, 千夫斂舌. 臣鏞乃能溯考源本, 歷擧符契. 掇古籍者, 指其本旨, 而姦僞自綻. 據前史者, 明其實證, 而邪遁莫售. 摘梅氏之隱情, 如張湯訊囚, 斷毛氏之游辭, 如子路折獄. 綜理公平, 俱造其極, 僞邪旣黜, 誠正自著……豈不快哉!”

듯 원문을 가지고 농간함)하였다고 한탄하였다. 그래서 그 스스로 『염씨고문상
서소증초』를 작성하였다. 다산은 또한 『상서고훈』에서 고이(考異 : 字句異同
의 검토), 고오(考誤 : 趣旨異同의 검토), 고증(考證 : 증거인용), 고정(考訂 : 취지 정
정), 고변(考辨 : 쟁점 고찰), 논왈(論曰)・정왈(訂曰 : 旣說 辨駁), 연의(衍義 : 新立
論)와 같은 표출어를 사용하여, 훈고 주석을 새로 하고 본지를 다시 살폈다.

4. '도문학'의 연속과 전변 – 마무리를 대신하여

퇴계와 다산의 문헌분석 방법은 공통성이 있고 따라서 둘 사이에 연속성
을 찾아볼 수 있다. 하지만 한편으로는 그 둘 사이에 차별성도 분명히 드러
난다.

이를테면 퇴계는 『자성록』을 엮은 뒤 쓴 소서(「自省錄小序」)에서,[33] 서한
을 기록해서 책으로 엮는 일에서도 존덕성의 실천을 중요시하였다. 또한
'저서는 반드시 많을 필요가 없다(著書不必多)'는 기본 생각을 밝혔다.

> 옛날에 말을 함부로 하지 않은 것은 몸소 실천함이 따라가지 못하는 것을
> 부끄러워해서였다. 지금 친구들과 더불어 강구하여 편지를 주고받은 것들은,
> 그 발설한 것이 부득이하여 그렇게 한 것이었다고 하더라도 이미 부끄러움을
> 이기지 못할 지경이다. 하물며 이미 말한 뒤에 저쪽은 잊지 않았는데 이쪽은
> 잊어버린 것도 있고, 양쪽 다 잊어버린 것도 있으니, 이런 경우에는 비단 부끄
> 러워할 일에 그치는 것이 아니다. 거의 꺼리는 바가 없는 상태로 되고 말았기
> 에 너무도 두렵지 않을 수 없다. 간간이 옛 글 상자를 뒤져, 원래의 초고가 있
> 는 것을 손수 베껴 책상머리에 두고 때때로 열람하여 거듭거듭 그때마다 반성
> 해서 게을리 하지 않겠다. 원래의 초고가 없어 기록하지 못한 것들도 절로 그
> 가운데 들어 있게 될 것이다. 그렇지 않다면, 아무리 서한을 많이 著錄하여 책
> 을 이룬다고 하여도 무슨 보탬이 되겠는가?[34]

---

33) 『자성록』에 대하여는 權五鳳, 「退溪의 日錄과 日記의 比較 新探」, 『退溪學研究』 8집, 단국
　　대학교 퇴계학연구소, 1994를 참조.

또한 퇴계의 독서 범위는 경전과 주자학 관련 서적에 제한되었다. 특히 『경전석의』에서 퇴계는 중국의 자서나 운서를 참고로 하면서 주희 및 대전본(大全本)의 주음(注音)을 조선한자음으로 고쳐 읽는데 주력하였지, 경문 자체의 음을 고찰하여 그 구조나 성립의 과정을 논하지는 않았다. 또 퇴계는 구문과 어사(語辭)의 문법적 특징에 주목하여 언해에 응용하였는데, 이 경우 주희의 '허자불석(虛字不釋)' 원칙에 충실한 반면, 고한어어법(古漢語語法)을 체계적으로 분석하지는 않았다. 또한 퇴계는 경문 해석에서 주희의 설을 준봉하는 반면, 주희 설과 대전본 소주(小注)의 모순이나 소주 상호간의 모순에 대하여 분석하지는 않았다.

한편 다산이 문헌실증의 방법을 학문연구에 도입한 것은 조선후기의 지성인들이 인간과 역사(현실)를 해석하는 유력한 방법으로 박학(博學)을 중시하였던 것과 관계가 깊다. 이익(李瀷)의『성호사설』에서부터 이규경(李圭景)의『오주연문장전산고』에 이르기까지, 조선지식인들은 문헌의 조사와 고증을 통하여 천문·역법·역사·지리·문학·음운·종교·풍속·언어·고사 등 갖가지 영역의 사실을 기록하고 변증하였다. 그것은 관념의 구속에서부터 벗어나 '자연의 빛'으로 사물과 사실을 바라보고자 하는 시대정신을 반영한다. 조선후기 지식인들이 '박(博)'을 중시한 것은 관념보다 실제 사실, 기성 윤리보다 개체 사물을 중시하게 되었기 때문이다.[35]

퇴계는 의리를 추구하고 실천하기 위해서 학문 기초학인 소학이 탄탄해

---

34)『退溪集』속집 권8,「自省錄小序」, "古者, 言之不出, 恥躬之不逮也. 今與朋友講究往復, 其言之出, 有不得已者, 已自不勝其愧矣. 況旣言之後, 有彼不忘而我忘者, 有彼我俱忘者, 斯不但可恥, 其殆於無忌憚者, 可懼之甚也. 間搜故篋, 手寫書藁之存者, 置之几間, 時閱而屢省於是而不替焉. 其無藥不錄者, 可以在其中矣. 不然, 雖錄諸書, 積成卷帙, 亦何益哉?"

35) 박지원은 특히 인식의 문제와 관련하여 비중 있는 에세이들을 남겼다. 그는 사물과 사물의 본질적 차이가 더 이상 잘게 쪼갤 수 없는 지극히 미세한 공간의 차이(결국 시간의 차이)에 의해 성립하며, 그 미세한 차이가 곧 사물의 공간-시간의 '일회성'의 토대가 된다는 사실을 깨달았다. 이에 대하여는 심경호,『(수정증보) 한문산문의 내면풍경』, 소명출판, 2002 수록,「일회성의 진실과 미학 : 연암의 인식론과 미학론」을 참조.

야 한다는 사실을 누구보다도 잘 알았다. 또 문헌을 읽고 이해함으로써 '도문학'을 행하는 것이 일반적인 시대였기에, 텍스트 자체에 대한 분석이 의리의 발명에 선행해야 한다는 사실을 잘 알고 있었다. 즉 퇴계는 경문의 본뜻을 탐구하기 위해 훈고학의 방법을 경전의 석의에 도입하였다. 나아가 퇴계는 목록학의 방법을 서평에 응용하였고, 서적의 출판에 깊이 간여하였다. 그러면서도 퇴계의 문헌 분석은 사실 기술의 차원에 머문 것이 아니라, 자신의 내면 뜻을 밝히고 진지(眞知)에로 나아가는 지성의 운동을 담았다. 퇴계는 의리를 탐구하여 그것을 존덕성의 실천에 연결시키고자 노력하였기에, 문헌분석의 실증 자체에 제1의적 가치를 두지는 않았다. 퇴계의 문헌학은 오늘날의 문헌학에 대하여, 자구의 고증 자체를 추구하여야 할지, 문헌이 지닌 보다 높은 인간학적 의미를 탐색하여야 할지, 태도를 밝히라고 촉구하는 것만 같다.

다산의 경우는 사회적 실천 지향의 학문이 보다 진실성과 설득력을 지니려면 문헌학의 토대가 필요하다는 사실을 분명하게 알았다. 다산은 가능한 한 많은 문헌들을 대조하여 정론을 내리는 방법을 활용하고 체계를 중시하였다. 이것은 퇴계가 단초를 제시하였던 한국 문헌학의 방법을 계승하고 변혁시킨 것이었다. 그런데 다산은 문헌 연구를 통해 당대 문제의 해결책을 제시하고자 하였기에, 유용·무용의 관점을 벗어난 순수 진위론(眞僞論)을 추구하지는 않았다. 퇴계가 의리지학(義理之學)에 충실하여 자기수양의 길을 걸어 나갔다면, 다산은 의리지학의 토대 위에서 사회적 책무를 강조하는 방향으로 나아갔다고 말할 수 있다.

퇴계와 다산이 문헌분석을 통하여 결론을 내린 사항 가운데는 현대의 관점에서 부정할 수밖에 없는 예도 있다. 특히 최근에는 학문 연구가 비문자(非文字) 자료를 참조하는 경향이 두드러지고 있다. 그러한 현대적 경향성을 염두에 놓고 보면, 퇴계와 다산의 방법은 문헌 중심의 연구에 치우쳤다. 더구나 문헌을 집성하는 데 상당한 어려움이 있었기 때문에 그 문헌 연구에는 미비성과 편향성이 드러난다.

하지만 퇴계와 다산의 문헌학적 방법은 한국 지성사의 전진에 큰 기여를 하였다. 그 연구방법은 세계를 해석하고 변혁하려는 방법을 포기한 것이 아니었다. 따라서 문헌분석과 문헌실증 속에 이미 '방법'을 내포하고 있었다. 퇴계와 다산은 지식정보를 섭렵하여 체계화하는 '박학'과 저작물의 문맥적 의미를 탐구하는 '독서'의 방법을 착실하게 발전시켰다. 그들의 연구방법은 오늘날 한국 한학, 한국 인문학이 발전할 수 있는 매우 비옥한 토양을 마련해 주었다고 말할 수 있다.[36]

[고려대학교 한문학과 교수 심경호]

---

36) 전통한학의 한계와 그 가치에 대해서는 심경호, 「문헌고증과 해석, 그리고 현실에의 매개적 참여」, 『中國語文學誌』 제7집, 중국어문학회, 2000.6, 73~94쪽을 참조.

참고문헌

李滉,『陶山全書』, 사단법인 퇴계학연구원 영인, 퇴계학총서 제Ⅱ부, 1988.

____,『退溪集』, 민족문화추진회 영인·표점, 한국문집총간 29·30·31, 1989.

____,『增補退溪全書』, 성균관대학교 대동문화연구원 영인, 1985.

丁若鏞,『與猶堂全書』, 민족문화추진회 영인·표점, 한국문집총간, 281~286쪽.

權五鳳, 「退溪의 日錄과 日記의 比較 新探」,『退溪學研究』8집, 단국대학교 퇴계학
　　　연구소, 1994.

김언종, 「『도산사숙록』소고」,『퇴계학보』제87·88 특집호, 퇴계연구원, 1995.

____,『丁茶山論語古今注原義總括考徵』, 臺灣:學海出版社, 1987.

김영두 옮김,『퇴계와 고봉, 편지를 쓰다』, 소나무, 2003.

沈慶昊, 「退溪 經書釋義의 音注에 대하여」,『진단학보』제70호, 진단학회, 1990.

심경호, 「朱子 '齋居感興詩'와 '武夷櫂歌'의 조선판본」,『季刊書誌學報』제14호, 韓
　　　國書誌學會. 1994.

____, 「錦城開刊『溪山雜詠』과 庚子本『退溪文集』의 간행 경위에 대한 일 고찰」,
　　　『계간서지학보』19, 한국서지학회, 1996.

____, 「退溪의 序跋文」,『한국의 철학』제25호, 경북대학교 퇴계연구소, 1997.

____, 「문헌고증과 해석, 그리고 현실에의 매개적 참여」,『中國語文學誌』제7집, 중
　　　국어문학회, 2000.

____, 「朝鮮本の『齋居感興詩』と『武夷櫂歌』について」, 興膳教授退官記念中國文
　　　學論集編集委員會,『(興膳教授退官記念)中國文學論集』, 日本:京都, 2000.

____, 「정약용의 시경론과 청조 학술: 특히 毛奇齡 설의 비판 및 극복과 관련하여」,
　　　『다산학』3, 다산학술문화재단, 2002.

____,『조선시대 한문학과 시경론』, 일지사, 1999.

____,『(수정증보) 한문산문의 내면풍경』, 소명출판, 2002.

____,『국문학연구와 문헌학』, 태학사, 2002.

柳鐸一, 「退溪의 文獻觀과 文獻學的 學風의 展開-鶴峯系派를 中心으로-」,『退溪
　　　學研究』2집, 단국대학교 퇴계학연구소, 1988.

李完栽, 「嶺南學派에 있어서 鶴峯先生의 位置」,『鶴峯의 學問과 救國活動』, 鶴峯先
　　　生紀念事業會, 1993.

퇴계와 다산의 심성론 비교

1.

기존의 구분에 따를 때 퇴계의 학문은 성리학을 대표한다면, 다산의 학문은 실학을 대표한다. 학계에서는 실학에 관한 연구가 본격화 한 뒤로 성리학과의 차이에 주목하고, 양자 사이의 차별성을 밝히는 것에 주력하여 왔다. 그러한 일례에 해당하는 것이 그동안 학계에서 실학을 반주자학 또는 탈성리학적 경향의 학문으로 설명해 온 사실이다.[1] 그렇게 설명할 수 있는 근거의 상당 부분이 다산의 학문에 대한 연구에서 나온 것이다.

그 설명은 한국 역사로부터 전근대와 근대를 구분하고, 자생적 근대의 맹아를 우리의 역사로 형상화하고자 하는 관점에 기초하였거나 연관되어 나타난 것이다.[2] 이는 광복 이후 연구자들 다수의 시각이었고, 일제 식민사관의 극복이라는 학계의 공통적인 의식에서 비롯된 관점의 하나였다. 그러나 돌이켜보면 이 관점은 광복 이후 자생적 근대화를 구명함으로써 식민사관을 극복한다는 일종의 역사적 요청에 부응하는 것이므로, 거기에는 당위성이 강조된 점이 적지 않은 것으로 이해된다. 또 이 관점은 조선시대 유학

---

1) 조광, 「朝鮮後期 實學思想의 研究動向과 展望」, 『何石金昌洙博士華甲紀念史學論叢』, 범우사, 1992, 420~421쪽. 탈성리학의 관점으로 다산의 유학을 조명한 논문은 윤사순, 「다산의 인관간」, 『정다산 연구의 현황과 과제』, 민음사, 1985이 대표적이다.

2) 이른바 탈성리학의 경향으로 실학을 파악하는 관점은 역사학계의 근대지향성에 입각하여 실학사상의 특징을 검토하는 관점과 같은 맥락이라고 이해된다. 이에 대해서는 위와 같은 논문 참조.

자들 당사자의 입장이나 활동을 고려하기보다는 일종의 서구중심의 사관에 입각하여 조선의 유학사, 또는 유학사상사를 재단하는 성격을 다분히 지니고 있는 것이다. 그것으로부터 우리는 한국사상사 이해와 관련된 일종의 역사주의적 경향을 읽을 수 있다. 그러나 이제는 이로부터 벗어나 역사를 그 사실적 맥락에서 읽고 해명하는 작업에 충실하여야 할 것이다.

사료의 내용으로 본다면, 다산의 학자적 정신의 눈을 뜨게 해준 성호의 학문이 퇴계의 전통을 수용하고 있을 뿐 아니라, 다산 자신이 퇴계를 사숙하였기 때문에 다산의 실학은 퇴계의 성리학을 충실히 계승하고 있다고 보인다. 따라서 기존 연구들이 밝힌 것처럼 실학과 성리학에는 단절성만 있는 것은 아니다. 그리고 전근대 사상으로 성리학을 규정하고 근대지향성으로 실학을 규정하였던 기존 학계의 개념적 대비에 대하여 많은 반성과 변화가 필요하다. 달리 말하면 조선시대 유학의 정신적 맥락의 전달과 계승이라는 면에서 양자 사이의 연속성을 보는 것 역시 중요하다고 할 수 있다. 즉 유학자들 자신의 의식의 상호관계와 그 사실적 흐름을 근거로 조선의 유학사를 구명하는 작업이 필요한 것이다.

그렇게 관점을 바꾸어서 보면 양자가 유학이라는 점, 그리고 그 대척적 위치에 불교 또는 서학 및 서구 근대문명이 있었다는 점을 함께 보는 관점을 취할 수 있다. 그 관점은 즉 유학자들이 조선 초부터 현실에 공존하는 불교나 후기에 접근해 오는 서구 기독교와 결합한 근대의 문명 등에 대하여 반응하고 조선의 사회와 개인의 의식을 유교의 이념으로 다지고 유지하기 위하여 행하였던 노력들을 살펴보는 것이다. 달리 말하면 이는 유학자들이 타 사상 또는 타 학문이 존재하고 또 새롭게 등장하는 조선의 사회현실 속에서 유교적 질서와 이념의 보위를 위해 취했던 일종의 전략적 대응으로서 그들의 노력을 평가하는 방법이다.[3]

---

3) 이에 대해서는 졸고, 「務實: 退溪 聖學과 茶山 實學」, 『孔子學』 제7호, 한국공자학회, 2000. 9, 109~112쪽 참조.

이 관점에 의하면 조선시대 유학자들의 실제적인 태도와 학문적 지향성에 근거하여 조선시대 유학사, 또는 유학사상사를 유학의 시각에서 평가할 수 있을 것이다. 또 이 시각으로 본다면, 다산의 학문이 퇴계학을 수용하고 연원으로 삼는 이유가 더 선명하게 관찰될 수 있을 것이다.

이 같은 시각을 뚜렷이 명기한 것은 아니더라도 학계에서는 이미 영남학파의 인맥이 근기실학의 인맥으로 연결되고 그 학문이 근기실학의 형성과 발전에 토대가 되었던 점, 그리고 영남학파의 유학과 근기(近畿) 실학파의 유학 사이에 존재하는 학문적 유사성이나 전통 등에 관하여 고찰한 선행 연구들이 다수 존재한다.[4] 이에 근거하여 본다면 후기실학의 발생과 발전이 성리학과 연속성 혹은 연관성을 지니고 있을 뿐더러, 그 성격도 성리학과 전혀 상반되는 것이라기보다는 오히려 조선의 학계에서 상호보완적으로 하나의 유교적 전통을 형성하였다고 보는 것이 더 타당하다고 생각되는 것이다. 이 글에서는 그 전통의 구체적 형태와 맥락의 하나로서 퇴계와 다산의 심성론 사이에 발견되는 학문적 유사성과 사상사적 연속성을 고찰하고자 한다.

2.

다산이 퇴계의 학문에 대하여 직접적으로 언급하였던 자료들로 꼽을 수 있는 것은 「중용책(中庸策)」과 「도산사숙록(陶山私淑錄)」, 「서암강학기(西巖講學記)」, 「이발기발변(理發氣發辨)」 등이다. 이들은 다산의 심성에 관한 견해와 퇴계의 심성에 관한 견해와의 직접적인 연관성을 비교할 수 있는 자료가 된다. 그러나 그 외에도 퇴계의 『성학십도(聖學十圖)』를 비롯하여 그의 심학적 견해가 언급된 각종 문헌들과 다산의 『심경밀험(心經密驗)』을 비

---

4) 李樹健, 『嶺南學派의 形成과 展開』, 一潮閣, 1998, 410~421쪽.

롯하여 심성에 관한 견해가 표명된 경전주해 및 각종 문헌들 역시 활용할 수 있는 자료가 된다. 이러한 자료들을 좀 더 세밀하게 분석함으로써 퇴계와 다산의 심성에 관한 견해들의 동이(同異)를 분석하고자 한다.

먼저 퇴계의 사단칠정론(四端七情論)에 대한 다산의 태도를 관찰하게 되면, 다산이 퇴계를 이해하고 수용하는 과정을 이해할 수 있다. 시기로 따지면 처음에 다산은, 22세 때인 1783년 정조의 『중용(中庸)』 80여 조목에 대하여 답변할 때, 율곡의 학설을 지지했었던 것으로 그의 <연보>에 기록되어 있다.[5] 그리고 그 내용은 『중용강의보(中庸講義補)』에 기록이 있다.[6] 반면에 다산은 광암(曠菴, 李檗)의 견해가 퇴계의 설을 지지한 것으로 역시 같은 곳에 기록하였다.[7] 이때만 해도 다산은 율곡의 설을 지지하고, 퇴계의 설에 대해서는 의문을 지녔던 것이다. 그러나 1790년의 사건으로 기록된 「서암강학기」에서 다산은 다음과 같이 퇴계의 이발설(理發說)에 대해 과거의 부정적인 입장을 걷어내고 객관적인 위치에서 퇴계와 율곡의 이기론적 해설이 각각 다른 관점에 입각하여 이루어진 것임을 아래와 같이 밝힌다.

> 吳國鎭이 질문하였다. "星湖 선생이 지은 「四七新編」은 사단과 칠정을 논함에 있어서 남김없이 밝혀 놓았습니다. 그런데 근래에 들으니, 영남에서도 퇴계의 본 뜻을 이해하지 못하는 자가 있다고 하는데, 어떻습니까?"
>
> 木齋가 대답하였다. "우리 從祖의 사단 칠정에 대한 논설은 오로지 퇴계의 訓解를 주로 하였으나, 주자의 뜻에도 깊이 부합한다. 율곡의 氣發說은 견해가 너무 치우쳐서 사단도 氣發이라고 하였으니, 이는 이기의 주객이 서로 바뀌어서 마음이 性情을 통솔할 수 없는 것이 된다. 이는 퇴계가 위대한 현자라고 해서 내가 퇴계에게 아첨해서 하는 말만은 아니다."
>
> 若鏞이 말하였다. "퇴계와 율곡 이후로 사단 칠정에 관한 논란이 이미 큰 논쟁거리가 되어 왔습니다. 이는 진실로 저와 같은 후생 말학으로서 감히 말할

---

5) 송재소, 『茶山詩研究 附茶山年報』, 창작사, 1986, 198쪽.
6) 『與猶堂全書』, 아름출판사, 4책, 365쪽.
7) 위의 책, 366쪽.

수 있는 바는 아닙니다. 두 분의 글을 모아서 반복해 참고해 보면, 그 분들이 말씀한 理자나 氣자가 글자의 모양은 같지만 글자의 뜻은 서로 판이하게 다릅니다. 퇴계가 논한 이기는 오로지 우리 인간의 성정을 가지고 설명한 것이므로 퇴계가 말씀한 理는 道心으로 바로 天理와 性靈에 해당하고, 氣는 人心으로 바로 人慾과 血氣에 해당합니다. 그러므로 사단을 理發氣隨라 하고 칠정을 氣發理乘이라 하였습니다. 대개 마음이 발하는 바가 천리나 성령으로부터 오는 것은 바로 본연지성의 感發이고, 인욕이나 혈기로부터 오는 것은 바로 氣質之性의 觸發이라고 보셨기 때문입니다. 율곡이 논한 이기는 천지의 만물을 총괄해서 설명한 것입니다. 그러므로 율곡이 말한 이는 무형으로 사물의 所由然이고, 기는 유형으로 사물의 체질입니다. 그러므로 '사단 칠정으로부터 천하의 사물에 이르기까지 氣發理乘 아닌 것이 없다.'고 하였습니다. 이는 대개 사물이 발동할 수 있는 것은 그 형질이 있기 때문인데, 이 형질이 없으면 아무리 이가 있다고 하더라도 그 발동을 할 수가 없으므로 未發之前에 비록 이가 먼저 있다고 하더라도 그 발할 때에는 기가 반드시 먼저 하는 것이라고 본 것입니다. 율곡은 이러한 생각에서 그렇게 말한 것입니다. 그렇다면 퇴계와 율곡이 비록 사단 칠정에 대하여 똑같이 논하였고 이기에 대하여 똑같이 말하였지만, 그 이기라는 두 글자의 註脚은 판이하게 다른 것입니다. 율곡의 문집에 비록 이와 같이 들어서 말한 곳은 없으나, 그 본 뜻은 반드시 이와 같을 것입니다. 이기의 글자 뜻을 이미 서로 달리한 것이라면 율곡의 주장은 율곡대로의 논설이며 퇴계의 주장은 퇴계대로의 논설입니다. 제 생각에는 시비와 득실을 따져 어느 한 곳으로 몰아갈 것이 아니라고 보는데 어떤지 모르겠습니다."[8]

위 인용문의 전체적인 대화의 흐름은 오국진과 목재(木齋, 李森煥)가 퇴계의 설을 옹호하고, 그와 달리 다산은 율곡과 퇴계의 학설을 균형 있게 평가하려는 태도를 보인다. 이 인용문 뒤에 이어지는 목재의 답변에서 목재는 다산의 견해를 긍정하면서도, "사단 칠정을 논함으로 인하여 이기에 대한 허다한 설이 대두되었으니, 이기를 천지만물로 입설한 것은 옳지 않은 듯하다"고 율곡의 견해를 긍정하는 다산을 견제하였다.[9]

여기서 다산의 언급은 율곡에 대해 퇴계를 우월하게 평가하는 성호학파

---

8) 민족문화추진회편, 『국역다산시문집9』, 솔출판사, 1996, 47~48쪽.
9) 위의 책, 48쪽.

의 시각과 불일치가 있었다. 그럼에도 불구하고 다산은 율곡의 견해와 마찬가지로 퇴계의 사단칠정론에 대해서도 타당성을 부여하고 있다. 다산은 두 학자 이래로 형성된 성리학 전통에 대하여 나름대로 균형 있는 태도를 취하고 있었던 것이다. 위 인용문에 나타난 그의 입장은 「이발기발변1」에서도 그대로 나타난다. 그렇다면 그가 처음에 율곡의 기발이승일도설(氣發理乘一途說)을 지지하던 입장으로부터 퇴계의 호발설의 이론적 타당성을 인정하게 된 것이 중요한 변화인 것이다.

또 하나 중요한 것은 위 인용문에서 다산이 율곡과 퇴계의 견해에 대하여 객관적 평가의 태도를 취할 수 있었던 이유이다. 즉 그는 퇴계의 학설은 퇴계 자신의 체계와 관점의 독자성이 있으며, 율곡도 자신의 체계와 관점의 독자성이 있다는 점을 그는 인정한 것이다. 이는 '이기론에 의한 논쟁에서 어느 일방이 객관적 진실성을 획득할 수 없다'는 인식을 보여준다. 이는 위 인용문에서 보듯이 그가 "퇴계와 율곡이 비록 사단 칠정에 대하여 똑같이 논하였고 이기에 대하여 똑같이 말하였지만, 그 이기라는 두 글자의 주각은 판이하게 다른 것"이라는 인식에 기초한 것이다. 이러한 그의 인식은 퇴계·율곡 당시부터 주자학적 이기론의 운용에서 발생했던 관점과 방식상의 분열이 적어도 2세기 넘는 세월 동안 지속되어온 과정이 있었던 것에 대한 반성으로부터 나온 것이었다고 판단되고, 그로부터 그는 이기론은 인간의 심(心) 또는 성정을 이해하고 설명하는 도구일 뿐이라는 인식을 하고 있었음을 보여준다. 그러한 인식이 있었기 때문에 그는 퇴계와 율곡의 사단칠정론이 각각 타당성과 진실성을 지녔음을 인정할 수 있었던 것이다. 만약 그가 다른 성리학자들처럼 이기론 자체를 하나의 절대적 진실로 보거나 배척할 수 없는 절대적 이념으로 보았다면, 그 역시 퇴계의 이기론이든 율곡의 이기론이든 어느 일방만의 진실성을 주장하였을 것으로 추정된다.

그리고 위 인용문으로부터 다산이 인간 내면의 진실성을 읽는 시각에 변화가 나타났다는 점도 이해할 수 있다. 그것은 천지만물의 작용을 설명하는 방식과는 구별되는 다른 설명 방식이 가능하거나 필요하다는 점에 대한 그의 인식을 보여준다. 그는 퇴계가 논한 이기가 오로지 인간의 성정을 가지고 말한 것이라고 규정하고 있는데, 이는 퇴계의 학설이 인간의 성정을 논할 때는 타당성을 지닌다는 의미로 이해된다.

다른 한편으로 그는 퇴계와 율곡의 이기론 사이에 존재하는 논리적 문제, 즉 기발일도(氣發一途)만을 인정할 것인가 아니면 이발을 인정할 것인가에 관한 문제에 대해서는 적극적으로 그 모순성을 해소시키고자 하는 노력이나 태도가 보이지 않는다. 그의 성리학 이기론에 대한 비판들을 함께 엮어서 생각해 보면, 이는 그가 이기론을 유교의 원리 자체가 아니라, 유교의 원리를 설명하는 도구라고 판단하였고, 나아가 그 자신에게는 이기론이 더 이상 추구할 만큼 유용하거나 중요한 가치를 지닌 이론이 아니라는 인식을 보여준 것이다. 이상과 같은 점들이 그로 하여금 이기론을 해체하고 새로운 심성에 관한 이론들을 구성하도록 하였다고 할 수 있다.

3.

퇴계의 사단칠정론의 긍정적 수용이 다산에게 있었다고 할 때, 그가 퇴계의 이기론과 심성론의 상세한 수준의 논리와 개념까지 모두 수용한 것은 아니다. 그보다 그는 퇴계가 왜 그러한 구별을 하였는가 하는 이유를 마음의 수양과 관련지어 이해하고 있고, 또 퇴계의 호발설에 입각한 사유구조의 유용성까지도 음미하고 있다고 보인다. 그 점을 잘 보여주는 글이 다산의 「이발기발변(理發氣發辨)2」이다.

　　四端도 내 마음에서 말미암아 나오고, 칠정도 내 마음에서 말미암아 나오는 것이요, 그 마음속에 이와 기의 두 구멍이 있어서 각각 그 속에서 이와 기를 따로 내보내는 것은 아니다. 군자가 고요할 때에는 存養하고, 움직일 때에는 省察함은 무릇 한 생각이 발동하면 즉시 두려워하여 용기 있게 반성하기를

"이 생각이 천리의 公에서 발한 것인가, 人欲의 私에서 발한 것인가, 이 생각
이 道心인가 人心인가"하고, 세밀하고도 절실하게 추구하여, 이것이 과연 천
리의 공이면 그를 배양 확충시키며, 혹 인욕의 私에서 나온 것이면 막아버리
고 꺾어버리고 克復하는 것이다. 군자가 입술이 마르고 혀가 닳도록 이발 기
발의 변론을 정성스럽게 한 것은 바로 이것을 위한 것이다. 그러나 진실로 그
발하게 된 所由만을 알뿐이라면 변론한들 무엇하겠는가? 퇴계는 일생을 두고
治心, 養性의 공부에만 힘을 썼기 때문에 이발과 기발을 나누어 말해 놓고 오
직 그것이 밝지 못할까 염려하였던 것이다. 학자가 이 뜻을 살펴서 깊이 체득
한다면 이는 바로 퇴계의 忠徒이다.[10]

　　그는 퇴계가 이발과 기발을 나누어 말한 이유가 치심과 양성의 공부에
유용한 결과를 얻기 위한 것이었지, 실증적으로 마음의 작용을 분석하고
설명하기 위한 것은 아니었음을 강조한 것이다. 즉 이발과 기발의 개념은
마음의 움직임의 성질과 내용을 음미하고, 성찰하고, 파악하고, 단속하기
위한 도구로서 퇴계가 내세운 것일 뿐, 실체로서의 마음의 구조 분석을 목
표로 한 것은 아니라는 것이 다산의 설명이다. 즉 선한 마음의 배양과 확
충, 사사로운 인욕의 절제와 극복을 누구나 스스로 할 수 있는 기준과 방법
으로 제시된 것이 바로 퇴계의 호발설이라는 것이다. 이 점으로 본다면 다
산은 이미 마음의 작용과 현상을 관찰하는 방법으로서 퇴계의 호발설에 유
용성이 있음을 자각하였던 것이고, 그로부터 심성의 이기를 영역에서 실체
시하는 태도로부터 이미 벗어나고 있음도 알 수 있다.
　　「이발기발변1」에서 그가 퇴계의 학설에 따라서 이해하고 있는 인간 내
면의 구조는 다음과 같이 정리할 수 있다.

　　　理 : 天理와 性靈 : 道心 = 본연지성의 感發
　　　氣 : 人慾과 血氣 : 人心 = 기질지성의 觸發

---

10) 민족문화추진회편, 『국역다산시문집5』, 솔출판사, 1996, 194쪽.

　기존 연구는 대부분 다산의 심성 관련 개념은 퇴계의 것과 많은 차이가 있는 것으로 설명하였다. 그렇지만 위 인용문에서 보듯이 다산은 인간의 심성의 구조를 퇴계처럼 이원적 대립구조로 보는 것을 그 유용성 때문에 타당하다고 인정하는 태도이다. 이는 퇴계의 이론이 인간의 마음의 실체를 입증하였기 때문에 타당하고 인정하는 것은 아니다. 사실 다산은 인간의 마음과 성을 표현하는 개념은 그 두 개념 외에도 내심(內心), 외심(外心), 우심(憂心), 쟁심(爭心), 기심(機心) 등 다양하게 존재한다는 사실을 거론하기도 한다.[11] 그리고 그는 그러한 다양한 명칭은 실제로는 하나인 심의 다양한 작용을 표현하기 위한 수단이라는 인식을 보여준다. 그러한 인식에 따르면 인심 혹은 도심, 이발 혹은 기발은 역시 인간의 마음의 다양한 작용 가운데 하나를 지칭하는 것에 불과한 것이다. 그렇다고 하더라도 다산은 그들 가운데 인심과 도심을 대비시키는 구도, 그와 관련된 이발과 기발의 설명이 인간의 심성을 닦도록 하는 음미와 성찰의 도구로서 더 유용성이 많은 것이라는 인식을 보여준 것이다.

4.

　「서암강학기」와 같은 시기에 이루어진 다산의 저술이 「도산사숙록」이다. 모두 33장의 체제로 이루어진 이 저술은 그가 퇴계의 학문과 덕행을 사모하고 본받고자 하였던 태도를 잘 전해준다. 그의 글을 대하면 그가 퇴계를 사숙하게 된 것은 나름대로 조선의 선현들, 예를 들면 목은(牧隱) 이색(李穡), 포은(圃隱) 정몽주(鄭夢周), 한훤당(寒暄堂) 김굉필(金宏弼), 정암(靜菴) 조광조(趙光祖) 등과 같은 퇴계 이전의 선비들에 대해서 그는 그들의 공부와 행적을 견주어 보았던 것으로 추측된다.[12] 그러나 그는 퇴계에게서 가장

---

11) 『與猶堂全書』, 아름출판사, 4책, 142쪽.

12) 그렇게 볼 수 있는 자료 가운데 「도산사숙록」 33장이 네 선비들에 관한 견해를 담았고, 그

중요한 모범을 발견하고 사숙하게 된 것이다.

「도산사숙록」의 구조는 아래 인용문에서 보듯이 먼저 퇴계의 서신의 한 대목을 다산이 인용하고, 그것에 대해 자신의 연의(演義)를 붙인 형태이다. 그러므로 일차적으로 인용된 퇴계의 글의 내용은 물론이고 그에 대한 다산의 연의를 통해서 다산에게 계승되는 퇴계의 학문의 내용을 살필 수 있다.

다산의 퇴계에 대한 사숙부터가 양자의 학문, 특히 심신 공부의 방법과 그 귀결에 관한 점에서 공통성을 갖게 하는 것이 아닐 수 없다. 우선 그 사숙의 양상과 존모의 정도를 살펴본다.

> (退) 盧伊齋에게 답하는 두 번째 편지에 '살아 있지 않으면 정체한다'[不活則滯]에 대해서는 "내가 전일 본 것이 매우 잘못되었으니 지금 공의 말씀대로 따릅니다." 하였다.
> (茶) 이것이 비록 미세한 것이나 실로 선생의 큰 본원이 나타난 곳이니, 천하의 大勇이 아니면 이렇게 할 수 없을 것이고, 인욕이 말끔히 다 없어지고 天理가 유행하는 경지가 아니면 이렇게 할 수 없을 것이다.[13](*필자 주: (退)와 (茶)의 표기는 퇴계의 글과 다산의 연의를 편의상 구별하기 위하여 필자가 임의로 붙인 것이다.)

위 인용문에서 "인욕이 말끔히 다 없어지고 천리가 유행하는 경지"라는 표현에서 보듯이 다산의 퇴계에 대한 존숭은 매우 대단한 것이다. 이 점이 그가 퇴계를 사숙하는 이유이고, 그로부터 그가 심신을 닦는 공부에 의하여 지향하는 바가 바로 퇴계가 쌓은 덕을 본받으려는 데에 있음도 알 수 있다.

사숙록의 내용이 대부분 심신공부와 관련이 있는 것이지만, 특히 원리적이거나 학문적인 내용들을 중심으로 다산의 태도를 살펴보도록 한다. 우선 주목되는 것은 퇴계가 정암(靜菴)을 경계삼은 글에 대한 다산의 부연 설명이다.

밖에도 21장과 22장에서는 한훤당과 정암에 관한 견해를 담았다.
13) 민족문화추진회, 『국역다산시문집9』, 솔출판사, 89~90쪽.

(退) 참판 박순에게 답하는 편지에 "어찌 바둑 두는 것을 보지 못했습니까? 한 수를 헛놓으면 온 판이 실패하게 됩니다. 己卯 領袖 (靜菴)가 도를 배워 완성하기도 전에 갑자기 큰 명성을 얻자, 성급히 經世濟民을 자임하였습니다." 하였다.

(茶) 이 한 문단은 그야말로 선생이 평생 동안 이에 말미암아 출처를 그리하였던 대목이다. (중략) 진실로 한 구역의 林泉을 얻어서 소요 배회하고, 조정에서는 남을 따라 나아갔다 물러났다 하며, 일체의 賢愚 得失과 是非 榮辱에 대해서는 담담하게 사물은 각각 사물의 이치대로 버려두고 마음에 두지 않음으로써 내 本然의 천성을 보전한다면, 거의 退翁의 죄인이 되지 않을 것이다.[14]

이 글에서 다산은 도를 배워 완성하기도 전에 나섰다가 일을 그르친 정암(靜菴)의 사례를 비판하는 퇴계의 견해를 매우 의미심장하게 받아들이고 있다. 다른 장에서도 그는 선비의 출처에 관한 퇴계의 글을 매우 감명 깊게 소개하고 있다. 또 퇴계의 겸양과 염퇴(恬退)를 주로 하였던 태도를 소개하고 설명한 점을 본다면, 그는 치인에 앞서서 수기에 충실한 것이 선비의 본연임을 깨닫고 있었음을 보인 것이다. 또한 그것이 젊은 자신의 인생 태도에 귀감이 된다는 점을 느끼고 있었다고도 추정된다. 수기에 충실하게 되면 얻게 되는 공효에 대해서 그는 '내 본연의 천성을 보전한다면, 거의 퇴옹의 죄인이 되지 않을 것'이라고 표현하였다.[15] 이 언급으로부터 퇴계를 존숭하였던 이유를 판단할 수 있다. '천리의 유행', '본연의 천성을 보전한다'는 언급은 천리＝본연성으로 일관되거나 통일된 마음과 몸의 상태를 의미하는 것인데, 이로써 본다면 다산은 퇴계를 인격의 성취자의 모범으로 본 것으로 추정된다.

또 다산은 퇴계가 노과회(盧寡悔)에게 보내는 편지에 「숙흥야매잠(夙興夜寐箴)」을 훈석(訓釋)한 말 몇 군데에 나의 견해로 의심이 없지 않습니다.'고 한 대목에 대한 연의에서 「숙흥야매잠」의 중요성을 다음과 같이 인식하고

---

14) 위의 책, 86~87쪽.
15) 위의 책, 87쪽.

있었다.

> 우리들이 날마다 하는 일은 程限이 있는 것이 중요하다. 정한이 없기 때문
> 에 잠시 떨치다가 곧 허물어져서 土崩瓦解하여 어찌할 도리가 없게 되니, 이
> 것이 陳南塘이 「숙흥야매잠」을 지은 까닭이다. 천하에 가르칠 수 없는 두 글
> 자로 된 나쁜 말이 있으니 곧 '消日'이 그것이다. 슬프다. 그 어떤 일을 하는
> 바가 있는 사람의 처지에서 말하면, 1년 3백 60일, 1일 96각이 거의 스스로 이
> 어대기에 부족할 것이다. 농부는 밤낮으로 농사일에 부지런히 힘쓰니, 만일 해
> 를 붙잡아 둘 수만 있다면 반드시 끈으로 끌어당길 것이다. 그런데 저 사람은
> 어떠한 사람이기에 곧 이날을 보내지 못하는 것을 근심하고 고민하여 장기, 바
> 둑과 蹴鞠 놀이 등등 도모하지 않는 바가 없단 말인가? 南塘의 이 「숙흥야매
> 잠」은 때를 안배하고 차서를 배열하여 극히 정한이 있으니, 참으로 학자들의
> 寶訣이다.[16)

퇴계의 『성학십도』 제10도에 배정된 것이 「숙흥야매잠도」이다. 이는 무
엇보다도 천리 혹은 본연의 천성으로 일관되는 마음을 얻기 위하여 일상적
으로 실천해야 하는 생활 규범으로서의 예절을 일과 시간에 맞추어 배열한
것이다. 다산이 언급하는 정한(程限)의 의미는 개인의 일상적 행위에 대하
여 '때를 안배하고 차서를 배열'하는 것에 의하여 설정된 예의규범을 의미
하는 것이라고 할 수 있다. 이를 학자들의 보결이라고 극찬하는 것을 보면,
다산은 「숙흥야매잠」으로부터 어떠한 가치를 발견했기 때문일까? 위의 글
에서 '정한이 없기 때문에 잠시 떨치다가 곧 허물어져서 토붕와해(土崩瓦解)
하여 어찌할 도리가 없게 되니'라고 한 것은 곧 정한이 있어야 오래도록 꾸
준히 실천할 수 있고 궁극적으로 성취하는 것이 가능하게 된다는 것인데,
그것은 도리의 실천, 혹은 예의의 실천을 꾸준하게 시종일관할 수 있도록
한다는 점에서 성(誠)의 의미와 통하는 것이라고 이해된다.

위에서 든 예 말고도 다산이 퇴계에 대해서 존모하는 내용과 그 정도를

---

16) 위의 책, 89쪽.

잘 표현해 주는 글들이 많다. 그런데 본고의 주제와 관한 고찰에서 중요한 것은 그가 퇴계의 덕을 흠모하는 사실과 더불어 그 덕이 어떻게 하여 형성되었다고 파악하는가 하는 점이다. 그것이 바로 다산이 퇴계를 재해석하여 그의 학문 속에 수용하고 발전시켜 갔던 일면으로 해석될 수 있는 점이다. 그것은 그가 퇴계의 성리학적 개념과 이론의 틀 밖에서도 지속된 것인데, 그 지속의 줄기는 유교의 도였다고 이해할 수 있다.

5.

다산이 흠모하는 퇴계의 덕은 엄격한 윤리도덕의 실천으로만 상징되는 것은 아니다. 그보다는 퇴계가 유교 자체에 대한 공부에서 흥미를 느끼고 그것에 몰입하는 것이 가능했기 때문에 우유 함영의 즐거움과 만족이 있었다고 보는 것이 다산의 관점이다. 「도산사숙록」 8번째 장에서 다산이 "이 글을 여러 번 읽고 나니, 나도 모르게 기뻐서 뛰고 감탄하여 무릎을 치며 감격하여 눈물이 나서 애연(藹然)히 '솔개가 날아 하늘에 이르고 물고기가 못에서 뛰는' 뜻이 있었다."[17]고 표현하는 것은 다산 자신도 그러한 즐거움과 몰입이 그의 공부를 진전케 하는 매우 중요한 기반이 되었음을 고백한 것이다. 이러한 즐거움과 몰입에 대한 자각이 그의 공부 전반에 매우 중요한 이념적 지표가 되었다고 볼 수 있는 글이 있다.

「도산사숙록」 13번째 장에서 "다만 책을 볼 때에는 맛이 있어서 맹씨의 추환(芻豢)의 설이 참으로 나를 속이지 않음을 실감했는데, 이 뜻이 한 해 한 해 갈수록 더 깊어졌습니다. 이 때문에 공부를 갑자기 폐하지 못하였을 뿐입니다."[18]고 하는 퇴계의 글에 대하여 다음과 같이 자신의 생각을 밝히

---

17) 위의 책, 88쪽.
18) 위의 책, 91쪽.

고 있다.

> 정자 주자 제 선생이 그 제자의 물음에 답할 적에나 혹은 경전의 뜻을 해석할 적에 흔히 '마음을 가라앉혀 음미하여 스스로 깨쳐야 한다.' 하였고, 마침내 그 맛이 어떠한 지에 대해서는 말하지 않았다. 그래서 전에 더욱 의혹스러웠으나 풀지 못하였다. 요즘 들어 차츰 생각해보니 대개 맛이란 이 맛을 맛본 사람과 말할 수 있고, 맛보지 못한 사람과는 비록 말하더라도 한결같이 모르게 되는 것이다. 후세 사람은 顔子가 즐긴 것이 무슨 일인지 모른다. 사람이 안자의 지위에 이르지 못하면 반드시 안자가 누리던 즐거움을 누리지 못할 것이니 어떻게 알겠는가? 비유컨대 꿀을 먹어본 자가 꿀을 먹어보지 못한 자와 꿀맛을 말하려 하나 마침내 형용할 수 없는 것과 같다. 지금 선생의 '맛이 있었다.'는 말씀은 그 무슨 좋은 맛이 있음을 분명히 아는 것이지만, 거칠고 부족한 사람은 또한 상상해 보아도 알 수 없는 것이다. 슬프다. 사람이 세상을 살아가는 데에 정자·주자·퇴옹이 맛본 바의 맛을 맛보지 못하고 또 안자가 누리던 바의 즐거움을 누리지 못하면, 비록 날마다 五齊와 八珍味를 실컷 먹으며 公侯의 부귀를 누리더라도 오히려 주리고 또 궁곤하다 하겠다.[19]

맛본 것과 그렇지 못한 것과의 차이란 실질적 체험에 의한 인지의 내용은 체험이 결여된 채 단순한 생각과 추측에 의존하는 인지로는 파악할 수 없는 것임을 의미한다. 즉 비교가 불가능하다는 것은 양자의 인지의 내용이 그 양태와 질의 면에서 전혀 다른 차원에 속하는 것이므로 비교가 불가능하다는 점을 의미한다. 그렇다면 다산은 위의 글에서 안자, 정자, 주자, 퇴계로 이어지는 학문적 경지가 그들 자신의 실질적 체험에 의하여 인지된 유교의 내용에 의하여 구축된 세계가 있었다고 판단하고, 그들의 세계에 대한 동경을 그는 보여준 것이다. 그러한 동경의 대상이 되는 것은 안연의 즐거움으로 미루어 볼 때, 안빈락도(安貧樂道)의 태도 혹은 경지라고 할 수 있을 것이다. 즉 세속의 부귀영화보다는 유교의 인륜 도의를 밝히고, 그것을 분명하게 실천하는 경지를 다산은 동경한 것이라고 할 수 있다.

---

19) 위의 책, 91~92쪽.

「도산사숙록」 15번째 장에서 다산은 퇴계의 글로부터 정존(靜存)과 동찰(動察)의 원리에 대하여 깊이 있는 성찰을 행하고 있다. 정존이란 마음의 작용이 멈추었을 때 선한 마음을 보존하고, 동찰이란 마음이 작용할 때에는 면밀하게 살핀다는 것을 의미한다. 이 글에서 다산은 정존과 동찰을 상호 연관되고 의존적인 방법으로 파악하고 있는데, 이것은 다산의 관점에서 파악한 퇴계의 덕의 성취 방법으로 생각되는 것이다. 심성론상에서는 이 해설에서 그의 중용의 미발(未發)에 대한 해석과 관련되는 사고방식이 엿보인다. 그는 퇴계가 「이중구(李仲久)에게 답하는 편지」에서 정존이라는 재명(齋名)에 대한 명문(銘文) 속에 정존을 보완하는 의미에서 동적(動的)인 측면과 경(敬)을 언급하였다는 글에 대하여 다음과 같이 연의 하였다.

정존과 동찰은 상호 보완하여 이루어진다. 대개 정존하지 못하면 동찰 할 수 없는 것이다. 그런데 정존의 공부는 마땅히 어떻게 힘을 써야 하는가? 主敬을 本과 體로 삼고, 窮理를 用과 末로 삼아야 한다. 이른바 궁리란 현묘하고 심오한 이치를 탐색하며 만 가지 변화를 두루 섭렵하는 것을 두고 이르는 것이 아니라, 무릇 우리의 日用하는 인륜의 마땅히 행해야 할 것들을 다 헤아려 요리하여 말없이 마음속에서 분변하는 것이다. 이를테면 헤아리되 '어버이께서 무슨 명이 있으면 내가 어떻게 순종해야 할 것인가? 임금께서 무슨 일을 시킴이 있으면 내가 어떻게 순종해야 할 것인가?' 하고, 또 헤아리되 '전쟁이 일어나 어수선하고, 범이나 이리 그리고 도적들의 일이 있으면 내가 어떻게 대응하여야 할 것인가?' 하여 일일이 정해진 계책이 마음속에 있어야 한다. 그런 뒤에야 일을 당하여 需用함에 있어 顚錯되거나 慌亂되는 병폐가 있음을 면할 수 있다. 이것이 정존이 動察할 수 있는 까닭이다. 그러나 이러한 '헤아림'을 분수에 지나치게 해서 어지러이 생각하고 망령되이 상상하는 지경으로 범해가면 곧 涵養의 공부에 크게 방해될 수도 있다. 그러니 모름지기 항상 주의를 환기하여 하나의 '경'자를 뭉쳐 쌓아서 마음속에 있게 해야만 바야흐로 정존의 眞境이 된다. 이것이 선생이 湛寂無爲를 정존의 완전한 공부로 삼으려 하지 않고, 반드시 동찰의 측면도 겸해서 말한 까닭이다.[20]

---

20) 위의 책, 93쪽.

이 인용문 내용 가운데 중요한 것은 정존이 동찰로 연결되어야 한다는 점, 정존에는 본과 체, 그리고 용과 말이 있다는 점, 그 체는 주경이고 용은 궁리(窮理)라는 점, 정존에서 항상 주경의 상태를 유지하여야 한다는 점으로 요약된다. 이는 정(靜)의 상태뿐 아니라, 동(動)의 상태에서도 역시 공부가 진행되고 상호 보완적이라는 사고를 퇴계로부터 다산은 정당화하는 것을 보여준다.

여기에서 정이 어떠한 상태인가는 불분명하지만, 다산이 '담적무위'의 상태와 대조시키는 것으로 미루어 보면 불교적 개념의 적멸(寂滅)과 같은 상태를 의미하는 것은 아니다. 그는 궁리의 작용이 마음의 정시(靜時)에도 가능하다고 보았기 때문이다. 퇴계의 견해도 명확하게 표현된 것은 아니지만, 성리학의 개념으로 미루어본다면 온갖 마음의 작용이 멈추어서 마음이 고요하게 된 상태를 의미하는 것으로 추정된다. 그러나 다산은 정의 상태에서 본말 체용(本末 體用)을 구분하고 그 용으로서 궁리라는 마음의 작용 내지는 활동이 있어야 한다고 생각한 것이다. 이는 그가『중용』의 미발(未發)에 대한 해석에서 미발이란 희로애락(喜怒哀樂)의 미발일 뿐, 심지 사려(心知 思慮)는 원활하게 작용한다는 견해와 상통한다.[21]

『중용강의보(中庸講義補)』에서 미발시에 계신(戒愼), 공구(恐懼), 궁리(窮理), 사의(思義), 상량(商量) 등의 작용이 있어야 집중(執中)이 가능하다는 논리[22]와 위 글에서 정존 때에 "일일이 정해진 계책이 마음속에 있어야 한다"는 것은 사실 다른 의미가 아니다. 이를 통해서 본다면, 다산은 퇴계의 정존과 동찰의 상호 연관성을 바탕으로 그의 미발에 대한 견해를 확립하고 있었다고 할 수 있다.

이로부터 선불교의 영향을 받은 성리학의 주정적(主靜的) 수양설로부터 다산이 탈피해 가는 면을 볼 수 있다는 것이 학계의 중론이지만, 그것이 퇴

---

21)『與猶堂全書』, 아름출판사, 4책, 186쪽.
22) 위의 책, 252쪽.

계의 정존과 동찰에 대한 그의 해석에서 그 단초가 발견된다는 것은 퇴계와 다산 사이의 학문적 사상적 연속성을 생각하게 하는 것이다. 또한 그로써 퇴계의 견해에 기초하여 형성되었던 것이 다산의 견해라는 점도 사실이라고 주장할 수 있는 것이다.

「도산사숙록」 24번째에서 인용한 것은 퇴계가 박택지(朴澤之)에게 보낸 글이다.

> (退) 사람의 일신은 이와 기를 겸비하였는데, 이는 귀하고 기는 천합니다. 그러나 이는 작위함이 없고, 기는 私欲이 있습니다. 그러므로 이의 실천을 위주 하는 사람은 기를 기름이 그 가운데 절로 있으니, 聖賢이 바로 그러한 분이고, 기를 기르는 데에 치우친 사람은 반드시 본성을 해치기에 이르니, 노자와 장자가 바로 그러한 사람입니다. 衛生의 도리를 진실로 그 극치를 충만 시키려 한다면 밤낮 게을리 하지 않으며, 몸을 아끼지 않고 부지런히 일하는 직분은 다 폐기해야 할 것입니다.[23]

이에 대해서 다산은 다음과 같이 연의 하였다.

> (茶) 이것은 맹자의 大體, 小體의 설과 일관된 의리이다. 사람의 일신은 이 기 두 가지가 합하여 이루어진 것이다. 그러나 이가 기에 붙어 있음은 사람이 집에 있는 것과 같다. 사람이 그 집에 거처할 적에 기둥 들보 서까래가 혹 썩고 기운 것이 있으면 수리하지 않을 수 없다. 그러나 한결같이 이것에 힘을 쓰고 그 다른 것을 모르면, 이것은 그 궤만 아름답게 하고 그 구슬은 잊어버리는 것과 같다. 그러므로 송나라 때의 제 선생 이후로 혹 道家의 글에서 한두 가지 취한 것은 마음을 맑게 하고, 욕심을 적게 가지며, 정신을 발산하고, 기운을 펴는 것이, 혹 본원을 함양하는 공부에 도움이 있었기 때문이다. 그러나 옛날 先王이 백성을 기르는 데에는 그 기를 기르는 법이 禮樂 두 글자에서 벗어나지 않았다. 예란 신체를 단속함으로써 그 방종하여 병을 발생시키는 것을 금지하는 것이고, 악이란 血脈을 유통시킴으로써 그 막히어 병을 이룸을 소통한 것이다. 한 번 늦추고 한 번 죄며, 잡기도 하고 놓아주기도 하며, 아울러 행하되

---

23) 민족문화추진회, 『국역다산시문집9』, 솔출판사, 99쪽.

어그러지지 않고, 겸하여 나아가되 치우치지 아니하여, 이가 능히 기를 거느리고 기가 능히 이를 기르도록 하였다. 그러므로 옛사람이 모두 壽考康寧하고 休養生息하며, 풍속이 순박하고 화합하여 태평스런 경지에 들되 스스로 깨닫지 못하였던 것이다.[24]

이 글의 퇴계 견해는 이귀기천(理貴氣賤)의 사고를 통해서 양기(養氣)보다는 천리(踐理)가 중요하다는 견해이다. 다산은 이러한 퇴계의 견해를 맹자의 대체, 소체의 설로 풀이하고 있으며, 퇴계의 견해를 이어서 전자를 이, 후자를 기에 각각 연관지어 설명하였다. 또 중요한 것은 선왕이 예악을 통해서 백성을 길렀다는 설명을 붙인 점이다. 예악의 방법이 물론 수고강녕(壽考康寧)과 휴양생식(休養生息)과 같은 생명 자체의 영위를 가능케 한다는 그의 설명이 있더라도, 중요한 것은 "이가 능히 기를 거느리고, 기가 능히 이를 기르도록 한다."는 그의 설명이다.

이상의 설명은 예악의 실천에 의해서만이 이[대체]가 기[소체]를 능히 거느리게 된다는 관념으로 요약될 수 있다. 이[大體]가 기[小體]를 능히 거느리게 된다는 것은, 곧 심신(心身)이 이에 의하여 통솔된다거나 대체에 의한 소체의 주재가 가능하게 됨을 의미한다. 예악의 실천이란 곧 몸으로 실천하는 행사를 의미하는데, 그것이 마음과 몸을 함께 바로 잡는 방법이라는 점에서 그는 중요하게 생각한 것이다. 여기에 심신을 하나로 통합해서 보는 그의 심신관이 작용하였거나, 거꾸로 그 때문에 그러한 심신관이 형성되었다고 할 수 있다.

"정심(正心)은 정신(正身)하게 하는 것이니 이층(二層)의 공부는 없다"[25], "옛 성인의 치심(治心)과 선성(繕性)은 언제나 행사에 달려 있었다."[26], "외면을 제재함으로써 그 마음속을 길렀으니 이것이 옛 사람의 마음 다스리는

---

24) 위의 책, 99~100쪽.
25) 『與猶堂全書』, 아름출판사, 4책, 59쪽.
26) 위의 책, 27쪽.

요법(要法)"[27] 등, 다산의 언급들은 곧 신형묘합(神形妙合)으로 표현되는 그의 심신관, 즉 대체와 소체의 상수상관(相須相關)의 묘합(妙合), 즉 심신의 합일성을 통찰한 결과인 것이다.[28] 그러한 까닭에 수양의 방법이 결국은 예 또는 예악의 실천, 즉 행사에 의한 심신의 일관성 유지가 중요하다는 점으로 귀결되는 것이라고 할 수 있다. 이러한 사고로부터 우리는 다산이 퇴계로부터 계승하고자 했던 것은 일원화된 공부, 혹은 유교의 도리로 일관하는 심신공부의 방법과 원리였다고 할 수 있다.

그런데 지금까지 학계에서는 인(仁)을 비롯한 인간의 덕(德)은 후천적 행사를 통해서 성취된다고 하는 것이 다산의 주장이라고 밝히고 있다. 이는 다산이 자신의 경전 주해에서 많이 강조하였던 것인데, 여기서 생각해 보아야 할 점은 그러한 견해가 성리학자들의 견해와 어떤 점에서 다르고 어떤 점에서 같은가 하는 점이다.

아이반호는 유교의 수신론의 유형화를 꾀하면서, 공자의 수신론을 획득형[acquisition model], 맹자의 것을 발전형[development model], 순자의 것을 개신형[reformation model], 주자의 것을 회복형[recovery model]이라고 구분하였다.[29] 이 연구에 의하면 퇴계의 수신론은 주자의 회복형에 속한다고 할 수 있는데, 그것은 그 역시 복초(復初)의 관념을 그의 수신론에서 매우 중요하게 생각하기 때문이다. 반면에 수사학(洙泗學)을 지향하는 다산의 수신론은 공자의 획득형과 매우 가깝기도 하지만 맹자의 발전형과도 깊은 관련이 있어 보인다. 그러나 그는 성리학자들처럼 인간의 성이 곧 하나의 완비된 덕이라고 간주하지 않고 덕을 성취할 수 있는 가능성으로 생각하는 점, 그리고 성인의 덕은 행사를 통해서 비로소 성취되는 것이라고 생각하는 점에서 그는 성리학자들의 복초의 관념과는 상반된 주장을 하는 것이

---

27) 위의 책, 163쪽.

28) 졸고, 「다산인간관의 재조명」, 『철학』 제72집, 한국철학회, 2002년 가을호, 15~19쪽.

29) Philip Ivanhoe, 『*Confucian Moral Self Cultivation*』, Peter Lang, 1993.

분명하다. 그러한 까닭에 퇴계와 다산 사이에는 유형상 커다란 차이가 있으며 양자의 단절성은 매우 심각하게 보인다.

그러나 다음과 같은 추론에 의하면 아이반호의 유형화가 반드시 타당한 것은 아니다. 즉 아이반호의 관점으로 볼 때 회복형에 속한다고 판단되는 퇴계의 공부론을, 획득형 또는 발전형에 속한다고 판단되는 공부론을 주장한 다산이 계승하고 있기 때문이다. 즉 다산이 퇴계의 학설에 근거하여 예악 실천이 대체가 소체를 거느리는 방법이라고 하는 점은, 양자 사이에 단절보다는 일종의 연속성과 연관성을 생각하게 하는 점이 아닐 수 없다. 그리고 복초의 관념으로 인간의 덕을 고찰하든, 행사 이후 획득되는 것으로 덕을 고찰하든, 중요한 것은 심신의 통일성을 유지하기 위한 심신공부의 방법에서 퇴계와 다산은 공히 예를 중시한다는 점이다. 이는 철학의 관점에 의한 유교 수신론의 유형화를 시도한 아이반호의 관점으로는 퇴계와 다산의 사이에 연속되는 유교의 도에 대한 자각과 계승을 지향하는 사유를 포착하기에 난점이 있음을 의미한다.

예를 들어 퇴계는 「답우경선문목·별지(答禹景善問目·別紙)」에서 다음과 같이 언급한다.

> 顔子의 四勿과 曾子의 三貴를 보고 視聽言動의 용모와 辭氣로부터 공부를 한다면, 그것은 이른바 외면을 제어하여 그 내면을 기르게 한다는 것이다. 그러므로 정자는 말했다. "整齊嚴肅하기만 하면 마음이 통일되고, 마음이 통일되면 非僻한 것들의 간섭이 저절로 없어진다." 주자도 역시 말했다. "持敬의 요체는 단지 衣冠을 정제하고 思慮를 한결같게 하고 莊整齊肅하여, 감히 기만하지 않고 감히 교만하지 않으면, 곧 身心이 숙연하여서 表裏가 如一하게 된다."[30]

표리여일(表裏如一), 심신숙연(身心肅然)은 내적으로는 심신을 천리에 맞추어 일관하는 것이고, 외적으로는 실재하는 인륜 도의에 어긋나지 않는

---

30) 『增補退溪全書』, 대동문화연구원, 2책 130쪽 하.

인격을 형성하는 것을 의미한다. 즉 이 언급은 퇴계 역시 꾸준한 예 학습과 실천에 의하여 인격이 형성되고 구성된다고 보는 입장이 있었음을 시사한다. 또 그도 역시 하학(下學)의 중요성을 외면하지 않고 강조한다는 사실도 위의 글로부터 알 수 있다. 그 점은 다산이 행사의 중요성을 강조하는 것과 상통하는 것이다. 비록 다산이 성리학의 심성론과 그 관념들에 대하여 많은 비판을 하더라도, 심신의 통일성, 마음의 주재력 등을 확보하여 성인의 인격을 형성하고 성취하는 방법으로서 하학을 중시하는 점은, 퇴계와 다를 것이 없는 것이다.[31] 이로써 본다면 두 학자는 예의 실천이 성인의 인격을 형성하고 성취할 수 있는 방법이라고 생각한 점에서 공통된 것이다.

6.

이미 논자를 비롯하여 많은 연구자들이 다산이 성리학에 대해 취했던 비판적 관점과 그 이론체계에 대하여 고찰하였다. 그 고찰들로써 인간의 심성에 관한 사고와 이해에서 다산은 성리학자들의 그것과 근본적인 차이가 있다는 점이 밝혀졌다. 다산의 「오학론1(五學論1)」에서는 사단칠정논변, 인성물성(人性物性)논쟁 등에서 나타났던 개념상의 불일치 문제들, 예를 들면 이발의 문제를 둘러싼 퇴계의 주리(主理)와 고봉(高峯), 율곡(栗谷)의 주기(主氣)의 대립, 본연성(本然性)과 기질성(氣質性)의 엇갈린 해석, 인심과 도심의 개념규정 문제, 명덕(明德)의 해석문제, 소지(所指)와 소종래(所從來), 단지(單指)와 겸지(兼指)의 문제 등등 끝없는 분열과 이론적 대립이 성리학을 공부할 수 없는 이유로 지적된다.[32] 또 그는 「이발기발변」에서 퇴계와 율곡의 사단칠정론 관점에 대하여 양자의 성격을 규정하고, 그 논변에 개입할 필

---

31) 졸고, 「務實: 退溪 聖學과 茶山 實學」, 『孔子學』, 7집, 참조.
32) 민족문화추진회편, 『국역다산시문집5』, 솔출판사, 1996, 116쪽.

요가 없다는 객관적 태도를 취한다. 앞에서 살펴보았듯이 이는 이기론의
도구성을 인식하면서 그것의 유용성이 소멸하였거나 감축되었다는 그의 인
식을 시사한다. 그 때문에 그는 심성정의 내용과 관계를 더 정확하고 설득
력 있게 분석하고 설명하기 위한 새로운 방식을 추구하게 되었던 것으로
생각된다. 그러나 그 내용에 대해서는 이미 다른 연구에서 다루었기 때문
에 생략한다.[33]

　이러한 다산의 관점과 이론은 퇴계의 심성론에 대해서 적용되더라도 어
느 정도 타당성을 얻을 것이다. 특히 이기론에 입각하여 제시되거나 설명
되는 본연지성과 기질지성, 사단과 칠정, 인심과 도심 등의 개념 등은 퇴계
에게서도 예외가 아니기 때문이다. 다산의 심성론과 관련 개념들, 및 수신
의 방법론 등에서 읽을 수 있는 그의 사고는 오늘날 철학의 시각으로써 본
다면 분명히 같은 유학 내에서의 패러다임의 차이를 보여주는 것이다. 그
렇지만 패러다임의 차이가 곧 유학자들의 의식 속에서 도의 단절을 의미하
는 것은 아니다.

　오히려 퇴계와 다산의 사이에는 공자의 도를 성취하고자 하는 열망과 방
법의 진지한 모색의 태도에서 많은 공통점이 있다. 그러한 예로 들 수 있는
것은 퇴계와 다산이 각각 성인의 인격을 성취하기 위한 방법과 성인의 인
격 성취의 단계에 대하여 견해를 제시하고 있는데, 그것으로부터 양자 사
이의 공통점을 확인할 수 있는 것이다. 먼저 퇴계는 다음과 같이 성인의 인
격 성취로 나아가는 과정과 방법을 말하고 있다.

　　　진실을 많이 쌓고 오랜 세월을 노력하게 되면, 자연스럽게 마음과 이가 하
　　나로 물들어서[心與理相涵] 모르는 사이에 모든 것을 환히 꿰뚫어 알게 되고,
　　학습과 그 일이 서로 익숙해져서[習與事相熟] 점차로 그것을 행하는데 순탄
　　하고 편안하게 됩니다. 처음에는 각각 그 한 가지씩만 힘썼지만 여기에 이르면

---

33) 졸고, 「다산 인간관의 재조명」, 『철학』, 제72집, 한국철학회, 2002년 가을호.

곧 하나로 합해질 수 있게 되는데, 이것은 실제로 맹자가 말하는 '학문을 깊이 파고들어 자득하는 경지'[深造自得之境]이니 살아있는 동안에 어찌 그만둘 수 있는 경험이겠습니까? 다시 그것을 쫓아서 힘써서 부지런히 나의 온 재주를 다한다면 안자의 마음이 인을 어기지 않는다는 것이 되니, 나라를 위하는 사업이 그 안에 있게 되고, 증자가 忠恕로 일관을 대답한 것이 되니 도를 전하는 책임을 제 자신에게 두게 하며, 日用에서 畏敬의 태도를 떠나지 않게 되어 中和의 位育의 공을 이룩할 수 있고, 덕행이 彛倫을 벗어나지 않아서 天人合一의 妙를 여기서 얻게 되는 것입니다.[34]

또 다산은 다음과 같이 성인의 인격 성취로 나아가는 과정을 제시하였다.

> 선을 쌓고 의를 모으는 사람은 그 처음에는 천지를 俯仰하여도 부끄러움이 없고, 내면을 성찰하여도 가책을 느끼지 않는다. 선을 쌓음이 더욱 오래되면 마음이 너그러우면서 몸이 편안하며 (그 선이) 함치르르 얼굴에 나타나고 뒷모습에 가득한 것이다. 선을 쌓음이 더욱 오래되면 그득하게 호연한 기가 있어서 지극히 크고 지극히 굳어서 천지의 사이에 가득 차면, 이에 부귀가 음탕하게 하지 못하고 빈천이 그의 마음을 움직이지 못하고 威武가 그를 굴복시키지 못한다. 이에 신령스럽게 변화하여 천지와 더불어 그 덕을 부합하고, 日月과 더불어 그 밝음을 합하여 마침내 덕이 온전한 사람이 되는 것이다.[35]

퇴계는 주로 맹자와 안자, 증자, 공자의 단계로 구분하여 성인의 인격성취의 과정을 모색하였고, 다산은 주로 맹자의 견해를 구분하여 그 단계를 제시하였다. 비록 양자의 차이가 있어도 궁극적으로는 덕을 완성 또는 성취하는 경지가 천인합일의 단계에 있음을 공통적으로 양자는 인정하고 있다.

---

34) 『韓國文集叢刊』 29책, 199~200쪽.
35) 『與猶堂全書』, 아름출판사, 4책, 143쪽.

7.

퇴계로부터 다산이 계승하려고 하는 것은 명확하다. 그것은 앞서 살핀 대로 유교의 도의 실천과 구현이라고 할 수 있다. 그러한 계승의 의지는 현실 문제에 대한 그의 고심과 관련된다. 그는 「도산사숙록」 3번째 글에서 다음과 같이 기록하고 있다.

> (退) 洪退之에게 답하는 편지에 "명예를 훔치고 지위를 도적질하여 嘉善大夫에 오르고, 3일 동안 벼슬하다가 마음에 만족하지 않아 곧 물러나 다시금 거짓을 꾸미며, 이름을 자랑하는 것으로써 명예를 훔치고 지위를 도적질하는 징검다리로 삼아 資憲大夫에 올랐습니다."하였다.
>
> (茶) 선생의 이 편지는 지극한 정성과 애타는 성심 중에 점잖은 익살의 의사를 넌지시 띠고 있다. 그러나 군자가 환난을 염려함이 주밀하다 하겠다. 당시에도 경박하고 비루하고 패악한 무리가 혹 소인의 마음으로 성현을 헤아리는 자가 없을 줄 어찌 알겠는가? 그러므로 남에게 혐의 받을 일은 대인도 이를 멀리 하였던 것이다. 근세 조정에서는 '출처' 두 글자에 대해 강구하는 사람이 없다. 대신 이하가 나아가고 물러나며, 사양하고 받는 의리에 하나도 의거한 바가 없고, 나아갈 수도 없고 물러날 수도 없는 어려운 처지라서, 얼굴에 부끄러운 바가 있으니, 사대부의 風節이 땅을 쓴 듯 다 없어졌다. 廉恥의 도리가 없어지고 예의가 따라서 허물어지니, 장차 어느 지경엔들 이르지 않겠는가? 오늘 날의 사람을 갑자기 古道로 요구할 수는 없으나, 진실로 聖明이 培養에 유의하여, 志節을 꺾어 누르거나 구속하지 않는다면, 몇 해 뒤에는 절의를 지키는 선비가 차차 나올 것이다.[36]

염치와 예의는 『관자(管子)』에 의하면 국가의 명운을 떠받드는 사유(四維)에 해당한다. 위 글에서 다산이 염치의 도가 상실되고 예의가 함께 허물어지는 것을 걱정하고, 다시 절의를 지키는 선비를 양성해야 한다고 설명하는 것은 그의 유학자적 문제의식을 보여준다. 게다가 그는 그 문제를 극복해 나갈 수 있는 방안을 퇴계의 처신으로부터 확인하고 있는 것이다.

---

36) 민족문화추진회편, 『국역다산시문집9』, 솔출판사, 1996, 84~85쪽.

　이러한 내용을 증거로 삼아서 추론한다면, 다산은 퇴계로부터 유교의 도를 현실에 구현할 수 있는 방안과 그 전망까지도 발견하고 기대하였던 것이 분명하다. 양자의 심성론도 사실은 이러한 예의, 염치를 비롯하여 유교의 도리를 실천하고 구현하기 위한 것이었다는 점에서는 추호의 차이가 없다고 할 수 있다. 비록 퇴계의 심성론의 구조와 관련 개념들이 다산에 이르러 많이 변화되었더라도, 유학자로서 천리에 부합하거나 천명을 따르고 사리사욕을 누르는 태도를 함양함으로써, 도덕을 성취하려는 목적 의식과 그 실천의 노력에서 변화가 생긴 것은 아니다. 오히려 다산은 그것을 더욱 강화시키기 위하여 이기론의 용도가 소진했음을 파악하고, 새롭고도 절실한 유교적 도의 실천의 방법을 강구하였던 것이다.

　이상의 내용을 종합해 보면, 퇴계와 다산의 학문과 사상의 연속성은 다음과 같다고 할 수 있다. 우선 유교의 도로 인하여 두 학자는 사상적 연속성을 보여주었다. 즉 두 학자의 이론체계와 개념의 구사는 많은 차이가 있고, 심지어 단절적인 면이 없지 않지만, 그럼에도 불구하고 유교의 도를 수호하고 그것으로써 사회 문제를 해결하여야 한다는 의식에서는 양자가 다르지 않다. 오히려 다산은 퇴계로부터 그 방법과 실천적 전망까지도 얻어내고 있다. 또 사회 문제의 해결을 위한 방법을 다같이 심신의 공부, 특히 마음의 주재력의 확보로써 구하였다는 점이다. 이는 치인에 앞서서 수기를 중시하는 것이고, 그 수기 공부의 중심 과제가 심의 주재력 확보에 있다는 인식을 다산이 퇴계로부터 계승하였던 것이다. 그리고 비록 그 개념이나 이론에는 차이가 있다고 하더라도 마음의 주재력을 확보하기 위하여, 공히 예의 실천에 의한 하학을 절대시했다는 점도 역시 그 연속성의 일면이라고 할 수 있다.

　본고에서는 비록 다산의 심성 개념이 성리학자들의 개념과 구별되는 체계를 형성했다고 하더라도, 다산이 퇴계의 개념과 이론의 근본 취지를 적극적이고 긍정적으로 이해하고 수용함으로써, 사실상 목적하는 것은 크게 다르지 않다는 점을 밝히고자 하였다. 또 그의 인생 전반기에 이루어진 「도산사숙록」, 「서암강학기」 등의 저술을 통해서 퇴계에 대한 인식을 살펴보았다. 이러한 인식이 그의 인생 전반에 어떻게 작용하였고, 그의 학문의 형성에 어떠한 영향을 주었는가 하는 점을 모두 추론하는 것은 무리가 있다. 그러나, 적어도 장년기 인생의 향방을 좌우하는 30세를 전후한 시기에 퇴계를 흠모하고, 그의 견해를 재해석하면서 실천적 유학자의 삶을 모색했던, 다산의 이 태도로부터 유학사에서 퇴계학이 근기지역의 실학 형성에 주었던 영향의 내용과 그 의의를 충분히 추론하고도 남음이 있는 것이다.

[중앙대학교 철학과 교수 유권종]

참고문헌

『增補退溪全書』, 成均館大學校 大東文化研究院.

『韓國文集叢刊』, 29, 30, 31冊, 민족문화추진회.

『與猶堂全書』, 아름출판사.

민족문화추진회 편, 『국역 다산시문집』, 솔출판사, 1996.

권오봉, 『退溪家年表』, 退溪學研究院, 1989.

이수건, 『嶺南學派의 形成과 展開』, 一潮閣, 1998.

송재소, 『茶山詩研究 附茶山年報』, 창작사, 1986.

Philip Ivanhoe, *Confucian Moral Self Cultivation*, Peter Lang, 1993.

윤사순, 「다산의 인관간」, 『정다산 연구의 현황과 과제』, 민음사, 1985.

조 광, 「朝鮮後期 實學思想의 研究動向과 展望」, 『何石金昌洙博士華甲紀念史學論叢』, 범우사, 1992.

유권종, 「朝鮮時代 退溪學派의 禮學思想에 관한 哲學的 考察」, 『退溪學報』 제102집, 退溪學研究院, 1999.

_____ · 박충식, 「퇴계학, 구성주의, 인공지능 : 도덕 심성 모델의 새로운 모색」, 제13회 한국철학자연합대회 발표논문집, 21세기를 향한 철학의 화두 대회보3, 2000.

_____, 「퇴계예학연구의 과제와 전망」, 『퇴계학보』 109집, 퇴계학연구원, 2001.

_____, 「퇴계의 예교육과 인격형성의 원리」, 『유교사상연구』 18집, 한국유교 학회, 2003.

_____, 「茶山 人間觀의 재조명」, 『철학』 72집, 한국철학회, 2002.

_____, 「務實 : 退溪 聖學과 茶山 實學」, 『공자학』 7집, 한국공자학회, 2000.

_____, 「다산예학의 철학적 기반」, 『동양철학』 5집, 한국동양철학회, 1994.

찾아보기

ㄱ

가례부췌(家禮附贅)　495
가례의의(家禮疑義)　25, 37
가례절요(家禮節要)　500
가례집람보주(家禮輯覽補註)　384
가연(柯淵)　485
가휴(可畦)　109
간송(澗松)　494, 496, 500
간재(艮齋)　413, 487
간지기일법(干支記日法)　269
갈봉(葛峰)　103
갈암(葛菴, 葛庵)　10, 53, 54, 213, 216,
　　398, 405, 473, 499, 500, 502, 503
갈천(葛川)　469, 470, 498
감석성경(甘石星經)　269
갑술추록(甲戌追錄)　30
갑신 사직소(甲申 辭職疏)　41
갑오 진정소(甲午 陳情疏)　41
갑자사화(甲子士禍)　484, 519
강고(江皐)　189, 197
강고집(江皐集)　204
강용양(姜用良)　208
강유위(康有爲)　416
강좌(江左)　503

강혼(姜渾)　484
강흔(姜訢)　497
개정주자서절요목록(改定朱子書節要目
　　錄)　383
거상절요(居喪節要)　502
건저의사건(建儲議事件)　536
검설(儉說)　204
격몽요결(擊蒙要訣)　533
격양집(擊壤集)　446
격재(格齋)　484
겸암(謙庵)　29, 93, 97, 119
경당(敬堂)　53, 54, 102, 217, 220, 265
경도(敬圖)　39
경모록(敬慕錄)　126
경서석의(經書釋疑)　566
경세유표(經世遺表)　550
경암(敬庵)　301
경연조강계사(經筵朝講啓辭)　453
경원록(景遠錄)　126
경재잠도(敬齋箴圖)　76
경재잠집설(敬齋箴集說)　76, 86
경전석의(經典釋疑)　582
계당(溪堂)　189, 197, 205
계당집(溪堂集)　205

계동(溪東) 491
계몽도서절요(啓蒙圖書切要) 572
계문상제문답(溪門喪祭問答) 533
계문제자록(溪門弟子錄) 144
계미삼찬(癸未三竄) 43
계산잡영(溪山雜詠) 63, 86
계암(溪巖) 305, 315
계암문집(溪巖文集, 溪巖集) 316, 341
계유(季裕) 105
계정즉사(溪亭卽事) 477
계해반정(癸亥反正) 319, 334
계훈집요(溪訓輯要) 76
고금명환록(古今名宦錄) 385
고문상서소증(古文尙書疏證) 575
고문상서원사(古文尙書冤詞) 580
고봉(高峯) 33, 35, 40, 405
고산(孤山) 169
고산정사(高山精舍) 61
고암(古庵) 159
고인계(高仁繼) 109
고한어어법(古漢語語法) 582
곤지기(困知記) 38, 40
곤지잡록(困知雜錄) 40
공공(共工) 542
공교회(孔敎會) 415
공자교(孔子敎) 416
공자통기(孔子通紀) 446
곽세건(郭世楗) 496
곽원조(郭源兆) 410
곽재우(郭再祐) 122, 497, 534
곽종석(郭鍾錫) 84, 85, 374, 401, 410,
423
곽준(郭赾) 471
관물당(觀物堂) 150
광뢰(廣瀨) 12, 144
광리군(廣理君) 483
광암(曠菴) 590
교우(膠宇) 423
구경산가예의절(丘瓊山家禮儀節) 446
구계(龜溪) 166
구계선생문집(龜溪先生文集) 167
구굉(具宏) 535
구명(究明) 89
구봉(九峰) 497
구봉령(具鳳齡) 33, 394
구사맹(具思孟) 511, 522, 525, 526,
535, 536
구산서원상량문(龜山書院上樑文) 458
구성(具宬) 535
구암(久庵) 190
구암(龜巖) 441, 498
구옹(矩翁) 484, 485
구인후(具仁垕) 535
구전(苟全) 50
국담(菊潭) 492, 494, 496, 500
국원(菊園) 207
군자소인론(君子小人論) 43
권간(權幹) 64, 84
권개세(權盖世) 34
권거약(權居約) 35
권기(權紀) 104
권단(權昍) 79

권대진(權大進) 374
권두경(權斗經) 10, 53, 144, 181, 223, 496, 523
권만(權萬) 503
권문해(權文海) 161, 162, 164, 172, 177, 180, 181, 487
권벌(權橃) 301
권산립(權山立) 79
권상경(權尙經) 423
권상일(權相一) 223
권섬(權暹) 172
권연하(權璉夏) 81
권오봉(權五鳳) 144, 171
권오상(權五常) 161
권욱(權旭) 79
권욱연(權頊淵) 170
권위(權暐) 79
권유(權愈) 317
권유손(權幼孫) 161
권윤변(權胤卞) 171
권율(權慄) 92
권의숙(權義叔) 171
권익창(權益昌) 105
권자겸(權自謙) 35
권중기(權重器) 35
권지(權祉) 162
권진락(權進洛) 162
권행가(權行可) 79
권호문(權好文) 33, 62, 178, 528
규천(虯川) 205
근기 실학파(近畿 實學派) 386

근재(謹齋) 492, 498, 503
금개(琴愷) 45, 49
금경(琴憬) 50
금계(錦溪) 33, 38, 62, 425, 426
금계선생문집(錦溪先生文集, 錦溪集) 426, 436
금계선생변무록(錦溪先生辨誣錄) 436
금난수(琴蘭秀) 35, 48, 178, 237, 487, 488
금대기(琴岱基) 15
김득연(金得硏) 103
김봉조(金奉祖) 103
금시당(今是堂) 498, 500
금업(琴憪) 49
김윤안(金允安) 104
금응협(琴應夾) 48, 487
금응훈(琴應壎, 琴應塤) 48, 65, 487
금의(琴儀) 238
금이당(琴易堂) 103
금주(錦洲) 504
금헌(琴憲) 238
금헌(琴軒) 497
김홍미(金弘微) 108
금희(琴熹) 35
급문록변정(及門錄辨訂) 20
급문록영간시일기(及門錄營刊時日記) 10, 13, 14, 29
급문제현록(及門諸賢錄) 80
긍구정(肯構亭) 497
긍암(兢庵) 152
긍재(肯齋) 504

기대승(奇大升, 奇高峰) 16, 33, 45,
    178, 405, 490, 522, 565, 568, 569
기몽(記夢) 274
기묘사화(己卯士禍) 484, 519
기문록(記聞錄) 126
기미독립선언문(己未獨立宣言文) 412
기발이승일도설(氣發理乘一途說) 592
기발일도(氣發一途) 593
기발일도설(氣發一途說) 407, 414
기암(企菴, 企庵) 164, 488
기양책(祈禳策) 503
기자지(箕子志) 533
기재(企齋) 436
기정진(奇正鎭) 413
기해예송(己亥禮訟) 537
기호학파(畿湖學派) 413
길흉제규(吉凶諸規) 63
김거두(金居斗) 64
김건수(金健壽) 81, 83
김경장(金慶長) 135
김계조(金繼趙) 566
김계휘(金繼輝) 487, 534
김광계(金光繼) 49
김굉(金㙈) 76, 81
김굉필(金宏弼) 63, 193, 373, 382, 420,
    493, 496, 505, 519, 595
김규(金戣) 571
김극일(金克一) 239, 487, 498
김낙춘(金樂春) 11
김난상(金鸞祥) 443
김노헌(金魯憲) 15

김뉴(金紐) 490
김달가(金達可) 399
김대유(金大有) 485, 505
김덕곤(金德鵾) 511
김덕룡(金德龍) 511
김덕수(金德秀) 520, 522, 536
김도복(金道復) 169
김도화(金道和) 75, 82~84, 244
김동삼(金東三) 84
김동진(金東鎭) 83
김득가(金得可) 399
김락춘(金樂春) 528
김령(金坽) 49, 53, 315
김류(金瑬) 334
김만근(金萬謹) 64
김면(金沔) 27, 471
김명원(金命元) 515
김명일(金明一) 66
김범(金範) 247
김복일(金復一) 65, 155, 162, 176, 177
김봉조(金奉祖) 101
김부륜(金富倫) 48, 65, 487, 488
김부의(金富儀) 48, 65
김부인(金富仁) 48
김부필(金富弼) 48, 178, 487, 528
김사순(金士純) 65
김상헌(金尙憲) 534~536
김성가(金成可) 399
김성일(金誠一) 33, 53, 61, 62, 89,
    118, 133, 161, 163, 178, 181, 220,
    239, 265, 390, 394, 534

김세렴(金世濂)　526
김속명(金續命)　426
김용(金涌)　79
김수(金銖)　423
김수(金睟)　515
김수량(金遂良)　157
김수인(金守訒)　497
김수일(金守一)　26, 239
김시양(金時讓)　320
김시찬(金是瓚)　53
김식(金湜)　519, 520, 522, 536
김안국(金安國)　497, 519, 520, 522,
　　525, 537
김영(金坽)　305
김영조(金榮祖)　305
김용(金涌)　85
김용보(金龍普)　163
김우굉(金宇宏)　392
김우옹(金宇顒)　33, 161, 371, 392,
　　402, 420, 471, 534
김유(金愈)　52, 53
김윤석(金胤錫)　152
김윤안(金允安)　190, 448, 458
김응조(金應祖)　152, 305, 331, 495,
　　500
김익경(金翼景)　434
김인철(金仁轍)　168
김자점(金自點)　334
김장생(金長生)　114, 115, 190, 195,
　　527, 534, 535
김정견(金廷堅)　207, 399

김정계(金庭契)　399
김정국(金正國)　519, 522, 525
김제남(金悌男)　334
김종덕(金宗德)　76, 81
김종직(金宗直)　372, 378, 484, 490,
　　505, 533, 565
김종한(金宗漢)　169
김중청(金中淸)　50
김직재(金直哉)　302
김진(金璡)　64, 71, 84, 85, 162, 239
김진우(金鎭祐)　423
김집(金㴲)　74, 79, 535
김창숙(金昌淑)　411, 423
김총(金璁)　53
김추임(金秋任)　209
김충가(金忠可)　399
김취려(金就礪)　515
김태을(金太乙)　484, 485
김태허(金太虛)　494
김택룡(金澤龍)　37, 48, 50, 51, 53
김팔원(金八元)　168, 176, 177
김해(金垓)　49, 217
김해진(金海鎭)　472
김행(金行)　392
김현도(金玄度)　535
김홍도(金弘度)　511, 522, 527
김홍집(金弘集)　404, 415
김황(金榥)　84, 85, 398, 423
김효원(金孝元)　522, 531, 532, 534
김휘세(金輝世)　53
김휘준(金輝浚)　436

김휘진(金輝瑨) 15
김흥락(金興洛) 67, 75, 80, 82, 83, 85,
  222
김흥우(金興宇) 536
김희로(金希魯) 484, 485
김희우(金希禹) 528

ㄴ

나정암(羅整菴) 38, 40
낙원(樂園) 497, 498
낙천(洛川) 491
낙파(洛坡) 197, 204, 298
난진이퇴(難進易退) 47
남구만(南九萬) 224
남구명(南九明) 224
남구수(南龜壽) 170
남당(南塘) 412
남명(南冥) 27, 241, 246~248, 371, 382,
  383, 385, 392~395, 397, 402, 441~
  443, 468, 471, 480, 485, 505, 522
남명학파(南冥學派) 382
남악(南嶽) 162
남언경(南彦經) 247, 535
남언기(南彦紀) 522, 526
남용만(南龍萬) 224
남이공(南以恭) 534
남인(南人) 36, 37, 114, 188, 499, 501,
  505, 508, 534, 536
남제명(南濟明) 224
남필문(南弼文) 484, 485, 491, 511
남한조(南漢朝) 81, 84, 222

남회당(覽懷堂) 500, 503
내수외양론(內修外攘論) 42
내암(來庵) 135, 383~385, 393
냉와(冷窩) 501
노경린(盧慶麟) 373, 429
노경임(盧景任) 134, 301
노과회(盧寡悔) 597
노극홍(盧克弘) 497
노득공(盧得功) 318
노론(老論) 372
노사(盧沙) 413
노사학파(蘆沙學派) 423
노상직(盧相稷) 83, 504
노송론(魯頌論) 500
노수신(盧守愼) 520, 522, 526
노신(盧愼) 445
노진(盧禛) 498
논계몽태극도(論啓蒙太極圖) 533
논상례(論喪禮) 445
논한훤보록(論寒暄譜錄) 445
농서(農書) 204
농암(聾巖) 428
눌은(訥隱) 50, 434, 435
눌재(訥齋) 484
눌헌(訥軒) 156
니탕개난(泥湯介亂) 41

ㄷ

다산(茶山) 494, 563, 587
담경설학(談經說學) 47
답우경선문목(答禹景善問目) 606

답이구암별지(答李龜巖別紙)　445

답정자정서(答鄭子精書)　42

대동운부군옥(大東韻府群玉)　162

대북(大北)　34, 49, 112, 114, 325, 334, 381, 385, 390

대산(大山)　54, 222, 234, 412, 499, 501~503

대산문집(大山文集)　76

대산실기(大山實紀)　76, 83

대소헌(大笑軒)　472

대원군(大院君)　403, 415

대학장구(大學章句)　35

대학장구보유(大學章句補遺)　493

대학혹문의의(大學或問疑義)　445

덕계(德溪)　382, 392, 394, 402, 429, 430

덕만정기(德滿亭記)　152

도기일체설(道器一體說)　276

도백(道伯)　323, 503

도산급문록개간후추변(陶山及門綠改刊後追辨)　19, 21

도산급문록변정(陶山及門綠辯訂)　20

도산급문제현록(陶山及門諸賢錄)　9, 44, 144, 166, 509

도산급문제현록변정(陶山及門諸賢錄辨正)　10, 18, 20, 509, 523

도산문인록(陶山文人錄)　29

도산사숙록(陶山私淑錄)　574, 589, 595, 596, 599, 603, 610, 612

도산서당영건기사(陶山書堂營建記事)　254

도산전서(陶山全書)　257

도산제자록간역시파록(陶山諸子錄刊役時爬錄)　14

도통연원록(道統淵源錄)　496

독서지남(讀書指南)　496

독역관견(讀易管見)　533

독화담집서(讀花潭集序)　253

동강(東岡)　371, 382~384, 392, 402, 471

동계(桐溪)　51, 325, 497

동락(東洛)　305

동리(東籬)　104, 190

동방학문연원록(東方學問淵源錄)　496

동복지(同福志)　385

동사강목(東史綱目)　545, 550

동암(東巖)　160

동인(東人)　43, 90, 92, 534, 536

동정(動靜)　406, 407, 419

동주(洞主)　434

동주(東周)　540, 557

동춘당(同春堂)　112

동하(東河)　502

동혼천의(銅渾天儀)　270

두견설(杜鵑說)　307

둔암유공수록서(遁庵柳公隨錄序)　231

ㅁ

마암(磨巖)　105

마한정통론(馬韓正統論)　553

만국평화회의(萬國平和會議)　415

만성(晩惺)　503

만오당(晩悟堂) 491
만우정(晩愚亭) 61
만취헌(晩翠軒, 晩翠) 159, 190
만파(晩坡) 504
망우당(忘憂堂) 122, 497
매씨서평(梅氏書平) 580
매암(梅巖) 436, 487
매창(梅窓) 105
매촌(梅村) 154
매포(梅圃) 151, 154, 161
매호(梅湖) 108, 190
면우(俛宇) 374, 401, 410, 423
면진재(勉進齋) 487
모기령(毛奇齡) 577, 578, 580
모성재(慕聖齋) 497
모재(慕齋) 497, 525
모정(慕亭) 497
모촌(茅村) 471
목계(木溪) 484
목만중(睦萬中) 490
목은(牧隱) 595
목재(木齋) 291, 296, 312, 313, 591
몽수(朦叟) 502
무오사화(戊午士禍) 484, 505
무주(無住) 206, 305
무주일고(無住逸稿) 207
무진재(無盡齋) 485, 491
무참(無參) 201
무첨당(無忝堂) 490
묵계(默溪) 208
묵재(默齋) 373

묵헌(默軒) 503
문견록(聞見錄) 126
문공주선생감흥시(文公朱先生感興詩)
    573
문송(聞松) 484, 485, 491
문숙손(文叔孫) 163
문암(門巖) 501
문위세(文緯世) 26
문현록(門賢錄) 101
물천(勿川) 423
미수(眉叟) 386, 402, 495, 499~501,
    505
미암(眉菴) 394, 510, 526
민구령(閔九齡) 484
민순(閔純) 537
민이(民彝) 74
민코프스키(Minkovski) 272
밀암(密菴, 密庵) 11, 54, 222, 234, 502

ㅂ

박귀원(朴龜元) 485
박길응(朴吉應) 129
박대립(朴大立) 511
박대성(朴大成) 485, 491
박문손(朴文孫) 485
박세용(朴世墉) 500
박세채(朴世采) 195, 535
박수춘(朴壽春) 492~494, 496
박순(朴淳) 11, 511, 530, 535
박승임(朴承任) 151
박신(朴愼) 485, 491

박언충(朴彦忠) 483
박열(朴悅) 485
박운(朴蕓) 163, 176
박운(朴雲) 26
박위(朴葳) 483
박응남(朴應男) 534
박의중(朴宜中) 483
박익(朴翊) 483
박인간(朴仁幹) 483
박재(璞齋) 490
박점(朴漸) 522
박정락(朴鼎洛) 501
박정원(朴鼎元) 502
박정응(朴鼎凝) 501
박제(朴濟) 515
박제인(朴齊仁) 472
박종린(朴從鱗) 163
박종민(朴宗閔) 493
박증영(朴增榮) 484
박지원(朴趾源) 577
박지화(朴枝華) 537
박택지(朴澤之) 603
박한주(朴漢柱) 484
박홍신(朴弘信) 483
박화(朴華) 164
박희정(朴希正) 573
반간(槃澗) 206
반유(潘濡) 154
반충(潘冲) 150
방장산인(方丈山人) 247
배대유(裵大維) 497

배룡길(裵龍吉) 103
배문록(拜門錄) 126
배민록(排悶錄) 494
배상룡(裵尙龍) 136
배신(裵紳) 491
배점(裵漸) 437
배정휘(裵正徽) 389
백견룡(白見龍) 528
백곡(栢谷) 471
백곡(柏谷) 503
백담(白潭) 208
백담(栢潭) 528
백불암(百弗庵) 503, 504
백사(白沙) 190
백원(百源) 205
백원문집(百源文集) 206
백인걸(白仁傑) 520, 522, 526, 536
백현룡(白見龍) 72
번암(樊巖, 樊庵) 27, 494
범태사당감(范太史唐鑑) 446
변계량(卞季良) 484
변성진(卞成振) 528
변정록(辯訂錄) 18, 20, 23, 511
변중량(卞仲良) 483
병명도(屛銘圖) 85
병명발휘(屛銘發揮) 76, 81, 85
병명발휘도(屛銘發揮圖) 85
병백당(病柏堂) 163
병와(瓶窩) 223
병호시비(屛虎是非) 19
보현암벽상서전후입산기(普賢庵壁上書

前後入山記) 239
본초고이(本草攷異) 436
봉선잡의(奉先雜儀) 63
봉선초의(奉先抄儀) 502
봉정안상사댁(奉呈安上舍宅) 476
봉정조도사연(奉呈趙都事淵) 476
복견천지심(復見天地心) 275
부루(扶婁) 542
부열(傅說) 542
부필사계란전(富弼使契丹傳) 74
북계(北溪) 207
북인(北人) 36, 49, 78, 371, 372, 390,
     399, 536
분암(憤庵) 423
불환정(不換亭) 208

人

사가본(四家本) 12, 144, 509
사계(沙溪) 114, 190, 195
사단논변(四端論辨) 405
사단십정경위도(四端十情經緯圖)
     410, 412
사단이기설(四端理氣說) 419
사단이발기수(四端理發氣隨) 227
사단칠정론(四端七情論) 590, 592, 593
사단칠정론변(四端七情論辯) 35, 40,
     405
사림파(士林派) 87, 96
사면부제학소(辭免副提學疏) 454
사빈(泗濱) 497
사서(沙西) 107, 305

사우당(四友堂) 167
사천(泗川) 441
사칠원위설(四七原委說) 419
사호(思湖) 497
삭·촉·낙 삼당시비론(朔·蜀·洛 三
     黨是非論) 41, 42
산후(山後) 11, 144
삼족당(三足堂) 485, 505
삼한정통론(三韓正統論) 553
상례고증(喪禮考證) 62
상례문답(喪禮問答) 533
상변통고(常變通攷) 81
상사(上舍) 434, 485
상산(商山) 430
상서고훈(商書古訓) 581
상서의의(尙書疑義) 37
상성성법(常惺惺法) 259, 261
상제설(上帝說) 422
상촌(象村) 190
서거정(徐居正) 459
서경(西坰) 244, 260
서경덕(徐敬德) 519, 520, 522, 526,
     537
서경집(西坰集) 533
서계몽도서절요후(書啓蒙圖書切要後)
     572
서곡(鉏谷) 207
서긍(徐兢) 50
서명(西銘) 68
서명도(西銘圖) 569
서명응(徐命膺) 546

서사원(徐思遠) 190
서산(西山) 222
서석의(書釋義) 566
서암강학기(西巖講學記) 589, 590, 595, 612
서애(西厓) 18, 33, 49, 50, 87, 88, 118, 119, 133, 185, 188, 240, 265, 300, 390, 393
서어부가후(書漁父歌後) 571
서엄(徐崦) 511
서역범제도병후(書易範諸圖屛後) 571
서인(西人) 43, 92, 114, 191, 334, 499, 534, 535, 537
서한남당인심도심설후(書韓南塘人心道心說後) 412
서해(徐嶰) 26, 146, 167, 511
석간(石澗) 504
석계(石溪) 217
석담(石潭) 190, 494, 497
석문(石門) 305
석북(石北) 501
석의병고자음(釋義幷考字音) 566
석천(石泉) 469
석하(石荷) 504
선천절기도(先天節氣圖) 267
선합(禪合) 40
설문청독서록(薛文淸讀書錄) 447
설선(薛瑄) 448
설월당(雪月堂) 487, 488
성균관학제칠조(成均館學制七條) 394, 397

성극당(省克堂) 108
성리대요(性理大要) 68, 500
성리대전(性理大全) 444
성리유편(性理遺編) 445
성명도설(性命圖說) 403
성발위정론(性發爲情論) 406
성사심제론(性師心弟論) 413
성성재(惺惺齋) 487
성수침(成守琛) 520
성안인(成安仁) 497
성암유고(省庵遺稿) 532
성여신(成汝信) 442, 445
성영(成泳) 108
성와(省窩) 423
성운(成運) 247
성은당(星隱堂) 503
성재(惺齋) 237, 488
성재(性齋) 502, 504
성재집(惺齋集) 238, 257
성창원(成昌遠) 496
성천수신제명안(成川守臣題名安) 385
성학십도(聖學十圖) 69, 76, 86, 98, 407, 414, 569, 572, 589, 598
성학육잠(聖學六箴) 394, 397
성학지남(聖學指南) 533
성학집요(聖學輯要) 533
성합십도(聖學十圖) 63
성헌(省軒) 504
성현도학연원(聖賢道學淵源) 372
성호(星湖) 418, 494, 498, 499, 501, 505, 539

성호사설(星湖僿說) 582
성호집(星湖集) 504
성호학파(星湖學派) 591
성혼(成渾) 33, 36, 40, 449, 515, 522,
　　526~528, 531~535
세시자경(歲時自警) 275
세심정(洗心亭) 500
소고(嘯皐) 151
소눌(小訥) 504
소대명신언행록(昭大名臣言行錄) 202
소대명신행적(昭代名臣行蹟) 201
소대수어(昭代粹語) 201
소려(小廬) 504
소북(小北) 381, 537
소산(小山) 181
소암(疎庵) 190
소옹(邵雍) 270, 420
소학주관서(小學珠串序) 580
속자치통감강목(續資治通鑑綱目) 398
속청구풍아(續靑丘風雅) 533
손갑동(孫甲東) 501
손겸제(孫謙濟) 498
손경(孫暻) 567
손긍훈(孫兢訓) 483
손기양(孫起陽) 492, 497, 498, 401,
　　503
손만래(孫萬來) 502
손병로(孫秉魯) 501~503
손사익(孫思翼) 494, 501, 503
손석관(孫碩寬) 501
손석좌(孫碩佐) 503

손시명(孫諟命) 493, 497
손영제(孫英濟) 484, 485, 505
손우(孫祐) 50
손응로(孫應魯) 501
손익구(孫翊九) 504
손재(損齋) 222
손조서(孫肇瑞) 484
손종태(孫鍾泰) 504
손철룡(孫喆龍) 501
송간(松澗) 435, 436
송계(松溪) 484, 485
송계원명이학통록(宋季元明理學通錄)
　　372
송광계(宋光啓) 399
송광진(宋光進) 399
송길창(宋吉昌) 151
송복기(宋福基) 151, 154, 161, 174,
　　176
송시열(宋時烈) 535
송암(松庵, 松菴) 27, 471
송언신(宋言愼) 522, 531, 533
송여능(宋汝能) 171, 174
송여옥(宋汝沃) 171, 174
송오(松塢) 104
송와(松窩) 502
송유경(宋遺慶) 171, 174
송은(松隱) 483
송의(宋儀) 151
송이봉원안도하제남귀(送李逢原安道下
　　第南歸) 78
송인(宋寅) 449

송인수(宋麟壽) 441, 443
송재(松齋) 489
송재공(松齋公) 158~160, 174
송준길(宋浚吉) 112, 121, 191, 535
송준필(宋浚弼) 83
송찬(宋贊) 448
송호(宋湖) 190
쇄말주의(瑣末主義) 578
수간(竪看) 414
수력전동혼천의(水力轉動渾天儀) 269
수성잠(守成箴) 491
수암(修巖) 108, 189, 202, 291
수암집(修巖集) 203
수우당(守愚堂) 471
수운혼천의(水運渾天儀) 269
수주관규록(愁州菅窺錄) 226
숙흥야매잠(夙興夜寐箴) 597
순암(順菴) 498, 499, 501, 502, 505
순욱론(荀彧論) 43
술암(述庵) 484, 485
슈암션싱힝쟝 291
승정원일기(承政院日記) 319
시석의(詩釋疑) 566
시헌(時軒) 504
식산(息山) 223
식암(息庵) 438
신경(辛鏡) 170
신계성(申季誠) 484, 485
신광수(申光洙) 501
신광한(申光漢) 436
신국빈(申國賓) 503

신내옥(辛乃玉) 146, 170, 173
신달도(申達道) 123
신담(辛聃) 154
신명사도(神明舍圖) 393
신보장(辛寶章) 154
신석번(申碩蕃) 205
신세전(辛世筌) 170
신송계(申松溪) 503
신승희(辛承禧) 170
신시망(辛時望) 496
신식(申湜) 190
신열도(申悅道) 123, 125
신영(申瑛) 536
신온(辛蘊) 170
신유한(申維翰) 501
신익전(申翊全) 536
신재(愼齋) 505
신주봉(辛柱鳳) 170
신중곤(辛仲坤) 170
신즙(申楫) 209
신지제(申之悌) 79, 80
신호(申濩) 26
신홍조(辛弘祚) 151~153, 174, 176
신흠(申欽) 190, 536
심경(沈憬) 38, 254, 255, 536
심경도설(心經圖說) 404
심경밀험(心經密驗) 589
심경발휘(心經發揮) 389
심경부주(心經附註) 35, 36, 38, 39, 568
심경석의(心經釋義) 533
심경의의(心經疑義) 445

심경찬(心經贊) 39
심경품질(心經稟質) 37
심경후론(心經後論) 95, 255
심경후설(心經後說) 36, 39
심동정도(心動靜圖) 412
심사(心思) 39
심산(心山) 411, 423
심성론(心性論) 587, 593
심성설(心性說) 87, 412
심성잡기(心性雜記) 412, 413
심시기(心是氣) 408
심시기설(心是氣說) 409
심시론(心是氣) 413
심의겸(沈義謙) 534, 535
심인겸(沈仁謙) 535
심주기설(心主氣說) 413
심주리설(心主理說) 413
심즉기(心卽氣) 421
심즉리(心卽理) 84, 419
심즉리설(心卽理說) 373, 404, 408,
    409, 412, 413, 416, 420, 421
심통성정도(心統性情圖) 407, 414
심학도(心學圖) 35, 39
심학이기설(心合理氣說) 408
심학지론(心學至論) 502
심합이기(心合理氣) 84, 421
심합이기설(心合理氣說) 373, 409
심희수(沈喜壽) 190, 522, 526, 532,
    533

아계(鵝溪) 434
악록집(嶽麓集) 532
악재(樂齋) 190
안경점(安景漸) 501
안경현(安景賢) 502
안구(安覯) 484, 485, 497
안국암(安國巖, 安國庵) 485, 491
안명하(安命夏) 502
안수관(安守寬) 484, 485, 491
안숙(安璹) 497, 498
안신(安玑) 492, 494, 498
안여경(安餘慶) 494, 497
안영(安嶸) 484, 485
안인일(安仁一) 501, 502
안정복(安鼎福) 498, 501, 502, 505,
    545
안종덕(安鍾悳) 504
안통한(安通漢) 496
안향(安珦) 102
안효구(安孝構) 504
안효선(安孝善) 501
안효식(安孝寔) 504
안훈(安壎) 423
안희원(安禧遠) 504
알렉산더(S. Alexander) 272
약봉(藥峰) 487, 498
약포(藥圃) 33, 161, 438, 528
약포집(藥圃集) 151
양구산(楊龜山) 493
양렴(楊廉) 447

양영찬(梁令瓚) 270

양지설(良知說) 40

양천심(量天心) 272

양친심(量親心) 272

어은(漁隱) 203

언행일록(言行日錄) 126

언행총록(言行總錄) 16

여동래(呂東萊) 420

여문잡저(儷文雜著) 533

여송이암인(與宋頤庵寅) 449

여와(餘窩) 490

여이재(呂爾載) 123

여지승람(輿地勝覽) 540

여헌(旅軒) 113, 117, 140, 190, 305, 391, 399, 402, 471, 494

역대기년(歷代紀年) 385

역동(易東) 248

역본의(易本義) 566

역설(易說) 533

역학계몽(易學啓蒙) 68

역학계몽전의(易學啓蒙傳疑) 65

연안지(延安誌) 533

연평답문(延平答問) 35, 446

연평답문록(延平答問錄) 573

연평답문후어(延平答問後語) 573

열국공관서(列國公館書) 411

염낙풍아(廉洛風雅) 446

염씨고문상서소증초(閻氏古文尙書疏證鈔) 580, 581

염약거(閻若璩) 575

영가지(永嘉志) 385

영남만인소(嶺南萬人疏) 83, 404

영남사림파(嶺南士林派) 96

영남읍지(嶺南邑志) 375

영동정(令同正) 168

영렬공(英烈公) 238

영모당기(永慕堂記) 490

영모록(永慕錄) 93

영손부설(迎孫婦說) 502

예부운략(禮部韻略) 567, 568

예안현사선생안(禮安縣司先生案) 488

오건(吳健) 382, 392, 402, 429

오경(吳京) 98

오경체용분합설(五經體用分合說) 502

오국진(吳國鎭) 591

오규 소라이(荻生徂徠) 579

오리(梧里) 190, 321

오복(五福) 74

오봉(五峯) 301

오선생예설분류(五先生禮設分類) 386

오억령(吳億齡) 190

오언의(吳彦毅) 476

오유충(吳惟忠) 318

오윤(吳䄵) 50

오음유고(梧陰遺稿) 532

오장(吳長) 497

오주연문장전산고(五洲衍文長箋散稿) 582

오학론(五學論) 607

오한(聱漢) 492, 497, 498, 503, 504

오휴자(五休子) 492, 494, 498

옥계(玉溪) 498

옥산강의(玉山講義) 76
옥재호(玉齋胡) 267
옥천(玉泉) 494, 497
옥촌(沃村) 497
와운(臥雲) 208
완구정(玩龜亭) 484, 485
왕도정치론(王道政治論) 42
왕망(王莽) 553
왕백(王柏) 39
왕양명(王陽明) 40
외서암(畏棲庵) 209
외재(畏齋) 489, 497
용만(龍巒) 104
용주(龍洲) 305
우계(牛溪) 36, 534, 535
우공(禹貢) 541
우복(愚伏) 93, 107, 112, 115, 119,
    183, 191, 200, 418, 494, 497
우복집(愚伏集) 187
우성전(禹性傳) 65, 178, 531, 533, 535,
    536
우승유(牛僧孺) 42
우암(遇巖) 157, 171
우졸재(迂拙齋) 484
우탁(禹倬) 248
욱재(勖齋) 484
울산부지(蔚山府志) 488
월간(月澗) 109, 190, 305
월봉(月峰) 109
월사(月沙) 190
월연(月淵) 485, 497

월정만록(月汀漫錄) 533
월정집(月汀集) 533
월천(月川) 33~35, 37, 118, 133, 164,
    165, 237, 487, 239, 390
월천선생언행록(月川先生言行錄) 37,
    51, 53
위기지학(爲己之學) 47, 245, 250
위빈명농기(渭濱明農記) 307
위재(韋齋) 489
유격(遊擊) 318
유계(兪棨) 535
유광득(柳光得) 298
유(류)근(柳根) 244, 260, 532
유기(柳淇) 511, 524
유기일(柳基一) 413
유기호(柳基鎬) 82, 83
유대수(兪大脩) 511
유대일(劉大逸) 535
유도원(柳道源) 76, 81
유도헌(柳道獻) 157
유도희(柳道禧) 29
유리론(唯理論) 407, 413, 424
유물론(唯物論) 271, 275
유범휴(柳範休) 83
유(류)복기(柳復起) 62, 181
유복립(柳復立) 62
유봉희(柳鳳熙) 84
유선속록(儒先續錄) 385
유성(柳城) 71
유(류)성룡(柳成龍) 28, 33, 36, 37, 63,
    87, 88, 118, 119, 123, 133, 161,

181, 185, 188, 240, 258, 265, 300, 318, 390, 393, 530, 534, 535
유성재심설변(柳省齋心說辨) 413
유심론(唯心論) 272, 274
유심춘(柳尋春) 189, 197
유연박(柳淵博) 83, 84
유우(柳藕) 519, 520, 522
유(류)운룡(柳雲龍) 29, 97, 119, 124, 178, 528
유원지(柳元之) 53, 189, 203
유인식(柳寅植) 84
유장원(柳長源) 76, 81
유종개(柳宗介) 105
유종원(柳宗原) 569
유주목(柳疇睦) 189, 205
유주목(柳疇穆) 197
유중교(柳重敎) 413
유(류)중영(柳仲郢) 88, 111
유(류)진(柳袗) 101, 108, 119, 123, 189, 202, 291, 323, 332
유천(柳川) 190
유천지(柳千之) 203
유청량산시(遊淸凉山詩) 500
유치명(柳致命) 75, 81, 83~85, 162, 234, 402
유치명(柳致明) 222, 401, 488, 504
유치엄(柳致儼) 76, 81, 83, 85
유치유(柳致游) 81
유치임(柳致任) 81, 82
유치호(柳致皜) 81~83
유필영(柳必永) 82, 84

유후조(柳厚祚) 197, 204, 298
유희춘(柳希春) 394, 510, 520, 522, 525, 526
윤근수(尹根壽) 33, 522, 531~533, 535, 537
윤돈(尹暾) 522, 535
윤두수(尹斗壽) 515, 522, 527, 535, 537
윤문거(尹文擧) 535
윤방(尹昉) 535
윤선거(尹宣擧) 535
윤순거(尹舜擧) 535
윤자관(尹子寬) 537
윤전(尹烇) 535
윤주하(尹冑夏) 423
윤탁연(尹卓然) 524
윤현(尹晛) 537
윤호(尹虎) 537
윤황(尹煌) 535
윤훤(尹暄) 535
윤휘(尹暉) 535
윤흔(尹昕) 535, 537
윤희손(尹喜孫) 537
율곡(栗谷) 36, 40, 43, 405, 408, 409, 413, 414, 534, 535, 591, 592
율곡이씨논사단칠정서변(栗谷李氏論四端七情書辨) 226
율리(栗里) 155
을미사변(乙未事變) 411, 415
을사보호조약(乙巳保護條約) 411
을사사화(乙巳士禍) 520

응와(凝窩) 403
응지대삼정책(應旨對三政策) 403
의려선생집(醫閭先生集) 570
의례(疑禮) 69
의례도(儀禮圖) 63, 86
의례문견해(疑禮聞見解) 496
의례산주(儀禮刪注) 533
의무려선생(醫無閭先生) 447
의제론(衣制論) 404
이가(李軻) 191
이가순(李家淳) 54
이강호(李康鎬) 15
이견(而見) 88
이결(理訣) 412
이경승(李慶承) 492
이경중(李敬中) 510
이경진(李景震) 535
이경홍(李慶弘) 492, 498, 503
이계(伊溪) 153
이계윤(李繼胤) 497
이관길(李觀吉) 501
이괄(李适) 320, 334
이광(李㷉) 154
이광우(李光友) 471
이광정(李光靖) 81, 181
이광정(李光庭) 50, 317, 433
이광진(李光軫) 498, 500
이광헌(李光軒) 511
이굉(李宏) 156, 164, 173, 175, 176
이굉중(李宏仲) 153
이귀(李貴) 334, 534

이규경(李圭景) 582
이규도(李揆道) 160, 174, 176
이극인(李克仁) 567
이기론(理氣論) 68, 592, 593, 611
이기설(理氣說) 117, 302, 307, 405, 533
이기심성론(理氣心性論) 76, 86, 241, 458
이기이원론(理氣二元論) 87
이기호발설(理氣互發說) 224, 405~407, 414, 417, 424
이단론(異端論) 404
이달(李達) 511
이달충(李達衷) 166
이담(李湛) 515
이대윤(李大潤) 511
이덕형(李德馨) 190
이덕홍(李德弘) 48, 178, 458, 487
이도장(李道長) 391
이돈우(李敦禹) 81~83
이동민(李棟民) 377
이동설(理動說) 226, 405
이동순(李同淳) 54
이두훈(李斗勳) 411, 423
이득전(李得全) 567
이락연원록(伊洛淵源錄) 446, 568
이영승(李令承) 176
이만각(李晩慤) 82
이만규(李晩烓) 15
이만도(李晩燾) 54, 243, 260
이만백(李萬白) 500

이만부(李萬敷) 223, 525

이만운(李萬運) 503

이만운(李晩運) 54

이만인(李晩寅) 29, 413, 417

이만화(李萬華) 434

이맹전(李孟傳) 378

이맹현(李孟賢) 216

이명기(李命夔) 502, 503

이명채(李命采) 502

이명철(李命哲) 45

이몽학(李夢鶴) 472

이무백(李茂伯) 323

이문건(李文楗) 373

이문량(李文樑) 48, 428

이문영(李文英) 300

이문직(李文稷) 81

이미도(李味道) 158, 174

이민구(李敏求) 449

이민성(李民宬) 123, 139

이발(理發) 405

이발기발변(理發氣發辨) 589, 592~
    594, 607

이발기수기발이승(理發氣隨氣發理乘)
    40

이발설(理發說) 224, 422, 590

이발일도설(理發一途說) 404, 406, 407,
    413, 417, 424

이범교(李範敎) 157

이병헌(李炳憲) 15, 423

이병희(李炳禧) 504

이복(李宓) 158, 159, 173, 176

이빙(李憑) 159, 160

이산잡술(夷山雜述) 533

이산해(李山海) 433

이상(李坰) 399

이상국(李相國) 321

이상룡(李相龍) 83, 84

이상설(李上卨) 415

이상정(李象靖) 75, 80~86, 181, 222,
    234, 412, 501, 503

이색(李穡) 459, 595

이선구(李善求) 15

이선도(李善道) 509

이선동(李善童) 166

이성중(李誠中) 510, 515, 522, 531,
    532, 535, 536

이세태(李世泰) 54

이수광(李睟光) 190, 229

이수연(李守淵) 10, 11, 144, 523

이수항(李守恒) 10, 11, 144

이숙량(李叔樑) 436, 487

이순신(李舜臣) 92

이순인(李純仁) 522, 532, 535

이승소(李承召) 459

이승장(李勝章) 377

이승희(李承熙) 374, 411, 415, 423

이시명(李時明) 80, 217

이시암(李時馣) 50

이식(李植) 305

이안도(李安道) 45, 65

이애(李璦) 216

이야순(李野淳) 10, 12, 85, 144

이약동(李約東) 378
이양원(李陽元) 522, 527
이양중(李養中) 510
이언영(李彦英) 136
이언적(李彦迪) 63, 92, 193, 384, 410, 458, 493, 496, 565
이연경(李延慶) 519, 520, 522
이연량(李衍樑) 27
이연평(李延平) 493
이열도(李閱道) 152, 157, 171, 173, 176
이영승(李令承) 160, 174
이완(李完) 156, 161, 164, 166, 173, 175, 178, 180, 488
이용구(李龍九) 503
이우(李堣) 93, 174, 489
이원(李遠) 485
이원규(李元圭) 207
이원설(二源說) 228
이원우(李源祐) 403
이원익(李元翼) 114, 190, 375
이원정(李元禎) 391
이원조(李源祚) 403
이월간(李月澗) 303
이유(李愈) 154, 176
이유동정설(理有動靜說) 225, 414
이유장(李惟樟) 169
이유체용론(理有體用論) 405, 414
이육(李堉) 399
이윤(伊尹) 545
이윤우(李潤雨) 190, 390, 391, 494, 497
이은보(李殷輔) 217
이응(李應) 156, 176
이의윤(李宜潤) 490
이이(李珥 李栗谷) 33, 36, 40, 75, 449, 490, 515, 526, 527, 531~535
이이두(李而杜) 500, 503
이이정(李而楨) 496, 499
이이첨(李爾瞻) 49, 301, 335, 381
이익(李瀷) 494, 498, 501, 505, 508, 537, 539, 582
이익구(李翊九) 504
이인복(李仁復) 373
이인임(李仁任) 373, 378
이인재(李寅梓) 423
이일규(李一圭) 208
이자(李孜) 498
이자익(李子翼) 413
이장경(李長庚) 377
이장곤(李長坤) 378, 497
이장박(李章璞) 503
이장윤(李長胤) 496
이재(李栽) 11, 75, 80, 222, 234
이재(頤齋) 494
이재관(李在寬) 296, 311, 313
이재기(李載基) 413
이재동(李宰東) 167
이재선(李載先) 83
이재윤(李載胤) 502
이전(李㙉) 101, 190, 305
이정(李楨) 33, 45, 441, 498, 572, 573

이정(李瀞) 471
이정구(李廷龜) 190, 526, 535
이정모(李正模) 423
이조년(李兆年) 373, 378
이종기(李種杞) 413
이종도(李宗道) 166, 173, 175
이종민(李宗憫) 42
이종수(李宗洙) 76, 81
이종순(李鍾淳) 488
이준(李埈) 45, 101, 107, 190, 305, 438
이준경(李浚慶) 36
이중구(李仲久) 601
이중균(李中均) 15
이중량(李仲樑) 48
이중립(李中立) 166, 177
이중명(李仲明) 323
이중업(李中業) 83
이중직(李中稙) 14, 15
이중철(李中轍) 14, 15
이중현(李仲賢) 216
이중협(李中協) 15
이중호(李仲虎) 520, 522, 534, 537
이중환(李重煥) 102, 106
이지운(李之運) 503
이지화(李之華) 136
이진(李珍) 105, 535
이진상(李震相) 84, 85, 373, 401, 403
이진화(李進和) 15
이찬한(李燦漢) 53
이창록(李昌祿) 374

이창석(李蒼石) 302
이춘영(李春英) 536
이충(李冲) 158~160, 173, 174, 176, 178
이충량(李忠樑) 48
이충작(李忠綽) 567
이충호(李忠鎬) 14, 509
이칭(李偁) 467
이태(李迨) 485, 497
이하(李河) 156, 164, 173, 175
이하진(李夏鎭) 537
이학(李塈) 399
이학록(理學錄) 447, 448
이학종요(理學綜要) 84, 404
이학통록(理學統錄) 11, 12, 16
이한음(李漢陰) 302
이함(李涵) 217
이함형(李咸亨) 515, 531, 533
이항(李恒) 247
이항로(李恒老) 413
이항복(李恒福) 190
이해(李亥) 166, 173
이현보(李賢輔) 160, 174, 428
이현일(李玄逸) 10, 53, 75, 79, 80, 85, 169, 213, 216, 398, 405, 473, 500, 503
이형상(李衡祥) 223
이호민(李好閔) 301
이호민(李好敏) 530
이활물설(理活物說) 407
이후경(李厚慶) 489, 497

이후원(李厚源) 536
이휘규(李彙圭) 54
이휘발(李彙潑) 436
이휘일(李徽逸) 53, 80, 220, 229
이휘재(李彙載) 436
이희(李熹) 155, 176, 178
이희경(李希京) 378
이희순(李希淳) 54
이전(李㙉) 109
익재(益齋) 181
인설(仁說) 76
인심도심도(人心道心圖) 39, 40
인심도심도설(人心道心圖說) 40
인심도심론변(人心道心論辯) 40
인심도심설(人心道心說) 412
인심도심정일집중도(人心道心精一執中
圖) 35, 40
인의예지론(仁義禮智論) 76, 86
인조반정(仁祖反正) 374, 390
일두(一蠹) 496
일송(一松) 190
일송집(一松集) 533
일원소장도(一元消張圖) 265
일죽재(一竹齋) 170
일휴당(日休堂) 487
임내신(任鼐臣) 511
임숙영(任叔英) 190
임용중(林用中) 493
임운(林芸) 469
임자일록(壬子日錄) 296
임진록(壬辰錄) 291, 308

임천서원(臨川書院) 61
임춘(林椿) 483
임훈(林薰) 247, 469, 498
임ㅈ록 291
입재(立齋) 181, 197, 201, 418
입재집(立齋集) 202
입학오도(入學五圖) 77

ㅈ

자동(紫東) 423
자유헌(自濡軒) 500, 503
자치통감강목(資治通鑑綱目) 394, 398,
555
잠재(潛齋) 152
장경우(張慶遇) 124, 127, 134
장근(張謹) 152, 173
장덕강(張德康) 152
장량(張良) 552, 555
장명량(張明良) 152
장문익(蔣文益) 492, 494, 495
장석영(張錫英) 374, 423
장수(張遂) 270
장순(張峋) 113
장용관(張用寬) 152
장응일(張應一) 134
장재(張載) 407
장지(張祉) 152
장진(張溍) 153
장현광(張顯光) 113, 190, 305, 390,
391, 399, 402, 420, 471, 494
장형(張衡) 269

장흥효(張興孝) 53, 66, 73, 75, 79, 80, 85, 101, 102, 217, 220, 265
장희적(蔣熙績) 500
재거감흥시주해(齋居感興詩註解) 573
적자심(赤子心) 39
전경창(全慶昌) 491
전극항(全克恒) 205
전도순언(傳道粹言) 572
전식(全湜) 107, 305
전우(田愚) 413
전원발(全元發) 172
전은설(全恩說) 385
전찬(全續) 167
점필재(佔畢齋) 484, 485, 490, 493, 496, 497, 505
정경세(鄭經世) 93, 101, 107, 112, 115, 119, 181, 183, 191, 494, 497
정계함(鄭繼咸) 191
정곤수(鄭崑壽) 383, 471
정광익(鄭光翊) 151
정구(鄭逑) 33, 79, 113, 118, 124, 181, 190, 195, 265, 325, 371, 382, 402, 434, 471, 484, 492, 497, 498, 505, 508, 528, 534
정대용(鄭大容) 503
정도응(鄭道應) 201
정두(鄭斗) 444
정렴(鄭磏) 449
정몽주(鄭夢周) 118, 193, 595
정민공(貞愍公) 158
정민정(程敏政) 36, 38, 39

정번(鄭蕃) 191
정복심(程復心) 35, 39
정사물(鄭四勿) 138
정사상(鄭四象) 124
정사신(鄭士信) 79, 105, 137
정씨유서외서(程氏遺書外書) 446
정암(靜菴) 595, 596
정약용(丁若鏞) 494, 550, 574
정여관(鄭汝寬) 191
정여창(鄭汝昌) 63, 193, 420, 493, 496
정엽(鄭曄) 534
정영방(鄭榮邦) 181, 305
정옥(鄭玉) 151
정온(鄭蘊) 51, 325, 334, 497
정우복(鄭愚伏) 303, 304
정위(鄭煒) 390
정유일(鄭惟一) 178, 394
정윤목(鄭允穆) 181
정의공(貞懿公) 170
정의생(鄭義生) 191
정이(程頤) 420
정이청(鄭以淸) 26
정인홍(鄭仁弘) 36, 135, 325, 334, 335, 381, 383, 384, 390, 534
정장(鄭樟) 490
정재(定齋) 162, 222, 234, 401, 488, 504
정전(鄭佺) 79, 401, 547
정종로(鄭宗魯) 81, 84, 181, 197, 201
정주(程註) 40
정지운(鄭之雲) 26, 509, 515, 522,

524, 525, 527, 528, 531, 533, 534
정철(鄭澈)　534, 536
정탁(鄭琢)　33, 41, 43, 150, 161, 176~
　　178, 180, 181, 438
정택(鄭澤)　191
정필(貞弼)　265
정한강(鄭寒岡)　303, 490
정항(鄭沆)　325, 334
정현(鄭玄)　575
정호(程顥)　420
정호인(鄭好仁)　138
정혼(鄭焜)　181
정황(丁煌)　443
제김사순병명(題金士純屛銘)　81
제현록(諸賢錄)　20
조경(趙絅)　305
조경암(釣耕庵)　492, 494, 495, 500
조광벽(趙光璧)　207
조광익(曺光益)　484, 485, 489, 505
조광조(趙光祖)　63, 372, 420, 493, 519,
　　520, 522, 537, 595
조긍섭(曺兢燮)　83, 413
조말손(曺末孫)　485
조목(趙穆)　16, 33, 34, 63, 118, 133,
　　164, 165, 178, 237, 239, 487
조석붕(趙錫朋)　49, 51, 52
조선책략(朝鮮策略)　404, 415
조선후(朝鮮侯)　541, 546
조성당(操省堂)　51
조술도(趙述道)　81
조식(曺植)　241, 247, 392, 420, 485,

449, 505
조암(操庵)　484, 485, 491
조용(趙容)　524
조우신(趙又新)　208
조우인(曺友仁)　108, 190, 494
조이복(曺以復)　497
조익(趙翊)　109
조익(趙翼)　535
조일신(趙日新)　378
조임도(趙任道)　128, 495, 496, 500
조정론(調停論)　43
조정립(趙正立)　190
조제진정론(調劑鎭定論)　43
조종도(趙宗道)　472
조지(趙贄)　515
조진(趙振)　515, 531, 533
조찬한(趙纘韓)　190
조호익(曺好益)　11, 492, 494
조희인(曺希仁)　208
조희장(曺希章)　515
존심양기지요(存心養氣之要)　266
존재(存齋)　53, 54, 220, 471
졸암(拙庵)　502
졸재(拙齋)　189, 190, 203
졸재집(拙齋集)　203
종손(宗孫)　434
주경함양(主敬涵養)　237, 259
주기론(周期論)　270
주기론(主氣論)　404
주륙론난(朱陸論難)　533
주륙상이(朱陸相異)　39

주리론(主理論) 87, 407
주문팔현(州門八賢) 374
주문팔현(洲門八賢) 423
주서강록간보(朱書講錄刊補) 86
주서의의(朱書疑義) 445
주서절요품질(朱書節要稟質) 37
주서차의(朱書箚疑) 204
주세붕(周世鵬) 430, 459, 505
주일명(主一銘) 493
주자대전(朱子大全) 568
주자서강록(朱子書講錄) 533
주자서절요(朱子書節要) 63, 75, 86,
    93, 383
주자시집(朱子詩集) 446
주자어류(朱子語類) 568
주자학(朱子學) 416
주희(朱熹) 420
죽각(竹閣) 471
죽리(竹籬) 502, 503
죽림재(竹林齋) 500
죽북(竹北) 501, 502
죽파(竹坡) 499
죽포(竹圃) 494, 501, 503
중용강의보(中庸講義補) 590, 602
중용구경연의(中庸九經衍義) 458, 493
중용영십사수(中庸詠十四首) 459
중용책(中庸策) 589
중용학(中庸學) 458
중재(重齋) 398, 423
지간(芝澗) 166
지봉(芝峯) 190

지산(芝山) 168, 489, 492, 494
지애(芝厓) 390
지지헌(知止軒) 503
지천(遲川) 305
진 군덕시무육조소(進 君德時務六條疏)
    231
진건(陳建) 39
진관법(鎭管法) 92
진덕수(陳德秀) 38, 420
진백사(陳白沙) 40
진보(陳普) 573
진서산(眞西山) 39
진성학육잠소(進聖學六箴疏) 396
진암(眞庵) 423
징비록(懲毖錄) 93

ㅊ

창산지(昌山志) 385
창석(蒼石) 107, 190, 305, 438
창설(蒼雪) 496
창설재(蒼雪齋) 10, 53, 144, 181, 223,
    523
채서산(蔡西山) 26
채제공(蔡濟恭) 27, 169, 494
채지당(採芝堂) 485
척신정치(戚臣政治) 96
척암(拓菴) 244
천군전(天君傳) 382, 393
천리독실(踐履篤實) 47
천맥(阡陌) 549
천명도설(天命圖說) 533

천명도설후서(天命圖說後敍) 570
천설(天說) 569
천원발미(天原發微) 571
천인감응설(天人感應說) 503
천인론(天人論) 458
천인합일관(天人合一觀) 419
철감록(掇感錄) 503
철조록(輟釣錄) 494
철종(哲從) 35
첨모당(瞻慕堂) 469, 470
첨지공(僉知公) 238
청계(青溪) 239
청구풍아(青丘風雅) 533
청대(清臺) 223
청뢰거보호명정국체(請牢拒保護明正國
    體) 411
청벽(青壁) 11, 144, 523
청벽본(青壁本) 13
청복설사원소(請復設祠院疏) 403
청액소(請額疏) 82
청옹(聽翁) 503
청참매국적신개덕열국공법소(請斬賣國
    賊臣開德列國公法疏) 411
청천(青泉) 501
청풍자(清風子) 181
체용겸전(體用兼全) 89
초간(草澗) 161, 487
초당집(草堂集) 532
초의려선생집부백사양명초후부서기말
    (抄醫閭先生集附白沙陽明抄後復書
    其末) 570

최명길(崔鳴吉) 305
최영경(崔永慶) 471, 534
최익한(崔益漢) 423
최장방설(最長房說) 502
최정기(崔正基) 83
최현(崔晛) 62, 71, 72, 79, 80, 85
최환(崔桓) 80
최흥원(崔興源) 503, 504
추만(秋巒) 525
추정록(趨庭錄) 126
추천(鄒川) 484, 485, 492, 498, 505
추천선생문집(鄒川先生文集) 488
춘당(春堂) 483
춘정(春亭) 483
취생몽사탄(醉生夢死嘆) 382
취원당(聚遠堂) 484, 485, 489, 505
취정록(就正錄) 126
치란제요(治亂提要) 385
치재유고(恥齋遺稿) 532
칠군자찬(七君子贊) 571
칠정기발이승(七情氣發理承) 227
칠정소발소속이동문답(七情所發所屬異
    同問答) 445

ㅌ

타자이 쥰(太宰純) 579
탕평파(蕩平派) 43
태극도설(太極圖說) 67, 68, 405, 412
태극도설통서언해(太極圖說通書諺解)
    412
태만(苔巒) 484, 485, 497

태을암(太乙庵) 503
태정(苔庭) 108
태초력(太初曆) 269
택당(澤堂) 305
통서(通書) 412
통천지(通川志) 385
퇴계문인사승관계도표(退溪門人師承關
　　係圖表) 144
퇴계문집(退溪門集) 63, 75
퇴계문집고증(退溪文集攷證) 81
퇴계서절요(退溪書節要) 76, 81, 86
퇴계선생역명사의(退溪先生易名私議)
　　253
퇴계언행록(退溪言行錄) 69
퇴계자성록(退溪自省錄) 63, 86

ㅍ

파곡유고(坡谷遺稿) 532
파리장서사건 410, 411
평양지(平壤誌) 533
포은(圃隱) 118, 595

ㅎ

하겸진(河謙鎭) 423, 507
하곤(河鯤) 493
하려집(下廬集) 504
학문유해(學問類解) 496
학봉(鶴峯, 鶴峰) 33, 50, 53, 54, 61,
　　118, 133, 163, 220, 239, 265, 390
학사(鶴沙) 305, 495, 500
학용장구지남(學庸章句指南) 447
학호(鶴湖) 103
한강(寒岡) 27, 33, 50, 113, 118, 119,
　　122, 124, 181, 190, 195, 265, 266,
　　371, 382, 392, 393, 395, 399, 402,
　　434, 471, 484, 490, 492, 497~499,
　　501, 504, 505
한거록(閑居錄) 528
한계(韓溪) 374, 415, 423
한고(寒皐) 403
한덕급(韓德及) 118
한려시비(寒旅是非) 119
한려학파(寒旅學派) 381, 390
한백겸(韓百謙) 190, 526
한수(韓脩) 247
한원진(韓元震) 412
한윤명(韓胤明) 515
한음(漢陰) 190
한인공교회(韓人孔敎會) 416
한전론(限田論) 549
한주(寒洲) 373, 374, 401, 403
한주학파(寒洲學派) 373, 411, 415,
　　423
한준겸(韓浚謙) 190
한찬남(韓纘男) 381
한훤당(寒暄堂) 382, 383, 496, 497,
　　505, 595
한훤당년보급사우록(寒暄堂年譜及師友
　　錄) 384
함재(涵齋) 167
함주지(咸州志) 385, 471
합벽음(闔闢吟) 274, 276

항재(恒齋) 504
해남(海南) 502
해루당(奚陋堂) 485
향교예집(鄉校禮輯) 63, 86
향산(響山) 243
향오현전(鄉五賢傳) 495
허교(許喬) 537
허균(許筠) 49, 101, 536
허목(許穆) 386, 402, 446, 452, 453,
　　495, 499, 505, 508, 537
허봉(許篈) 510, 522, 526, 527, 533~
　　536
허성(許筬) 510, 522, 526
허엽(許曄) 510, 522, 526, 527, 531,
　　532, 535, 536
허유(許愈) 374, 423
허자(許磁) 537
허잠(許潛) 121
허전(許傳) 502, 504
허채(許埰) 504
허충길(許忠吉) 522, 526
허훈(許薰) 415
현석(玄石) 195
현주(玄洲) 190
호경재거업록(胡敬齋居業錄) 447
호계서원(虎溪書院) 61
호군지법(犒軍之法) 204
호발설(互發說) 225, 592~594
호발성(互發性) 226
호양(湖陽) 105
호학(湖學) 81

호학집성(湖學輯成) 76
홍동락(洪東洛) 304
홍명하(洪命夏) 535
홍범설(洪範說) 550
홍범연의(洪範衍義) 229
홍섬(洪暹) 70
홍성민(洪聖民) 511, 522, 535
홍양호(洪良浩) 224
홍여하(洪汝河) 291, 296, 312, 313
홍와(弘窩) 423
홍인우(洪仁祐) 511, 515, 522, 526,
　　531, 532
홍인지(洪仁祉) 510, 511, 515
홍재구(洪在龜) 413
홍적(洪迪) 515
홍호(洪鎬) 206, 305
홍혼(洪渾) 26, 511, 524
화서(華西) 413
화서학파(華西學派) 413, 423
환공(桓公) 545
활산(活山) 224
황강(黃岡) 487
황곡(篁谷) 467
황곡선생문집(篁谷先生文集) 469, 473
황근(黃謹) 485, 491
황기로(黃耆老) 528
황덕유(黃德柔) 208
황도유의(黃道游儀) 270
황면재(黃勉齋) 26
황명이학명신언행록(皇明理學名臣言行
　　錄) 447

황명통기(皇明通紀) 39

황상화(黃尙鏵) 434

황섬(黃暹) 180, 438

황신(黃愼) 534

황암(篁嵒) 472

황여일(黃汝一) 79, 80, 180, 181

황용한(黃龍漢) 162

황유(黃紐) 206

황유중(黃裕中) 426

황윤덕(黃潤德) 434

황응규(黃應奎) 435, 436

황정대(黃鼎大) 434

황정욱(黃廷彧) 536

황준량(黃俊良) 33, 38, 45, 178, 425,
    426

회당(晦堂) 374, 423

회봉(晦峰) 423

회암(晦庵, 晦菴) 410, 571

회연급문록(檜淵及門錄) 391

회연급문제현록(檜淵及門諸賢錄) 389

회와삼도(晦窩三圖) 410

회재(晦齋) 91, 118, 384, 410, 485,
    490, 493, 496

회헌(晦軒) 410

횡간(橫看) 414

효령대군(孝寧大君) 399

효절공(孝節公) 160

후산(后山) 374, 423

후조당(後凋堂) 487

후풍의(候風儀) 269

훈구파(勳舊派) 87, 96, 453

희당(希堂) 423

희사제길병유(喜舍弟佶病愈) 476

【퇴계학맥의 지역적 전개 필자 소개】

▶『도산급문제현록』의 집성과 간행 과정
　김종석 (한국국학진흥원 수석연구원)

▶월천 조목과 예안 지역의 퇴계학맥
　정만조 (국민대학교 국사학과 교수)

▶학봉 김성일과 안동 지역의 퇴계학맥
　권오영 (한국정신문화연구원 교수)

▶서애 류성룡과 안동·상주 지역의 퇴계학맥
　김호종(안동대학교 사학과 교수)

▶여헌 장현광과 선산 지역의 퇴계학맥
　우인수 (울산과학대학 관광통역과 교수)

▶예천 지역의 퇴계학맥
　황위주 (경북대학교 한문학과 교수)

▶우복 정경세와 상주 지역의 퇴계학맥
　최재목 (영남대학교 인문학부 교수)

▶갈암 이현일과 영해 지역의 퇴계학맥
　박홍식 (대구한의대학교 국제어문학부 교수)

▶성재 금난수의 '학퇴계' 정신과 '주경함양' 공부
　최영성 (한국전통문화학교 문화재관리학과 교수)

▶경당 장흥효의 사상과 문학
　최두식 (동아대학교 명예교수)

▶수암 유진과『임진록』고
　홍재휴 (대구가톨릭대학교 명예교수)

▶계암 김령의 삶과 문학
　황패강 (단국대학교 명예교수)

▶ 성주 지역의 퇴계학맥
  정순우 (한국정신문화연구원 교수)

▶ 퇴계학의 남전과 한주학파
  홍원식 (계명대학교 철학과 교수)

▶ 금계 황준량 선생과 풍기 지역 퇴계학맥
  김시황 (경북대학교 명예교수)

▶ 귀암 이정과 사천·진주 지역의 퇴계학맥
  강민구 (경북대학교 한문학과 교수)

▶ 황곡 이칭의 생애와 시세계 연구
  강구율 (성결대학교 한국학부 전임강사)

▶ 밀양의 퇴계학맥
  정경주 (경성대학교 한문학과 교수)

▶ 서울·경기 지역의 퇴계문인과 그 성격
  황위주 (경북대학교 한문학과 교수)

▶ 성호 이익의 기자 인식
  김문식 (서울대학교 규장각 학예연구사)

▶ 퇴계와 다산
  심경호 (고려대학교 한문학과 교수)

▶ 퇴계와 다산의 심성론 비교
  유권종 (중앙대학교 철학과 교수)

■ 퇴계연구소

경북대학교 퇴계연구소는 퇴계의 학문을 비롯하여 한국의 철학·문학·역사·교육·예술 등 국학 전반을 체계적으로 연구하는 곳으로, 1973년에 설립되어 지금까지 30여 차례의 국내외 학술대회를 개최하였고, 기관지인 『퇴계학과 한국문화』를 35호까지 발간하였다. 최근 퇴계학 연구 50년을 결산하는 『퇴계학연구논총』(전 10권)을 출간한 이래 퇴계학파에 대한 연구를 지속적으로 추진하고 있다.

퇴계학연구총서 ⑰

퇴계학맥의 지역적 전개

1판 1쇄 발행일 · 2004년 12월 30일

편저자 · 퇴계연구소
펴낸이 · 김흥국
펴낸곳 · 도서출판 **보고사**

등록 · 1990년 12월(제6-0429)
주소 · 서울시 성북구 보문동 7가 11번지
전화 · 922-5120~1(편집), 922-2246(영업) / 팩스 · 922-6990

www.bogosabooks.co.kr / kanapub3@chol.com

※잘못된 책은 교환하여 드립니다.　　　　ISBN 89-8433-271-2

정가 32,000원